新 潮 文 庫

闇 の 楽 園

戸梶圭太著

新 潮 社 版

6811

闇《やみ》の楽園

坂巻ダークランド
トレイン
死体焼却場
実録殺人鬼の館
西洋モンスターの館
wel come!
釜中でカフェ
日本ユーレイの館
ポルターガイストの館
created by 青柳

巨大ホラーテーマパーク
エイリアンの館
おみやげ
地獄屋
人肉ソーセージ
血の噴水
皆殺し!
人肉レストラン
ジューシーミート
おいしいよ!

I

1

青柳敏郎《あおやぎとしろう》　二月契約ゼロです。心を入れ替えます！

ポスターもカレンダーも張っていないぬり壁に、その文字が亡霊のように浮かんで見えた。

敏郎の心臓がドクン、と大きく脈打った。

クソッ、どうして俺はあの文句を頭から追い払えないんだ。

俺にはもう何の関係もないんだ。

俺はもうあのクソ会社をやめたんだぞ！

辞表を提出してから今日で三日目だった。にも拘《かか》わらず毎朝六時になると心臓の鼓動が早くなり、異様な圧迫感を覚え、息苦しくなるのだ。そして蒲団《ふとん》の中であの屈辱の日々を思い返す。

やめてせいせいするかと思ったのにまったく逆だった。

解放感など微塵《みじん》もなく、惨《みじ》めな敗北感と、押しつぶされそうな不安感に苛《さいな》まれていた。一年十一カ月の会社勤めが彼の自尊心を立ち直れないまでに徹底的に叩《たた》きのめし、自分が無能で何の価値もない人間であるという認識を、頭の中に拭《ぬぐ》い去れないほど深く刷り込んでしまっていた。

会社はやめてしまったが、新しい生活に踏み出す勇気はなかった。無能で何の価値もない自分に一体何ができるというのだ？

そういう弱気な自分と対立するもう一人の自分がいて、二人の自分が心の中で激しく葛藤《かっとう》していた。

俺はあの上司、谷田という気絶しそうなほど口の臭いオヤジに半ば精神を乗っ取られていたのだ。あいつが俺を無価値だと決めつけ、俺自身もそれに抵抗しきれずに自分が無価値な人間だという認識を受け入れてしまったのだ。そう考えるとこうなったのも半分は自分のせいだ。

敏郎が勤めていたライトアロー通信株式会社は、この数年間でもっとも急成長した通信機器販売会社だった。敏郎はそこで、マイライン契約獲得戦争の最前線兵士を務めていた。

ライトアロー通信はＫＤＤＩから業務を委託されている。

仕事の流れはこうだ。まず、テレフォンアポインターのアルバイト娘（二十歳前後のチャラチャラしてやたら色っぽい声の者が多い）が数十人がかりで都内のありとあらゆる会社に電話をかけまくり、案内をする。会社の社長が、他社と契約するより得であると判断すれば、じゃあウチもひとつ、ということでアポイント成立。

そこからが敏郎の仕事だ。契約書を持ってその会社に行き、社長、もしくは総務担当者から社印をもらってくる。これで契約完了。

聞くと楽なように思えるがそれは大間違いだ。

アポイントが成立しても契約はそうスムーズに成立しない。

先方が時間を指定してきて、それに間に合うように汗だくになって走っていったのに、いざ着いたら既にオフィスが閉まっていたりする。

またある時は社長が、なんだ男か、あの電話の色っぽい娘じゃないのか、ならいらねえや、とさんざんごねたあげく追い返されたりもした。

馬鹿野郎《ばかやろう》、来なくていいと言ったじゃねえか、と灰皿を投げつけられたこともある。

こんなことが起きるのにはもちろん理由がある。

テレフォンアポインターはアポイントを取らなければ即座に、無能ということでテレフォンアポインターの教育係であるトレイナーから強烈な嫌味を言われてやめざるをえなくなる。だからなんとかしてアポイントを取ろうと必死になるあまり、社長が大して乗り気でないにもかかわらず、これからそちらに伺いますと言って電話を切り、アポイントを取ったことにしてしまうのだ。

そのしわ寄せを敏郎達営業マンがもろにくらうのだ。

営業マンは結果をマネージャーである口臭い谷田に電話で報告しなければならない。行って契約が取れないと受話器のスピーカーが吹き飛びそうな大声で怒鳴る。

「テメェ、ふざけんじゃねえ！　契約取れなかっただと！　お前、やる気あんのかよ？　社長が最初から乗り気じゃなかった？……バカッ、それを口説き落とすのがお前の仕事だろうが！　詰めが甘いんだよお前は、ホントに必死になってやってるんか、エエッ！　わかってんのかよぉ！」

口臭い谷田は営業マン時代に千五百件もの契約を取った実績のある男なので言い訳など通用しなかった。

敏郎は何カ月か働いてみて、どうも自分には相手を口説き落とす、という才能が他の営業マンより劣っていると感じ始めた。

契約が取れないのだ。他の営業マンは三カ月も経《た》つと自分なりのコツとでもいうものを掴《つか》み、型通りのセールストークから抜け出し、徐々に契約件数を伸ばしていくのだが、敏郎は四カ月目になっても、いくらか語彙《ごい》は増えたものの、基本的には入社時に研修で教わったマニュアル通りに喋《しゃべ》っていた。それが伸び悩みの原因だった。

同期の連中は先方の社長に好かれることで危うげなアポイントを強固な契約に変えていた。

敏郎は同期の中でも特に成績の良い上野という男にある日、思い切ってコツを訊《き》いてみた。

「俺は人間が好きなんだよ」

上野は目を輝かせ、遠くを見る目つきで言った。

「俺が人間を好きで、契約先の社長を本気で好きになってしまうから社長もそんな俺を追い返せずに契約してしまうんだよ」

そう言うとフッと小さな笑いを漏らした。

こりゃ駄目だ。

敏郎は思った。とてもじゃないが俺はこの男のような境地には到達できない。

しかし才能がないと自分に言い訳して会社をやめることには抵抗があった。

口臭い谷田に「テメェは必死になっていない」と毎日のように怒鳴られ続けていたので何とかして見返してやりたかったし、敏郎にはこれは駄目でもあれには自信がある、といったような才能が何もなかった。だから必死になって仕事にしがみつくしかなかった。

毎日バカヤロウ、バカヤロウと谷田に怒鳴られているうちに自分でも自分をバカヤロウだと思うようになった。

心理的刷り込みというやつだ。

あまりに成績が悪いので谷田は勤務時間が終わってからも敏郎を都内の携帯電話販売店に行かせ、店頭で呼び込みをやらせた。無給で。成績の悪いことへのペナルティーだ。月に十日以上の夜は無給奉仕に費やされた。時には土日にも。

友達とも会わず、女の子とデートすることもなく、会社とアパートとの往復の毎日。たまに実家の母親が電話してきても、俺は疲れているんだ、と怒鳴って切ってしまった。

そんなことを繰り返しているうちにあっと言う間に一年半が通り過ぎていった。

疲れ果ててフラフラと小汚いアパートにたどり着き、敷きっぱなしの蒲団に倒れ込み、電気を消すと暗闇《くらやみ》の中から谷田の声が聞こえてくる。

声だけでなく、あの吐き気を催させる口臭も漂ってきた。

バカヤロウ……必死になってねえんだよ……お前、それじゃ給料泥棒だぞ……。

その言葉に心の中で抵抗するエネルギーはもはやなくなっていた。抵抗することによってストレスを受けるよりも、抵抗をやめて受け入れる方が楽になっていた。

俺はバカヤロウ……必死になっていない……俺は給料泥棒……。

敏郎は谷田の心理的刷り込みを自分自身で強化してしまっていた。

自分をどんどん追いつめていくことに一種異様な快感を覚えるようになっていった。

ここまでくると精神的なマゾヒズムである。

だが、ごくたまにそういう状態の自分に理性が警告を発する時もあった。

俺、やばいぞ。病気になりつつあるぞ。俺は口臭い谷田のバカヤロウ攻撃に洗脳されているんだ。

愕然《がくぜん》とし、背中に寒気が走った。

俺は会社に操られている？

毎日毎日、契約を取れない罪悪感を心の奥深くに植えつけられ、自己卑下し、プライベートを犠牲にして無給奉仕している。

クソッ！　冗談じゃない。

一旦《いったん》自分の会社と仕事に懐疑的になってしまうと仕事はさらに苦痛となった。

自分の国を嫌っている兵隊が戦争に駆り出されてまともに戦えるか？　無理に決まっている。

ただでさえひどい営業成績がさらに加速をつけて悪くなっていった。

谷田のバカヤロウ攻撃もあまりにも頻繁になると自尊心への攻撃力が弱くなり、もはやただの音としか感じられなくなった。そうなると精神的に少し楽になった。だがそのことが谷田には、敏郎が何を言われても反省しなくなったと映ったらしい。

仕事はもちろん毎日懸命にやっていた……と思う。

しかし大事なのはあくまでも結果である。

二月、契約ゼロ。

〝青柳敏郎　二月契約ゼロです。心を入れ替えます！〟と紙にでかい字で書かされ、それを営業マンの契約成立件数を張り出すボードの隅っこに張られた。まるで磔《はりつけ》の刑のように。

谷田は敏郎のワイシャツの襟を摑み、アルコールと煙草《たばこ》と胃潰瘍《いかいよう》のせいで実に複雑怪奇な悪臭を口から浴びせながら、

「てめえ、新入社員研修会の打ち上げの飲みの余興でバニーガールのカッコさせてやるから覚悟しとけ」

「はぁ……はい」

「まったくてめえは蛆虫《うじむし》みたいな野郎だな」

バカヤロウには慣れてしまったが、蛆虫にはまだ慣れていなかった。そうか、俺は蛆虫なのか。

生きててすみません、の心境だった。

死んでお詫《わ》びしますと言って将軍の目の前で切腹した武士の気持ちがわかった。

死ぬのは恐いが自分で自分を痛めつけたい衝動に駆られ、トイレの個室で生え際《ぎわ》の髪の毛を二十本ばかりむしり取った。

数滴の涙を流した後でふいにある考えが浮かんだ。

この会社の人間は皆操られているんだ。

俺も、同期の連中も、アポインターも、トレイナーも、あの谷田も。巨大な目標（都内すべての会社）を達成するために会社が一丸となる。

まるでカルトだな。

カルトの信者はたいていどこでもたくさんの人間を勧誘して入信させると、皆の前で表彰された。逆に勧誘できないと努力が足りない、そんなことでは永遠に救済されないぞと、なけなしの自尊心を打ち砕かれるものなのだ。

カルトの出来損ない信者と、今の俺に何の違いがある？

同じじゃないか！

教団の肥大のために人生をなげうった信者達に魂の救済はもたらされたか？　ノーだ。では俺は？　すべてを会社のために捧《ささ》げて、報われる日はやってくるのか？　あと百件契約をものにすれば魂の救済はもたらされるか？

たかが電気の流れだぞ。どこを通ったって届きゃなんだっていいだろ。

目を覚ませよ、青柳敏郎。

喉《のど》がヒクヒクと痙攣《けいれん》し、嗚咽《おえつ》が込み上げてきた。

無性に外の空気が吸いたくなった。敏郎は立ち上がり、個室の扉を70年代ハリウッド製映画のマッチョ刑事みたいに靴底で思い切り蹴《け》り開けようとしたが、扉は引き開けなければならなかった。

午前十一時までに北千住にある零細印刷所に契約を取りに行かなければならないのだが、馬鹿馬鹿しくなった。

会社を出て、西武池袋線の乗り場に向かった。

これから出勤する人々の流れに逆らって駅のホームを歩くのは気持ちが良かった。皆、せいぜい頑張ってくれよ。俺はいち抜けた。

アパートのある富士見台に電車が近づくにつれ、高揚した気分はどんどんと萎《しぼ》んでいき、代わりにどす黒い不安が心の中で大きくなっていった。

やめてどうするんだよ。貯金だっていくらもないのに。

転職して今よりいい職場が見つかるのか？

成功する転職というのは大概、前の会社をやめる前から入念に準備しておかなくてはならないものなのだ。

発作的に会社を飛び出してしまうような人間には堪《こら》え性《しょう》がないのだ。堪え性のない奴《やつ》はよしんば次の職場が見つかっても何か気に食わないことがあるとまたすぐ飛び出して同じことを繰り返す。

そして行き着く先は路上生活か、アル中か、自殺か……。旧《ふる》い言葉で言うなら進むも地獄、退くも地獄。

恐ろしい想像ばかりが次々と頭に浮かび、敏郎はブルッと体を震わせた。

アパートに帰る途中で携帯電話の電源を切った。報告がないのを不審に思った谷田が電話してくるかもしれないからだ。

さらばだ、メガ口臭君。

真っ昼間に家に帰ってくるなんて、会社に入ってから一度もなかった。

ただいま。心の中で呟《つぶや》き、狭い土間で革靴を脱いだ。一日目一杯働いて帰ってくると、両足から十六時間近く閉じ込められていた怨念《おんねん》を晴らすがごとく脳味噌《のうみそ》が腐りそうなモワッとした臭《にお》いが鼻を攻撃するのだが、今日はまだこの靴を履いて四時間と少ししか経っていないので、足は実に清潔だった。そのことが敏郎には嬉《うれ》しかった。

上着と靴下を脱ぎ捨てて蒲団の上に仰向けになり、裸の足が蒲団の布地と擦れる感触を楽しんだ。まるで猫になったような気分だった。その気持ち良さで先ほど電車の中で感じた不安は徐々に小さくなっていった。

「ひゃー」

脱力した声を漏らし、伸びをしたり、寝返りを打ったりする。

しかし、明日からのことを考えるとその穏やかな気分も五分と続かなかった。辞表を出すならまた会社に行かなくてはならない。谷田には会いたくないので直接人事部に行こうと決めた。

翌日、こそこそと隠れるように人事部に行き、辞表を提出した。どんな奴でも一応引き留めようとする人事部長の言うことなど何も頭に入らなかったし、視線もろくに合わせることができなかった。

このまま消えてしまいたいような情けない気持ちでいっぱいになって家に逃げ帰った。その日から部屋に籠《こも》り切りになり、ひたすら自己嫌悪《けんお》と不安の底無し沼にドップリと浸《つ》かって時間を過ごした。

職もない、金もない、夢もない。

あるのは大学を出てからの冴《さ》えない日々と、会社で受けた屈辱の思い出だけ。

俺は人生の大切な時期をあの会社で棒に振ってしまったのだ。もっと違う選択肢がいくらでもあったはずなのに。

2

45、46、47……。駄目だ、やめておこう。
何が何でも五十回やらなければならないというわけではないのだ。

どうにも背中が痛い。朝起きた時に背中が痛いのは一日のスタートとして好ましくない。下手すると昼過ぎまで後をひくのだ。

長野県上高井郡坂巻町の町長、藤咲雄夫《たけお》は日課である朝の薙刀《なぎなた》の素振り五十回を四十七回で切り上げた。

首にかけたスポーツタオルで顔と首筋の汗を拭《ぬぐ》い、縁側に腰掛けた。右手に握った薙刀を脇《わき》に置き、痛む背中を屈《かが》めた姿勢で、呼吸が鎮《しず》まるのを待った。

こけーっ！

隣の田所さんの家で飼っている雄鶏《おんどり》が鳴いた。

いつも不思議に思うのだが、あの雄鶏はなんだってああもヤケクソな声で鳴くのだろう。

娘のあゆみはあの雄鶏に〝コケゾウ〟という名前をつけた。コケゾウが田所さんの家に来たばかりの頃はあの嫌がらせとしか思えないようなヤケクソ声に随分苛立《いらだ》ったものだ。あゆみは何かというとコケゾウを絞め殺してやりたいと言っていた。動物を保護する立場の人間であるというのに。

しかし、何事も慣れてしまうものだ。最近は朝コケゾウの喚《わめ》き声が聞こえなかったりすると、父娘《おやこ》ともどもあいつ死んでしまったのでは、などと余計な心配をしてしまうのである。

んけこおおお！

心臓の鼓動が平常に戻ったので藤咲町長は薙刀を持ち、突っかけサンダルを脱いで畳敷きの寝室兼書斎に上がった。

ふと、足が止まった。

クルリと踵《きびす》を返し、再びサンダルを突っかけると庭の真ん中に行き、中段の構えから薙刀を頭の上に振り上げ、左足を一歩踏み出し、薙刀を振り下ろし〝面《めん》〟の位置で止めた。
48、49、50！　どうだ、文句あるまい。
文句を言う者など誰もいないのに心の中で呟《つぶや》いた。

風呂《ふろ》でシャワーを浴びてから白い無地のTシャツに淡いブルーのトランクスという下着姿で寝室に戻り、姿見の前で着替えた。昨晩アイロンをかけておいた白いワイシャツを着て、ズボンプレッサーから薄いグレーのズボンを取り出して穿《は》く。

ネクタイを結んでから部屋の西側の壁にある仏壇の前に正座して鉦《かね》を鳴らし、写真の前で合掌した。微笑《ほほえ》みながら彼を見下ろしているのは、四年前に咽頭癌《いんとうがん》で彼と、当時まだ高校を卒業したばかりのあゆみを残して去った妻の藤咲雅美《まさみ》である。

今日は町長にとって大事な日なのでいつもより長く仏壇の前で掌《てのひら》を合わせた。

それからキッチンに行き、ベーコンとスクランブルエッグ、トースト、牛乳、コーヒーの朝食を作り、テキパキと平らげていった。

こけごおおおお！

奴はまだ鳴き続ける。

あゆみは一時間ほど前に既に仕事に出かけていた。動物園の仕事は朝が早いのに加え、ここから車で四十分もかかる場所にあるのだ。

食べ終えると二分で食器を洗って拭《ふ》き、棚に戻すと、洗面所で歯を磨き、髭《ひげ》を剃《そ》る。

洗面所の鏡は身長一五九センチのあゆみに合わせた位置にあるので、一七九センチある町長は腰を屈めないと顔が全部鏡に映らない。背中の痛い日はそれが少しつらい。

再び自分の部屋に戻り、クローゼットからズボンと揃《そろ》いの上着を抜き取り、扉にフックでかけてある洋服ブラシで丁寧にブラッシングした。

準備が整うと書類カバンを持って廊下を玄関の方に向かう。

そういえばペットの猫のフリオ（一歳半の雄のジャパニーズボブテイル）の姿が見え

ないが、また家具の隙間《すきま》にでも潜り込んでいるのだろう。靴箱の傍に置いてあるトイレの砂の中のウンコが一つ増えていることから、とりあえず達者でいることがわかった。

ドアを開け、外に出た。

藤咲町長の車はメタリックブラウンの5ドアハッチバックのローヴァー200SLi。ホイールを18インチのものにして、トレッドを少し広げてある。坂巻町を走っている唯《ゆい》一《いつ》のローヴァーである(多分)。別に珍しい車が欲しかったわけではない。あゆみと一緒にああだこうだといろいろ選んで最終的にこの車に落ち着いただけである。

車に乗り込み、ガレージを出たところで隣の家の門前に並べられた植木鉢の列に水をやっている田所さんの奥さんにでくわしたので、朝の挨拶《あいさつ》をかわす。

藤咲町長の家は小さな山の西側の麓《ふもと》の斜面の上に建っている。緩やかなカーブを描いている山道を降りていく途中で、西の彼方《かなた》に飯縄《いいづな》山、黒姫山、高妻山の連なりを見ることができる。天気の良い日には黒姫山の北北西側に妙高山を見ることもできるのだが、今日は雲に翳《かげ》って見えなかった。

ずっと手前には坂巻町の中心部と、南北に伸びている長野電鉄河東《かとう》線の単線上を走る二両編成の電車が見える。

山道を降り切ると、泥に汚れた雪がまだたくさん残っている水田地帯を貫いている、あぜ道に毛が生えたような狭い舗装道を走る。以前この水田地帯をあゆみを乗せて走った時、あゆみはまるで鏡の表面上を走っているようだ、と言ったものだ。

水田地帯を半キロほど走ると、国道406号線にぶつかるのでそちらに乗り入れ、町の中心部へと向かう。

運転しながら今日の臨時町議会での提案のことを考える。議会の面々が面食らい、当然何人かは猛然と反対するであろう。多分、あの男とあの男とあの男とあの男と……。いつだってこちらの予想した反応しかしない連中だ。しかし町長は確固たる決意と、粘り強さでなんとかして議会を説得するつもりだった。

年々加速する坂巻町の過疎化《かそか》を食い止めるにはどうすればいいのか？　どうしたらこれ以上の若者の流出を食い止め、なおかつ外部からの定住者を増やすことができるのか？　どうしたらさびれゆく一方のこの町を生き返らせることができるのか。

それがいつだって最大の問題であった。


「マス・メディアを通じて町おこしのアイデアを一般公募してみてはいかがであろうか、と考えたのですが」

案の定、坂巻町議会の二十二人の議員は一様に面食らった顔をした。町長は議員らの顔を見渡し、待った。

反対意見の先陣を切ったのは〝あの男〟その1、六十二歳、議会の最年長者で、副議

長でもある、三期十年目の植木であった。植木は顔を左右に激しく振りながら、

「町長さん、一般公募なんてとんでもない。それじゃあ自ら考え、自ら行なう地域づくりを放棄することになるじゃないか。それはいけない、駄目だ駄目だ」

町長は落ち着き払った口調で、

「私はそうは思いませんが」

「何を言うておるかっ！」

「まあ聞いてください。これまで町の活性化に関していくつもアイデアが出されましたが、私にはどうも、これぞ決定打だと思えるものがないのです。皆さんも正直言って私と同じ考えなのではありませんか？」

植木がまた何か言おうとして口を開きかけた時、隣に座っていた井坂という昆虫の脚みたいに髭がぶっとくて、ラードでも塗りつけたように脂《あぶら》ぎった禿《は》げ頭の男が先んじて言った。井坂は二期、六年目の議員である。

「それは勝手な思い込みというものだよ。少なくとも私らの間では大畑照夫記念文学館を実現させようじゃないか、という方向に進んでいるよ」

まだ諦《あきら》めていないのか、藤咲町長は内心驚き、同時に呆《あき》れた。

大畑照夫は一九一〇年生まれ、一九五九年没の坂巻町出身の文学者である。その大畑の存在と作品、ひいては作品を生み出した坂巻町を広く全国に知らしめるための記念文

学館を建設しようという計画は、二期八年を務め上げた前町長の任期中に持ち上がったが、実現に至らなかった。前町長の日比野芳樹《よしき》は記念文学館建設に非常に熱心であったが、どうも彼の独断が先走りしたきらいがあった。

一年半前に藤咲町長が今の座に就いて、議員も二十二人中十七人が入れ替わり、記念文学館建設の動きは自然と立ち消えになった。

だが、消えたと思った焚火《たきび》の底にまだ小さな炎がくすぶっていたらしい。

おそらく隠居した日比野前町長があきらめきれずに植木と井坂を焚きつけたに違いない。植木と井坂は前町長とは家族ぐるみのつきあいがあるので協力を断るわけがない。

「私ら、といいますと？」

藤咲町長はさりげなく井坂に訊《き》いてみた。井坂は憤然とした口調で、「私と植木さん、それに君塚さんだ」

なにっ、君塚が？　藤咲町長は驚きを禁じえなかった。テーブルの右奥に座っている君塚議員を見やった。

一瞬視線がぶつかったが、君塚はすぐに視線を逸《そ》らせた。

今日の君塚は濃いグレーの地に細かいチェックの入ったダブルのスーツに、茶色に近い濃いオレンジのワイシャツ、それに襟元には赤地に白い菱形《ひしがた》の奇怪な幾何学模様入りのスカーフが覗《のぞ》いている。

君塚琢磨《たくま》、四十一歳。二期六年目である。君塚家は祖父の代から坂巻町の大地主であり、長年に渡ってこの町の発展に寄与してきた。特に祖父の君塚正造はカリスマ的な威光を放っていた。その長男の健吾《けんご》も町会議員を四期務めた。

そして健吾の一人息子、琢磨である。彼はいずれも町の名士であった祖父と父の威光を借りて当選したようなものだった。

父親の健吾は金銭に対して非常に厳格な男であったが、七年前に大腸癌で他界した。健吾の妻は彼よりも三年前に既に亡《な》くなっていたので、代々受け継がれてきた町の東側にある黒砂山の尾根地帯の森林や、その他の土地は一人息子の琢磨がそっくり相続した。

それからというもの、琢磨の生活は一変した。今やこの男の度を越す贅沢《ぜいたく》ぶりを知らぬ者は町にいない。

一年の喪が明けないうちに家を取り壊して、モダンな洋風邸宅を造り上げたのを皮切りに、贅沢を極めんと突っ走った。三台の高級外車を乗り回し、年に三、四回は海外旅行に出かけ、オメガ、ロレックス、タグ・ホイヤー、ロンジンなど十個以上の腕時計を毎日付け替え、一丁百万円以上もする猟銃を四丁も持っているのだ。

彼は自分の外見にも並外れた時間と金をかけ、権力と美貌《びぼう》とセックスアピール、すべてを兼ね備えた理想の男をセルフプロデュースしていた。

君塚琢磨のことを〝君塚家の財産を食い潰《つぶ》すとんでもない馬鹿《ばか》息子〟と評する人間は

たくさんいるが、それでもまだ『君塚』の名はここ坂巻町では魔力を持っているのだった。

君塚琢磨に対する藤咲町長の評価は、率直に言えば単なる〝お飾り議員〟に過ぎなかった。

何のために議員をやっているのかわからない。発言らしい発言もせず、過疎化の進むこの町の将来を本気で心配しているようなふしはこれっぽっちも見られなかった。要するに何事にも無関心なのだ。

そんな君塚が例の記念文学館建設に乗り気でいるとは初耳だった。これは一体どういう風の吹き回しなのだ？　二人から新車でもプレゼントされたのだろうか。

その疑念をとりあえず頭から追い払い、

「そうでしたか。実は私、先日遅ればせながら大畑照夫の短編集をやっと手に入れて読んだのですよ。地元の本屋には彼の著作は一冊も置いてないのでわざわざ注文したのですが、ほぼ絶版状態でかろうじて在庫が数冊残っていただけでした」

その言葉は井坂の耳に痛かったらしく、彼は不愉快そうに口元を歪《ゆが》めて、

「彼の作品は不当に低く扱われているのだよ。だがいくつかの大学の国文学科ではテキストとして使われている。早稲田《わせだ》や学習院など私立の一流大学でだよ」

大学の名による露骨な〝ハクづけ〟であった。

藤咲町長は面白がるように、

「ほうほう、それは知りませんでした。大学のテキストにねぇ。アカデミックな世界では受けがいいんですね。しかしアカデミックな世界で受けがいい作家というものは大抵大衆には見向きもされないのが世の常ですよ。それでも前町長があれほど熱心だったので、私も試しに一冊、と思って読んでみましたが……どうもね」

シャワーでも浴びれば流れ落ちてしまうような些細《ささい》な人間関係のもつれについて、病的ともいえるウジウジとした自問自答がこれでもかこれでもかと延々続くので、読む者にはほとんど拷問《ごうもん》に等しかった。あまりにもつまらないので十七ページで早々と断念してしまった。

ものは試しで娘のあゆみに読んでみろと勧めたが、あゆみは二ページ読んで本を閉じ、

「この人ただのマゾじゃん。自分で自分を追い込んで楽しんでんのよ。あたしの身近にこんな奴がいたら絶対近寄らないよ」そう言って本をテーブルの上に放った。本は勢い余ってテーブルから床に滑り落ちた。

そこにいつのまにやらテーブルの脚に忍び寄っていたフリオが、「フィーッ！」という戦闘の雄叫《おたけ》びを上げて勇ましく本に飛びかかり、表紙を自慢の爪《つめ》で引《ひ》っ掻《か》きまくってすっかりボロボロにしてしまった。

「こんな……後ろ向き思想の作家で観光客を呼び寄せられるとは到底思えません。町の

人でさえ大畑照夫なんて名前すら聞いたことがないでしょう。どう考えたって町の活性化には繋《つな》がりません。きっと失敗します」

断固たる強い口調で断言した。

「もう失敗は許されません」

坂巻町の町おこしは既に一度、恥ずべき失敗を犯していた。


一九八八年、当時の竹下登首相は東京一極集中によって活気が失われている地方自治体の活性化のために「ふるさと創生事業」なるものを提唱した。これによって全国の市町村に一律一億円の地方交付税が、使途を特定せずに配布された。今日ではそれが予算の〝ばらまき〟であったという批判の声がたかまっているのだが、その当時はそれなりに画期的な計画として世間に受け取られた。

各自治体が知恵を絞り、自由に使える一億円で地方色の濃い、個性豊かな地域振興を実現させることが期待された。

ところが、である。

いざ蓋《ふた》を開けてみると、事業が成功して地域振興に結びついた自治体などほとんど無きに等しく、大部分は無駄遣いという結果に終わった。

北海道のA市は一億円を使い切って「ふるさと歴史館」なるものを建設した。そこでは八五年に市内の海岸で発見されたクビナガリュウの化石がメインの展示物となる筈《はず》だったのだが、いざ施設が完成した後で、化石の発見者が市の文化振興課の人間と些細《ささい》なことで揉《も》め、化石は絶対に譲らんとヘソを曲げてしまった。結局、目玉となる恐竜の化石が欠けた歴史館には、珍しくもなんともないアンモナイトの化石や、頭部が不自然に上下にカクカクと動き、尾が猫のように左右にユサユサ揺れるという、クビナガリュウのことなど何も知らない人間がやっつけ仕事で造った動くクビナガリュウの模型といったつまらないものばかりが展示され、最近では訪れる観光客もほとんどなく、冬期は閉館している。

山口県B町は「ゴチ」という外見はグロテスクだが白身のおいしい淡水魚の養殖に資金を注ぎ込み、町の名物料理として売り出すつもりだった。しかし事業を担当した町役場の人間はこの魚が共食いをするという習性を知らなかった。創生資金を投入する前に、百匹いた養殖水槽の中の魚はもっとも強い一匹を残して全滅していた。

栃木県のC市は国指定史跡のある寺に五千七百万をかけたブロンズ製の足利尊氏像《あしかがたかうじ》を展示したのだが「足利尊氏がC市で生まれ、育ち、死んだといういずれの記録もなく、歴史を歪める」として『尊氏像建立《こんりゅう》に反対する会』が異を唱えた。

もっとバカバカしいものもある。高知県のD町では、一億円で二十数キロもの純金を使った純金カツオを造り、陳列して観光客を呼びこもうとしたのだが、泥棒がカツオをさらっていってしまい、陳列台だけが残された。

では長野県坂巻町は一億円で何をしたのか？

当時の町長だった平尾勝男と議会は、黒砂山の一角に温泉を整備して観光客を呼ぼうとした。町の人々も自分の町に温泉ができるということでこの事業を歓迎した。一億円は温泉源のボーリング調査費や掘削費用に当てられた。

掘削の初日には町長を始め、大勢の町民が温泉の噴き出すところを一目見ようと黒砂山に詰めかけた。

そしてどうなったか。

お湯は出たのである。度を越して臭く、多すぎる鉄分のために異常に赤い湯が。

「わっ、くせえ！」「なんじゃあ、こりゃ！」「イヤーン！」人々は口々に叫びながら逃げ惑った。

とてもではないがこのひどい泉質では温泉として使い物にならなかった。

完全な失敗、一億円をドブに捨てたも同然であった。温泉というものは掘ってみなければわからないものなのである。一億円では温泉は一回しか掘れなかった。いわば一回しか試せない賭《か》けで、その賭けに負けて有り金すべてをスッてしまったのだ。

この結果に町民が怒り、町長の辞職と議会の解散を要求する動きが出てきたのは当然の成りゆきであった。

町役場での説明会（釈明会？）には四百人近くが詰めかけ、大会議室の外の廊下にまで人が溢《あふ》れた。当時まだ普通の勤め人だった藤咲雄夫もそこにいた。人の熱気でサウナのように蒸し暑く、酸欠状態の会議室の隅の壁に押しつけられ、五十人近くの頭越しに、平尾町長と議会の面々がいったいどんな言い訳をするのか背伸びしながら見守った。

平尾町長は心労のためにげっそりと頬がこけ、両目は今にも涙がこぼれ落ちそうなほど潤《うる》みきっていた。議会の面々も斬首《ざんしゅ》を待つ侍のように首をうなだれていた。

「ええ……ゲホッ……、あの、この度の黒砂山西尾根地区における温泉整備計画につきましては、ボ、ボーリング会社による水質調査の結果、湯にふ、含まれる……」

町長は蚊の鳴くような声で結果報告書を読み上げる。薄っぺらな報告書を持つ右手が小刻みに震えていた。

見ている方がいたたまれなくなり、藤咲雄夫は視線をそらした。

だが他の町民はもっと厳しかった。

「おい、町長！　俺達は観光客を呼べるとあんたらが言うから温泉計画に賛成したんだぞ。くせえ湯を噴き出しといて、計画を凍結すると聞いたが、本気でやめるつもりなのか？」

駅前で酒屋を営んでいる男が、腕捲《うでまく》りしたTシャツの下の逞《たくま》しい筋肉を危険を感じさせるほどに緊張させ、詰問《きつもん》した。

計画が凍結？　キーワードが伝言ゲームのように会議室から外の廊下へと波及していった。ざわめきが一層激しくなった。

「なにい、ふざけんな」「一億円どうすんだ！」

会議室のある三階のフロアーは怒声の渦に呑《の》み込まれた。

「そ、そのことにつきましては……」

「聞こえないぞ、もっとでっかい声で喋《しゃべ》れ！」

「そうだそうだ」

暴力沙汰《ざた》にまで発展しそうな危険な雰囲気になっていた。

「そのことにつきましては、ただいま配布いたします温泉整備計画の支出報告書にあるとおり……」

二人の議員がコピーされた支出報告書を部屋の人間に配布し始めると、会議室は、寄越せ寄越せ、見せろ見せろの大合唱になった。人の塊がドッと動き、藤咲雄夫はますます強く壁に押しつけられた。

目の前をコピーの束が通過したが両手を挙げることもできず報告書は手に入れられなかった。全身に汗が噴き出し、めまいがしたので外に出たくなったが、そこから一歩も動くことができなかった。終わるまでここで壁に張付けになっていなければならなくなってしまった。

議員の一人が顔の汗をぐしょぐしょになったハンカチで拭《ぬぐ》い取りながら、歯切れの悪い口調で説明していく。

「ええ、温泉源ボーリング調査費ならびに調査委託料にかかった費用が……」

支出報告書に目を通した駅前にある土産物屋の女が、

「ちょっと、この掘削費用は温泉の出る出ないや水質のよし悪《あ》しに拘《かか》わらず払わなきゃいけないものなんでしょ。別の場所にもう一度掘るとまた同じだけの費用がかかるんでしょ？」

「ええ、まあ、その通りです」

「じゃあ何よ、掘削は一回こっきりで、それが失敗したらもうそれっきりってことじゃない！　一億円注ぎ込んで、失敗しました、もうお金はありません、終わりですってこと？　そういうことなの？」

彼女の言葉が皆の怒りの火に油を注いだ。

「なんだと、馬鹿にしてらぁ」

「温泉掘りに失敗する可能性なんて事前に一言《ひとこと》も説明がなかったぞ！　わかってりゃ賛成なんかしなかった！」

「そうだ、こんなことになるなら、はなっから一億円を町の全員に等分して配った方がよっぽどマシってもんだ！」

町長及び議員達は今にも八つ裂きにされかねない雰囲気だった。

支出報告書の説明をしていた議員が汗でぐしょぐしょになったハンカチをきつく握り締めて席を立ち、怒鳴った。

「説明はした！　説明はしましたよ！」

「いつだ！」

「本当にちゃんとした温泉が出るのかと心配した数人の方が役場にいらっしゃった時に、私どもはごくわずかですがそういう可能性のなきにしもあらずだということをちゃんと説明して、その上で了解をもらいましたよ」

「何バカ言ってんだ！　たった数人に言っただけで町の皆に言ったことにしやがって！　そんなの責任逃れのごまかしじゃないか！」

そうだそうだ、ふざけんな、の大合唱が巻き起こった。

自治体の運営に関わる人間と、一般の町民との間の日頃の交流のなさが図らずも露呈したことを藤咲雄夫は痛切に感じた。

これでは町おこしなんて夢のまた夢だ。

ため息をつき、視線を町長に戻した時、驚いた。

町長が泣いていた。喉《のど》をヒクヒクと痙攣《けいれん》させ、感情の爆発を抑えようと両手でテーブルの縁をきつく握り締めながら、両目から涙を流していたのだ。

そんな町長の様子に気づいた者が口々に、

「おい、町長の奴《やつ》、泣いてるぞ」

「だらしねえぞ、泣いてすむことか！」

「土下座して謝れ！」

「泣き虫ヒラーッ！」

露骨に追い討ちをかける者達に藤咲は不快感を覚えた。

「一億円返せ！」誰かが叫んだ。他の者がそれに倣《なら》い、次々と一億円返せ、一億円返せと喚《わめ》き出した。

一億円返せ！一億円返せ！

耳を聾《ろう》せんばかりの、恥ずかしいほど露骨なシュプレヒコールが町役場の建物を揺るがせた。

藤咲は頭がおかしくなりそうだった。

一億円返せったって、もともとお前らの金じゃないだろうが、税金だぞ。

「うるさーい！」

ついに町長が爆発した。パイプ椅子《いす》から立ち上がり、報告書を目の前の人間達に投げつけるとテーブルの上に仁王立ちになって、

「うるさいうるさいうるさいうるさい！」と声を嗄《か》らし、よだれを垂らして喚きながら

机の上の書類や水差しを靴で蹴飛《けと》ばして狂気のダンスを踊りまくった。よく見るとズボンの前にしみができていた。

実に悲しくやりきれない光景であった。


後になってわかったことなのだが、かなりの自治体が創生資金を使って温泉を掘削したものの、水質が悪かったり、湯量が少なかったり、湯そのものが出なかったりで事業に失敗していた。中には温泉と銘打って実は沸かした湯で無理矢理運営している自治体もある。

坂巻町も同じ轍《てつ》を踏んだ自治体のひとつなのであった。

この一億円バラマキふるさと創生は八八年、八九年の二年で終わった。これによって地域振興を成功させた自治体は、北海道夕張市の『ゆうばり国際冒険・ファンタスティック映画祭』や、熊本県湯前町の『湯前まんが美術館』などごくわずかという結果に終わった。

「町おこしをするからには他所《よそ》にないこの町ならではのアイデアで町を生き返らせたい、と考えるのはもっともですが、かといって観光客にとってまるで興味をそそられない、自己満足的な企画では到底活性化には繋《つな》がりませんよ」

自己満足というのはちょっと言いすぎかな、と町長は思ったが、言ってしまったものはしようがない。

「まぁ、確かにあなたの言いたいこともわかる」テーブルの左奥に座っている樫本《かしもと》という逆さにしたトマトのような形の頭に、ちょび髭《ひげ》を生やした五十男がいさめるように言った。「もともとこの坂巻町には特に自慢できる産業があるわけじゃなし、さっきの大畑云々《うんぬん》というのは置いといて歴史的な人物を輩出したということもない、自然は豊かだが何か特に珍しい生きものの棲息地《せいそくち》というわけでもない。つまり、なんというか、独自の色というものが、ハッキリ言ってしまうとないんだな、ウン。そうなんだよ、そうそう」

樫本という男はおおらかで、激しい感情を見せるということがまったくないので、町長は好きだったが、自分の言ったことに自分一人で納得するという自己完結型発言「そうなんだよ、そうそう」の多いのが難であった。

植木が樫本の方を向き、説教くさい口調で、

「だからね、樫本さん、そんなふうに独自の色がないからしょうがないみたいな弱気な考えじゃ駄目なんだよ。色がなければ自分達で色をつけてね、それで全国を染めていこうってぐらいの気概がなきゃ駄目でしょ。大畑照夫というね、知られざる大作家をこれからこの町のシンボルとして育て、ひいては全国にその名を轟《とどろ》かせればいいんですよ」

まだ大畑ダレ夫にこだわっているとは、実にしぶとい男だ。

町長はこの男のこのような執着心が恐かった。この男の異常なまでの思い込みと威圧的な物腰によって、議会のメンバーがしばしば彼のペースに乗せられてしまうということがこれまでにも何度かあったのだ。

「でもね、植木さん」声を上げたのは松田という議会唯一《ゆいいつ》の女性議員であった。彼女は四十代半ばで、夫は町の商店街で花屋を営んでいる。町長の娘のあゆみと同い年の娘が一人いて、中学、高校と一緒だったのだが、彼女は高校を出ると東京へ働きに出てしまった。あゆみとは今もたまに電話で話す仲である。

痩《や》せ細った体で声も大きくないが、知的で忍耐強い女性である。

昔ながらの男尊女卑思想を未《いま》だに引《ひ》き摺《ず》っている植木や井坂にしばしば攻撃されることがあるが、彼女はそんな時でも感情的にならず、冷静沈着に受け流すという困難なことを見事にやってのけるのだ。

「私、町おこしっていうのはその過程を町の人達が楽しめるようなものでないとうまくいかないと思うんですよ。なんか妙な悲愴感を持って困難に向かっていく、みたいな町おこしじゃ町の人達、特に若い人なんかは嫌がるだけでちっともついてこないと思います。町をどうにかしなきゃいけないという焦燥ばかりが先に立って、楽しむという心を忘れてしまっては成功はおぼつかないのではありませんか？」

その発言に町長は虚を衝《つ》かれた思いがした。

その通りかもしれない。自分自身、町を立て直さなければという焦《あせ》りばかりが先走って自分が楽しみながら取り組むという考えがまったくなかった。

「僕も同感ですね」松田の左隣に座っている友森という大柄で馬面《うまづら》の男が言った。「町の皆が、あぁ面白そうだな、自分も参加したいな、と思わせるようなノリというんでしょうか。そういうものを作って盛り上げていくというのが大切でしょうね」

話がいい感じの方向に流れていっていることを内心喜びながら、町長はもう一押しした。

「私がアイデアを公募したらどうかと思った理由は、坂巻町に住んでいない、いわゆる外の人なら、もしかしたらこの町に住んでいる人間には到底思いつかないような自由な発想ができるのではないかと考えたからです。ひとつの町でずっと生きてきてろくに他所の土地を見たことがない人間というものはどうしても保守的になりがちで、変化を嫌う傾向があると思います。そういう人間ばかりが額を寄せ合ってサァ町おこしだ、活性化だ、といったところで本心では望んでいないのだから失敗するのが当たり前です」

この発言に植木と井坂は機嫌を損ねたようだった。植木は声を荒らげて、

「それじゃあ、あんたはこの町のことをまるで知らない人間にこの町の存亡を委《ゆだ》ねるつもりなのかね？」

「〝存亡〟というのはちょっと大袈裟《おおげさ》じゃありませんか」井坂の左隣に座っている小園という男が苦笑いを浮かべて言った。井坂と同い年だが、井坂とは対照的に額が狭く、白いものの混じった潤《うるお》いのない髪の毛がヘルメットのように頭を覆《おお》っている。「アイデアを拝借する、というだけのことでしょう」

「同じことだよ」植木は彼を睨《にら》み、一喝した。

小園も負けてはいなかった。

「酷なことを言うようですが、僕はこの町の人間には変化を生み出す精神的なパワーがもはや残っていないと感じることさえあります。若者達にさえね。この町には今、新しい価値観や発想を持った人間が必要なんです。人間を例にとれば、成長していく過程でいろんな価値観を持った人間と接触した者と、そうでない者とでは困難に直面した時の対応の仕方がまるで違います。僕個人は多様な価値観は豊富な発想の源だと考えています。さまざまな価値観に触れた人間は困難に直面した時、ひとつの考えに凝り固まらず、物事をいろいろな側面から見て、考え、いくつかの解決手段の中から最善のものを選択していきます。それとは反対に限られた狭い価値観の中で育った人間というのは、偏屈で発想の転換が不得手なので、困難に直面した時ますます近視眼的な考えに捕われて抜け出せなくなってしまうものです。視野が両目の幅にまでせばまってしまうんですよ。町だって人間と同じです。成長していくためにはさまざまな価値観を持った人間を受け入れる寛容さが必要だと思うんですよ」

「だけどね、小園さん、そうやって他所の人間のアイデアで町おこしをして、よしんばそれで成功したとしてもですよ、町の人間にとっては感情的に自分達の力で町おこしをやり遂げたんだ、という充実感に欠けやしませんか？」

井坂が感情論を持ち出してきた。

「私はそうは思いませんけどね」

右奥から二番目に座っている議長の根本（輪郭も目も鼻も顎《あご》も首も、すべてが細い男である）が目の上に覆い被《かぶ》さった長い前髪をうるさそうに左手の小指で掻《か》き上げながら言った。細い目をさらに細めて、

「町おこし事業が成功して、観光客が増えて、この町にたくさんお金を落としていけば客商売やっている人は大喜びでしょう。アイデアが町の人間のものか他所者のものかなんてことにこだわる人間なんていないと思います。大切なのは成功して、儲《もう》かるということなんじゃないですか？」

現実派の根本らしい意見だ、と町長は思った。

町おこし事業のアイデア一般公募に議会の猛反発を食らうだろうと考えたのはどうやら自分の取り越し苦労だったようだ。これまでのところはっきりとした反対を表明しているのは、植木と井坂の二人だけだ。

これならいける。

町長はテーブルの奥の君塚をちらりと見やった。君塚は目線をテーブルの上の一点に静止させ、右手の親指と人差指で上着の左襟の縁をつまみ、上から下へと撫《な》で下ろしている。この男の癖だった。相変わらず発言もせず、猫のフリオの毛づくろいみたいな単調な動作を延々と繰り返している。

「君塚さんはどうです？　あなたは記念文学館に賛成だということですが」

町長は彼を瞑想《めいそう》から現実へと引き戻してやった。

「んなっ？」

君塚が変な声をもらし、右手の動きを止めた。目を上げ、そして声の聞こえた方向を首を捻《ひね》って見た。その目には戸惑いと驚きが浮かんでいた。町長には彼の心の声が聞こえるような気がした。

ああ、そうか。今、会議中だったっけ。俺を呼んだのは誰だ？　そもそも本当に呼ばれたのか？

町長はいつになく激しく、この男のエステクラブにでも通っているのか不自然にツルとした顔をひっぱたいてやりたい衝動に駆られた。

お前は一体何のためにここにいるんだ、上着の毛づくろいをするためか！

「あなたはアイデアの一般公募についてどう思います？」

残り二十一人の議員の視線が、一斉に君塚に注がれた。

君塚は毛抜きで丹念に形を整えたらしい眉《まゆ》を吊《つ》り上げ、顎を引きやや上目遣いで町長を睨んだ。

その目は、俺は今大事な物思いに耽《ふけ》っているのだからつまらないことで思考を乱すな、と非難していた。だが、周囲の人間の自分を見ている目が冷たいことに気づくと、カンニングを見つかった中学生のような怯《おび》えが目の中に現れた。

この男が臆病《おくびょう》で、精神的に未熟なのだということを町長は改めて強く認識した。こんな男が町会議員だなんてつくづく情けなくなる。

君塚はあわてて冷静を取り繕ったのがみえみえの表情で、

「そんなに、急ぐ必要があるんですかね」

そういえば君塚の肉声を聞いたのは随分と久し振りだった。喋《しゃべ》っている君塚はなんだか君塚でないような違和感すらあった。

「どういう意味です？」町長はそう訊《き》くことで先を促した。

「いや、だから」君塚は言い淀《よど》んだ。そして眉間《みけん》に縦皺《たてじわ》を一本刻み、二秒ほど考え込んだ。その顔には苛立《いらだ》ちと後悔らしき感情が浮かんでいる。うっかり口走ってしまったことに説明を求められるなんて割に合わないとでも言いたそうだ。

「つまり、そんなふうにムキになって急激な町づくりを進めなくたって、もっと、なんていうか自然で緩やかな、長期的な……長期的に進めていく町づくりの方がいいんじゃないかと思ったんですよ」

発言の内容はともかく、その声音《こわね》からは、ともかく恥をかかない程度に何かもっともらしいことを言わなくてはならないという妙なプライドが窺《うかが》えた。

「長期的といいますと、どの程度の期間ですか？」

深く追及するのも馬鹿馬鹿《ばかばか》しい気がするが、町長はもう少しこの男の考えていること――それがあればだが――を探ってみた。

「いや、だから……十年、二十年とかそれぐらいの長期的視野に立ってですね……」そこでまた言い淀んだ。町長はその先の言葉を待ったが、君塚はついにそれ以上先に進めなかった。

議員の何人かが、見ている方が恥ずかしいとでも言いたげに彼から視線をそらす。

「私の選挙公約は」町長は一語一語嚙《か》み締めるように、「四年の任期中に町の皆が納得できるような方法で、この町の過疎《かそ》化を食い止め、町に再び活気を取り戻すことでした。私の記憶に誤りがなければ、町会議員選挙の時に、あなたも同じような趣旨のことを公約として掲げた、と思いますが」

君塚は、俺に説教するつもりか、とでも言いたげな顔で、

「だから、私が言いたいのは理想的な町をつくり上げるには十年、二十年ぐらいはかけ

るつもりでやらなければ、ということですよ。勿論《もちろん》任期中の四年間に何らかの成果を挙げなければならないのは当然だ、うん」

その発言は、自分には何もする気がないと言っているのも同然と受け取れた。こんな男に構って時間を浪費するのは馬鹿らしいので、町長は他の議員達の顔を見渡して、最後に議長の根本を見た。

根本は頷《うなず》き、オホン、と小さな咳払《せきばら》いをひとつすると、

「町おこしのアイデアの一般公募について、決を採りたいと思いますが、異議はありませんね？」

一般公募に反対したのは植木、井坂、そして君塚であった。君塚が反対したのはおそらく恥をかかされた腹いせだろう。残りの十九人が賛成し、一般公募案が採択された。

やったな。町長は内心ほくそえんだ。

3

臼田《うすだ》清美は高校を二年の時に中退してから二年以上働きもせず、毎日ぷらぷらと遊び回っていた。

ある日、臼田は渋谷のセンター街で、女の二人連れに声をかけられた。清美と基本的

に同じ人種という感じだった。

「ねぇ、あたしたちこれから合コンにいくとこなんだけど、一人風邪ひいちゃってメンツがたりなくなっちゃったの。数の釣り合いが取れないし、ホストやってる超カッコイイ男ばっかりだから、あなた一緒に来る気ない？」

暇だったし、二人がとても人なつっこかったので、臼田は、

「あたしなんか全然可愛《かわい》くないけど行っていいの？」と訊いた。

「何言ってんの、可愛いじゃん、ねぇ」

「ねぇ」ともう一人がオウム返しに言った。

「じゃあ、行く」面食いの臼田に、ホストという単語は魅力的だった。可愛い、話が上手い、こっちの話も熱心に聞いてくれる。繊細で、でもセックスの時はそれなりにワイルドになって奉仕してくれる。

「よかった、ありがとね。でもまだ待ち合わせの時間までちょっとあるから、どっかでお茶しない？」

誘われるままにマクドナルドに入った。

初めに自己紹介して、二人が臼田より一つ年上であることがわかった。それからしばらくは遊び場のことや化粧品やケイタイの新機種などのことについてとりとめのない話をしたが、やがて話題はどうして平日の昼間からセンター街でうろついているのか、今

どういう状況にいるのかということに移っていった。

五分後には、信じられないようなことが起きていた。自分と同じぐらいいい加減に生きているかに見えた二人（圭子《けいこ》と加奈恵《かなえ》と名乗った）が、内心ではあゆ的へアースタイルにサイケな付け爪、お水と一般人の隙間的オーラ。日本を始めとする世界の荒廃と、それをもたらした原因（自分さえよければいいという考え、金がすべてを支配するという考え）を憂《うれ》い、今、自分がこの地球の未来を救うために何をしたらいいのかという、臼田がこれまで一瞬たりとも考えたことのなかったスケールの大きな問題に真剣に悩んでいることを知って、非常に大きな衝撃を受けた。

あたしとおんなじじゃないじゃん、全然違うよ。なんで？

そして激しい自己嫌悪《けんお》に陥った。こんなふうに何にも考えずに遊んで、時間を無為にしているのは自分だけなのだと。

圭子と加奈恵が臼田に声をかけた理由などすっかり頭から消え失《う》せていた。

「あたしたち、外見はこんなふうだから遊んでばっかりいるってよく誤解されるけどさ、本当は違うのよ。あたしたちだって人並みに……ううん、普通の人よりかずっと未来のことを考えてるの。だってさ、恐いと思わない？　このまま世の中ひどくなるばっかりじゃん。その内絶対、皆の頭がおかしくなって殺し合い始めちゃうよ。マックとかで普通に喋ってたらいきなり刺されたり殴られたりして死んじゃうかもしれないんだよ。子供ができたら、ある日子供がいきなり殺されちゃうかもしれないんだよ。そんなのゼッタイいやだよ。だから今からでも遅くないからこれまでブラブラ遊んで無駄にした時間を取り戻すつもりで自分にできることを頑張ろうと思ってるの。それでね、ボンヤリ歩いてたあなたを見たら、ちょっと前のあたしたちと同じだなぁって思って……。ねえ、すっごく面白いイベントがあるんだけど来ない？」

二人の尋常でない熱心な誘いに負け、一時間後には臼田は、大久保にある近代的な雑居ビルの三階で行なわれるフレッシャーズ講習会とやらの会場にいた。

三十畳くらいのだだっぴろいスペースに、老若男女《ろうにゃくなんにょ》問わず二十数人が、ピンクのカーペットの上に並べられたクッションに腰を下ろしていた。

圭子と加奈恵は臼田を左右から挟むように座った。

「もうすぐナビゲーターの滝島さんて人が入って来るよ」

加奈恵が臼田に囁《ささや》いた。

やがて四十代半ばの快活そうな男が勢いよくドアを開けて入ってくると、皆と同じようにクッションにあぐらをかいて座った。学校のように聞く人間は椅子《いす》に座り、喋《しゃべ》る人間は壇上でという形式ではなく、同じ高さでクッションに座ってという形式は臼田にとって新鮮で、とてもざっくばらんな感じがした。まだ何ひとつ知らない周囲の人達にも不思議と親近感が湧《わ》いてきた。

滝島は開口一番こう叫んだ。

「この中にすごく有名な芸能人がいます！」

皆が驚いて周囲を見回す。

「それは私です」滝島は自分を指さして言った。

会場が苦笑いに包まれ、緊張感が少し和らいだ。

「皆さん初めまして藤木直人です」

そんなくだらないジョークにも不思議と皆笑った。加奈恵が「似てないぞ！」と野次を飛ばす。

滝島は加奈恵の方を見て、

「その通り、確かに全然似てませんけど、彼は私の友達です」

そう言うとプラスチックのフレームに入った四つ切りサイズの大判写真を右手に持って、皆に見えるように頭の上に高々と掲げた。滝島が藤木直人とどこかのバーのカウンターに並んで座り、カメラに向かって微笑《ほほえ》んでいた。

おお、という驚きの声があちこちで上がる。

「これだけで驚いてはいけません。こんな写真もあるんです」

今度は左手にも写真を持って掲げる。

その写真にはサングラスをかけた木村拓哉と滝島がカラオケボックスのソファに並ん

で座っていた。

ウソー、という女の子の歓声が上がる。

「まだまだありますよ」滝島はそう言うと二十枚以上の写真を会場の人達に手渡して回覧させた。

どの写真にも滝島が有名人と仲良く写っている。

梅宮アンナ、舘《たち》ひろし、工藤静香、ダウンタウン、高橋英樹、桂《かつら》文珍……、タレント以外では林真理子、森田芳光《よしみつ》、柴門《さいもん》ふみ、大槻義彦《おおつきよしひこ》教授、筑紫哲也……。

会場は忽《たちま》ち興奮に包まれた。

次々と回ってくる写真の一枚一枚に驚きながら臼田は思った。

すごい！　こんなにたくさんの有名人の友達を持っているこの人って、一体何者なんだろう！　きっとすごい人に違いない。

臼田は猛烈に滝島と、滝島の所属しているこの団体に興味が湧いてきた。

会場内のテンションが高まると滝島はそれからターボエンジンを全開にしたように喋り始めた。

彼の話によると、この団体『真道学院』には主として二つの活動目的があった。

その一つは、人間が本来皆持っていながら使っていない、その存在すら知られていない脳の『エンシータ領域』と呼ばれる部分を、科学的トレーニングによって覚醒《かくせい》、開発し、驚異的な自己変革を実現することである。なんでも社会で成功し、輝いている人というのは皆この『エンシータ領域』を無意識のうちに刺激し、自分なりに開発したからこそ栄光を手に入れられたのだそうだ。

誰でもちょっとしたコツを体得すれば、さきほど写真で見たたくさんの有名人達よりもはるかに効率的に、短期間で、これまで想像だにしなかった〝輝けるあなた〟に生まれ変われるのである。

〝あたしも輝けるのかな？　皆から愛されて、憧《あこが》れの的になれんのかな？〟

滝島はそれが可能だと言っているのだ。

臼田の胸の奥で心臓が大きく跳ね、肘《ひじ》や膝《ひざ》の関節が笑うように震えた。

中学時代から不登校を繰り返し、出来損ないの最終処分場みたいな女子高に入ってからは恐喝、万引き、援助交際セックス合コンと典型的なクズの道を歩いてきた臼田の心の奥にも、やり直したい、転落の底無し沼から脱け出して、新しい人生を踏み出したいという気持ちが、生ゴミ入れの中で誰かに見つけられ拾ってもらうのを待っている銀の指輪みたいに潜んでいたのだ。

〝そうだ、このままじゃいけないんだ！　あたしはとんでもない間違いしてたんだ！〟

臼田は滝島の話を聞きながら思わず涙をこぼした。両隣に座っていた二人が気持ちを察したのかそっと肩を抱き、背中をさすってくれた。そのさりげない優しさが胸にズシンと響き、わっと泣き出してしまった。

それを発端として会場全体にすすり泣きが伝染病のように広がった。

臼田には涙で霞《かす》んだ滝島の姿が神様に見えた。

『真道学院』のもうひとつの活動目的は『エンシータ領域』を開発して得られた『超理性』を、日本中に、そしてゆくゆくは全人類に行き渡らせることである。

『超理性』は一部の人間だけによって占有されるべきものではない。全人類が等しく『超理性』を獲得できればその時、地球は『殺戮《さつりく》の惑星』から『愛の惑星』へと進化を遂げ、平和が未来永劫《えいごう》にわたって続いていくのである。

その言葉を聞いた瞬間、臼田の頭の中で目映《まばゆ》い白い光が生まれ、その光が愛のシャワーのように、汚れてすさみ切った心を優しく洗い流してくれるのを感じた。

臼田は学院の三日間体験入学コースへの参加を決めた。

その場で参加を申し込んだ臼田を含む十三名は説明会の後、二人の女性職員（とてもハキハキとして明るく、有能そうだった）に連れられて一階上の四階にある学院の広報センターへと案内された。

それから一人ずつ名前を呼ばれ、オフィスの隅の衝立《ついたて》で仕切られた小スペースに招かれた。

臼田を迎えたのはこれまた実に感じの良い三十代後半の女性で、彼女はまず進んで体験入学コースへの参加を決めた臼田の真剣さを誉《ほ》めたたえ、あなたは非常に高い倫理的素質のある人間だと付け加えた。

体験入学コースへの参加費は無論無料である。

それからちょっと妙なことを言われた。

体験入学コースへ参加したことはご両親や兄弟には言わない方がいいと。

なぜですか、と訊《き》くと、この学院の活動に関して、最近一部のマスコミや評論家などが悪意と偏見に満ちた中傷運動を展開している。あなたのご家族がそういったメディアの影響を受けていたらあなたがこのコースに参加することを反対するかもしれないからです、という答えが返ってきた。

「私が何よりも心配しているのは、あなたのご家族によってあなたの心に偏見のフィルターがかかってしまうことなのです。私からの切なるお願いなのですが、どうかそういった偏見に惑わされることなくあなた自身が見聞きして、感じたことのみによって、あなた自身が判断を下して欲しいのです。あなたはもうすぐ二十歳になり、大人の仲間入りをするのですから、この機会に責任ある行動の取れる大人への第一歩として、ご両親からも私達の学院からも等しい心理的距離を保ってこのコースに参加して欲しいのです」

臼田にとってそれは大人としての自立への第一歩に思えた。

自分自身で考え、判断する。

そうだ、私はこれからは自分で考え、自分で決めるのだ。私はもう子供じゃないんだ。

「わかりました」臼田は体験入学コースへの参加を家族には言わないことを約束した。


体験入学コースの第一日目は写真撮影と映画鑑賞会だった。

まず青い背景を背にして上半身と全身の写真を撮ってから、視聴覚室へ連れていかれ、そこで映画を観《み》た。それは『真道学院』のスタッフが実話を基に製作した映画であった。

ストーリーは悠司《ゆうじ》という名前のロック・ミュージシャン志望の二十五歳の青年が挫折《ざせつ》するところから始まる。

夢を実現するために悠司は二十歳の時に熊本から上京し、アルバイトで知り合った三人とバンドを作った。彼はヴォーカルである。小さなライブハウスを拠点にして地道なライブ活動を続けてきたが、バンドは音楽プロダクションにもレコード会社にも見向きもされない。

月一回のペースでやっているライブも回を重ねる度に客が減り、ライブハウスのオーナーにも嫌味を言われる始末だ。

自分自身に対して抱いているイメージと現実の自分があまりにもかけ離れているため彼の精神は常に不安定だった。

年を一つ取る度に夢は遠くなっていく。彼は狂おしい焦燥に駆られ、音楽以外のこと(ビル清掃のアルバイトやライブの観客を集めるためだけの付き合い)はすべて自分から人生の貴重な時間を奪い、夢から遠のかせる敵なのだと考えるほどになってしまった。

バンドのメンバーの才能にもはっきりと限界が見えてきた。やっぱり安い才能はどこまでいっても安いままなのだ。

こいつらと一緒にやっていたら、俺まで潰《つぶ》される。

こいつらは根性なしの凡人だが、俺は違う。俺は本物のスターになるべき十年に一人の逸材なのだ。

ある日のリハーサルで悠司は今後のバンド活動について他のメンバーと大喧嘩《おおげんか》して、つい本音を叫んでしまう。

「俺は業界からアプローチがあったらお前らなんか真っ先に切り捨ててやるつもりだったんだ。能無しのお前らなんか〝打ち込み〟よりも下手糞《へたくそ》で使えねえ」

バンドを解散し、彼は新しいメンバーを音楽雑誌の募集ページで探し始める。

ところが彼はそこで愕然《がくぜん》とする。

メンバー募集のページを埋め尽くしているミュージシャンの卵達は殆《ほとん》どが彼より五歳以上も若い連中ばかりだ。

〝ボーカル募集。22歳くらいまで。こちらは平均年齢18歳の最高にクール&ハードなバンド〟

〝熱いボーカリスト求む！ 俺らと一緒に日本一ビジュアルショッキングなバンドを作ろう。ただしオジンとオタクは不可〟

そんな尊大で、自分が何者かもわかっていない連中の病的自信過剰な呼びかけが延々二十ページも続く。

「馬鹿《ばか》どもめ、死にやがれ。お前らにデビューなんかできるわけがない」

彼は独り言を呟《つぶや》きながら、いくらかでもましな奴《やつ》がいないかと目を皿のようにして探した。

結局、彼が募集文を赤丸で囲って連絡を取ることに決めたのは二人だけだった。

悠司は電話を取り、募集文に載っていた携帯電話の番号にかけてみた。

――誰？

つっけんどんな男の声が耳に飛び込んできた。

「あの、『ロッキン・ジャパン』のメンバー募集を見て電話したんだけど」

――いくつ？

「年？ 二十五だよ」

――じゃ駄目だ。

ブチッ。プーッ、プーッ。

爆発しそうになるのを必死で抑え、もう一人のメールアドレスに自分の電話番号を入れる。

一時間後に電話がかかってきた。悠司はその時小便していたのだが途中で切り上げて便所から走り出ると、電話に飛びついた。

「もしもし？」

――メール入れた？

「ああ、メンボ（メンバー募集）で見たんだけど」

――歳《とし》いくつなんですか？

「二十五なんだけど……」

――二十五ですか。

と言ったきり相手は黙ってしまった。

「もしもし？」

――すいません、二十五歳だとちょっと……うちのバンド、皆十九とか二十だから。

「年のことは募集に書いてなかったよね」

――いや、そりゃそうですけど。

「別に年なんか関係ないと思うけど。そう思わない？　ねえ」

そんなふうに食い下がる自分が情けなくなったのか、彼の両目に涙が滲《にじ》んだ。

臼田も他の数人もこの場面では目頭を押さえた。

結局悠司は新しいメンバーを見つけられず、ひとりぼっちになった。

それから悠司のモノローグ。

「俺は毎日気が狂いそうだった。本当は俺には何の才能もないんじゃないだろうか？　俺に才能がないから俺の周囲にも凡人しか集まらないんじゃないだろうか。そう考えるとなんだかロックへの情熱が少しずつ冷めてくるのを感じた。俺はそれが恐ろしかった。これまでロックは俺のすべてだった。俺からロックを取ったら何も残らないのにロックへの情熱が失《う》せていく」

それから悠司はバイトにもいかなくなり、毎日渋谷の街を目をぎらつかせてさまよい歩く。前を見ているのになぜか電柱にぶつかったりする。

センター街を幽霊のようにフラフラとうろつく場面になると、臼田は心の中で叫んだ。

〃私と同じだ！　私もひとりぼっちで目的もなくあそこをうろつき回っていた〃

ある日、悠司はセンター街で二十代の二人の男女に声を掛けられる。

「大丈夫ですか？」

まるで彼の内面が見えたかのように二人は悠司のことを心配していた。

「何かつらいことがあったのですか」

「ほっといてくれ」悠司は背を向けて歩き出そうとした。

「僕達に打ち明けてみませんか？　あなたの心の苦しみや痛みを」

悠司は立ち止まり、二人を振り返った。

ここで悠司のモノローグ。

「二人の顔を見て、本当に心から俺のことを心配しているんだってことがわかった。見ず知らずの他人だっていうのに。本当は、俺は死ぬほど誰かに聞いてもらいたかった。俺がどれほど孤独で、自分勝手で、空っぽな人間なのかってことを」

「くうう……」臼田はここでまた泣いた。

その後、悠司は『真道学院』に入り、科学的トレーニングによって『エンシータ領域』を開発していく。そこでまたモノローグ。

「毎日が本当に充実していた。俺は心から笑い、心から泣き、失いかけていた人間性を取り戻していった。目の上に被《かぶ》さっていた膜が剝《は》がれて視界がクッキリと明るくなる、そんな感じがした。『エンシータ領域』を開発したおかげで驚くべき変化が俺に生じた。今までまったく思いつかなかった美しい詩やメロディーが泉のように湧《わ》いて自然と口をついて出てくるのだ」

そして一週間の開発コースの最終日、悠司は他の受講者と学院のスタッフ達を前にして一人で伴奏もなしに彼が頭の中だけで作った歌を披露する。

♪僕はひとりぼっちだった
　人から愛されることばかり求めていた
　自分だけを愛していた。だから孤独だった
　だけど君たちは気づかせてくれた
　人を愛することで
　自分は幸福になれるのだと
　ありがとう、僕はもうひとりじゃない
　愛に包まれ、君たちと共にいるから

会場は割れんばかりの拍手に包まれ、皆がヒーヒーと嗚咽《おえつ》を漏らした。
臼田もわーわー泣いた。

そしてラストシーン。悠司は皆の前でこう言う。
「トレーニングのおかげで今までの僕から脱け出し、新しい人間に生まれ変わることができました。歌もずっと良いものがつくれるようになりました。だけど僕はこの能力を商業目的に利用するつもりはありません。なぜならこの一週間でもっと大きくてもっと大切な生きる目的を見いだしたからです。僕は『真道学院』の素晴らしさを世界中の人々に知ってもらうためにこれからの人生をこの学院に捧《ささ》げようと決心したのです。皆さん、本当にありがとう」

映画が終わると皆が椅子から立ち上がり、泣きながら拍手した。

同じ映画を見て涙を流すことで皆と一体になれたことが臼田は嬉《うれ》しかった。


二日目はこの学院の生徒達の個人的告白を聞いた。

告白した人達は老若男女さまざまで、それぞれの人生において最も悩み、苦しんでいた時期に『真道学院』と出会ったという。

学院は、それまでの自分が無知と恥知らずな欲望に捕われて膨大な無為の時間を送っていたことに気づかせてくれた。その事実に打ちのめされ、もう立ち直れないかと思った。しかし親切な先輩達に励まされて『エンシータ領域開発プログラム』に取りかかった。それからは高度な科学的プログラムに導かれて、より高次元の存在へと変貌《へんぼう》を遂げ、意味ある人生の目的を見いだすことができた。学院と出会って自分は本当に幸せになった。

彼らが目を輝かせながら語るさまは、昨日観た映画よりもさらに大きな感動を臼田に与えた。

「間違いない。この学院には信頼できる確かな、そして意義のある〝何か〟がある」

臼田は涙を流しながら強く確信した。

告白の拝聴がすむと、二十六名の参加者は五つのグループに分けられた。それぞれのグループは八畳ほどの広さの部屋に招き入れられ、円形に並べられた椅子に座った。そして二人のナビゲーターの主導によって一人ずつ順番にこれまでの自らの人生を告白した。

臼田も告白した。見ず知らずの人々が自分の不安な心の内を真剣に聞いてくれた。そして我がことのように心を痛め、共に涙を流してくれた。自分もまた見ず知らずの他人の心の痛みを知り、自分のことのように感じた。そこには本物の心の触れ合いが存在した。それは臼田が家庭でも学校でも決して見いだせなかったものである。

体験入学コースの三日目は心理テストであった。

自分の性格について「よく当てはまる」から「まったく当てはまらない」までの五段階尺度の中のどれかにマークする質問が三百以上と、ある単語から別の単語を連想させる問題や、冒頭の一文を継いで被験者が文章を完成させる作文テストなど、膨大な量の質問からなるテストを参加者は正午から途中二十分の休憩を挟んで夕方の四時まで続けた。

テストが終了すると参加者達は、このテストの分析結果によって入学後のトレーニング開始レベルが決められるのだと教えられた。

明日か明後日中に必ずこちらから連絡しますと告げられ、解散となった。

翌日の朝九時きっかりに臼田は電話によって起こされた。電話は『真道学院』からであった。女性スタッフが心理テストの分析結果を教えてくれた。

――はっきり申し上げますとね、臼田さん。

相手は妙に不安を掻《か》き立てる声で言った。

――あなたのパーソナリティー曲線にとても良くない兆候が見られるのです。

「良くない兆候、ですか？」

そんなことを言われるなんて思ってもみなかった。

――ええ、そうなんです。この結果について私どもは非常に心配しているんですよ。電話では詳しい説明がしづらいので、今日こちらの方にいらっしゃいませんか？

「今日ですか？」

――ええ、早ければ早いほどいいんですよ。あなたにとって、とても重要なことですから。

そう言われて臼田はとても気になった。

「場所は大久保ですよね」

――いいえ、京王堀之内です。

どこだって？　臼田は戸惑った。

相手は臼田の戸惑いなどお構いなしに、今日の正午に京王堀之内駅の北口改札を出た所で待っていて下さいと告げた。

――それでは時間厳守でお願いします。

「はい、わかりました」

受話器を戻し、机の上の置き時計に目をやる。九時十四分。

ところで京王堀之内ってどこにあるんだろう？　聞いたこともない駅だ。ルイ・ヴィトンのハンドバッグからすしあざらしのキャラクターシステム手帳を取り出し、東京近郊路線図を見てみた。

うわっ、遠い。京王線の終点の橋本の三つ手前だ。臼田の自宅最寄り駅の荏原中延《えばらなかのぶ》から二時間ぐらいかかりそうだ。ちょっとした旅である。

両親は共働きなので今は家には臼田一人だった。あわててシャワーを浴びてから着替え、両親にメモを残すことなく家を出た。

池上線と山手線で新宿まで行き、そこから京王線橋本行きに乗った。

調布を過ぎたあたりから人家はまばらになり、電車内の人間も数えるほどになった。

不安と心細さが心を急速に萎《な》えさせていく。どうしてこんなにも不安になるのか不思議だった。

臼田は、この不安感は心の中の自堕落な自分が変化を恐れているせいなのだと解釈した。好きな時に起きて、食べて、寝る生活を二年以上も続けてきたため、すっかりそれに慣れ切ってしまい、いざ大きな変化を目前にして怯《おび》えているのだ。

十二時十分前に京王堀之内駅に着くと、既に一人の女と二人の男が待っていた。三人とも二十代後半だろう。臼田の姿を見るなり度のきつい眼鏡をかけ、潤《うるお》いのないショートヘアの女が、

「臼田清美さんね。よく来てくれたわね、あなた本当に偉いわ」

臼田の肩に手を回し、停めてある乗用車の方へと導く。二人の男は無言で臼田の背後50センチを並んだ影のようにくっついて歩く。臼田は妙な威圧感を感じた。

二人の男の片方が運転し、もう一人と女が後部座席に臼田を左右から挟んで座った。

「遠いところまでよく来てくれたわねぇ。途中心細くなったでしょう？」

女が臼田の心の中を見透かしたように言った。

「これからどこへ行くんですか」臼田が不安そうに訊《き》くと、

「学院の学舎兼宿舎よ。私達が〝ネスト〟と呼んでいる所」

すぐ着くのかと思っていたらとんでもなく長いドライブだった。

四十分のドライブの末に辿《たど》り着いた〝ネスト〟と呼ばれる学舎兼宿舎は、周囲に人家のない乾いて荒れた平地に建っていた。

三階建ての白く塗られたコンクリートの建物はひっそりと静まり返っていた。昔通っていた小学校の校舎を思い出したが、目の前の建物には窓が異様に少なかった。それぞれの階に車のサイドウインドウほどのちっぽけな窓が一つないし二つあるだけでその窓も閉ざされている。

建物の正面にある駐車スペースには大統領が乗るような巨大なキャデラックのリムジンを含む乗用車が八台と、2トントラックが二台駐《と》まっていた。

車から降り、三人に連れられてネストの入り口に向かって歩く。

こんなに大きな建物なのに入り口の扉は縦2メートル、横60センチほどのちっぽけなもので、それがひどく違和感を感じさせた。

扉をくぐってまず目に飛び込んできたのはいくつも並んだ下駄箱の列だった。縦2メートル、横4メートルほどのねずみ色のスチール製下駄箱が両側に五つずつ並んでいる。すべての下駄箱が使われているとしたら五百人近くがこの中にいることになる。

だが建物内の静けさはその人間達の存在をまったく感じさせない。

「静かでしょう? 今の時間はほとんど皆、広報活動に出かけているから、人はほとんどいないのよ」

女がまたしても臼田の心を見透かしたようなタイミングで言った。

空いている下駄箱のひとつをあてがわれ、男の一人が持ってきてくれた薄っぺらなビニール製のスリッパに履き替え、臼田は奥の方に歩き出した。

入り口から三番目の下駄箱の傍を通り過ぎる時、ふいに右側に人の気配を感じ、なぜだかわからないが臼田は恐怖で身をすくませた。

小柄な女が二人、四つん這《ば》いになって床を雑巾《ぞうきん》がけしていた。顔を下に向けているのではっきりとはわからないが二人とも若そうだった。無駄口を叩《たた》くこともなく黙々と力を込めて床を磨いている。彼女達は二人とも白い無地のTシャツに紺のだぼだぼのスウェットパンツというなりだった。プロの掃除のおばさんには見えないので学院の生徒に違いない。

下駄箱の間を抜け、幅3メートルほどの廊下を歩く。途中、いくつも部屋を通り過ぎたが、どのドアにも上側に白いプラスチックプレートが貼《は》られていて、その表面には、部屋の名前が拳大《こぶしだい》ほどもある大きな字で大書されていた。しかし、その名前はどれもこれも馴染《なじ》みのない初めて聞くものばかりだった。

『VTM浮遊室』、『内観補助室』、『プレントランス個別自習室』、『真道動功術RD室』……。一体何をする部屋なのか見当もつかない。

廊下の中程に上の階へ通じるやや急な階段があり、それを上って二階へ上がる。

二階にも同様にさまざまな部屋がいくつもあり、臼田の前に立って歩いていた女は『小カウンセリングルーム』と書かれた部屋の前で立ち止まり、臼田の方を振り返って、

「ここです」と言った。女がドアを開けて中に入ったので臼田も続く。二人の男は部屋に入らずに戸口の所で待った。

部屋の中に入ってまず驚いたのは壁を埋め尽くさんばかりのたくさんの絵だった。絵は学院生が描いたものだと女が説明してくれた。A3の大きさの画用紙に太いサインペンで描かれているのは、ひとつの例外もなく、すべて同じモチーフだった。

それは、これから空へと飛び立つように天に向かって両腕を大きく広げ、両目から大粒の涙をこぼしている自分自身。

何百対もの涙をこぼしている目が臼田を両側から見つめていた。落ち着かない気分だった。

部屋の中央に小さな机とパイプ椅子《いす》が三脚置かれていた。女は椅子に腰かけて待っているように言うと、部屋を出ていった。

一分程経《た》ってからドアが再び開き、分厚いファイルを抱えた二人の男女が入ってきた。二人とも二十代後半で、きちんとスーツを着込んでいた。

二人は臼田の向かいの椅子に腰掛けると、女は阿倍《あべ》、男は本橋と名乗った。

歓迎の挨拶《あいさつ》もなしに二人は、心理分析テストの結果について、臼田の潜在的人格破綻《はたん》係数が、二人がここ数年見たことがないほどの高い数値を示していると告げた。プリントアウトされた曲線グラフをホワイトボードにマグネットで貼って臼田に見せながら、協調性、論理性、快楽志向性、感受性、攻撃性などの項目について説明していく。説明によると臼田はすべての項目にわたって最低レベルであった。臼田のパーソナリティー曲線は平均曲線を大きく下回り、グラフの横軸に限りなく接近していた。中学や高校の成績表で〝超低空〞といわれるやつだ。

屈辱と恐怖が臼田の後頭部から背中へとじわじわ広がった。

そして次の言葉で臼田の自尊心は決定的に打ちのめされた。

「君は今すぐ自分で自分を変えていこうと本気で頑張らないと、近い将来必ず人格に破綻をきたし、その後一生社会に適応できない」

一生社会に適応できないという言葉は槍《やり》のように臼田の心臓を貫いた。

まさかそんな、という気持ちと、やはりそうかという気持ちが心の中で激しくぶつかりあった。

「私……そんなにひどいんですか」臼田は絞り出すような声で言った。

阿倍が臼田の目をまっすぐに見据え、

「本当の自分を知るということは誰にとっても程度の差こそあれ、苦痛を伴うものです。しかし、真実の自分と向き合うことを避けていては何の解決にもなりません。あなたは『エンシータ領域』の開発に興味を持っていらっしゃるようですが、それよりもまず、パーソナリティー曲線を平均レベルにまで引き上げないことには開発トレーニングを受けても何の効果も得られません」

この数日間感じていた幸福感からいきなり絶望の奈落《ならく》の底に突き落とされた臼田にはもはや一片の判断力も残されていなかった。

「人格破綻なんて、嫌です……どうしたらいいんですか、私は」

それには本橋が答えた。それを避けるためには学院に入学して『レストレーション（修復）・コース』を受講するしか方法はない。

4

大始祖・丸尾邦博《くにひろ》は素っ裸になり、シャワールームに入った。

シャワーの栓を捻《ひね》ってぬるい湯を勢いよく噴出させると、シャワーヘッドを右手に持って、自分の精液と、たった今『エヘ・ボルハーノ伝達』を済ませたばかりの十九歳の女のプレントランス（pre-entrance・新入り）の膣液《ちつえき》が液状糊《のり》のようにへばりついているペニスと睾丸《こうがん》を洗い流した。

激しい摩擦の末に抜け落ちた陰毛が白いタイルの上を流れ、排水口の金網に引っ掛かって絡《から》み合った。

ざっと流してから、シャワーヘッドをフックに掛け、棚の上のボディーソープのポンプを押して左の掌《てのひら》の上に石鹼《せっけん》を出し、それを股間《こかん》になすりつけて泡立てた。萎《しぼ》んだペニスと睾丸、それに汗をかいた尻《しり》の割れ目などを念入りに指先で洗う。洗いながら、汗と涙と鼻水でグシャグシャになった女の顔と、大始祖・丸尾の大いなる慈悲のありがたさにむせび泣きしながら絶頂に達したあの時の声を思い返した。

大始祖・丸尾が臼田清美を初めて見たのは三カ月前のある日、大久保の広報センターであった。

その日、広報センターでは体験入学コースの二日目に参加した連中がいくつかの部屋に別れて『オープン・コンフェッション』を行なっていた。

どの部屋の壁面にも横1メートル、縦50センチの大きさの鏡が掛かっていた。

大始祖・丸尾邦博はマジック・ミラーの向こう側からプレントランス候補の人間達を順繰りに見ていく。

一番目の部屋には一生結婚できそうにない醜い三十代のOL、ラーメン店に勤める二十六歳のデブ男が一人、三十九歳の男の居酒屋経営者、それに病気で頭の毛がそっくりなくなってしまった女子大生がいた。

まったく興味がないので、隣の部屋に進む。

部屋の中を見て、一人の若い女に目が止まる。

昔、大始祖・丸尾が親衛隊員を務めていたアイドル・柏原郁恵《かしわばらいくえ》に似ていた。髪を茶色く染め、肌を日焼けサロンで焼いているが、顔立ちがよく似ている。

「あの若い女は？」

大始祖・丸尾は一緒に見回りをしているナビゲーターの須山に訊《き》いた。

須山はクリップボードに挟んだ書類をめくり、

「臼田清美・十九歳・無職です。聞きますか？」

「聞く」丸尾は答えた。

須山は壁に取り付けられたマイクのスイッチをオンにした。

大始祖・丸尾は壁に寄りかかって、臼田清美の告白の順番が回ってくるのを待った。

臼田清美の話は毎週十人から二十人、ここにやってきて告白する十代の連中のダイジェスト版みたいなものだった。

決まりきったレールの上に乗せられて走らされることに反発し、私は私なんだと突っ張って学校を飛び出したものの、一体自分が何をやりたいのかわからずに心身共に漂流している。生きていくための目的が見つからない。

その不安を誤魔化すためにホストクラブに通い、カラオケボックスに入り浸り、馬鹿《ばか》男《おとこ》に貢《みつ》がせた金で買い物しまくり、銀座や渋谷の街をうろつく。

親からはぷらぷら遊んでばかりいないで働けとプレッシャーをかけられる。近頃は中退した高校の仲間とも疎遠《そえん》になった。

「死ぬほど不安で、寂しかったんです。あたしなんかきっと、何の価値もない人間だろうと思うと……」

臼田はメソメソ泣き始めた。

その顔の歪《ゆが》み方が大始祖・丸尾は気に入った。丸尾は、美人の整った顔が苦痛や恐怖や快楽で醜く歪む瞬間を見るのが好きだった。その落差が興奮させる。

臼田が入学して『レストレーション（修復）・コース』を受講すると、丸尾は暇をみてはちょくちょく八王子のネストへ臼田の姿を見に行った。

『レストレーション・コース』のメニューの中に『コーマ・ブレイク』というフィジカル・エクササイズがある。

このエクササイズは、未開発ゆえに限界に捕われていた人間が『エンシータ領域』の開発によってその限界を突き破り、その彼方《かなた》にある無限の可能性の世界へと飛びたっていく過程を、一連の定められた動きによって全身で表現し、それによって無意識の領域にまで進化のイメージを刷り込むことを目的としている。

フィジカル・シーケンス（体の一連の動作）は以下の通りである。動作は体操用のマットの上で行なわれる。

1、まず膝《ひざ》を抱きかかえ、胎児のように丸まって目を固く閉じる（このポーズは人間の未開発状態を表している）。

2、その姿勢のまま、まず右横に二回転がり、次に左横に四回転がり、そしてもう一度右横に二回転がって元の位置に戻る（このポーズは自らの限界を打ち破ろうともがき苦しむ人間の姿を表している）。

3、目を開けて立ち上がり、両腕を精一杯大きく広げ斜め前方に突き出す。そしてあらん限りの声でこう叫ぶ。

「私は自分の限界を超える！」

4、そしてその姿勢のまま膝を曲げ、脚のバネを使って思い切り前方に飛ぶ（遠くに飛ぶほどよいとされる）。そして全身をマットに打ち付ける（この動きが限界を突き破り、新たな世界への飛翔《ひしょう》を表現している）。

普通の人間なら十回もやればへばってしまうこのシーケンスを、受講者は一日に百五十回繰り返さなければならない。

何度も転がり、飛び、全身をマットに叩《たた》きつけているうちに頭は朦朧《もうろう》となり、何も考えられなくなる。そして頭の中は「私は自分の限界を超える！」という呪文《じゅもん》以外に他の思考が入り込む余地はいっさいなくなる。

顔をマットに打ちつけて鼻血を出そうが、口の中を切ろうが、目が回って嘔吐《おうと》しようがお構いなしに受講者はそれこそ死に物狂いで百五十回マットへの身投げを繰り返すのだ。かつては肋骨《ろっこつ》にひびが入ってもなお続けたつわものもいた。

臼田清美も例外ではなかった。

『コーマ・ブレイク』が終わったら臼田を三階にある大始祖・丸尾のオフィスに連れてくるよう、ナビゲーターの須山に言い置いてオフィスに戻った。

真紅の絨毯《じゅうたん》を敷きつめた、豪華なサロンといってもいいようなオフィスの中央に置かれた大きな執務机で、ＰＳＴ（ポテンシャル・ソース・オブ・トラブル＝潜在的問題発生源）調査部が作成し、今朝届けられたプレントランス誘拐《ゆうかい》事件の調査報告書に目を通す。

今月の最初の週に、大久保の広報センター近くの路上で、パンフレット用のコピー用紙を買いに出かけた三十二歳の男のプレントランスが車で連れ去られる事件が起きた。

誘拐したのはそのプレントランスの父親と別れた妻である。プレントランスは無理矢理かつての自宅に連れ戻され、軟禁状態に置かれたが、一瞬の隙《すき》をついて家を飛びだし、四時間後に広報センターに逃げ帰ってきたのだ。

報告書の入っていた封筒にミニ・ディスクが同封されていたので、卓上に置かれたＭ

Dプレイヤーにディスクを挿入し、再生ボタンを押した。

——もう一度、初めからだ。

風紀担当の若いナビゲーターの声から始まった。

プレントランスが喉《のど》の酷使による嗄《かす》れた声で話し始めた。

——昔、私の妻だった女と父が、車で待ち伏せしていたのです。夜十時を少し過ぎた頃、パンフレットのコピーをしていたら用紙が切れてしまったのです。そこで一緒に作業していたエントラ（プレントランスより一つ上の階梯・グループのまとめ役）の野村さんと一緒に近くのコンビニへコピー用紙を買いに出たのです。50メートルほど歩いた時、後ろから車が猛スピードで近づいてきたんです。車は私達を追い越しざま斜めに急停車して私達の行く手を塞《ふさ》いだんです。助手席から父が飛び出してきていきなり野村さんを突き飛ばしました。野村さんは倒れた拍子に顔を強く打ったらしく、苦しそうにもがきました。それから父は私の腕を摑《つか》み、力ずくで後部座席に押し込もうとしたのです。私は命がけで抵抗したのですが、負けて押し込まれてしまいました。運転席には別れた妻が座っていて、私と父が乗ると、即座に車を出しました。

——無理矢理拉致《らち》されたと言うんだな。だが何故《なぜ》だ？　お前は命がけで抵抗したと言ったが、六十近い男と力で争ってなぜ負けるんだ。一体何のために真道動功術を習ったのだ。

若いナビゲーターの声は猜疑《さいぎ》に満ちていて、ひとかけらの暖かさも感じられない。

——無理矢理拉致されたなどという嘘《うそ》で誤魔化しても駄目だ。お前は自分の意志で父親に接触したんだ。拉致を装《よそお》ってな。

——違います！　絶対に違います。

プレントランスの声は恐怖で裏返った。

——ち、力が出なかったんです。

そう言うと嗚咽《おえつ》を漏らした。

——甘えるな、疲れていたとでも言うつもりか。ネストの者は皆、お前と同じように一日十四時間、街中で広報活動に従事しているんだ。他の者ならこうはならなかった筈《はず》だ。お前が引き起こした失態で他の皆がどれだけ迷惑を被《こうむ》ったのかわかっているのか。たとえ一時間でもゴイサム（汚れた人間の世界）に戻ったプレントランスは、忽《たちま》ち学院に来る前と同じように汚れるのだ。ましてや四時間もいたお前には到底救済など望むべくもないぞ。

——すみません、すみません。

プレントランスは泣きながら詫《わ》びの言葉を繰り返した。

——お前は学院を敵に売るつもりなのか？

——そ、そんな！

プレントランスは発狂寸前といった声で否定した。

——ひどすぎます。私がそんな恐ろしいことを考えるわけがありません。私は学院のためなら喜んで命を投げ出すつもりですのに。

ナビゲーターはとりあわなかった。

——それはどうかな？　口ではなんとでも言えるぞ。お前がそんなことを言っても俺にはどうも信用できない。お前の勧誘成績は去年の暮れから落ちる一方だ。グループの中にはお前が広報活動に不熱心だと言っている者もいるぞ。他のプレントランスに較《くら》べてすぐに疲れた顔をするし、顔つきが暗いとな。本当に真面目《まじめ》にやっているのか。

プレントランスはそう言われて返す言葉がなかったらしく沈黙した。

——まあいい、それより女や父親に何を話した。

——学院のことは誓って一言《ひとこと》も話していません。私は奴《やつ》らに、私は自分の自由意志で学院に留まっているのだからこんな誘拐まがいのことはやめて即刻帰してくれと言い張りました。女は泣いて私の腕にすがりつき、父は、いい加減に目を覚ませ、と私の顔を張り飛ばしました。私は奴らの戯言《ざれごと》を心から追い出すために大声で学院生心得を詠誦《えいしょう》しました。すると奴らは方法を変え、私を懐柔しようとしました。女は私が好きだった二ラ玉を作って食べさせようとし、父は釣り道具を持ち出してきてまた二人で釣りに行こうと誘いました。

——女の作った料理を食べたのか？

——や、奴らを安心させ、欺《あざむ》こうと思い、食べました。

ナビゲーターが軽蔑《けいべつ》するように鼻をフン、と鳴らした。

——食べ終わると、女がお茶を淹《い》れ、二人は私との思い出話を始めました。しばらくして、父が今晩一晩ぐらい泊まっていけと言いました。私は奴らを油断させるために申し出を受けました。夜十一時を回り、父がもう寝るといって二階の客用寝室に行きました。私と女も寝室へ行きました。暗闇《くらやみ》の中で寝たふりをして、脱出のチャンスを待ちました。夜中の一時過ぎに父が部屋から出て階段を降りて一階のトイレに入る音が聞こえました。私は五つ数えてから蒲団を撥《は》ね除《の》け、寝室を飛び出しました。女が、あなた逃げちゃだめ、と言ってすがりついてきましたが、突き飛ばして階段を駆け降り、廊下を走り抜けました。二階から女が私の名を叫び、トイレから父がパジャマのズボンを半分ずりおろした格好であわてて出てきました。私は父を突き倒し、玄関から飛び出すと、死に物狂いで走って逃げました。

——寝室で女と二人きりになった時……

ナビゲーターが一層冷酷さの増した口調で質問した。

——女と交わったか？

——断じてしていません！

プレントランスはヒステリックに叫んだ。

——交わっていなくても体を触るぐらいのことはしただろう。

——やめてください、そんな汚らわしいこと！

必要以上に力のこもった声で否定する。

——女はお前を誘惑したのだろう。隠しても駄目だ。お前の体を慣れた手つきで撫《な》で回したに違いない。そして耳元でゴイサムの女の戯言を囁《ささや》いた。〝あなた、愛しているわ、私の許《もと》に戻ってきて〟とな。そうだろう？

——ちがいます！

——嘘をつくな、ヤッたんだろ！　股をおっぴろげて、まっ黒いマン……

もういい、充分だ。丸尾は停止ボタンを押した。

こいつは嘘つき野郎だ。ついでに言うとこのナビゲーターは欲求不満だ。

机の一番上の引き出しを開けて、中から処遇書を一枚取り出した。卓上のペン差しからボールペンを取り、一番上の欄に問題となっているプレントランスの名前を走り書きし、その下の処遇記載欄に、〝レストレーション・コース　再受講　百二十五万円〟と記入した。

ボールペンをペン差しに戻し、ペン差しの脇《わき》に重々しく鎮座しているチタン製の認め印を手に取る。朱肉ケースの蓋《ふた》を開け、印鑑を軽く押し当ててから処遇書の真ん中に押印《おういん》した。

印の直径は4センチで、中央の〝丸尾〟という字の両脇には二体の動物の精緻《せいち》な彫刻が施されている。それは海中を泳ぐイルカと、大地を駆けるチーターである。特にチーターは背中の斑点《はんてん》までも精確に彫られている。イルカは海の、チーターは陸のスピードの王者で、両者とも高度な狩りの知識を備えている。この二種の動物は丸尾のこの学院における存在の象徴である。

ノックの音がした。

「どうぞ」丸尾は処遇書とディスクを封筒に戻しながら答えた。

目をあげると、ナビゲーターの須山と、須山に連れてこられた臼田清美が戸口に立っていた。

臼田が家を出てくる際に着ていた丈の短い薄茶のワンピース（現在の彼女の唯一《ゆいいつ》の所有物）は汗で濡《ぬ》れて体にぴったりと張りつき、体の曲線をくっきりと浮き立たせていた。顔にも額にも汗の粒が浮かんでいる。目はぎらぎらとしているくせに空虚だった。この学院の一万人を超える生徒と同じ目つきだ。

「入りなさい」まろやかな声で二人を招き入れた。

須山に、PST調査部にこれを届けてくれと封筒を手渡して退室させた。

二人きりになると、丸尾はどんな人間でも信頼せずにいられないとびきり優しく、誠実そうな笑顔で執務机の右側に置かれたパステルピンクの三人掛けソファを目で示して、「そこにおかけなさい」と言った。

臼田が言われた通りに腰掛けると、丸尾は椅子《いす》から立ち、机を回り込んでソファの方に行った。臼田がちょっと驚いた顔であわててソファの隅の方へ体を寄せ、丸尾のためにスペースを空けた。

「ありがとう」丸尾は礼を言って空いたスペースに腰を下ろした。

改めて間近で臼田を観察する。

顔、胸元、腰、下腹部、太股《ふともも》、ふくらはぎ、そして足首と順に視線を下ろしていき、最後にまた顔に戻した。

やはり柏原郁恵に似ている。

甘酸《あまず》っぱい、奇妙な感覚が湧《わ》き起こった。

暴力と、オナニーと、柏原郁恵にすべてのエネルギーを注ぎ込んだあの頃が微《かす》かな痛みを伴って胸に蘇《よみがえ》った。

高校二年の時に茨城のデパートの屋上で行なわれたサイン会とミニコンサートの会場で親衛隊の男に声をかけられ、パンチパーマの茨城親衛隊支部の隊長に紹介された。その後、自らも親衛隊の世界に飛び込み、それからは毎日、郁恵の歌の合間に入れる合の手、いわゆる〃コール〃の練習に明け暮れた。少しでもタイミングがずれると先輩の鉄《てっ》拳《けん》と脇腹蹴《げ》りの制裁が加えられた。親衛隊長は暴力団に所属しているので特に恐ろしかった。だが、顔面をボコボコにされ、腹に内出血を起こし、四十度近い高熱を発しても決して練習をさぼらなかった。へとへとになって自宅に帰り、汚い蒲団《ふとん》に倒れ込んでも、すぐには眠らず、一時間かけてオナニーを三回こなした。ネタは勿論《もちろん》郁恵である。

あの頃の自分は猿並みの馬鹿《ばか》だったが、エネルギーだけは有り余っていた。過去を頭から追い払い、丸尾は臼田に声をかけた。

「初めまして。私は学院の関東地区長の丸尾だ。よろしく」

「初めまして」臼田は蚊の鳴くような小さな声で言った。疲労のあまり声もろくに出せないようだった。

「がんばっているようだね」

「ありがとうございます」臼田はそういって頭をさげた。従順そのものだった。

「君のことが心配になってね。君のパーソナリティー曲線を見た時は私も驚いた。それで、君にじかに会って話を聞きたかったのだよ。そうすれば心理テストだけではわからない、君の心の中のもっと深い部分を知ることができると思ってね」

「ありがとうございます」臼田は同じ言葉を繰り返した。臼田の頬を伝った汗が顎《あご》の先にぶらさがり、太股の内側に落ちた。

「私は精神分析医の免許も持っていて、学院生のカウンセリングをしているんだ。これからいくつか質問をするから正直に答えて欲しい、いいね？」

「はい」

「君はこれまで何人の男性と肉体関係を持った？」

いきなりそんなことを訊《き》かれるとは思わなかったらしく、臼田の肩が硬直した。

十秒経《た》ってから臼田が答えた。「十九人です」

なかなかやるじゃないか、こいつ。

「君、質問に答える時はまっすぐ私の目を見つめて答えてくれ」

丸尾は微妙に声に厳しさを含めて言った。

「すみません」臼田は素直に謝ると、顔を上げて丸尾の目を見つめた。

柏原郁恵の顔とオーバーラップした。

「ではもう一度最初からやり直そう。君はこれまで何人の男性と肉体関係を持った？」

「十九人です」

「君は売春をしたことがあるかね？」あえて〝売春〟とストレートに言う。

その質問に臼田は怯《おび》えた目つきをした。

「答えて」丸尾は穏やかに先を促した。

「あります」

そうだろうよ。丸尾は心の中で納得した。

臼田の声音《こわね》には罪の意識が感じられた。結構なことだ。罪悪感こそ、非人間的なトレーニングを継続させる原動力なのだから、大いに罪悪感を持つがいい。

「君はオーガズムに達したことがあるか？」

「……あります」

丸尾は背中がぞくぞくするような興奮を覚えたが、外見は至って冷静だった。

「君はセックスしている時、男の汗の匂《にお》いを嗅《か》ぐと興奮するかね」

「……そういう時もありました」

それから丸尾は質問と質問の間隔を徐々に短くしていき、相手に躊躇《ためら》う余裕を与えなかった。

二十分後には臼田の性体験に関するほぼすべてのデータを引き出していた。

それに飽きると、丸尾はこう切り出した。

「『エンシータ領域』を開発すると、驚くべき変化が起きる。精神だけでなく、肉体にも。どんな変化か知りたいかね？」

『エンシータ領域』という言葉は、すべてのプレントランスにとって何よりも魅力的な響きを持っている。自分を破滅から救い、高次元の輝ける存在へと導いてくれる唯一の鍵《かぎ》なのだ。

「知りたいです」臼田の目は、目の前に一杯の冷えた水を差し出された砂漠の漂流者のようだった。

「『エンシータ領域』を覚醒《かくせい》させると、脳の命令により体からある特殊な物質が分泌《ぶんぴつ》されるのだ。この物質を世界で最初に発見したのはここの学院長だ。この物質は『エヘ・ボルハーノ』と呼ばれるもので、体内の悪性細胞を駆逐し、人間の肉体のあらゆる器官の老化を抑制する効果があるばかりか、五官の働きを飛躍的に活性化させる働きがあるのだよ。数年前、巷《ちまた》で『脳内革命』などという本が売れたようだが、あんなものはまったくの紛《まが》い物《もの》のインチキだ。汚ならしい出版戦略で世間にまき散らされた害毒だ。この物質の素晴らしい点は、それを分泌した本人ばかりでなく、自分以外の人間にもそれを受け渡すことができるのだ」

臼田の目が驚きで見開かれた。丸尾はさりげなく体を彼女にすり寄せ、

「つまり、『エンシータ領域』を開発した人間は、他人の精神や肉体にも大きな影響を与えることができるのだよ。場合によっては命を救うことだってね。素晴らしいと思わないか？」

丸尾は右手を伸ばし、臼田の肩に手をそっと置いた。汗で濡れたワンピースの下には肌理《きめ》細かい皮膚に包まれた柔らかな肉があり、その内側には熱い血が脈打っているのだ。

「素晴らしいです、本当に」臼田の丸尾を見る目つきは、最愛の男を慈《いつく》しむ女の目つきである。

丸尾は臼田の肩を摑《つか》んだ手に徐々に力を込めながら、

「ＨＩＶに感染して発病した学院生がいた。学院に入学した時点で、もうあと一年ももたないと思われていたのだが、『エンシータ領域』の開発によってついにＨＩＶを体から一掃できたのだ。その男性は今もこの学院で元気に活動しているよ。私はこの症例を論文にまとめて近々学会に報告するつもりだ」

「素晴らしいです」臼田は感動で泣きそうな顔になった。「私もいつか、開発できるでしょうか」

すがるような目つきで訊く。唇の下から並びの良い歯がちらりと覗《のぞ》いた。いい歯だな、気に入った、と丸尾は内心ほくそえんだ。

「勿論だよ。ところで、今日は何のために私が君をここへ呼んだかわかるかね」

「いいえ」

わからないが、なんとなくいいことなのではないか、という期待が臼田の目の中に読み取れた。

「君がトレーニングに非常に熱心に取り組んでいるので、ささやかな褒美《ほうび》をあげようと思ったのだよ、『エヘ・ボルハーノ』を」

臼田が驚きのあまり、息を詰まらせた。輝ける未来への扉がだしぬけに目の前に出現したのだから驚くのも当然だ。

「そんな、私なんかに……」

〝勿体《もったい》ねえだ、黄門さまぁ〟突然、テレビの時代劇のセリフがなぜか頭に浮かび、丸尾は笑いを噛《か》み殺した。

丸尾は臼田にくっつかんばかりに体を寄せ、大事な秘密を打ち明ける時の囁き声で、

「さっき、私は物質『エヘ・ボルハーノ』は他人にも受け渡すことができると言ったが、この受け渡しの方法は非常に難しい。瓶に詰めて〝はい、どうぞ〟とあげられるものではないんだ。『エヘ・ボルハーノ』は非常に分解しやすく、わずか一瞬でも外気に触れてしまうと何の効果もなくなってしまうのだ」

「それじゃあ、どうやって」

「うむ、驚くほど原始的だが、非常に確実な方法があるのだ。そして今のところこれ以外の方法で『エヘ・ボルハーノ』の伝達に成功した例はない」

臼田の体は十九人の男によって既に充分開発されていたので、ファックはシュークリームに指を突き立てるように簡単だった。

久しぶりに早くイッた。それだけ臼田の体が良かったということだ。

大始祖・丸尾はシャワールームから出て、着替えた。

深紫色のスーパービキニスタイルのブリーフを穿《は》く。剛毛にびっしりと覆《おお》われ、競輪選手なみに発達したはちきれんばかりの下半身の筋肉は、馬は無理でも大型のゴールデンレトリーバー犬ぐらいなら楽に蹴り殺せそうだ。ブリーフの脇《わき》からはみでた陰毛を人差指で中にたくしこんだ。今はおとなしいペニスが可哀相《かわいそう》なほど窮屈に納まっている。

上半身の筋肉は下半身に較べるとややおとなしめである。毛もややまばらであるが、胸の谷間には拳大《こぶしだい》ほどの密集地帯がある。

黒の無地のTシャツを着ると、それから黒のレザータイトパンツを穿く。学院生の中に服飾デザイン学校出の女がいて、そいつがデザインしたものである。太股の部分が丸尾の体型に合わせてゆったりとしており、前部分はジッパーではなく、三つのスナップ式金ボタンである。

Tシャツの上に黒の丸首のオーバーシャツを羽織る。そのオーバーシャツも丸尾のために独自にデザインされたもので、丸尾の逆三角体型を強調させるように腰の部分がすぼまっている。そして左胸には学院のエンブレムの刺繡《ししゅう》が施されている。

この記号は『超理性』によって、人間を絶望から救い上げ、そして、地球だけでなく太陽系をも優しく包みこもうとする学院の精神を表している。

最後の仕上げは東大理学部出身の男のプレントランスに三十分かけてピカピカに磨か

せた黒のライダーブーツ。

洗面台の鏡に顔を近づけ、天井の白熱電灯に照らされた頭頂部分に目をやり、いつものようにちょっと嫌な気分になる。

ハゲは相変わらず徐々に、休むことなく進行している。強い光の下に立つと嫌でも目立つ。シャンプーを刺激の弱いものに替え、ヘアブラシを最高級の黒馬の毛で作られた代物《しろもの》に替えても目だった効果は得られない。そろそろ本気で脱毛予防対策にとりかからなくてはならないかもしれない。河童《かっぱ》の皿みたいな部分ハゲは願い下げにしたいものだ。学院生の中にアデランスかアートネイチャーで働いている奴《やつ》がいるか後で探してみようと考え、とりあえず不安を頭から締め出した。

最近手に入れたオメガのダイナミック・クロノグラフを左手首にはめ、文字盤を見る。午後四時四十二分。五時に予定している学院長との打ち合わせまでまだ少し時間がある。バスルームのドアを開けるとそこは丸尾専用のオフィスだ。肘掛《ひじか》け椅子《いす》に座り、執務机の上に長いとは言い難い両足を乗せ、背中を椅子の背にもたれさせて楽な姿勢を取る。

二番目の引き出しから青い色の大型封筒を取り出し、中からファイルされた数枚の書類の束を抜き出し、顔の前にかざす。

『真道学院・長野県上高井郡坂巻町新ネスト建設計画・予備調査報告書』と表紙に書かれていた。

5

長野県坂巻町・町おこし
アイデア募集。

●応募先　〒38×—××××　長野県上高井郡坂巻町2—2—11坂巻町役場内・町おこし推進事業部Tel02××—38—7411
●募集内容　坂巻町を過疎化《かそか》から救う起死回生のアイデアを募集。観光施設・イベント・観光物産など何でも可。自由な発想であなたも町づくりの主役になってみませんか?
●応募規定　用紙自由。アイデアの名称、内容（イラストやスケッチを添えても可）。住所、氏名、性別、年齢、職業、電話番号を明記。FAX、メールでの応募も可。FAX02××—××—××××　メールアドレス：sakamaki@town.jp
●応募資格　不問。個人でもグループでも可。
●賞　賞金100万円。

●締切　4月30日。
●発表　6月15日、採用者に通知の上、町広報誌上に発表。

よし、なかなかいいぞ。

藤咲町長の胸は期待に高鳴った。百万円という額はちょっとしたアイデアを捻《ひね》り出すだけで手にできる金としてはべらぼうに高い。これで何の反応もないなんてことがあるわけがない。

坂巻町の復活を賭《か》けたメディア戦略の第一弾は『公募ガイド』だった。この月刊誌はあらゆる分野のコンテスト情報を掲載する情報誌である。

募集内容の文面を考えるだけでも、連日議会のメンバーや役場の推進事務局の職員達とかなりもめた。

文面には坂巻町が長野県のどの辺りにあるのかとか、どんな環境なのか、などといった情報が一切盛り込まれていない。

これでは実現不可能なアイデアばかり集まるのではないか、と植木と井坂、それに数人の役場職員が反対したが、町長はあえて情報を提供しないことにより、応募者が制約に捕われない自由な発想をしてくれることを期待したのだった。

表の坂道を耳慣れた車のエンジン音が登ってくる。あゆみのフィガロだ。居間の壁に掛かっている振子時計（といっても中身は電池式アナログ時計で振子は飾りに過ぎない）に目をやる。午後十時十七分。

猫のフリオがガラステーブルの下から音を立てずに這《は》い出し、ご主人様の帰館を出迎えるために、居間のドアの下部分に取り付けたフリオ専用の通用口を頭で押し開けて廊下へ出ていった。

エンジンの音が止《や》み、ドアの開閉音。十秒後に玄関の扉に取り付けたチャイムがカランという音を立てた。

「はいはい、わかったからちょっとどいて」というあゆみの声。

足下にまとわりつくフリオにそう言っているのだ。

それからペタンペタンというスリッパの音が次第に近づいてくる。

「ただいまっ」と居間のドアが勢いよく開いた。フリオがその隙間《すきま》から再び居間に飛び込んできた。

「おかえり」藤咲は三人掛けのソファに座ったまま顔を横に向けて言った。

あゆみは居間の壁ぎわに置いてある、今はもうただのでか過ぎるオブジェに成り下がってしまったエレクトーンの上にジャック・ウルフスキンのリュックサックをどさりと乗せ、居間を大股《おおまた》で横切って台所へ向かう。

「三十分ぐらい前、倉本君から電話があったぞ」藤咲はあゆみの背に向けて言った。

「そう」あゆみは素っ気なく返事した。冷蔵庫の扉を開ける音。

「夕飯はどうした？」

「外で食べた」

しばらくしてあゆみは右手にウーロン茶の入ったコップを持って居間に戻ってきた。

今日は、というか今日もあゆみはテンセルの混じったリーヴァイスのソフトジーンズに、ピンクの長袖《ながそで》のカットソー、その上に丈の短かい黒のダウンジャケットという格好である。

坂巻町のホームページにも募集広告を載せたが、そっちの方はまったく期待していない。大体、誰がこの町のホームページなんか見る？『公募ガイド』なら他のさまざまなジャンルの募集広告を見た人が、〝ついでに〟見て興味を示すということが期待できる。

「見ろ、広告が掲載されたぞ」

藤咲は嬉《うれ》しそうな顔で『公募ガイド』の表紙を見せて言った。

「ホント？　見せて」

あゆみがぱっと顔を輝かせて藤咲の隣にどっかりと腰をおろした。

その瞬間、微《かす》かに香水と、乾いた土埃《つちぼこり》が混ざった匂《にお》いが藤咲の鼻をくすぐった。あゆみは動物園の猿の飼育係という仕事柄、一日中野外にいるので、土埃の匂いが常に髪にしみついている。

「お前またやせたんじゃないのか？」

藤咲は気になった。

「そんなことないよ。早く見せて」

藤咲は広告の掲載されたページを開いてあゆみに情報誌を手渡した。

「本当に百万円にしたんだ、大きく出たわね」あゆみはそう言いながら左手の薬指と小指で癖のないまっすぐな、薄茶色に染めた髪を搔《か》き上げた。

「町の復活を賭けた大勝負だからな」藤咲はちょっと得意気に言った。

「これ、私が応募してもいいの？」あゆみが藤咲の顔を見て、訊《き》いた。

「勿論《もちろん》だ。応募資格不問だからな。だがお前が町おこしに興味があるとは知らなかった」

「百万円と聞けば誰だって興味わくわよ。大金持ちの君塚ドラエモンは別だろうけど」

あゆみは町会議員の君塚琢磨のことを君塚ドラエモンと呼ぶ。〝君塚家のどら息子〟をもじった呼び名である。どら息子と呼ぶには年を食い過ぎているのでドラエモン、なのだそうだ。

百万円の賞金に釣られてこれまで町おこし事業に興味を示さなかったこの町の人々も、これをきっかけに競ってアイデアを出してくれることを藤咲は期待していた。

ドアと向かい側に置いてあるガラスキャビネットの上の電話が鳴った。

「あ、いいよ。あたし出る」腰を浮かしかけた藤咲を制してあゆみが立ち上がった。

倉本からの電話だなと、直感的にわかった。

あゆみが倉本とのデート以外で夜遅くなることは珍しい。倉本も三十分前の電話で、あゆみがまだ帰っていないと知った時、戸惑った声でまた電話しますと言った。

「はい、藤咲です。……あぁごめん。……うん、そう、たった今……え？……ちょっと待ってよ、あたしの部屋に回すから、ちょっと待ってて」

ひと悶着《もんちゃく》ありそうだな、と藤咲はあゆみの背中を見て思った。

あゆみがつきあっている倉本澄夫という男は、坂巻町の消防署に勤務していて、町の青年団の幹部も務めている。

背は一七〇と少し、筋肉質で、みるからに頑丈そうな顔と顎《あご》を持ち、刈り上げ頭がよく似合う、二十九歳の男だ。あゆみとつきあい始めてもうそろそろ一年ぐらいだ。

月に一回か二回は藤咲の家にやってきて、あゆみの料理を食べる。

礼儀正しくていい男なのだが、外見に似合わず神経質な面も持っている。初めて倉本が家に夕食を食べに来た時、あゆみが並べた料理の皿を、おかずの皿を中央、ご飯茶碗《ぢゃわん》を左手前、味噌汁《みそしる》の椀《わん》を右奥へと並べ替えた。こうしないと落ち着かないんです、と倉本は大まじめな顔で言ったのだ。

あゆみが電話を二階の自分の部屋の子機に切り替え、居間を出ていった。パタンパタンとさっきよりもさらに大きな音を立てながら階段をのぼり、自室へ入った。

その後をついていったフリオは、途中で相手にしてもらえそうにないことを悟ったらしく、居間に引き返してきた。そして顔の左側をカーペットにこすりつけてからゴロンと仰向けになり、右前足を頭の上に目一杯伸ばすとカーペットに爪《つめ》を引っ掛け、背中をカーペットにこすりつけながら自分の体を引《ひ》き摺《ず》りあげる。あゆみが〝ズリあげ〟と名付けた奇妙な一人遊びである。そうしながら口を大きく開けてピンク色した長い舌を出して欠伸《あくび》した。

それから寝るまでの間、藤咲、あゆみ、フリオはそれぞれの時間を過ごして一日を終えた。

藤咲は蒲団《ふとん》に入っても『公募ガイド』を手離さなかった。そしてとても良い気分で眠りについた。

6

昼間眠り過ぎたせいで、起きた時に両目の奥がぼうっと熱く、微かに吐き気がした。おまけに後頭部が異常に固くこわばっていた。

会社に辞表を出してから今日で十三日目だが、青柳敏郎は何一つ行動を起こしていなかった。敏郎の時間は、背中をピンで貫いて板に留められた虫の標本みたいに停滞していた。

今の敏郎は魂を吸い取られた抜け殻であった。

何もかも、もうどうでもよかった。どうせ自分が何をしようが、何もしまいが、世の中はなんとなく流れていっているのだ。もう一度その流れの中に飛び込んで流される気にはなれなかった。

のろい動作で蒲団から抜け出し、腰を老婆《ろうば》のように曲げて歩き、畳一枚ほどの台所に辿《たど》り着くと、曇ったコップに水道の水を汲《く》んで腰を曲げたままの姿勢で顎を上に向け、生ぬるくて微かに薬品臭い水を口に流し込んだ。唇の端から水がこぼれ、顎の両脇《りょうわき》を伝って襟ぐりのだらしなくゆるんだTシャツの胸元を濡《ぬ》らした。

コップを流しに置くと、流し台に両肘《りょうひじ》をついてもたれかかり、そのまま二分ほど排水口の黒い穴を見つめていた。それから前腕に右の頰を乗せ、また三分ほどそのままでいた。

十三日間誰からも電話はなかった。メールもこない。こういう時に限って実家の母親もまるで彼の存在を忘れてしまったかのようだ。

そうか、俺の存在なんてこの程度のものだったのか。

悲しさや寂しさはなく、ただ虚《むな》しかった。

ようやく流し台から離れ、蒲団の上にあぐらをかく。

さて、何をしようかな。

すっかり暗くなった東側の窓の外をろくに目の焦点も合わさずにぼんやりと眺めながら三日分伸びた不精髭《ぶしようひげ》を指先で掻いた。他人が見れば今の自分はさぞかし怪しげで危ない雰囲気を漂わせているに違いない。警官に出くわせば職務質問されそうだ。

昨日は家から70〜80メートル離れた所にあるコンビニエンス・ストアー『ミニストップ』で三十分ほどかけて青年漫画誌を七冊立ち読みした。

では今日は昨日読まなかった別の青年漫画誌を読もう。ついでに夕食として二九〇円のスパゲッティ・ペペロンチーニを買って帰る。これで今日は終わりにしよう。

腰のゴムの緩んだトランクスの上から股《もも》や膝《ひざ》の部分にいくつか油の染《し》みが浮き上がったジーンズを穿《は》いて、Tシャツの上に床に放り投げてあったスーツの上着を羽織る。実に珍妙な格好だが敏郎はもはやそんなことは気にしなかった。外出準備を整え、鍵束《かぎたば》と財布とケイタイを持って外に出た。

『ミニストップ』の漫画雑誌コーナーで『アフタヌーン』という分厚い月刊誌を手に取り、もう少しですべて読み切るという時、目の隅に見覚えのある人影が映った。

顔をあげてそちらを見て、見なきゃよかったと後悔した。毎月夜十時過ぎにやってくる、猫背で薄気味悪い雲印牛乳の集金人だった。

敏郎は反射的に一歩あとずさり、商品の陳列棚の後ろに隠れた。

集金人がなんでこんな所に？

集金人はいつも、金を受け取ると、ウエストポーチから釣銭を出しながら必ず天気や季節の話をする。

「今日は暑かったですねえ」「今日はちょっと涼しかったですねえ」「最近また風邪がはやっていますねえ」それくらいならいい。だが、そのあと「お仕事の方はどおですかあ」「週末はどこかにいきましたかあ」などと薄黒い唇を舐《な》めながら他人の生活のことを根掘り葉掘り聞き出そうとする。誰かと話をしたくて仕方ないのだ。

一日の最後に会う人間があの集金人だと寝つきが悪くなる。

「すいませぇん、ここで食べるんで、スパゲッティあっためてくださあい」

集金人はレジカウンターにいる若い男の店員に不自然なほど顔を近づけて、必要以上にでかい声でそう言った。立ち読みしていた数人が一斉に顔をレジカウンターに向ける。

この店にはレジカウンターの奥に小さなテーブルが二つあって、そこで買ったものを食べることもできる。集金前に腹ごしらえするつもりなのだ。

やべえ、あいつ、俺のアパートにも来るぞ。

敏郎は心の中で舌打ちした。一月の牛乳代三九二〇円。

会社を辞めて次の仕事がいつ見つかるかもわからない今の状況で三九二〇円は痛い出費だ。

そっと首を伸ばし、改めてレジカウンターの方を見る。

間違いなくあの集金人である。

あんな不気味なヘアスタイルの人間がこの世に二人といるはずない。集金人は自分で自分の頭をカットしているらしく、頭の後ろ側と左右の髪は、茶畑みたいにいくつもの段ができていた。うなじの毛は伸び放題でゴムの緩み切ったフライトジャケットの襟に潜り込んでいる。頭頂から前方の髪は焼け野原みたいに極端に少なく、頭皮に浮いた汗が蛍光灯の光を照り返している。それに今ここからは見えないが、いつも前髪の生え際《ぎわ》の数本の毛がだらりと垂れ下がり、汗で額に貼《は》り付いているさまが額を刀で割られたように見えるのだ。

異臭が漂ってきそうな汚いフライトジャケットの肩口には白いフケがこびりついている。

顎が極端に小さく、横顔はといえば、下唇から突然首になっている。髭が生えている部分は剃刀《かみそり》負けして化膿《かのう》した無数の大きな毛穴にびっしりと埋め尽くされている。

毎月あの奇怪かつ不潔な集金人に三九二〇円持っていかれることに理不尽な憤《いきどお》りを覚えた。

ここであいつに姿を見られたら、あいつは俺のアパートの前で俺の帰りをずっと待つだろう。となると、支払いから逃れるには奴《やつ》がスパゲッティを食い終わって店から出ていくまで、奴から見えない位置で待っているしかない。

仕方ない。少し待ってそれで支払いが延ばせるのなら待とう。

今日払わなくて済んだからといって、どうせ二、三日後にはまたやって来るのだから無駄なあがきに過ぎないことはわかっているのだが、敏郎も意地になっていた。

集金人は店員から温まったスパゲッティを受け取ると、釣銭を足首のすぼまっている黒いアディダスのスウェットパンツの右ポケットにしまい、奥のテーブルに向かう。その妖怪《ようかい》じみた後ろ姿を見て閃《ひらめ》いた。

もしも集金人が入り口の自動ドアに対して背を向ける位置にある椅子《いす》に座れば、敏郎は集金人が食い終わって出ていくのを待たずとも集金人の背後を通って悠々《ゆうゆう》と店から出ていける。

ところが敏郎は運に見放されていた。

期待に反して集金人は入り口の自動ドアに顔を向ける位置にある椅子に、どっかりとでかい尻《しり》を乗っけた。ビニール袋をガサガサ鳴らしながらスパゲッティを取り出して、パッケージを開けると、鼻歌を歌いながらスパゲッティをプラスチックのフォークですすりはじめた。鼻歌はディズニーランドでよく耳にするあの曲だった。

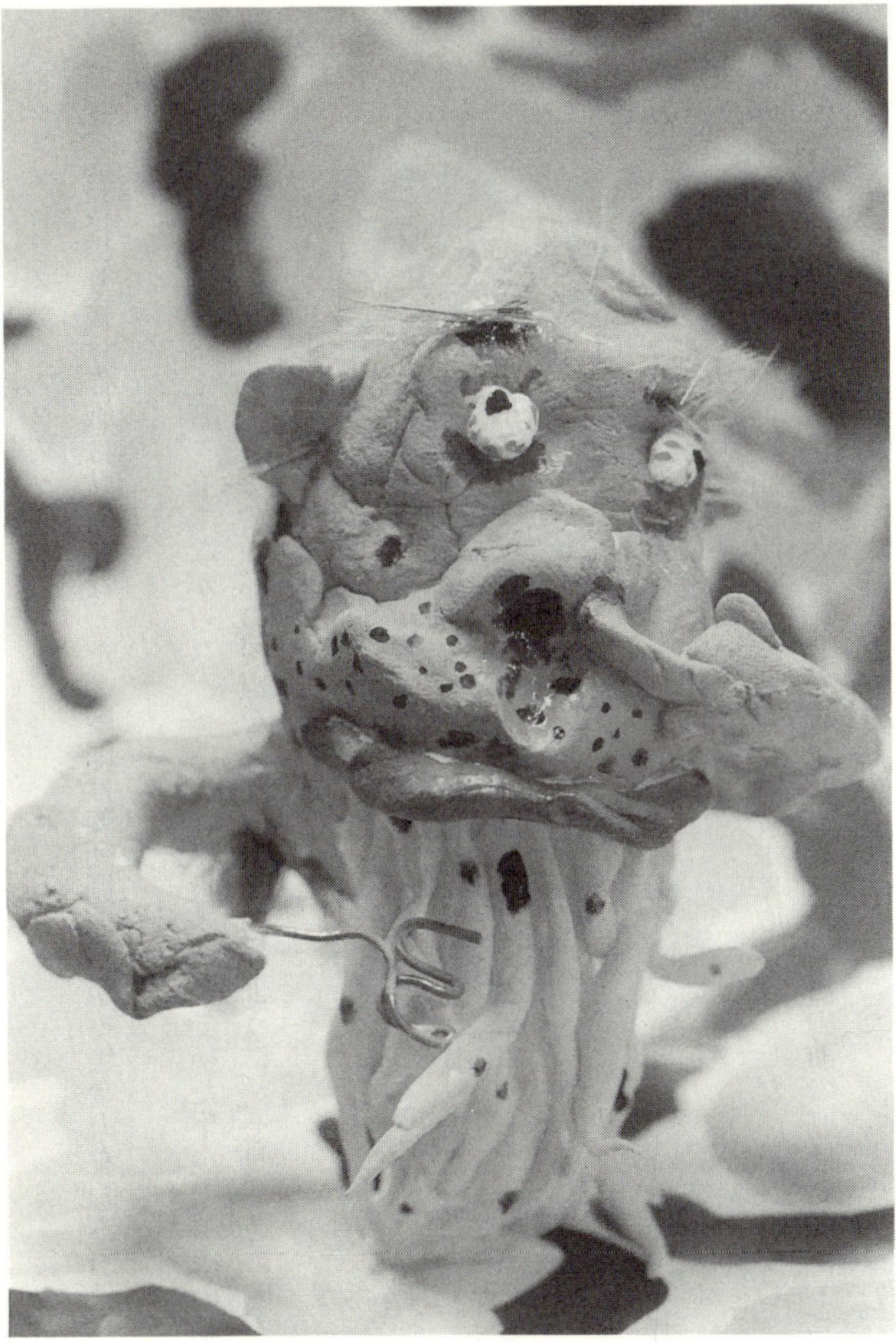

「フッフフッフッ、フッフッフフフフ」

　畜生、背後擦り抜け作戦は駄目になった。敏郎は陳列棚の陰から集金人を睨《にら》みつけ、心の中で悪態をついた。

　下を向いてズボズボと音を立てながらスパゲッティを吸い込んでいた集金人の口の動きと鼻歌が突然止まった。まるで敏郎の視線を感じ取ったかのように。そして急に顔を上げ、外の通りに面した雑誌コーナーの奥を見た。

　敏郎はあわてて顔を引っ込め、体を硬直させた。

　傍で立ち読みしていた大学生風の男が敏郎の様子を不審な目で見た。

　五秒ほど経《た》ち、またディズニーの鼻歌とズボズボ吸引音が聞こえ出した。

「フッフフフッフッ」ズボッ。「フッフッフフフフ」ズボボッ。「えふっ、えふっ」とせき込む。

　危なかった。敏郎は胸を撫《な》で下ろした。

　仕方ない、諦《あきら》めて待とう。雑誌を二、三冊読んでいるうちにあいつは食い終わって出ていくだろう。焦《あせ》ることないさ。

　敏郎は『アフタヌーン』を棚に戻して、他の雑誌を手に取ろうとした。だが、そこでまたしても自分が運に見放されていることを思い知らされた。目の前の棚は『エル・ジャポン』や『コスモポリタン』などの大判女性誌のコーナーだった。読むものがない。

漫画誌やエロ系写真誌を取るためには集金人の視界範囲内に姿を曝《さら》さなければならないので諦めるしかなかった。

敏郎は仕方なく読み終わった『アフタヌーン』を『ViVi』という雑誌の後ろに無理矢理押し込んだ。たまらなく惨《みじ》めな気分になる。

『ChouChou』を立ち読みしていた会社帰りの若いOLが胡散《うさん》くさそうに敏郎を横目で睨む。

これは困った、と思った瞬間、緑色の表紙の小さな雑誌が目に映った。

『公募ガイド』

行儀の悪い誰かさんが読み終えて、元と違う場所に突っ込んでいったものらしく、『ヴァンサンカン』という女性誌の前に押し込んであった。

面白くもなんともなさそうな雑誌だが、立ち読みしていて不自然でないのはこれしかなかった。

仕方なく『公募ガイド』を手に取り、ページをめくるが、内容はまったく頭に入ってこない。とりあえずコンテスト情報誌であるということだけはわかった。

頼む、早く食って出ていってくれ、ページをめくりながら敏郎は祈った。

ガタン、という音が入り口の方で聞こえた。

あれは奴が席を立った音ではないか？

それからガサガサというビニール袋の鳴る音と、プラスチックのゴミ箱に物が落とされるコトンという音が続いて聞こえた。

間違いない。奴が食い終わって出ていくのだ。助かった。

「あ〜っ、喉《のど》乾いたっ、ジュース飲もっと！」

店内にいる全員に聞こえるような大声で奴が言った。

「♪ジュ、ジュ、ジュ〜ウ〜ス〜」

歌声が敏郎の方に近づいてくる。

しまった！　ドリンクの棚は入り口の対角線上にある。つまりあいつはドリンクを買うために雑誌コーナーを通るのだ。つまり鉢合わせになるということだ。恐怖と嫌悪《けんお》で鳥肌が立った。

敏郎は頭を低くして、早足で奥のドリンクコーナーに向かった。そして壁に突き当たると右に曲がり、サンドイッチやお握りが置いてある惣菜《そうざい》コーナーに突進した。そこでまた壁に突き当たり、もう一度右に曲がった。これで店内を一周したことになる。

よし、奴がドリンクを物色している間に俺は店から出る！

どうだ、奴を出し抜いてやったぞ。

「いらっしゃいませ！　どうぞ」

まだ十代と思《おぼ》しき小柄で丸顔の女の店員が敏郎に向かって元気な声で言った。

どうぞって、俺は何も買うつもりないよ。

あっ！　敏郎は愕然《がくぜん》とした。

手に『公募ガイド』をしっかり握り締めていた。

「どうぞ」と店員はにっこり笑い、右手にバーコードスキャナーを握り締め、左手を『公募ガイド』を受け取るべく差し出した。

違うんだ、俺は……。

しかし気の小さな敏郎は、愛らしい笑みを浮かべた女の子を前にして何も言えず、仕方なく『公募ガイド』を店員に差し出した。

スキャナーがピッ、という電子音を立てる。

「六〇〇円です」

げっ、六〇〇円もするのか、こんな雑誌が……。

これほど無駄な六〇〇円はない。ビデオの延滞金と同じくらい無意味だ。敏郎は上着のポケットから小銭入れを取り出し、五百円玉と百円玉で払い、要りもしない『公募ガイド』が入ったビニール袋を受け取った。

「♪アイス、カフェラッテッ！　牛乳屋さんのコォォヒィ〜あらよっと」

ドリンクコーナーから奴の自作自演の歌が聞こえる。

くそう、お前のせいだぞ！　敏郎は心の中で叫んだ。

自動ドアまで大股《おおまた》で歩き、肩をぶつけそうになりながらドアを擦り抜け外へ飛び出した。

集金人が腹ごしらえを終えて、アパートに集金に行き、自分の不在を確かめてあきらめて帰るまで三十分くらいだろう、と敏郎は読んだ。その間、アパートの近くにある公園で待つことにした。

二人掛けのベンチが二脚と、水飲み場があるだけの小さな公園の、外灯の明かりが届かない奥のベンチに腰掛けようとしたが、昨日降った雨のせいでベンチは水を吸っていて、表面を指先で触ってみると湿っていた。

『公募ガイド』の入ったコンビニのビニール袋を置いてその上に尻を乗せて座った。やれやれ、と一息ついたところで腕時計をしていないことに気がついた。これでは三十分という時間は計れない。

もうひとつのベンチではホームレスが寝ている。と思ったら股間の辺りに置かれた右手がもぞもぞと動いている。

まあ、いいか。襲われるわけでもないし。ここでひと眠りすれば三十分くらいすぐに経つだろう。空は曇って星が見えないが、降りそうな感じはしないし、寒くてどうしようもない、というわけでもない。眠るにはお誂《あつら》え向きだ。

暗がりの中で目を閉じ、静かに呼吸していると、気分も大分落ち着いてきた。自然と眠くなり、浅く、途切れ途切れの眠りが何度か訪れた。

もういいかな？　敏郎は両手の指を組み、胸の前にぐっと突き出して伸びをした。それから立ち上がり、ビニール袋を持って公園を出た。ホームレスもとりあえず満足したらしく、静かに寝ている。

帰り道、ある家の脇《わき》を通り過ぎた時、聞き慣れたアナウンサーの声が聞こえたことから、今が十時過ぎであることがわかった。ということはアパートを出てから一時間半は経っていることになる。

アパートに辿《たど》り着き、幅の狭い、急な階段をのろのろと一段ずつ上る。敏郎の部屋は二階の一番奥から二番目の２０３号室だ。

廊下の天井に取り付けられている寿命の尽きかけた蛍光灯が、パチパチと瞬《またた》いては消え、一秒ほどしてまた瞬くというサイクルを繰り返していた。

かなり前に大家に蛍光灯が駄目になりかかっていると言ったのだが、依然取り替えられていない。

あと十一段で上り切る、というところでまた蛍光灯が瞬き、消えた。今度の沈黙は長かった。

いよいよ切れたか。あと十段、九段……。足下が見えないので慎重に階段を踏み締める。

その時、最後の力を振り絞るように蛍光灯が点滅した。と同時に敏郎の視界に何か丸い物が青白く浮かび上がった。

「おかえりなさあい」

奴が廊下の端近くに立って、敏郎を見下ろしていた。

「青柳さん、さっきコンビニにいらっしゃいましたよねえ」

結局、牛乳代を持っていかれた。素直に払っていれば、いりもしない雑誌なんか買わずに済んだものを。おまけに肝心の夕飯を集金人のせいで買い忘れた。六〇〇円あれば二九〇円のスパゲッティ・ペペロンチーニが二つも買える。つまり二食分も無駄になったのだ。

「あぁ、ムカつく」独り言が思わず口をついて出た。

仕方なく冷蔵庫の中に残っていた古い卵二つを使ってスクランブルエッグを作る。うまくもなんともない卵をフライパンから直接フォークで掻《か》き込みながら、ぼんやりとテレビのスポーツニュースを眺めた。その後で『AVクイーン マドンナ殺人事件』という深夜映画を見始めたがつまらないので、せわしなくチャンネルを替えまくる。しかしつまらないのはどこの局も同じなので、テレビを消して蒲団《ふとん》に横になり、眠ろうとした。

だが、この十日間あまりの生活ですっかり夜型人間になってしまったため、目が冴《さ》えて眠れない。

部屋の静けさに耐えられなくなり、テレビをもう一度つけてから何をしようかと考えた。もう一度コンビニに行って立ち読みしようかとも思ったが、さっきのことを思いだし、嫌な気分になったのでやめた。出費を覚悟でビデオ屋に行こうかとも思ったが、深夜一時で閉まってしまうのでもう手遅れだった。

退屈で息が詰まりそうだ。苛立《いらだ》ち混じりのため息をつき、部屋の隅に放り投げてあった『公募ガイド』を引き寄せ、蒲団に俯《うつぶ》せになってパラパラとページをめくる。

交通安全ファミリー作文コンクール、横溝正史賞、絵本週間標語募集、フレッシュアーティストコンペ、ネコちゃんイラストコンテスト、全日本とんぼフォトコンテスト……。

へえ、いろんなコンテストがあるものなんだな。

どのコンテストも賞金つき。下は一万円ぐらいから上は一千万円まで。

俺に何か才能があれば、こういうコンテストで賞を取ってそれでプロになって……無理だな。

これまでの人生で自分が何かひとつでも他人より抜きんでていると感じられるものがあったろうか？　なかった。

普通科の高校を出て、一年浪人して、中の下辺りの大学の経済学部に入り、有り余るほどあった時間を、バイトや飲み会やサークル活動（広告研究会だったのだが、広告もそれ以外の何物も研究などしなかった）などに費やした。それなりに楽しかったが、ただそれだけのことだった。そして気がついたら四年生になっていて、とにかく就職しなくてはと焦り、自分の大学で行ける精一杯いい会社を探し……あとはこの有り様。まあ、あの大学で就職できただけラッキーだったが。

どこかで間違ったのではなかろうか？　大学時代にもっと何か、真剣に打ち込めるものを見つけていたら、もっと違う人生を歩いていたんじゃないだろうか？

そこまで考えて、敏郎は恐くなった。自分が無駄な数年間を過ごしたことを認めるのは、今の不安定な精神状態では耐えられそうにない。

頭を左右に振って、その考えを追い払った。気を取り直し、なおもページをめくる。文芸、アート、フォト&ビデオ、音楽・芸能と進んで、最後にノンセクションという項目に行き当たった。

ノンセクションになると、ちょっと違うぞ、という気がした。

富山市特産品開発アイデア作品募集、長崎発オリジナル商品募集、ザ・横須賀みやげコンテスト、坂井市イベント企画募集……。

才能よりも、アイデア一発勝負的な公募が多い。主催も商店連合会、商工労働部観光物産課、市文化振興財団、青年会議所など地方色が濃い。

町おこしアイデア募集というのがあって、ちょっと笑えた。

〝坂巻町を過疎《かそ》化から救う起死回生のアイデアを募集〟とある。

よっぽど困っているんだろうな。人家のまばらな、畑と年寄りばかりの寒々しい風景が敏郎の頭に浮かんだ。

賞金百万円。かなり気合いが入っている。

〝観光施設・イベント・観光物産など何でも可〟とも書いてある。面白くて人が呼べれば何でもいいのだな。

例えばなにがあるだろう？

全日本アマチュアプロレス大会なんてのはどうだろう。駄目だな、死人が出そうだ。

ストリップダンスコンテストなんてのもいいかもしれない。巨大なステージを作って、日本全国のストリッパーを一堂に集める。少なくとも男の観光客は呼べそうだ。でもこの過疎の町にそんな思い切ったことを実行しようと考えるような度胸のある人間はいないだろう。

Ｆ１サーキットなんてのもいいかもしれない。遊園地はどうだろう。ちょっと、いや、すごく風変わりで他所《よそ》にはない遊園地。そこでしか体験できないアトラクションばかりとなれば観光客も来るはずだ。

いっそのこと、お化け屋敷しかないテーマパークなんてのはどうだ？アトラクションはお化け屋敷だけ。さまざまな趣向を凝らしたお化け屋敷がたくさん。ゾンビの館《やかた》、ドラキュラの館、日本の古典的幽霊の館、エイリアンの館……そんなテーマパークがあったとしたら……誰も来ないか。

いや、そうだろうか？　日本全国どこの遊園地にも大抵お化け屋敷がある。どうしてだ？　それは客が入るからだ。客が入らなければ、潰《つぶ》して他のアトラクションを造る筈《はず》だ。

人間には〝恐いもの見たさ〟という欲望がある。恐い、だけど見たい、あの一種独特な、ゾクゾクとする感覚。

自分は絶対安全だという保証があれば、恐怖もまた楽しい体験なのだ。真《ま》っ暗闇《くらやみ》の中を小さな乗物に乗ったり、歩いたりしながら、こけ脅し的な仕掛けの数々に心臓を飛び上がらせ、そして半ば駆け足になって、暗闇から外の陽光へと飛び出した瞬間に感じるあの爽快感《そうかいかん》が敏郎は好きだった。

別に自分は最近巷《ちまた》を騒がせている残虐《ざんぎゃく》ホラー映画マニアではないが、お化け屋敷は好きな方だ。

そういえば大学二年生の時、予備校の模擬試験監督のアルバイトで知り合った女の子と後日デートで遊園地に行った時、一番楽しかったのが小さな、掘っ立て小屋のようなお化け屋敷だった。あの暗くて、ひんやりとしたお化け屋敷の中でやっと女の子と手をつなげたのだ。

恐いから手をつなぐ。それによって相手とより親密になれるのだから大いに結構ではないか。

敏郎は考えれば考えるほど、これがいいアイデアに思えてきた。

そして次の瞬間、心の中にこれまで感じたことのない、抑えがたい衝動が生まれた。

敏郎は生まれて初めて〝突き動かされ〟た。

じっとしていられなくなり、押入れの中に投げ込んでそのままになっていた会社時代の手枷《てかせ》とも言うべき書類カバンを引っ張り出し、蓋《ふた》を開けると、契約印を押されることなくただの紙切れで終わった二十枚ほどのA４の大きさの契約書の束を摑《つか》み出した。

それを裏返す。裏はつるつるとしたただの白紙だ。

それらを使って床の畳の上に、縦三枚、横五枚の合計十五枚からなる白い、大きな長方形を作った。

カバンの中に手を突っ込み、太さ２ミリのサインペンも取り出した。

四つん這《ば》いになり、長方形の上に覆《おお》い被《かぶ》さる。そして白い紙の表面を見下ろす。

書け、さあ書くんだ！　頭の中で誰かが怒鳴った。

なんだか自分が自分でなくなったような気がした。

7

ネストの最上階中央部分にある学院長の引見室に入ると、メンバーは既に揃《そろ》っていて、大始祖・丸尾の登場を待っていた。

丸尾の背後で、両開きの自動ドアが静かに閉まり始めた。それぞれの扉は2・3メートル四方の大きさで、厚さは5センチあり、1センチの鉄板を、樫《かし》材でサンドイッチにして、更に表面に磨き上げたローズウッド材を貼《は》り付けた構造になっている。

大理石の床を部屋の中央に向かって歩くと、ライダーブーツの底がコツコツと音を立て、その音は高さ9メートル、直径が14メートルあるドーム型の屋根に反響した。

法律顧問兼チーフ・ネスト・プランナーの海藤と、海藤の補佐役の北尾、経理部長の釜石《かまいし》が学院長を中心に円弧を描くように、アームチェアに座っている。その円弧からわずかに離れた位置に丸尾の執務机と同タイプの物が置かれ、そこには議事記録官の石岡が座っている。

そして『真道学院』の偉大なる女性学院長・天海原満流《あまみはらみちる》は彼等よりも70センチ高い高座の上の真ん中に置かれた、直径1メートルの真っ赤なカバーのついたクッションにあぐらをかいて座っている。

偉大なる学院長はどんな時でも人より高い場所で、まっすぐ背を伸ばしてあぐらをかく。下々《しもじも》の人間と同じ高さに臨席することは絶対に有り得ない。移動用のリムジンの後部座席にさえも学院長のための高座が特別に設けられていて、そのためリムジンのルーフ後部は前部よりも15センチも高くなっているのだ。

学院長の真ん前に立つと、丸尾は爪先《つまさき》と踵《かかと》をピタリと揃え、体を棒のように硬直させた。

学院長のコスチュームは古代ギリシャの衣服であったペプロスを、繻子織《しゅすおり》で造り上げた物だ。学院長はペプロス以外の服を着ることはない。丸尾は数えたことがないので正確にはわからないが、原色を中心とするあらゆるカラー、そして季節毎《ごと》に異なる布地の厚さ、それらのバリエーションをすべて含めると、最低でも百着以上のペプロスを所有している。

今日のペプロスは繻子糸の間に巧みに織り込まれたグラスファイバー製の糸によってメタリックな輝きを放つコバルトグリーンである。左胸には、丸尾のオーバーシャツにもついているお馴染《なじ》みのエンブレム。

ペプロスのグリーンに合わせて、右手の中指には金の台座に乗ったオーバルカットの巨大なエメラルドが妖《あや》しげな光を放っている。

丸尾は上半身を六〇度の角度でゆっくりと曲げ、深々と頭《こうべ》を垂れた。五秒間そのままの姿勢を保ち、それからようやく頭を上げて学院長の顔を見上げる。

学院長の真っ白い顔の造りは全体的に小さく、平坦《へいたん》である。鼻は下の方が申し訳程度に盛り上がっているだけ。その平坦さをカバーするかのように顔の半分を覆う大きな金縁眼鏡を掛けている。レンズは黒に近いほどの濃い茶色で、その奥の目を透かし見ることはできない。

耳には耳たぶが千切《ちぎ》れそうに見えるほど重そうな、でかい金のリングが二つ連なったピアスがぶら下がっている。

そして何よりも、際立《きわだ》ってユニークなのが、きれいに剃《そ》り上げた頭皮に施された大胆な眼球の刺青《いれずみ》である。頭皮に刺青する奴なんてパンク野郎にもそうそういない。

その眼球の虹彩《こうさい》は濃い茶で、中心部の瞳孔《どうこう》は擦り込まれたスキンオイルによって黒光りしている。

永遠に閉じることなく、宇宙の真理を見つめ続ける『超理性』の目だ。

学院長こそ、誰の助けも借りず自らの精神鍛練によって獲得した『超理性』を限界まで駆使し、遂《つい》に時間・物質・生命のすべての謎《なぞ》を解き、それればかりでなく、それらを自由に創造し、操れる階梯《かいてい》、すなわち〝フーラ・カミーシャ〟に到達した唯一《ゆいいつ》の人間なのだ、と学院の生徒達は信じ切っている。

学院長が微《かす》かに頷《うなず》き、丸尾は自分の椅子《いす》に座った。

「それでは」チーフ・ネスト・プランナーの海藤が切り出した。「昨日に引き続いて、長野県坂巻町新ネスト建設計画に関する第二回目の予備調査報告をさせていただきます」

海藤の声はドームに反響し、幻想的な雰囲気を持って聞こえた。

「登記謄本《とうほん》を取り寄せましたところ、あの土地は二分されていて、それぞれ別の者が登記していることがわかりました。一人はあの町の現町会議員であり、代々あの町の地主でもある君塚琢磨《たくま》という男です。もう片方は個人ではなく、坂巻町。つまり自治体が所有者ということです」

「それなら、ターゲットはその君塚という議員だな」丸尾は言った。

登記したのが個人なら、学院に取り込むなり、弱みを握って脅迫するなりして登記を移転させることもそれほど難しくない。

学院は土地を持っている学院生には入学してから必ず半年以内に土地所有権移転登記を強制的にさせ、土地所有権を学院に移してきた。現在、真道学院は国内四十数カ所に計百二十ヘクタールの土地を所有している。

今回の新ネスト建設計画は真道学院創立以来の大事業である。

宇宙が誕生して以来もっとも偉大な至高存在である天海原満流が生を受けた土地、長野県坂巻町に学院のネストを建立《こんりゅう》するのは当然のことである。そしてその規模は当然最大でなければならない。長野県坂巻町という場所は、イスラム教徒にとってのメッカと同じ意味を持つのである。

準備は半年ほど前から始められ、現在既に百二十人ほどの学院生が坂巻町に転入して、ごく平凡な一般市民を装《よそお》って生活しながら、町のリサーチを進めている。彼らの住みかは町の南東側にあるほとんど人の住んでいない旧市街である。新駅の完成とともに旧坂巻駅とその商店街は急速にさびれ、今や町の人間はその地域を〝ゴーストタウン〟と呼んでいる。そんな所に住んでいる学院生の存在を知る者は町にはいない。

調査項目は多岐にわたる。町民の年齢比、十代、二十代の若者達の生態、坂巻に真道学院の敵となる可能性を持つ邪悪なカルト教団が潜んでいないか、インターネットの普及率、もしも町民と大規模な衝突が起きた場合、坂巻に通じるすべての道路のどこに破壊活動を行なえば県警からの応援部隊を効果的に足止めできるか、などである。

カツン、という軽くて硬い音が、部屋に響いた。

全員が体を緊張させる。

学院長は発言する時、必ず右手に持ったパイプで台座を軽く叩《たた》く。それは今から発言するぞ、という合図なのだ。この合図があれば誰であろうと、発言の真っ最中であろうがそれを中断して、学院長のお言葉を全身を耳にして待たなければならないのだ。

丸尾の位置から、天井にゆっくりと立ち上っていく細い煙が見えた。その煙は上るにしたがって拡散し、空気に溶けていく。

丸尾などの学院の上級幹部だけが知っていることだが、学院長が愛用しているパイプの柄は人骨から造られたものだ。整形外科医をしている学院生が、人間の前腕の内側の尺骨、あるいはふくらはぎの外側の骨を12～13センチの長さに切断し、中心部分を手術用精密ドリルによってくりぬき、先端を研磨機で加工して、そこに木製のパイプヘッドを装着したものである。

人骨の柄の表面は高分子ポリッシャーによって非常に滑らかになっている。

学院長はこのパイプをとても気に入っていて、長さや太さの異なる物を全部で六本持っている。だがこのパイプは非常に詰まりやすく、半年も使うと駄目になってしまう。するとその整形外科医がまたどこからか伝《つて》を通じて新しい骨を手に入れ、新しいパイプを造り上げるのだ。学院長愛用のパイプ造りは私の最大の喜びである、とそいつは言っていた。

「町の警察はどうなんだ。公安は？」学院長は海藤に訊《き》いた。

ドーム型の天井に反響したその声は、天上からの声のような心理的効果を与える。

「無いも同然です」海藤は緊張した表情で喋《しゃべ》り始めた。この男もやはりわざわざ公安を敵に回したいとは思っていないのだ。

「リサーチャーによれば、これまで殺人・強盗などの凶悪事件が起きたこともなく、また過激派や、右翼党員などがこの町で何かしでかしたり、捕まったりという記録も調べた限りないそうです。公安も我々の存在には気づいてもいないと考えてよろしいか、と思います」

「そうか」そう言ったきり、学院長は黙った。

幹部達は決断を急《せ》かしたりはしなかった。

十五秒ほど経《た》ってからようやく学院長は口を開いた。

「丸尾」

「はい」

「坂巻町へ行ってこい。そして君塚自身と奴《やつ》の身辺を調査し、それから奴に接触しろ。奴にあの土地の所有権を放棄させるのだ」

やはり俺か、と丸尾は満足感を覚えた。

学院長がここ一番、という時に頼りにするのはやはり俺なのだ。

久しぶりの出張だ。緊張で筋肉が引き締まるのを感じた。それと同時に八王子と大久保間の往復を繰り返していた日常から解放される喜びも。

どうせなら楽しくやろう。

「学院長、同行メンバーは私が決めてもよろしいのでしょうか」

出張する時、単独ということは有り得ない。この学院ではたとえ丸尾クラスの幹部でさえも単独行動は許されないのである。

単独行動をさせると、かつて自分が暮らしていた日常世界に舞い戻ったような気になり、使命感が揺らぎ、しまいには学院の活動に対して疑問すら抱きかねない危険がある。だから、常に集団で相互監視するシステムが取られるのだ。相互監視こそが学院生達の学院からの脱走を防ぐ最高のシステムなのである。

丸尾もそのことは知っている。知っていて逆にそれを自分の都合のいいように利用することを考えた。

臼田清美を連れていき、身の回りの世話をさせよう。ついでに下半身の世話も。外へ連れ出せばネスト内にいる時よりおおっぴらになぶりものにできる。この機会にどこまでも自分に忠実なメス犬に仕立て上げるのだ。後のメンバーは素直でおとなしい男が一人か二人いればいい。

「隼人《はやと》を連れていけ」学院長が言った。

丸尾は自分の耳を疑った。隼人だって？

「隼人ですか？」声に嫌悪《けんお》があらわれそうになり、一瞬ひやりとした。

〝隼人〟は『真道学院』で育った子供である。

隼人は一歳半の時、二十歳の母親に抱えられて学院の広報センターにやってきた。その時体重はわずか四八〇〇グラムしかなく、ホステスをしていた母親はろくに面倒もみずに、ひどく衰弱させていた。

学院では世間一般で言う家族というものは認められない。学院こそが唯一の家族であるからだ。だから学院は母親に、子供との別れこそ、学院生の生涯最大の試練なのだと教え諭し、子供を取り上げて純粋培養の環境に置く。

子供は刷り込みが容易だ。瞬《また》く間に学院の教義に染まり、それを疑うことも知らない。そういう彼等が大人になれば、学院拡張のために最も役に立つマシーンになるのだ。

学院には現在こうして純粋培養された『第二世代』の子供達が十四人いて、子供たちだけの特別なグループの中で暮らしている。彼等には戸籍もなく、苗字《みようじ》もない。名前だけがある。

隼人は今、十四歳で、子供達のグループ『未来核』の最年長者である。学院にやって来てから十三年近く、学院が与えた教材だけで育ったので学院の外の世界のことは何も知らない。知らないが、狂気と暴力と利己主義が支配する悪《あ》しき世界であるということは教えられている。

「なぜですか」

冗談じゃない、ガキなんて。丸尾は心の中で悪態をついた。

「早いうちから学院の仕事に携わらせ、使命感と責任感を教え込むにはいい機会だ。お前がしっかりと教えてやれ」

「ですが、学院長」戸惑っているのは丸尾だけではなかった。海藤も驚きを隠せぬ顔で、「隼人を外の世界へ連れ出すのは、時期尚早ではないでしょうか。それに隼人は十四歳で、世間一般の子供でいう反抗期です。そのような精神的に不安定な時期に外界に曝《さら》すのはどうかと……」

学院長がまたパイプで台座をカツン、と叩いた。海藤は口をつぐんだ。

「今、外へ連れ出さなければ隼人は一生、外界に立ち向かえない臆病者《おくびょうもの》になる。連れていけ」

「しかし、外へ連れ出すだけなら、広報活動で充分なのでは」

丸尾は食い下がった。薄気味悪いガキなど願い下げにしたい。

「『未来核』の子らは学院の将来の中枢《ちゅうすう》となる卵だ。彼等を他の学院生達と一緒にしてはならない。広報活動など論外だ」

その声には苛立《いらだ》ちが現れていた。これ以上反論すると学院長が癇癪《かんしゃく》を起こしそうだった。学院長が癇癪を起こせば、自分は即座に大始祖の任から外され、代わりの者が大始祖の座に就く。二度と幹部にはなれず、一生ナビゲーター止まりか、下手すると広報活動に逆戻りである。それこそ願い下げにしたい。

諦《あきら》めて連れていくしかない。

「わかりました。隼人以外のメンバーはどういたしますか？」

「お前が好きに選べ」

丸尾はその言葉を待っていた。

8

「あゆみちゃん」

顔を上げると檻《おり》の外に倉本が立っていた。

あゆみの手の動きが一瞬止まった。

手の中に握られた細かく切ったリンゴが放たれる瞬間を待ち構えていたコモンリスザルの首の動きも止まった。

「ど、どうしたの？　仕事は？」

あゆみは言いながら、手の中のリンゴを餌皿《えさざら》にあけた。二匹の大人のオスと、一匹の子供のメスがとてつもない素早さで金網を伝い下りてきて、餌皿の中のリンゴを一掬《すく》いすると、また金網にとびつき、高さ2メートルの位置にある止まり棒の上にしゃがんでリンゴを齧《かじ》り始めた。

倉本の思いつめた顔は、まるで倉本の方が檻の中に幽閉されたようだった。

「早退した」と倉本は暗い声で言った。

なぜ倉本が仕事を早退してまでここに来たかはよくわかっている。

倉本のひどく傷つき、思いつめた顔をまともに見られなかった。

まずいな、とあゆみは思ったが、同時に少し腹も立った。なぜ自分がこんなことで罪悪感を覚えなければならないのだろうか。軽率だったかもしれないが、やましいことは何もしていない。

「話したいことがあるんだ」

倉本は金網の外側の格子《こうし》に顔をくっつけんばかりに近づけ、言った。

「今、餌の時間なのよ」

あゆみは言った。意識したわけではないが、少し冷たい声になってしまった。

〝キキ〟という名前の子供のメスが止まり棒から金網に飛びつき、さらにジャンプして、あゆみの肩を踏台にして反対側の金網に飛びついたので、あゆみはその瞬間、軽くよろけた。

「じゃあ、その後で。いいだろう？　無料休憩所で待っている」

倉本はあゆみの言い方に少し腹を立てた様子で、一方的にそう告げると、くるりと背を向け、無料休憩所の方へと歩き出した。

その後ろ姿が重かった。

あゆみの気分も石のように重たくなった。

「正直に話してくれ、昨日誰と会っていたんだ？」

あれからさらに四つの檻の中の猿達に餌を与え、重たい足取りで無料休憩所にやってきて、テーブルに向かい合って座るなり、倉本が訊《き》いてきた。

かなり無理して感情を抑えているのがありありとわかった。


昨晩、家に帰るなり倉本から電話がかかってきた。その時あゆみは咄嗟《とっさ》に、仕事の帰りに高校の同級生に偶然会って夕飯を食べて、少し飲んできた、と嘘《うそ》をついた。

その言葉に含まれるぎこちなさを倉本は敏感に感じ取ったようだった。

――どこで飲んだの？

と訊いてきた。

そこで苦し紛れに駅の南東側にある、『花丸』という居酒屋で、と答えたのだが……。

――あそこ、火曜定休だろ？

という倉本の一言《ひとこと》ですべて終わった。

だから田舎はイヤなんだ、と思った。居酒屋ならもっと気合いれて年中無休にしろ。

何も言い訳の言葉は出てこなかった。

――なんで嘘つくんだよ、誰と会っていたんだよぉ。

倉本が矢継ぎ早に質問を浴びせるので、あゆみはパニックを起こしかけた。やっと出た一言が、

「ちょっと、人と……」

という情けないほどフォローになっていない言葉だった。

――だから、誰と会っていたんだよぉ。教えろよ。

その尋問めいた口調に腹が立った。

何さ、警官みたいに。私が悪いことしていたって決めつけている。

あゆみは短気というほどではないが、あまり堪《こら》え性のある方ではない。

こじらせることになるとわかっていながら、声が刺々《とげとげ》しくなるのを抑えられなかった。

「その話は明日の夜にして。今日はもう疲れたの」

それだけ言うと、一方的に電話を切ってしまった。それから倉本からはもうかかってこなかった。これまでの付き合いで、倉本はあゆみが一旦《いったん》腹を立てると固く口を閉ざしてしまい、無理矢理喋《しゃべ》らせようとするとますます怒るだけだと知っているからだ。

ああ、またやってしまった。あゆみは自己嫌悪《けんお》に陥った。自分が悪い時でも、倉本にきつい言われ方をすると、ついこんな態度を取ってしまうのだ。

明日は気まずいだろうな、と思いながら浅い眠りについた。

だが、まさか倉本が仕事を早退してまでわざわざ動物園に来るとは思わなかった。

あゆみもこの上、ぶざまで醜い嘘の上塗りをするつもりはなかった。何もやましいことはしていないのだからありのままを話せばいいのだ。

だが倉本は理解してくれるだろうか？　はっきりいって望み薄だ。

「東京から来た人……」

「男か？」倉本はあゆみの顔を突き通すような視線で見つめた。

あゆみは観念して、小さく頷《うなず》いた。

「どうして東京から来た男と会ったんだ？　どこで知り合ったんだい？」

鉄の矢を何本も心臓に突き立てられ、こねくり回されている気分だった。

あゆみは顔を上げ倉本と視線をぶつけた。

「……話しかけられた」

その声は低く、ふてくされたような響きがあった。自分に都合が悪い物事にはそういう口調になってしまう自分が嫌だった。

「ナンパされたのか」

倉本は断罪するように言った。

〝そんな言い方しなくたっていいじゃないの〟あゆみは悲しくなり、同時に腹が立った。

はぁ、と倉本は聞こえよがしのため息をついた。

そのまま苦しい沈黙が一分ほど続いた。それを破ったのは倉本の方だった。

「どんな風に声をかけられたんだ」

その声には起きてしまったことは仕方ない、とでもいうような諦《あきら》めが混じっていた。

「カメラマン志望の人だったの」

あゆみは視線を奥のテーブルに座って赤ん坊にソフトクリームを舐《な》めさせている若い母親の手元に向けたまま、そう言った。

「日本中の寂《さび》れた町の風景写真を撮り歩いている人……」

「幾つの人？」

「二十五歳って言ってた」

倉本は沈黙で先を促した。

「この町に旧駅と、かつての商店街があるって聞いたのだけど、どこにあるんですかって訊かれたから、教えてあげたの。大きなバッグを肩にさげて、大きなカメラを首にさげて、片手に三脚を持っていたから、あたしがカメラマンの方ですかって訊いたの。それから歩きながら少し話したの」

「それはどこで？」

「仕事が終わって、駐車場へ向かう途中。その人、勘違いして全然違う方向に向かっていたの、あたしがそのことを指摘してあげたら、凄《すご》く驚いた」

「それで」倉本の口調は厳しくなかったが、目は怒りを湛《たた》えていた。

「駐車場で大分立ち話したの」

渡瀬というその男は、痩《や》せて小柄であゆみとわずか五センチくらいしか背が違わなかった。お世辞にも美男子とは言えないがいい雰囲気を持っていた。それに何よりも言葉遣いが丁寧で好感が持てた。渡瀬は東京の写真スタジオで働きながら、いつの日か自分の写真集を出版することを夢見ていた。

あゆみがこの町で会ったことのない類《たぐい》の人間だった。だから彼の好きなことをして生きている人間特有のいきいきとした笑顔に心を動かされ、ついこう言ってしまったのだ。

〝よかったら、私の車で案内しましょうか〟

渡瀬は驚き、少しうろたえた。

絶対に悪い人じゃない。あゆみはそう確信した。

「……で、ここから駅の反対側まで歩いていくのは可哀相《かわいそう》だと思ったから、車に乗せてあげたの」

「信じられないな。なんでそんなことを」

倉本がこんなにも傷ついた表情をしたのを見たのは初めてだった。

「だって、悪い人には見えなかったから」

その時、倉本がチッ、と舌打ちした。

何よ、舌打ちなんかして、感じ悪いわね。あゆみはますます腹が立った。

「それでゴーストタウンの方に連れていったのか」

「ええ、そう」

「何されても文句言えないんだぜ、君の方から誘ったんだからな。わかってるのか？」

また息苦しい沈黙が始まったが今度はさきほどより短かった。

「それで？　そこでそいつを車から下ろしてバイバイしたわけじゃないだろ。それならあんなに帰りが遅くなるわけないもんな」

倉本の口調はあゆみに罪悪感を感じさせようとする意図があまりにも露《あらわ》だったので、あゆみはうんざりとした。だが倉本がどれほど傷ついているか、ということも痛いほどわかった。

「旧駅舎に案内してあげたの。それから昔の紡績工場とか、商店街とかも見せてあげて……」

ゴーストタウン案内は楽しかった。渡瀬の興奮のしかたといったら半端《はんぱ》じゃなかった。本当に目がきらきらと輝いていた。初めて遊園地に来た子供のようだった。

「そんな薄暗くて誰もいない場所で二人きりだったんだな。そうかいそうかい」

「何よ。〝そうかいそうかい〟って、何が〝そうかい〟なのよ」

腹が立って、自分でも何を言っているのかわからなかった。

「君がそんなことするなんてな」

「何が〝そんなこと〟よ！　別にやましいことなんかしてないわよ」

感情を抑えられず、思わず大きな声を出してしまった。

奥のテーブルの親子がびっくりしてこちらを見た。

二人は睨《にら》みあった。

やましいことなんかしていない。

だが危なかった。

あれは潰《つぶ》れた紡績工場の内部に彼を案内した時だ。渡瀬の興奮に自分も感染し、かなり大胆な気分になっていた。渡瀬が首尾よく懐中電灯を持っていたのでそれを貸してもらい、探検家気分でどんどん奥へ進んでいった。工場内の食堂に辿《たど》り着き、渡瀬はストロボを使ってそこを撮影し始めた。尋常でない熱心さだ。

「こういう場所って……」彼はファインダーを覗いたまま喋った。「もう一度撮りたいと思って来たら、もうなくなってたってこと、よくあるんですよ。そういう意味じゃ男女の出会いとちょっと似ているかも」

さらに奥へと踏み込んでいく。

「好きなことをやっている人って、やっぱりいいですよね」あゆみは話しかけた。

「藤咲さんだって、今の仕事好きだからやっているんでしょう？」

パシャッ、パシャッ。

「実を言うと……もうあんまり好きじゃないかも」会ったばかりの人間だからこそ言えた本音だった。

「まあ、熱が冷めちゃうってのは誰にでもあるから……。僕も写真やる前はガーデニングに凝ってて……あれ、なんで笑うんですか？」

フィルムがなくなり、もっと高感度のフィルムに替えようと渡瀬が言った。カメラを左手に持ちかえ、右手を重たそうなバッグの中に突っ込んで掻《か》き回し始めた。

大変そうなのであゆみはカメラを持ってあげることにした。

礼を言う渡瀬からカメラを受け取り、すぐ傍に立って、バッグの中をあわただしく引っ掻き回す渡瀬の横顔を見つめていると、何だか妙な気分になった。

ずっと前から彼を知っていたような気分。

「あった、ありがとう」

渡瀬が顔を上げ、視線が合った。

一体何秒間くらいだったろう？　お互いの目の中に吸い寄せられるように立ったまま見つめ合った。

もしあの時、どちらかがあとほんの少し、ほんの2、3センチでも相手に顔を寄せていたら、何かが起こったかもしれない。いや、きっと起こっていただろう。そしてそれを始めたのはもしかしたら自分の方だったかも。渡瀬も同じ戸惑いを覚えたのだというこ
二人は弾《はじ》かれたようにお互いの身を離した。
とがわかった。

それから再び撮影を始め、ややわざとらしく感じられるほどのんびりとした口調で渡瀬は、「藤咲さん、彼氏はいるんでしょう？」と訊いてきた。

いる、と答えた。

渡瀬にも東京に同い年の彼女がいた。それからはお互いの彼氏彼女の話になった。その人と結婚するつもりなのか、と訊かれ、あゆみはわからないと答えた。渡瀬は笑いながら、そうですよね、まだ二十二歳ですもんね、と言った。

〝僕みたいな怪しい奴《やつ》の案内をして彼氏、怒りませんか？〟

と渡瀬がおどけた調子で聞いた。あゆみは怪しい奴なら最初から案内しません、と笑いながら答えた。

それから渡瀬は急に真顔になり、あゆみの写真を一枚撮らせてくれないかと言った。どうして、というあゆみの問いに親切な案内人を忘れたくないからだと答えた。

ひび割れて、鉄骨の剝《む》き出しになった壁を背景にして一枚撮ってもらった。『ミス坂巻』になぜか選ばれて写真撮影を行った時でもこれほど緊張はしなかった。

それで彼の撮影は終わった。それからゴーストタウンの先の方まで車を走らせ、町の知り合いに見られず食事ができる場所を探した。さんざん探し回ったあげく、『蜘蛛《くも》の巣』といういかにも怪しげな飲み屋が見つかったので、そこに入った。他に見つけられなかったのだ。店内は躓《つまず》いて転びそうなほど暗く、五人しか座れないカウンターの中に五十歳くらいの痩《や》せて病的なほど青白いおやじが陰気にグラスを拭《ふ》いていた。

おやじは、なんで来るんだよ、仕事しなきゃなんねえじゃねえかよ、とでも言いたそうな顔で二人を見た。この町にはこういう、営業しているくせに、客を拒んでいるような雰囲気の店がいくつもある。

だが、あゆみの顔を見るなり表情が一変した。

「あれっ！　町長さんの娘さんじゃありませんか、いや、こりゃ光栄ですねえ」

こんな時、田舎町であることと、町長の娘であることが嫌になる。自分は相手を知らないのに、相手は自分のことを知っているのだ。

渡瀬はあゆみが町長の娘だと知って、たいそう驚いた。

おやじは渡瀬を一瞥《いちべつ》して、すぐに事情を察したらしく、

「でも心配ご無用。私はこの町で唯一《ゆいいつ》口が固い男なんで安心してください」

それから二時間ほどアルコールと、おやじの作った煮込み（煮込み過ぎで崩れていて、口に入れてみるまでそれが何であるかわからなかった）で夕食をとった。

夜十時を過ぎて渡瀬がもう帰らなくては、と言った。彼は長野に宿を取っていて、明日は小布施《おぶせ》まで行く予定だった。

あゆみはもろに法律破りの飲酒運転をして彼を坂巻駅まで送っていった。酒には半端でなく強いので心配はなかった。

別れ際《ぎわ》、彼は自分の自宅の電話とケイタイの番号を書き付けたメモをくれた。

もし東京に来るようなことがあったら僕に案内させてくださいと渡瀬は赤くなった顔で言い、右手を差し出した。

あゆみはその手を握り返し、またおかしな気分になりそうなので、それじゃ、と言って、握った手を離して背を向けた。


「その言葉を信じたいね」

倉本はそう言い、またため息をついた。

「信じられなきゃどうするつもりなの？」

つい、そんな挑発的なことを言ってしまった。

「なあ、俺達大丈夫だよな？　あゆみちゃん」

倉本が急に弱気になった。あゆみにはなんだか泣き落としみたいに思えて好きになれなかった。

ふと、自分は本当に倉本が好きなのだろうか、という疑念が頭をよぎった。途端、少し恐くなった。もし好きでなかったら、自分はこんなとこで何をやっているんだろう。

「ごめんなさい、嘘ついて」あゆみは椅子《いす》に座り直し、ペコリと頭をさげて謝った。

「あたしのしたこと、いけないことだった。ごめんなさい」

本心が半分、謝ってしまった方が楽だからという気持ちが半分といったところだ。

あゆみが素直になると倉本の態度も優しくなった。

「正直に言ってくれてありがとう。だけどもう嘘はつかないでくれよな。悲しくなるから」

あゆみはもう嘘はつかないと約束した。心にもやもやとしたものが残った。

〝その人と結婚するつもりなの？〟という渡瀬の言葉が頭に蘇《よみがえ》った。

自分はともかく、倉本が自分を将来の結婚相手と考えていることは間違いなかった。

9

その封筒はパンパンに膨れ上がっていた。長野県坂巻町の町おこし推進事業部の若い男性職員、森川は封を鋏《はさみ》で切り、中身を指でつまんで引っ張り出した。何重にも折り畳まれた厚手の紙束だった。紙の表面には〝契約書〟という大きな文字と、それよりもやや小さな〝ライトアロー通信株式会社〟という文字が印刷されていた。

森川は戸惑いながら、とりあえず紙束をほぐしにかかった。どんどん縦方向に伸びていく。紙はすべてライトなんとかの契約書だ。

「なにそれ？」

森川の右隣の机に座っている西尾という年長の女性職員が訊《き》いた。

「わからない。なんかの契約書が何枚もつながっているんですよ」

森川は答えながら、なおも複雑に折り畳まれた紙束をほぐしていく。

「でかいな」

結局、Ａ４の紙が七枚もセロテープでつなげてあった。縦の列を広げ終わると、今度は横の列をほぐしにかかる。

その時、契約書の裏面にサインペンで書きなぐられた図面の一部分が見えた。通路を表す平行線、階段を表わす目、入り口を表わす⊥⊤などの記号が書き込まれている。

「これ、建物の設計図ですよ」

「あらまぁ、大きいのね」

西尾はそう言いながら、机の中央に置いてあった自分の湯飲み茶碗を手前の右隅に移動させると、

「とりあえず全部バアッと広げちゃいなさいよ。私の机の方にきてもいいから」

「なんだどうした？」

今しがたトイレから戻ってきた中年の男性職員が、二人の様子を見て、皺《しわ》だらけのハンカチで手を拭《ふ》きながら寄ってきた。

森川は彼を見て、

「あぁ、恩田さん。物凄《ものすご》く大きな図面が届いたんです」

恩田は眼鏡の奥の小さな目をしばたかせて、

「ほおほおほお、見てみようじゃないの」

森川と西尾の二人分の机を占領したその図面はA４の紙を縦四枚、横七枚、合計二十八枚も使った巨大な代物《しろもの》だった。

「気合い入ってますね」森川が圧倒されたような口ぶりで言った。

恩田が広げ終えた図面を見下ろして、「ところで、こいつは何なんだい？」

「〝エイリアンの館《やかた》〟ですって」

西尾が図面の端の紙を持って不思議そうに言った。

森川も、もう一方の端を見て、「こっちには〝実録殺人鬼の館〟と書いてあります」

「おいおい、物騒だな、一体何者なんだ？　応募者のプロフィールは？」

「こっちに書いてあるわ」西尾が言い、自分の机を回り込んで、もう一方の端まで行き、読み上げた。

「青柳敏郎。東京都練馬区。二十五歳。自営業ですって」

恩田は図面を顎《あご》で示して、「で、こいつの名前は」

「〝巨大ホラーテーマパーク『坂巻ダークランド』〟ですって」

「ホラーテーマパーク？」恩田が顔をしかめた。

「つまりお化け屋敷しかない、テーマパークってことですね」

森川が目を輝かせて言った。そして図面の端から端へと目を走らせながら妙に嬉《うれ》しそうな声で、

「日本ユーレイの館、西洋モンスターの館、マッド・サイエンティストの館、はは、こりゃ面白い」

「世代の違いかね。俺は嫌だな、悪趣味だよ」恩田が憮然《ぶぜん》とした口調で言った。

西尾が図面に顔を近づけて、

「〝園内をさまざまなキャラクターが不気味に妖《あや》しくうろつく〟ですって。モンスターの絵まで描いてある。なんか、異様な迫力を感じるわ。私には頭に浮かぶわ。この人、きっと真夜中にたった独りで部屋に閉じ籠《こも》って、猛烈に興奮して描いたのよ。所々字が震えている」

「一体どんな人なのかな。こんなこと考えつくなんて」

「決まってるさ、ホラーマニアって奴《やつ》だよ」恩田が断言した。

「そうかしら、絵を見る限りでは、特に病的な印象は受けないけど」

アトラクションの建物に囲まれた中庭を徘徊《はいかい》するゾンビ、ドラキュラ、フランケンシュタインなどの絵はまるで幼稚園の子供が描いたみたいに稚拙だ。全然恐くなく、可愛《かわい》くて、おかしげだ。

「アイデアは斬新《ざんしん》だと思いますよ、僕は」森川はそう評価した。

「これまでのアイデアの中ではインパクト強いわね」

『公募ガイド』の反響は予想以上に大きく、既に百以上のアイデアが町おこし推進事業部に寄せられていたし、テーマパーク案も多くあった。しかしどれも既に存在するテーマパークをなぞった今一つオリジナリティーに欠ける物が多い。

『ねこねこタウン（世界中の猫を集めた猫だけの動物園）』、『わんわん帝国（世界中の犬を集めた同様の施設）』、『サファリパーク』、少し変わったところで『戦国合戦ランド（参加者が鎧兜《よろいかぶと》を身に付け、槍《やり》、弓、火縄銃などを持って、スケールの大きな戦争ごっこをする）』、『24時間迷路（入り口からゴールまで約二十四時間を要する巨大迷路。途中数カ所にレストラン、宿泊施設、ゲームセンターなどがある。勿論《もちろん》ギヴアップ・ポイントも）』

「ところで、これは実際問題なんですけど、もしも、テーマパークなんかの大型施設が建設されることになったら、町のどの辺りに造られるんでしょうかね」

森川は真顔になって恩田に訊いた。

「そりゃあ、お前、町の北東部の黒砂山の尾根地帯だろう。あそこが町の所有する開発用地なんだからな」

「そうなんですか？　この際、南東側のゴーストタウンを潰《つぶ》してそこに建てる、なんていいと思うんですけど」

長野電鉄河東線の坂巻駅の南東側には〝ゴーストタウン〟と呼ばれる一帯がある。そこは昭和四十七年に現在の坂巻駅が建設された時に、旧駅周辺の商店や人家が徐々に新駅の方へと移動した結果出来上がった、過去の遺物である。取り壊すと費用がかさむので、大半の家屋は放置されたままである。この〝ゴーストタウン〟が町のイメージを悪くしているということで大々的に撤去しようという動きがこれまで何度かあったが、町長や議員の交代などでその度に計画がストップしてしまい、いまだに実現に至っていない。

「だけどよ、撤去には莫大《ばくだい》な金がかかるんだぜ」

「でもいつかはやらなきゃならないことでしょ？　テーマパークが建設されることになったら、この機会に〝ゴーストタウン〟問題も一気に片づけてしまえばいいじゃないですか」

「そりゃ建設が決まったら、の話だろう？　そんときゃお前さんが自分から町長に言えばいいさ」

「はぁい」

森川は図面を畳み始めた。

10

「隼人《はやと》、車に乗るのは何度目だ」

「……三度目」

「ならそろそろ慣れろ」丸尾は優しさのかけらもない声で吐き捨てるように言い、そしてバックミラーに映った隼人の死人みたいに青白い顔を見やった。

米粒みたいな輪郭。ぼんやりとしてガラス玉みたいに精気のない目。うっすらと黒い口の周りの産毛《うぶげ》。半開きのだらしない唇。

顔を見ているだけで丸尾はますます機嫌が悪くなった。

隼人の右隣に座っている臼田が、背中を丸めた隼人の背中をさすろうと背中に手を置いた。

「臼田、構うな」

丸尾が一喝すると、臼田清美はビクッと体を震わせ、あわてて手を引っ込めた。ものにして以来、丸尾の臼田に対する表面的な優しさは跡形もなく消えていた。

「吐くなよ。喉元《のどもと》まで上がってきたら死ぬ気で飲み下せ。ぶちまけたら、床に這《は》わせて残らず舐《な》めさせるからな」

丸尾は隼人に警告した。

今回の調査行を利用して、このクソガキの根性を徹底的に叩《たた》き直してやるつもりであった。

学院は隼人を持て余し気味だった。

『未来核』の最年長者である隼人は、十三人の子供達の支配者として君臨していた。隼人は年下の子供達に自分を神と崇《あが》めさせ、気分次第で暴力を振るっていた。つい二カ月前にも十歳の女児に背後から飛び蹴《げ》りを食らわせ、ムチ打ちにしてしまった。他にも眠っていた九歳の女児の髪にマッチで火をつけたり、五歳の男児の首を面白半分に絞めたり、馬の役を拒否した七歳の男児の脇腹《わきばら》を蹴って内出血を起こさせたりと、隼人の病的な行状は枚挙にいとまがない。

この異常な攻撃性の原因は出来損ないの親からの遺伝なのか、それとも閉鎖された学院内の環境と、特殊な教育プログラムによるものなのかわからないが、とにかくやっかいな問題であった。

このままでは『未来核』の子供達は成人するまでに隼人に皆殺しにされかねなかった。

やわな大人の保育兼教育係の言うことにすら隼人はいっさい耳を貸さず、俺はお前らの神なのだからもっと敬えと喚《わめ》き出す始末である。

学院長から、隼人に学院の将来を担《にな》う者としての使命感と責任感を教え込むために、長野まで連れていくことを命ぜられた時は胸くそ悪くなった。学院長の『未来核』に対する期待はいささか過剰のような気がする。純粋培養は一歩間違えれば純粋なクズを生み出す。

しかし、所詮《しょせん》ガキはガキだ。百戦の兵《つわもの》である丸尾にかかっては赤ん坊に等しい。徹底的にいじめ抜いて、犬みたいにおとなしく従順にしてやる。

「大始祖様、運転替わりましょうか？　お疲れでしょう」

助手席の和島という二十六歳の男が言った。和島は丸尾と同じく陸自出身だ。丸尾が引き入れた陸自の後輩の勧誘で学院に入学したので、元を辿《たど》れば丸尾が引き入れたと言ってもいい。

丸尾は柏原郁恵親衛隊の茨城支部副隊長を一年半務めた後、突如陸自に入隊し、そこで学院と出会った。そして陸自内部で実に七十人を学院に引き入れるという不動の記録を打ち立てた。丸尾の現在の地位の土台となった快挙である。

「次のドライブインで交替してくれ」

丸尾は申し出を受けた。

六キロ先にドライブインがあった。丸尾は駐車場に白のセルシオを滑り込ませた。サイドブレーキを引き、キーを抜くと、後部席の左側に座っている磯崎《いそざき》という元警備会社のガードマンだった屈強な体格の三十歳の男に声をかけた。

「磯崎、隼人をトイレに連れていって吐かせてこい。終わったらすぐに連れ戻せ」

必要な時以外に隼人を車の外に出すことはしたくなかった。馬鹿《ばか》はいつなんどき馬鹿をしでかすかわからないからだ。

「軽く食事をしよう」

丸尾は和島に声をかけ、後ろの臼田にも「降りろ」とだけ言った。

三人は車から降りた。

和島はジーパンに黒い長袖《ながそで》の鹿の子《かのこ》ポロ、臼田は丈が長く、小さな花柄模様がプリントされた、ナイロン製のオレンジ色のワンピースという格好だ。

二人を見て、ぶざまだな、と思った。ごく普通の服を着ているのに何か違和感がある。

そういう自分も人のことは言えないかもしれない。久しぶりに着た綿のシャツ、チノパン、ジャケットがどうも体に馴染《なじ》まなくて疲れる。それに履き慣れないリーガルのローファーのせいで足の裏も痛い。

ポケットからゴールデンバットの箱を出し、一本抜いてくわえると、和島が車のボンネットを大急ぎで回り込んできて、さっと火をつけたライターを差し出した。

三分の一ほど吸った時、ようやく磯崎と隼人がトイレから戻ってきた。隼人は磯崎に腕を支えられ、よろめくように歩いている。隼人のボーダーネックのシャツの襟元が水で濡《ぬ》れていた。

二人が車の所まで来ると、丸尾は隼人を冷淡な目で見て、

「俺達は飯を食う。お前は車内で寝ていろ」

「嫌だよぉ、外の空気が吸いたいよぉ」

隼人が相変わらず白い顔で訴えた。年下の子供に暴力を振るう時の威勢の良さは微塵《みじん》もない。

「窓を開けておけ」丸尾は取り合わなかった。「食い物を持ってきてやるから車内で食うんだ」

「な、なんで俺だけ除《の》け者にすんだよぉ」

隼人は腐った目で丸尾を睨《にら》み、言った。

「貴様が恥さらしだからだ」丸尾は言った。そして吸いかけのゴールデンバットの、火のついている方を隼人の顔の前にかざし、

「見張っている。独りで勝手に外に出たら、こいつで貴様の尻《しり》の穴を溶接する。わかったらさっさと車に乗れ」

隼人は充血した両目に涙を浮かべ、すごすごと車の後部ドアを開けて乗り込んだ。

「行こう」丸尾は他の者たちに言うと、歩き出した。

「隼人も大始祖様にかかっては幼稚園児のようなものですね」

並んで歩きながら和島が言った。

「当たり前だ。俺はいじめのエキスパートだからな」

丸尾は冗談とも本気とも取れる口調でそう言った。

11

「お帰りなさいませ。剣持様からお電話がありました」

ピンクのエプロンを着た家政婦の田丸が、玄関まで君塚を出迎えて言った。

君塚はギクリとしたが、平静を装《よそお》った。

「あぁそう。何て?」

「お帰りになりましたら、すぐに電話をくださいと」

「あぁそう。すぐにね」

クソ、何がすぐにだ。威張りくさりやがって。

しかしすごいタイミングだ。まるでこちらのトラブルを察知したかのようである。

君塚はバーニーズニューヨークのストレートチップの黒革靴の右の爪先《つまさき》で左の踵《かかと》の縁

を踏んづけ、左足の踵を引き抜いた。それから鶴《つる》みたいに左足を後ろに曲げ、軽く振って靴を土間に落とした。その足で上がりかまちに上って玄関を振り返ると、右の靴の踵の縁を上がりかまちの縁に引っかけて踵を引き抜く。そして右の靴を土間の中央辺りめがけて振り落とす。

君塚が無意識のうちに編み出した手を触れずに靴を脱ぐ方法である。勿論《もちろん》、放り投げた靴は後で田丸が揃《そろ》える。

田丸が用意してあったスリッパを突っかけ、幅が2・5メートルある磨き上げたフローリングの廊下を歩きながら、ファットーリのブルーのネクタイを弛《ゆる》める。

体が重たい。一刻も早く熱いシャワーで仕事の垢《あか》を洗い流して、その後、週に二度のコールドスチーム器による美顔エステをしたいのにそれを邪魔する剣持を恨んだ。

ジョアン・ミロの複製彫刻二体と、十二匹の鯉《こい》が泳ぐ池がある三十坪もの庭を見渡せる広々とした居間に入ると、ジャン＝フランコ・フェレの細身の黒いジャケットを脱いだ。右腕を後ろに引いて反動をつけてジャケットをソファに放った。それからキャビネットの上に置いた電話を取り、それを持ってソファまで歩く。体をソファに投げ出すとジャケットの袖が尻の下敷きになったが、君塚はそんなことは気にしない。

両足をガラステーブルの上に乗せ、電話を太股《ふともも》の上に置く。そして〇三から始まる市外局番を回した。

呼び出し音二回で相手が出た。

――もしもし。

剣持の声には警戒しているような響きがある。

「君塚です。お電話をくれたそうで」

――ああ、君塚さん、どうも。

途端に声が明るく、朗らかになる。

――どうです、遊んでいますか？

遊んでいますか、という言葉に微妙なアクセントがあった。

この野郎。剣持の後ろ髪を摑《つか》み、あのむかつく面《つら》を電柱に叩《たた》きつける光景が頭に浮かんだ。

君塚は受話器をきつく握り締め、

「おかげさまで。実は私も今日電話しようと思っていたところなんだ」明るい声で話そうとしても胸に冷たいものがつかえて、自分でも情けなくなるほど暗く、弱々しい声しか出なかった。

――おやおや、そうですか。珍しいですね、あなたの方から連絡とは。何か困ったことでも？

「いや、別に差し迫ったことではないんだが、あんたにも知らせておいた方が良いと思ったんだ」

──ほお、何でしょう？

電話の向こうの今の剣持の顔が想像できた。顔は笑っていても、目だけは冷たく不気味に光っているに違いない。

君塚は最近の動きをかいつまんで話した。

坂巻町の藤咲という町長が、町の過疎化《かそか》を食い止めるために町おこしのアイデアを一般公募した。二百以上もの企画が応募され、推進事業部によって予備選考が行なわれた結果、三つの企画が残り、議会に提出された。この三つの中のどれかが町おこし事業の企画として正式に採用されるのである。

──へえ、そうなんですか。でもそのことが私に何か関係あるのですか？

「三つの企画の内、二つはテーマパークなんだよ」
二、三秒の沈黙。
──あなたの言いたいことがわかってきた。

剣持の声は平坦《へいたん》で、感情のこもっていないものだった。

これが剣持の愛想の良さの下に隠された本性なのだ。君塚の胸につかえているものがますます大きくなっていった。

──あそこにテーマパークができるかもしれない、そういうことなんですね。

と剣持が念を押した。

その押し殺した声の不気味さに、君塚は思わず両足をテーブルから下ろし、電話の上に覆《おお》い被《かぶ》さるような格好になった。

「まだ決まったわけじゃない」

――三分の二の確率でしょう？　決まったも同然じゃありませんか。

明らかに責めている口調である。

まずい。この男を怒らせたら、自分は破滅するのだ。

ふと、今自分がいる豪勢な居間も、座っている羊の本革張りソファも急にその存在が薄らいだような気がした。この居間も、このソファも、すべて失うかもしれないのだ。

足下に真っ黒い巨大な穴が開き、そこに吸い込まれるような恐怖を覚えた。

「待ってくれ。それは早合点《はやがてん》というものだ。仮にテーマパーク案が採択されたとしても、あそこに建設されるとは限らないよ」

――私を安心させようとしてそんなことを仰《おつしや》ってくれるのはありがたいのですが、あなたの仰っていることは、私にはひどい〝脳天気〟に聞こえる。あそこを失ったら、私がどんなに困るか、あなたにもよくわかっているでしょう？

――よくわかっている。剣持があそこに〝物件〟を持ち込めなくなったら、剣持はその腹いせとして、君塚の人生を潰《つぶ》して丸めて捨てるつもりだろう。

「待ってくれ、そんなに深刻にならなくても……。いいか、仮にだよ、最悪の場合、あそこにテーマパークが建設されることになったとしても、実際に工事に取りかかるまでに少なくとも半年はかかると思う。決まったからすぐに〝物件〟が持ち込めなくなるというこことじゃないさ」

剣持が受話器の向こうで深いため息をついた。これだからお前は駄目なんだとでも言いたげなため息だ。

――君塚さん、私の〝物件〟はとても半年なんかじゃ片づきませんよ。先週ようやくこちらの処理液槽が二基動かせるようになったばかりなんだから。だからあなたにお願いしたんでしょう？　それにあなたはわかっていらっしゃらない。工事に着工する前に地質調査、測量だの何だのをするんですよ。そうなったらその時点でもうこっちはお手上げなんですよ。

「あっ」

君塚は思わず声を上げた。そうだった。

――〝あっ〟じゃないでしょう。そんなことになったら、私はおしまいですよ。あなたになんとかしてもらわないとね。

「でも、まだあそこに建設されると決まったわけじゃ……。こんな田舎町だから、他にも場所はいくらでもある。だから、今この時点でそこまで深刻になることは……」

——心強いお言葉をありがとう。議員さんがそう仰ってくださるのなら、私もこれ以上くどくど言うのはやめにしましょう。ところでその採択会議はいつ行なわれるのです？

「明日、詳細な企画書をもらう。それから各議員が個々の企画を検討して……決まるのは今週末だな」

——そうですか、それじゃそれまでせいぜい祈ることにしましょう。週末にまた電話しますよ。もしうまく切り抜けられたら、その時はお祝いに一緒に遊びましょう。

冗談じゃない、誰が貴様なんかと！

君塚はカッとなったが、どうにか感情をおさえつけ、

「わかった。くれぐれも心配はしないように」

——ではお休みなさい。

君塚もお休みなさいと言って電話を切った。

体がソファに沈み込んでいくような虚脱感を覚えた。しばらく立ち上がれそうにない。

なんでこんなことになっちまったんだ。

「琢磨《たくま》さん」

なんだよ、うるせえな。

顔を上げると居間の戸口に田丸が立っていた。両腕に君塚の物であるレモンイエローのバスローブと、グリーンのバスタオルを抱えている。

「お体の具合でも悪いんですか？」

本当によく気がつく婆《ばあ》さんである。

田丸は君塚の父親が存命中に、この家に住み込み家政婦としてやって来た。以来、もう九年にもなる。

田丸の夫は長野市で高校の教師をしていたが、十一年前に脳梗塞《のうこうそく》で死んだ。夫の死による精神的ショックから立ち直るためと、生活費を稼ぐために家政婦として働き出したのだ。

父の健吾が死んで莫大《ばくだい》な遺産を相続した時、君塚は健吾の所有物を、最低限の遺品を残してほとんど処分してしまった。値打ち物の家具もかなりあったが、君塚の趣味には合わないし、死人の遺品にのさばられていては、父親が死してなお自分を見張っているみたいで嫌だったのだ。

ついでに父のお気に入りだったこの小太りの家政婦も処分してしまおうかと思ったのだが、非常によく働くのでこのまま置いておいても損はないと思った。他人の身の回りの世話なんかで一生を終える人間の気がしれないが、何一つ不平不満を漏らさず献身的に自分のために働いてくれる人間がいるというのは便利なことだ。

田丸は今、確か五十六歳だ。よぼよぼになって働けなくなるまでとりあえず家に置いておいてやるつもりだ。いよいよ駄目になったら老人ホームに入居するぐらいの金はくれてやってもいいかな、と最近思い始めたところである。

「あぁ、ちょっと疲れたもんで」君塚はぶっきらぼうに答えた。

「先にお風呂《ふろ》になさいますでしょう？」

「ええ、勿論」

熱いシャワーを五分ほど首筋に当てるとようやく肩の凝りはほぐれた。しかし胸の冷たいしこりは消えなかった。

普段より数倍ものろい動作で体を洗い終え、ラベンダーの入浴剤が入ったセミダブルベッド並みに大きいバスタブの中で、大の字になって目を閉じる。

剣持と出会ったのは去年の九月、東京へ独りで〝買い物遊び〟に出かけた時だ。

一年に三、四回、君塚は発作的に東京へ独りで出かけ、二、三日間、まるで躁鬱病《そううつびょう》患者の躁状態の時みたいに、買い物しまくり、遊びまくる。一回につき、少ない時で二百万、多いときには五百万近く派手に散財する。それを君塚は自ら〝買い物遊び〟と名付けた。

あの時の行動は以下のようなぐあいだった。

昼少し前に新幹線で上野に着くと、そこからまずタクシーに乗って銀座に行き、三越、松屋、松坂屋などのデパートをハシゴして服や靴を買い込んだ。食品館で酒も大量に買った。買ったものは勿論全部郵送してもらった。

松坂屋の八階にあるレストランで昼飯を済ますと、それからまたタクシーで今度は新宿まで行き、西口にある『ビックカメラ』や『さくらや』などの量販店を見て回り、ユニバーサル・ジュネーブのアイルトン・セナモデルの自動巻きクロノグラフと、前から買おうかと迷っていたD－1、加えて浴室でバスタブに浸《つ》かりながら音楽を聴くためにボーズのウエストボロウ・コンパクトステレオシステムを買った。それからまたタクシーで南口に行き、『東急ハンズ』で目についてピンときた物は何でも買った。

それからまたタクシーを拾って、渋谷の南口にある『中野銃砲店』に、店主への挨拶《あいさつ》も兼ねて弾薬や、スリング、ハンティングジャケット等のアクセサリーを買いに行った。

その時は銃は買わなかった。

それから珍しく宮益坂《みやますざか》を歩き、坂を登り切る手前にあるエアガンショップ『ウエスタンアームズ』でデザートイーグル44マグナムとウィルソン・コンバット・カスタムの二丁のガスガンを買った（君塚は本物の散弾銃と同じくらい玩具《おもちゃ》の拳銃《けんじゅう》が好きだ）。

そこで買い物には飽きた。

買い物の次は女である。

とてつもなく淫乱《いんらん》でいい女と出会えるかどうかで〝買い物遊び〟の〝遊び〟の部分の充実度が決まる。

朝九時に出社して夜六時まで働くような女は当然除外される。君塚に必要なのは定職についていず、君塚の東京滞在に最後まで付き合える、暇を持て余し気味の、セクシーでなおかつ抜群のセックステクニックを持った十八歳から二十八歳までの女。

こういう女をどこで見つけだすか？

とりあえず銀座へ舞い戻り、目についた高級サロンに入って飲んだ。しかし、これだと思う女がいなかったので、二十万程ばらまいてさっさと二軒目に入った。

そこに蒔絵《まきえ》という二十二歳の女がいた。女は君塚に、「私のこと『マキマキ』って呼んで」と言った。

マキマキのあどけなさの残る卵のような丸い顔と、スレンダーなボディー、フワリと広がったパーマヘアが君塚のサディスティックな性欲をいたく刺激した。

君塚はマキマキの耳元に囁《ささや》いた。「二、三日僕に付き合うつもりはない？　思い切り羽根を伸ばしたいんだけど、相手がいないんじゃね。勿論費用は僕持ちさ」

商売女にも身持ちの固い役立たずは意外と多い。だが幸いマキマキは違った。明日のことなど考えない刹那《せつな》的思考の人間だったのだ。

「二人で楽しいこと、いっぱいしようよ。マキマキはどこへ行きたいの？」

君塚の誘いにマキマキは競馬場、と答えた。

「よしきた、じゃあ明日はでっかく賭《か》けて競馬場を破産させてやろう」

契約成立だった。それからは後で一物が役割を果たせるようにセーブして飲みながら、店がはねるまで待った。

君塚は閉店少し前に店を出て、通りでタクシーを拾うと、店の裏に回させてマキマキを待った。

マキマキがやって来ると、タクシーを上野まで飛ばさせた。後部席で君塚は、右腕でマキマキの肩を抱き寄せて、フワフワの髪の毛に鼻を埋めて女の匂《にお》いを吸い込み、もう一方の手でマキマキの左手を包み込んだ。期待に胸膨らむ至福の瞬間である。

「これから四十八時間、絶対に君を離さないからな」

上野で降り、マキマキの手を引きながら昼間とは表情の一変した上野公園の奥へと入っていき、イラン人からお馴染《なじ》みの〝スピード〟を買う。これで準備は整った。

駅前でまた別のタクシーを拾い、予《あらかじ》め予約しておいたホテルの部屋へと乗り込んでいった。

ホテルは毎回同じだ。支配人が自ら出迎えるほど君塚は歓迎されている。君塚の金払いがとても良いからだ。おかげで多少騒いでも文句は言われない。

二人してトローチのような形をした〝スピード〟を舌の上で溶かし、脳味噌《のうみそ》の中枢《ちゅうすう》をちょいと突っつくと、君塚が発作的に思いついた遊びをした。素っ裸になり、君塚が昼間渋谷で買った二丁のガスガンをそれぞれ一丁持ち、部屋の端と端に別れて、合図とともに撃ち合う。弾に当たると赤い痣《あざ》ができるので相手に痣をたくさんつけた方が勝ちという遊びだ。

二人はゲラゲラ笑いながら、ソファやベッドやドア等の遮蔽物《しゃへいぶつ》の陰に隠れて撃ち合った。

君塚はマキマキの乳房に二発、太股に三発ヒットした。マキマキも意外にうまく、君塚は肩と脇腹《わきばら》に二発ずつのヒットを食らった。素面《しらふ》の状態なら涙が出そうなほど痛いが、〝スピード〟を食らっていれば蚊に食われた程度にしか感じない。

君塚は弾丸が尽きると銃を放り投げ、「肉弾突撃ィィィ！」と叫びながらマキマキが籠城《ろうじょう》している寝室に、股間《こかん》にぶら下げた物を揺らしながら飛び込んだ。

「突撃反則ぅぅぅ！」笑いながら叫ぶマキマキを組み伏せると、お待ちかねのファックに突入した。

挿入したまま背後から抱え上げて、意味不明のカンツォーネ風の歌を歌いながら、部屋中をかけずり回る。

君塚は〝スピード〟のおかげで精巣が空っぽになってもなお六回も絶頂に達した。マキマキに至っては五時間近くいきっぱなしという状態だった。

朝、目覚めた時、二人は結合したままひっくり返ったソファと壁の隙間《すきま》に転がっていた。

　君塚は首を起こすと、頭頂に鋭い痛みを感じた。右手を当てると大きなこぶができていた。ソファから転げ落ちた時打ったらしい。

口を開けて眠っているマキマキの膣《ちつ》からペニスを引き抜くとコンドームが見事に破れていた。しかし君塚はそんなこと気にしない。

　痛む背中を屈《かが》めながらバスルームに行き、一晩中出しっぱなしになっていたシャワーを止めてから、鏡で全身をチェックした。昨夜の狂乱の極みの痕跡《こんせき》が到る所に残っている。

　マキマキを駅弁売りのように抱えながら走った時、いろいろな家具にぶつかったため股《また》やすねに痣や擦り傷がいくつもついていた。胸や腹にはマキマキの嚙《か》み跡、背中にはマキマキの爪《つめ》によるミミズ腫《ば》れ。

　目に見える傷以外にも体のあちこちの筋肉が強《こわ》ばり、動かす度に痛んだ。だが気分は爽快《そうかい》そのものだった。議員の肩書きも、君塚家のプライドもかなぐり捨てて、一匹の雄になり、自分のすべてを曝《さら》け出した後にはいつも浄化されたような清々《すがすが》しい気分になれる。これがあるから生きていけるのだ。

　部屋もまた台風が通過したような有り様になっていた。ソファと椅子《いす》はすべてひっくり返り、床には二人の脱ぎ捨てた服やバスタオル、撃ちまくったガスガンのプラスチック弾が散乱し、レースのカーテンはカーテンレールから引きちぎられていた。

戻るとマキマキはまだ寝ていた。マキマキの体の状態も君塚とよく似ていた。君塚はややむくんでいるマキマキの顔に自分の顔を近づけて言った。

「姫様、起きてください。朝の一発の時間ですよ」

素面でマキマキと一回交わってから、二人一緒にシャワーを浴びて、君塚は予め買っておいた下着とワイシャツを身に付けた。

髭《ひげ》を剃《そ》ってサッパリとしてから一階ロビーのレストランで朝食をとり、コーヒーを流し込むと体に再び力が漲《みなぎ》る。

チェックアウトする時、支配人がお出ましになって丁重に送り出してくれた。

「琢磨さんてすごいんだね」マキマキがタクシーの後部席で君塚の腕にしがみつき、声を弾ませた。可愛《かわい》い女である。

十二時半頃に大井競馬場に着いた。当然のことながら清潔で品の良いVIPラウンジに席を取る。マキマキは、こんないい場所で競馬するのは初めてなのでいつもと勝手が違うと言って、落ち着かなげだったが、すぐにVIP気分を楽しみ始めた。

マキマキは、人に馬券を買ってもらう時は大穴を狙《ねら》うのだと妙なことを言い、どうしようもない馬にばかり五十万以上も注ぎ込んで瞬《また》く間に全部スッてしまった。しかし、それで良いのだ。別に競馬で儲《もう》けようなどという気は最初からない。マキマキが大いに楽しんで、興奮してくれればそれでいいのだ。そうすれば夜のイベントもグッと盛り上がる。

　それでも一度だけマキマキの賭けた馬が勝った時には、二人はラウンジの他の客達の目も気にせず舌を絡《から》める激しいキスをし、その後ビールで祝杯を上げた。

「お楽しみのところ、申し訳ありませんが」

　見知らぬ男から声を掛けられた時、マキマキはビールの飲み過ぎで二度目のトイレに立っていて、君塚一人だった。

「あなたがたがとてもツイていらっしゃるようなので、ひとつツキを分けてもらえないかと思いましてね」

　言葉遣いは丁寧だが、馴《な》れ馴《な》れしかった。

　男は三十代後半から四十代前半。五頭身半ぐらいしかないずんぐりとした胴長短足体型。グレーのジャケット、焦茶《こげちゃ》のチェックのゴルフパンツと、グリーンの長袖《ながそで》鹿の子《こ》ポロという格好だった。靴は茶色のゴルフシューズ。見るからに休日のサラリーマンである。

　顔はまん丸く、垂れ目。その垂れ目が太いフレームの度の強い眼鏡によって一層強調されている。髪は近い将来間違いなくバーコード状のハゲになりそうだ。

無害な人間に見えたし、アルコールのせいで寛容な気分になっていた君塚は、

「ははは、ツイてるなんて、そんな、僕は女の子を遊ばせてやってるだけでしてね」

男は右手に持っていたアルミ製の薄いアタッシェケースを足下に置くと、勝手に椅子を引いて君塚の隣に座り、

「羨《うらや》ましいですね。ぶしつけですが、実は私、こういう者でして」

男は上着のサイドポケットから名刺ホルダーを取り出し、一枚抜いて君塚に差し出した。

和紙に似た手触りの薄茶色の洒落《しゃれ》た名刺には、

ワーカーズ・ネットワーク（株）代表取締役社長

剣持貴文《たかふみ》

と横書きに印刷されていた。人材派遣か何かの会社だろうか。

「へえ、社長さんですか。あいにくと僕はプライベートな時間には名刺を持ち歩かない主義なんで。君塚といいます」

それは嘘《うそ》だった。名刺は勿論《もちろん》持っていたが、警戒心がそう言わせたのだ。

「剣持さんは今までどこに座ってらっしゃったんですか？」

「奥のテレビの真下の席ですよ。お連れの女性、とても綺麗《きれい》なお嬢さんですね。いや、羨ましい」

「そうですか？　あれで意外と」と言って、君塚は含み笑いを漏らした。昨日のマキマキの痴態を思い出したのだ。

剣持も愉快そうな顔で、「意外と何なんです？」

「いや、ははははは」君塚は笑った。

剣持も、君塚の笑いから何を言いたいのかなんとなく察したらしく、意味ありげな笑いを浮かべた。

「私の見た限り、あなたはとても成功したお人で、今は休暇中、仕事を忘れて思い切り楽しんでいらっしゃる。そうじゃありませんか？」

君塚は椅子にふんぞり返って、ビールをもう一口飲み、剣持の顔を見て、

「まぁ、そんなところかもしれませんね。私の仕事はストレスが溜《た》まるもので」

「ところで君塚さん、休暇のスケジュールはもう決まっていらっしゃるんですか？」

「まさか、休暇にスケジュールなんか持ち込みたくありませんよ。成りゆき任せですよ」

その言葉を聞いて、剣持はますます君塚に興味を持ったようだった。君塚の方にやや体を乗りだし、

「実はですね。あなたのような紳士にぴったりの遊び場所があるんですよ」

剣持は素早い動作でアタッシェケースを持ち上げて、膝《ひざ》の上に置くと蓋《ふた》を開けた。中からB5判よりやや小さめのバインダーを取り出すと、それをテーブルの君塚の目の前に置いて、

「お嬢さんが戻ってこない間に、どうぞ」

「それは一体どういう意味ですかね」

君塚は言いながらバインダーを手に取り、表紙をめくった。

ドキリとした。と同時にやはりな、という気持ちもあった。

いわゆる〝モロ写真〟であった。写真はすべてポラロイドで撮影されたものだ。

マキマキの後輩のような十代の少女達が、いかにもうまそうに男のペニスにしゃぶりついているアップ写真、汗だくで馬乗りになって激しく腰を動かしている写真、カメラに向かって局部を曝《さら》け出し媚《こ》びている写真、その唇は〝やって〟と言っているように見える。

どの少女もとびきり可愛かった。そして強烈にいやらしい。

君塚の心臓の鼓動が早くなった。剣持に対する警戒心も一層つのった。

こいつ、ヤクザかな？

君塚はこの程度では動揺しない、という素振りをして表紙を閉じるとバインダーを剣

持に返した。

「ほぉ、社長さんは副職を持っていたんですね。そそられるけど、ちょっとやばそうですね」

関わらない方がいい。君塚は心に決めた。相手ならマキマキがいる。

剣持は相変わらず涼しげな顔で、

「そうですか。いや、お邪魔してすみませんでしたね」

そう言いながらバインダーをアタッシェケースに仕舞い、席を立った。

「私は今日はツキがないので帰ります。もし気が変わったら、その時はいつでも電話してください」

剣持は笑いながら会釈《えしゃく》し、ラウンジを出ていった。こちらが拍子抜けするほどあっさりとした去り方であった。

写真の少女達の肢体と、肌の白さが、目に焼き付いていた。喉《のど》に渇きを覚え、ジョッキの中のビールを飲み干した。

三分ほど経《た》ってマキマキが戻ってきた。顔色が冴《さ》えない。

「どうした、飲みすぎたのかい?」

君塚が訊《き》くと、マキマキはしゅんとした顔で君塚の手を握り、

「ねぇ、琢磨さん、怒らないで聞いてくれる?」

「怒るもんか。一体どうしたの？」

「生理が始まっちゃったの」

やけにトイレが長いと思ったらそうだったのか。こりゃいいぞ。生理中の女と血塗《ちまみ》れのファックなんて最高に興奮する。

「僕は、構わないよ」

マキマキは顔を小さく左右に振り、

「あたしね、生理になっちゃうと立っていられないほどつらいの。ここんとこ生理が遅れていたからそろそろかな、とは思っていたんだけど……」

そりゃないだろ。君塚のこれまでのいい気分が一瞬で消し飛んだ。クソ、勝手なことぬかしやがって。

「じゃあ、もう遊べないってことかい？」

「ごめん、怒んないでぇ、あたしだって残念なんだから」

「じゃあ、君ん家《ち》まで送っていくよ」

女の家に上がったらそこで力ずくでも犯してやるつもりだった。あんな写真を見せられた後でこの仕打ちは絶対に納得できない。

「あたし、弟と暮らしてるのよ。夕方には帰ってきちゃうから駄目」

怒りで頭の血管が切れそうだった。テーブルを蹴倒したい衝動に駆られた。畜生、俺の怒張した息子をどうしてくれるんだ、この馬鹿女《ばかおんな》め！　そう叫びたかった。弟と暮らしてるなんて嘘だ、惚れているホストにでも呼び出されたに違いない。畜生め。今、二時四十分、こんな中途半端《はんぱ》な時間だと別の女もすぐには見つからないだろう。女、女、女……。女を見つけなければ。まだまだこんなんじゃ遊び足りないぞ！

君塚はタクシー代の一万円だけ渡して、マキマキを一人で帰した。マキマキはこれだけしかくれないの、とでも言いたげな顔をしたが、クソ食らえであった。トイレに入って用を足すと、そそり立ったペニスの先端に精液が滲《にじ》んでいた。目の奥がズキズキと痛み、喉の渇きはいっそう激しくなっていた。トイレから出ると憤然とした顔で大股《おおまた》になって歩き、競馬場を出た。出口から数メートルの所で急に立ち止まり、尻《しり》ポケットから財布を取り出した。先ほどもらった剣持の名刺を抜き、指先で弄《もてあそ》ぶ。無意識の内に舌の先で前歯の裏を強く擦り、チッチッという音を立てていた。

一体幾らくらいかかるんだろう。

君塚はもう決めていた。

腰のホルダーから携帯電話を抜くと、名刺の一番下に印刷されている携帯電話の番号を押す。

呼び出し音が三回鳴ってから、接続音が聞こえた。

──もしもし？

剣持の声だ。

君塚はあわてて電話を切った。

〝やばいんだよ、やめておけったら！〟頭の中で声がそう叫んだ。

血走った目で携帯電話を睨《にら》む。そして自分に問いかけた。

どうするんだどうするんだどうするんだどうするんだ。

やりたい誘惑は、もともとひ弱な理性を働かせてコントロールするにはあまりにも大きくなりすぎていた。結局、もう一度同じ番号を押した。

まずは剣持から詳しい話を聞く。本当にやばいと思ったら、その時はやめればいいのだ。とりあえず話を聞くだけでも。そう思って自分を納得させた。

今度も三回目で相手が出た。

──もしもし。

「剣持さんですか？」

──その声は、君塚さんじゃありませんか。予定に変更あり、ですか？

楽しげな声で剣持が言った。

図星だった。顔がカッと火照《ほて》るのを感じた。

「いや……まぁ、そんなところですかね」

まことにバツが悪い。

――どうです？　これから改めてもう一度お会いしませんか。

剣持の声は朗らかで、後ろ暗さというものが微塵《みじん》も感じられない。そのことが君塚に安心感を与えた。

そうだとも。俺は大袈裟《おおげさ》に考え過ぎていたのだ。別に昔みたいに借金のカタに売られた娘を買うわけじゃない、多分。あくまで売る側と買う側の契約関係なのだ。

「とにかく、まず詳しい話を聞いてみたいですね。決めるのはそれからです。僕は用心深いたちなんで」

――わかっていますとも。それでは一時間半後に新宿東口の中村屋のカフェで待ち合わせしませんか？

わかりました、と言おうとしたところで思い止《とど》まった。剣持と会う前に、今夜泊まるホテルを決めておいた方がいい。ホテルの部屋に荷物や身分を証明する物をすべて置き、ルームキーもフロントに預ければ、自分のプライバシーを剣持や女達に知られずに済む。身の安全が保証されれば心置きなく遊べるというものだ。

そうだ、銀行に寄って金もおろさなくては。カードは使えないだろうから。

「三時間後ではいけませんか？」君塚は言った。

三時間半後、君塚は剣持と共にタクシーの後部席に並んで座っていた。喫茶店では結局、剣持に一方的に説得されただけだった。

〝お客様のプライバシーは絶対厳守します。そうでなきゃ信用は築けませんからね。一般のビジネスと同じですよ〟

着いた所は、杉並区の八階建てマンションの前だった。

「最上階の802号室。女の子二人が部屋であなたを待っています」

剣持が言った。

3Pは初めての経験だ。君塚はややうろたえた声で、

「ちょっと待ってください、お金は？　いつ払えばいいんです」

「彼女達に渡してください」剣持は早口に言った。うろたえている君塚に苛立《いらだ》っているように見える。気の小さい奴《やつ》だと思っているに違いない。

「幾ら？」

「心配ご無用、安いもんですよ。ここまで来たらこれ以上躊躇《ためら》っても仕方ありませんよ、君塚さん」

君塚の体が緊張で強《こわ》ばり、胃が引き締まった。

「度胸を決めろ、ということですね」

君塚は引き攣《つ》った笑いを浮かべ、言った。

「さあ、いってらっしゃい。そしてうんと楽しむのです」

エレベーターの中で、君塚は予想できるあらゆる災難について考えを巡らせた。

部屋には少女二人でなく、ヤクザが二人待っているかもしれない。そして脅され、有り金全部を取られるかもしれない。

最悪そうなったとしても、せめてホテルまでのタクシー代は残しておかなくては、と思い、札入れの中から一万円札を一枚抜き取って、それを八つに折り畳むと、左の靴の中敷の下に隠した。

ヤクザはいなかったとしても、女が写真で見たのとは全然違うひどいブスだったらどうしよう。決まっている、背を向けて出ていけばいいのだ。

エレベーターの扉上部の階数表示が一つずつ上がっていくのを見つめながら、喫茶店での剣持との会見を思い出す。

剣持は一方的に喋《しゃべ》りまくり、君塚に躊躇う余裕をまったく与えなかった。気づいたら完全に剣持のペースに乗せられていた。

あれは一種の心理操作とも言える。それに乗ってしまった自分が嫌だったが、ここまで来て逃げ出すのは馬鹿らしい。ドアを開けて中に誰が、何が待っているか見届けてやるのだ。それぐらいの度胸がないようではあまりにも情けないではないか。

802号室で君塚を待っていたのは、ヤクザでもブスでもなく、丈のうんと短いワンピースを着た天使のように可愛《かわい》らしい少女二人だった。

しかも、非常に驚いたことに二人はまったく見分けのつかない一卵性双生児だったのだ！

年齢はわからないが、十八歳以上ということはまずないだろう。年は下手に聞かない方がいい。その方が万一まずいこと、警察に捕まるとか、が起きた時、未成年だとは知らなかったと言える。

「いらっしゃい、今晩はーっ！」

耳をくすぐるような彼女達の歓迎の声を聞いた途端、君塚の脳はレンジに入れたバターのように溶け出した。

それから君塚は夢の世界に遊んだ。

〝スピード〟の作用と、部屋で焚《た》いた強い香の匂《にお》いに加えて、相手が一卵性双生児だったことがなお一層非現実感を増幅させた。

実際、姉妹は肉体の特徴で区別することは不可能だった。体の匂いも、唾液《だえき》の味も、そしてあえぎ声すらまったく同じだったのだ。唯一《ゆいいつ》区別の印となったのは、同じ形だが、マウントした石が違う小さなピアスだけだった。

よって君塚は、二人を呼ぶ時、それぞれムーン（ムーンストーン）ちゃん、ピンク

（ピンクトルマリン）ちゃんと名付けた。

「ムーンちゃん！　ピンクちゃん！　僕らはグルグルグルグル回って回って……ああ！　ちびくろサンボの虎《とら》みたいに溶けちゃうんだ！　そうだ、溶けてバターに……ウワァァアァ！」

君塚はそう絶叫して外宇宙まで飛んでいった。


ムーンとピンクの二人から交互に口移しで冷たい水を飲まされて、君塚は目覚めた。実に甘美な目覚めだ。

閉ざされたカーテンの隙間《すきま》から陽光が漏れていた。

「ねえ琢磨さん、あたしたち、もう行かなきゃならないの」

ムーンとピンクはユニゾンで名残惜しげに言った。まるで今にも裸の背中に翼が生えて飛んでいきそうな雰囲気だ。

君塚は掌《てのひら》で目脂《めやに》を擦《こす》り取りながら、

「ああ……ところで剣持から、君らに金を渡せと言われたんだが……いったい幾ら出せばいいのかな……手持ちで足りるといいんだけど、幾ら？」

ムーンが君塚の首に両腕を絡《から》めて抱きつき、耳の中に舌を差し入れて舐《な》め回しながら言った。

「あなたは本物の紳士だから……あなたが自分で納得できるお金でいいの……琢磨さん、大好き」

「ああ……僕も君達が大好きだよ……本当に好きなんだ」

ピンクが君塚の股間《こかん》を舐め回し始めた。

君塚は三分ももたず、ピンクの口の中に射精した。

その後、へとへとになって、シャワーを浴びて着替え、帰り支度をした。

結局、銀行の封筒に入れてあった九十九万円（あと一万円は靴の中敷きの底）を全部二人にくれてやった。けちって二人に悪い印象を与えたくなかったのだ。つまり、君塚はもう一度二人に会えることを願っていたのだ。

「琢磨さん、先に帰って。私達は部屋を片づけてから帰るから」

「君はどっちだっけ？」

「ムーンよ」

「ああ、そうか髪の毛でピアスが見えなかったもんだから。そうか、名残惜しいな。また、会えるかな」

「剣持さんに連絡してくれればいつでも会えるわよ」

ムーンははにかむような微笑《ほほえ》みを浮かべていった。

「また会ってね」ピンクも言った。

君塚は頷《うなず》き、玄関の土間で靴を履いた。

「琢磨さん」ピンクが呼んだ。

「何だい？」

「私達の後をつけたりしないでね。こんなこと言うのも以前、ある男の人に後をつけられて、家まで来られてしまって、とっても恐い思いをしたことがあるの」

君塚は毅然《きぜん》とした表情で二人を見て、

「僕は紳士だ。絶対にそんなことはしないよ。君たちに嫌われたくない」

それじゃ、と軽く手を振り、出ていった。

外に一歩出た途端、陽光が目を焼いた。

通りでタクシーを拾い、結局荷物を置いただけで終わったホテルへ向かう。目を閉じて、狂乱の宴《うたげ》の後の心地よいけだるさを味わった。

いい休暇だったな。かかった費用は三百万というところか。

「お客さん、着きましたよ」

年老いた運転手に声を掛けられて君塚は目を覚ました。

ああ、と寝惚《ねぼ》けた声で返事して料金メーターに目をやる。七七八〇円。

「ちょっと待ってね」

君塚はそう言って上半身を屈《かが》め、左の靴を脱いだ。

三時間後、君塚は長野に向かう新幹線「あさま」に乗り込んだ。退屈な日常生活に戻るために。

坂巻町に帰ってきてから一週間経っても、ムーンとピンクのことが頭から消えなかった。双子はいい。双子は最高だ。またヤリたい。

仕事から帰ってきて風呂《ふろ》と夕食を済ませた後、書斎でアート・ブレーキーのCDを聴きながら、犬のカタログを眺めていた。君塚は以前、巨大な赤毛のアフガンハウンドを飼っていた。名はマックスというのだが、育て方に失敗したためまったく飼い主になつかず、身の危険すら覚えたので、私有地の山奥に放してそのまま帰ってきた。マックスも戻ってこなかった。今も山で好き放題駆け回り、山で獲物が捕まえられないと人里の方へ降りてくるらしい。以前、田丸がスーパーでの買い物から帰る途中、マックスが道端のゴミ箱を倒して食い物を漁《あさ》っているのを目撃している。以前家で飼っていた犬だとは言うなよ、と田丸には釘《くぎ》を刺してある。

書斎のドアがノックされ、田丸が、「塚磨さん、お客様です」とドア越しに言った。

「誰？」君塚は不機嫌に答えた。

大方、議員の井坂か植木だろう。最近、あの二人が町に大畑照夫記念文学館とかいうくだらない施設を造ろうとして、町の有力者に根回ししているのだ。

退屈な下衆親父《げすおやじ》どもに自分の貴重な時間を奪われるなんて我慢ならない。

「剣持さんという男の方です」

「えっ！　剣持っ？」君塚は仰天した。

なぜだ！　なぜ剣持にここがわかったのだ？　あの時、用心して名刺も渡さなかったのに。ムーンとピンクを通じてということも有りえない。二人に会う前に、身分を示すような物は全部ホテルの部屋に置いてきたのだから。

体中に嫌なむず痒《がゆ》さが走った。

「東京でお世話になったお礼を言いに来ましたと言っています」

君塚は椅子《いす》から立って、ドアを開けた。見たことのない来訪者に戸惑っている田丸の顔を見下ろし、

「上げて。書斎で会うから」

「書斎で？」田丸はきょとんとした顔で言った。

「そう、書斎で。コーヒーを淹《い》れてください」

「ややや、どうもお久しぶりです。その節は大変お世話になりました」

出迎えた君塚に、剣持は深々と頭をさげてにこやかに挨拶《あいさつ》した。

今日の剣持はきちんとスーツを着ていたのでこの前と大分印象が違った。社長に相応《ふさわ》

しい貫禄《かんろく》がある。

てめえ、何しにきやがったと胸倉摑《つか》んで問い詰めたいが、田丸の手前、それはできない。仕方なく丁重に書斎に通した。

コーヒーをテーブルに置いて田丸が立ち去ると、君塚は怒りと恐怖に顔を歪《ゆが》めて、

「なぜ、ここがわかったんだ！」

剣持はちょっと待ってというふうに左の掌を君塚に向けた。コーヒーを一口飲み、静かにカップを皿に置いてから、涼しい顔で、

「驚かせてしまってすみませんでした。どうしてもあなたに会う必要が私の方にできてしまいまして……」

「だから、どうしてここがわかったんだ！」

君塚は両の拳《こぶし》を握り締め、問い詰めた。

剣持はにっこりと笑い、「あなたと私の共通の友人から」

「嘘《うそ》だ！　ムーンとピンクには私の住所は教えていない」

言ってしまってから恥ずかしさのあまり、顔がカッと熱くなった。

「ムーンとピンク？　何のことですか？」

剣持は啞然《あぜん》とした顔で訊《き》いた。

「い、いや、なんでもない。こちらのことだ……それより誰なんです、共通の友人なん

て……」

「マキマキ」剣持が言った。

君塚の体が硬直した。

マキマキだって！　脳天をぶち割られたような衝撃を受けた。

マキマキと剣持がグル。

筋書きが見えてきた。マキマキは剣持の女だったのだ。

マキマキは、朝方君塚が眠っている間に剣持に電話したのだろう。マキマキに対してはあまり警戒心を持っていなかったので、名刺などは見ようと思えば見れた筈《はず》だ。そしてこう言う。〝いいカモがみつかったわ。今日競馬場に行くからあんたも来なさいよ〟

それからご丁寧に君塚のペニスを自分で挿入して寝たふりをしたのだ。

競馬場でマキマキがトイレに立ち、予《あらかじ》め決めてあった場所で剣持と会い、VIPラウンジにいることと君塚の外見の特徴を教える。そこで剣持の登場となる。いかがわしい写真を君塚に見せ、君塚に買春を持ちかける。ところが君塚は断った。そこで、マキマキは生理になったからこれ以上付き合えないと嘘をつき、君塚を突き放す。突然冷たくされた君塚は剣持の餌《えさ》に食いつく。

「俺をゆするつもりなのか……そうなんだろう？」怯《おび》えていないふうを装《よそお》うにも既に声が震えていた。「その鞄《かばん》の中には……隠し撮りした俺とあの双子との破廉恥《はれんち》な写真か、ビデオが入っているんだ、そうだろう？　初めからゆするつもりだったんだな……汚い男だ」

誘惑を退けられなかった自分が馬鹿《ばか》だったと後悔してももう遅過ぎる。未成年の買春と覚醒剤《かくせいざい》服用、二つ合わせてどのぐらいの刑になるだろう。議員の仕事なんぞやめてもどうということはないが、有罪判決を受ければ社会的信用はゼロになる。現在、君塚は二つの会社の役員に名を連ね、その会社の売り上げから利益を得ている。有罪になれば、会社は当然君塚を役員会から追い出すだろう。つまり収入がゼロになるのだ。

それだけではない。膨大な借金がある。

二年前に買って失敗した東京都内のマンション、去年の冬に買って神奈川のハーバーに係留してあるクルーザーの支払いもまだである。他にもいろいろ抱えている。いくら相続した遺産があるとはいえ、それだけで支払いをまかなえるわけがない。

そうなったら終わりだ。俺は破滅するのだ。

たった一晩ハメを外した代償がこれだとは！

恐怖のあまり両目に涙が溢《あふ》れそうになった。首の筋肉に力を込め、嗚咽《おえつ》が漏れないよう必死で耐えた。ここで堪《こら》え切れなかったら、ワッと泣き出してしまいそうだ。

しっかりしろ！　君塚は自分を叱咤《しった》した。

剣持は金が欲しいのだ。金さえ出せばいいんだ。所詮《しょせん》こいつはケチなゆすりしかできないチンピラ野郎だ。ここで動揺したところを見せるとますますつけあがる。

「幾ら出せばいいんだ」

「君塚さん、ちょっと待ってくださいよ」

「何を待てと言うんだ、さっさと金額を言いたまえ」

「私が欲しいのは金じゃありません」

剣持は、俺を見損なうな、とでも言いたげな目で君塚を睨んだ。

君塚も負けじと睨み返し、

「金じゃなきゃ、いったい何が欲しいというんだ」

「最初から説明させてください」剣持は落ち着き払った声で言い、コーヒーをもう一口飲んでから切り出した。「あなたは私のことをケチなゆすり屋だと思っているんでしょうが、それは断じて違います。私にはれっきとした仕事があるんですよ」

「ワーカーズ・ネットワークとかいう会社だろう」

「いいえ、あれは私のプライバシーを守るための単なる道具です。そんな会社は実在しません」

剣持はそう言いながら、上着のサイドポケットからこの前見た物とは別の名刺ホルダーを取り出し、名刺を一枚君塚に差し出し、

「これが本当の、嘘偽りない私です」

「は、本当かねえ」君塚は嫌みたっぷりに言って名刺を受け取った。

バイオ・インダストリーズ（株）代表取締役社長　剣持貴文

君塚は眉間《みけん》に一本皺《しわ》を寄せて名刺を睨み、「何の会社なんだ？」

「産業廃棄物処理業ですよ」

「産廃会社の社長がどうして競馬場で売春の斡旋《あっせん》なんかするんだ」

剣持は苦笑いを浮かべて、

「蒔絵《まきえ》から電話があってあなたが長野県の町会議員であることを知った時、私はこう思ったんです。〝この人なら私の抱えている問題をなんとかしてくれるかもしれない〟とね。それで蒔絵とあなたがホテルで眠っている間、私は、知り合いが経営しているデータバンク会社に出向いて、人名録であなたに関して知りうることをすべて調べました。その結果、なんとかしてくれるかもしれないという期待は、この人こそ私がずっと探し求めていた人だという確信に変わったのです」

「探し求めていた人、ね」

どうも話が思ったほど単純ではなさそうだ。

「ところで、あんたは莳絵君の何なのだ？　呼び捨てにするところをみると大分深い仲のようだな」

剣持は顔を小さく左右に振り、

「莳絵はあくまで友達ですよ。私は日頃から莳絵に、君塚さんのような人間と知り合う機会があったら、是非紹介してくれと頼んでおいたのをちゃんと覚えていて、あなたが彼女に声を掛けた時、私に連絡してくれた。いい娘ですよ」

「どうして町会議員と知り合いになりたかったんだ？」

「別に議員でなくてもいいんです。過疎地《かそち》の町か村に広い土地を持っている人間であればね。ところがあなたは、大地主でありながら議員でもある。まさに、あなたこそ私がずっと探していた人なんですよ」

「一体俺のどこが、あんたにそんなにも気に入られたんだろうな。あんたに気に入られてしまったばっかりに、俺はあんたにまんまと騙《だま》されて、首根っこを押さえられてしまった」

喋《しゃべ》っている内に君塚の胸に煮えたぎるような怒りが込み上げてきた。

「あんたは俺に何か期待して、頼み事をしようとしている。だが、あんたのやり口は脅迫そのもので、人に物を頼むやり方としちゃ最低だ！」

「あなたに断られたくなかったからです。あなたに断られたら私はおしまいなんですよ」

「何て身勝手な言い訳だ！　俺に何をやらせようっていうんだ」

猟銃で剣持の顔面をぶっ飛ばす情景が君塚の頭に浮かんだ。本当にやったらさぞ爽快《そうかい》だろう。

剣持は分厚い眼鏡越しに君塚の顔を真《ま》っ直《す》ぐに見据え、

「オーケー。この際、私のカードを全部あなたにお見せしましょう。私は東京工業大学を卒業してからある製薬会社に就職し、そこの製品開発研究室に十二年在籍しました。私の主な研究は微生物の産業への応用です。入社して五年を過ぎた頃から私の頭の中にある魅力的な計画、というか野望が芽生えました。私は研究室で働く傍ら、上司や同僚には内緒で、ある研究を密《ひそ》かに続けたんです。その研究とは微生物によるプラスチックの分解です。私はその最先端のバイオテクノロジーを応用した産業廃棄物処理会社を作って、独立しようと考えていたんです。君塚さんは日本の安定型産廃処分場がどこも満杯に近い状況にあることをご存じですか？」

「知らんね、そんなこと」君塚はさも関心なげに答えた。

「安定型産廃処分場というのはプラスチック、ガラス、コンクリートなど化学変化を起こさない安定した物質を捨てる処分場のことです。このタイプの処分場の不足問題はもう待ったなしに解決されなければならない状況なんですよ」

「はあはあ、そうかい」君塚は適当に相槌《あいづち》を打った。

「プラスチックを食べて生きる微生物そのものは既に何年も前に発見されていました。そしてそれを廃棄物処理に応用しようと考えた人間も私が初めてというわけではありません。ただ、コストの面で実用化には程遠かったのです。だが私は、企業秘密なので詳しい内容はお教えできませんが、ついにコストの問題をクリアーする素晴らしいアイデアを生み出したのです」

明らかに自分に酔っている声だった。君塚は延々と続くこのストーリーがどこで自分につながってくるのかさっぱりわからなかったので苛々《いらいら》するばかりだった。

「それで？」

「会社を辞めて、大学時代の友人や仕事を通して知り合った三人と共同出資して念願のバイオ・インダストリーズを創設した時、それはもう話題になりましたよ。ニュースでも放映されました」

剣持の話によると、会社は滑り出しから非常に順調だったらしい。一千件を超える企業や自治体からの問い合わせや、見学希望が殺到して一日中電話が鳴りっ放しという状況だった。

四人ではとても対応し切れず、新たに社員を急募し、かつて自分が在籍した会社から引き抜きまで行なった。

「それはもう、すごい勢いで成長したんですよ。成長率でうちと競っていたのは、通信機器販売のライトアロー通信ぐらいなものですよ。会社がスタートして一年で、既に向こう五年間のプラスチック廃材の処理依頼が予約でいっぱいの状態でした」

「あ、そう」

君塚は相槌を打ちながら、なんとかして剣持が隠し持っているはずの、ムーンとピンクとのあの夜の出来事を隠し撮りした写真のネガか、オリジナルのビデオテープを奪えないものかと考えを巡らせていた。

真っ先に考えついたのは、もう一度東京に出向いて、剣持に内緒でマキマキに接触し、金で釣ってこちらの味方につけ、剣持から盗ませることである。可能だろうか、と考えて悲観的になった。

剣持のことだ。その可能性を考えてとっくになんらかの手を打ってあるだろう。

君塚はふと、こんな時ヤクザの知り合いがいれば便利なのにな、と考えた。いくらかまとまった金を渡してやれば剣持の奴《やつ》を痛めつけてくれるだろう。首だけ出して土の中に埋めて何回か頭を蹴《け》飛《と》ばしてやれば、奴もビビッてすぐにでもブツの隠し場所を白状するだろうに。

いやいや、ヤクザなんか雇ったらそいつはブツを自分の物にして今度は自分で俺から金をゆすりとろうとする筈だ。ヤクザなんか絶対に駄目だ。

ではどうしたらいいのだ？

剣持はまだ喋り続けていた。

「いずれは競争相手も出現するでしょうが、私の予想では少なくとも二年間はプラスチック廃材処理に関してはウチの会社が独占する見込みがありました。私の編み出したローコストの処理技術は海外でも充分通用すると自負していますから、将来は世界的な企業に発展させることも夢ではない」

夢のある言葉とは裏腹に口調は随分と重苦しかった。

「早く要点を言ってくれよお」

君塚は椅子《いす》の肘掛《ひじか》けを指先でコツコツと叩《たた》きながら急《せ》かした。

「ところが先月、処理施設の中でトラブルが発生したのです……信じられないようなことが」

君塚は剣持の背後の壁に飾ってあるえぞひぐまの頭部の剝製《はくせい》をぼんやりと眺めていた。勿論《もちろん》、君塚が仕留めたのではなく買った物だ。君塚の椅子からはその熊《くま》が剣持に背後から襲いかかろうとしているように見える。

ガブッと一発食いちぎれよ、君塚は剝製に心の中で呼びかけた。

「ある日、十三基ある処理液槽の内の三基で、プラスチックを分解する微生物が死に絶えてしまったんです」

「そりゃ可哀相《かわいそう》に」君塚は剣持でなく、名も知らぬ微生物に同情した。

「私は現場から報告を受けると、即座にその三基の分解処理を中止させて、原因を調べました。まず処理液槽からサンプルを取り、成分分析を行ないました。微生物にとって有害であるなんらかの物質が、処理過程で混入したのでは、と私は考えました。ところがですよ、調べてみてもそのような物質は何も検出されなかったんです。非常に不可解です。微生物は培養できますが、私の計算では、最高の培養環境でも、一基の処理液槽を稼動《かどう》させるまでの数に達するのに九日、ないし十日はかかってしまうんです。それが三基も停止したとなると、元のフル稼動の状態に戻るまでに最低でも半月、悪くすると二十日間近くかかってしまうかもしれないのです。その間にも廃材はひっきりなしに施設に持ち込まれます」

「とりあえず廃材をどこかへ置いておけばいいじゃないか」

君塚は、何がそんなに大変なのかというふうに言った。

「勿論、施設の中に廃材の一時的な置場はちゃんとありますよ。だけど君塚さん、ウチの施設に毎日平均でどのぐらいプラスチック廃材が持ち込まれると思います？」

「さあね、十トンぐらいかな」

「八十トンですよ」

そんなにでかい施設だったのか。君塚は驚いた。

「廃材の一時置場は七十坪、広いとは言えません。施設では毎日休むことなく十三基ある処理液槽を二十時間稼動させて、八十から九十トンを処理しています。つまり余裕はほとんどないのです。処理液槽が一基停止しただけで、その基が処理する予定だった廃材が、廃材置場に溜《た》まっていくのです」

「そんなに無理するからいけないんだろう。もっと余裕を持てばいいじゃないか。受け入れを一日五十トンまでに制限するとかして」

「私だってそうしたい。だが、少なくとも三年間は無理をしてでも大量に処理して、できるだけ利益を上げなければ、会社を設立する際にほうぼうから借りた金を返せないし、新たな処理液槽を造ることもできないんです」

「ならせっせと微生物を培養しろよ、競馬場で俺に売春の斡旋なんかしないでさ」

その一言《ひとこと》を言い放つと、君塚は少し気分がスカッとした。

だが剣持はまるで応《こた》えていなかった。

「もう事態は、そんな生易しい段階じゃなくなったんですよ」

剣持のその一言で、部屋の空気が更に重苦しくなった。

「何が起きたんだ」

剣持は鼻から大きく息を吸い込み、椅子に背を預けるとこう言った。

「今、十三基の処理液槽はすべて停止しています」

君塚はその言葉に思わず息を飲んだ。

「十三基の処理液槽の微生物は、全て死に絶えてしまったんですよ。それからわずか十一日間でね。しかも微生物が死んだ原因は未《いま》だに解明されていないんです」

「じゃ、どうするんだ？」

剣持は疲れた笑いを浮かべたが、目は少しも笑っていない。

「それは私が訊《き》きたいくらいですよ。処理過程に何か根本的な問題があるのか、処理液槽の稼動環境に微生物にとってマイナスとなるファクターが存在するのか、或《あ》るいは現場の誰かが事故に見せかけて故意に微生物を殺す物質を混入しているのか……とにかくわからないんですよ。いくら考えてもわからない」

「で、あんたの会社は一時休業を余儀なくされたわけだ」

「いいえ」

「いいえって……だって処理液槽は全部」

「廃材の受け入れは毎日やっていますよ」

君塚は、お前は馬鹿《ばか》か、とでもいう顔で、

「廃材を受け入れてるだと？　処理できないものを受け入れていたら、おたくの施設は廃材で埋め尽くされてしまうだろうが」

剣持は小さく頷《うなず》いた。

「いかにも。ウチの処理施設は今、持ち込まれたプラスチック廃材に埋まっています。オフィスにも、社員のロッカールームにもプラスチックパイプやらプラスチック梱包《こんぽう》箱などの廃材が山積みになっていて、指で軽く押せば雪崩《なだれ》が起きる程ですよ」

「なら廃材の受け入れをストップしろよ」

君塚は剣持という男が一層薄気味悪く思えてきた。

「それはできません。そんなことをしたらどうなると思います？　忽《たちま》ち噂《うわさ》が流れますよ。〝あそこの会社、どうも先行き怪しいぞ〟とね。そんなことになったら処理依頼は激減し、本当に先行きがおぼつかなくなります。一度信用を落としたら、終わりなんですよ。ましてやスタートしたばかりの会社がそんな噂を立てられてご覧なさい。利益を上げるどころか、元手を回収することすら困難になってしまうんですよ」

「あ、そう。まぁ、一人で強がりたいと言うのなら、俺は止めないがね」

君塚は勝手にしろとばかりに冷めたコーヒーに手を伸ばし、一口すすった。コーヒーはまずかった。

「私は最初のトラブルが発生してから毎日、ろくに睡眠も取らずに原因調査を続けています。原因は必ずあるんです。私はそれを命を賭《か》けてでも突き止めてみせる。しかし、廃材を置いておける場所がもうどこにもないんですよ。文字通り足の踏み場もないんです」

その言葉を聞いた時、君塚にはやっとわかった。と同時に剣持に対する新たな怒りが、血管の破れ目から鮮血が噴き出すように湧《わ》いてきた。

「おい、まさか……俺の私有地に、あんたのところで溢《あふ》れたゴミを捨てさせろと言うつもりじゃあるまいな」

剣持は君塚の視線を悪びれる様子もなく受けとめた。

「ふ、ふざけるのもいい加減にしろよ。俺の土地は、先祖代々受け継がれてきた土地なんだぞ。そこにゴミをばらまこうだなどと……そんなふざけた野郎は……」

「捨てるのではありません。一時的に置かせてもらいたいんです」

「ふざけるな！」君塚は怒りで頭がクラクラとしてきた。「誰がそんなヨタを信じる！　お前は、溜まりに溜まったゴミをどこかに密かに捨てたい。ところが不法投棄するには量が多すぎるし、警察に捕まったら一巻の終わりだ。そこで俺みたいな土地を持っている人間の弱味を握って自分のいいなりにして、投棄場所を確保しようとしたんだ」

「ですから、捨てるんじゃないんですってば！　処理液槽のトラブルさえ解決されれば、また順次持ち帰りますよ」

君塚はハァと大きなため息をついて頭《こうべ》をうなだれた。

剣持が何と言おうと、所詮《しょせん》自分には拒否することなどできないのだ。頭痛がしてきたので首筋を手で揉《も》みながら、「ちょっと考えさせてくれ」と呟《つぶや》いた。

「君塚さん、考える必要などありませんよ。あなたはこの町に有り余るほどの土地を持っていらっしゃるじゃありませんか。それにプラスチック廃材は有害廃棄物と違って安定物質ですから、放置しておいても土壌などの自然環境には何一つ悪い影響はありませんよ」

君塚は頭痛を振り落とそうとするかのように頭を激しく左右に振り、

「俺の土地を、たとえ一時的であるにせよ、ゴミ置場などにすることは絶対に断る」

君塚にも意地があった。君塚家の土地を他人の好きにさせることはどうしてもプライドが許さないのだ。

「断るが、そのかわりに、あんたのために便宜を計ってやる」

「便宜、ですか」

「そうだ。ちょっと待て、この町の地図を見せながら説明してやる」

切羽詰った君塚が苦し紛れに考え出した提案はこうだった。

坂巻町の東の外れにある黒砂山の尾根の森林地帯は、君塚家の土地と、坂巻町が所有している土地で二分されている。

剣持のゴミは坂巻町が所有している土地に置かせる。自分の土地でさえなければいいのだ。

森林地帯の縁に沿って県道が走っている。道沿いには人家もそこそこあって、もしもゴミを積んだトラックが頻繁に行き来すればたとえカモフラージュを施していたとしても怪しまれる筈《はず》である。というのは、過去に東京の産廃業者が県道脇《わき》の森に二度ばかり汚泥《おでい》を不法投棄した事件があり、県道沿いの住民の連夜の監視によって逮捕されたことがあったのだ。それゆえ住民達は不審なトラックには敏感なのだ。

そこで君塚は、剣持のゴミを県道沿いの住民に気づかれることなく森林地帯の奥に溜め置きできるよう、裏のルートを提供してやることにした。

君塚の私有地にトラックの通れる道を作ってやれば、ゴミトラックは県道沿いの住民に気づかれることなくゴミ溜め場に行ける。

「どうだ？」

「そんなに簡単にトラックの通れるような道を切り開けるとは思いませんが」

「喜べ。俺の御先祖さまは昔、林業にも手を出していたんだ。その頃使われていた林道が今もまだ残っている。林道を整備すればルート作りにかかる時間も大幅に短縮できるぞ」

「その林道はどの辺に？」

「記憶が完全じゃないが、この辺りだ」

君塚は見当をつけて地図の上にボールペンで線を書き込んだ。

坂巻町の所有地に面している県道沿いはほぼ平地に近いので人家が多いが、君塚の私有地に面している県道は勾配《こうばい》がややきついので人家はなく、県道から林道へ入るところを見られる心配もまずない。

「実際に見てみたい」剣持が地図に顔を近づけ、ボソリと言った。

「よし、それなら、面倒臭いがこれから俺が車で案内してやろう。山道用のRVがあるんだ」

剣持が地図から顔を上げて君塚の顔を見た。口元にかすかな緩みが見られ、それが内心の安堵《あんど》を表していた。

「どうやら膠着《こうちゃく》状態から抜けられそうですね」剣持は言った。


それから剣持は、どうやって集めたのかわからないが、見るからに日雇い労働者風の男を二十数人も坂巻町まで連れてきて〝ゴミ・ロード〟造りに取りかかった。男達の中にはアラブ系の顔をした者も数人混じっていた。

まず初めに、かつて木材搬出に使用された林道に倒れている木や、落ちている大きな石、邪魔な枝、伸び放題の雑草などを人海戦術で取り除くのに全部で六日間費やした。

男達は剣持の指示の下、朝の八時から夜の七時頃まで昼の休憩を除いてぶっ通しで働き、一日の仕事が終わると二台の2トントラックの幌《ほろ》付きの荷台に分乗して君塚の知らぬどこかへと帰って行った。

林道整備が終わると、次はいよいよ林道からゴミ溜め場として決めた森までの約600メートルの新しい道を切り開かねばならなかった。

そのためには、多くの木を切り倒し、その根を掘り起こして取り除き、地均《じなら》しするというプロセスを取らねばならない。そこで君塚が六割、剣持が四割の負担で金を出して、三台の小型ブルドーザーと八機の大型チェーンソーをレンタルした。

だが、ここで小さな問題があった。

家政婦の田丸の存在が邪魔だった。一日中私有地の森からチェーンソーで木を切る音や、ブルドーザーのエンジン音が聞こえてきたのでは気がつかないわけがない。

田丸にはルート造りが終わるまで最低十日間は他所《よそ》に行ってもらう必要があった。

そこで思案した挙げ句、君塚は田丸にボーナスをやることにした。

「田丸さん、どこかへ旅行に行きたくはないかい？」君塚は不自然な笑いを浮かべながら唐突に切り出した。「田丸さんはクリーニング屋の荻野《おぎの》さんと仲がいいだろう？　僕が二人分の費用を出してあげるから、ハワイでも、ヨーロッパでも行っておいでよ」

田丸は目を丸くして驚いた。君塚が毎月の給料以外の物を田丸に与えたことなどこれまで一度もなかったからだ。

「琢磨さん、何を仰《おつしゃ》いますの、そんな贅沢《ぜいたく》はできませんよ、いけません！」

まるで君塚から愛を告白されたかのようなあわてぶりだった。

「田丸さん、これは長年我が家に仕えてくれたあなたの、献身的な働きに対するほんのささやかなお礼なんですよ。あなたは本当によく働いてくれる。まったく頭が下がりますよ。こんなに一生懸命やってくれる人に毎月の給料を払うだけなんて、そんなことが僕にできると思いますか？　本当はもっと前にこうしてあげたかったんだが、僕自身仕事が忙しくて、あなたが身の回りの世話をしてくれないとまともに生活ができなかったんですよ。だけど最近になって仕事に少し余裕ができたんで、この機会に田丸さんには休暇を楽しんでもらって、僕も少し家事というものを覚えてみようかな、とまぁそんなことを思ったわけなんですよ」

田丸は君塚の渾身《こんしん》の演技を信じ、目を潤《うる》ませて感謝の言葉を次々に並べ立てた。君塚はそれを右から左へと聞き流しながら、この際、田丸の留守中に女を何人か引っ張りこもうかと考えていた。

五日後、田丸がクリーニング屋の女と北海道へ七泊八日の旅行に出かけるや否《いな》や、秘密の工事が始まった。

君塚は仕事から帰ると、出勤用の紺のジャガーXJ6―4・0Sから日産テラノに乗り換えて、森の中へちょくちょく工事の進行状況を視察しに行った。

「森の中へ入って行った者が偶然ゴミを見つけてしまうという心配はないんですか」

工事が始まった日、剣持が心配そうに訊いた。

君塚はポットに入れてきたコーヒーをプラスチックのカップに注ぎながら、

「町の人間は黒砂山の森になんか来やしないよ。ここは長い間ずっと手つかずのままなんだ。散歩道もないし、日中も暗いから下手すると中で迷ってしまうんだ。散歩やマラソンをしたい連中は町の南西側にある宝仙沼の自然公園へ行くよ。だが、だからといって廃材をそのまま放置しておくのはいくらなんでもまずい。深い穴を掘ってビニールカバーで覆《おお》っておくぐらいのことは当然しないとね」

「あなたには感謝しますよ」

剣持は連日の屋外労働で幾分こけた頬を緩めて言った。

君塚は黙々と働く男達を眺めながら、

「どうかな、そろそろ俺に、あんたの〝爆弾〟を返してくれる気にはならないか？」

〝爆弾〟とは、剣持が君塚を脅迫する材料として使った隠し撮りビデオテープのことである。

「そうしてあげたいのはやまやまですが、まだちょっと時期尚早ですね」

剣持はさきほどの感謝の言葉などもう忘れたかのような口調で言ってのけた。

君塚は唇を強く噛《か》み締めた。

「俺は未成年買春と覚醒剤《かくせいざい》所持及び服用。あんたは売春斡旋《あっせん》と俺に対する脅迫、それに不法滞在者を働かせている。刑務所に長く食らい込むのは果たしてどっちだろうね」

精一杯すごんでやったつもりだが、剣持はまるで反応を示さなかった。

剣持は会社が立ち直ったら、必ずオリジナルのビデオテープを君塚に返すと約束はしたが、そんな約束を信じる根拠は何もない。絶対に当てにできない。このまま一生こいつにゆすられ続けるのかと考えると殺意すら湧いてきた。

〝ゴミ・ロード〟が開通したのは、田丸が旅行から帰ってくる日の午前中だった。町役場近くのそば屋で昼飯を食べていると、剣持から携帯電話に連絡が入った。

「これから大急ぎで地面に穴を掘って帰ります。廃材の第一便は明日の正午ぐらいに到着します。いいですか？」

「何トンぐらい持ち込むつもりなんだ」

「とりあえず十トン。トラック三台か四台に分けて行きますよ」

「わかった。林道に入ったら、くれぐれもスピードは出さず、静かにゆっくりと走ってくれよ。家政婦に気づかれるとやっかいなんだ。それから県道から林道へ入る時も一台ずつ、少なくとも十分は間をあけるんだ。トラックも同じ種類のものは使わない方がいい。一見してゴミを積んでいるのがわかるような小汚いトラックじゃ駄目だぞ。引っ越し屋や運送屋のカモフラージュを施すぐらいのことはしてくれよ」

「わかっています。とりあえず今日は帰ります。後日、改めて何かお礼でも持って伺います」

「ひとつ訊きたい」君塚は周囲の客を気にして声を潜めた。「あの双子のことだが……あんたとどういう関係なのだ？」

返事が返ってくるまでやや間があいた。

「それは知らない方がいいのではありませんか？　知ってしまうとあなたはきっとひどい罪の意識に悩まされるでしょう」

なんとも気味の悪い言葉に背中が寒くなり、改めて自分のはまった穴の深さを思い知った。

「では失礼します。また会う時までお元気で」

明日受け取る企画書のことが気になった。

二つのテーマパーク案はなんとしても潰《つぶ》さなくてはならない。残る一つの企画が何かは企画書に目を通すまで分からないが、なんとかしてその企画を町おこし事業として通さなくてはならない。

火照《ほて》った顔をコールドスチームで冷やしながら、ふと、近いうちにどのぐらい廃材が溜《た》まったか見に行ってみようと思い立った。あの道が開通してからもう六カ月になる。剣持の施設ではようやく処理液槽が復活し、廃材も処理できるようになったと聞くが、フル稼動《かどう》というわけではないらしい。溜めた廃材がすべて消える日は本当にやってくるのだろうか？

ベッドに入り、寝室の明かりを消した。俯《うつぶ》せになってベッドランプの明かりでシドニイ・シェルダンの小説を、読むというより文字を眺めながら、自然と眠りが訪れるのを待つ。

ようやくうとうとしかけた頃、外でザザッ、という草を掻《か》き分ける音が聞こえた。

奴《やっ》め、久しぶりにまた来やがったな。君塚は本を閉じ、耳を澄ませた。

あいつが山の斜面を物凄《ものすご》い勢いで駆け降りてくる。ハァハァという荒い息遣いも聞こえる。

「バウッ！」

闇《やみ》の中で犬が吠《ほ》えた。

「バウッ、バウバウバウバウバウッ！」

また例の嫌がらせが始まった。

あのクソ犬、君塚のかつての飼犬で、今は半ば野生化したアフガンハウンドのマックスが、恨み言を言いに山を降りてきたのだ。

マックスは時々、思い出したように自分を捨てた人間の家の庭までやってきては、ああして夜中に喚《わめ》き散らして眠りを邪魔するのだ。その陰険さといったらまるで人間並みである。

「ワオォォォォォン！」

挑発的とも言える遠吠えが始まった。これから少なくとも三十分はあのバウバウ声と遠吠えに神経を逆なでされるのだ。

「ワオォォォォ、バウバウバウバウバウッ！」

〝どうだ、うるさくて眠れないだろ、ざまあみろ〟

そう言っているようにも聞こえる。

今夜の君塚はそれでなくても気分がささくれだっていたので、この追い討ちにはほとんど逆上した。

マックスは君塚の豪邸の周囲を自慢の駿足《しゅんそく》で駆けながら、あっちでバウ、こっちでバウとやっている。

もう我慢ならなかった。

「クソ犬め！」君塚は悪態をついて毛布を撥《は》ね除《の》け、ベッドから抜け出すと、ナイトガウンを羽織り、三階の書斎へと早足で向かった。書斎の壁際《かべぎわ》にあるガンロッカーに散弾銃を取りに行くためだ。

鍵《かぎ》を差し込んでロッカーを開けると、中から12番ゲージのベレッタS687上下二連散弾銃を取り出した。

銃と弾薬箱を持って階段を駆け降り、玄関へ向かう廊下の途中で、田丸とでくわした。

「た、琢磨さん、何をなさるつもりですか！」

田丸は右手の散弾銃と君塚の殺気だった顔を交互に見て悲鳴に近い声を上げた。

「決まっているでしょう、あの馬鹿犬《ばかいぬ》を始末するんですよ！　もう我慢ならない、あいつは放っておくと危険なんだ。今夜こそ始末してやる」

「いけません！　そんなこと」

田丸が血相を変えて、君塚の右腕にすがりついた。化粧を落とした醜い顔と、乱れた髪がゾッとするほどの不快感を君塚に与えた。

「放してください、今がチャンスなんだ」

君塚は田丸を押し退けようとしたが、田丸はこの小さい女のどこにこんな力が潜んでいたのかと思うほど物凄い力でグイグイと君塚を居間の方へと引っ張る。

「いけません、いけませんたら！　猟銃なんか振り回したら警察が飛んできますわよ。落ち着いてください。殺すなんていけませんわ、あの子は可哀《かわい》そうな子なんです。殺しちゃいけません」

君塚は田丸の迫力にすっかり圧倒されてしまった。君塚は体の力を抜き、田丸に引っ張られるがままになった。

「わかった、わかりましたよ。僕がどうかしていた。もう大丈夫ですから腕を離してください」

田丸はその言葉が本当であるか確かめるように君塚の目を覗《のぞ》き込んだ。そして目から殺気が失《う》せているのを確認したらしく、ようやく腕を離した。

マックスは相変わらず吠え立てているが、距離が若干遠くなっているようだ。

君塚は田丸の顔を見下ろし、こう言った。

「しかし、凄い迫力ですね、田丸さん」

「え？」田丸は面食らった顔をした。

それから二人して顔を見合わせ、どちらからともなく気の抜けた笑い声を立てた。

12

●戦国合戦ランド
史料に基づいて正確な合戦の装備を再現し、入園者に戦国時代の兵隊になった気分を味わってもらう。

老若男女《ろうにやくなんによ》問わず参加できるようあらゆるサイズの鎧兜《よろいかぶと》を用意する必要がある。

スタッフの厳格な安全管理の下で剣や弓矢や火縄銃の扱い、さらには馬の乗り方も指導してもらい、単なるチャンバラごっこを超えた本格的訓練を行なう。

目玉は毎日二回から三回行なわれる『炎の合戦（仮称）』。参加者は各自の適性、あるいは好みによって騎馬手、弓手、火縄銃手などの役割を決めた後に二つの軍勢に別れ、法螺貝《ほらがい》の合図と同時に広大な平地を舞台にして、大将（専属スタッフ）の主導の下に激突し、戦いを繰り広げる。

騎馬手には映画やテレビなどで殺陣経験のあるプロを何人か起用し、目立つ場所で華麗な立ち回りを演じさせる。

火縄銃は勿論《もちろん》空砲だが、特殊効果によって弾着を再現する。

肝要な点は、合戦の雰囲気を味わわせるためには参加者を決して甘やかさないことである。参加者の中に混じる訓練されたスタッフは参加者が怪我《けが》しない程度に、できるだけ本気で斬《き》りかかり（真剣ではないので安心）、馬で容赦なく追い立てるぐらいのことはしなくてはならない。とにかく参加者に日常の現実から戦国時代へと完全にタイムスリップさせることが重要である。

また合戦場を取り囲むようにファミリー用の観客席を設けて、巨大なテレビスクリーンで日頃冴《さ》えないお父さんの勇姿を驚きとともに楽しんでもらう。

合戦は三十分ぐらいの時間制限を設ける。

審判の判断によって勝利チームを決める。同時に参加者の中でもっとも活躍していた者には最優秀侍賞の栄誉を授ける。他にも最優秀女性侍賞、ジュニア侍賞、参加者に外国人がいれば外国人侍賞なども授ける。この授賞式は合戦とは雰囲気をガラリと変え、ユーモラスでほのぼのとしたものになることが望ましい。

資料館や展示室などの学術めいたお固いものは一切排除し、ひたすら〝戦い〟に的を絞ったエンターテイメント施設であることをアピールする。

「いいじゃん、面白いよ！　お父さん、薙刀《なぎなた》持って参加しなよ。町長自ら大将になって戦えば話題になるよ」

からかい半分に言うあゆみに町長は苦笑いし、

「そうだな。まぁ一年に一回ぐらいは参加してみてもいいかもな。いい運動になりそうだし。次はこれだ」

町長はもう一通の企画書をあゆみに手渡した。フリオが音もたてずにジャンプして、あゆみのお腹《なか》の上に悪びれるふうもなく乗っかった。あゆみは最近少し脂肪が増えたフリオの脇腹《わきばら》の毛を梳《す》いてやりながら表紙を読み上げた。

「ふむ、ホラーテーマパーク〝坂巻ダークランド〟か」

●坂巻ダークランド
世界初の、お化け屋敷を極めたテーマパーク。

園内にはさまざまなキャラクターのアトラクションがある。

○日本ユーレイ（お岩、ろくろ首、首なし侍等）の館《やかた》
○西洋モンスター（ドラキュラ伯爵《はくしやく》、狼男《おおかみおとこ》、フランケンシュタイン等）の館
○エイリアン（H・R・ギーガーのエイリアンや、プレデター、その他のグチャグチャ系クリーチャー）の館
○実録殺人鬼（筋骨隆々たるチェーンソー殺戮男《さつりくおとこ》、同僚看護婦切り刻み女、人肉嗜好《しこう》インテリ男など実在の殺人者にヒントを得たキャラクター）の館。
○ポルターガイスト（家のセットに入ると、テーブルやベッドが跳ね、食器が宙を漂い、明かりが勝手に点《つ》いたり消えたりする）の館。
などなど。

観客は棺桶《かんおけ》や電気椅子《いす》を象《かたど》ったカート、あるいは徒歩などでそれぞれのアトラクションを回る。

どのアトラクションも金をかけて、凝りに凝ったセットを造り上げる。また本物の人間を使った脅かしも有効である。

園内の外周には怪物の国を探検する〝ゴースト・トレイン〟を走らせる。

園内レストランは、人里離れた幽霊城をイメージした薄暗く、天井の高い建物にすると良い。そして燭台《しょくだい》の明かりで食べる。

園内の到る所にはゾンビやミイラ、その他の魑魅魍魎《ちみもうりょう》が闊歩《かっぽ》して、園内を歩く観客に

ちょっかいを出す。勿論、記念写真には気軽に応じてあげる（フラッシュの閃光《せんこう》に怯《おび》えるぐらいの芸は必要であるが）。

スタッフは明朗ではいけない。坂巻ダークランドの案内人に相応《ふさわ》しく、謎《なぞ》めいて妖《あや》しげな喋《しゃべ》り方、立ち居振舞いを身に付けなくてはならない。

このテーマパークは、下手にあらゆる世代の人間に受けるような造りにしてはならない。観客の中心はあくまでノリの良い、刺激を求める若者達である。

「面白い！　これ絶対面白いよ！　父さん、首なし侍やったら？　薙刀持ってさ」

「お前、からかうのもいい加減にしろよ」

藤咲はそう言いながらも、笑いが込み上げるのを抑えられなかった。

「お化け屋敷ってさ、嫌だなぁ恐そうだなぁって思いつつも、なぜか入っちゃうんだよね。それで入ってみるとやっぱりで、嫌で恐くて、やめとけばよかったって思うんだけど。すごぉくゾクゾクするのよ。もう半泣きになって、ほとんど駆け足で外へ飛び出すとなんともいえない解放感があるの」

あゆみの言葉に、そんなものかな、と思いながら藤咲は三通目の企画書を手渡した。

「これはテーマパークじゃなくてイベント企画だ」

●世界自主製作映画コンテスト

二十一世紀の映画界をリードしていく映像作家を発掘すべく、ワールドワイドな低予算自主製作映画の上映会を行なう。ジャンル、テーマすべて自由。必要なのは広い意味での〝面白さ〟のみ。

世界中から著名な映像作家や、プロデューサーを招き、作品を選評してもらう。作品を募る際には映像文化がまだ未発達な東南アジア、中近東、アフリカなどの地域により力を入れる。こうした地域から、現在の映画人にない独特の感覚を持った新しい映像作家を誕生させるのも重要な目的である。いわば映像作家を育てる映画コンテストである。

また映画製作に必要なカメラ、録音機、編集機器などのハードウェアを坂巻町が格安で貸し出すことによって映画製作に関わっていくことは有意義である。日本の田舎町が映画製作の補助という手段で世界に名を知らしめるようになれば大成功である。しかしそのためには目先の利益だけに捕われない忍耐と、〝才能を見抜く才能〟が必要である。

「この企画が最後まで残ったってことは役場の人たちに〝才能を見抜く才能〟があるっていう自負があるってことよね、お父さん？」

あゆみがやや訝《いぶか》るような口振りで訊《き》いた。

「まぁ、イベントを通して町の住民もまた成長していく、という趣向が読み取れるから、そこが役場内で受けたのかもしれないな。父さんは映画には詳しくないから、なんとも言えないというのが正直な感想だな。だが、この町から世界に向けて発信するという考えは、これからきっと必要になると思うな。田舎町は田舎町らしくつつましやかに、という考えがまだ根強いから、そういう考えを見直させる企画というのは好感が持てる」

あゆみは企画書を藤咲に返した。伸ばしたあゆみの右腕の外側に小さな赤黒い痣《あざ》があった。

「腕、どうしたんだ」

藤咲が訊くと、あゆみは平然とした顔で、

「これ？　服の上から猿に嚙《か》まれた」

「嚙まれた？」

「うん、珍しくね。ブラックって奴《やつ》なんだけど、最近ちょっと鬱《うつ》っぽかったのよ。気にはなっていたんだけど、まさか嚙みついてくるとは思わなかったわ」

「お前……腕だからよかったものの、顔をやられて失明でもしたらどうするんだよ」

あゆみはちょっと険しい表情になり、

「大丈夫だってば、プロなんだから」

こんなふうに藤咲があゆみの身を案じるようなことを言うと、あゆみは決まって不機嫌な顔をする。自分がいつまでも危なっかしい子供だと思われているのが気に食わないのだろう。藤咲にはそんなつもりはないのだが、あゆみにはそのように感じられるのかもしれない。

「で、お父さんはどの企画がいいと思うの？」

「父さんは採択会議には加われないよ。決めるのは議会だ。議会が決めた企画を承認するのが父さんの仕事だ」

その時、藤咲の食道から胃の辺りでギュルギュルという音が鳴った。さきほど食べた夕飯の野菜カレーが消化されつつあるのだ。今日はあゆみが夕飯を作った。あゆみのカレーはいつもバターの味が濃厚で、水っぽい。

「それはわかっているけどさ。でも、どれがいい？」

藤咲は膨れた胃袋の中から空気を抜こうとするかのように鼻から大きく息を吐き出してから、

「そうだな……『戦国合戦ランド』は、アイデアは面白いと思うが、天候に大きく左右されるな。夏の暑い時期と、冬の寒い時期は集客はあまり望めないだろう。『ダークランド』は屋内アトラクションがメインだから、その心配はあまりない。だが、大抵の人はお化け屋敷というものは遊園地の中にひとつあれば充分、と考えるんじゃないかな。

全部お化け屋敷だとなると……父さんぐらいの年代の人間は、ちょっと戸惑うな」

フリオがあゆみの膝《ひざ》から降り、カーペットに前足の爪《つめ》を深々と突き立てて伸びをした。

あゆみがスリッパの爪先をフリオの目の前で揺らしてちょっかいをだすが、今夜のフリオは挑発には乗らず、前足を畳んで置物のようになってしまった。

「じゃ、映画コンテストは？」

「コンテストが世界的に有名になるには、そのコンテストからメジャーになって成功した人が出なければならない。そうなるまでに何年もかかるだろうし、それに初年度に集められた作品の出来がひどかったら、次回に繋《つな》げるのは難しくなるだろうな」

「それで、どれがいいの？」

「わからん、議会に任せるよ」藤咲は正直にそう言った。

「逃げましたね、町長」あゆみがからかうように言った。

「どの企画にもそれぞれ魅力があり、リスクもある。選ぶのは大変だろうな」

それから十分ほど二人はとりとめのない会話を交わし、藤咲は食器を洗いにキッチンへ行き、あゆみは二階の自室へと上がっていった。フリオはまたふらふらと家の中をさまよい始めた。

食器を片づけた後、藤咲は風呂に入った。

頭にシャンプーをつけて指で泡立てた時、居間から電話の鳴る音が聞こえた。

この時間だと多分倉本からだろう。倉本はこちらが感心してしまうくらい毎晩律儀《りちぎ》に電話をかけてくる。自分が婚前に雅美と付き合っていた頃は電話は週に二回もしなかった。お互いにそれで充分だと思っていたのだ。

あゆみが電話を取るだろうと思ったが、電話は相変わらず鳴り続けている。8回、9回……。

あゆみの奴、寝てしまったのか？

12回目のベルが鳴った。

「何やってんだ、あいつ」と藤咲は呟《つぶや》き、電話に出るために大慌《おおあわ》てでシャンプーの泡をすすいだ。シャンプーが目尻《めじり》から目の中に浸入してしまい、痛かった。おまけに唇にも泡が飛び散り、口の中にとんでもない味が広がった。

唾《つば》をしきりに飛ばし、痛む左目を固く閉じたまま、立ち上がり、風呂場《ふろば》の扉を開けようとした時、ようやくベルが鳴り止《や》んだ。

あゆみが電話を取ったのか、掛けた相手があきらめたのか。

どちらかわからないが、ずぶ濡《ぬ》れで電話に出る必要はなくなった。もう一度丸椅子に座り、シャワーで口と目の中に入ったシャンプー液を洗い流す。痛みがなくなったところで、もう一度シャンプーをやり直した。

頭を洗い終わり、リンスを髪に塗り込んでいると、外からあゆみの声が聞こえた。

「父さん」

「ああ?」

「倉本君から電話で……ちょっと外へ行ってくる」

「ええ? こんなに遅くにか?」藤咲は後ろを振り返り、浴室の扉の磨硝子《みがきガラス》越しに見えるあゆみの姿に向かって言った。

「うん、すぐ帰ってくるよ」

元気のない声だった。明らかに気乗りしていないのがわかる。

『公募ガイド』に広告が載った日の夜以来、どうもあゆみの様子が少し変だ。ごく身近にいる人間にしかわからない変化だろうが、確かに以前と比べて元気がない。

倉本と何かあったな。そしてそれがまだ尾を引いているのだ。

倉本が突然、夜中近い時間にあゆみを呼び出すなどということはこれまでなかった。父親として当然心配になる。だが、行くな、とは言えない。あゆみはもう子供ではないのだ。

どういうつもりなんだ? 倉本よ。

藤咲は心の中で彼に問いかけた。

「わかった。暗いから気をつけろよ」

暗いから気をつけろよ……なんだそりゃ? 我ながら無意味なことを言ってしまった

が、他に気のきいた言葉が出てこなかったのだ。

「うん、いってくる」

「ケータイを忘れずに持っていくんだぞ」

「はぁい」素直な返事だった。

藤咲はもやもやとした気分で浴槽に浸《つ》かった。

何なのだろう。ひょっとして別れ話だろうか。――

あゆみは倉本が嫌になったのか？　嫌になるような出来事があったのか？

まぁ、若い時には色々あるものだ。気にはなるが、あゆみが自分から話すまで待つしかないだろう。

13

水田地帯を貫く道の真ん中に、倉本の４ＷＤが止まっていた。倉本が車に寄りかかって煙草《たばこ》を吹かしているのが、ぽおっと浮かび上がった煙草の火でわかった。

水田のそこかしこから眠ることを知らぬ蛙《かえる》の鳴き声が聞こえる。

あゆみは大股《おおまた》でシルエットに近づいていった。

倉本があゆみの姿を認め、軽く右手を挙げた。

あゆみは倉本の5メートルほど手前で、「一体どうしたの？」と苛立《いらだ》ちと困惑の混ざった声で訊《き》いた。

倉本は吸いかけの煙草を地面に捨てて踏み潰《つぶ》してから、

「ごめん、こんな時間に急に呼び出したりして」

すぐ傍まで近づいてみると、月の光で青白い倉本の顔は深刻そのものであった。

「実は……無性に会いたくなったんだ」

今までの付き合いで倉本がそんな言葉を吐いたのはこれが初めてであった。

「何かあったの？」

あゆみの問いに倉本は、

「いや、その……」と言葉を濁した。

そして突然、あゆみの右腕を摑《つか》むと強い力で引き寄せ、次いで自分の左腕をあゆみの腰に回すとガッチリと押さえつけた。

「ちょっと」あゆみは驚いた。アッと思った瞬間、倉本の唇があゆみの唇に覆《おお》い被《かぶ》さった。

倉本はこれまでになく強く吸いついてきた。

背中と腰に回された太い腕が体を締めつけ、息苦しいほどだ。

キスは十秒以上も続いた。その間、あゆみは抱かれたまま体を硬直させていた。

ようやく唇を離した倉本は一日分の髭《ひげ》が伸びた頬をあゆみの頬にプレス機械のように強く押し当て、耳元で言った。

「明日まで我慢できなかったんだ。会いたくてどうしようもなかった」

ただならぬ雰囲気だった。倉本がこんな衝動的な行動に出た原因はわかっている。ここ最近の二人の間のぎこちなさに不安を感じて、それに耐えきれなくなったのだ。こうなってしまったもともとの原因はあのカメラマン志望の青年と自分にある。あゆみの取った行動が、倉本の嫉妬心《しっとしん》を猛烈に煽《あお》ってしまい、そしてあゆみの心を倉本から少しずつだが確実に離れさせることになった。

あの出来事があって以来、二人の間には溝ができてしまっていた。正確に言えば、あゆみが一方的に作ってしまったのだが。

一緒にいると時々妙に気詰まりな沈黙が生まれるようになったし、変に相手を気遣い過ぎて、会うと疲れる。喋《しゃべ》る時も相手の目をあまり見なくなった。

「あゆみちゃんがどこかへ行ってしまいそうな気がしたんだ」

倉本はそう言い、あゆみの顔中にキスの雨を降らせた。

ジーンズの布地越しに倉本の股間《こかん》の硬さが伝わってきて、あゆみは驚きと、そして軽い恐怖心を覚えた。

あゆみは、倉本に対する気持ちを自分でも整理しきれずにいた。

倉本と付き合い始めて一年と少し。特にこれといった不満はないが、正直なところ倉本はあゆみにとって少しばかり窮屈で、もっと悪く言えばうっとうしい存在になりつつあった。

このままあと一年か二年付き合って結婚、という流れがいつのまにかでき上がってしまいそうで、それが嫌だった。

倉本には悪いが、あゆみにはまだ結婚したい、という気持ちがなかった。

確かに倉本は優しいし、頼りにもなる。だが、絶対にこの男、とまでは想《おも》い切れなかった。そんな気持ちのまま一年以上が過ぎてしまったのだ。倉本を他の男と較《くら》べようにも、異性と知り合うには、この町はあまりにも出会いがなさすぎる。

「あゆみちゃん」

倉本がまた唇を覆った。舌を突き出して強引にあゆみの唇をこじ開けようとする。

あゆみは反射的に唇を離し、

「ちょっと待って、少し落ち着いてよ」

しかし倉本はあゆみの制止の言葉などお構いなく、あゆみのカットソーの背中側に毛深くてゴツゴツとした手を中に入れ、あゆみの肌に指を這《は》わせた。

「待ってってたら！」あゆみは思わず声を荒らげた。

倉本の体が一瞬硬直した。そしてあゆみの裸の背中に這わせていた手を引き抜くと、

「すまない」と謝った。

そしてわざと明るく装《よそお》ったのがみえみえの声で、「ちょっとドライブでもしないか？」と言うが早いか自分だけさっさと車に乗り込んだ。

「そこら辺を走りながら話をしよう」

あゆみはカットソーをジーンズのお尻《しり》の中に押し込んだ。倉本の掌《てのひら》の感触が背中に残っている。

「もう遅いよ。澄夫君だって明日仕事でしょう？」

「聞いてもらいたい話があるんだよ」

かつてない強引さだった。

あゆみはすっかり憂鬱《ゆううつ》になった。自分の軽率さが招いた結果とはいえ、やりきれない気分だ。

「乗りなよ、さぁ、早く」

あの青年とやましいことはなかったとはいえ、倉本に負い目を感じていた。ここで逃げたらずっとその負い目に悩まされそうだ。

あゆみは助手席のドアを開け、乗り込んだ。倉本が即座に発車させた。

「俺はあゆみちゃんのこと、信じている。この前のことはもう責めていないよ」

黒砂山近くの県道を走らせながら、倉本が切り出した。

五分ほど前に乗用車一台とすれ違ったきり、車を見ていない。県道の両脇《りょうわき》は明かりひとつない深い森だ。この森は夜はカラス達のねぐらになっている。

「だけど、あのことがあって、俺の心の中でふんぎりがついたんだ」

助手席に座って、飛び去っていくセンターラインをぼんやりと眺めながら、あゆみはある予感を感じて、息が詰まりそうだった。

最初は倉本が、自分をここから数キロ先にあるラブホテルに連れていくつもりなのではないかと疑っていた。もし倉本がそうするつもりなのだったら、とてもではないがその気になどなれないので、車から飛び降りてでも帰るつもりだった。だが、どうもそんな生易しい事態ではなさそうだった。

「あの時、本当にあゆみちゃんを失うかと思った。あの瞬間の恐怖感が忘れられないんだ。あの出来事のおかげでハッキリとわかったんだ。俺はあゆみちゃんなしでは駄目なんだってことが」

車が徐々にスピードを落としつつあった。ペダルに乗せた足の力が無意識に抜けているのか、それとも倉本が劇的な瞬間を演出するために意図的にそうしているのだろうか。

こんなことを考える自分はひねくれ者かもしれない、とあゆみは思った。

軽い振動とともに車が止まった。

「あゆみちゃん、俺と結婚してくれ」

あゆみはヘッドライトに照らされた路面の先にある闇を呆然《ぼうぜん》と見つめたまま、何キロもの彼方《かなた》でその言葉を聞いた。

「結婚して欲しいんだ」

倉本はハンドルから手を離し、あゆみの横顔を食い入るように見つめた。

あゆみはその瞬間、まったく予想だにしなかった感情の波にさらわれた。

その感情とは〝孤独〟だった。

自分のことを愛している男が求婚しているというのに、あゆみは自分がひとりぼっちだと感じていた。

この孤独感にあゆみは怯《おび》えた。

「聞いてるのかい？」

あゆみはやっとのことで、顔を倉本の方へとねじ曲げた。

倉本の顔を見た途端、涙が溢《あふ》れそうになった。

〝ごめん、私、やっぱり駄目だわ。あなたが私を愛してくれるようには私は澄夫君のこと愛せない〟

そのことがハッキリとわかってしまった今、ただただ悲しかった。

倉本に申し訳なくてしかたがなかった。

本当に心の底から好きでもないのに一年以上も付き合って、どれだけ倉本に迷惑をかけたことか。

自分は本当に世界一嫌な女だ。

倉本はシートベルトをもどかしげに外し、助手席の方に身を乗り出した。

「どうしたんだ、何か言ってくれよ」

あゆみは何か言おうにも口が完全に固まってしまっていた。泣き声が喉元《のどもと》まで迫り上がってきていた。

「あ、あたし」

「わあああああああああああ!」

あゆみも、倉本も、飛び上がって驚いた。

断末魔みたいな悲鳴と同時に、人間が運転席のサイドウインドウに激突したのだ。

「たすけてえええええ」

ぶつかった人間はぶち割るほどの勢いでサイドウインドウを拳《こぶし》で何度も叩《たた》いた。

その人間は男で、若かった、少年といってもいいかもしれない。

顔の下半分は鼻血で真っ赤である。その恐怖で歪《ゆが》んだあまりにも凄《すさ》まじい形相に、あゆみは一瞬、気が遠くなりかけた。

どう考えても尋常な事態ではない。

「たすけてえええ」

火災現場で修羅場を何度か切り抜けてきた倉本はやはり、あゆみよりずっと立ち直るのが早かった。

「どうしたんだ！」倉本はドアロックを外し、外に飛び出した。

「そいつに近づくな！」

別の叫び声——大人の男の声だ——が背後から聞こえた。

あゆみは後ろを振り返った。硬い靴音が近づいてきて、男が、闇が凝縮して出来上がったみたいに姿を現わした。

「危険だ！　近づくな」男がまた叫んだ。

「助けて、助けて」

少年が倉本のブルゾンにしがみつき、訴えた。細長い輪郭の弱々しい少年だった。長《なが》袖《そで》のボーダーネックのシャツにジーパンという格好だ。

「何事ですか、一体！」倉本が目を吊《つ》り上げて怒鳴った。

カジュアルな感じのスーツを来た、倉本と似たずんぐり体型の男は少年の両方の二の腕を掴み、力任せに倉本から引き剝《は》がした。

少年は抵抗したが、男は少年を背後から羽交い締めにして、動けなくした。

「私は長野県警の者です！　この少年を松本まで護送する途中だったんです」

追いかけてきた男が、倉本に向かって早口で一気に喋った。

それから少年に向かって、さあ来るんだ、と怒鳴った。

あゆみは瞬《まばた》きも忘れて、目の前の光景を震えながら見つめた。

後方から車のエンジン音が急速に近づいてきた。ヘッドライトが車の外にいる者達を照らし出した。

急ブレーキの音、それからドアが開く音。

「捕まえましたか！」

「ああ、まったくとんでもない奴《やつ》だ」

少年は二人の男に両脇を抱えられ、白いセダンへと連れ戻された。少年は引き摺《ず》られながらなおも、離せ、嫌だ、と喚《わめ》き続けている。

最初に少年を倉本から引き剝がした男が、唖然《あぜん》としている倉本の方へと戻ってきて、話しかけた。

「驚かせてしまって、すみません。長野県警生活安全課少年係の者です」そういうと男は上着の内ポケットから手帳を取り出して倉本の顔の前にかざすと、すぐにまたポケットに納めた。

「何があったんです？」倉本が訊いた。

「あの少年、家出少年なんですが、我々に保護されて署まで連れていく途中だったんですよ。車の後ろの席で眠っていたと思ったら突然暴れ出して、挙げ句の果てにドアロックを外して外へ飛びだし、森の中へ逃げ込んだんですよ」

男の肩が大きく上下している。森の中を全速力で走ってきたらしい。

「家出少年……」

男はスーツの所々にくっついた泥や、枯れ葉を手ではたき落としながら、

「ええ、ちょっと悪いクスリを食らってましてね。ひどい被害妄想になっているんですよ。びっくりなされたでしょう」

「ええ、そりゃまあ」

「とにかく、ご協力感謝します」

男は倉本に軽く敬礼すると、急ぎ足で車に乗り込んだ。車は強引にUターンして、もと来た方角へと走り去った。

後にはいまだショックから覚めない二人が取り残された。

白いセダンがカーブを曲がり、テールランプの灯が視界から消え失《う》せた。

倉本があゆみにも聞こえるほどの大きなため息をついた。彼にしてみればせっかくのプロポーズをとんだ飛び入りにぶち壊しにされ、やりきれないことこの上ないだろう。

だがあゆみにしてみれば逆にすくわれたことになる。

こんなことがあってなおも、神経質な倉本がプロポーズを初めからやり直そうとする

ことはないはずだ。

倉本は引き攣《つ》った顔で運転席に乗り込み、前方を睨《にら》みながら、

「ぶち壊しだな」と呟《つぶや》いた。それからあゆみの方に顔を向けると、「家まで送るよ」と不機嫌な声で言った。

四十分ほど前に待ち合わせたのと同じ場所で、倉本はあゆみを降ろした。

倉本も車から降り、あゆみの肩に手を置いて言った。

「さっき俺が言ったことだけど、なるべく早く返事が欲しい」

あゆみには肩に置かれた倉本の手がやけに重たく感じられた。

あゆみは倉本の目をみながらこくりと頷《うなず》き、自分でも頼りないと思うほど力ない声で、

「私の方から連絡する。だからそれまで待ってくれる？」

それが一時的な逃げに過ぎないことは自分でもよくわかっていた。

何日も待たせた挙げ句に結局は倉本を失望させるだけなのだ。でも、今この場でプロポーズを断ること、つまり結果的に別れを切り出すことはできなかった。それだけの勇気はとても絞り出せない。もっとも、何日か置いたところで勇気が湧《わ》いてくるとも思えないけれども。

「あゆみちゃんの方からかい？」

「うん」

あゆみがプロポーズを断ったら、倉本はどんな反応を示すだろう。

虚脱、怒り、悲しみ……。

どんな反応であれ、それを受けとめることは、きっとひどくつらいことだろう。

ふと、この町から逃げ出したくなった。

倉本と別れた後も、この小さくて狭い町に住んでいる限り顔を合わせないわけにはいかないのだ。駅で、商店街で、飲み屋で……。きっとどこかで思いがけなく再会する。それがどんなに気まずいことか想像しただけで体中から力が抜けそうになる。

ああ、大きな町に住みたい。

「わかった。でもあんまり長くは待てないぜ」

「わかってる」

「じゃ、今夜はこれで引き揚げるよ」倉本はあゆみの肩を軽くポンと叩いて、車に乗り込んだ。車をバックさせて方向転換させると運転席から顔を突き出し、「バイ」と手を振った。

あゆみも精一杯気張って笑顔を作り、手を振った。

家へ向かう足取りはガス室へと連れられていく死刑囚のように重かった。

勇気が欲しい。自分が彼の気持ちに応《こた》えられないことをはっきりと伝え、彼が示すどんな反応も逃げることなく受けとめ、これまで二人が共に過ごしてきた時間に幕を引く勇気が。

倉本がもっともっと嫌な奴だったらどんなにか別れが楽だろう。でもあいにく、倉本はいい奴なのだ。

約50メートル前方に自分の家が見えた。まだ雨戸を引いていない居間の窓から暖かな光が漏れている。父親が居間で彼女の帰りを待っているはずだ。フリオと一緒にテレビでも見ながら、いかにも心配していないというふうを装って。

そんな父親にこれ以上の心配を掛けたくない。

しっかりしろ、あゆみ。

あゆみは自分を叱《しか》りつけ、足下の地面を強く踏み締め、我が家へと急いだ。

14

「走れ走れ、タイ米野郎」

〝タイ米〟とは隼人《はやと》につけた呼び名である。隼人の、米粒みたいに細長くて間抜けな面《つら》にぴったりの名だ。考えたのは丸尾である。

隼人は今、丸尾が運転しているセルシオの10メートルほど後ろを、上半身を屈《かが》め、左右によろけながら走っている。

テールランプの光で闇《やみ》の中に赤く浮かび上がった隼人の姿は、さながら血塗《ちまみ》れの亡霊だ。

セルシオの後部バンパーに括《くく》り付けられた長さ10メートルの、三重に縒《よ》り合わせたナイロン製ロープが、隼人の、腕を使えないようにぐるぐる巻きにされた上半身と車を繋《つな》いでいる。

丸尾はセルシオを時速十キロから十五キロの低速で走らせていた。

隼人が転ぶと、丸尾がブレーキをかけ、助手席の和島が車から降りて、倒れている隼人の所まで行くと、靴の先で脇腹《わきばら》か頭を小突いて無理矢理立ち上がらせる。

和島は走って車まで戻り、丸尾は再び車をスタートさせる。

かれこれ二十分もこの〝懲罰〟は続いている。

両脇を深い森に挟まれた県道には今、セルシオ以外に走っている車はなく、いわば貸し切り状態であった。三十分ほど前に、逃げ出した隼人が偶然出くわした、4WDに乗った若いカップル以外には誰にも会っていない。

丸尾はカーステレオで、お気に入りのアイアン・メイデンというイギリスのヘヴィーメタル・グループのCDを、フルボリュームで鳴らしながら、上機嫌でドライブを楽しんでいた。今の高揚した気分には柏原郁恵よりも、アイアン・メイデンの方が相応《ふさわ》しい。

時々気紛れにハンドルを左右に切り、わざと蛇行運転をして隼人が翻弄《ほんろう》される姿をバックミラーで眺める。

今日の夜七時頃に坂巻町に到着し、商店街の中ほどにある二階建ての小さな旅館に部屋を二つ取った。

臼田と磯崎を東京への報告のために残し、丸尾は早速、和島と隼人を連れて、ネスト建設の候補地である黒砂山の東側の尾根地帯に広がっている森林を見に行くことにした。隼人を連れ出したのは、少しばかりいじめてやろうと思ったからだ。

ドライブインでの食事を済ませて、この町に向かう途中、隼人は頭が痛いとしきりに訴え、隣に座っている臼田清美の体にしなだれかかった。女の臼田だけが自分を攻撃しないので彼女に甘え、守ってもらおうと考えたらしい。

だが、それだけではないだろう。

そういえばいつだったか、隼人は『未来核』の八歳の女児を追いかけ回した挙げ句、床に押し倒し、女児が着ていたジャージを脱がせ、パンツまで剝《は》ぎ取ろうとしたことがあった。

間違いない。クソガキが一丁前に色気づき、臼田に興味を示しているのだ。

これは懲罰に値する。目的地についたら然《しか》るべき処置を取ろうと心に決めた。

土地は有り余っているし、付近に人家もない。地上五階、地下二階、約千人の学院生が学び、暮らす、真道学院の日本最大のネストをここに造り上げるのだ。真道学院発足以来、最大の事業である。

候補地の視察がざっと終わったところで、懲罰タイムを始めることにした。

セルシオを道路からはみださせて止めると、「隼人、車から出ろ」丸尾は命令した。

隼人がおどおどしながら車から降りると、直立不動の姿勢で立たせた。姿勢が悪い。

「背筋を伸ばせ」

丸尾は靴先でふくらはぎの後ろを少しばかり強く蹴飛《けと》ばした。

隼人がやっとまともな姿勢で立つと、

「貴様は本当に何の役にも立たないクズ野郎だな。学院長様は少しばかり貴様を甘やかし過ぎたので、俺に貴様を鍛え直せと仰《おっしゃ》った。だから今夜から矯正を始める。精神を鍛練するにはまず肉体からだ。アスファルトの上で『コーマ・ブレイク』を三十回やれ。『コーマ・ブレイク』は知っているだろう?」

「できないよ、痛いよ!」隼人は悲鳴に近い声を上げた。

丸尾は隼人の左の太股《ふともも》の外側に蹴りを入れた。隼人は息を詰まらせ、涙を滲《にじ》ませた。

続いて丸尾は隼人の左足首を掬《すく》い上げるように蹴った。足払いをかけられた隼人は勢いよく尻餅《しりもち》をついた。

「エッ、エッ……」隼人が気の抜けるような声で泣き始めた。

「早くやるんだよ」

丸尾は冷たく言い放った。

「貴様、大始祖様がやれと仰っているんだ、早くしないか！」

丸尾の脇で和島が追い討ちをかける。

隼人はアスファルトの上で体を胎児のように丸め、『コーマ・ブレイク』の最初のポーズを取った。そしてその姿勢のまま右側に二回転がった。

次は左に四回転がる筈《はず》だったが、突然立ち上がった隼人は驚くほどの敏捷《びんしょう》さで駆け出すと、真っ暗な森の中に飛び込んだ。

丸尾も即座に反応して、ダッシュした。隼人に一瞬遅れて森に飛び込む。その瞬間、顔に湿った土の塊が叩《たた》きつけられた。目に土が入り、猛烈に痛んだ。

丸尾がひるんだ隙《すき》に、隼人はどんどん森の奥へと入っていった。

なめやがって！

「和島！　車で森の反対側へ回り込め！」

そう怒鳴ると、指先で目頭から土くれを拭《ぬぐ》い去り、追跡を始めた。

やみくもに走るようなことはせず、まず耳を澄まし、隼人の足音を捕える。右斜めの方角で荒い息遣いと、足音が聞こえた。クソガキは闇の中に潜んで気配を殺すという知恵もないらしく、ただひたすら走り続けている。

丸尾は左手を前方に突き出して顔を庇《かば》いながら、踵《かかと》を浮かせ気味にして、足音を最大限殺して隼人の足音を追った。

地面には腐った落葉が積もっていて、油断すると足を滑らせて転びそうだ。

隼人が走り続けている限り、見失うことはない。ろくに外の世界へ出たこともないビョーキ野郎と、片や陸上自衛隊でレインジャー訓練を受けた丸尾、はなから勝負はついている。

しかし森は深く、闇は濃かった。低い枝が体を擦《こす》り、朽ちた倒木が行く手を邪魔する。

全身から汗が噴き出し、鼻腔《びこう》が急速に乾いてゆく。

三分ほど走ると、足下の地面が緩やかな下りに変わった。やがて傾斜は徐々にきつくなり、スピードを緩めないと前方につんのめりそうな程になった。

闇に慣れた目が、前方下の木立の隙間に見える仄《ほの》かに明るい空間を捕えた。あそこで森が切れて再び県道に出るのだ。

和島のセルシオはまだ到着していない。

「うわあああ！」

だしぬけに隼人のものらしき悲鳴が聞こえた。

丸尾は軽く膝《ひざ》を曲げて体の重心を落とし、つんのめらないように体の向きを斜め横にして斜面を駆け降りていった。

「たすけてえええ」

間違いなく隼人の声である。

助けてとはどういうことだ。誰か他にいるのか？

丸尾は最後の数メートルを大股《おおまた》で走り抜け、森から再び県道へと飛び出した。

途端、車のテールランプの赤い光が目に飛び込んできた。

右側20メートルほど前方に、大型の4WDが止まっている。

隼人が男のドライバーに助けを求めていた。

「そいつに近づくな！」丸尾は声の限りに叫んだ。腕を大きく振り、膝を高く上げ、スプリンターのように突っ走った。

距離が半分まで縮まった時、さらに「危険だ！　近づくな」と警告した。

「何事ですか、一体！」ドライバーが怒鳴った。

丸尾は4WDに走り寄り、ドライバーにしがみついている隼人を力任せに引き剝がした。隼人はどこかで転んで顔でも打ったのか、鼻から大量に出血していた。動けないように羽交い締めにしてから、

「私は長野県警の者です！　この少年を松本まで護送する途中だったんです」

嘘《うそ》がすらすらと流れ出た。

丸尾の目の端に車の助手席に縮こまっている若い女の顔半分が映った。女が一緒ならこのドライバーも、たとえこの丸尾の言葉に不審を抱いたとしても、わざわざ面倒なことに関わろうなどとは思わないはずだ。

いいタイミングで和島の乗ったセルシオが駆けつけた。

和島と二人で隼人を車に押し込むと、丸尾は和島に向かって小声で、「俺に任せろ」と言った。

ダッシュボードから長野県警の警察手帳を取り出し、上着の内ポケットに入れる。警察手帳は勿論《もちろん》偽物《にせもの》だ。今回の出張では町でいろいろな人間から情報収集する必要が予想されるので、それを見越して学院の書類作成部の人間に造らせたのだ。手帳は長野県警・生活安全課の巡査である学院生の本物の警察手帳を見本にして造られたものなので、出来は良い。

書類作成部ではパンフレットやコース受講申し込み書などの一般書類の他に、真道学院の人間であると相手に悟らせないために造った偽装会社の名刺や、最近ではデジタルカメラやCGを利用した合成写真も造っている。合成写真は学院長や幹部が、内外の有名人と親しい関係にあるかのように、講習会に参加した連中に信じ込ませるために利用される。この嘘は、学院内では、一人でも多くの人間をゴイサム（汚れた人間の世界）から救うという大義の元に、完全に正当化された職務として認められている。大きな善を実現するための罪のない小さな嘘なのだ。

しかし、いくら本物そっくりとはいえ、偽の警察手帳を使用することには大きなリスクが伴うので、なるべくなら使わない方が良いのだが、今のこの状況を切り抜けるにはこれしかない。

丸尾はドライバーの方に戻り、警察手帳を見せ、家出少年を保護して護送する途中だったことを改めて説明した。それでドライバーは納得したようだ。

隼人をとっ捕まえてほっとすると同時に、隼人に対するサディスティックな怒りが込み上げてきた。並大抵の懲罰ではとても飽き足らない。


丸尾はもう一度、蛇行運転をしてみた。隼人は振り回され、左肩から路面にぶっ倒れた。ブレーキをかけ、停車する。

「まるで根性のない奴《やつ》ですね」

和島が後ろを見て言った。その目は妙にきらきらと輝いている。和島は丸尾に気質が似通っており、この手のいじめのイベントには喜んで参加する。だから和島を連れ出したのだ。

「ライターで耳でも炙《あぶ》って、起こしてやりましょう」

和島が言い、助手席のドアを開けて外へ出ようとした。

丸尾はそれを手で制して、言った。

「このまま少し引き摺ってやろう」

アクセルを軽く踏み込んだ。

宿に帰ったのは零時半過ぎだった。

部屋は二つ取ってあった。一部屋には和島と磯崎と隼人が泊まり、もう一部屋には、丸尾と臼田が泊まる。

車で路面を引き摺ったために、隼人のシャツは破れ、背中の肩甲骨《けんこうこつ》の上の皮膚はベロリと剝《む》けて、広範囲にわたって出血していた。旅館の人間に見られるとまずいので仕方なく丸尾の上着を隼人に着せた。明日、新しい上着を買わなくてはならない。

隼人は死人のように青白い顔をしていて、もはや口もきけず、暴れる体力も気力もなくなっていた。

二階に上がり、磯崎が待っている部屋に隼人を放り込んだ。

土下座して出迎えた磯崎に向かって丸尾は、

「少しばかり懲《こ》らしめてやったから、しばらくはおとなしいだろう。明日のことだが、俺と臼田は、町で君塚に関する情報を仕入れる。今のところお前達二人には特に与える仕事はないから、明日は隼人を連れて、目立たないように町を歩き回り、ここの人間の

暮らしぶりを観察し、地理を頭に叩き込んでおけ。役に立つかもしれないからな。ただし町の人間を勧誘しては駄目だぞ。まだその段階ではない」

それから、俯《うつぶ》せになって死んだように動かない隼人を見下ろして、

「この馬鹿《ばか》が暴れるようなら、縛ってトランクにでも放り込んでおけ。俺が許可する」

丸尾は自分の部屋へ戻った。

「お帰りなさいませ、大始祖様」

丸尾が部屋に入ると、臼田が浴衣姿《ゆかたすがた》で土下座して出迎えた。

「ああ」

何ともエロティックな状況だった。

今夜はリンチとファックのフルコースだ。股間《こかん》が既に硬くなり始めている。

畳の上にあぐらをかき、臼田と向かい合わせになる。

「臼田よ」丸尾の声は、臼田の前では常に威厳に満ちている。

「はい」臼田は畳に押しつけた額を上げて丸尾を見た。

「何のためにお前をここまで同行させたか、お前にはわかっているか」

「はい、大始祖様の身の回りのお世話をさせていただくためです」

「うむ、確かにそうだ。だが、実を言うとそれだけではないのだ」

丸尾はそこで間を置き、勿体振《もったいぶ》った口調で、

「お前にも手伝ってもらうことがあるからだ」

臼田は驚きに目を見開き、

「私のような人間に大始祖様のお手伝いができるのですか？」

「私のためではない。学院のためだ」

その言葉で臼田の目の中に光が灯《とも》った。臼田のようなプレントランスにとって大始祖・丸尾の下で学院のために働くことは身に余るほどの光栄なのだ。臼田の目が輝くのも当然だ。

「ありがとうございます。これほどの光栄はありません」

臼田は再び畳に額を押しつけた。

結い上げた髪と首筋が露《あらわ》になり、そそられた。

「顔を上げなさい」

面《おもて》を上げぇ……俺は遠山の金さんか。丸尾は心の中で笑いながらも、顔は至って真面目《まじめ》だった。

臼田が顔を上げると丸尾は、

「私達の目の前には、この町に真道学院の日本最大のネストを造り上げるという大事業の山が聳《そび》えている。この山を越えるには大きな困難が伴うだろう。筆舌に尽くしがたい苦難も降りかかるかもしれない。とりわけ困難なのが、ゴイサムの人間達の無理解と迫害だ。私の予想では、この町には我らの学院の、人類総進化による地球救済という崇高な目的を理解し、共鳴するほどの倫理的素質を持った人間はおそらく皆無に近いだろう。そういう町の人間達を目的に目覚めさせ、進化へと導いていくのは並大抵の苦労ではないだろう。わかるか？」

「ええ、よくわかります」

「だが、やらなくてはならないのだ。それもできるだけ急いで。ゴイサムの人間達は自分の欲望を満たすために地球を汚し、自らを猛烈なスピードで破滅へと追いやっているのだ。そして破滅の時はもうすぐそこまで来ている。我々も急がなくてはならないのだ。そのためにはたとえ不本意であっても、強引な手を使わなくてはならない時もある」

「〝善の河のための、悪の水一滴〟ですね」

臼田の言葉は丸尾から学んだものだ。

丸尾は頷《うなず》き、

「そうだ。具体的な話に入ろう。これからさまざまな場面で我々の事業を邪魔しようとする町の人間に出くわすことが予想される。その時、お前の力が必要となる。お前でなければできないことだ」

臼田が不思議そうな顔をした。

「お前はかつて、わずかな金のために自分の肉体を、快楽を提供するマシーンとして男達に与えた。実に愚かな行為だ」

　丸尾の言葉に臼田の顔が悔恨に歪《ゆが》んだ。

「大始祖様の仰《おつしや》る通りです。私は愚かでした。目的もなく、ただひたすら物欲と肉欲に溺《おぼ》れ、自分をゴイサムの深みへと追い込んでいました」

「お前はその時期に、ゴイサムの男達の性欲を満足させる術《すべ》を体得したはずだ。それは忌《い》まわしい、汚れた知識だ。だがな、臼田よ。お前のその汚れた知識も、使い方次第で大きな善の実現のために役立てることができるのだ」

「私の忌まわしい過去の産物が……どのように役立つというのでしょう」

　臼田は見るからに困惑していた。

「この町の有力者達が我々の事業を邪魔しようとした場合、お前はその身を彼らの前に投げ出し、我々の懐《ふところ》へと導くのだ。この行為には崇高な自己犠牲の精神が必要とされる。お前はそれに耐えられるか？」

　要するに有力者を体で釣り、抱き込むための餌《えさ》なのだが、そうはっきり言ってしまっては身も蓋《ふた》もない。

「恐いか？　ゴイサムに戻るのは」丸尾は声を和らげて訊いた。

「恐くない、といえば嘘になります。でも、私はもう昔の私ではありません。変わったのです。私の心はいつも学院と共にあります。汚れた人間の世界に身を投げ出しても、心までは汚されません。私のようなつまらない人間が人類総進化のためにたとえ一瞬でも役に立てるのならどんな汚いことも厭《いと》いません」

臼田のその言葉の終わりは、自己陶酔に震えていた。学院生は皆、自己犠牲こそが人類を救うと信じている。自己犠牲によって高次元の進化した存在になれると信じ切っているのだ。

丸尾は腕を伸ばし、臼田の肩に手を置いた。

「よく言ってくれた。お前はまだ未熟だが、私はお前のその志の高さには以前から注目していた。お前ならやってくれると思っていたよ」

丸尾は目を細め、慈悲深い笑みを浮かべた。鏡の前で練習した笑顔である。

「ありがとうございます」

臼田の目にはこぼれんばかりに涙が溢《あふ》れていた。

さて、ぼちぼちいくか、丸尾は心の中で呟《つぶや》いた。

「そこで考えたのだが、いざお前の力が必要になった時、ぶっつけ本番では、お前も不安だろう。お前も学院に入っていろいろな面で変わったから、体得したセックスの術も衰えていると考えるべきだ。これから毎日、私の体を練習台にして勘を取り戻すのだ」

臼田が体を硬直させた。

「だ、大始祖様をですか……そんな、大それたこと」

「気にするな、私を大始祖ではなく、肉欲に取り憑《つ》かれたゴイサムの男だと思って、本気でかかってくるんだ。私を挑発し、ゴイサムへと引き摺りこむぐらいの意気込みを持つのだ。ゴイサムにいた時よりも汚らわしい、淫《みだ》らなメスになってオスを虜《とりこ》にするんだ。それができなければ人類の救済はますます遠のくのだぞ」

その夜、丸尾は偉大な大始祖の演技をかなぐり捨て、遠慮なく口汚い言葉で臼田を罵《のの》りながら、あらゆる変態行為を要求して、やりまくった。臼田も実によく練習に励んだ。

今回の出張は実に楽しい。

15

定例議会の第十三日目。町おこし事業の企画採択審議は午前十時から役場の会議室で始まる。

九時十五分前に役場に出勤した藤咲町長は、今日のスケジュールを確認し終えると、採択審議が始まるまでは特にすることはなかった。戦国合戦ランドか、坂巻ダークランドか、自主製作映画コンテストか。もうすぐ決まるのだ。

これは町の命運を賭《か》けた事業である。議員達は普段よりも気合いを入れて審議に臨むことだろう。しかし、それでも君塚の阿呆《あほう》は今日も相変わらず発言せずに上着の毛繕いを続けるのだろうか、と思うと嘆かわしくなった。

町おこしとは別に、もうひとつ気になることがある。

あゆみのことだ。

今朝方、奇妙で嫌な夢をみてしまった。ディテールは忘れてしまったが、こんな夢だ。

町長はあゆみのために作った夕食をトレイに乗せて、二階へと階段を上って行く。あゆみは自室ではなく、ベランダにいた。驚いたことにあゆみはノースリーブで、脚に深い切れ込みの入った真っ赤なチャイナドレスを着ていた。あゆみは突然、「お父さん、私、家を出るわ」と宣言した。唖然《あぜん》とする町長の目の前であゆみは、足下に丸くなって寝ていたフリオの後ろ脚を摑《つか》むと、ブンブンと振り回して山の彼方《かなた》へと投げ飛ばした。小さくなってゆくフリオを見ながら、町長は「お前、なんということをするんだ！」と涙を流しながら叫んだ。そこで目が醒《さ》めたのである。

あの夢に一体どんな心理学的意味があるのかわからないが、あんな夢をみた原因は自分でもわかっている。

昨夜、あゆみは出ていってから四十分ほどで家に帰ってきた。

それまで町長はソファでニュース番組を眺めながら、落ち着かない気分であゆみの帰りを待っていた。その気分がフリオにも伝染したのか、フリオは彼専用の通用口を十二回も出たり入ったりした。

玄関の鍵穴《かぎあな》に鍵が差し込まれ、チャイムが鳴ったとき、町長は思わず鼻から大きく息を吐き出した。

「ただいまっ」居間のドアを半開きにして顔を覗《のぞ》かせ、あゆみが言った。

その必要以上に元気な声から、町長は何か良くないことがあったらしいとわかった。あゆみは何か嫌なことや困ったことがあると、いつも決まって父親の自分に対していつもより明るく振舞うのである。あゆみがそんなふうになったのは、二、三年ほど前からだろうか。妻が死んでから、しばらくの間父娘《おやこ》べったりという状況が続いていたので、そんな状況にふと嫌気がさしたのかもしれない。あるいは父親より話し合える友達ができたのかもしれない。そんなあゆみの変化に気づいた時は、寂しさを覚えたが、子供というものは遅かれ早かれ親から離れていくものなのだと自分を納得させた。

「ああ、お帰り」と町長は何も心配などしていなかったという感じで応《こた》えた。

あゆみはそれからさっさと二階の自室に上がっていってしまった。

町長はふと、あゆみはいつ家を出ていくのだろうか、と考えてしまった。まだ二十二歳だが、もう二十二歳だ。

結婚すれば当然家を出るだろうし、そうでなくとも、この町から出たいと言い出すかもしれない。家を出たいと言われれば強固に引き留める理由はなかった。自分自身が好きに生きてきたのだから、あゆみにも好きな人生を歩む権利がある。いざその時になってうろたえたりしないように覚悟しておく必要があるかもしれない。

壁の時計を見ると、十時十分前だった。

行くか。

あゆみのことを頭から締め出し、町長は立ち上がった。

16

「すみません、ちょっとお尋ねしたいことがあるんですが」

丸尾は、食い終わったそばのどんぶり二つを盆に乗せて片づけるエプロン姿の中年女に向かって、さわやかな笑顔をつくり、言った。

その店は、夫婦二人でやっている駅前商店街の中程にある小さなそば屋だった。

「はぁ、なんでしょう？」女も愛想がよかった。女は痩《や》せぎすで、首には鶏を思わせる皮膚の弛《たる》みがあった。

「あのぉ、町会議員の君塚さんをご存じですか？」

女は唐突に訊《き》かれて面食らったようだった。丸尾と臼田の二人連れを見て、てっきり旅行中の若いカップルが道を訊くとでも思ったのだろう。

「はあ……ええ、まぁ」女が訝《いぶか》るような顔をした。

得体の知れない他所者《よそもの》に対する田舎者の典型的反応だな、と思いながら、丸尾は、

「あ、これは失礼。実は私、東京から来たライターなんですよ。彼女は私の助手兼カメラマンでして」

そう言って、丸尾は向かいの席に暗い顔つきで座っている臼田を親指で差した。臼田の座っている椅子《いす》の隣には、やや古びたペンタックスの一眼レフカメラが置かれている。

女がその嘘《うそ》を信じたのかどうかわからないが、顔から硬さが消えた。

「あら、そうなんですか」

愛想はいいが、だから何なんだと女の目は訴えていた。

「失礼ですけど、今、お忙しいですか？」

昼飯にはまだ早い時間で、店には丸尾達以外に客はいないので、どう考えても忙しいということはありえない。

「あ、いいえ。何か？」少しだけならいいが、あまり長く煩《わずら》わされるのは御免だという顔だった。

よくぞ訊いてくれたという顔で丸尾は早口に喋《しゃべ》り出した。

「ええ。私は今、日本全国でエネルギッシュに活躍なさっている有名地方議員さんに関する本を執筆中でしてね。議員さん本人への取材だけじゃ内容として薄いんで、町の人達の評価なんかも内容に取り入れようと思っているんですよ。奥様は君塚さんとは御面

識がおありで？」

「ええ……時々ですけど、ウチにお昼を食べに来ますよ」

丸尾はやや大袈裟《おおげさ》に喜んでみせた。

「そうですか！　いや、そりゃいい。一軒目で当たりが出たな。それで、どんな方なんですか？」

女は、意外だ、とでもいいたげな顔で、

「まだお会いになってらっしゃらないんですか？」

「ええ、まだです。今夜、君塚さんとのアポが入っていて、それまでは僕らも暇なもんで、今のうちに町の人の評価を聞いておこうと思ったんですよ」

「どんな方って言われてもねえ……」

女は困ったような顔をして言葉を詰まらせた。

「議員っていったって、大した奴《やつ》じゃねえよ」

突然、カウンターの向こうで椅子に座って長野新聞を読んでいた、灰色の眉毛《まゆげ》が伸びすぎた顔中老人性の染《し》みだらけの初老の男、つまりこの店の主《あるじ》が、刺《とげ》のある口調で、丸尾達の会話に割り込んできた。

「爺《じい》さんと親父《おやじ》さんは確かに大した人物だったが、息子のありゃあ、完全に出来損ないだよ」

「あんた、そんなこと言って」

「いいじゃねえか、本当のことなんだからよぉ」

男はぶっきらぼうに言った。

「ご免なさいね、ウチの旦那《だんな》、口が悪くて」

丸尾は謝る女を手で制して、

「いえいえ、本音を言ってくれた方が私としてもありがたいんですよ。私だって何も議員さんをただ誉《ほ》めるだけに本を書くんじゃありませんから。辛口の批評もあって当然ですよ。君塚さんて、あんまり評判良くないんですか？」

「そうねえ……」女は言いにくそうだった。

丸尾の質問には親父が答えた。

「良くないね。ウチでそば食ってくれるお客さんの悪口言っちゃいけないんだろうけど、はっきり言って評判悪いよ。爺さんと親父さんが立派な人だっただけにね」

頑固者らしい外見とはうらはらに、実は男の方がお喋りらしいとわかり、丸尾は質問の矛先を変えた。

「へえ、どう評判悪いんですか？」

「とにかくろくに仕事もしねえくせして、贅沢《ぜいたく》が過ぎるんだよ。親からもらった遺産を気違いみたいに浪費しまくってさ。おまけにいっつもホストみてぇな嫌みったらしいスーツ着て……お前、年考えろよって言いたくなっちまう。車もどでかくて派手なのを四台も乗り回して、おまけにてめえが買った犬の躾《しつけ》もできねえんだから呆《あき》れるよ」

「犬、ですか」

今度は女が喋り出した。

「その犬ね、君塚さんちで飼ってた大きな猟犬なんだけど、捨てられて野良犬《のらいぬ》になっちゃって、最近この近所によく出没するの。あちこちでゴミ箱ひっくり返したり、夜中に遠吠《とおぼ》えしたりして困ってるんですよ。そのうち子供を襲うんじゃないかって皆心配してるんですよ。で、保健所の人が捕まえようとすると気配を察して山に逃げ込んじゃう。それなのにですよ、あの人ったら全然知らんぷりなんだから、ひどい話ですよ」

「へええ、そりゃちょっと無責任ですねえ」

丸尾が相槌《あいづち》を打つと、今度は男が、

「あの男が初めて町会議員に立候補した時も、俺は君塚さん家《ち》の息子だったら、真面目《まじめ》にやってくれるだろうと思って投票したんだ。やめときゃよかったよ。あんな奴」

「そんな人なのによく選挙に勝てましたね」

丸尾が不思議そうに言うと男は、

「親父さんが生きてた時はあんなんじゃなかったんだ。堅実で、感じの良い青年に見えたんだが。親父が死んでからだよ、ああなったのは」

「君塚さんは結婚していらっしゃるんですか？」

その質問に女は盆をカウンターの上に乗せ、客用の椅子に座り込んで話し始めた。

「今は独身ですよ。二十代の時に一度、東京から来た娘さんと結婚したんだけど、半年もしないうちに離婚して、嫁さんは東京へ帰ってしまったんですよ。それからはずっと独身で通してるんですよ。どうするつもりなのかしらね、もう四十一なのに」

「じゃあ、今は一人暮らし？」

「いいえ、家政婦の方が住み込みで働いてますから、二人暮らしですよ。その家政婦、田丸さんていうんですけど、町でたまに見かけますよ」

「若い人？」

「いいえ、もう六十近いかしらねぇ」

「そうですか……どうも、貴重なお話を聞かせてくれてありがとうございます」

丸尾は勘定を払う際、話を聞かせてくれた礼だと言って、倍近くの料金を払った。もっともらしく見せるために上様名義で領収書をもらうことも忘れなかった。

二軒目は、商店街の大通りと並行している細い路地にひっそりと店を構えている『青い風』といういかにも田舎臭い名の個人経営の喫茶店だった。店内は適度に薄暗く、客はカウンターに暇そうな中年男が二人と、三卓ある四人掛けテーブルのひとつで、ガイドブックを見ながら話している若いカップルのみ。

店内にはポップスの有線放送がやや大きめに流れている。カウンターの奥にはかなり化粧のドギツイ四十代半ばほどの女主人がいて、丸尾達が店に入ると、カウンターに座っている汚らしいブルゾンを着た、これまた四十代くらいの男との会話を中断して、いらっしゃい、と声をかけた。丸尾はコーヒーを二つ注文して、しばらく女とカウンターの男との会話を、そちらの方は見ずに聞いた。

男は店の常連らしく、コーヒーを淹《い》れている女店主にしきりと話しかけ、女も気軽な口調で答えていた。話題はどこそこの未亡人があそこの親父とつきあっているらしいとか、地元の女子高校生が駅前で堂々とテレクラ相手と待ち合わせをしているとか、そういったことだった。そうか、ここでは出会い系サイトよりまだテレクラが主流なのか、と丸尾は妙に感心した。そのうちに男と椅子二つ隔てて新聞を読んでいた男も会話に加わり、話題は近々店を閉める雑貨屋夫婦の将来へと移っていった。

女は丸尾達にコーヒーを出すと、またカウンターの奥に引っ込み、すぐに中断した会話を再開した。

この店の女主人にはいろいろな客から町の情報が集まってくるようだ。聞き上手な女主人のキャラクターのせいだろう。

この店でも君塚の人となりについて情報が得られそうだ。丸尾は彼らの会話が一段落するのを待った。

それはともかくとして、臼田の様子がどうもおかしかった。

店に入り、このテーブルについた瞬間から、窓際《まどぎわ》のテーブルで談笑している若いカップルに目を注いでいた。

まるで彼らの仲の良さを羨《うらや》み、彼らのような幸福とは無縁である今の自分の境遇を悲しんでいるような……そんな目つきだった。

その目は一時的に学院生活から離れ、表面的ではあるが俗世間に戻った臼田が、昔の生活を思い出しているというサインだった。良くない兆候である。

丸尾は靴先で軽く臼田のスネを蹴《け》って注意を促した。臼田はあわてて丸尾の方に向き直った。

「何を考えている」

「すみません」臼田は我に返り、小さく頭をさげて謝った。

「何を考えている、と訊いたんだ。答えろ」

BGMのおかげでその脅迫めいた問いは臼田以外の人間には聞こえなかった。

「いえ、あの……楽しそうだな、と思って……すみません」

「お前は役立たずだな」丸尾は断罪するように小声で言った。

「申し訳ありません」臼田はもう一度頭を下げ、コーヒーカップの中の茶色い液体にじっと目を注いだ。

丸尾は窓際のカップルをチラリと一瞥《いちべつ》した。

なるほど、確かに幸福そうである。女の容姿は臼田より数段劣るが、表情があり、生き生きとしていた。暗い目つきで、顔面のこわばった臼田よりもずっと可愛《かわい》く見える。

この先何年経《た》っても、臼田があの女のような笑顔を取り戻すことは絶対に有り得ない。一度学院と共に生きる決断をした者が笑顔を取り戻す時があるとしたら、それは全地球上の人間がエンシータ領域開発を成功させて、人類総進化がなし遂げられた時であろう。

しかし丸尾は、それが生きているうちにも、死んだ後にも決して訪れないことを知っていた。

丸尾は、改めて自分の、学院内における存在の特殊性を痛感した。

なぜなら丸尾は知っているのだ。

人間の脳に『エンシータ領域』などという領域は存在せず、人類総進化などハーレクイン・ロマンス以下の夢物語だということも、そしてこの学院が、劣等感の強い、心に空白を抱えた現代人を食いものにして、癌《がん》細胞のようにひたすら拡張し続ける全体主義集団であるということも、すべて知っているのだ。知っていて学院の中で生きているのだ。

なぜか？　それは真道学院が、丸尾にとって最も居心地のよい世界だからだ。

17

丸尾邦博《くにひろ》は茨城県五毛町に生まれた。父親は製薬会社の営業職だった。家は裕福でもなく、貧しくもなく、ごく普通であった。

丸尾が物心ついた時には両親の仲は既に冷え切っていて、お互いを嫌い、無視し合っていた。父親は朝早く出かけ、夜遅くまで働くので、平日は顔を合わせることがほとんどなく、週末は週末で昼近くまで眠っていた。幼い頃の丸尾にとって、父親は半分死んでいるも同然だった。

丸尾はひとりっ子だったが、性格はひとりっ子にありがちな引っ込み思案なところは微塵《みじん》もなく、むしろその正反対だった。

幼稚園、小学校、中学校、高校。そのすべての段階に於て、丸尾は常に集団の中で最も目立ち、力のある存在だった。いつの間にか彼の後ろにくっついて行動する取り巻きが何人もできていた。自分は生まれながらの支配者なのだと幼い頃から自覚していた。言動は常に自信に満ち、他の者を圧倒した。これで容姿に恵まれていたら、芸能界を目指していただろう。

彼に楯突《たてつ》いて惨《みじ》めな最期《さいご》を遂げた者は何人もいる。小学二年の時、彼は気に入らない同級生を、手下達をけしかけてそいつの持ち物を盗ませたり、全員で無視したりして精神的に追い詰め、他校へと転校させた。

四年の時、同じく気に入らない奴《やつ》を同じ手で登校拒否に追い込んだ。

丸尾は自分が先頭にたって苛《いじ》めを行なったと担任の教師にわからせないだけの狡猾《こうかつ》さを持っていたので、罰せられたことは一度もなかった。手下達も、密告して自分が苛めのターゲットになるような真似《まね》はしなかった。

小学六年の時、丸尾の前に手強《てごわ》い敵が現れた。クラスの男子は丸尾の派閥と、その男子(市原という名前だった)の派閥の二派に別れた。この時は燃えた。丸尾は、市原の派閥の最下層、つまり派閥に属してはいるが市原にはろくに目をかけてもらえない使い走りのような連中を細心の注意を払って少しずつ自分の派閥へと取り込んでいった。その甲斐《かい》あって、休み時間に市原の周囲に集まる男子は一人、二人と減っていった。市原の行動に焦《あせ》りが見え始めた。市原はなんとか巻き返しを図ろうとしたが、丸尾の勢いは止まらなかった。

二学期に入るとクラスの男子のほとんどは、丸尾の側についた方が面白そうだと思うようになった。

強力な支配力を持つカリスマと、状況次第であっちへついたり、こっちへついたりする迎合的な烏合《うごう》の衆。丸尾は人間社会の縮図を早くも小学校のクラスの中に見いだしていた。

丸尾は、この辺で市原に致命的ともいえる恥をかかせ、一気にどん底へ叩《たた》き落としてやろうと考えた。そこで考えたのは『下痢便爆弾作戦』だった。

丸尾の父親は製薬会社の営業マンなので、家には契約先の病院関係者などに渡すさまざまな薬の試供品が無造作に放置されていた。その中にセノコットという名前の、顆粒《かりゅう》の便秘薬があった。パッケージの袋の裏側には、『センノシドA&B17・2㎎/g、副作用・腹痛、腹鳴、嘔吐《おうと》、悪心《おしん》』と書かれていた。鋏《はさみ》で袋を切って、匂《にお》いを嗅《か》いでみたが刺激臭はなかった。

そこで丸尾は翌日、市原の給食の中にセノコットを混入させることにした。その日の献立のメインはホワイトクリームシチューだった。配膳係《はいぜんがかり》の手下に命じて、市原のクリームシチューの中にセノコットをほんのひとつまみ、二グラムほどを、混ぜ入れてやった。

何も知らない市原が猛烈な下痢の起爆剤入りクリームシチューを食う様子を盗み見ながら、丸尾と手下達は必死で笑いを堪《こら》えた。

破壊工作の成果は五時限目の社会科の授業で現れた。丸尾の席は教室の後方にあり、そこから市原の後ろ姿が見えた。

市原の様子があきらかに変だった。腹に手を当てて机の上に突っ伏している。担任の女教師は気のきかない婆《ばば》あで、そんな市原の様子に気づきもしなかった。もっとも一クラスに四十五人も詰め込んでいるのだから、気がつけというのも無理な注文かもしれないが。

授業中にトイレに行かせてくれと頼むのは今の小学生のガキどもと違って非常に恥かしく、勇気を要する行為なので、大抵の子供は我慢してしまう。後で友達にからかわれたくないからだ。市原も例外ではなかった。

だが、市原の腹の状態は我慢してやり過ごせるような生易しいものではないはずだ。恥をしのんで婆あにトイレに行かせてくれと頼むべきか、授業が終わるまで必死に堪えるか、市原の中で凄《すさ》まじい葛藤《かっとう》が起きている筈《はず》だった。

市原はなかなかへこたれなかった。

薬の量が足りなかったかな、と思い始めた時、誰かがふいに声を上げた。

「臭い！　ウンコの臭いがする」

「こら、何を馬鹿《ばか》なこと言ってるの！」さっそく婆あが注意した。

「ホントだ、くさぁい」市原の傍の席に座っている女子が言った。

「ウンコ臭い」「誰か漏らしたんじゃねえの？」「ぜってえそうだよ。誰だよぉ」瞬《また》く間に波紋が広がった。

丸尾は床にひっくり返って笑い転げたいほどおかしくてたまらなかった。

市原の奴、ビチグソ漏らしやがった！　これで奴の将来はおしまいだ。

丸尾は市原の背中を指差し、誰よりもでかい声でこう宣言した。

「その辺から臭《にお》ってくるぞ！」

その後、市原は『ゲーリー』というまことに名誉あるあだなを授かり、誰にも相手にされなくなった。市原は丸尾によって葬《ほうむ》られたのだ。

中学に入ると、丸尾のカリスマ性と残酷性に更に磨きがかかった。

丸尾に目をつけられた者は容赦なく追い詰められ、教室の隅で小動物のように怯《おび》えて過ごさなければならなくなった。

丸尾は暴力による威嚇《いかく》で集団を支配するいわゆる〝ツッパリ〟ではなかった。丸尾は自分のことをそんな芸のない馬鹿共とは一線を画す存在だと自負していた。

「俺は人を操る天才だ。暴力なんか使わずとも人を引きつけ、取り込み、支配できるんだ」

だがそんな丸尾の自信を揺るがせる事件が起きた。

目立ちまくっていた丸尾に上級生の不良グループが目をつけたのだ。ある日、二年生のツッパリ二人組に、サッカー部の練習が終わった後で、学校のプールの裏に来いと呼び出された。

ヤキを入れられるのは確実だった。

逃げるわけにはいかない。覚悟を決めてたった一人で待ち合わせ場所に向かうと、丸尾を呼び出した二人の他に、更に三人を加えた五人が待ち構えていた。その一人は学校の不良生徒の支配者、古谷だった。

噂《うわさ》では、古谷の親父《おやじ》はヤクザらしい。

深いソリ込みを入れ、眉《まゆ》を剃《そ》り落とし、竹刀《しない》を持った古谷は既にヤクザだった。

丸尾は古谷と対面した時、生まれて初めて本物の恐怖を味わった。負ける、ということがこんなにも屈辱と恐怖をもたらすものなのかと驚愕《きょうがく》の念を覚えた。

結局、顔面はボコボコ、体中痣《あざ》だらけになるまで徹底的に痛めつけられ、呻《うめ》きながら家に帰った。母親は仰天して学校に訴えようとしたが、丸尾はそんなことしたら俺は本物の負け犬になる、そしたら母さんを一生恨んでやるからな、と凄《すご》んだ。

翌日もへこたれずに登校した。ここでしゅんとおとなしくなっては取り巻き連中に示しがつかない。落ちぶれたカリスマほど悲惨なものはない。そうならないために何が何でも古谷に報復しなければならなかった。

暴力は暴力を呼ぶ。リンチを経験した丸尾の内部にも暴力性が芽生えた。

しかし生半可なやり方では丸尾の恨みは晴らせない。自分が味わった何倍もの恐怖と屈辱を味わわせなくてはならなかった。

屈辱のリンチから十日経《た》った日、丸尾は仮病を使って学校を休んだ。その日は、母親が半月に一度、隣町に住んでいる年老いて体の不自由な祖父の家へ、掃除や洗濯などの身の回りの世話をして、孤独な祖父の話し相手になってやるために出かける日だと予《あらかじ》めわかっていた。

母親は体がだるいと訴える丸尾を心配したが、丸尾は、寝ていれば平気なので心配せずに祖父の所へ行ってくれて構わない、と言った。

母親は丸尾の言葉を信じて出かけ、丸尾は一人で家に残った。

午前中は蒲団《ふとん》の中で漫画を読んだり、最近密《ひそ》かにファンになったアイドル歌手の柏原郁恵をネタにオナニーをしたりして過ごした。

昼の十二時半頃、母親から電話があった。

具合はどうなんだい、と訊《き》く母に、まだだるい、でもそんなにひどくないよ、とだるそうな声を装《よそお》って答えた。

冷蔵庫の中に煮物があるからお昼に食べるんだよ、と言って母親は電話を切った。

丸尾は言われた通りに昼飯を食おうと思ったが、これからの自分の行動を思うと緊張してとても喉《のど》を通らなかった。

午後一時になり、丸尾は行動を開始した。台所から出刃包丁と金属のスプーン、物置きから金鎚《かなづち》、冷蔵庫の中からパック入りのウインナーソーセージをそれぞれ取り出し、紺のアディダスのスポーツバッグの中に隠して家を出た。

行き先は古谷の家だった。

リンチを受けて以来、丸尾は注意深く古谷に関する情報を仕入れていた。情報によると、古谷は平屋のぼろい一軒屋に住み、ヤクザの親父は二日か三日に一度しか帰ってこない。母親は水商売をやっていて昼頃まで寝ている。要するに激安家族だ。そしてペットの柴犬《しばいぬ》を飼っていた。ツッパリのくせに古谷はこの犬をひどく可愛《かわい》がっていた。

犬と聞いて、ピンときた。

丸尾は古谷の家の近くにある公園内の公衆電話から、古谷の家に電話した。番号は予め電話帳で調べてあった。

何回鳴らしても誰も出ない。母親も出かけたらしい。

丸尾は早足で古谷の家に向かった。次の角を曲がればいよいよ古谷の家、という所まで来て、ふいに引き返したい衝動に駆られた。やりすぎじゃないか、と心の中で自問した。しかし、地面に転がされ、五人がかりで目茶苦茶に蹴《け》り飛ばされたあの屈辱を思い出すと、再び怒りが湧《わ》いてきた。引き返すなんてとんでもない。

角を曲がり、古谷の家に辿《たど》り着いた。奴の根性と同じくらい、その平屋は汚くて、ぼろかった。

周囲に人がいないのを確認すると、錆《さび》ついた小さな門を開け、不法侵入した。蹴飛ばせば外れそうなほど貧弱な玄関の脇《わき》に犬小屋があり、小屋の中で柴犬が眠っていたが、丸尾の気配を感じ取り、目を開けた。

ここで犬が吠《ほ》え出したら丸尾はおとなしく退散し、別の手段を考えるつもりでいた。だが、犬は吠えなかった。多分、甘やかされすぎて人間に対する警戒心というものを持っていないのだろう。

バッグの中に手を突っ込み、ソーセージのパックを取り出すと、犬は目を輝かせ、舌を出してハアハアいいながら小屋から出てきた。

犬の傍に屈《かが》み、地面にソーセージを数本転がした。犬はソーセージに鼻先をくっつけてクンクンと匂《にお》いをかぐと、顔を地面にこすりつけるようにしてソーセージを食い始めた。

丸尾は左手で犬の頭を撫《な》でてやりながら、右手でバッグの中から金鎚を取り出した。無防備な犬の頭の上に金鎚を力一杯振り下ろした。

犬が奇妙な鳴き声を上げて、酔っ払ったようにふらついた。間髪入れずに二打目を叩《たた》き込んだ。

金鎚が頭蓋骨《ずがいこつ》を砕き、脳味噌《のうみそ》にめり込む手応《てごた》えをはっきりと手に感じた。

犬は目を開けたまくたばった。

丸尾の心臓は破裂しそうなほど大きく脈打っていた。スプーンを使って大急ぎで死んだ犬からある物をいただくと、静かに門から出た。駆け出したい衝動を抑え、歩いて家に帰った。

途中、堪えきれなくなって道端の地面に反吐《へど》をぶちまけた。吐いてしまうと、気持ち悪さも、自分のした行為への恐怖も薄らいでいった。

丸尾の母親は夕方六時過ぎに帰ってきた。丸尾の顔を見るなり、「まあ、お前、本格的に具合悪くなったみたいね」と驚いて言った。

それでも丸尾は翌朝、サッカー部の早朝練習のため七時十五分前に家を出た。ある工作をする時間を稼ぐために、学校まで全速で走った。

校舎に入ると二階の二年生のフロアーまで階段を駆け上がった。誰よりも早く登校したので、サッカー部の先輩もまだ誰も登校していなかった。

古谷が在籍する二年E組に入り、古谷の机を探した。教壇の表面に座席表が貼《は》ってあるので一目瞭然《いちもくりようぜん》だ。古谷の机の表面にはカッターナイフによる傷が縦横に走っていて、机の中を覗《のぞ》くと、教科書やら、屑《くず》のように丸めた紙が突っ込まれていた。試しに丸めた紙を一つ引っ張り出して広げると、国語のテストの答案用紙だった。27点! 努力して27点しか取れないのなら、初めから放棄して0点の方がずっとかっこいいではないか、この大馬鹿野郎《おおばかやろう》が。

丸尾はスポーツバッグの中から苺《いちご》ジャムの瓶を取り出した。その瓶を27点の答案用紙に包んで、一番手前に置いた。これを発見した時の古谷の反応を想像すると、胸が高鳴った。

瓶の中にはスプーンを使ってくりぬいた柴犬の目玉が二つ入っていたのだ。

昼休み、二年生のクラスで恐ろしい事件があったとの噂が丸尾の耳に届いた。昨日、学校中の皆に恐れられているツッパリの古谷が、飼っていた犬を何者かによって殴り殺され、さらに、今朝登校したら机の中にジャムの瓶が入っていて、瓶の中には殺された犬の目玉が入れられてあった。古谷は目玉を発見した時、恐怖のあまり椅子《いす》から転げ落ちたという。それから真っ青な顔で逃げるように早退した。

学校中がこの猟奇事件の話題で持ち切りになった。

丸尾は自分の成し遂げた偉業に酔った。

古谷に恨みを抱いている人間は自分以外にもたくさんいるので、自分に疑惑の矛先が向けられることはまずないはずだと考えた。

それからというもの、古谷はすっかりおとなしくなった。学校内での勢力も徐々に衰え、別の奴らが台頭して、いつの間にか押し退けられた。結局その程度の奴だったのだ。

二年生になると、学校はほぼ完全に丸尾の天下になった。丸尾が学校の廊下を歩く時には常に腰巾着《こしぎんちゃく》が二、三人お供し、黙っていても通り道が丸尾のために開けられた。

面構《つらがま》えも一層冷酷になった。そのため、教師でさえ迂闊《うかつ》に丸尾に注意できないほどであった。丸尾は単なるツッパリとは明らかに一線を画していた。それどころか大人でさえたじろぐような凄味と不気味さを漂わせていた。

丸尾が初めて女とまともに付き合ったのは、高校一年の時だった。相手は飯野美鈴という、丸尾の通っている男子校から一キロほど離れた場所にある女子高の生徒だった。知り合ったきっかけはナンパだ。

丸尾のクラスに瀬川という男がいて、丸尾は珍しくそいつと意気投合した。瀬川は、父親が俳優、母親は元スチュワーデスという恵まれた家庭の一人息子で、この近辺の町では滅多にお目にかかれない、背が高く、甘いルックスの男だった。

瀬川は当然、女にもてた。本人の弁によると、童貞を失ったのは中学二年の時で、相手の女は高校三年だった。それから今までに四人の女と関係を持ったという。

丸尾は瀬川にどことなく自分と共鳴するものを感じ、常に一目《いちもく》置いていた。丸尾は男達の上に君臨し、瀬川は女達の上に君臨する。対象こそ違うが、二人ともカリスマ性を持ち、常に自信に溢《あふ》れていた。

早く女と初体験したい丸尾は、瀬川にナンパを指南してもらうことにした。汗臭いサッカー部はあっさりと退部して、ほとんど毎日瀬川に随行してナンパに明け暮れた。

最初の内は苦い思いばかり味わった。二人連れの女の二人ともが瀬川の方にばかり興味を持ち、丸尾はおまけ、みたいな状況が続いた。

「ま、落ち込むことはねえよ」

ある日の昼休み、二人で校舎の屋上にある貯水タンクの陰に隠れて煙草《たばこ》をふかしながら、瀬川はのんびりとした口調で言った。

「女が十人いりゃ、男の好みだっていろいろあらぁな。俺みたいなヒョロ長タイプよりも、お前みたいな筋肉質のがっちりした男が好きな女だって必ずいるさ。でも、もうちっとよ、その顔に手を加えた方がいいかもな」

「整形手術でもしろってのかよ」丸尾は面白くなさそうに言って、短くなった煙草を指で弾《はじ》き飛ばした。

瀬川は、ハハと短く笑い、「そんなことは言ってねえよ。ただ、そうだな……まず剃刀《かみそり》で顔の産毛《うぶげ》をきれいに剃れよ。眉も太すぎるから、毛抜きで形を整えるといい。鼻の頭と脇の脂《あぶら》も洗顔フォームでよく洗ってサッパリとすりゃ、結構いけると思うぜ」

丸尾はその日、学校が終わると真《ま》っ直《す》ぐ家に帰った。そして瀬川のアドバイスをすべて実行した。仕上がった顔を鏡で見ると、なるほど、割とマシになった。これならいけるかな、という気もしてきた。

そして翌日、丸尾は初めていい手応えを感じた。

学校から帰る途中、いつものように瀬川と二人で、二人連れの二年生の女をナンパして、喫茶店で二時間近くもお喋《しゃべ》りに興じた。

飯野美鈴という女がどうも自分に興味を持っているのではないか、と感じた。美鈴はみるからに遊んでいそうだった。小さな体から年齢に相応《ふさわ》しくない強い色香を放っていた。うっとうしい男のアプローチをかわすのもうまそうだ。しっとりと湿り気のある唇は常に少し開いていて、男を誘っているように見える。

丸尾は美鈴が大いに気に入った。なんとしてでも一発ハメてやると決心した。別れ際《ぎわ》に自宅の電話番号を教えると、なんと、翌日の夜、美鈴から電話がかかってきた。その時、丸尾はちょうど、美鈴と柏原郁恵の二人をネタにして、オナニーを開始したところだった。母親に呼ばれ、あわててパンツとスウェットを穿《は》き、階段を駆け降りると、廊下にある電話を取った。

有頂天になっていたのでどんな会話を交わしたのかよく覚えていない。しかし、ともかく明日二人で会う約束が成立した！

瀬川に電話で報告すると、瀬川はいかにも愉快そうに高笑いし、

――やったな丸尾！　あいつ、最初からお前に流し目くれていたから、絶対脈があるな、と思っていたんだ。

「うまくいくかな」

――おいおい、最初のデートで一発ってのは、そりゃ無理だぜよ。最初のデートではどんなにつらくても紳士たれ、それが鉄の掟《おきて》だ。

「ああ、わかったよ」

——だが、紳士の真似《まね》は最初だけだぜ。二回目からはひたすら突進しろ。年上なんだから正直にやらせてくれって頼むのも手だぜ。何せあいつはお前のこと可愛いと思っているんだからな。

「よせよ、可愛いはないだろ！」頭がカッと熱くなった。

——とにかく頑張れよ！ 明日の夜、ちゃんと俺に報告するんだぞ。

その夜、丸尾は蒲団の中で美鈴をネタに三回、柏原郁恵をネタに一回の合計四回も抜いて、やっと眠ることができた。

いよいよ初デートの日。丸尾は美鈴と駅前で待ち合わせして、昨日とは別の喫茶店に誘った。美鈴は私服に着替えていた。ピンクのアンゴラのセーターと、デニムのミニスカート、靴は黒のローカットブーツ、その時の丸尾から見れば美鈴は完全な大人の女だった。

喫茶店のボックス席に向かい合って座り、いろいろなことを話した。丸尾は股間《こかん》がガチガチに硬くなって痛いほどだった。

話題がお互いの家族のことに移った時、美鈴が一瞬、表情を曇らせ、こんなことを言った。

「あたしんちね、オヤジがちょっと狂ってんの」

「え、狂ってる?」

「そう、狂信者なの」

「キョーシンシャって?」

「狂った信者のこと。オヤジさぁ、キリストに人生捧《ささ》げちゃってんのよ。働きもしないで毎日毎日、聖書読んで、賛美歌唄《うた》って、キリストの絵を描いたり……この頃は拾ってきた材木で祭壇造りまで始めちゃったのよ」

「それじゃ、生活費はお母さんが?」

「そ、母さんがスーパーでパートタイマーやって、オヤジと姉貴とあたしの三人を養ってるの、悲惨でしょう?」

美鈴の口調はまるで他人事《ひとごと》のようだった。嘆き悲しむ段階を通り越し、もはや諦《あきら》めの境地という感じがした。

「ね、聞いてよ。馬鹿オヤジったらさ、あたしたち姉妹が小学校に入る前から、お前達は原罪を背負って生まれてきたとか、わけのわかんないこと言って毎日説教すんのよ。おまけに貧しい暮らしこそがカソリックの生きる道だとか言っちゃって、おやつもなし、服も三、四着しか買ってくれなかったし、靴なんか一足だけ! そんなのひど過ぎると思わない? んで、あたしが何か文句いうとすぐ聖書の言葉を引用したりすんのよ。〝主よ、光なき谷を歩む弱き羊たちを導きたまえぇぇぇ〟ほんと、バッカみたい!」

「そんなオヤジとずっと暮らしてよく気が狂わなかったな、俺だったらとっくに狂っていたかも」

「学校に行っている間はあいつから離れていられるからね。小学校に入ったとき、友達の家と、自分の家を比較して、ウチがいかに変なのかってことがすごくよくわかった、もうホントに悲しくなっちゃったよ。それでね、あたし、こう思ったの〝アッ、これじゃいけない。あのオヤジから離れないと、あたしまでがキリストバカになっちゃう〟ってね。だから、それからはわざと悪さばっかりしたよ。勉強なんか全然しないで、クラスの子をいじめたり、人の物盗《と》ったり、中学に入るとすぐに煙草やって、ツッパってる男の子達と付き合ってさ。そうすることで気違いオヤジに対抗してあたし自身を守ろうとしたわけなの」

「その気持ち、わかるような気がする」丸尾が感慨深げに言うと、美鈴はガバッと丸尾の方に身を乗りだし、何と丸尾の手をギュッと握ったのである。

驚いた丸尾が美鈴の顔を見ると、その顔は今にも泣きだしそうに歪《ゆが》んでいた。丸尾は心を打たれた。

「でもね、姉貴は逃げられなかったの。姉貴は真面目《まじめ》だからあたしみたいに悪さができなくて……オヤジの狂った世界に取り込まれちゃって、今はもう、オヤジと同じ完璧《かんぺき》な狂信者よ。近頃じゃあたしに悔い改めなさい、さもないと地獄に落ちるわよとか言って脅かすの、可哀相《かわいそう》な姉貴」

「お母さんはあたしの味方よ。あたしが何か悪さすると怒るけど、なんであたしがそんなことをするか、わかっていてくれるの」

美鈴はそれきり黙り込んでしまった。丸尾も、こんな話の後では別の話題を出すにも出せなかった。

そのまま一分ほど経《た》って、ようやく美鈴が口を開いた。

「ごめんね。しょっぱなからこんな暗い話して。もっと楽しい話をしなきゃいけないのにね」

彼女の悲しそうな顔を見て、丸尾は、彼女を守ってやりたいと思った。最初はセックスの対象としか見ていなかったが、今は違う。

「家庭の話は女友達にもしないのよ。なんか、不思議。初めて二人で会った丸尾君に打ち明けちゃうなんて」

美鈴はそう言って微笑《ほほえ》んだ。その微笑みに丸尾は胸を衝《つ》かれた。

無理しなくても自然と紳士的な気持ちになり、丸尾は彼女を丁重に彼女の自宅の近くまで送った。

別れ際、美鈴の気持ちを少しでも軽くしようと思い、言った。

「何か悪さをする時は俺を呼んでくれよ。つきあうからさ」

「絶対？」美鈴はいたずらっぽく笑って、丸尾に近づいた。甘い匂《にお》いが鼻をくすぐり、美鈴を万力のように力一杯抱きしめたくなった。

「絶対だ」丸尾は宣言した。

「その言葉、忘れないでよ」

美鈴の言葉にはどこか切実なものが感じられ、丸尾は内心少しうろたえた。しかしそれを顔には出さずに、

「忘れないよ」と約束した。

二カ月後には、丸尾は美鈴と、セックスこそまだだが、かなり濃厚なペッティングをするまでの関係になっていた。場所は大概、この近辺のカップル御用達の、昼間でも薄暗い雑木林の奥だった。

ある日、美鈴とのデートを終えて家に帰ってから三十分もしない内に美鈴から電話がかかってきた。

「飯野さんからよ、何かあったみたい」電話を取次いだ母親がそう言った。胸騒ぎを覚えながら電話に出た。

「もしもし、どうした？」

――オヤジが、生活費全部持って出ていっちゃったの！　姉貴も一緒に！

美鈴が取り乱した声で、前置きなく喋《しゃべ》り出した。

「ええ？」

――今日、お母さんの給料日だったのよ。馬鹿オヤジの奴《やつ》、お母さんが帰ってくるなり、教会に寄付するから金を渡せって迫ったの、母さんが拒否すると……オヤジ、母さんのハンドバッグに飛びついてひったくったの。姉貴もその場にいたのに、姉貴ったら助けもしないで突っ立って見ていたんだって。それでお母さんがバッグを奪い返そうとしたら、姉貴が、姉貴が、金切り声を上げて、母さんに体当たりしたの。母さんはお腹《なか》を強くぶたれて倒れちゃったの。オヤジと姉貴は、お腹を抱えて苦しんでいるお母さんを放ったらかしにして出ていっちゃったの。あたしが帰ってきた時、お母さん、台所で泣いてた！

美鈴は一気に喋り、嗚咽《おえつ》を漏らした。

衝撃と怒りで、丸尾の頭はクラクラとした。

美鈴のオヤジと姉貴が、最近ますます様子がおかしくなっていることは美鈴から聞いていた。オヤジと姉貴はよく二人で、朝まだ薄暗い時間にでかけ、夜中近くに疲れはてて帰ってくることが多くなった。心配した母親がわけを訊《き》いても、オヤジは怒って、教会の奉仕活動だ、としか言わない。姉貴は明らかに母親を避ける。それどころかオヤジは、食費をもっと切り詰めろとか、水道代がもったいないからシャワーは使うなとまで言い出す始末だった。

ここまでくると、オヤジが身を捧げているキリスト教というものがひどく胡散《うさん》くさく思えてきた。まっとうなキリスト教団だとはとても思えなかった。

八〇年代前半の日本では、まだカルトや新興宗教というものが社会問題として表面化していなかったので、狂信者の家族は、彼らの異様な人格の変化と所属集団への度を越した献身に、ただうろたえ、悲しむしかなかったのだ。

「わかった。今からそっちへ行くよ」

丸尾は通学用自転車を全速で漕《こ》ぎ、美鈴の家に飛んでいった。迎えに出た美鈴をきつく抱いて、とりあえず落ち着かせてやった。それから家に上げてもらい、ようやく動けるようになった母親にも挨拶《あいさつ》をした。母親は恐縮して、何度も深々と頭を下げた。

美鈴の部屋に入ったのはその夜が初めてだった。二人で母親が淹《い》れてくれた紅茶を飲みながら、美鈴に喋りたいだけ喋らせた。美鈴が少し落ち着きを取り戻したところで、丸尾は切り出した。

「多分、あの二人は来月になれば戻ってくるな」

「どうしてそう思うの？」

「来月、またお前の母さんから給料を取り上げるために」

丸尾のその言葉に、美鈴は衝撃を受けたようだった。目に凄《すさ》まじいまでの怒りが宿っていた。

「許せない……馬鹿《ばか》オヤジ……姉貴もよ。あいつももう姉貴なんかじゃない。馬鹿オヤジの家来よ。今度また来たら、その時は二人ともメチャクチャぶん殴って叩《たた》き出してやる」

「来月の給料日には、お母さんを真《ま》っ直《す》ぐ家には帰らせずに、お前と待ち合わせして帰るようにするといい。俺も勿論《もちろん》つきあわせてもらうよ」

丸尾は馬鹿オヤジにはまだ会ったことはないが、常々いつかその馬鹿面をぶん殴ってやりたいと思っていた。

「余計なお世話か？」

丸尾が言うと、美鈴は激しくかぶりを振って、

「ううん、嬉《うれ》しい。嬉しいよ、クニヒロ」

美鈴は丸尾の胸に飛び込み、きつくしがみついた。

その日以来、美鈴の馬鹿オヤジと姉貴からは何も連絡がなかった。たまりかねた母親は、オヤジが奉仕活動をしているというキリスト教団に電話してみたが、電話に出た人間は母親が何を言っても、今は二人とも奉仕活動に出かけていていない、と機械のように繰り返すばかりだった。憤《いきどお》った母親は遂《つい》にその教団施設にまで押しかけようとしたが、

美鈴と丸尾が思い止《とど》まらせた。そこへ行けば、何かとてつもなく悪いことが起こりそうな気がしたからだ。

その次の月の給料日。学校帰りの丸尾と美鈴は、美鈴の母親が働いているスーパーまで行き、仕事を終えた美鈴の母親と待ち合わせて家に帰った。美鈴の母親は自分の自転車に、丸尾と美鈴は丸尾の自転車に二人乗りして、まるで新婚夫婦と姑《しゅうとめ》で過ごす日曜日とでもいうような妙に緊張感のない警備態勢で美鈴の家へ向かった。

美鈴の家の玄関前に男が三人突っ立っていた。

一人は美鈴の馬鹿オヤジだ。

馬鹿オヤジは写真で見たよりもさらに病的に見えた。不精髭《ぶしようひげ》に覆《おお》われた頰はげっそりとこけて、目の下にはどす黒い隈《くま》、白髪混じりの頭髪はたった今起きたばかりのようにくしゃくしゃだ。目を見て、完全にイッてるとわかった。

恐怖で顔面の凍りついた母親に向かって、馬鹿オヤジは一丁前の殉教者面でこう言った。

「二人で話したいことがある」

「お金なら渡さないわよ！　馬鹿ッ」美鈴が目に涙をためて叫んだ。

「黙れっ、馬鹿者！」オヤジが近所中に聞こえるような大声で怒鳴り返した。そして丸尾を指差すと、

「なんだ、そのヤクザ面した男は！　恥を知れ、恥を。お前みたいなふしだらな娘を持った父さんは恥ずかしいぞ」

丸尾の頭にカッと血がのぼった。拳《こぶし》を握り締め、高校生離れしたドスのきいた声で、

「なんだと、この腐れ外道《げどう》が。てめえこそ恥を知れってんだよ。痛めつけられたくなけりゃ、とっとと帰って、てめえのキリストのケツの穴なめやがれ！」

怒りに任せて吐いたその言葉が、意外な反応を引き起こした。

オヤジの両脇《りょうわき》に立っていた二十代後半ぐらいの二人の男が、コマンドボタンを押されたロボットみたいにカッと目を見開き、丸尾の前に立ち塞《ふさ》がった。

「貴様ッ、主を侮辱するつもりか！　地獄へ落ちるぞ」

「イエス様に向かって何ということを、この悪魔め！」

二人はほぼ同時に叫んだので、丸尾にはどちらの言葉も完全には聞き取れなかった。

「うるせえ！　この豚ッ」

丸尾は右側の男の上着に左手を伸ばして摑《つか》んで引き寄せると、男の口に右の拳を叩き込んだ。男の犬歯が丸尾の拳にガツッと食い込んだ。男が仰向けにぶっ倒れると、間髪入れずに今度は左側の男に飛びかかり、髪の毛を摑んで無理矢理上体を屈《かが》ませると、サッカーで鍛えた太い筋肉質の脚で、男の左脇腹に膝蹴《ひざげ》りをめり込ませる。

一旦《いったん》キレた丸尾は容易には止まらない。地面に倒れた二人の体をサッカーボールのよ

うに何度も何度も蹴り続ける。どうせ自分は未成年だ。蹴り殺したってどうということはない。

古谷とその仲間にリンチされたあの経験を、今度は逆の立場で追体験した。

一方、美鈴の馬鹿オヤジは母親に摑みかかり、寄付金を寄越せと喚《わめ》いていた。美鈴がオヤジの脚に組みつき、引き離そうとしている。

丸尾はもつれあっている美鈴達の方へ突進した。

「ウオオオオオ！」雄叫《おたけ》びを上げて地面を蹴り、飛んだ。

オヤジの左腕の付け根辺りに全体重を乗せた飛び蹴りを爆発させた。オヤジも美鈴も母親も一緒になって吹っ飛び、地面に転がった。丸尾は尻《しり》から地面に着地し、嫌というほど尾骶骨《びていこつ》を打った。それでもなおも立ち上がり、オヤジに飛びかかると顔面を狙《ねら》って拳を何度も振り下ろす。

「やめてえええ！　死んじゃうよおお！」

美鈴が叫んでいた。

「やめてください、お願いです！」突然、美鈴の母親が丸尾とオヤジの間に割って入った。

勢い余った丸尾の拳は母親の顔の真ん中に当たってしまった。

その瞬間、丸尾は我に返った。

オヤジはその隙《すき》を衝いて、丸尾を突き飛ばすと逃げ出した。丸尾にやられた二人の男もよろよろと立ち上がり体から土埃《つちぼこり》を巻き上げながら、逃走した。

「二度と来んな、気違いどもめ！」

丸尾は小さくて平たい石を掴み上げ、逃げる彼らに向かって投げつけた。肩を激しく上下させながら、三人が角を曲がって姿を消すまで見届けた。

振り返ると、顔を掌で押さえながら地面にうずくまっている美鈴の母親の姿が目に飛び込んだ。鼻血が滴《したた》り、乾いた地面に赤い染《し》みを点々と作っていた。

「やり過ぎだってば！」

美鈴が怒りに目を吊《つ》り上げ、丸尾の胸板をドンと突いた。

さっきとは別の怒りが丸尾の中に湧《わ》き起こった。

「何でそんなこと言うんだ！　お前のためにやったんじゃないか！」

美鈴が髪を振り乱しながら叫ぶ。

「こんな暴力振るうことないじゃない！　殺すつもりなの！」

丸尾は悲しくなった。どうしてだ？　彼女と母親を守ろうとしたのに、どうして美鈴から責められなければならないのだ。

「お前と母さんを守ったのに、どうしてだ！　体を張って守ったんだぞ！」

「美鈴やめなさい」母親が美鈴の腕を掴んで言った。それから丸尾の方に顔を向けて、

「助けてくれたことには感謝します。でも、すみません、今日はもうお帰りください。お願いします」

母親の鼻下からワンピースの胸元までが鼻血で真っ赤に染まっていた。その血は奴らにやられたのではなく、自分が勢い余って彼女を傷つけてしまったのだ。

何も言い返せなかった。

丸尾は顔を俯《うつむ》けて、倒れた自転車を引き起こすと、後ろを見ずに全速で漕《こ》ぎ出した。喉元《のどもと》が震え、涙が目に滲《にじ》んだ。

ふざけんな、どうして俺がこんな惨《みじ》めな思いをしなきゃならねえんだ！　美鈴の馬鹿野郎！

歯を食いしばり、涙を風で吹き飛ばそうとするかのように丸尾は自転車のペダルを力一杯漕いだ。


あの事件以来、美鈴からは何の連絡もこなかった。

丸尾の方からも連絡は取らなかった。静かだが、凶暴な怒りが胸の底に鬱積《うっせき》していた。

世の中すべてがくだらなく、価値がなかった。

ナンパを伝授してくれた瀬川もひどく退屈な男に思えてきて、避けるようになった。

瀬川も丸尾の心の痛みを分かち合おうとする意思はないらしく、彼を避けるようになった。

学校の授業を途中で抜け出し、ゲームセンターに入り浸るようになった。学校が終わる時間になると、一人でナンパをした。

結局、初体験は美鈴とは比較にならないデブのブス女が相手だった。やれれば何でもいいやと思って捨鉢な気分で事に臨んだが、仰向けになった女の二重顎《あご》を見ていたら、馬鹿馬鹿しくなり、頭の中で柏原郁恵とやっているんだと無理矢理自分に思い込ませ、ようやく射精できた。心のどこかが死んで冷たくなったような気分だった。

学校の成績はガタ落ちだった。このままだと留年という事態にまでなりそうだった。だが周囲の心配をよそに当の本人は将来のことなどどうでもよいという態度を取り続けた。

母親の粘り強い説得でどうにか中退は免れたものの、二年生になっても、学校が終わると真っ直ぐ家に帰って部屋に籠《こも》り、柏原郁恵やまだデビューして間もないアイアン・メイデンのLPレコードを聞きまくる毎日だった。

この頃、丸尾にとって最大の慰めとなるものは柏原郁恵だった。いくつものアイドル情報誌を読みふけり、郁恵の写真を切り取って収集した。

秋になり、柏原郁恵が茨城のデパートの屋上でミニコンサートとサイン会を開催するという情報を摑んだ。その日、丸尾は一人で父親の一眼レフを持って出かけた。

会場の最前列から六列目ぐらいまでが、ガクランにパンチパーマか丸剃《まるぞ》りの親衛隊によって占拠されていた。彼らの統制されたコールには異様な迫力があった。

丸尾は会場の後ろの方で男達と一緒になって歓声を送ったり、夢中でシャッターを切りながら、心の中のわだかまりが少しずつ溶けていくのを感じた。

郁恵を間近で拝めたのはコンサートの後のサイン会でだった。本物の柏原郁恵はとても小柄で、抱きしめれば折れそうなほど華奢《きゃしゃ》だった。別の惑星からきたような神々しいまでのオーラを放っていた。対面は時間にして四秒くらいだが、来て良かったと思った。

久しぶりに味わう幸福感を嚙《か》み締めながら、帰ろうとした時、ふいに背後から肩を叩かれた。振り返ると、眉毛《まゆげ》を剃り落としたパンチパーマの親衛隊員が立っていた。

「君、どこから来たん？」

男の声は恐ろしい外見に反して優しかった。

五毛町からだと答えると、男は馴《な》れ馴《な》れしく丸尾の肩に腕を回して、

「君、ええガタイしてんな。なぁ、親衛隊に入る気はあらへんか、親衛隊に入りゃ、いつも一番前で郁恵ちゃん拝めるよ。他のファンに対しても威張り放題だし、楽しいでぇ、どう？」

幸福感は人を人に対して寛容にさせる。それに、丸尾はいつまでも独りで閉じ籠っていることにいささか飽き始めていた。いつまでも美鈴とのことを引き摺《ず》っていても仕方

ない。そろそろ何か新しいことを始めようか、という気分になった。

丸尾は柏原郁恵親衛隊に入隊した。

入ってみてわかったのだが、親衛隊は楽しいどころか地獄だった。異常に厳しい上下関係。ぶっ倒れそうなほどきついコールの練習。リンチは日常茶飯事だった。それでも丸尾はやめなかった。どんなにきつくても、集団の中に埋没することでこれまで体験したことのない幸福感が味わえたのだ。全員が一丸となってコールをしていると嫌なことは何もかも忘れて、頭の中が真っ白になる。そして宙に浮くような感覚を覚える。

この幸福感と浮遊感に丸尾はハマッた。柏原郁恵について栃木や長野や埼玉まで足を延ばし、コンサートの会場で、かつて自分がされたように、熱心な勧誘活動をした。丸尾は隊員勧誘に抜群の成績を示した。その優秀さは程なく先輩達の目に止まり、三カ月で小グループの統率を任されるまでになった。そこから持前のカリスマ性を発揮し、さらに部下の数が増えていった。

月日はあっという間に過ぎ去って三年生になり、同級生達は進学やら就職の準備で忙しくなった。しかし丸尾は進学も就職もまったく眼中になかった。進学や就職などというものは、つまらぬ凡人が歩む人生であり、自分のようなカリスマとは別世界のことだと思っていたのだ。

両親は一人息子の将来を案じて懸命に説得したが、徒労に終わった。そこで夫婦は話し合い、親衛隊は今しかできないことなのだから本人が飽きるまでやらせてやろう、あいつもいつかきっと目が覚めるはずだ、と楽観的すぎる結論で自分達を無理矢理納得させた。息子の心の奥に巣くっている暗い何かをほじくり出して、それに向き合うだけの気力を持っていなかったのだ。

留年すれすれの成績でどうにか高校を卒業すると、親衛隊は丸尾の世界のすべてになった。

いつか近いうちに、自分がこの組織の頂点に君臨する野望を胸に、フルタイムで全精力を注ぎ込んだ。

異常とも言えるほどの献身ぶりによって、丸尾の親衛隊における地位は、茨城第二地区副隊長、同隊長、とトントン拍子に上がっていき、そして遂には茨城親衛隊副隊長に抜擢《ばってき》された。最年少のスピード出世である。抜群の勧誘成績で、組織拡大に貢献したのが抜擢の理由である。

丸尾の部下に対するしごきは激烈を極めた。

自分のしごきに耐えられない奴《やつ》は必要ない、ふるいに掛けられて生き残った奴だけが必要な人間なのだ。

部下は奴隷《どれい》であった。大して凝ってもいないのに肩を揉《も》ませ、煙草《たばこ》に火を点《つ》けさせ、靴を磨かせ、ガクランのアイロン掛けをやらせた。

気が向くと大した理由もなく、部下達を横一列に並ばせ、貴様らはたるんでいる、と一時間近くも説教し、姿勢のだれた奴には鉄拳《てっけん》を胃袋や顔面に叩きこんだ。

もはや恐いものなしの丸尾だったが、ある時、間抜けな部下のせいでケチがついた。

夜から始まる会合に遅刻した馬鹿者を、全員の見ている前で鉄拳制裁を行なった。

鉄拳制裁を加える時には必ず、これから殴る人間に向かって、「歯を食いしばれ！」か、または「腹を引き締めろ！」と言って、相手に心構えと体の準備をさせてから制裁を加えるのだが、その夜は親衛隊関東第一地区長が臨席していたので、丸尾も焦《あせ》っていた。部下の遅刻は自分の統率力のなさと見なされてしまうのだ。

猛烈に怒った丸尾は相手に衝撃への準備をさせることなく、胃袋に鉄拳をぶち込んだ。殴られた奴は腹を押さえながらヨロヨロと自分の席に戻っていったが、会合が始まって十分後、突然、口から泡を吐きながら椅子《いす》から転げ落ちた。

まずい、と思ったが部下達の前でうろたえるわけにはいかなかった。そこで部下二人にそいつをタクシーで自宅まで送らせた。

翌日、夜遅くに丸尾が自宅で休んでいる所へ刑事が二人訪ねてきた。丸尾が殴った奴の母親が、たまりかねて警察に通報したのだった。そいつは腹膜炎を起こして入院した。警察が事情を訊《き》いたところそいつが丸尾の名を吐いたというわけだ。

立派な傷害罪だった。丸尾の両親は発狂しそうになった。丸尾も少年院行きを覚悟したが、殴られた本人が、馬鹿がつくほどのお人好《ひとよ》しだったことが丸尾に幸いした。そいつは、殴られたのは自分が会合への遅刻という不祥事を起こしたからだといい、丸尾を庇《かば》って告訴しなかったからだ。

おかげで一生を棒に振る羽目にはならずに済んだが、暴力事件を表沙汰《おもてざた》にしてしまった丸尾は、ヤクザそっくりの破門状という紙切れ一枚とともに親衛隊からゴミのように捨てられた。丸尾の親衛隊への長年の献身など、まったく考慮されなかった。

親衛隊という世界を失った丸尾には何ひとつ残っていなかった。

両親はこれを機に、息子にまっとうな人生を歩ませようと説得したが、丸尾はまったく耳を貸さずに自分の殻に閉じ籠って、貝のように口を閉ざした。

来る日も来る日も、一日一回自宅近くの自動販売機にセブンスターを買いに出る以外は自室に籠り、摩耗の激しい柏原郁恵とアイアン・メイデンのレコードを大音量で鳴らしながら、心の中にぽっかりと口を開けたブラックホールを凝視し続けた。

自分はまだ完全に負けたわけではない、とようやく思えるようになったのは十九歳の誕生日から半月経《た》った頃だった。

これぐらいでへこたれてはいけない。これから巻き返しを図るのだ。また何か別の組織に入って大勢の人間の上に君臨するのだ。それこそが自分の人生なのだ。カリスマは服従する人間がいてこそカリスマなのだ。

組織と言っても、普通の会社では駄目だ。会社で部下を持つ立場になったとしても部下にはせいぜい嫌味や小言を言って、わざと残業させるくらいが関の山だ。暴力は使えない。いまさら暴力を否定することは死んでもできなかった。親衛隊を放り出されたのも、暴力を振るったことが原因なのではなく、それが表沙汰になったということが問題だったのだ。実際、丸尾の制裁については親衛隊長は何一つ責めはしなかった。

では一体、自分にはどんな集団が相応《ふさわ》しいのだろう？

その答えは、翌日、いつものように家の近くにある煙草の自動販売機でセブンスターを二箱買って帰る途中で見つかった。

普段は目を止めることさえなかった地域広報掲示板に、どういうわけか目が止まった。

〝守りたい、愛する人の笑顔〟

なんのキャッチコピーかと思ったら陸上自衛隊だった。

丸尾が自衛隊に入りたい、と告げると、当然両親は驚いた。しかし丸尾が、これまでの自分から大きくかけ離れた世界で一からやり直したいのだと説得すると、しまいには二人とも目に涙をためて了解した。

丸尾が期待した通り、自衛隊には苛《いじ》めがあった。新入りは先輩にこき使われ、体罰もあった。

しかし、期待した程ではなかった。丸尾は階級が上がれば、第二次大戦当時の大日本帝国軍や、旧ソビエトの軍隊のような、もっと陰惨で過酷なしごきや苛めができると期待していたのに、時代は既に変わっていたのだ。

面白くなかった。上官も同僚も甘っちょろい奴ばかりで、親衛隊時代のようなピリピリとした緊張感に欠けていた。これではいくら頑張って上を目指しても、自分の理想とする絶対支配は成就《じょうじゅ》できない。

半年も経たないうちに丸尾は陸自をやめてしまおうか、と思い始めた。そんな時、予想だにしない変化が訪れた。

一年上の先輩からまだ創立して間もない真道学院という、脳開発による人類救済を目的とする奇妙な団体に誘われたのだ。その当時の学院はまだ、学院長と十数名の崇拝者がいるだけの大きな家族のような集団だった。

丸尾の学院長に対する第一印象は〝小汚いババア〟だった。駅の構内や公園で、地べたに座り込んでブツブツ独り言を呟《つぶや》くホームレスの女とそっくりだった。

学院長の説く人類救済も、笑わせようとしているとしか思えないほど滑稽《こっけい》極まりない代物《しろもの》だった。だが、学院長にもメンバー達にも異様な程の熱意があった。その熱意は半端《はんぱ》じゃなかった。

彼らは、今は二十人にも満たないこの小さな集団を、近い将来、地球規模の大セクトにまで拡大させようと本気で考えていたのだ。冗談ではなく本気で。

そんな彼らを見ていて、ふと、面白そうだと思った。

嘘《うそ》でも構わない。その大嘘に救いを見いだし、人生を捧《ささ》げる馬鹿者達を口先で操り、カリスマとして君臨するのはスリリングな体験だろう。少なくとも守る価値もないくだらない国家に忠誠を誓い、犬として生きるよりは、ずっと刺激があって面白い。

それに、体を張ってまで異常なキリスト教団から守ってやったのに、自分を忌《い》まわしい者のように遠ざけたかつての恋人美鈴に、自分が似たような組織に入ってのし上がることで精神的に仕返ししてやりたいというやや自虐《じぎゃく》的な気持ちがあった。四年前の遠い過去の出来事であるが、あの経験は丸尾の心に深く、消えない傷を残していたのだ。

丸尾は学院の説く理想世界をまるきり信じていないにも拘《かか》わらず、学院に飛び込んだ。

当然だが、新入りには必ず施される洗脳プログラムが丸尾を待ち受けていた。だが、その頃の学院の洗脳プログラムは、現在用いているような何段階にも細分化された緻密《ちみつ》なプログラムとは遥かにかけ離れた、稚拙な代物だった。既に一度、美鈴の馬鹿オヤジ事件で新興宗教の現実の姿を目《ま》の当たりにした丸尾の猜疑《さいぎ》に満ちた精神が騙《だま》されるはずなどなかった。

集団で行なわれる数々の儀式に参加しても、丸尾は雰囲気に流されなかった。学院長によって演出された高揚感も、親衛隊のコール練習の時に感じたあの、自分自身が真っ白な光になってスパークするような感覚に較《くら》べれば全然大したことなく、それゆえに自分を失わず冷静でいられた。

丸尾は、学院長にも、十数人の弟子達にとっても〝生意気な新入り〟だった。それは、丸尾が他の者達と違う雰囲気を持っていたからだ。丸尾には、他の者達が共通して持っている、悲壮感や使命感というものがかけらも感じられなかった。いつも妙に機嫌が良かった。そんな特異な存在にも拘わらず、追い出されなかったのは、丸尾が新たなメンバーの勧誘に驚異的な才能を示したからだった。

丸尾は学院に入って最初の月に陸自の同期や後輩から五人、次の月には十一人を学院に引き入れた。丸尾の引き入れた連中がさらに新たな人間を引き入れ、雪だるま式に数が増えていった。その後も丸尾は学院内で、毎月の勧誘達成数において常にトップを独走し続けた。実力主義の学院での発言権も自然と大きくなり、学院長から一目《いちもく》置かれる存在になった。

勧誘者数が遂《つい》に七十人を突破した時、学院長から最も優秀な学院生として『大始祖』の称号を授かった。

大始祖とは、学院の黎明期《れいめいき》を支えた学院長の弟子達、いわゆる『始祖』達の中でも特に偉大な者という意味だ。

それを機に丸尾は陸自を除隊し、学院のフルタイム幹部になった。学院生が増えれば増えるほど、丸尾の権力は強大になり、苛めもしごきもやり放題だった。しかも学院生同士の徹底した相互監視による脱走防止策により、どんなリンチも決して表沙汰になることはない。命じられればどんな馬鹿げたことでも本気になってやる学院生達は実に楽しいオモチャであった。

学院生ときたら、丸尾が親衛隊時代のように鉄拳制裁を加えなくても、自分で自分を殴れと命令すれば、顔面がおたふくになるまで自分の顔をいつまでも拳《こぶし》で殴り続けるような愉快な連中だった。

もっとも笑えるのは『コーマ・ブレイク』という珍妙な運動だ。あれを考え出したのは、他でもない丸尾だ。

おまけに、大始祖の称号を授かってからというものは、その特権を大いに利用できた。学院生同士の性行為は厳禁なのだが、丸尾は、頑張っている者への褒美《ほうび》として、脳のエンシータ領域を開発することによって体から分泌《ぶんぴつ》される超感覚誘導物質『エヘ・ボルハーノ』を伝達するという、まことに都合の良い理由をつけて気に入った女の学院生に片っ端から自分のペニスを突き立てることができた。

何もかも最高だった。権力、暴力、女、すべてが自分の思うままだった。

丸尾の知る限りでは、学院長には子供がいないはずなので（学院長の詳しい本当の過去について知っている者がいないのだ)、このまま順調にいけば、学院長が老いた時には、自分が学院の実質的支配者になることはほぼ確実だろう。後継者争いが起きる可能性は勿論あるが、丸尾は自分がそれに負けるはずはないと自信を持っていた。

今回の、学院長の生まれ故郷である長野県坂巻町に国内最大のネストを作り上げることに成功すれば、それは近い将来、丸尾が学院長の座に納まることの保証となるであろう。そのために今回の任務はなんとしてもやり遂げなければならないのだ。

失敗は許されない。

18

「疲れましたね」議長の根本が言うと、

「疲れましたねえ」と藤咲も返した。

二人は、役場の会議室に面した廊下に置いてある自動販売機の脇《わき》の三人掛けソファに座り、しみじみと感想を漏らした。根本は煙草《たばこ》に火を点《つ》け、いかにもうまそうに最初のひと口を吸ってから、

「しかし、決まって何よりです。僕は最初から『坂巻ダークランド』を推していましたからね」

と満足気に言った。

プロレス好きの根本に言わせれば、危うく場外乱闘ものの、白熱した議論が延々二時間半も続いた。三つの企画の中で、最終的に町おこし事業企画として採択されたのは、世界初のホラーテーマパーク『坂巻ダークランド』だった。

「それにしても、驚きましたよ」

「何がです？」藤咲は根本が何を言い出すのかほぼわかっていたが、あえて訊《き》いた。

「君塚さんですよ」

根本は、あなたもわかっているんでしょ、と言いたげな目で笑い、言った。

「ああ、彼ですか。確かに、私も驚きましたよ」

「いやぁ、あんなに熱心に議論に参加した君塚さんを見たのは初めてですよ」

藤咲はその言葉にうなずきながら、

「まったくですね、彼も遂に心を入れ替えたんでしょうかね」

「エエッ！　まさかあ」根本はそれだけは絶対にありえない、という顔で否定した。

「違うでしょう。僕が思うに、彼があんなにも自主映画コンテストを推したのは、企画に惚《ほ》れ込んでいるからじゃなくて、何か他に理由があるような気がしてならないなぁ」

藤咲も同感だった。今日の君塚の、いささか常軌を逸したような激しい自己主張は、『坂巻ダークランド』でも『戦国合戦ランド』でもなく、映画コンテストでなければ自分が非常に困るとでもいうような利己的な印象を与えた。

採択会議が始まった時点で、映画コンテストを推す者は二十二人の議員の中で君塚たった一人だったのだ。後は『坂巻ダークランド』を推す者が議長の根本を含めて十一人、『戦国合戦ランド』を推す者が年配の植木ら八人、どれとも決めかねている者が二人という状況だった。

いつも無言で上着の毛繕いをしているか、さもなければ居眠りしている君塚が、今日に限ってまるで別人のようだった。彼は、『坂巻ダークランド』は青少年に悪影響を与え、日本中の自治体の笑い物になるとか、『戦国合戦ランド』は危険すぎて論外だとか、とにかく二つのテーマパーク案をこきおろした。

しかし、他の企画をけなすだけでは自分の推す企画を有利になどできない。自分の推す企画がいかに良いものなのかを筋道立てて説明し、相手にわからせなくてはならないのだ。君塚にはその能力が欠如していた。第一、日頃発言もせずにぼおっとしている人間が突然激しく自己主張しても所詮《しょせん》奇異の目で見られるだけだ。

自主映画コンテストの企画のどこがどう良いのか説明する段になると、君塚は〝文化の発信〟とか〝インターナショナル〟とか〝若者達の夢〟などのもっともらしいキーワードを苦し紛れにつぎはぎしたような空虚な説明に終始した。突如、体と口を硬直させ、次の言葉を探し出すのに五秒近くもかかることが何度かあった。『カンヌ映画祭』を『カンノ映画祭』と言い間違えた時には、藤咲は思わず下を向いて笑った。説得力の乏しさに加えて、他の議員が発言しようとするのを遮ったり、他の議員の発言中に突然しゃべり出したりと、マナーも最低だった。

おかげで彼は完全に議会の中で孤立してしまった。

さすがは〝お飾り議員〟だと、藤咲は彼を見てしみじみと感じた。それにしても特権意識が欲しいだけで選挙に出馬したような彼を信じて投票した有権者が可哀相《かわいそう》である。

挙手による表決の結果、『坂巻ダークランド』が十六人、『戦国合戦ランド』が五人、『自主映画コンテスト』が一人（勿論《もちろん》君塚である）となった。多数決の原則により『坂巻ダークランド』が坂巻町・町おこし事業として正式に決定した。

その時、君塚は憤然とした顔で腕組みをして、机の一点を凝視していた。こころなしか顔が青ざめていたような気がする。

「どの企画が通るかで、友人と賭《か》けでもしていたんですかね」

藤咲が冗談まじりに言うと、根本はにやりと笑い、

「そうかもしれませんね。何を隠そう私も賭けていましたよ」

「何を賭けていたんです？」

「いや、家内とね、『坂巻ダークランド』以外の企画が通ったら三カ月禁煙するという

賭けをしていたんですよ。これでうるさいこと言われずに堂々と家の中でも吸えますよ」

「それはそれは、よかったですね」

「ところで、『坂巻ダークランド』の企画を提案した人ですが、今日さっそく知らせますか?」

藤咲は頷《うなず》いた。

「ええ、そのつもりです。実は私自身で電話してみようと思っているんですよ」

根本はえっ、とおどろいた。しかし次の瞬間、また笑顔に戻り、

「そういうところがいかにも藤咲さんだな」

突如、ズシン、という重たい音と共に、廊下が一瞬揺れた。

二人が音のした方へ顔を向けると、廊下の突き当たりのトイレから君塚が、全身から怒りを発散させながら出てきた。

前方を真《ま》っ直《す》ぐ睨《にら》み、肩を緊張させ、両方の拳を握り締めている。

「ありゃ相当頭にきてますね」

根本が囁《ささや》くと、町長は小さく頷いた。

君塚が二人の座っているソファを通りすぎる間際《まぎわ》、根本が声を掛けた。

「どうもお疲れさまでした」

君塚はそれを完全に無視して、大股《おおまた》かつ早足で去っていった。廊下の反対側から歩いてきた女性職員は君塚の剣幕に驚き、廊下の端によけた。

「失礼な男だ」根本が呟《つぶや》いた。

「だけど、彼も今日のことで学んだんじゃないですかね。怠惰はいつかその報いを受けるということを」

19

フリーライターを偽って、そば屋、喫茶店と二軒回り、三軒目は坂巻町役場の傍にある料亭に当たってみた。役場から目と鼻の先という近さから、町会議員や役場職員などが利用する可能性が高いと読んだのだ。

臼田と二人で店に入ると、個室の座敷に通された。いかにも官官接待などの舞台として重宝されそうな雰囲気があった。

丸尾は、料理を運んでくる三十歳くらいの仲居に五千円札を半ば無理矢理摑《つか》ませ、いろいろと質問した。仲居の話によると、やはりこの店には議員や役場の幹部などがよく食べに来るということだった。君塚も年に五、六回は来ると教えてくれた。

学院に入学して以来、賞味期限の切れた魚の缶詰めや、腐る寸前のバナナ、インスタントラーメンなど、ろくな食べ物を口にしていなかった臼田は、つい二時間ほど前にそばを食ったばかりだというのに、懐石料理の色とりどりの小皿に目を輝かせ、せわしなく箸《はし》と口を動かした。仕事のことなど完全に忘れたかのようなその貪欲《どんよく》な食べっぷりを見て、丸尾は心の中で呟いた。

せいぜいよく味わっておくがいい。俺はともかく、懐石料理なんぞを食えるのは、お前の人生で今日が最後だろうからな。

三軒の店から得た情報を総合して出した結論はこうだ。

君塚琢磨は欲ボケの大馬鹿《おおばか》議員。

町の名士であった父親の威光で議員になったが、町のことなどてんで眼中になく、親からもらった遺産を湯水の如《ごと》く浪費して遊びまくっている俗物野郎。高級だが軽薄なスーツに身を包み、四台もの車を取っ替えひっかえに乗り回す虚栄心の強い嫌味な野郎。厚顔無恥。おまけに飼犬の躾《しつけ》すらできない奴《やつ》。

はっきり言って良い所などひとつもない。

こんな奴でも一度選挙に当選して議員になってしまえば、余程大きな不祥事でも起こさない限り、町政のことに関心のない町民達は次回の選挙でも何も考えずに奴に投票して、二期目、三期目と成りゆきで当選させてしまうのである。

まだ実際に会っていないのではっきりとは言えないが、丸尾は、このような君塚を学院に取り込める確率は低そうだと予想した。

学院に新たな人間を取り込む際に、その人間を取り込むことが、容易か困難かを見極める項目がいくつかある。その項目とは、
1、精神的な充足感に飢えている。
2、孤独を感じている。
3、世の中の惨状に心を痛め、人類の将来に不安を抱いている。
4、劣等感が強く、もっと違う自分になりたいと思っている。
5、真面目《まじめ》である。
6、優しい。
7、自分さえ良ければいい、とは考えない。
8、生きる目的がわからない。
9、人知を超えたもの、不思議な事象に興味を持っている。
他にもまだいろいろあるのだが、基本的にはこの九つの項目の内、五つ以上が当てはまれば、取り込みは充分見込みがあると考える。

君塚はどうであろうか？ 奴に当てはまりそうな項目は何か。
1、2は有り得る。3は絶対ないだろう。4も当てはまるかもしれない。5、6、7は問題外だ。8も有り得ない。奴の生きる目的は快楽の追求なのだ。9も駄目だろう。

俗物野郎がそんなものに興味を示すわけがない。

どうやら君塚を学院に取り込める可能性は低そうだ。となると、別の手だ。君塚の弱みを握って脅迫し、土地を手放させる。弱みがなければ弱みを作る。

いろいろ考えていると、視線を感じた。目を上げると、臼田が、丸尾の蟹《かに》の擂《す》り身の包み揚げの小鉢を吸い寄せられるように凝視していた。その露骨にもの欲しそうな目に丸尾は呆《あき》れ、ため息が出そうになった。

「欲しけりゃ食えよ」丸尾は投げやりに言い、小鉢を臼田の目の前に指先で押し出した。

「いえ、そんな……申し訳ありません」臼田はしどろもどろになって謝った。

「いいから食え、そのかわり、夜の練習は気合いを入れろよ」

その時、携帯電話が鳴った。

「もしもし」

――大始祖様、和島です。

その声は緊張していた。タイ米野郎がまた何か馬鹿なことをしでかしたのだろうか。

「どうかしたか？」

――ネストの建設予定地で大変なものを発見しました！　不審な連中が、森の奥に大量のゴミを捨てているんです。

「もっと詳しく話せ」

和島は話し出した。和島と磯崎は隼人を連れて、既に移り住んでいたリサーチャーに町を案内してもらっていた。しかしなにぶん小さな町なので、午後になると見るべき場所もなくなり、和島達は気分転換にネスト建設予定地に行ってみることにした。

——そこで、冷凍食品会社の2トントラックが、県道から外れて、君塚の私有地に入っていくのを見たんです。妙だな、と思って私達は車から降りて、私有地に歩いて入ってみました。未舗装の細い道が森の奥までずっと続いていて、これはますます怪しいと思いました。しかし肝心のトラックを見失ってしまったので、どうしようかと思案していると、私達が歩いてきた方向から、また別のトラックがやって来たんです。咄嗟《とっさ》に木の陰に隠れて観察しました。今度のトラックは運送会社のものでした。立ち入り禁止の私有地に立て続けに二台のトラック、しかもとてもこんな場所に立ち寄る理由のない業者ですよ、絶対に変です。そこで私がその運送会社のトラックの後を走ってつけたんです。そしたら、トラックは途中でさらに細い脇道《わきみち》に入り、そこからまた300メートルほど走りました。そこで道の両脇に大量のゴミが捨てられているのを発見したんです。そればかりじゃありません。道の行き止まりは小さな広場のようになっていて、そこにさっき見失った冷凍食品会社のトラックも止まっていたんです。

「そこでゴミを捨てていたというのか」

——そうなんです。冷凍食品会社と運送会社のトラックなのに、荷台にはゴミが大量に詰め込まれていて、男が数人がかりでゴミを引き摺《ず》り出しては、地面に掘った大きな穴に放り込んでいたんです。穴の深さは10メートルぐらいで、広さは25メートルのプールがスッポリ入るような、どでかい穴です。

「その穴にはどのぐらいゴミが埋まっていたんだ？」

――約三分の一ぐらいです。でも、穴はそれ一つだけじゃないんです。その穴の周囲にも、かつては穴が開いていたと思われる箇所が三つあるんです。そこだけ雑草や苔《こけ》が生えていなくて、不自然に真っ平らなので、間違いないと思います。その土の上に、わざわざ切り倒した木を突き立ててカモフラージュまでする念の入れようです。

ということは連中は既に何度もそこでゴミを捨てているということだ。一回限りの捨て逃げ不法投棄とは違う、用意周到なものだ。

「で、連中はまだいるのか？」

――いいえ、ゴミを捨て終わって帰りました。それにしても、とんでもないことです。許せませんよ！

「トラックのナンバーは控えたか？」

――ええ、勿論《もちろん》。

「よし、俺もこれからそっちへ行くから、道の入り口に車を駐《と》めて待っていろ」

電話を切って、臼田の方を見ると、臼田は蟹の擂り身の包み揚げをとうに食い終わり、丸尾が食べ残した料理を、持参したビニール袋の中に手当たり次第に放り込んでいた。そのビニール袋は、丸尾達が宿泊している旅館の近くにある薬局のものだ。昨夜、丸尾は臼田に、その薬局までコンドームを買いに行かせたのだ。

「何をしている！」丸尾は臼田に向かって箸を投げつけた。箸は臼田の額に当たってから畳の上を転がった。臼田はなおも手を休めずに、

「これから出かけるのですよね。でも、残していくのは勿体《もったい》ないです」

まるで死活問題であるかのように言った。

「乞食《こじき》みたいな真似《まね》はやめろ、行くぞ」丸尾は言い、立ち上がった。

それから三十分後、丸尾はゴミが投棄されている巨大な穴の縁に立って下を見下ろしていた。

実際に目《ま》の当たりにすると不法投棄の規模の大きさが実感できた。電化製品や家具の残骸《ざんがい》、化粧品のボトル、ポリタンク、パイプ……この穴は文明社会のひり出した糞《くそ》の肥《こえ》溜《だ》めだ。本物の肥溜めは肥料に使えるがこの穴の糞はひたすら増え続けるばかりで、消えることはなく、何の使い途もない。

ゴミには刺激臭こそないが、見ていて胸が悪くなりそうだった。

「君塚はこのことを知っているんですかね」

丸尾の横に立った磯崎が、自信なげに訊いた。

「こんなにでかい穴を掘って、しかも専用の運搬ルートまで造っている。こんなことが君塚に気づかれずにできると思うのか？　違うな、君塚も加担しているんだ」丸尾は断言した。

するとと和島が、

「しかし、なぜでしょう。自分の土地をわざわざゴミ捨て場として提供するなんておかしいですよ。ゴミを出す連中から大金でも受け取っているんですかね」

「はっきりとした境界線があるわけではないが、多分ここは君塚の土地じゃないんだ。坂巻町の土地だ。この森は君塚と町の二者によって分割されているのを忘れたのか」

「それじゃ……つまり、君塚は坂巻町の土地にゴミを不法投棄するためのルートを提供しているってことですよね。それによって業者から金をもらっている」

「恐らくそうだろうな。俺は今日、町の人間から君塚に関する情報を得た。それによると君塚ってのはろくでもない馬鹿野郎だ。だが、どうやらそんな生易しいもんじゃないな、奴はこの世で最低のクズだ」

臼田も彼らから少し離れた場所でしゃがんで穴を見下ろしていた。

「この穴を見ていると、ハッキリとわかります」

三人の男は穴から顔を上げ、臼田の方を見た。臼田も彼らを見返して、

「人類の破滅がもう本当にすぐそこまで来ているということが実感できます。恐ろしいです、本当に恐ろしい」

臼田の目は心底から怯《おび》えていた。

「お腹《なか》へったよおぉぉ」

彼らの背後で隼人の声がした。隼人は木の根元にうずくまって呻《うめ》いていた。

「うるさい、馬鹿者！」

和島が怒鳴り、駆け出した。隼人の腰骨を思いきり蹴《け》り上げる。

「いだあぁぁい！　えへ、えへへへ」隼人が泣き出した。

「この役立たず、ボケタイ米！」和島は憎悪《ぞうお》を剝《む》き出しにしてなおも隼人の体を蹴り続ける。

丸尾は隼人の方には目もくれず、磯崎に向かって言った。

「今夜、君塚を訪問する」

その時、顔に何か当たった。空を見上げ、掌《てのひら》を差し出すと、その上で水滴がひとつ、ふたつ、と跳ねた。

「引き返そう」丸尾は言って歩き出した。他の者もそれに倣《なら》う。

ぬかるみだした細い道を一列になって歩いた。先頭を歩いている丸尾の耳に車のエンジン音が聞こえた。こちらに向かってくる。

「隠れろ」丸尾は後ろを振り返り、言った。全員が木立ちの後ろに隠れて一分ほど待つと、トラックが現れた。今度のは〝三宅木材工業〟と車体の脇に書かれた幌《ほろ》付きのいすゞの2トントラックだ。

「一日に何台ものトラックが来ているんですね」和島が呟《つぶや》くと、

「らしいな」と丸尾は答えた。

20

「負けたよ、僅差《きんさ》でね」

役場の駐車場内に駐めてあるジャガーの運転席に乗り込むと、君塚は携帯電話で剣持を呼び出し、言った。実際には僅差どころか圧倒的大差だったのだが、見栄《みえ》でそう言ったのだ。

——負けたですって？

剣持が呆《あき》れたような声で言った。

——何を言っているんですか君塚さん、テーマパーク案は潰《つぶ》してみせると言ったじゃありませんか。

「言ったよ、確かに。だが僅差で敗れたんだ」

——あの土地にテーマパークなんかできたら……。

「わかっているよ！」君塚は癇癪《かんしゃく》を起こした。「何度も言うな、これから何か手を考える」

——何かって、一体何ができるんです？　もう決まってしまったんでしょう？

「要はテーマパークができてもあの土地でなきゃいいんだよ」

——でもあの土地は町の開発用地なんでしょう？　当然、町はあそこにテーマパークを造りますよ。

「そこをなんとかする。自然保護のためとか、何か理由をつけてあの土地に開発の手が入らないようにすればいいんだ」

——君塚さん、もしそれがうまくいかなかったら、その時は廃材をあなたの土地に置かせてもらいますからね。既に溜まった廃材の再移動にかかる費用もあなた持ちです。いいですね。

剣持は脅すような口調で言った。

怒りのあまり電話を持つ手が震えてきた。ゴミ野郎め、心の中で悪態をつくと、

「わかっている。いよいよどうにもならない、という段階になったら知らせる。ところで処理施設の調子はどうなんだ。ちゃんと稼動《かどう》しているのか」

——今週は四基稼動していますよ。何せ、微生物の寿命が当初の計算よりずっと短くて

ね。いくら培養してもなかなか追いつかないんです。

たっぷりと刺《とげ》を含んだ声で、君塚は訊《き》いた。

「あんたの目障りなゴミが俺の鼻先から消えてなくなる日は本当にやってくるのかね」

剣持も負けじと刺々しい声でやり返した。

――努力はしているんだ。私の問題より、まずあなた自身の問題を気にしたらどうなんです。

君塚は空いている方の手で首の後ろを揉《も》みながら、

「とにかく、何か進展があったらまた連絡する」

――そうしてください。お互い共倒れなんてのは御免ですからね。

フンと鼻を鳴らして、君塚は電話を切った。電話をダッシュボードの上に放り出すと、エンジンにキーを差し込み、スタートさせた。

久しぶりにあの土地に行ってみようと思い立った。一体どれほどの廃材が溜まったのかが気になる。

家に帰り着く寸前で大粒の雨が降りだした。君塚はますます憂鬱《ゆううつ》になった。自宅に着き、スーツを脱いで外で動き回れる格好に着替えると、夕食の準備を始めた田丸に、ちょっと友人に会いに行く用事ができたと言い残して再び家を出た。テラノに乗り換えて、雨の中、林道を目差した。今や風も強く、雷まで鳴り出した。

林道は薄暗く、視界が悪かった。地均《じなら》しの充分でない地面はぬかるみ、運転していて苛立《いらだ》たしかった。

林道からゴミ・ロードに逸《そ》れると、運転はさらに困難になった。細かい葉や枝がフロントガラスにへばりつき、視界を遮る。タイヤは何度も空転した。雷鳴はますます激しく轟《とどろ》き、鼓膜を揺さぶる。まるで大昔に観《み》た『恐怖の報酬』という映画の中に入り込んだみたいだった。

引き返そうかとも思ったが、ここまで来て何も見ずにかえってはそれこそ馬鹿みたいだ。

前輪が何かを踏みつけ、そこより前に進めなくなった。何かと思って前方に目を凝らして、仰天した。直径が10センチ、長さ2メートルほどの塩化ビニールパイプが、ざっと見て三十本ほども道に散乱し、何本かが行く手を塞《ふさ》いでいた。

君塚に雇われた労働者達が廃材を運ぶ途中で落としていって、帰りも拾わずにそのままにしていったのだ。

「ふざけんなよぉぉ」君塚は思わず叫んだ。助手席に畳んで置いてあったゴアテックスの青いレインウェアの上着だけをとりあえず羽織り、グローブボックスから太い金属製のマグライトを取り出した。ため息をついてフードを被《かぶ》ると、ドアを開け、バケツをひっくり返したような雨の中へ出た。

瞬《また》く間にズボンがびしょ濡《ぬ》れになる。やはり下も身に付ければよかったと後悔しながら、マグライトを点灯させ、車のボンネット側に向かった。やはりパイプが前輪の下で潰され、シャーシの下につかえていた。

運転席に戻る途中で足を滑らせ、危うく転びそうになった。

2メートルほどバックしてからまた外に出て、まず前輪に踏み潰されたパイプをブーツで蹴飛ばしてどけた。それからすべてのパイプを道の脇によけてから車に戻り、再び進み始めた。

この分だとこの先の道にも廃材が散乱している可能性がある。

剣持の野郎、もっと真面目《まじめ》な奴を雇えってんだ。

道が下りになり、君塚は滑り落ちないようにノロノロ運転で車を進めた。周囲を見渡し、怒りで髪の毛が逆立ちそうになった。

あるわあるわ。道の両脇にパイプ、容器、食品のパッケージ、切り屑《くず》が小山を造っていた。誤って落としたのではない。明らかに労働者達が面倒くさがって、置場所に行く手前でゴミを捨てていったのだ。

ドアを蹴り開け、再び外に降り立った。

しばらく様子を見に来ない内にひどい状況になっていた。自分の土地に廃材は置かないという約束などまるで守られていなかった。呆然《ぼうぜん》としながら車の周囲をライトで照らした。

プラスチック以外の物が捨てられているのを発見した時は、このまま車に飛び乗って、東京まで剣持をぶっ殺しに行こうかとまで思った。

なんと、君塚の車にも積み切れないほど大量のハムが無造作に捨ててあったのだ。パックは烏《からす》どもに食い破られ、そこら中にハムの切れ端が散乱していた。その汚らしさに吐き気がした。

なぜ食いものが、捨てられているんだ！　約束が違うぞ！

憤然として車に乗ろうとした時、道の奥の方からいかにも安っぽいトラックのエンジン音が二つ聞こえた。労働者達は今日も廃材を置きに来ていたのだ。

これは一発、怒鳴りつけてやらなくてはならない。

道の真ん中に立ちはだかり、トラックがやって来るのを待った。二十秒ほど経《た》ち、泥だらけの2トントラックがやっと姿を現した時には、君塚の下半身はパンツまでびしょ濡れになっていた。

先頭を走るトラックの運転手は君塚の姿を見て驚いた顔をした。ブレーキを踏み、クラクションを鳴らした。

「おい、降りてこっちへ来い！」君塚は叫んだ。雨の雫《しずく》が口の中に入った。

運転手はサイドウインドウを下げ、顔を突き出して怒鳴り返した。

日本語ではなかった。中国語か韓国語だった。そして車をどけるように手を振った。侮辱された君塚は転ぶ危険を冒しながら小走りにトラックに駆け寄り、頬骨がやけに飛び出た運転手の青年を見上げて怒鳴った。

「日本人はいないのか？　ニホンジン！」

運転手の青年はきょとんとした顔で君塚を見下ろした。

「ニホンジンだよ、わからないのか！」

更に三回ニホンジンとゆっくり繰り返してやっと運転手に通じた。運転手は顔を引っ込め、助手席に座っている色黒の男に何やら話しかけた。数秒の後、運転手は再び顔を出してこう言った。

「イナイ、イナイ」

後続のトラックもやって来た。三人乗っていたが、一目《ひとめ》で日本人でないとわかる面《つら》だった。

剣持は少しでも人件費を安くあげようとして外国人を使っているのだ。

「ドイテーヨ、ドイテ」運転手が君塚の顔を見て困ったように言った。

「ふざけんな、俺を誰だと思ってやがるんだ！」君塚は無駄と知りながら喚《わめ》いた。道端に散乱したゴミを指で示して、

「ここにゴミを捨てるな、拾え！　このバカっ」

運転手もバカという単語は知っていたらしい。顔つきが凶暴になり、君塚と君塚の車を睨《にら》み、「ドイテーヨオォォ！」とやり返した。「アンタ、ヤル気ーっ！」

後続のトラックに乗った三人が車から降りて君塚の方へ歩いてくる。どの顔も険しい。三人がてんで勝手に、君塚に向かって何か文句を言っている。かなりやばい雰囲気である。

こいつらには何を言っても無駄なのだ。こいつらに何か命令できるのは多分、剣持だけだろう。

「お前ら全員、クビだああ！」

君塚は腹立ち紛れに声を嗄《か》らして叫び、テラノに向かって駆け出した。途端、足がズルッと滑り、前につんのめって水溜まりに上半身を突っ込んだ。飛び跳ねた泥水が目や鼻の穴に入り、手の甲で目を擦りながら咳《せ》き込んだ。

その様子を見てアジア人どもが笑い声を上げた。猟銃を持っていたら、一人残らず顔面をふっ飛ばしてやりたかった。

テラノを苦労してターンさせ、二台のトラックに追い立てられながら林道まで出て、連中のトラックが去っていくのを見送った。

敗北感と濡れた服のせいで全身が鉛のように重たく感じられた。やっとのことで気力を取り戻し、携帯電話を掴《つか》むと、剣持にかけた。

剣持の声が聞こえると、途端に怒りが活力を取り戻した。

「約束を破ったな、剣持！」

——何のことです。

剣持の声は戸惑っていた。

「俺の土地に廃材は一切置かないという約束だろう！　お前の雇った外国人どもがそこら中にゴミを撒《ま》き散らしているんだぞ、どうしてくれるんだ！」

——そんなはずありませんよ。

「なら、ここへ来て見てみろ！　俺を舐《な》めているのか」

——そんなに声を嗄らしてまで怒鳴らなくたっていいじゃないですか、少し落ち着いてくださいよ。私の雇った者達が、廃材置場に行く途中の道に廃材を捨てているんですか。

「その通りだ、ひどいなんてもんじゃないぞ。おまけにプラスチック以外の物まで捨てやがって」

——プラスチック以外ですって？

剣持の声にはそんなの初耳だという驚きが含まれていた。

「そうだ……へっ……ちょっと待て」君塚は電話を口から離し、立て続けに二回くしゃみをした。それから電話を持ち直し、

「そうだ、大量のハムが捨ててあったぞ、どういうことなんだ」

——ハムって、食べ物のハムですよね。

「当たり前だ」

——そうですか……それはゴミを出した会社が悪いんです。中身は食物でも、それを包装してあるのがプラスチックなので、ウチの会社に回したんでしょう。

「なんだそりゃ！　分別《ぶんべつ》ぐらいしろよ！」君塚は呆れ返った。

——ゴミを引き受ける会社には分別してくれとはお願いしているんですが、分別するだけの時間と人件費が割けない会社はときどきそうやってゴミの丸投げをするんですよ。私の方もそういう会社には困っているんですよ。

「文句言わずにお前のところで分別すりゃいいだろう」

——無理です、ウチにもそんな人件費はないんですよ。

「だから俺の土地に捨てるのか！　ふざけるのもいい加減にしろ」

——とにかく、連中には明日私から厳重に注意しておきますよ。二度とさせませんから。

「それから……」

——まだ何か？

うっとうしそうに剣持が言った。

「労働者達だが、日本人を雇え。日本人ならもっとちゃんと仕事をするはずだぞ」

返事がなかった。

「おい、聞いているのか」

それでも返事がないので電話を強く押し当てて、耳を澄ませた。

ジャズが小さく流れている。女の笑い声が聞こえた。んははは、という鼻から抜ける独特の声には聞き覚えがあった。マキマキだ。思い出してむかっ腹が立った。

馬鹿《ばか》どもがいちゃついていやがる。

――ちょっと待てよ、電話してるんだぞ。

剣持の声が聞こえた。そのふにゃふにゃした声から今の剣持の顔が想像できた。目尻《めじり》を垂らし、鼻の下を伸ばしたドスケベ面に違いない。

「死ね！　この色ボケッ！」

君塚は嗄《しわが》れ声で怒鳴り、電話を切って、後部席に放り投げた。

21

「ずっと前からお前を見ていたよ。お前と愛を交わせるのならすべてを投げ出してもいいと思っていた」

ボンズ選手はそう囁《ささや》きながら、浅黒くて、滑らかなイチローの肌に、ザラザラとした舌先を這《は》わせた。硬くなった乳首の先端に舌が触れると、イチローの体が電気に打たれたようにピクン、と震えた。

「ああ、ボンズ……僕も君に魅《ひ》かれていたよ。君に……ああ……君に、僕の体を、隅々まで見て欲しかった。嬉《うれ》しい」

「俺も嬉しいよ……ああ、イチロー、お前の肌は吸い付くようだ。ホラ、俺のはもうこんなに硬くなっているよ、触ってごらん」

「ほんとうだ、すごい、こんな太いの、僕の穴に入るか自信がないよ。ああ、でも欲しい、君の大きくて太い肉棒が……欲しい」

「心配ないさ、お前の若い尻《しり》には弾力がある。その尻の肉ひだでうんと締め付けてくれ」

ボンズ選手はイチローのピンとそそり立ったペニスの先端をトントンと指先で叩《たた》きながら、

「おや、お前の物もこんなに大きくなっているじゃないか、いけない子だな、ふふ」

「嫌だ、ボンズ、恥ずかしい……ああ、でも、ああクルクル回さないで！　いっちゃうよおぉぉ」

なんじゃこりゃ！

青柳敏郎は心の中で叫び、次いでやっぱり誘いを断るべきだったと後悔した。

「どお？」

敏郎の向かいの席に座った松川が敏郎の方に身を乗り出して訊《き》いた。唇の端を歪《ゆが》め、その間から不潔な黄色い歯が覗《のぞ》いた。ついでかつての会社の上司を思い出させる強烈な口臭も漂ってきた。

「そ、そうだね、すごいね、こんな小説書けるなんて」

敏郎は身を後ろに引きながらそう言うのが精一杯だった。

敏郎は五月から、高田馬場駅近くにある書店で仕入れのアルバイトを始めた。生活費が底をつきかけていたので、いつまでも部屋で鬱《うつ》になっている場合ではなくなったのだ。

松川はその書店の仕入れ部のアルバイト最古参で、二十八歳だ。

敏郎は初めて松川に会った時、あの雲印の集金人の弟ではないかと思った。それほど雰囲気が似ていたのだ。

慣れない肉体労働はつらかった。本屋だと思ってなめていたのは間違いだった。開店前、問屋のトラックの荷台から、本が五十冊以上も詰まったダンボール箱を多い時で七十個近くも下ろし、それが終わると、今度は返品する本が詰まったダンボール箱を同じく七十個近くもトラックの荷台へ乗せなくてはならない。これだけで腰と背中の骨が痛くなった。

アルバイトは敏郎を含めて男が五人。敏郎以外は皆が妙に似通った雰囲気を持っていた。

女に縁がなく、アニメやゲームが好きそうな連中だった。実際、仕事中に少しでも手が空くと彼らはその方面の話ばかりしている。エヴァンゲリオン、犬夜叉、カウボーイビバップ……そういった単語を耳にしたことはあるが、人気のあるアニメということしかわからない敏郎はいきなり除《の》け者になってしまった。

そんな敏郎を気の毒に思ったのか、松川が帰り際《ぎわ》に、今日どこかで飯を食っていかないか、と敏郎を誘った。はっきり言って松川には人間の好き嫌い以前の生理的な嫌悪感《けんおかん》を抱いていたのだが、断ると好意を拒絶することになり、これからますます仕事がやりづらくなりそうなので、一度だけなら、と思い、誘いを受けた。

松川に連れられて早稲田大学の学生がよく利用するというハンバーグ屋に入った。

松川が小説を書いていると言った時、聞かなくてもどんな内容のものか見当がついた。どうせいろいろなアニメから借りてきたアイデアを繋《つな》ぎ合わせたようなパクリ物だろう。

しかし、その考えは甘かった。そんな可愛《かわい》いものではなかった。

松川は有名人の男同士をカップルとしてくっつける、松川が言うところの耽美《たんび》小説——敏郎に言わせれば病気としか思えない変態ホモ小説——を書いていたのだ。

敏郎にすごいね、と言われたことが嬉しかったらしく、松川は黄ばんだ目を輝かせ、天井の白熱灯の光を反射してテカテカしている脂《あぶら》ぎった頭皮にかろうじてしがみついている細くてまばらな髪の毛を、指先で撫《な》で付けた。それが照れ隠しの動作らしい。

「小説のストックは他にもまだ何本かあってね、三浦カズと中田のサッカー愛欲物語、お笑いタレント三人、ナイナイの岡村とウドとロンブー1号の三角関係物語とかもあるよ。あとねえ、今考えているのが、バーチャファイターの結城晶とジェフリー・マクワイルドのお耽美小説なんだ、ところで青柳君は誰が好き？」

「え？　誰って」

「とぼけちゃいけないよ、サラ？　パイ？　それとも葵《あおい》ちゃん？」

松川はバーチャファイター4という格闘ゲームの中に出てくるキャラクターのことを言っているのだ。この男は、そのゲームの中に登場する三人の女性ファイターの中で誰が好きか、と訊いているのだ。

敏郎も会社時代に同僚とそのゲームはやったことがあったが、勝ったことは一度もない。たかがゲームと思ってやっても、負けると自分がコテンパンにやられたようで本当に悔しい。その悔しさからますますのめり込み、しまいには中毒にまで発展するゲームだ。

もっとも敏郎はいくらやっても勝てないので早々と諦《あきら》めたのだが。

「ああ、そのことか、いや、別に、誰って……」

そんな馬鹿馬鹿しい質問に答えられるわけがない。

松川は敏郎が喋《しゃべ》るのを毛深くて関節の太い手で制して、

「待ちなさい、僕が当ててあげよう、君のような内気な人は」

(なんで俺が内気なんだよ、てめぇ!)敏郎は心の中で松川を怒鳴りつけた。

「きっと、葵ちゃんだな、そうでしょう? サラは外人で自己主張が強そうだし、パイは可愛いけどお高くとまっているからね。その点、葵は初々《ういうい》しくて礼儀正しい。返し技を使いこなすのが難しいけど、育てる楽しみがどのキャラクターよりもある。まぁ、その気持ちわかるよ」

(何がその気持ちわかるよ、だ。この腐れ電脳男が)

「さあ、それじゃあ、ゲームセンター行こうか」

松川はコップの水を飲み干すと、勇んで言った。

「いや、僕はいいです」敏郎は申し訳なさそうに言った。一刻も早くこの男から離れたかった。

松川は敏郎を睨《にら》みつけ、鼻の穴をひろげながら、

「青柳君、そんな態度じゃこれから先、いつまでたっても仕事に馴染《なじ》めないよ。仕入れの仕事はね、一人一人の連携が大切なんだよ。ましてやこれから六月の終わりの棚卸にかけてますます忙しくなるんだから」

それとゲームと何の関係があるんだと言いたかったが、頑として誘いをはねつける気力が湧《わ》いてこなかった。この男の誘いを断るとこの先、自分に損な仕事ばかりが回ってきそうな気がする。

仕方がない、十分か十五分だけなら、と諦めて、敏郎は松川につきあった。

駅前のゲームセンターの地下一階にバーチャファイター4の対戦台が三組あった。このゲームは向かい合った二台で対戦するようにできている。先に三本相手をノックアウトした方が勝ちだ。

対戦相手がいない時はコンピューターと対戦するのだが、向かいの台はいつでも乱入、対戦を挑むことが可能になっていて、知らない奴《やつ》がいきなり対戦を挑んできて負けたりしたら、続けるためにはもう百円が必要になる。一人の人間が百円一枚で長時間台を占領できないような巧妙な仕組みになっているのだ。

両端の二組の台は今対戦中で、真ん中の台だけが、誰かがコンピューターと対戦中で、乱入可能の状態だった。

「よし、あの真ん中の台に乱入しよう。まず僕が奴を負かすから、そしたら青柳君はそいつの後で、僕と対戦しよう」

「いや、僕は見ているだけでいいですよ、弱いから」

松川は嘆かわしい、という顔で、

「君って、どうしてそんなに消極的なの？」

「すいません」

謝りたくもないのに反射的に謝ってしまう自分が嫌だった。

「とにかく、行くぞ」

松川は真ん中の対戦台の椅子《いす》にどっかりと腰を下ろした。松川は下半身デブの癖になぜかタイトなスリムジーンズを穿《は》いていて、椅子に座る度にジーンズが張り裂けそうに膨張する。機械に百円を投入した。

「ニューチャレンジャー！」

スピーカーからコンピューターの声が高らかに告げ、対コンピューターモードから対人モードに切り替わった。

松川は例の葵という合気道を使うキャラクターをファイターに選んだ。向かいの台の人間はウルフというプロレス技を使うキャラクターである。

松川は強かった。瞬《また》く間に下段回し蹴《げ》り、追い討ちの突き技を決め、相手が起き上がると、相手にガードさせる隙《すき》を与えず連続パンチ・アンド・膝蹴《ひざげ》り、とどめは豪快な投げでノックアウトした。

「うまいですね」敏郎が誉《ほ》めてやると、

「いやいやいや、相手がヘボなんだよ」

松川は得意気に言ってから「弱い、弱すぎますわ」と声を裏返した女声で言った。相手をノックアウトした時にキャラクターが吐く挑発的なセリフを真似《まね》たのだ。

だが第二ラウンドに入ると相手が急に強くなった。いきなりドロップキックを食らい、倒れた所を足を摑《つか》まれ、振り回された挙げ句ふっ飛ばされてあっけなくノックダウンを奪われた。

どうやら向かいの相手は、最初はわざと負けて松川の戦い方を観察していたようだ。

松川の顔色が変わった。

「ふざけんなよ、この糞《くそ》がっ」

向かいの台に座っている人間に聞こえるような大声で罵《ののし》るので敏郎は気が気でなかった。

三ラウンド目、松川は戦法を変えた。コンピューターの発する「レディー、ゴー!」のかけ声と同時に松川は、まず一発キックを放ち、相手にダメージを与えると、即座に後ろ向きにジャンプを繰り返して、三十秒の時間切れまでひたすら逃げ回った。見ている方が情けなくなるほど実にせこい戦い方であるが、敏郎にはそれがとても松川らしく思われた。

残り十五秒を切った時、みるからに凶暴そうな茶髪の若い男が台を回り込んできて、いきなり唾《つば》を飛ばしながら怒鳴った。

「オメエ、ふざけんじゃねえ！　ちゃんと戦えよ」

その男こそ、向かいの台で松川と対戦していた者であった。

たかがゲームでそんなに腹を立てるとは実に大人げない奴《やつ》だ。こういう奴が些細《ささい》なことで切れて人を殺したりするのだ。

松川には悪いが、巻き添えをくいたくない敏郎は二歩後ろにさがって、無関係の他人を装《よそお》った。

茶髪男の過剰反応にも呆《あき》れたが、次に松川が取った行動も信じられなかった。アニメおたくは皆臆病者《おくびょうもの》だと思っていた敏郎は、松川が怯《おび》えて男に謝るものと勝手に考えたが、そうはならなかったのだ。松川は茶髪男を一瞬振り返って見たものの、即座に顔をモニターに戻し、操作する人間がいなくなって今や棒立ちになっている敵を猛然と攻撃し始めたのだ。

世の中には、二人のうちのどちらか片方にでも理性があれば衝突を避けられる場面は多々あるが、あいにくどちらも安い馬鹿《ばか》だった場合、衝突は必然的に起こるものなのだという見本のような場面が、敏郎の目の前で展開した。

茶髪男は目を吊《つ》り上げて、松川の尻《しり》を蹴飛ばした。「ああん！」松川はオカマダンサーのような気持ち悪い身のくねらせ方で立ち上がり、振り返りながら、卓上のアルミ製の灰皿を茶髪男の顔に投げつけた。

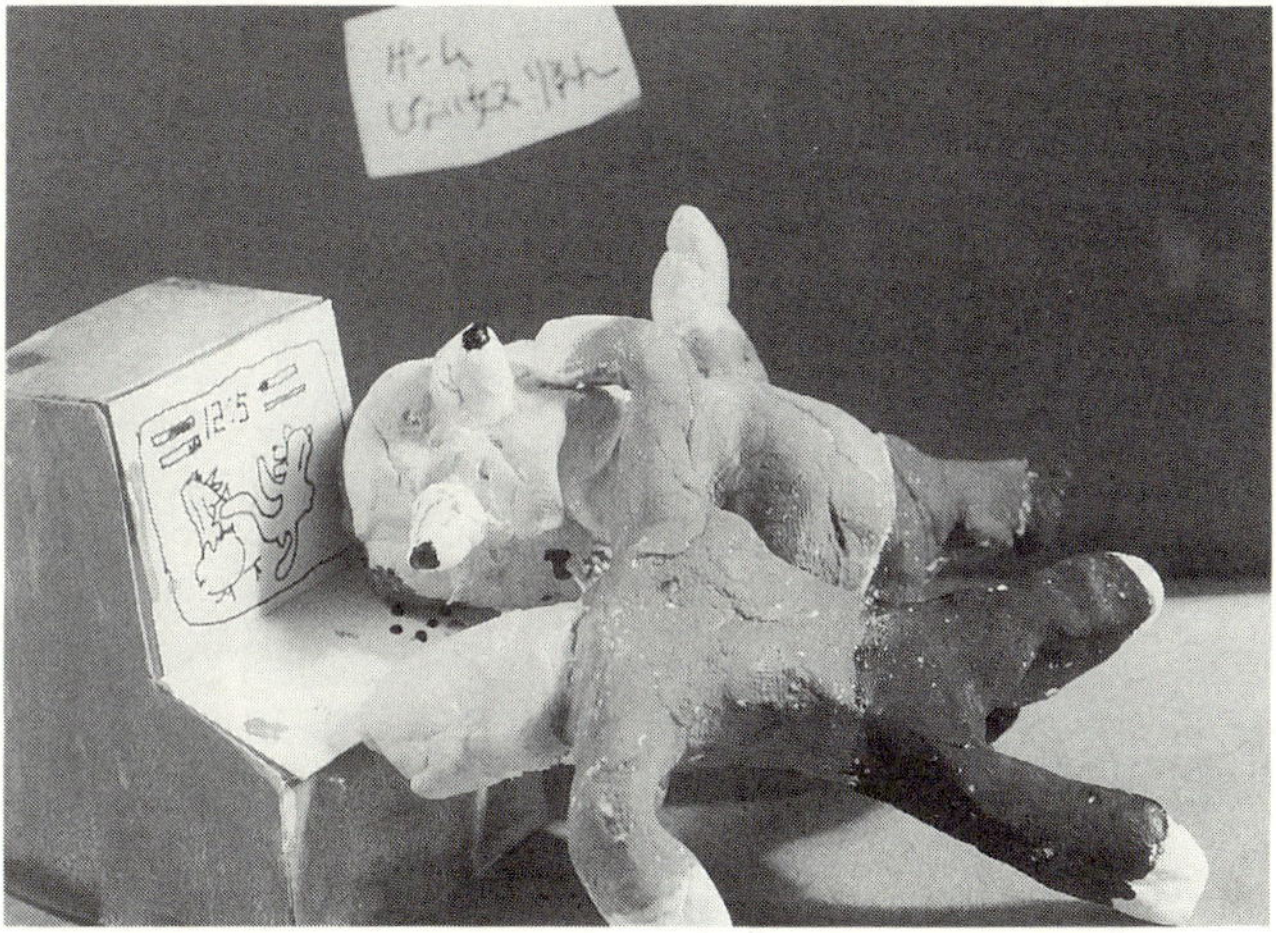

灰皿がカツン、という音を立てて茶髪男の額を直撃し、中に溜《た》まっていた灰が花吹雪のように散った。

茶髪男が場所もわきまえず松川に飛びかかった。

松川は背中からモニターに激突した。それから取っ組み合いが始まった。互いにヘッドロックを掛け合い、膝で相手の下半身を蹴る。

「死ねっ、クソデブ」

「ぶひいっ！ ぶひいっ！」それはもう、世の中にこれ以上醜いものはないというぐらいどうしようもない喧嘩《けんか》だった。

「馬鹿じゃねえの」

敏郎の背後で、誰かが冷めた声で呟《つぶや》いた。敏郎もまったく同感だった。二人の間に割って入り、喧嘩の仲裁をしようという考えなどまったく起こらなかった。

顔を真っ赤にして不毛の争いを続ける二人を見て敏郎は、本当に世の中が嫌になった。

死ぬまでやってろ！

敏郎は心の中で叫び、ゲームセンターを飛び出した、松川がどうなろうと知ったことではなかったし、本屋のバイトも二度と行く気はなかった。

もがけばもがくほど、自分の人生がどんどん悪い方へと引き寄せられていく気がした。どこかで救われないと、いつか自分も切れてあの馬鹿二人のようになるんじゃないかと考え、ぞっとした。

頼む、どんな些細なことでもいいから何か良いことが起きてくれ。

電車の吊革に摑まって揺られながら、敏郎は心の中で何度も繰り返した。


それから四十分後、敏郎は自宅に戻り、蒲団《ふとん》に倒れ込むと毛布を体に巻き付けた。暴力沙汰《ざたま》を目の当たりにして心が冷えきり、無性に暖かさが欲しかった。

ぼんやりと天井を見つめて、静かな十分間が過ぎた。

ほんの少し体に温もりが戻ってきた。それにつれて体から緊張が徐々に抜けていく。

プルルルル、と電話が鳴った。

敏郎は毛布から腕を突き出し、寝転がった姿勢のまま電話を取った。

「もしもし?」

――夜分遅くに申し訳ありません、青柳さんのお宅でしょうか。

知らない男の声だった。その声は腹の底から出た張りのある、力強い低音だった。聞いている者が自然と姿勢を正してしまうような礼儀正しさも感じられた。

かつて営業の仕事をしていた敏郎にはそれがセールスの電話でないことは瞬間的にわかった。電話セールスの声はできるだけ喉《のど》を疲れさせないようにという配慮がみえみえだが、この声はあきらかに違う。

「はい、そうですが」

――青柳敏郎さんはいらっしゃいますでしょうか。

「はい、私です」一体誰なんだ、と思いながら敏郎は答えた。

――青柳敏郎さんですか？

相手の声がいっそう勢い込んだ。

敏郎は気圧《けお》されながら、そうです、と答えた。

――夜分遅く大変申し訳ありません。私、長野県坂巻町の町長の藤咲雄夫と申します。

「エッ？」敏郎はたった今、男が口にした言葉が信じられなかった。坂巻町の町長。

まさか、まさかまさかまさかまさかまさか！

しかも町長自ら電話してくるなんて！

――おめでとうございます、青柳さんの応募してくださったテーマパーク『坂巻ダークランド』がこの度、坂巻町の町おこし事業として、今日、正式に決定されました。

町長と名乗るその男の声も満足気だった。

「ほ、本当ですか！　それ」驚きのあまり、声が裏返った。もう一方の手で体に巻き付けたじゃまっけな毛布を剝《は》ぎ取る。

信じられなかった。まさか自分という人間が選ばれるなんてこれっぽっちも考えていなかったのだ。

あの夜は、異常に神経が昂《たか》ぶっていて、頭の中で百名のマーチング・バンドが行進し、手はコックリさんみたいに意志と関係なく勝手に動く、というような状況だった。最初は縦三枚、横五枚で描き始めた図面がすぐに足りなくなり、結局、縦四枚、横七枚の計二十八枚もの契約書（の裏）を使った大図面に膨れ上がってしまったのだった。

勿論《もちろん》、百万円が手に入ればいいな、とは思っていたが、ホラーテーマパークなどというものが、アイデアを面白がる人間はいたとしても、本当に採用されるとは考えてもいなかった。

採用決定を誰よりも驚いたのは、他ならぬ発案者の青柳敏郎だったのだ。

まるで宙に浮き上がるような浮遊感が、さっきまで石のように硬くなっていた体を包み込んだ。

生まれて初めて、自分の人生がこれまでとは違う方向へと動き出すのを敏郎は全身で感じた。

「本当に、なんて言っていいのか……ありがとうございます」

敏郎は受話器を握り締めながら、深くお辞儀した。

――いえいえ、こちらこそ、楽しい企画をありがとうございます。議会の議員の半数以上が『坂巻ダークランド』を推すほど人気があったんですよ。

その言葉もまた驚きであった。頭にカッと血がのぼった。

「なんだか、信じられないような気持ちです」

――夕方、三回ばかりお電話したのですが、いらっしゃらなくて。それでこんな遅い時間になってしまったのです。

「ああ、ちょっと仕事に出ていたもので、すみません」

――そうでしたか。自営業なのでご自宅にいるものと考えてしまった私が浅はかでしたね、ははは。

なんとも大らかで、心の和むような笑い声だった。敏郎は顔も知らない田舎町の町長にもう好意を抱いてしまった。

「すみません、プロフィールの職業欄に書いた自営業っていうの、あれ、嘘《うそ》なんです」

――嘘ですか？

「ええ、あの時、会社を辞めて無職だったんです。でも無職って書くのが嫌で、苦し紛れに自営業って書いたんです。もっとも今も無職と大して変わりませんが」

――ははは、そうでしたか。

またしても町長は愉快そうに笑った。

「町長さん自ら電話をくださるなんて、本当に光栄です」

それは本当に本心からの言葉だった。

――いやいや、このユニークな企画を考えついた人は一体どんな人なのだろうと考えると興味が湧《わ》いてきて、これはひとつ、自分で確かめなきゃ気が済まないと思ったんですよ。

「いや、そんな、ただの冴《さ》えない男ですよ」

——ただいまっ！

だしぬけに若い女のやけくそ気味に明るい声が受話器から聞こえたので、敏郎は驚いた。

——ちょっとすみません。

町長が言い、オルゴールのメロディーが流れた。

ひょっとして、自宅から掛けている？

敏郎は面食らった。

その時、ガツンという硬い音が敏郎の耳に突き刺さった。と同時にオルゴールのメロディーが止まった。

——こらっ、フリオ！

今度は町長の慌《あわ》てた声が飛び込んできた。

一体どうしたんだ？

ガサゴソいう音が聞こえ、ついでプッ、という電子音。

——なあに？

さっきの若い女の声が、今度は耳元で聞こえたので、敏郎は慌てて、思わず「えっ?」と言ってしまった。

――もしもし?

女が言った。

「いや……あの……」敏郎はどうしていいかわからず、うろたえた。

――誰なの。

女の声が厳しくなった。

敏郎は、そっちこそ誰なんだよ、と言いたかった。

ドアをノックする音が遠くで聞こえた。

――おい、あゆみ、電話下に返してくれ、ボタン押し間違えた。

くぐもった町長の声が聞こえた。

――またあ?

女が呆れたように言い、もう一度プッ、という電子音が鳴った。

沈黙。遠くからスリッパがバタバタと鳴る音が近づいてくる。

――どうも失礼しました。

やっと町長が電話に戻った。

「あ、いえ、どうも」敏郎は戸惑いと同時に、なんともいえないおかしさを覚え、喉元まで上がってきた笑いをこらえた。

どうやらこの町長、意外にそそっかしい一面もあるようだ。

22

丸尾は電話帳で君塚の家の番号を調べ、電話した。年配の女が出た。そば屋が言っていた家政婦の田丸であろう。

丸尾は長野市の不動産鑑定士を装って、君塚に取次いでもらうよう頼んだ。

少々お待ちください、と女が言い、それから電子音のメロディーが流れた。

二十秒後、また女が電話に出て、君塚さんは今忙しいので、電話に出られませんと告げた。どうせそう言われるだろうとは予想していた。そこで丸尾は、わざと声に刺《とげ》を含ませ、言った。

「そうですか……君塚さんが所有なさっている黒砂山の尾根の森林地帯の土地について、是非ともお話ししたいことがあるのですが、そうお伝え願えませんかね？」

家政婦は丸尾の押しの強さに負け、また、少々お待ちください、と言って電話を保留状態にした。

また二十秒ほど待たされた。だが今度は君塚本人が電話に出た。

——もしもし？

爆発寸前の怒りをかろうじて抑えているひどく不機嫌な声だった。

丸尾は、「お忙しいところ、大変申し訳ありません。私、長野市で不動産鑑定士をしている丸尾という者ですが」と名乗り、さきほど家政婦に話したことを繰り返した。

——こっちには別に話したいこと……待て……。

君塚が受話器を口から離し、くしゃみをした。それから改めて、

——こっちには別に話したいことなどないよ。

なんだ、こいつ、風邪か？　と思いながら、丸尾は、

「そうですか……あの土地のことで、君塚さんが、もしかしたら何か問題を抱えていやしないかと思ったものでしてね。私の考え過ぎだったらいいんです。それでは失礼いたします。お邪魔しました」

——待て！

君塚が怒鳴った。

予想通りの反応だった。ゴミ投棄のことを知っていると思われる人間を、そう無下に追い払うことはできない。

「何でしょう」

——会ってやるから一時間後に来い。

弱味を握られても大物の俺は恐くなどないんだ、とでもいうつまらない虚勢がみえみえだった。

「では伺います」丸尾は言い、電話を切った。

一時間後、丸尾は単身、君塚の家を訪問した。雨は相変わらず激しく降り続けている。市道から外れて、緩やかな勾配《こうばい》の私道を上り切った所で、君塚の邸宅が現れた。都会と違って表側に外塀はなく、無防備な感じがした。

車から降り、傘を差して立つと、三階建ての邸宅を見上げる。

この田舎町にはそぐわないブルーのサイディング・ウォール（板張り風の壁）だった。地面から天辺《てっぺん》まで約12～13メートル。

一番下はコンクリート剝《む》き出しの車庫で、噂《うわさ》通り四台の車が整然と並んでいる。右から4ドアのジャガーXJ6、2ドアの黒いメルセデス・ベンツS600L、メタリックシルヴァーのポルシェ911カレラ、そして日産テラノ。他の三台が見事に磨き上げられているのに、テラノだけがなぜか泥だらけだった。

豪華なコレクションを見て、むかつく野郎だ、と丸尾は思った。

しかし同時に、自分もいつかこれぐらいの車を揃《そろ》えてやる、という意欲も湧いた。このまま成功し続ければ、それは決して夢では終わらないはずだ。

車庫の左脇《ひだりわき》に、二階にある玄関へと通じる細い階段がある。

正面に見える二階と三階の窓は高さがそれぞれ2メートル半ほどあり、三階部分は、はめ殺しになっているので吹き抜けになっているらしいとわかる。二階にはガラスブロックで囲われたL字形のテラス、三階の三角屋根の天辺には大きな採光窓。窓枠はすべて白で統一されている。プレイボーイ気取りの君塚らしい外観を備えた家である。町の喫茶店の女主人の話によると、君塚は父親が死んでから十カ月後に、それまで長年暮らしてきた寄《よ》せ棟《むね》屋根の純和風邸宅を取り壊し、このモダンな邸宅に建て替えたのだそうだ。

丸尾は車庫脇の階段を上った。正面から見た時はわからなかったが、この家の背面は三階の頂上部から三〇度くらいの角度でばっさりと切り落とされたような片流れの形状になっていた。側面には三階に小さな出窓がひとつあるだけだ。

玄関の庇《ひさし》の内側に立つと、傘をすぼめ、六個の小さな丸窓が縦に二列並んだ金属製の洒落《しやれ》たドアの前に立ち、インターフォンのスイッチを押した。カチャリというロックの外れる音に続いて、ドアが静かに開き、中から髪を後ろで束ねた、まんじゅうのように丸い女の顔がぬっと出てきた。

「丸尾様ですね、どうぞお入りください。旦那《だんな》様がお待ちです」

家政婦はにこやかな顔で丁重に言い、ドアを大きく開けて丸尾を招き入れた。丸尾は一礼して、中へ入った。

玄関が小さい割に、白い正方形のタイル張りの土間は広々としていた。左側の壁に靴箱があり、その上には数種類の花を生けた花瓶が置かれていた。土間の隅に青いバケツが置いてあり、縁に雑巾《ぞうきん》が掛けてあった。バケツの中の水は泥で濁っている。そしてバケツに寄りかかるように焦茶色《こげちゃいろ》のブーツが立てかけてあった。

家政婦は丸尾から濡《ぬ》れた傘を受け取り、傘立てに差すと、「三階の書斎へお通しするように言われましたのでご案内します」と言った。丸尾は予《あらかじ》め用意されていたスリッパを履き、家政婦の後について歩いた。

板張りの短い廊下を抜けると、吹き抜けのホールへ出た。そこから幅広の螺旋《らせん》階段が三階へと続いている。階段を上り切って右へ折れ、廊下を突き当たった所が君塚の書斎だった。

家政婦がドアをそっとノックして、「丸尾様がお見えになりました」と告げた。

「入ってください」

一時間経《た》っても相変わらず不機嫌な君塚の声が中から聞こえた。

家政婦はドアを引き開け、どうぞ、と小声で丸尾に言った。丸尾は軽く頭を下げ、ドアをくぐった。

十畳の書斎は照明を落としてあり、穴蔵のような雰囲気だった。だがそのことが落ち着いた雰囲気を醸《かも》し出していた。

部屋の中央に置かれた肘掛《ひじか》け椅子《いす》に君塚が座っていて、入ってきた丸尾を睨《にら》みつけた。

丸尾はその攻撃的な視線を一旦《いったん》受けとめてから、丁寧にお辞儀した。

四十一歳という年よりずっと若く見える、というのが第一印象だった。皮膚はつるつるとして血色が良く、髪の毛も丸尾よりずっと多く、自然に波打っている。顔は全体的に甘く、優しげだ。これなら、下手に地を出さなければ人の信用を得るのもそう難しくはないだろう。事実そうやって選挙を勝ち抜いたに違いない。

君塚は静かに椅子から立ち、丸尾に自分の向かい側の椅子を勧めた。「どうぞ」

丸尾はもう一度頭を下げ、椅子に腰掛けた。

「ただいまお茶を持って参ります」家政婦が君塚に言い、退室した。

ドアが閉まると、二人は無言のままお互いの視線をぶつけあった。

「何者だ」先に口を開いたのは君塚の方だった。「不動産鑑定士なんて嘘《うそ》なんだろう」

「ええ」丸尾は平然と答えた。「大嘘です」

それから首を回し、書斎を見回した。丸尾の背後の壁には鹿《しか》と熊《くま》の頭部の剝製《はくせい》。右側の壁に、銃架に掛かったモーゼルKａｒ98・ボルトアクション・ライフルの無可動実銃(実銃だが、機関部を溶接して動かなくした装飾用の銃)があり、目を引いた。

机の脇にはテンキー式の錠を取り付けた、スチール製のガンロッカー。中には猟銃が仕舞ってあるのだろう。

「銃がお好きなんですね」丸尾は君塚に顔を戻し、言った。「私も三種類の銃を撃ったことがあります。六四式小銃、八九式小銃、それにSIG・P220・九ミリ拳銃」

君塚はさも不快そうに顔を歪《ゆが》めて、

「元自衛官か。それが今は強請《ゆすり》屋ってわけか。さっさと用件を言ったらどうだ」

「いつからあそこにゴミを棄《す》てているんですか」

丸尾は単刀直入に切り出した。

君塚が顎《あご》を引き、唇をキュッと固く結んだ。

「あの凄《すさ》まじいゴミ棄て場を見た時、私は初め、あなたが運搬ルートを提供することで金儲《かねもう》けしているのだと思いました。でも、すぐにそれはおかしいなと思いましたよ。だって、幾らもらっているにせよ、随分割に合わないことですよね。隣の土地が坂巻町の所有地だからって、あんなに不法投棄のゴミが溜《た》まってしまっては、隣のあなたの土地の資産価値も下がる一方でしょう。どうもわからないな」

丸尾は涼しい顔で喋《しゃべ》った。

君塚は相変わらず丸尾を睨んだまま無言だった。もう少しこちらの手の内をさらさないと永久に口を閉ざしたままだろう。

「そんなに割に合わないことを引き受けているのはどうしてなんです？　誰かに脅迫で

もされているとか……」

脅迫という単語を口にした途端、君塚の顔に劇的な変化が表れた。眉間《みけん》に刻まれていた二本の縦皺《たてじわ》が掻《か》き消え、それまで噛《か》み締めていた奥歯が離れるのがはっきりとわかった。

図星か。

丸尾は満足感を覚えた。

君塚がほとんど口を動かさずに言った。

「お前、何者なんだ」

「あなたを苦境から救える者です」丸尾は答えた。

23

性行為……〔名〕人間が己の倒錯した欲望と征服欲を具現化する行為。人間は愛情の表現という彼らにとって都合の良い言い訳によってこれを正当化する。度重なる性行為は脳のもっともデリケートな部分であるエンシータ領域の細胞の崩壊を早めるため、純粋な生殖行為以外の性行為は厳として慎まなければならない。しかし、学院長ならびに始祖達など、エンシータ領域開発に成功した高次元存在者が超感覚誘導物質『エヘ・ボルハーノ』を他者に伝達する行為とは厳然と区別されねばならない。破滅的な快楽を追求する単なる性行為と、『エヘ・ボルハーノ』伝達行為はまったく同じように見えても、破壊と創造という対極の行動である。・参照・『エヘ・ボルハーノ』伝達。

精神科医……〔名〕二十世紀の人類の歴史に、差別と混乱をもたらした人類の敵。彼らは空虚で難解な学術用語を操ることによって、真実の世界に目覚め、そこへ到達しようとした数多くの真に偉大な人間達を精神病院という牢獄《ろうごく》に閉じ込め、闇《やみ》に葬《ほうむ》り去った。その人類の進化を妨げる行為は徹底的に糾弾されなければならない。また人間精神の正常と異常の境を曖昧《あいまい》にし、絶対善を認めない彼らの考え方が退廃的な自己中心主義を人類にはびこらせた。近年、真道学院ＰＳＥ（潜在的敵対者）調査部の調査により、日本の大部分の精神科医が公安警察の手先となって、暴力的精神異常者を責任能力なしとして世間に野放しにしていることが明らかになった。公安警察は暴力的精神異常者を野放しにすることにより、国民を怯《おび》えさせ、単調な日常を生き抜く以外の事に関心を向けないようにコントロールしているのである。・参照・公安警察、ＰＳＥ調査部。

臼田清美は旅館の部屋の窓際《まどぎわ》のガラステーブルに真道学院の辞書である『天海《あまみ》原満《はらみち》流《る》・定義の書』をひろげ、吸収の最中だった。学院に入学したプレントランスは全員、七万九千円、全六百九十七ページに及ぶこの『天海原満流・定義の書』を購入し、内容のすべてを頭の中に叩《たた》き込み、暗唱できるようにならなくてはいけないのだ。ゴイサムに生きていた頃に何気なく使っていたごく普通の単語さえもが、この書では偉大なる学院長・天海原満流によって再定義し直されている。

プレントランスはまず、これまで自分が生きてきた世界の言葉の概念をすべて捨て去り、新しい言葉を一から学び直さなくてはならない。そうしなければ真理の世界を垣間《かいま》見ることもできず、永久に高次元の存在には到達できないからだ。

臼田は寝る間も惜しんで『定義の書』をひもとき、偉大なる学院長が喝破した世界の本当の姿を心に刻み続けた。

疲れた体が眠りを要求し、つい頭がコクリとなる。そんな時は、二の腕や股《もも》の内側といった皮膚の柔らかい箇所にボールペンの先端を突き刺す。すると体中に冷たい痛みが走り、嘘《うそ》のように眠気が吹き飛ぶのだ。

今、この瞬間にも、偉大な大始祖・丸尾様が、ネスト建設予定地の所有者である君塚琢磨という、この世で最も邪悪かつ堕落した俗物と対峙《たいじ》しているのだ。そんな大変な時に、たとえ一瞬たりとも自分が休息を取ることなどしてはならないのだ。

隣室のスライド式ドアが開く音が聞こえた。

臼田は角が潰《つぶ》れ、背表紙をガムテープで補強してある『定義の書』の表紙を閉じ、立ち上がった。

部屋のドアを開け、廊下に顔を出す。和島と磯崎の二人が階段に向かうところだった。

「どこへ行くんです？」

臼田は二人の背に声を掛けた。二人は後ろを振り返り、磯崎が、

「浴場だよ」と答えた。

そういえば磯崎とまともに口をきいたのはこれが初めてだった。

「お風呂《ふろ》なら部屋にあるじゃないですか」

口調がややきつくなる。大始祖・丸尾様が大変な仕事をしている時に、一般の旅行者のように公衆浴場でくつろぐなんてたるんでいる。

和島が刺々《とげとげ》しい声でやり返す。

「部屋の風呂には隼人を閉じ込めているんだ。仕方ないだろ」

それを聞いて、臼田はショックを受けた。

二人の隼人に対する虐待《ぎゃくたい》はますますエスカレートしている。それについて大始祖様が何も注意を与えないのも不思議である。偉大な大始祖様は、それなりの考えがあってそうしているのだろうが、そのうち隼人が弱って死んでしまわないかと心配だった。

「そうですか……あの」

「何だよぉ」和島は凶暴な目つきで臼田を睨《にら》んだ。

この人、変だ。臼田は背筋がゾッとするような恐怖を覚えながら、

「いえ、あの、ボールペン貸してくれませんか？　私のペン、インクが切れてしまったもので」

和島はさも面倒くさそうに舌打ちし、磯崎に目配せした。磯崎がジーパンのポケットからルームキーを抜き取り、

「机の上に筆記具があるから、自分で部屋に入って勝手に取ってこい」

そう言って、キーを臼田に向かって放った。

臼田は危ういところでなんとかそれをキャッチした。

「ありがとうございます」深く頭《こうべ》を垂れ、礼を言った。二人は階段を降りていった。

心臓が大きく脈打っている。

大始祖様が傍にいる時といない時で態度が全然違う和島、ロボットのように無表情で感情の読み取れない磯崎、二人とも苦手だった。それでもずっと年上で先輩なのだから敬意は払わなくてはならないのがつらいところだ。

大始祖様の身の回りの世話役をことづかっているからこそ、この程度で済んでいるが、そうでなかったら二人の自分に対する接し方はおそらくかなり陰険で厳しいものだった

ろう。改めて大始祖様に感謝した。

急いで自室に取って返し、押入れの中からビニール袋を取り出す、それを持って隣室に行き、キーを使って中に入った。

どの部屋も似た造りなので迷うことはなかった。

バスルームへ行き、ドアを開ける。真っ暗だった。ドアの脇《わき》のスイッチを入れる。

人一人入るのがやっとという狭い浴槽の中に、隼人が死体のように体を半分に折り曲げて押し込められていた。しかも素っ裸である。

手足をガムテープで何十にも巻かれ、目と口もガムテープで塞《ふさ》がれていた。体中のあちこちに虐待を物語る痣《あざ》、火傷《やけど》の跡、かさぶたがあった。

臼田は呆然《ぼうぜん》として浴槽の傍に立ち、ぴくりとも動かない隼人を見下ろした。

いくら何でも、これはひど過ぎる。

大始祖様もこの虐待には気がついていないのではなかろうか。

恐る恐る手を伸ばし、隼人の左の二の腕をそっと押してみた。反応があった。隼人がわずかに身じろぎしたのだ。

「隼人君、私よ、恐がらないで」臼田は囁《ささや》くように言った。「ガムテープを取ってあげるから、おとなしくしていて」

隼人に上半身を起こさせてから、目に貼《は》り付けられたテープの端を爪《つめ》で起こし、ゆっくりと剝《は》がす。眉毛《まゆげ》が数本、テープに貼りついて抜けた。隼人が固く閉じていた目蓋《まぶた》を開け、数回まぶしそうに瞬《まばた》きをしてから、ようやく臼田の顔を見た。

「大丈夫？」臼田は訊《き》いた。

隼人の目に表れたのは安堵《あんど》でも、感謝でもなかった。臼田に対する強い興味だった。眼球が目まぐるしく動き、臼田の顔や体を舐《な》め回す。

なんだか自分の方が裸を見られているような居心地の悪さを感じながら、

「口のテープも取ってあげるから、大声出したりしないでね」

隼人は相変わらず落ち着きのない目で臼田を観察しながら、小さく頷《うなず》いた。テープを剝がすと、口から大量のよだれが溢《あふ》れ顎《あご》から首へと伝《つ》い落ちた。

隼人はありがとうも言わなかった。唇の両端を微《かす》かに吊り上げ、いやらしい笑みを浮かべた。少年らしい純真さなど微塵《みじん》も感じられない、狂気と好色が混ざった笑みだ。

隼人は明らかに大人の女である自分に、並々ならぬ好奇心を抱いている。

臼田はこの部屋に来たことを少し後悔した。

「ご飯は食べさせてもらえてるの？」臼田は小声で訊いた。

「ううん」隼人は答えた。普通の人間がするように、顔を縦や横に振ることもせず、まるでロボットのような反応の仕方だった。

「食べさせてもらえないの？」

「うん」隼人はだらしなく口を半開きにして答えた。

「食べ物を持ってきてあげたわ。急いで食べて」

臼田は言い、ビニール袋の口を解《ほど》いた。今日の午後、大始祖様に連れられて入った懐石料理屋で、大始祖様が食べ残した料理を袋の中に入れてきたのだった。

中は当然グチャグチャで、酔っ払いの吐いた反吐《へど》と区別がつかないほどだ。それでも普段学院の中で食べている物よりは、ずっと栄養があるはずだ。

「手を解いてよ」隼人が臼田の胸の膨らみを凝視しながら訴えた。

「そうしてあげたいけど、時間がかかるし、後で和島さん達にわかってしまうから無理よ。私が食べさせてあげる」

それは本当だが、理由はもう一つあった。手を解くと隼人がどんな行動に出るか予測できず、恐いからだ。下手をすると助けた自分に襲いかかる可能性だってあるのだ。

「はい、口を開けてアーンして」

隼人は言う通りに顔を上に向けて、口を開けた。育ち過ぎた小鳥みたいに、妙に滑稽《こっけい》であった。

臼田はビニール袋の中に右手を入れ、米粒と白身の刺身を摑《つか》みだし、隼人の口の中にそっと押し込んだ。

隼人は口を忙しく動かし、食べものを飲み下した。

「おいしい？」

「グチャグチャして気持ち悪い」隼人は臼田の唇の辺りを凝視しながら、答えた。

「我慢して、はい、アーン」

続いて山芋と大根の欠片《かけら》を差し出す。隼人は口の中に入った臼田の指を、性行為を思わせる激しさで舐めた。

そのいやらしさに臼田はゾッとして、あわてて指を引っ込めた。

にやにやしている隼人を睨み、

「ちょっと、そんなふうに舐めないでよ」

「早く、もっと頂戴《ちょうだい》よお」隼人は悪びれることなく、憎たらしい口調と顔で要求した。

臼田は、隼人を虐待する和島と磯崎の気持ちが、ほんの少しわかるような気がした。

「あげるからおとなしくしてて」

臼田はもう一度袋に右手を入れ、焼き茄子《なす》を取り出すと、指まで入れないように用心しながら、隼人の口に茄子を差し込んだ。

その瞬間、隼人が首を前に突き出し、臼田の三本の指に噛《か》みつくと、万力のような物《もの》凄《すご》い力で締め付けた。

指が千切《ちぎ》れるような激痛が全身を貫いた。左手にもった袋を床に落とし、隼人の額を左の掌《てのひら》で思い切り突いた。指は外れたが、皮膚が無惨《むざん》に剝《む》けた。

隼人が浴槽の中で立ち上がり、浴槽の縁をジャンプして飛び越えると、尻餅《しりもち》をついた臼田の体の上に飛びかかった。

臼田は恐怖で悲鳴も上げられなかった。

隼人の頭が胸にぶち当たり、肺から空気が叩《たた》き出され、咳《せ》き込んだ。

「おねえちゃん！」

隼人が芋虫のように体をくねらせながら、臼田のワンピースに噛みついた。

臼田はその頭を懸命に押し返しながら、「やめなさい」と引き攣《つ》った声で命令した。

しかし隼人はやめなかった。

「おねえちゃぁあん、おねえちゃんのオッパイ舐めたいよおぉぉ」

隼人はくぐもった声で言いながら、服越しに臼田の乳房に噛みついた。

その瞬間、臼田の内部で糸が切れた。臼田は無我夢中で、右肘《みぎひじ》を隼人の左耳の脇《わき》に打ち下ろし、左膝《ひだりひざ》で腹を蹴《け》り上げた。

「舐めんじゃねえ、ガキッ！」

そんな悪態をつくのはほぼ一年ぶりだった。

24

真道学院という団体に、君塚は聞き覚えがなかった。

丸尾の口から、その団体のあらましを聞くと、君塚は丸尾が喋《しゃべ》り続けるのを制して、

「ああ、つまり変な宗教だろ！」

この男が身につけている薄気味悪さの源はそれだったのだ。

丸尾は人々の無理解には慣れ切っているとでもいうような苦笑いを浮かべ、

「皆さん、よくそのように誤解されますよ。私達は、純粋に科学的なトレーニングによって人間の脳開発を成し遂げ、人類を更なる高次元の存在へと導くために……」

「わかったわかった。わかったから、ちょっと黙ってくれよ。その真道学院とやらが、俺を脅迫している人間を消してくれるとでも言うのか？」

「物騒ですね。我々を暴力団と勘違いしていませんか？」

「ならどうやって俺を心配から解放してくれると言うんだ」

「まぁ、聞いて下さい」と丸尾は話し出した。

丸尾が自信満々に語るところによると、君塚を脅迫している人間を学院に取り込んで、入学させてしまえば、その後はまったく無害になるのだそうだ。崇高な目的に目覚めた

者は、それまでの自分の行ないを深く悔い、人類救済という新たな目的のために脇目もふらずに邁進《まいしん》する。

「つまり洗脳するということか？」

君塚は疑惑の目で丸尾を睨み、言った。

丸尾が唇を固く結んで、顔を左右に振り、

「我々はそんな野蛮な手段は用いません。我々はただ、その人の埋もれかけている良心に訴えかけ、その良心の力を増幅させるだけです」

「さっぱりわからん」

「わかりませんか」

「ああ、わからん。が、そんなことはどうでもいい。それより俺が聞きたいのは、あんた方が見返りとして何を俺に要求するつもりなのかってことだ」

「黒砂山の土地の所有権を譲っていただきたいのです」

丸尾が平然と言った。

君塚は怒りで頭の毛が、チリチリと音を立てて燃え上がりそうになった。

「まったくどいつもこいつも寄生虫みたいな奴《やつ》ばかりだ。よってたかって俺からふんだくろうとしやがる！」

「落ち着いてください、君塚さん。落ち着いて、現在のあなたの立場を考えていただきたい。その上で、この取り引きが損か得かよく考えてみて下さい」

丸尾の冷静さが癪《しゃく》に障《さわ》った。それでも言われた通り、君塚は損得勘定を始めた。あの乱交ビデオが剣持の手を離れてどこかへ流出すれば、大醜聞になり、未成年買春の罪で有罪確実。そうなったら損どころの騒ぎではない。

「俺はある男に、ある物を押さえられているんだ」

君塚は重い口を開いて言った。

「なるほど、物件Aですね」丸尾は楽しんでいるような口調で言った。

「それを取り返したい」

「なるほど」と丸尾が相槌《あいづち》を打ち、先を促した。

「お前達が俺に代わって、そいつを取り返してくれる、と。だがお前達がそれを手に入れた途端、今度はお前がそれをネタに俺を脅迫する」

「しませんよ」

「嘘《うそ》だ」

「本当ですよ。脅迫したら私も脅迫罪に問われますからね。私は刑務所には入りたくありません。それに、警察沙汰《ざた》になったら、学院を汚《けが》したことになり、私は学院から追放されるでしょう。そんな損なことはしませんよ。脅迫という行為は大きなリスクを伴うものなんです。そのリスクを負ってまで、利益を得ようとする人間というのは相当切羽詰まって、追い込まれた人間です。あなたを脅迫している男も相当追い込まれている。違いますか？」

君塚は剣持の、あのむかつく面《つら》を思い浮かべながら、

「ああ、そうだ。奴は会社の運営に行き詰まって、俺を標的に選び、自分も刑務所行きを覚悟で脅迫してきた」

「そういう捨鉢な奴が一番危ないんです。一刻も早く、その物件Aとやらを取り戻さなくては、あなたも安眠できないでしょう？」

「本当にそいつを学院に取り込めるのか？」

「ええ、勿論《もちろん》」丸尾は涼しい顔で答える。

「随分自信満々だな。そんなに自信があるのなら、いっそのこと俺を洗脳して取り込めば、面倒な取り引きなんかしなくても土地を手に入れられるじゃないか」

君塚が洗脳という単語を口にした時、丸尾はまた嫌そうな顔をしたが、辛抱強い口調で、

「可能ならとっくにそうしていましたよ。だが、あなたは取り込めない。あなたの良心はもう死んでいて、絶対に救えませんから」

その不吉な言葉に、いささかうろたえた。

「言ってくれるじゃないか。何か？　俺には一片の良心もないというのか」

「あなたに会う前、町であなたに関する情報を集めました。その情報と、今こうやってじかにあなたと話した印象から、私は結論を出しました。あなたは救いようのない人間だ。傲慢《ごうまん》、無恥、無責任、ナルシスト。しかも、それを指摘されても何とも思わない鈍感な神経を持った厚顔な人間だ。自分さえよければ世界が滅びようと構わない、そういう人間です、あなたは」

　面と向かってこれだけ見事にけなされたのは初めての経験だった。

　君塚はテーブルの足をスリッパを履いたつま先で蹴った。テーブルが動き、碗《わん》の中の緑茶が茶托《ちゃたく》の上にこぼれた。

「ハッ！　そうかい。お誉《ほ》めの言葉、有り難うよ。おかげでお前らのような奇怪な連中に洗脳されなくて済むのなら、いいことずくめだな」

「そんなあなたには、端的に取り引きを持ちかけた方が時間を無駄にしなくていい。そう思ったのです」

「一つ訊《き》くが、あの土地を俺から譲り受けたら、何をするつもりなんだ」

　丸尾が、真道学院の日本最大の、ネストと呼ばれる学舎兼宿舎を建設するつもりなのだと答えた。

「豊かな自然に包まれた静けさの中で、学院生達が自分自身を見つめ、生きることの意味を学び、やがて世界を救うために巣立っていくのです」

「ウフ、ウフ、ウフフフフ……」

君塚はこらえ切れず、喉《のど》を痙攣《けいれん》させて笑い出した。

丸尾が、頭のおかしな奴を見るような目で君塚を睨《にら》み、

「そんなに笑えますか」

「ウフ、だって、そりゃ無理だよ、ウフフフ」

「何が無理なんですか？」

「〝豊かな自然に包まれた静けさの中〟って言ったろ。そりゃあ無理だよ、絶対無理。あの土地の隣にはな、テーマパークがおっ建つんだよ」

丸尾の表情に初めて動揺が表れた。君塚はいい気分だった。

「しかもな、どんなテーマパークだと思う？　化物屋敷ばっかりのゲテモノテーマパークなんだぜ、アハハハハ。隣にそんな馬鹿《ばか》げた施設があるような環境で、精神修行なんかできるのか？」

君塚は丸尾の面を指さして、顔を真っ赤にして笑った。

「人類救済とかいって真剣にやってる隣で、ひゅ〜ドロドロ、怨《うら》めしやあぁぁ、なんてやってるんだぜ、ワハハハハハ！」

あまりにもおかしくて涙が出てきた。ひとしきり笑うと、指先で涙を拭《ぬぐ》い、能面のように無表情な丸尾に向かって、

「驚いただろう。今日決まったことなんだ」

それから、過疎化《かそか》対策としての町おこし事業のことをかいつまんで丸尾に話してやった。丸尾はテーブルの一点を凝視しながら黙って聞いていた。丸尾の内部で怒りが煮えたぎっているのが目に見えるようだった。

君塚が話し終えると、丸尾は顔を上げ、静かに言った。

「もう止められないのですね。テーマパーク建設は」

「ああ、無理だね。お気の毒だが」

そう言った瞬間、後頭部を小突かれたような軽い衝撃を感じた。

止められない？

本当に止められないか？

「待て」君塚は目を閉じ、深海の中から浮かび上がってきた正体不明の物体を網で掬《すく》い上げるような気持ちで、頭の中に浮かんだ考えを捕まえようとした。

脳が猛烈に働き出した。

「……そうか」君塚は思わず口に出して呟《つぶや》いていた。

「どうかしたのですか」

君塚は丸尾の顔を睨み、

「お前のところの信者、何人いるんだ？」

丸尾は不快そうな顔で、

「信者ではありません。学院生ですよ」

「呼び方なんかどうだっていい。全部でどのぐらいなんだ」

「日本全国に約三万三千人」丸尾は答えた。

君塚は口の両端を吊《つ》り上げていびつな笑みを浮かべると、言った。

「なら、充分だ」

25

剣持と会見するために、丸尾は磯崎を連れて半日だけ東京へ戻り、多摩市内にあるバイオ・インダストリーズ社を訪ねた。

社屋の前には駐車場があるのだが、その約三分の一のスペースが工事中の建物のような妙な囲いによって占領されていた。鉄パイプで長方体を組んだ囲いは高さ3メートル半ほど、周囲を汚れのひどい青いビニールシートでぐるりと覆っていた。

丸尾はビニールシートをはぐり、中を覗《のぞ》いてみた。

案の定、うずたかく積まれたプラスチック廃棄物の山であった。何の秩序もなく出鱈《でたら》目《め》に積み上げられている。ちょっと大きな地震がきたら即なだれを起こしそうだ。

この会社は既に終わっているな、と思いながら丸尾は社屋へ入っていった。

受付デスクなどというものはなかったので、オフィスの中に勝手に入っていった。ドアに一番近い机に座っていた、小柄で肥え太った女がちょっと驚いた顔で立ち上がり、どういった御用件でしょうかと訊いてきた。

「剣持社長はいるか?」丸尾は横柄《おうへい》な口調で言った。

女は丸尾と磯崎が放つヤクザ者のそれに似た威圧感に気圧《けお》され、ええ、はあ、おりますと体に似合わぬか細い声で答えた。

他の数人の社員達も皆、闖入者《ちんにゆうしや》のせいで居心地が悪そうだ。

丸尾は女に向かってやや顔を突き出し、有無を言わせぬ口調で切り出した。

「それじゃ君、悪いが社長に取次いでくれ。議員さんのことで話があるといえばわかるはずだ。いいね?」

二分後、社長がお会いになるそうですのでどうぞと、女が戻って来て言った。

「茶は要らないから、邪魔しないでくれ」

女に言い捨て、社長室のドアへ向かう。磯崎を社長室の扉の前で待たせ、丸尾は一人で中に入っていった。

II

II

1

毎月一回、町役場広報部が発行する広報誌『マイ・さかまき』七月号より抜粋。

坂巻町にテーマパークができる！

●三月から『公募ガイド』を始めとする広範なメディアを活用して、大々的な町おこしアイデアの募集を行なってきた町おこし推進事業部は、六月八日金曜日、町会議員、町長を交えた討議の結果、町おこし企画を決定した。

応募総数二九七件の中から選ばれた町おこし企画は、テーマパーク『坂巻ダークランド（仮称）』に決まった。

発案者は東京の自営業・青柳敏郎さん（25）。

世界初のホラーアトラクションのみのテーマパークという型破りともいうべきユニークかつ大胆な発想が評価され、受賞に繋《つな》がった。

「とにかく理屈抜きでハラハラどきどき、スリル満点で、刺激的。猛烈におかしくて、ちょっぴり哀愁があって、そして何よりも唯一無二《ゆいいつむに》の個性、一度来たら絶対に忘れられない。そんなテーマパークがあったらいいな、と思っていました。そして

閃《ひらめ》いたのがお化け屋敷だらけのテーマパークでした」(以上は青柳さんの応募時のコメント)

坂巻町は三年後の完成をメドに、これから具体的な構想づくりに入る予定。

藤咲雄夫町長は『坂巻ダークランド』について以下のようにコメントしている。

「これまでの町おこしに多く見られた、地方色は豊かだが退屈なだけの企画からの脱却が必要だった。『坂巻ダークランド』のようなパワーのある企画が通って嬉《うれ》しい。『坂巻ダークランド』は独立採算制で、町の若年層の雇用促進も期待できる。過疎《かそか》化が止まらないこの町を生き返らせる起爆剤となってくれることを期待しています」

(編集部・手塚)

更に詳しい情報を求める方は以下のアドレスにアクセスを。http://www.sakamaki.or.jp/

長野新聞・六月十九日の朝刊記事よりの抜粋。

町おこしはもののけにまかせろ!

坂巻町が大胆町おこし

上高井郡坂巻町の町おこし推進事業部は過疎化の進む町を生き返らせる町おこし企画として、テーマパークの建設を決定、発表した。発表によると、このテーマパークの名は、『坂巻ダークランド（仮称）』。世界初のホラーアトラクション（恐怖遊戯施設）のみのテーマパークというあまりにも型破りなもの。町長の藤咲雄夫氏はこのテーマパーク構想について、「従来の町おこしの枠を超えた画期的なアイデア。若者達の雇用促進にも期待できる」とコメントしている。町おこし推進事業部は三年後のオープンを目指してこれから具体案づくりに入る予定。

また近隣の自治体もこの坂巻町の大胆な町おこしに注目している。幾つかの自治体からテーマパークに関する問い合わせや、施設の視察を希望する電話が相次いでいるという。

ホラー、ＳＦ専門の映画月刊誌『ファンタゾーン』七月号の記事より抜粋。

■映画とは関係ないが、先日面白い情報をキャッチした。長野県の坂巻町という小さな町が町おこしとしてテーマパーク建設を決めたらしい。それがどうした？いや、待ちなさい。それだけでは勿論《もちろん》記事になどしない。なんと、このテーマパーク、ホラーアトラクションのみ、というとんでもなく過激なテーマパークなのだ！

名前は『坂巻ダークランド』だ！ク〜ル！すげえ！

詳細はまだわからないが、わが『ファンタゾーン』編集部も当然無関心ではいられない。今後、情報が入り次第逐一読者の皆様にお伝えするつもりである。わくわくしながら待て。


（文・ブラッディー前田）

2

長野県上高井郡坂巻町役場の町民課・転入転出窓口担当の職員、千良木素子《ちらきもとこ》は、職場のある三階から下りエレベーターに乗り込むと、ドアと反対側の、ガラス張りになっている壁に背中を押しつけてもたれかかった。ほっと小さく息を吐く。

「いやあねえ、年寄りみたいに」

素子と同い年の同僚である永野晴子が呆《あき》れたように言う。

「だって疲れたんだもん」

素子は何が悪いんだと言いたげに口を尖《とが》らせて言った。

「確かに疲れたよねえ」

永野が眼鏡を外し、目蓋《まぶた》の上を擦りながら同意した。

今週に入ってから、どういうわけか転入者が猛烈な勢いで増え始めたのだ。おかげで素子と永野、それに数人の窓口担当の職員は目が回りそうな忙しさである。

もともと他に較《くら》べて暇な部署だっただけにこの事態は驚きである。

月曜から今日、木曜日までに新たに坂巻町に転入届けを出した人間は何と、二八八人！　二八八人、町の人口が増えたのだ。それは人口わずか一万五八〇〇のこの町の約五十分の一。二パーセントだ。素子が窓口で働き出して以来の大記録である。

どうして急に転入者が増えたのかはわからない。転入者はほぼ日本全国から、老若男女《ろうにゃくなんにょ》さまざまである。

不思議に思うことはもう一つあった。転入者が届け出た新住所である。ほぼ九割近くが町の南東側にある、旧駅舎の近辺に広がっていた旧商店街、いわゆる〝ゴーストタウン〟と町の住民に呼ばれている人気のない、寂しい地域に集中しているのだ。

そこにはつい最近まで借り手もなく、半ば放置されていたアパートやマンションが幾《いく》棟《むね》かあり、転入者の多くがそういったアパートやマンションに移り住んでいた。これは一体どういうことなのだろう。

「どうしてこんなに人が集まっちゃったんだろうね」素子は素朴な疑問を口にしてから、「せっかく暇な部署でラッキーだと思っていたのに」と不平を漏らした。

「そうだよねぇ。普通は就職、進学、転勤に伴う移動が集中する三月が忙しさのピークなんだけど。今は全然関係ない六月だもんね。変なの」

永野も不思議そうに言った。

「それにさ、なんで転入者の住所がゴーストタウンに集中しているのかね」

素子の疑問に永野も首をかしげ、あまり自信なさそうに言った。

「きっとこれまで借り手がいなかったから、家賃が格安なんじゃないの」

「そんなに安いんなら、あたしもそっちへ引っ越そうかな」

素子が何気なく言うと、永野はとんでもない、というふうに顔を左右に激しく振った。

「よしなよ、あんな廃墟《はいきょ》ばっかりの物騒な所。ホームレスとか、犯罪をおかして逃亡中の人間とかが廃墟にこっそり住んでるとかいう噂があるんだから。あたし、応対した人に、もっといい場所がありますよって言いたくなっちゃったよ」

「へえ、恐そうだね」

エレベーターが一階に着いた。ホールを突っ切って、受付の職員にお先に失礼します、と挨拶《あいさつ》して役場を出ると、駐車場へ向かう。

沈みかけたオレンジ色の太陽が駐車場のアスファルトの上に、二人の長い影を落とした。

二年前まで東京で会社勤めをしていた素子には、この田舎町へ越してきて以来、太陽というものが随分身近に感じられるようになっていた。高層ビルの立ち並ぶ丸の内のオフィス街で働いていた頃には、太陽はビルとビルの狭い隙間《すきま》から垣間《かいま》見るものでしかなかった。今は違う。やはり人間は太陽の昇り沈みと共に生きるものなのだと実感していた。

「ねえ、それはそうとさ、すっごいニュースがあるの」

永野が目を輝かせて素子に唐突に言ってきた。

「へっ？」素子の心は既に自宅の風呂場《ふろば》に飛んでいたので、うんと間の抜けた返事をした。

永野は笑いながら、「いつも思うんだけど素子って、オンの時とオフの時の差が激しいよねえ」と鋭い指摘をした。

「いいじゃない、二十四時間、気張ってなんかいられないよ」

素子は素っ気無く言った。

「で、ニュースって何？」

「高坂課長のこと」

永野は立ち止まり、さあこれから喋《しゃべ》りまくるぞ、という意気込みを感じさせる顔で、素子の方に顔を寄せた。

永野はゴシップが何よりも好きな人間だ。耳ざといというのか、とにかくいろいろな噂話をいろいろな情報源から仕入れてくる特技を持っている。その熱心さは素子の知っている限りでの噂好きな町の人達の中でも、抜きんでている。

高坂課長の名が出たので、素子はいつもよりは多少興味が湧《わ》いた。高坂は町民課の課長で、転入転出窓口の素子達の直属の上司なので当然といえば当然だ。

それに高坂とは二年前、ちょっとしたいざこざがあったのだ。

転入転出窓口に配属された時、永野から高坂課長が二年前に離婚して今は独身なのだと聞かされた。

親切でうるさいことを言わない人なので、初めの内は好きだったのだが、ほどなく高坂の、自分を見る目が部下を見る目でなくなった。仕事中でも、帰り際《ぎわ》でもよく二人で食事や酒を飲みに行こうと小声でしつこいほど誘われた。これには困った。当時高坂課長は四十九歳、素子は二十五歳。くたびれ切った中年の典型のような高坂を仕事の上司以上の人間として見ることは、素子には絶対にできなかった。妻子と別れて寂しいのはよくわかるが、それとこれとは別である。

永野に相談すると、あきらめてもらうには、もっと冷たい態度ではっきりと迷惑であることを伝えるべきだと忠告された。

もっともな御意見だが、素子はかつて東京時代、それが原因で勤めていた会社をやめたのだ。まとわりつく中年の上司に迷惑だとハッキリ言ったら、途端に嫌がらせが始まり、堪《たま》りかねて会社を飛び出すまでの半年近く地獄の日々が続いたのだ。同じ轍《てつ》を踏みたくはなかった。

永野と相談した結果、素子はダイヤの指輪を買って、婚約者がいることをさりげなくアピールするという穏やかな方法を取った。それでボーナスの三分の一がなくなってしまったのだが、それが功を奏したのか、高坂のしつこいデートの誘いは自然となくなった。東京の会社の上司よりは理性的な男だったのが幸いした。

今では、高坂と素子との間には職場の上司と部下という以外の何の繋《つな》がりもない。高坂本人もかつて素子にアプローチしたことなどすっかり忘れてしまったかのようだ。

それでも時折、素子は高坂は果たして彼に相応《ふさわ》しい新しい女性を見つけて再婚できるだろうかと気になることはあった。

「課長がどうかしたの？」

「彼女が出来たみたいなのよ。それもまだ二十歳そこそこの娘なんだって！」

素子は眉《まゆ》を下げ、唇をわずかに歪《ゆが》めて言った。

「それ、援交じゃないの？」

永野はそれには答えず、「素子さぁ、高坂課長が最近妙に機嫌いいと思わない？」と同意を求めた。

「そお？」

永野は素子の反応に失望したようだった。

「ちょっと、鈍いよ、あんた」

「何もそんな言い方しなくても……。でも特に機嫌がいいっていう印象はないけど」

「そうか。それは多分、素子の席から課長が見えないからよ。素子は課長に背中を向ける位置に座っているけど、あたしは顔を上げれば課長が見えるからね。あの機嫌の良さは絶対女絡《がら》みだなって思ってたんだ、あたし」

「機嫌いいってどんな風に」

ああ早くシャワー浴びたいな、と思いながら、素子は訊いた。

だが永野はそんな素子の気持ちなどまるでお構いなしに喋り続ける。

「時々、何かを思い出しているような顔をしているの。口元が緩んでさ、なんかとっても幸せそうなの。それに最近、身だしなみも前より良くなったよ。絶対女が出来たなってあたし思ってたの、そしたら昨日の夜さ、ミーコちゃんから電話が掛かってきてさ、課長がすごく若くて可愛《かわい》い女の子連れて店に歌いに来たんだって！」

ミーコちゃんというのは町の商店街の奥にある小さなカラオケボックスで働いている女の子で、永野とは中学、高校が一緒だった。汚くて狭いそのカラオケボックスは人気がなく、平日の夜は八部屋の内半分埋まればいい方らしい。ゆえに受付に座っているミーコちゃんは暇で、あまりにも退屈するとお喋り好きの永野に業務用電話を使って長電話することがよくあるらしい。カラオケボックスという仕事柄、利用客に関していろいろな情報を持っているので永野の耳にも自然と入ってくるのだ。

「ミーコちゃんて課長の顔、知ってたの？」

素子は首をかしげ、言った。

「うん、二度ばかり役場の飲み会の二次会で利用したことがあったからね。あんたはその時、帰っちゃったから」

「ああ、そうか」

素子はどうでもいい感じで頷《うなず》いた。

「まあ、なんにせよ、今後の成りゆきが大いに気になるところね」

永野がそう締め括《くく》り、会話は一段落した。

駐車場で永野と別れ、車で自宅へと急ぐ間も、素子はなおも考えていた。

どうしても不思議だ。

なぜ、こんなに転入者が増え、しかも皆が同じ地域に住み始めたのだろう。何の共通点もない人々が次から次へと同じ場所に吸い寄せられるようにやって来るなんて、まるで映画の『未知との遭遇』のようではないか。

3

「すごいよ、君はなんて素敵なんだ」

高坂直樹は汗でぬめる彼女の体を抱きしめて、言った。彼女の肌は吸いつくように滑らかで、肌理《きめ》細かい。

「あなたも素敵よ、直樹さん。あなた、毎日毎日どんどん素敵になっていく」

彼女は高坂の萎《しぼ》んだペニスを指で弄《もてあそ》びながら、甘い声で囁《ささや》いた。

「清美ちゃんのおかげだよ。君のおかげで俺は生き返ったんだ」

高坂はそう言い、清美の額に口づけした。

臼田清美は高坂の人生についに現れたファム・ファタル（運命の女）だった。

近所のスーパーを出たところで道を訊《き》かれたのが清美との始まりだった。

清美は美しくて、謎《なぞ》めいていて、寂しげだった。何度デートしてもその印象は変わるどころかますます強まっていった。清美は高坂のことはよく訊くが、自分の過去のことはほとんど話さない女だった。しかし、それでも良かった。下手に詮索《せんさく》して嫌われでもしたら取り返しがつかない。こんな謎めいた恋があってもいい。

初めて清美の方から週末にどこかへ遊びに連れていってくれとせがまれた時は驚いた。

てっきりからかわれているのだと思い、「僕は貧乏公務員だから君のパパさんにはなれないよ」と言った。するとなんと、彼女は本気で怒ったのだ。目に涙さえ浮かべて。その瞬間から高坂の心には清美しか映らなくなった。

実際、清美は高坂に高価な物など何も要求しなかった。ただ一緒にいることだけを望んだ。自分のような退屈な男の一体どこが気に入られたのかわからなかったが、しばらくするとそんなことはどうでもよくなり、とにかく少しでも多くの時間を、清美のすばらしい体を観賞し、抱きしめ、味わうことに費やすようになった。今、高坂は自分が世界一幸福な男だと思っていた。

「今日、お仕事どうだった？」

清美は高坂の汗をかいた胸に頬を押し当てて、言った。

清美はよく情事の後で、高坂の仕事のことを訊いてくる。事務的でつまらない仕事の話でも、清美は冒険物語を聞かされているかのように熱心に耳を傾け、しきりに相槌《あいづち》を打つ。そんなところがたまらなく愛《いと》しい。そんな女は今までいなかったし、これからも現れないだろう。

「今日も忙しかったよ、明日を乗り切ればやっと一息つけて、清美と週末を過ごせる」

「そうね、ずっと一緒にいられるね」

高坂は清美の艶《つや》やかな髪を撫《な》でながら、

「それにしても今週は忙しかった。今日までで二八八人も転入してきたんだ。本当に信じられない数字だよ、過疎化《かそか》を心配している町長が知ったらさぞ喜ぶだろうな」

「どうしてそんなにたくさんの人が急に越してきたの？」

「さあ、わからないな」

「皆、変に思ったりしていない？」

清美が高坂の薄い胸毛を指先でいじりながら言った。

「皆って、職員のことかい？」

「うん」

「そりゃ、俺も含めて不思議だと思っているけど、ごくまれにはこんな事もあるんだと思っているんじゃないかな。いちいち詮索するほど暇じゃないからね。転入した人は皆ごく普通の人で、怪しい所なんかひとつもないしね」

「ふうん」清美は安心したように言った。高坂の乳首に軽くキスすると、「ねえ、抱っこしてお風呂まで連れていって」とせがんだ。

「いいとも、お安い御用だ」

4

六月最後の水曜日、君塚は自宅の庭で新しい犬と遊んでいた。犬はウエルシュ・コーギーという、体の大きさは芝犬ぐらい、ぴんと立った耳は君塚の掌《てのひら》ぐらいに大きく、足の長さは15センチ程しかないという短足の妙な奴《やつ》だ。カタログを見ていたら、その妙な外見が不思議と気に入ってしまい、どうしても欲しくなってしまった。そこで以前から懇意にしている長野の西武デパートの外商部を通じて購入したのだ。以前飼っていた馬鹿《ばか》でかくて気難しいアフガンハウンドとは較《くら》べものにならないくらいしつけやすく、飼い主によくなつくので君塚はすっかり気に入ってしまった。こんなことならはじめからこういう小さくて飼いやすい犬にしておけばよかったのだ。

「そら、いくぞ、ゴンスケ!」君塚は犬の名を呼び、野球のボールを犬の目の前で揺らせた。ゴンスケは舌を出して、せわしなく呼吸しながらボールの動きを目で追う。

「取ってこい!」君塚は玄昌石張りのテラスから、ボールを庭の奥のケヤキの木に向かって投げた。

ゴンスケはロケットのような速さでダッシュして、短過ぎる足を実に俊敏に動かしてボールを追った。腹が地面に着きそうで着かないのが実に不思議である。

庭の緑は今が真っ盛りで、ケヤキ、トネリコが豊かな葉を風になびかせている。また、テラスの傍ではサルスベリが見事な紅花を咲かせて目を楽しませてくれた。

しかしあまり景色を楽しんでいる暇はなかった。ボールをくわえたゴンスケがすぐに戻ってきてしまうからだ。ゴンスケの口からよだれで濡《ぬ》れたボールを受け取り、もう一度さっきよりもさらに遠くへ放り投げた時、ティーテーブルの上の携帯電話が鳴った。

「もしもし」

――どうも、丸尾です。

せっかくのいい気分が台無しだったが、連絡がきたということは、剣持の処分について何か進展があったのだ。身が引き締まる。

――今日はお休みなんですか。

「まあ、そうだ」

――なら剣持に会いに来ますか？

丸尾が唐突に言ったので、君塚は思わず息を飲んだ。

ゴンスケが駆け戻ってきて、ボールを君塚の足下に落とすと、もう一度投げろとばかりに、目を輝かせて君塚を見上げたが、君塚はそれどころではなかった。

「……もう、取り込んでしまったのか」君塚は半信半疑で訊いてみた。

――剣持は半月前から、この町で我々と共に生活していますよ。

丸尾が何でもないことのように言った。

「何っ、奴がこの町にいるのか？」君塚は驚き、椅子《いす》から腰を浮かしかけた。

——ええ、彼はもう、この町の住民なんですよ。

君塚は絶句した。あの剣持がそんなにもあっけなく学院に取り込まれてしまったということがなかなか信じられなかった。

——確かめてみたくはありませんか？

丸尾が君塚の心を見透かしたように言った。

「あいつは……変わったのか？」

——御自分の目で確かめるのが一番ですよ。剣持は例の絹田マンションにいますから。

絹田マンションとは、坂巻町に六月に転入した二百人余りの学院生を収容するために学院が買い取ったマンションである。その四階建てマンションは町の南東部のゴーストタウンの外れに建っている。昔住んでいた住民はさびれる一方の環境を嫌い、より良い環境を求めて全員が出ていってしまった。最後まで残っていた住人が出ていってから、たまにマンションの持ち主が掃除をしに来る以外は無人のまま放置されていた。

長野市に住んでいるマンションの持ち主は、維持費がかかるだけでまったく収益のないこのマンションを買い取ってくれる人間を探していた。そこへ真道学院が、持ち主にマンションを買い取ろうと申し出た。持ち主は何と変わった奴なんだろうと思ったに違いないが、買い取ってくれる人間なら誰でもよかったので余計な詮索《せんさく》などしなかった。買い取り値は破格の安値だった。それでも持ち主に感謝されたほどだ。

これと同じ方法で、真道学院はその後他にも三軒のボロアパートを買い取っていた。それらはすべてゴーストタウン内に集中していた。

君塚は、剣持に会い、何としてでもあの双子との乱交ビデオを奪い取りたかったが、今や真道学院の巣窟《そうくつ》と化したゴーストタウンへ行くのは気がひけた。狂人の群れの中へたった一人で飛び込んでいくような恐怖を覚えた。しかし、やらねばならない。あのビデオを、オリジナルもコピーも、手に入れて処分しなければ、この先一生安心して暮らせないのだ。

「わかった、一時間後に行くよ」君塚は言って、電話を切った。

ゴンスケが落ち着きなく、しきりに吠《ほ》えた。

君塚はテラスからリビングへ通じる窓を開け、「ゴンスケ、来い」と呼んだ。聞き分けの良いゴンスケは、素直に君塚の後についてリビングへ駆け上がった。

ゴーストタウンへはテラノで行った。他の車だと目立ち過ぎるからだ。その点、テラノなら同種の車が町に何台も走っているので問題ないだろうと思ったのだ。

長野電鉄河東線の坂巻駅の改札は、西側に一つあるだけだ。駅の東側に住んでいる住民は、一旦《いんたん》改札を出てから、踏切を渡って東側まで行かなければならない。そのことに象徴されているように、坂巻町は西側の方が断然栄えている。商店街、役場、図書館、学校などはすべて町の西側にあるのだ。

駅の北側にある踏切を渡り、ほぼ真東へ向かって100メートル走ると、昭和四十七年に新駅が出来たために現在は使われなくなった旧駅へと通じる線路が見えてくる。遮断機が取り外され、警鐘と警告灯の死に絶えた踏切を渡ると、そこから両側が広々としたリンゴ園になる。200メートル走ると、道が二股《ふたまた》に別れている。そこで右側へ曲がって1キロ程走れば旧坂巻駅へたどり着く。

まったく見事に人気《ひとけ》がない。道路を走っているのは君塚のテラノだけである。通り過ぎる建物はすべて廃墟《はいきょ》と化していた。

最初に目についたのはガソリンスタンドで、地面のアスファルトの数カ所にできた小さな割れ目から、たくましい雑草が生えていた。かつてオフィスだった白い建物の窓ガラスは残らず割れていたし、給油機があった場所の平たいコンクリート屋根は苔《こけ》に覆《おお》われていた。

その先はパチンコ屋だ。電飾看板の「パチンコ」のチの字が割れて「パ　ンコ」となってしまっている。その看板の下には駐車スペースがあって、白いワンボックスカーが駐《と》まっていたが、タイヤは全部パンクしていた。おまけに車体のあちこちの塗装が剝《は》げ、その下の金属は錆《さ》びていた。

お次は棄《す》てられた民家と車のセットだ。雨戸の閉ざされた家の周囲は丈の高い草に覆われていた。屋根瓦《がわら》の三分の一がなくなっていて、アンテナも倒れている。そしてその家の横には、飼い主に寄り添う犬のように、廃車（懐《なつ》かしい三菱《みつびし》のランサー・セレステだ！）が置かれていた。

たくさんの廃墟を目の当《ま》たりにしている内に、君塚はなんだかだんだん楽しくなってきた。まるで二十年ほど過去へタイムスリップしたようだ。廃墟も見ようによってはなかなか枯れた趣きがある。ふと、今度、こっそりと一人で散弾銃を持ってこようか、と考えた。廃墟のガラス窓や廃車に向かって銃をぶっ放すのは、アクション映画みたいで結構楽しいかもしれない。銃声も新駅の方まではきっと届かないだろう。

これらの廃墟は、取り壊すと費用がかかるから、という何とも勝手な理由で十年以上も放置されてきたのだ。

さらになんだかわからないが工場跡らしき建物や、何軒かの廃屋を通り過ぎて、ようやく旧坂巻駅に辿《たど》り着いた。低いプラットホームと改札小屋だけの貧弱な駅はこれまた雑草と苔に覆われていて、放置されて朽ち果てた空母を連想させた。ホーム上の表示板は錆で赤茶色に変色していて、坂巻の文字は読み取れなかった。

旧駅の脇《わき》を通過するといよいよゴーストタウンのお目見えである。

フジモト
(26才です)

長さ約200メートルほどの、かつては商店街だった廃墟の並びをゆっくりと走らせる。君塚はタイムマシンに乗って、人類が滅びた未来を目の当たりにする科学者のような気持ちになった。

CDという文字が看板にないレコード屋の入り口のガラスに懐かしいポスターが二枚。ミニスカートを穿《は》いた若かりし松田聖子と、大滝詠一《えいいち》の『A LONG VACATION』のレコードジャケットの絵。どちらもすっかり色褪《いろあ》せていて、真っ白になるのは時間の問題に見えた。

パン屋の軒先に置いてある錆びたアイスクリームボックスの上に白と黒の二匹の野良《のら》猫《ねこ》が置物のように座り込んでいた。

呉服屋のショーウインドウは叩《たた》き割られ、飾られていたマネキン人形は裸に剝《む》かれ、レイプ殺人の被害者のように倒れていた。

オン、オン、と君塚の背後でゴンスケが吠えた。

「面白いか？　ゴンスケ」と君塚は後部席の同伴者に声をかけた。ゴンスケを連れてきたのには理由がある。独りでゴーストタウンに来るのが心細いのと、物騒な場所なため、ボディーガードが欲しかったからだ。もっともボディーガードの方はほとんど期待できそうにないが。

ゴンスケは後ろ足で二本立ちの格好になり、窓の外の風景に向かって吠え続けた。

それにしても見れば見るほどひどい場所である。ジャンクタウンと名付けた方がいいような気がする。

道路脇に乗り捨てられた車の傍を通りすぎるたび、その車の古さに驚いた。スバル360を見かけた時には思わず、「おおっ！」と声すら上げてしまった。

商店街が終わりに近づくと前方に小さな橋が見えた。橋の下には細いドブ川が流れていて、絹田マンションはその川縁《かわべり》に建っていた。

恐怖感が君塚の身を苛《さい》な み始めた。

絹田マンションは、デザインもへったくれもないただの長方形の箱で、外壁は見ていて憂鬱《ゆううつ》になりそうな薄い黄土色だ。いかにも貧乏人が仕方なく住むマンションという感じがする。

マンションの入り口の真ん前に堂々と駐車すると、携帯電話で丸尾を呼び出した。

――401号室にいますから来てください。

丸尾は言った。

「行くぞ、ゴンスケ」君塚は相棒に言い、ドアを開けて外に出た。後部ドアを開けると、ゴンスケが飛び出してきた。首輪に繋《つな》がった綱をしっかりと握り、薄暗いマンションの中へと入っていった。

エレベーターなどという気のきいた物はなかった。仕方なく四階まで階段を上る。ゴンスケは君塚を引っ張るようにしていとも簡単に駆け上がるが、君塚はしんどかった。階段は掃除が行き届いていて、ゴミは落ちていなかった。そのことに人の気配を感じた。今、このマンションのすべての部屋に真道学院の連中が住んでいるというのに、奇妙に静まり返っていた。

ようやく四階に辿《たど》り着いた時には、額にうっすらと汗が滲《にじ》んでいた。廊下は天井が低かった。手摺《てす》り越しに黒いドブ川を見下ろせた。川の向こうには棄てられた民家が数軒、その向こうには畑が続いている。ますます憂鬱な気分になり、君塚はため息をついた。

４０１号室の前に立ち、呼吸を整えた。ゴンスケが廊下の奥へ向かって走り出そうとするのを綱を強く引いて制した。

インターフォンなどどうせ壊れているだろうと考え、拳《こぶし》で二回ノックした。奥で人の動く気配がして、錠が外される音が聞こえた。ドアが開き、丸尾が姿を現した。

途端、ゴンスケが丸尾を見上げ、激しく吠え立てた。

「ゴンスケ、おとなしくしないか」と君塚はたしなめたが、ゴンスケは鳴きやまない。

丸尾は顔をしかめて君塚の足下に視線を落とし、「どうして犬なんか連れてきたんです？」と訝《いぶか》しげに訊《き》いた。

「散歩のついでだ、気にするな。それはそうと何なんだ、そのバカっぽい格好は」

君塚は上から下まで視線をさっと走らせ、呆《あき》れたように言った。

丸尾は左胸に奇怪な紋章を縫いつけた、光を反射する赤い布地でできたジャケットを羽織っていた。下は黒のレザーパンツ、靴はヘビメタ顔負けの黒いロングブーツ。

まるでランクの低いホストクラブじゃないか。

「これが私の普段着ですよ」余計なお世話だと言いたげに丸尾が答えた。

君塚は、丸尾の肩越しに目をやり、「剣持は中にいるのか？」と訊いた。

「いますよ。あなたを待っています」丸尾は答えた。

「二人だけで話したい」君塚は言った。緊張で口の中が乾く。

「どうぞ、私は外で煙草《たばこ》でも吸っていましょう」丸尾は言って外に出た。君塚は大丈夫なのかと問いたげな目で丸尾を見た。

「どうぞ」丸尾はそれだけ言い、君塚を促した。

君塚は覚悟を決め、まずゴンスケを先に入らせてから、自分もドアをくぐり、後ろ手に閉めた。

「おとなしくしていろよ」君塚はゴンスケに言い、綱をドアのノブに括《くく》り付けた。それから靴を脱ぎ、おそるおそる部屋に上がった。

ふすまを開けた途端、吐き気を催すような臭《にお》いが鼻をついた。何週間も風呂《ふろ》に入っていない人間の汗と垢《あか》の臭い、それも一人ではなく、数人のそれが混ざり合った異臭だ。

臭いに驚き、その次に、部屋の真ん中に首をうなだれて正座している人間を見てまた驚いた。

その人間が君塚の気配を察し、顔を上げた。

とても同一人物とは思えなかった。なんと、剣持は頭をつるつるに剃《そ》り上げていた。よれよれの白い無地のTシャツに、水色のスウェットパンツという貧しい身なりだった。まるで体が半分に縮まってしまったかのように、小さく見えた。そして膝《ひざ》の上には辞書らしき分厚い本が乗せられていて、荒れてかさかさの両手が、いかにも大事そうに本の背表紙を摑《つか》んでいた。

そして君塚を見る剣持の顔。

かつての剣持の顔に刻まれていた、ふてぶてしさ、狡猾《こうかつ》さ、警戒心、押しの強さ、ニヒルさ、そういったものが、まるで洗い流されてしまったかのようにきれいさっぱり消え失せていた。同一人物とは思えなかった原因は剃り上げた頭より、むしろ顔と雰囲気の変化のせいだ。

今の剣持の顔は奇妙に虚《うつ》ろだった。これまでの人生で貯えられたすべての経験と、その経験によって形成された世界観、感情のすべてを否定され、叩き出された顔だ。

そのあまりの変化の大きさと、そして剣持をここまで完璧《かんぺき》に変えてしまった真道学院という集団の底知れぬ不気味さに、君塚は心底恐怖を覚えた。

「剣持さん、だね」君塚は思わずそう確認してしまった。

「はい、私が剣持です」

剣持は、君塚が到底想像できなかった優しく、穏やかな声で答え、ロボットのように頭《こうべ》を垂れ、お辞儀した。

君塚はお辞儀を返すようなことはせず、その代わり、部屋をざっと見渡した。部屋の隅に座蒲団《ざぶとん》が十枚積み重ねられていた。ひょっとして、夜はこの部屋に十人もが寝泊まりしているのだろうか。

「私を覚えているよね」君塚は立ったまま訊いた。とてもじゃないが、畳に座る気にはなれない。座ったら、畳に染《し》みついた学院生どもの狂気に伝染しそうな恐怖感を覚えたのだ。

私を覚えているよね、とわざわざ言ったのは、ひょっとして自分のことを忘れてしまっているのではないかと思えるほど剣持が変わり果てていたからだ。

「ええ覚えていますよ、君塚さん」

剣持は答えたが、一体何の用があって会いに来たのか見当がつかないし、そもそも君塚の存在自体に何の関心もない、というふうであった。

「ビデオを渡してくれないか、君にはもう必要ないだろう」

もう少し当たり障りのない会話をしてから切り出そうと思ったが、焦《あせ》りを抑えられなかった。

剣持の顔に、呆れたような、哀れむような表情が浮かんだ。

「あなたは、変わっていませんね。まだそんなことにこだわっている」

「当たり前だ！　そもそもお前が始めたことだろうが」

君塚は声を荒らげた。

剣持は妙にしみじみとした口調で、どこともわからぬ畳の一点を見つめながら、

「私には、もうそんな過去のことには関心がないんですよ」

ふざけるな、と喉《のど》まで出かかったが、君塚はこらえた。ここで自分だけ興奮して怒鳴り散らしたら、まるで馬鹿《ばか》みたいではないか。そこで怒鳴る代わりに嫌みったらしい口調で言った。

「ほう、そうかい。未成年の双子に売春の斡旋《あっせん》をして、売春の現場をビデオに撮って、それを利用して俺を脅迫し、町の土地にゴミを棄てさせたことなどもう関心がないっていうんだな」

剣持は小さなため息をつき、改めて君塚の顔を見た。

「君塚さんね、あなただって似たようなもんでしょう？　覚醒剤《かくせいざい》やって、未成年の少女と乱交したんですから。まあ、確かに私は悪いことしましたし、いけないことしたなという意識もありますよ。ですけどね、もう、私にはそんなことをいちいち振り返っている時間がない。至高の世界の存在を垣間見《かいまみ》てしまったら、もう過去の些細《ささい》な出来事を整

理する時間などまったくないんですよ、わかります？」

最後の、「わかります？」には、お前にはどうせわからないだろうとでもいいたげなニュアンスが感じられた。

君塚はさらなる努力で癇癪《かんしゃく》を抑え、

「つまり、お前が信じているその理想世界の存在に気がつけば、過去の罪など帳消しになると言いたいのか？　随分都合のいい話だな」

剣持は露骨に苛立《いらだ》った口調で、

「帳消しになるなんて思ってやしませんよ。ですが、本当にもう、一秒たりとも無駄な時間がないんです。残りの人生のすべての時間を眠る時間も惜しんで、人類を破滅から救う救済計画に捧《ささ》げなければならないのです。それが最終的には過去の行ないに対する最良の償いになるんです。だから私には、過去の個人的問題に関わっている時間がないんです。どうしてわからないんですか？　今こうしてあなたと話している間にも、私が人類救済のために捧げられる貴重な時間が減っているんですよ」

狂った男の奇っ怪な御託などもうたくさんだった。君塚は剣持にもう二歩近づき、見下ろすと言った。

「とにかく、ビデオはどこにある」

「なんですか、うるさいなぁ、もう」剣持が顔を上げ、睨《にら》んだ。

「うるさいじゃない！　ビデオだよ」

君塚は剣持の体を床に転がして、死ぬほど蹴《け》りまくってやりたかった。

「欲しければ、私の家に行って探せばいいでしょう。用はそれだけですか？」

「家か、家のどこにあるんだ」

「後は自分で探してください」

「それじゃ駄目なんだよ！　どこにある」

「ああ、もう！　面倒くさいなぁ」

剣持は苛立たしくて気が狂いそうとでもいうように言った。

「便所の貯水タンクの中ですよ！　これでいいでしょう、早く出ていってくださいよ、勉強しなくちゃいけないんですから」

「それじゃあ、もう俺を脅迫するのは終わりなんだな？」君塚は念を押した。

剣持は暗く沈んだ目で、

「可哀相《かわいそう》な人だな、あなたは。あなたは自分という人間がどれほどつまらぬ下位存在なのか、まるでわかっておらず、それどころかいっぱしの大物気取りでいる。以前の私も救いようのないほどの愚か者だったが、大始祖さまが、私の死にかけていた良心に再び力を吹き込んでくれました。本当にありがたいことです。いいですか君塚さん、汚らわしい利己主義を捨て、自己犠牲と人類への愛に目覚めぬ限り、あなたは素晴らしい可能性の世界を見ることができないし、高次元存在への扉を叩くこともできないんですよ」

君塚は剣持の説教など聞く耳を持たなかった。

「あとふたつ、訊きたいことがある」

「早く帰ってくださいってば！」

剣持は体を小刻みに震わせ、発狂の一歩手前だった。

「それさえ訊けばとっとと帰るよ。お前、会社の経営はどうするつもりなんだ」

「知りません。会社の者がなんとかするでしょう」

「そうかい。じゃ、これが最後だ。あの双子は何者で、どこに住んでいるんだ？　できれば連絡を取りたい」

もう一度会いたいと思っているわけではないが、あの双子が自分の身分を剣持から聞かされて知っているとしたら、放ってはおけない。口止め料を払うなり、脅すなりして過去を完全に封印しなくてはならない。

「双子ですか？　あれは私が再婚した女の連れ子ですよ。妻は再婚してすぐに死んでしまい、その後ずっと私が育てたんですよ」

剣持はことも無げに言ってのけた。

胸に大きな塊がつかえ、息が詰まった。

「なんだと……」

再婚した女の連れ子？　自分の義理の娘に売春させたのか。

「よ、よくも、平気でそんなことができたもんだな」

剣持がここまで異常な人間であるとは思わなかった。全身にサッと鳥肌が立つ。ひとかけらの愛情でもあれば、そんな恐ろしいことなど絶対にできないはずだ。剣持は義理の娘をまったく愛していなかったのだろうか。もしかしたら、剣持は義理の娘達に手を出して……。

恐ろしくてそれ以上は考えたくなかった。

「でもね、あの娘達も今は幸せですよ。大始祖様のご好意によって、八王子のネストでたくさんの仲間達と暮らしています」

「鬼畜野郎っ！」

君塚は声を張り上げ、剣持の胸を、満身の力を込めて蹴り上げた。剣持が仰向けにひっくり返った。

ドアに繋いでいたゴンスケがけたたましく吠え出した。

君塚はもう一発、剣持の腰に蹴りを入れると、ドアに向かって走った。靴をつっかけて、あわただしくゴンスケを繋いでいた綱を解《ほど》き、鳴き続けるゴンスケを右の小脇《こわき》に抱えると廊下へ飛び出した。

ドアを乱暴に閉め、手摺りに背を預けて肩を激しく上下させる。左手でこめかみを覆い、恐怖心が去るのを待つ。

「話し合いは済みましたか？」

突然声がしたので君塚は体をビクッと震わせた。

丸尾が廊下の左方向から歩いてくる。その右手の指に挟まれた煙草を見つめ、

「俺にも一本くれ」と乾いた声で要求した。


煙草を一本灰にすると、どうにかパニックは鎮《しず》まった。

川向こうに連なる畑をぼんやりと眺めながら、

「剣持があれほど異常な奴《やつ》だとは知らなかった」

丸尾も横に立って同じように遠くを眺めながら、「そんなに異常ですか」とまるで大したことではないかのように言った。

「義理の娘に売春させたんだぞ」

「その程度の奴なら、世間にはいくらだっていますよ。それが今の日本です」丸尾が断定した。

「こんなこと言えた義理じゃないかもしれないが、あの双子が哀れだよ、本当に。義理の父親に犯されて、売春させられ、挙げ句の果てはカルト集団行きだ。まるで救いがないよ」

「お言葉ですが」と丸尾は煙草を中空に弾《はじ》き飛ばし、君塚の横顔を見て言った。

「双子は救われましたよ。学院に保護されたんですからね」

君塚は理解できない、という顔で丸尾を見て、

「学院に取り込まれたことが救いだとでも言うつもりか」

「少なくとも、二人きりで世間に放り出されるよりよっぽど運がいい。聞くところによると双子には身寄りがないそうです。となると、施設行きだ。里親が育てるには育ち過ぎているから、当然もらい手なんていないでしょう。義務教育は受けられるがその後は赤貧生活。弱者に冷たいこの国は、彼女達に豊かさをもたらすことは決してない。剣持に体で金を稼ぐことを教えられた彼女達は、必ず売春を始める。金が入れば、あなたが味を教えたドラッグにも必ず手を出す。そして遅かれ早かれ、廃人になるか、逮捕されるか、ヤクザのペットになるか、まあ、そんなもんでしょう。そうなるのと、真道学院で生きる目的を見いだし、人類救済に一生を捧げるのと、果たしてどちらが幸福か、考えるまでもないでしょう」

君塚にはもはや、何も言うべき言葉がなかった。他人への哀れみなどという自分に似つかわしくない考えを振り払い、自分の身の安全を図ることだけに専念することにした。

「俺は今から、東京の剣持の家へ行く」

「張り切ってますね。そう言うだろうと思って鍵《かぎ》を用意しておきましたよ」

丸尾は皮肉めいた笑いを浮かべ、ズボンのポケットから鍵を取り出した。剣持から取り上げたか、合鍵か、とにかくどちらでもよかった。君塚は黙ってそれを受け取った。

「戻っていらしたら、土地の所有権移転の件を片づけましょう」

気が重かった。今更手遅れではないかという気もした。その気になりさえすれば丸尾は、剣持から何をネタに君塚を脅迫したのか、そしてそれをどこに隠したのか簡単に聞き出すことができただろう。丸尾があのビデオを先に手に入れて何食わぬ顔をしていることだって充分考えられる。

それに、土地を真道学院に明け渡せば、一年かそれぐらいでネストができるだろう。そうなれば、知らなかったととぼけてみたところで、請願の紹介議員となった自分は町の住民からの謗《そし》りを免れられないだろう。この町にもいづらくなる。

なんという高い代償だろう！

唯一《ゆいいつ》の救いは、剣持があのようにすっかり学院の俘虜《ふりょ》となってしまい、もはや自分にとって脅威ではなくなったことだ。双子が学院に取り込まれたということも、考えてみれば自分にとって都合の良いことだ。

「ところで、学院生はどのぐらい集まったんだ？」と君塚は憂鬱《ゆううつ》な気分を悟られぬよう、事務的な声で言った。

「月曜から始めて、今日で一五三人ですよ」

君塚は目を丸くした。

「三日間でそんなに転入させたのか」

「ええ」

「怪しいったらありゃしないな」

「急がないと投票前に選挙権を得られなくなるので、こればかりは仕方ないでしょう」

「転入を受け付ける部署の連中が何事かと疑うかもしれないぞ」

「お気遣いありがとうございます。ですが、その辺も対策をこうじているのでご心配なく」

丸尾は随分と自信ありげだった。

「ああそうかい」

「早く東京に行った方が良いのではありませんか」

「行くよ、行くったら」

なんでお前に急《せ》かされなきゃならんのだ、と君塚は腹立たしく思った。

5

「すみません、もう一杯、おかわりください」

藤咲あゆみは空になったグラスをそっとカウンターに置き、男に向かって言った。

バー『蜘蛛《くも》の巣』のおやじ、名前は知らない、はカウンターの奥の畳一枚半ほどの狭いスペースの端に置いた丸椅子《まるいす》に座って、足を組み、つっかけサンダルを足先で小さくゆらしながら、ただ一人の客であるあゆみの存在など忘れたかのように夕刊を読み耽《ふけ》っていた。

おかわりの催促をされたおやじは顔を上げ、新聞をカウンターの上に置くと立ち上がってあゆみのグラスにウイスキーを注いだ。

「余計なお世話だけど、何も食わなくて平気？」

おやじはそう言いながら、グラスをあゆみの目の前に差し出した。

「食欲ないんです」あゆみはおやじの不精髭《ぶしょうひげ》に覆《おお》われた顔を見上げ、言った。

「また、飲酒運転して帰るんでしょ？　食わないときついんじゃないの？」おやじは荒れた唇の端をわずかに吊《つ》り上げて言った。

「ええ、そうなんですけど……でも平気です」とあゆみは答えた。空《す》き腹でも、ウイスキー三杯ぐらいどうということはない。

あゆみがこの穴蔵のような暗い、バー『蜘蛛の巣』に来たのは今日で四度目だった。初めて来た時は、東京から来たカメラマン志望の青年と一緒だった。それ以降はずっと一人で来ている。

あゆみがこの物置き小屋の中に無理矢理カウンターを据え付けたような暗くて狭い店にしばしば通うようになったのは、この店だと誰にも邪魔されずに物を考えたり、あるいは何も考えずにぼんやりすることができるからだ。それにこの店の中にいると、外の世界を流れている時間から切り離されたような気分になり、今のあゆみにはそれがとても心地よく感じられたのだ。それは店の雰囲気に加えて、この店がゴーストタウンという時間に置き去りにされた場所にあることが大いに関係している。

あれからあゆみは考え続けていた。

倉本にどうやって別れを告げるべきか。求婚を拒否された倉本がどんな反応を示すか、頭の中でその場面を想像し、そのたびにやりきれない気持ちになった。そのうちそんなくたびれる想像にも疲れ、ただひたすら、この時間の流れの中にポツンとできた浮島のような『蜘蛛の巣』でぼんやりしていたいと思うようになったのだ。

だが、今日は考えることにも、ぼんやりにも、飽きてしまった。そこでおやじに言った。

「今日もわたし一人ですね」

おやじは首を伸ばし、あゆみの肩越しに暗い店を見渡すと、「あ、本当だ」と言った。

あゆみは小さく笑った。

「大丈夫なんですか？　余計なお世話ですけど」

「夜が更《ふ》けてくると、もう少し人が来るんですよ。まだ早いからね」

店内には時計がどこにも見当たらないので、あゆみは自分の腕時計を見てみた。九時四十三分。確かにまだ早いといえば早い。

「この店、落ち着いてていいですね」あゆみが言うと、おやじは照れたような笑いを浮かべた。初めて見た時はいかにもやる気のない無愛想な男に思えたが、見慣れたせいか今はそうでもない。

「町の西側へ引っ越すとか、そういうことは考えないんですか？」

あゆみは、これも余計なお世話だと思ったが、なんとなく訊《き》いてみた。

「面倒くさいからねえ。それに向こう側にはいい店が他にもあるから、引っ越ししたら、かえって苦しくなるんじゃないのかなぁ」

とおやじは他人事《ひとごと》のように言った。

「私も、このお店はずっとこのままこの場所にあった方がいいな」

「そう？」

「ええ、だって、なんだかすごく渋いから」

おやじは疲れたように、ははは、と笑った。

「こんな死んだゴーストタウンの中に、ポツンと一軒だけあるなんて、ちょっとかっこいいし」

「お誉《ほ》めいただいて光栄です」おやじはそう言ってわずかに頭をさげた。

「でもね、最近、この辺りにもまた人が住み始めたんですよ」

あゆみには、その言葉は意外だった。

「へえ、そうなんですか」

「川向こうにマンションが建っているの、知ってます?」

あゆみはそう言われ、思い出そうとした。そういえば、この店から帰る時、小さな橋を渡って細いドブ川を越えるのだが、橋の近くの右手に、ドブ川沿いに建っている四階建てくらいのマンションがあったような気がする。

「うん、あそこに人が住んでるの?」

「うん、どうもそうらしいんだ」

「人の気配なんか全然しないけど……」

少なくとも、あのマンションの窓に明かりが点《とも》っているのを、あゆみは見たことがない。

「ホームレスが勝手に住み着いちゃったとかじゃなくて?」

「うん、俺も最初はそうかなって思ったんだけどね。でも、一昨日だったっけな、朝四時頃、店閉めて帰る時、あのマンションの一階に明かりがついているの、見たんすよ。それにね、音楽が流れていてさ」

「音楽?」

「うん、結構でっかい音でね。まぁ文句いう奴なんていないからいいんだけど。でも、なあんか、妙な音楽だったなぁ」

あゆみは好奇心をそそられた。

「え、妙って?」

「ううん、なんて言っていいのか、どこの国の音楽でもないような、調子が合っているような、外れているような、趣味わりい音楽。そのくせ変に耳に残っちゃう」

そう説明されても、あゆみには想像がつかなかった。

「まぁ、こんな場所にわざわざ住もうなんて考えるのは、私を含めて変人ぐらいなもんですからね。やっぱりそいつも変人なんでしょう」

それからおやじは、また椅子に座って新聞を読み始め、あゆみはまたぼんやりを始めた。

あゆみが店を出たのは十時二十五分だった。

店の前に駐車したフィガロに乗り込み、ゆっくりとスタートさせた。飲酒運転だし、なおかつ街灯の明かりはすべて死に絶えていてヘッドライトしか頼りにできないので、嫌でものろのろ運転になる。橋に差しかかった所で、先程のおやじの話が気になり、車を止めてみた。マンションの一階に目をやるが、真っ暗だった。妙な音楽とやらも聞こえなかった。あゆみは再び車をスタートさせた。

旧商店街に差しかかると、道のど真ん中を走る。人なんかどうせ歩いていないので人身事故の心配はないが、道路にはいろいろなゴミが落ちているし、野良猫《のらねこ》がやたら多くて気をつけないと轢《ひ》いてしまうので相変わらずのろのろ運転だ。

目の前を何度も野良猫が横切った。彼らは皆、道の真ん中で一瞬立ち止まり、あゆみの方を見る。ヘッドライトを反射した猫の目は、それ自体が発光しているように明るく光った。

いくらか慣れたとはいえ、やはり、夜のゴーストタウンは不気味だった。何が潜んでいてもおかしくないような雰囲気がある。それがスリリングでもあるのだが。

前をまっすぐ見なくてはいけないのだが、周囲の異様な風景についつい目がいってしまう。

旧商店街を半分過ぎた所で、あゆみの目が、右手に光を捕えた。

あゆみは反射的にブレーキを踏み、ヘッドライトを消した。何か見てはいけないものを見てしまったような気分がそうさせたのだ。

ヘッドライトを消すと、周囲は月明かり以外何も光がなかった。

潰《つぶ》れた煙草屋《たばこや》の角を曲がった細い路地の奥で何かが光った。

この大通りと並行して細い裏道がある。そこを何かが横切ったのだ。

窓に顔をくっつけんばかりにして闇《やみ》に目を凝らす。何も見えない。二秒ほどしてまた、光が横切った。

懐中電灯の明かりだった。それが一つ、二つ、三つと続く。その明かりの中に人影が浮かんだ。

今、見ているものが信じられなかった。何十人もの人間が懐中電灯を手にぞろぞろと行進しているのだ。彼らはドブ川の方角に向かっていた。

ウインドウを下げると、湿った風と共に、足音が運ばれてきた。大勢の人間の靴がアスファルトを踏む音だ。しかし靴音だけで、話し声は全然聞こえなかった。彼らは一言《ひとこと》もしゃべらず黙々と歩いている。そしてどこかへと急いでいる。

ほのかな酔いは吹き飛び、背中に冷たいものが走り抜けた。こんな時間に、こんな所で、いったい何をしているのだろう?

恐いと思いながらも、目が釘付《くぎづ》けになってしまった。

十秒ほど経《た》ったろうか。懐中電灯の明かりはもう通らなくなり、足音も聞こえなくなった。まるで幻を見たような気分だった。

何時《いつ》の間にか車の傍に近寄ってきていた黒猫が低い声で鳴いた。

あゆみは思わずワッ、と声を上げた。その声に猫も驚いたらしく猛然と駆け出して通りの反対側へと消えた。

あゆみはホッと胸を撫《な》で下ろし、ウインドウを上げると、ライトをつけて再び車をスタートさせた。得体の知れない恐怖感に駆られスピードを上げた。

あれは一体何だったのだろう。おやじの話していた変人と関係があるのだろうか。それとも、町内会の人たちが見回りをしていたのだろうか。この近辺でタチの悪いガキが花火遊びをやって、ボヤを起こしたことが過去に何度かあったので、もしかしたら定期的に見回っているのかもしれない。

その考えはつじつまがあっているように思われたが、あゆみの直感は否定していた。何かが変なのだ。おやじの言った通り、このゴーストタウンには得体の知れない人間達が潜んでいるようだ。

6

剣持の自宅は東京都練馬区の新桜台にあった。君塚がはるばる坂巻町からようやく辿《たど》り着いた時には、既に夜の八時を回っていた。今夜は都内で一泊することになる。

剣持の家は、赤いS字形の瓦《かわら》をふいた寄せ棟屋根とベージュの外壁を持った二階建ての一軒家だった。

すべての窓は雨戸で閉ざされ、当然のことながら真っ暗だった。

君塚は表札を確かめると、門を開け、玄関の前に立った。ズボンのポケットから、丸尾にもらった鍵《かぎ》を取り出して鍵穴に差し込もうとした時、

「おい、お前！」

背後で吠《ほ》えるような太い声がした。君塚は仰天して、あやうく鍵を落としそうになった。

後ろを振り返った途端、顔に眩《まぶ》しいライトが当たり、君塚は顔の前に手を翳《かざ》し、目を細めた。

「何しに来た」

男はライトをやや下に向け、詰問《きつもん》口調で言った。

スーツを着た二人の恰幅《かっぷく》のいい男が、街灯の明かりを背にして立っていた。見るからにおっかなそうな連中だ。筋者《すじもの》に違いない。

「いや、何、と言われても、その」君塚は返答に詰まった。

鼻の下と顎《あご》に髭《ひげ》をたくわえた、額の広い男が、ライトでもう一度君塚の顔を照らし、

「お前剣持の何なんだ、家族か？」

「いえ、違います」

「会社の人間か」

「いいえ」

「友だちか」

「とんでもない！」

「おい、じゃ何者なんだよ」

「あ、あなた達こそ、誰なんです」

「俺達は剣持を探しているんだ。奴《やつ》が借りた金を返さずにトンズラしちまったんで、大いに迷惑している」

なんだ、金貸しか。そういえば奴はバイオ・インダストリーズを設立する時にほうぼうから金を借りたと話していた。この二人は剣持がふいに戻ってくるかもしれないことを考えて、家の前で張り込みしていたのだろう。ご苦労なことだ。それにしても剣持の奴、ヤクザから借金までしていたとは、本当にしょうもない馬鹿野郎《ばかやろう》だ。

「それより、あんただよ。あんた何者でここへ何しにきた？」男が急に目をぎょろっと剝《む》いた。「オッ、鍵持ってんじゃねえかよ！　そんなもんどこで手に入れた」

君塚はしまったと思ったが、見られてしまってはもう手遅れだった。

「いや、その、これは」

「お前っ、剣持に頼まれて何か取りに来やがったな」

二人の男が君塚に詰め寄った。

君塚は後退《あとずさ》りして、ドアに背を押しつけた。

だろう」

「とぼけるな、ならどうしてこの家の鍵なんか持っていやがるんだ、奴から渡されたん

「知りません」

「知りませんたら」恐怖で声が上擦った。

「嘘《うそ》つけ！　剣持がどこにいるか知ってるな」

「違います」

こいつらに正直に話したりすれば、どこまでも剣持を追いかけていきそうな勢いだった。そんなことになれば丸尾はいい顔しないだろう。別に丸尾を庇《かば》うつもりはないが、新たなトラブルをわざわざ背負い込むのは御免だ。

「ち、違います。鍵が郵送されて来たんですよ」

君塚は咄嗟《とっさ》に口から出任せの嘘をついた。

「なんだとぉ？」髭の男は左の眉《まゆ》を下げ、右の眉を上げるという変な顔で言った。

「ええ、そうなんです。何をかくそう、私も彼にある大切な物を貸していて、彼が失踪《しっそう》してしまって困っていたんですよ。そしたら、今日、家に封書が届いて、封を開けてみたら、鍵と、剣持からの手紙が入っていたんです。手紙には〝借りた物を返したいが、家には帰れないので、君が自分で勝手に家の中へ入って、例の物を持ち帰ってくれ〟と書いてあったんです。それでこうして来たんですよ」

「その手紙、見せてみろ」

「持ってません、家に置いてきたんですよ」

「てめえ、ウソこいてんじゃねえ！」

髭の男の後ろに控えていた、若い男がすごんだ。

「本当ですってば！」君塚は悲鳴のような声で訴えた。

「消印はどこだった」髭の男が訊《き》いた。

「ね、練馬でしたよ」と君塚は嘘をついた。

「おめえ、なんか怪しいんだよなぁ」髭の男が突き通すような目で君塚を睨《にら》んで言った。

「な、なんなら、私と一緒に家の中へ入りませんか？　奴の居場所をつかむ手がかりが見つかるかもしれませんよ」

二人の男は互いの顔を見合わせた。それから髭男が君塚の顔を睨み、

「お前が剣持に貸した物って何なんだよ」

「いや、その、CDですよ」

本当のことなど言いたくないので、苦し紛れにとりあえず思いついた嘘を口にした。

「CDだと。そんなものを取り返しにわざわざ来たのかよ」

髭男は明らかに疑っていた。

「そんなものっていったって、私には大事なものですよ」

「そうかい、じゃ誰のCDだよ、ええ？」

やはり訊いてきた。家にそのCDがなかったら訪問の目的が嘘だとばれてますますやばくなる。

「い、井上陽水です」

それは根拠のないでたらめではない。賭《か》けだ。剣持をテラノに乗せて昔の林道を見せに行った時、奴は助手席でふてぶてしくも小さく鼻歌を唄《うた》っていた。それが井上陽水だったのだ。

「井上陽水は知ってます?」

「馬鹿にすんじゃねえ。とにかく早く中へ入ろうじゃねえか」

アルバムのタイトルまで訊かれなくてよかった、と君塚は安堵《あんど》した。

君塚が鍵を差し込んで回し、ドアを開けると、二人の男は君塚を脇へ押し退《の》けて中へ入った。後から入って靴を脱ごうとする君塚に髭男が言った。

「靴なんか脱ぐことねえよ」

そして若い男と共に土足で上がり込むと、まず壁に埋め込まれたスイッチを押して明かりを点《つ》け、ドタドタと靴を鳴らしながら廊下を奥の方へと進む。

君塚も抜きかけた踵《かかと》を元に戻して、土足で上がった。

「さて、どこから始めるかな」

髭男が指先で顎髭を撫《な》でながら言った。

「とりあえず奴の書斎から始めませんか?」

と若い方の男が提案した。

「そうだな、おい、剣持の書斎はどこにある」

君塚はいきなり矢を向けられてあわてた。

「し、知りませんよ」

「たぶん二階でしょう」若い男が言った。

「よし、行こう」髭男は頷《うなず》き、狭くて急な階段を踏み抜くような乱暴さで上り出した。

若い男、君塚がその後に続く。

二階には部屋が三つあった。最初に開けた部屋は六畳で物置き部屋になっていた。次に開けた部屋が剣持の書斎兼寝室だった。フローリングの八畳のその部屋はかなり散らかっていた。

まず目に付いたのは部屋の壁ぎわに置かれた29型フラットテレビを中心とするAVセットだった。モニターの下のラックに納まり切らずに溢《あふ》れた8ミリやVHSのビデオテープが床に1メートルほどの高さに積み重ねられ、ビル群のようにいくつも屹立《きつりつ》していた。DVDのディスクもたくさんある。

ベッドの脇《わき》には三脚に固定されたハンディカム。これを見ただけで君塚は、剣持が自分の性行為を録画する趣味を持っていたことがわかった。

君塚は軽く咳払《せきばら》いして二人の注意を引き、言った。

「さて、私は私で探し始めますが、いいですか？」

「勝手にしろ」髭男は君塚の方を見もせずに言うと、机の上に置かれた電話の傍に歩み寄った。

ＣＤは本棚の一番上の段に並べてあった。

本当に井上陽水のＣＤがあったので、君塚は自分でも驚き、同時にほっとした。安心すると心に余裕が生まれ、ビデオテープの方に興味が湧《わ》いてきた。二百本近くあるビデオテープに張られたタイトルをざっと眺める。

『橋本真理子・24・00／3／12』『楠田美樹《くすだみき》・21・99／10／11』『アキコ・16・01／8／28』

タイトルはすべてこんな感じだった。

色ぼけ野郎が。君塚は心の中で罵《ののし》った。でも少しうらやましい。

「いやこりゃまったく、凄《すご》いもんだな」

わざとらしく感心したように言った。

二人の男は君塚の言葉など聞いていなかった。髭男が点滅している留守録のボタンを押すと、機械の声が「九、件、です」とたどたどしく答えた。

テープが自動的に巻き戻され、メッセージの再生が始まった。

――もしもし、総務部の金子です。お戻りになられましたら至急、会社にお電話くださ い。

――こちらクレジット会社のライフです。剣持様の五月分のお支払いがまだですので、大至急お願いいたします。

――もしもし？　妙子です。なんで電話くれないんですか。今、どこにいるんですか？　電話してください！

――もしもし、総務部の三島です。お戻りになられたら至急会社の方へお電話ください。

――剣持ぃい、金返せ！　居留守使うんじゃねえ！

――あの、ミカです。また少し必要になっちゃったんで、今度お願いします。ケータイに電話ください。じゃあね、チュッ。

――剣持さん、二見春奈《はるな》です。なぜ連絡くださらないんですか？　十日間の内にあなたの方から連絡がない場合には、私の方でも民事事件として訴訟せざるをえませんから、そのつもりでいてください。

――…………殺してやる、ひひひひ。

――社長ぉお、会社に電話くださぁい！　皆、困っているんです。

君塚は、机の引きだしの中を引っ掻《ひか》き回している二人の背に声をかけた。

「ありました、はは」振り返った二人にCDを見せて、言う。

二人はそれがどうしたと言いたげな目で君塚を睨み、さっさと作業を再開した。

「ところで、私、ちょっとトイレに行ってきます」

髭男が振り返り、君塚をジロリと睨んだ。

「逃げるんじゃねえだろうな。おまえにはまだ訊きてぇことがあるんだよ」

「そんな、逃げたりなんかしませんよ」

「坂木、ついていけ」と髭男が若い男に命令した。

一階に下りる君塚の後ろを坂木という若い男がついてきた。

坂木は君塚がトイレに入ろうとするのを手で制し、まずトイレの明かりをつけて中を点検した。それから君塚の方を見て、「よし」とだけ言った。トイレの窓から君塚が逃げられないか確認したのだろう。

君塚はトイレに入り、ドアを閉めた。

まずベルトのバックルをわざとカチャカチャ鳴らして外し、ジッパーも下ろす。この音がないと外にいる坂木が怪しむからだ。

そうしておいてシャツの右腕を肘《ひじ》までめくりあげた。

「オホン、ウホン」と咳払いしながら慎重に貯水タンクの蓋《ふた》をずらし、上から中をのぞき込む。

あった！　ビニール袋で梱包《こんぽう》されたビデオテープ。しかもありがたいことに8ミリの小型テープだ。

冷たい水の中にそっと手を差し入れ、テープを引き揚げた。それを口にくわえ、両手で蓋を元に戻すと、レバーを捻《ひね》って水を流した。壁にフックで掛けられたタオルでテープと腕を拭《ふ》き、テープをズボンの尻《しり》ポケットに入れた。

とにかくひと安心だ。一刻も早く中身を確認したいが、もう少し我慢しなくてはならないのが残念だ。

「お待たせ」

トイレから出ると君塚は余裕たっぷりに言った。

目的のビデオテープは取り返したので帰りたいと言うと、髭男は身分証明書を見せろと言った。仕方なく車の免許証を見せた。

「お前が嘘をついてて剣持と繋《つな》がっていることがわかったら、そんときゃお前の所へ取り立てに行くからな」

ビデオテープを手に入れて安心した君塚は気が大きくなっていた。

「ええ、どうぞ。私も彼の居場所がわかったら真っ先にあなたにお知らせしますよ」

ヘッ、馬鹿め。君塚は心の中で笑った。

7

テーマパーク『坂巻ダークランド』建設に対する住民投票実施に関する請願書

請願者　鳴海《なるみ》研一郎
住所　坂巻町大里三―三―七
紹介議員　君塚琢磨
住所　坂巻町大里二―一―五

請願の要旨
坂巻町の町おこし企画として採択されたテーマパーク『坂巻ダークランド』の建設の是非を問う住民投票を実施することを求める。

請願の理由

本企画が坂巻町の町おこしとして有効であるかどうかを議会だけでなく、町民全体の判断によって決めることが望ましい。

添付資料　有権者の署名

平成×年六月二十五日

藤咲町長は目の前に置かれた請願書を複雑な思いで見つめていた。

住民投票を行なうべきだと考える者がいることは別におかしなことではない。町の将来を左右するであろうこの企画に不安を覚え、反対する人達が出てくることも当然予想はしていた。『坂巻ダークランド』は皆が諸手《もろて》を挙げて賛成するような、当たり障りのない企画ではないのだから。

町長や議会としては、一旦《いったん》決めたこの企画を白紙撤回される事態にでもなったら面目丸潰《まるつぶ》れだが、住民の意向を無視してまで計画を進めてよい、ということはない。それは許されないことだ。

住民投票を行なうべきだという請願書が提出された背景には、住民の、町おこしに対する関心の高さがあるともいえよう。

だが、どうにも首をかしげざるをえない点が二つある。

一つは、どうしてこんなにも早く二百人以上の有権者の署名が集まったのかということだ。

『坂巻ダークランド』の企画が採択され、広報誌や地域掲示板などによって住民に告知されたのは六月十五日だ。請願書の日付は六月の二十五日。たったの十日間で、住民による直接請求を可能とする全有権者の五十分の一以上の署名が集まったという事実が、何よりも驚きだった。異例の早さといえよう。

過去に、温泉整備に失敗した平尾町長と議会の解散請求を求める請願書を提出するために署名運動が行なわれた時でさえ、有権者の五十分の一の署名が集まるのに二週間はかかったと町長は記憶している。

不思議な点のもう一つは、なぜ君塚なのか、である。

地方自治法一二四条により、住民が議会に請願書を提出する場合には、議員の紹介がなければならない。

だから、請願書を提出しようとする住民は、この町の議会の二十二人の議員の内の誰かに紹介を頼む必要がある。

だが、なぜ君塚なのだろうか？

そこに非常に引っ掛かりを感じるのだ。確かに君塚は坂巻ダークランドに反対したが、もっとまともな議員がたくさんいるだろうに。よりによって君塚なのだ。

請願の代表者である鳴海研一郎は、藤咲もよく知っている。

青少年育成会という青少年の健全な育成を目的とした主に教職者や学校に通う子供の父母からなる団体で、この町ではそれなりに発言力もある。鳴海氏は君塚の父の後援者であったことから、自然とその息子の君塚琢磨の後援者ということになっている。

驚くべきことだが君塚のような男にすら後援者はいるのである。いなければ選挙に当選はできないのだから。議員なら誰であれ、有力な後援者から請願の紹介を頼まれたら、無下に断るわけにはいかないだろう。請願の採択、不採択の結果はともかく、紹介を断ったら、次回の選挙に響くからだ。

しかし、だからといってその点について君塚を追及するということは、公《おおやけ》の場ではできないのだ。

請願の採否ということに関しては、請願が妥当であり、かつ実現の可能性のあるものは採択するというのが一般的な議会の考え方である。

議長の根本が常任委員会に本件を付託し、常任委員会が審査した結果は〝採択〟であった。その報告書も今、目の前にある。

請願審査報告書

当委員会に付託された請願を審査の結果、次のとおり決定したので報告する。

平成×年六月二十七日

常任委員長　大貫　峯《みね》太《た》郎《ろう》

受理番号	件名	審査結果	意見
第三十一号	『坂巻ダークランド』に対する住民投票の実施	採択	願意妥当

委員会からの報告を受けて、いよいよ議会での議決である。
我が坂巻町の議員達は果たしてこの請願を採択するだろうか？

「誤解のないようにお願いしますが、『坂巻ダークランド』計画を白紙撤回しろと言っているわけではありませんよ」君塚が不自然なほど胸を張って言った。「計画をスタートさせる前にまず住民に是非を問うべきだと言っているんです。私もその意見には賛成です。だから紹介を引き受けたんです。テーマパークを造るということは今後の町の在り方を左右する大きな事業ですから、投票を行なうのは妥当でしょう?」

重たい雰囲気の中で唯一《ゆいいつ》君塚だけが、鼻息荒かった。

企画採択審議の時は君塚の主張はことごとく無視されたが、今回は彼の後ろに大勢の有権者の主張があるのだから、そうもいかない。

「住民投票を行なった結果、反対多数になったら、これまで私達が行なってきたことがすべて白紙に戻されるということですよね。なんだか、何のためにこれまで努力してきたのかわかりませんね」

そう発言したのは女性議員の松田であった。

藤咲もまったく同感であった。

議員達だけではない。『坂巻ダークランド』計画が白紙に戻されれば、最も落胆するのはおそらく、まだ顔を見ていない、あの青柳敏郎であろう。住民投票のことを知らされたら、喜びも半減し、さぞ複雑な気持ちだろう。それでも百万円もらえるのだから、よしと考えるだろうか?　だが、電話で話した限りの印象では、青柳敏郎はそこまでドライではない。

「でも、逆に賛成多数だったら、『坂巻ダークランド』建設推進に大きく拍車がかかりますよ。町の大多数の人の賛同を得たわけですからね」

そう発言したのは小園というヘルメットのような分厚い頭髪の男である。

それももっともな意見だと藤咲は思った。そうなれば町の人達の協力も大いに期待できる。とにかく明暗の差が非常に大きいのだ。

それ以上の発言は出なかった。

頃合を見計らった議長の根本が言った。

「それでは別にご発言もないようですので、本件は委員会決定のとおりに決することで異議ありませんか?」

住民投票の実施が決定すると、その次に住民投票のために条例作りを行なわなくてはならない。

ほとんどの市区町村は住民投票の経験などないから住民投票の厳密なルールを定めた条例をまず定めなくてはならない。この条例作りにかなり時間を食うだろう。

最低二カ月と計算すると、条例ができあがって、それを告示するのが八月後半ぐらい、それからできるだけ急いで投票を実施するとしても、早くて九月の末頃だろうか。

長いな、まったく。藤咲の気持ちはますます重苦しくなった。

「何故《なぜ》、テーマパーク建設中止の請願ではなく、住民投票の請願なのか、わかるか？」

君塚は助手席にふんぞりかえっている丸尾に言った。

「議員どもの感情の問題、ですかね」

丸尾は目を細め、口から煙をゆっくりと吐き出してから言った。

「中止の請願だと、議員達はこれまでの努力を頭から否定された気になり、反発する。で、請願を不採択にする可能性が大きい。だが、住民投票をやれという請願だとそうたやすく却下できない」

どうやらわかっているようだった。

「まあ、そんなところだ」

それからは君塚は運転に専念した。長野市まであと6キロである。

最近はジャガーとテラノの出番が多かったので、ポルシェを運転するのは約三週間ぶりだ。ポルシェは雨に濡《ぬ》れた路面に吸い付くように走る。この吸い付き感が他の三台の車よりも頼もしく感じられる。

しばらくして、丸尾がまたもや君塚の心を覗《のぞ》いたかのように言った。

8

「いい車ですね、さすが911だ」

「本名は993だ。スタイルの基本的な部分が変わっていないから911と名乗っているんだ。ヘッドライトの出っ張りが大分引っ込んで、スマートになっているだろ」

君塚は得意気に言った。

請願審査の三日後、週明けの月曜日、二人は土地所有権移転の手続きを行なうために長野市の土地登記所へ向かった。

土地を手放さなくてはならないのは返す返すも残念だが、丸尾は約束を守って剣持のみならず双子の娘まで真道学院に取り込んだ。ちょっとしたハプニングはあったものの、乱交ビデオも取り返すことができた。こちらも約束を果たさねばならない。

「投票率はどのぐらいになるんでしょうかね」

しばらくして丸尾が訊いてきた。

「住民の関心は高い。わからんが、五十パーセントといったところだろうな」

「高くて五十パーセントなんですか」丸尾が意外そうに言った。

「関心を持つ層と持たない層があるんだ。関心を持つ層は昔からこの町に住んでいて、地元の商店街で店を経営したり、農業などに従事している土着的な連中だ。反対に関心を持たない層は、近隣の長野市や松本市なんかに勤めに出ているサラリーマン連中。こいつらはほとんど寝るためだけにこの町に住んでいると言ってもいい。だから町政には疎《うと》いし、あまり関心も持っていない。今、この町は二つの層がほぼ半数といった状況なんだ」

投票率五十パーセントとすると約六千人。その半数の三千以上の反対票が集まれば、『坂巻ダークランド』は潰せる。

そのために丸尾は、二つの手段でことに当たる。正攻法と裏技だ。

正攻法は、正体を隠した学院生達が町で盛大にテーマパーク反対のキャンペーンを繰り広げる。

そして裏技は、投票の当日にある人間を使う。

「ところで、志村の奴《やつ》はどうした？　うまくいっているか」

「ええ、おかげさまで。あなたの適切な人選には恐れ入った。近日中にアプローチを図ります」

「そうか、あいつも色ボケの欲ボケだからなあ」

君塚は、いかにも実直な公務員の化けの皮が剥《は》がれた時の志村の顔を思いだし、しみじみとした口調で言った。

前回の町会議員選挙で選挙管理委員を務めた志村は、住民投票が実施されれば間違いなく投票管理委員になる男である。

君塚の当選祝賀会の会場で知り合い、その後何度か町で一緒に飲んだことがある。つまらない男だが、今回は大いに役に立つだろう。役に立ってくれなければ困るのだ。

「言っておくがな、投票管理委員を一人抱き込んだからといって、それだけで勝てると思うなよ。極端な話、例えば百の票があって、その内訳が賛成九十、反対十だったりした場合は、いくら志村が票操作で頑張ったってお手上げだ。奴が役に立つのは、賛成六十、反対四十ぐらいの接戦の場合だけだ。他の管理委員の目があるからな。だから、せいぜい頑張って接戦になるように反対派を増やしておくことだ」

「ええ、明日から駅前や役場の前で、学院生達が反対キャンペーンを行ないます。それにあなたが紹介してくれた鳴海会長もかなり役に立ちそうです。あの人の影響力で、小中学生の子供を持っている親達の反対票はかなり見込めるでしょう」

丸尾は自信ありげに答えた。

「で、転入者は最終的にはどれだけになったんだ？」

「とりあえず、全部で五六六人。それで打ち止めにしておきましたよ」

「それだけいれば充分だ。役場に怪しんでいる奴はいないのか？」

「今のところおかしな動きを見せている奴はいないようです。いれば部下が報告してきますから心配ないですよ」

君塚はホッと小さなため息をついた。

剣持、志村、高坂。

長野市の中心部に近づくにつれ、車の数が増えてきた。

「男っていうのは」スピードを徐々に落としながら君塚は言った。「どうしてこうも簡単に、若い女に骨抜きにされちまうんだろうなあ」

丸尾はその言葉に皮肉っぽい笑みを浮かべ、

「目的なく、ただなんとなく生きているからですよ。そういうつまらない安い人間にとっては、金儲《かねもう》けか快楽の追求が生きる目的になる。人生に確たる目標を持っている人間にとっては、快楽は単なる余興であり、それに溺《おぼ》れて自分を見失うことなど絶対にないんですよ。最近の日本はますますつまらない激安な……」

「わかったわかった、もういい」

君塚は苛立《いらだ》たしげに会話を打ち切った。

9

ほとんどがTシャツ一枚にジーパンかスウェットパンツという格好の二十人の学院生達が、雨に濡れながら、素手で泥にまみれたプラスチックの廃棄物を拾い上げ、両腕一杯になるとぬかるんだ地面に靴をめりこませながら、穴へと向かう。抱えた廃棄物を深い穴に落とすと、小走りで森へと戻っていく。

剣持が雇った不真面目《ふまじめ》な労働者達が、廃棄物を溜《た》めておく穴へ至る途中の道にも大量の廃棄物を落としていったので、その後始末を学院生達がやっていた。ネストを建設する土地に廃棄物が散乱しているのを放置しておくわけにはいかない。

剣持が真道学院に入学した時点で、廃棄物の極秘輸送は打ち切られ、それ以上廃棄物が持ち込まれることはなくなった。今頃、バイオ・インダストリーズの施設内は今後数年かけても片づかない程の廃棄物が山積みになっている筈《はず》である。

既に溜まってしまった廃棄物については、隣の坂巻町所有の開発用地に無断で掘った穴に捨て、埋める以外にどうしようもなかった。

本来なら、廃棄物を溜めこんだ張本人である剣持がここで誰よりも懸命に働かなければならないのだが、腰痛を患《わずら》っているとあっては仕方がなかった。もっと大勢連れてくれば作業は短時間で終わるのだが、輸送手段がないし、目立ちすぎるので、特に体力のある男の学院生だけを和島が選び出し、二台のワンボックスカーに分乗させ、ここまで連れてきたのだった。

丸尾から作業の監督を命ぜられた和島はただ一人、傘を差し、体から湯気さえたてながら黙々と体を動かしている学院生達を厳しい目つきで見ていた。

穴へ廃棄物を捨てに行ったまま十分以上も戻ってこない奴がいる。誰かはすぐにわかった。和島は憤然とした顔で、穴の方へと歩き出した。その剣幕に学院生達は驚き、左右に別れて道を開けた。

道が終わり、穴のある広場へ出た。

探すべき人間はすぐに見つかった。そいつは穴の傍にある木の切り株の上に腰掛け、頭《こうべ》を両足の間に埋まるほど深く垂れていた。

「隼人《はやと》っ！」和島は一喝した。森へ戻りかけた他の学院生達が驚いて振り返る。

反応はなく、隼人はぴくりとも動かない。

和島は傘を畳み、右手に握り締めた。泥がズボンに跳ねるのも気にせず大股《おおまた》で歩み寄る。

「勝手に休むな！　馬鹿者《ばかもの》っ」

傘を頭上高く振り上げ、隼人の側頭部に満身の力で振り下ろした。

カツッ、という硬く鋭い音がして、傘の先端が隼人の左耳の後ろに当たった。その瞬間ようやく隼人が体をビクンと痙攣《けいれん》させ、痛みに反応した。

「きゃあああああ」

隼人が女のように甲高く、耳障りな悲鳴を上げ、悲鳴は周囲の森にこだました。

尻《しり》から泥の水溜まりに落ち、打たれた耳を両の掌《てのひら》で押さえながら両足をばたつかせる。

「いたあああい」

その金属的な悲鳴が和島の怒りの火に油を注いだ。

「痛いじゃねえ、働けええ！」

「いだあああい、べえええええん」

坂巻町に連れて来てからというもの、隼人の精神は目に見えて崩壊の一途を辿《たど》っていたが、ここに至って、完全に幼児に退行してしまった。

どうしてここまで狂ってしまったのか、理解できなかった。大始祖様と自分が苛《いじ》めたことが原因だろうか、だが、それだけが原因とは到底思えない。何か根本的な欠陥があるに違いない。

「べえええええええん、きゃあああああああああああ」

悲鳴とも泣き声ともつかぬ絶叫を聞かされ、和島の方が頭がおかしくなりそうだった。

「うきゃああああああああああああああああああ」

「うるせえええええええええええ」

和島も対抗するかのように絶叫した。傘を捨て、反動をつけて隼人に飛びかかった。右肘《みぎひじ》を隼人の鼻柱の上に思い切り叩《たた》きつけて鼻を潰《つぶ》した。激痛と同時にぐにゃりという手応《てごた》えを感じた。

両手を隼人の首に掛け、左右の親指の先を喉仏《のどぼとけ》の両脇《りょうわき》にめりこませる。

隼人はカッと目を開き、物凄《ものすご》い力で和島の体を押し退《の》けようとする。和島は負けるものかとさらに両手に力をこめる。

隼人の口がだらしなく開き、舌の先端が覗《のぞ》いた。

「どうだっ！　気持ちいいかっ、タイ米野郎、変態っ」

「いけませんっ！　和島さん」

二人の学院生が和島に組みついてきた。一人は背後から和島を羽交い締めにして、もう一人は隼人の首にかかった指を一本ずつ引き剝がそうとする。

「邪魔すんなあああ」

「駄目ですってば、死んでしまいますよぉぉ」

更に二人が加勢して、和島は隼人から引き離された。

「わかったわかった！　もうやらねえよ、だから離せよ」

和島は叫びながら、もはや攻撃の意思はないことを示すために両方の掌を肩の上に上げてみせた。

「わかったから……俺もどうかしてた。もう大丈夫だ」

和島を押さえている三人の学院生は手を離していいものか迷っていた。

「本当だ、大丈夫だから。俺が悪かったよ、皆、すまん」

その言葉でようやく和島の体を摑《つか》んだ手が離れた。

隼人の方を見ると、隼人は二人の学院生に介抱されていた。四つん這《ば》いになって激しく咳《せ》き込んでいる。

和島はこめかみに手を当て、俯《うつむ》いた。

「大丈夫ですか？」

学院生に声を掛けられ、和島は黙って頷《うなず》いた。こめかみから手を離し、軽く頭を振ると疲れた足取りで泥の上に捨てた傘を拾いあげようとして……。

そしてダッシュした。

隼人の脇に跪《ひざまず》いている学院生を蹴《け》り飛ばし、四つん這いになっている隼人の背中に飛び乗った。隼人の体が潰れる。

右肘を隼人の首にフックのように引っ掛け、自分の上半身を思い切り後ろに反らせた。

学院生が何か叫んだが、和島の耳にはもはや何も届かなかった。

10

「はい、転入転出窓口です」

千良木素子は受話器を取り、事務的な声で応答した。

——千良木さんね？

暖か味のある、落ち着いた女性の声がスピーカーを通して素子の耳に流れ込んだ。

「松田さん！」先程の事務的な声は跡形もなく消え失《う》せ、弾《はじ》けるような生き生きとした声になる。

向かいの机で仕事をしている永野や、その他の同僚も何事かと素子の方を見た。しかし当の素子はそんなことは一向に頓着しない。

坂巻町議会唯一《ゆいいつ》の女性議員、松田君枝であった。

――久しぶりね、千良木さん。お元気？

知性的で、朗らかな松田の顔が目に浮かぶ。

「ええ、ええ、おかげさまで、元気でやってます」

――この前買ったアジサイ、元気？

「ええ、とっても元気に咲いていますよ」

松田は議員の仕事をしていない時は、駅前の商店街にある自宅を兼ねた花屋で、夫と共に商売をしているのだ。花を部屋に飾ることが好きな素子は、この町に越して来て以来『松田花店』の常連客である。

役場で働き出して間もない頃、素子は松田が議員であることを知らなかった。役場で働き出して一ヵ月程が経ち、定例議会が始まったある日、素子は役場の食堂で、スーツを着た松田が、素子と同じきつねうどんを食べているのを発見した。素子はなぜ馴染《なじ》みの花屋の奥さんがそこにいるのか理解できず、強い好奇心に駆られて、うどんを載せた盆を持って松田の向かいの席にどっかりと腰掛けた。そして、「どうしたんですかぁ！

こんなところで」と大声で訊《き》いてしまったのだ。

議員全員の名前は名簿を見て覚えていたのだが、松田なんて珍しい姓ではないし、議員のプロフィールには副業に関する記述はなかった。だから、いつも花を買う花屋の奥さんがまさか議員さんだなどとは想像だにしなかったのだ。

——電話に出たのが千良木さんで良かったわ。

松田はホッとしたような声で言った。

「私に用があったんですか？」

松田が内線で素子に電話を掛けてきたのは初めてのことだ。

——ええ、そうなの。ねえ、千良木さん、今日はこれから何か予定あるの？

「いえ、特にありませんけれども」

素子は腕時計の文字盤に目をやった、五時まで後十八分。

——もしよろしかったら、今晩、お食事でもどう？

突然の誘いだったが、嬉《うれ》しかった。素子にとって松田は憧《あこが》れと尊敬の対象だった。松田のように素敵に年を取れたらいいなと常々思っていた。それに仕事柄、花に関する知識も豊富で、大いに勉強になる。

「ええ、勿論《もちろん》、喜んで」

——そう、それじゃ決まりね。ホールで待ち合わせということでいいかしら？

「ええ、オーケーです」

──それじゃあ、後でね。

「はぁい、失礼します」素子は受話器をフックに戻した。

「ウキウキね」永野が小声で茶化すように言った。

「まあね」素子はニッコリと笑い、言った。

ふいに、背後に視線を感じた。素子は他人の視線には敏感な方である。たとえ、背後であっても、誰かに見つめられていると、なんともいえないむず痒《がゆ》さを覚えるのだ。

素子は敢《あ》えて、後ろを振り返らなかった。そうすると、ひどく不自然なことのように思えたからだ。振り返らなくても、相手が誰かはわかった。自分のほぼ真後ろに座っている高坂課長である。

なんだろう、この痒さは？

まるで突き通すような視線が気味悪いが、素子は気づかない振りをして、残り少ない今日の仕事を続けた。

「まずは乾杯といきましょう」

松田は赤ワインの入ったグラスを顔の前に上げた。素子もそれに倣《なら》う。

「かんぱぁぁい」

素子と松田は同時に言って、グラスを合わせた。チィンという涼しい音が耳に快かった。

二人は駅前商店街と並行して伸びている細い裏道にある、小さいが心のこもったもてなしをする『トキ』という名の洋食屋にいた。

ロッジ風に太い梁《はり》が渡してある店内は薄暗く、落ち着いていて、BGMはいつもピアノがメインのジャズである。

親子ほども年の離れた二人はお互いの近況報告に始まり、実にいろいろなことを楽しく語り合った。ただし野暮な仕事の話だけはお互いに口にしなかった。

食後のコーヒーが運ばれて来た時、松田がフッと黙り込んだ。

素子には直感的に、今夜、松田が自分を夕食に誘った理由はこれから松田が話し出すことにあるということがわかった。

「どうかしたんですか？」

素子は松田が話し出すのを待ち切れずに訊いてしまった。

「素子さん、住民投票のことはもう聞いた？」

松田が唐突に訊いてきた。

「ええ、聞きました。大変ですね、松田さんは。せっかく頑張って進めてきたことがストップしてしまうかもしれないなんて嫌ですよね。私自身はテーマパーク、賛成ですよ。

だって、すごく楽しそう」

松田は優しい笑みを浮かべ、

「そう言ってもらえると、私も嬉しいわ。でも、喜んでいない人もたくさんいるみたいなの。まあ、百人いて百人全員が賛成する企画なんてありえないから、仕方のないことだけど」と諦《あきら》めのこもった声で言った。そして一旦《いったん》視線を自分のコーヒーカップに固定し、再び目を上げると素子の顔をまっすぐ見ながら話し出した。

「先週、請願書のコピーを手渡されたの。添付資料として住民投票の実施を希望する人達の署名が添えられていたの」

素子は沈黙することで先を促した。

「その署名を見ていて、これはおかしいなって感じたの」

「何が、ですか」

「……こんなこと言うと、変に思われるかもしれないけど」

「思いませんよ、何がおかしいんですか？」

素子は強い好奇心に目を輝かせ、松田の方に身を乗り出した。

「住所なの」

「住所？」素子には松田のいわんとしていることがわからなかった。

「ええ、そうなの。署名は全部で二八七人。署名の横には住所が書かれているのだけど、何気なくそれを眺めていて気がついたの。やけに似通った住所が多いなって」

「どこら辺の住所なんですか」

「ゴーストタウン」

「ええっ？」

今度は松田が、どうしたの、と訊いてきた。

素子はまん丸く見開いた目で松田を見返し、

「松田さん、そのコピー、今持っていらっしゃいますか？」

「ええ、持っているわよ」

松田は椅子《いす》を引いて、隣の椅子に置いた書類鞄《かばん》を取り、自分の膝《ひざ》の上に乗せた。鞄から薄い紙束を取りだして、素子の方へ差し出した。

素子はそれを受け取り、もどかしい手つきで請願書の後ろにホッチキスで留められた署名一覧表をめくっていく。一覧表は全部で九枚あった。

坂巻町栗田《くりた》二丁目と三丁目、鷹屋《たかや》一丁目と二丁目、そして大場八丁目と九丁目。

その辺りの住所に住んでいる住民が圧倒的に多い。この辺はいわゆるゴーストタウンなのだ。まったく同じ番地も多い。ということは同じマンションかアパートの住民なのだ。

ゴーストタウンなんてもう誰も住んでいないと思っていたのに、いつのまにかこんなにも人が集まり住んでいる。

得体の知れぬ恐さを覚えた。

「松田さん、はっきり確認しないと断定はできないんですけど、私、先週すごく仕事が忙しかったんですよ」

あわてて支離滅裂なことを口走ってしまった。

案の定、松田は混乱したような顔をした。

「すみません、最初から順序だててお話します。先週、ウチの部署、転入者が急に激増してとんでもなく忙しかったんですよ。その週だけでも五百人近く増えたんです」

「そんなに?」松田も驚いた。

「変でしょう? しかも変なのはそれだけじゃないんです。新しく転入した人たちが届け出た住所の多くがゴーストタウンに集中しているんですよ」

その言葉は松田にさらなるショックを与えたようだった。

「本当なの?」

「どういうことなんですかね、反対署名をした人のほとんどがゴーストタウンに住んでいて、しかも最近転入してきたばかりの人達もゴーストタウンに住んでいる」

松田は一心に何かを考えている。

素子もこの符合の理由を考えようとしてみたが、思いつかなかった。

「別の市区町村に転入した人がそこで投票権を得るのは三カ月後よね……」

松田が独り言のように言った。

「となると……」

「なんです？」

早く教えてよ、と素子は言いたかった。

「住民投票の実施が早くても九月末頃だと思うの。ちょうどその頃に、先週転入してきた人たちが投票権を獲得するわ」

「そんな！」

思わず大声を出してしまい、素子は恥ずかしくなった。

松田の方にうんと身を乗り出すと、声をややひそめる。

「それじゃ、住民投票で反対に投票するために、この町にやって来たというんですか？そんなことが……」

「私の考え、突飛すぎるかしら」

素子にはなんともいえなかった。

「町長や、他の議員さんもおかしいと感じていらっしゃるんじゃないですか？」

松田は勿論、というふうに頷《うなず》いた。

「町長や議員達以前に、投票管理委員会が署名の有効性についてチェックするのよ。署名した人が確かにこの町に住所を持っているかとか、投票権を持っているかとか。その点では誰もひっかからなかったわ。そうなると、もうそれ以上深くは追及できないのよ、プライバシーの問題があるから」

「私、なんだか恐いです」

「ねえ、素子さん、先週、転入してきた人達ってどんなだった？」

「どんなって、言われても……ごく普通の人達ですよ」

「年齢は？」

「ばらばらです。あっ、でも半分くらいは三十代前半までの若い人だったかな」

「どこから転出してきた人が多かったとか、覚えていない？」

「いいえ、とくにどこの県が多かったとか、そういうことはなかったと思います」

「そう」

重く、張りつめた沈黙がテーブルを支配した。

「私、明日の朝早く出勤して、パソコンのデータと照らし合わせて確認してみます。この署名一覧表、お借りしてもよろしいですか？」

素子は言った。それをやらなければ、得体の知れない不安は消えそうにない。

「ええ、いいわ。でも微妙な問題だから、他の人には見られないようにね」

「大丈夫です、松田さんに迷惑はかけませんから」と素子は請け合った。

明日、素子の方から松田に電話することにして、その夜は別れた。

自宅に戻り、普段通りに風呂《ふろ》に入り、ストレッチをし、大好きなココアを飲んでいる間も得体のしれない不安感は去らなかった。

11

登記所で土地所有権移転の手続きを済ませ、正式に土地を手に入れた丸尾が意気揚々としてこれから坂巻町に帰ろうとしたところで携帯電話が鳴った。電話は磯崎からだった。高揚して熱く燃える心に水を差すどころか、凍らせてハンマーで粉砕するようなニュースを聞かされた。

和島が隼人を殺してしまったのだ。

廃棄物の片づけ作業を急遽《きゆうきよ》中断した学院生達は、絹田マンションへ戻り、隼人の亡骸《なきがら》を107号室まで運び、とりあえず安置したという。

「どうした、何かまずいことでもあったのか?」

丸尾もこの時ばかりはポーカーフェイスを装《よそお》うのは無理だった。携帯電話のアンテナを本体に押し込みながら、

「いや、学院生が一人、作業中に穴に落ちて、足首を骨折したんです」

と嘘《うそ》をついた。君塚に事実を告げる必要などない。

数千万円に相当する土地を手放し、放心気味の君塚はそれ以上の関心を示さなかった。

丸尾にはそれがありがたかった。

だが、運転中もその放心状態が続いたのには参った。こっちは時速200キロで飛んで帰りたいのに、君塚の運転ときたら、助手席の丸尾がひやひやするぐらい注意散漫でムラだらけだった。運転を替わろうかとも思ったが、帰宅時間帯で道は混み、雨足は強くなったし、おまけに丸尾には、ポルシェはおろか左ハンドルの車を運転した経験もないので正直言って自信がなかった。だから我慢するしかなかった。

〝和島の野郎、馬鹿《ばか》め、馬鹿め、馬鹿め！　せっかく何もかも順調に進んでいるというのに、とんだケチがつきやがった。一体、学院長に何と言って報告すればいいんだか〟

駅の近くで君塚と別れ、やっと駐車場に置いてあった学院所有のレガシィワゴンに乗り換えると、60キロ以上でゴーストタウンに向かって飛ばした。絹田マンションに帰り着いた時は七時をわずかに過ぎていた。

ここまで急いで来たというのに、いざ車から下りると途端に足の動きが鈍くなった。

一階の廊下を奥の107号室へと向かう丸尾の足取りは、急流に逆らっているかのように重かった。

ノックもせずに107号室を引き開けた。

部屋には六人の男と、死体がひとつ。

隼人は体に退色したミッキーマウスのキャラクターのタオルケット、顔に坂巻ラドンセンターと書かれたタオルをかけられ、部屋の中央を占拠していた。

六人の男は亡骸を両脇ではさむように正座していた。和島と磯崎もいた。丸尾の姿を引き攣《つ》った顔で見上げ、あわてて畳に額をこすりつけて丸尾の帰宅を出迎えた。

丸尾は靴を脱いで部屋に上がると、亡骸の右の頭側に正座していた男をどかせ、そこに片膝をついた。

亡骸をはさんだ向かいには和島。蒼白《そうはく》な顔で、隼人の顔の上に被《かぶ》さったタオルを凝視している。

丸尾はタオルをめくった。

隼人の首は右側に不自然にねじ曲がっていた。目蓋《まぶた》は閉じているが、唇はだらしなく半開きになっている。鼻とその周囲には赤黒く、大きな痣《あざ》。鼻の穴には血の塊が詰まっている。髪はまだしっとりと濡《ぬ》れていた。

命のなくなった隼人は生きていた時よりさらに幼く、小さく見えた。

そっとタオルを顔にかけた。

「和島と磯崎を残して全員部屋に戻れ」丸尾は静かに命じた。四人の男は静かに立ち上がり、このマンションの別の部屋か、あるいはここからすこし離れたアパートへとそれぞれ戻っていった。

丸尾と和島と磯崎、そして死体が部屋に残された。

和島の下顎《したあご》が小さく震え出し、やがてその震えは全身にまで広がっていった。

「もうしわけございません！」和島は叫び、土下座した。嗚咽《おえつ》が喉《のど》から漏れる。

「馬鹿なことをしてくれたな」

丸尾は畳の上であぐらをかき、そう言った。

「どのような罰でもお受けいたします」

「罰を受けるのは俺だ。監督不行き届きでな」

実際に報告してみなければどんな処分がなされるかは予想がつかないが、下手をすると、自分はこの事業から外され、代わりの者が引き継ぐ事態にもなりかねない。

自分のしでかしたことで丸尾が学院長から罰を受けることに思い至ると、和島はいっそう恐れ、わなないた。

「だが、今は一番大事な時だ。処罰だとか、そういうことで事業を滞《とどこお》らせるわけにはいかない。隼人は事故で死亡したと学院長様には俺からそう報告する。誤って穴に落ち、首の骨を折ったとな」

学院長に直接報告する権限を持つのは丸尾だけなので、密告の心配はないが、事実が学院長の耳に届かないように、早急に学院生達に厳重な箝口令《かんこうれい》を敷く必要がある。特に作業をしていた二十人の学院生には。丸尾の絶対的権力をもってすればそれはたやすいことである。

ノックの音がした。

「なんだ」丸尾は苛立《いらだ》たしげに答えた。

「臼田でございます」

丸尾は立ち上がり、玄関へ行ってドアを開けた。

蒼白な臼田の顔がそこにあった。


隼人の頭を撫《な》でながら声を出さずに泣いている臼田を横目に、丸尾は、学院の八王子ネストにいる学院長へ直通電話をかけた。まな板の上で首をぶった切られるのを待つ魚の気分だった。

学院長はまだ起きていた。

――丸尾か、どうした。

受話器からざらついた声が聞こえてきた。その声の背後で何やらカサカサ、と虫が這《は》いずり回っているような乾いた音も聞こえた。

学院長と電話で話す時いつも気になるのがこの背後の音だ。それはある時には、クチャクチャという粘っこい音だったり、またある時には、空気がプスプスと漏れる音だったりする。

一体、学院長は一人で部屋にいる時、何をしているのだろう。あまり深く考えると気味が悪くなるので、丸尾は考えないようにしていた。

「学院長様、悲しいお知らせをしなければなりません」

丸尾は胃の中に漬物石を飲み込んだような、重く沈んだ声を出して告げた。

カサ、カサカサ……カサ。

ゴキブリでも飼い始めたか？　やけに神経を逆なでする音だ。

——……何だ。

「隼人が、死にました」

——お前が殺したのではあるまいな。

即座にその言葉が投げつけられたので、丸尾の心臓に冷たい恐怖の刃《やいば》が突き刺さった。

「違います」驚異的な自制心で動揺を抑えつけ、いつもと変わらぬ声でそう答えた。

——お前は隼人を連れていくのを嫌がっていたぞ。

カサカサカサ、カサ。

「学院長様、違います。事故が起きたのです」

あくまで事故ということにしなければならない。和島が殺したと本当のことを言えば、和島を連れていく事を決めた自分にも処罰が降りかかってくる。そこで、今日の午後廃棄物を穴に捨てていたら、穴の縁の土が崩れて隼人が落下し、首の骨を折ったのだと説明した。

──なぜ、よりによって隼人が死ぬのだ。

納得しかねるという口調だった。

「本当に、残念です。私の安全指導に落ち度があったせいです。申し訳ありません」

──隼人の亡骸を持ってこい。

「それは危険です、学院長様。万一警察に呼び止められでもしたら、言い訳できません」

──亡骸を見られたくないのか。

ねちねちといやらしい責め方しやがる、丸尾は嫌な気分になった。

「そうではありません」

──ならばすぐに持ってこい。今夜中にだ。

断固とした命令であった。

「わかりました。学院長様」

電話が一方的に切れた。丸尾は携帯電話を睨み、畳の上に放った。

「学院長様は、何と」磯崎が心配げに訊いてきた。

「亡骸を持ってこいとのことだ」丸尾は面倒くさそうに答えた。それから臼田の傍へ行き、爪先《つまさき》で軽く臼田の腰を蹴《け》り、「出ていけ」と言った。

臼田が自分の部屋へ戻ると、丸尾は二人に指示して、隼人の体を俯《うつぶ》せにさせた。以前和島と二人で車に繋《つな》いで引き摺《ず》った時の傷はほぼ消えていた。元に戻させると隼人の死に顔を見下ろし、子細に観察した。

「和島」

「はい」蚊の鳴くような声で答えた。

「こいつの顔の真ん中には殴られたでかい痣がある。それに首に二カ所、お前の指が食い込んだ跡がはっきり残っている」

「……はい」

「これを消さなきゃならん」

「……はい」

「何か固くて鋭い物で、顔の真ん中を潰《つぶ》して痣を消せ。それから首の絞め跡にも何か突き刺して皮膚を破るんだ」

返事がなかった。和島を見ると、両目に涙を浮かべて震えていた。

「聞いてるのか」丸尾は語気を荒らげた。

和島はゴクリと唾《つば》を飲み下すと、「わかりました」と声を搾《しぼ》り出した。

「今すぐかかれ」

丸尾が命令しても、和島は腰が抜けたのか立てないようだった。

「和島君、僕も手伝うから、やろう」

磯崎が助け起こし、ようやく体を動かせるありさまだった。

まずは適切な道具を探すことから始めた。二人はそれを探しに外へ出かけた。二十分後に二人が戻ってきた時、磯崎はプラスチック製の小さな写真立てを手に持ち、和島は古くて大きなカセットデッキを重そうに抱えていた。どちらも棄《す》てられた民家の中から持ち出してきた物だった。

固くて、鋭いが鋭利過ぎても良くない。それらは適切な物に思えた。

隼人の頭の下にビニールシートを敷き、作業に取りかかった。

「顔の真ん中めがけて、角の尖《とが》った部分を振り下ろせ。ちゃんと狙《ねら》うんだぞ」

丸尾は指示した。

和島は両腕でカセットデッキを頭上に振り上げたが、見えない人間に腕を摑《つか》まれたかのようにそのまま硬直してしまった。

「早くやれ、馬鹿者。自分の不始末は自分で片をつけるんだ」

丸尾は苛立ちを隠さずに急《せ》かした。

「くううう」和島が喉の奥から奇妙な呻《うめ》き声を漏らした。

そしてついにやった。部屋がずしん、と揺れた。カセットデッキは隼人の顔の横にゴロンと転がった。丸尾が隼人の顔を見る。既に死んでいるため、血はあまり出なかった。

「まだ駄目だ。鼻の左側にもう一回叩《たた》きつけろ」冷徹な声で命じた。

和島は泣きながら、もう一度やった。

「よし、では次は首の痣だ。片方の手で頭を押さえて、写真立ての角で痣の上を突き刺すんだ。思い切りやれよ」

ぶすっと皮膚を突く。

「力が足りない。もっと気合入れろ」

「……うぐ……」

「気合を入れろっ!」

「はいっ!」

もう一度突く。

「痣《あざ》のできた部分の皮膚を自然な感じに剝《は》がせ」

「……」

「さっさとやれ、役立たずがっ!」

「はいっ!」

その行為は和島にとって、顔を潰す以上に困難だったようだ。アル中男のように手が震える。

作業が終わると、丸尾は二人の男の学院生を呼びつけ、隼人の亡骸を寝袋に押し込み、八王子まで車で届けるように指示した。余計なことを喋《しゃべ》れば、お前達自身の立場が悪くなるだけだぞ、とつけ加えるのも忘れなかった。

車を見送った後で、丸尾は磯崎にそっと耳打ちした。

「しばらくの間、和島から目を離すなよ。おかしな素振りを見せたらすぐに俺に報告するんだ」

それから一人で川縁《かわべり》に立ち、煙草《たばこ》を数本灰にした。

やっかいな仕事が終わったというのに微塵《みじん》の解放感もなく、胸に大きなしこりが残った。

全速力でマンションに走って戻り、自室である406号室まで階段を休むことなく一気に駆け上った。たちまち全身に汗が噴き出す。部屋に飛び込むといつものように、臼田が待っていた。

臼田にお帰りなさいませと言う暇も与えず、丸尾は臼田を蒲団《ふとん》の上に押し倒した。

「練習だ」

丸尾は暗い声で言うと、臼田の服を剝ぎ取りながら、自分の服ももどかしげに脱ぎ捨てた。

かつてない激しさで臼田の体を攻めながらも、心は冷えていた。隼人の死に顔が頭の中から消えなかった。

12

翌日の朝、千良木素子は普段よりも四十分早く出勤し、誰もいないガランとした転入転出窓口のパソコンの前に座っていた。

昨夜、松田議員から借りた署名簿の中から、ゴーストタウンに住んでいる住民の名前をランダムに拾い上げ、その住所を、先週新しく転入してきた人間たちの住所と見較《みくら》べる。ほとんど同じだった。

地図上で見てみると、ほとんど全員が半径200メートル以内にかたまっていることがわかった。

その中でも特に、鷹屋二丁目にある絹田マンションというのが気になった。三十人の人間をピックアップしたが、その内の十一人がこの絹田マンションに住んでいて、半径200メートルの円のちょうど中心辺りにあるのだ。

素子は自分の手帳にこのマンションの住所を控えた。

手帳と署名簿を鞄《かばん》に仕舞い、パソコンの電源を落とした。後は出勤時間になるまで、どこか他の場所で足りない睡眠を補いたかった。いつも遅刻ギリギリで出勤してくる素子が、今日に限って一番乗りでは同僚に何事かと勘繰られそうで、具合が悪い。

駐車場の自分の車の中で眠り、結局いつも通り遅刻寸前に再びオフィスに駆け込んだ。後は普段通りに仕事をして、仕事が終わると、同僚の永野とお好み焼き屋で夕飯を食べた。ミーコちゃんのいるカラオケボックスへ行こうという永野の誘いを断り、自宅のアパートに帰ったのは九時十五分だった。

スーツからジーパンに着替えていると、玄関にノックの音がした。

「ごめんくださぁい。千良木さん、栗原ですけど」

一階に住んでいる大家さん夫婦の奥さんだった。

はぁい、と返事して、玄関に行き、ドアを開けた。

「ごめんなさいね、こんな夜分に。ちょっと気になることがあったもんだからねえ」

栗原は顔も体もどっしりとした典型的な肝っ玉かあさんという感じの女性だ。

「何かあったんですか？」

「いやさ、今日ちょっと気味悪いことがあったもんでさ。それであんたも含めてウチのアパートの住人全員に訊《き》いているのよ」

「はぁ……」

「ねえ、千良木さん、部屋の中から何か大事な物がなくなったとかそういうことはない？」

急にそんなことを言われたので素子は面食らった。

「どういうことですか？」

栗原はその質問を待ってましたとばかりに喋り始めた。

「いえね、今日、あたしんちにタチの悪いいたずら電話があったのよぉ。今日の昼前、十一時頃だったかなぁ、あたしが家に一人でいたところへ電話がかかってきたのよ。で、出てみたら知らない男の声がさ、栗原省吾君のお母様ですかって訊いてくるもんだから、あたしが、なんだろ、この人って思いながら、そうですけどって答えたら、その人がね、〝坂巻西中学校の者ですが、省吾君が体育の授業中に腕を骨折したので至急、坂巻総合病院まで来てください〟っていうのよ。だもんであたしは大あわてで保険証やらなんやら持って病院へ飛んでいったのよ。で、病院の受付で栗原省吾の母親ですけど省吾はどこにいますかって訊いても、受付の女の子ったら、〝はあ？〟なんて感じで全然要領を得ないの。栗原省吾よ、骨折で運び込まれたはずよって怒鳴ってやったら、やっと調べてくれたんだけど、栗原様という方は来ていませんとか言われちゃってさ。今度はあたしの方が〝はあ？〟なんて感じになっちゃったのよ。もしかしたらあたしが病院の名前を聞き間違えたのかもしれないと思って、学校の方に電話したらさ、何て言われたと思う？　誰もそんな電話をしていないし、省吾君は普通に授業を受けていますって言われちゃったのよ」

「タチの悪いいたずらですね」素子が言うと、栗原は口から唾を飛ばして、

「そうでしょう？　本当に最低の人間よね、そんな陰険なことするなんて。で、あたしが仕方なく帰ろうとした時、あたし、ハッとしたのよ。なんでかっていうとね、昔、テレビのサスペンス劇場かなんかで、同じような場面を見たことを思い出したの。悪者がアパート住まいの主人公の家からある物、なんだったか忘れちゃったけど、それを盗み出すシーンでさ、一階に大家が住んでいて迂闊《うかつ》に侵入できないからってんで、大家に電話してさ、お子様が交通事故で病院に運ばれましたとか嘘《うそ》の電話するのよ、で、大家があわてて出ていった後で悠々《ゆうゆう》と目当ての部屋に侵入するのよ。もしかしてそれが現実に起きたのかもしれないって思ってさ、大慌《おおあわ》てで家に飛んで帰ったのよ。とりあえずあたしんちで盗まれた物はなかったの。でも他の人の部屋に侵入したかもしれないと思ってさ、こうして帰ってきた人から順々に訊いているわけなのよ」

「わかりました、ちょっと調べてきます」素子は言った。

「ごめんなさいね、お願い。もし何か盗られていたら警察に届けなきゃならないから」

素子は中へ戻り、印鑑や通帳の類をしまってある棚を調べたが、なくなっているものはなかった。部屋の中の様子も朝出たときとなにひとつ変わっていない。

素子は再び玄関へ行き、栗原に報告した。

「特になくなった物はないみたいです。誰かが部屋に入ったような形跡もありません」

「本当？　下着の枚数とかもちゃんと数えた？」

「いいえ、そこまでは……でも多分、大丈夫です」

「あ、そう。ならいいんだけど……千良木さんはウチの住人で一番若くて綺麗《きれい》な女の子だからさ、あたし、狙われるんだったら絶対千良木さんだろうなって思っていたんだけど」

「いいえ、そんな……」

栗原にそう言われて素子は、恐いような照れくさいような複雑な気分になった。

「ま、とにかくそういうことがあったのよ。もし、後になって何かなくなっているものに気がついたら、その時はあたしに知らせてね」

「はい、そうします」

「じゃ、おやすみなさあい」

「おやすみなさい」

騒々しい栗原がいなくなると、ピーンと張りつめたような静寂が部屋を支配した。素子はとりあえず、栗原に言われたように衣類箪笥《だんす》を開け、なくなった下着がないか調べてみたが、ちゃんと全部あった。

素子はそれ以上気にするのは止め、松田の自宅に電話した。そういえば最近はケイタイばっかりで、回線電話を使うのは久しぶりであった。主人が出て、取次いでくれた。

挨拶《あいさつ》を済ますと、さっそく報告を始めた。

「今朝、職場のパソコンを使って確認したんですけど、やっぱり署名した人と新しく転入してきた人たちの住所はほとんど同じでした。それで、その中でも特にたくさんの人が住んでいるマンションがあるんです」

——マンション？

「ええ、絹田マンションっていうんですが、鷹屋二丁目、ゴーストタウンの端っこの方にあるんです。細い川があって、その川沿いです」

——そんなところに人が住んでいるマンションがあったのね。

松田はさも意外そうだった。

「それで……これからどうしますか？」

——実は、私もこれからどうしていいのかわからないの。

困惑する松田の顔が目に浮かんだ。

「どういうことなんだと思います？」

——わからない。素子さん、あなた、どう思う？

「そうですね……うんと突飛ですけど、転入してきた人達はテーマパークの建設計画を潰そうとしている誰かに雇われているとか」

——誰かというと、例えばどんな人かしら。

「ううん……反対派の中心人物とか……そんなことないか……とにかく、テーマパークができると不利益を被《こうむ》る人」

――不利益ねえ……不利益……。

そのまま二人とも黙りこんでしまった。

素子は頭の中で呪文《じゅもん》のように単語を繰り返した。

不利益、不利益……不都合……迷惑……。

テーマパークの何が困るというのだろう。騒音？　自然破壊？

自然破壊……木を切る……地面を掘り起こす……土を……。

「死体でも埋まっているんですかね、それを掘り起こされると困るからとか」

思いがけない言葉が素子の口をついて出た。

松田が受話器の向こうで力なく笑った。素子もつられて笑った。

「そんなわけないですよね、馬鹿《ばか》なこと言っちゃった」

――死体はちょっと突飛かもしれないけど、案外いい所突いているかもしれないわよ。

松田が大真面目《おおまじめ》な声で言った。

――あそこの土地が開発されると非常に困るという人間がいるとしたら、開発を阻止するために裏工作することだって……アッ！

松田が突然大声を上げたので素子はギクリとした。

——土地よ、素子さん、あの土地！

「はあ、なんでしょう」

——思い出したのよ。そういえば、あの開発用地の隣って、君塚さんの土地なのよ。

「え？　あのお金持ちの議員さんですか？」

——そうそう、素子さんは知らなかったわよね、住民投票の請願の紹介議員が君塚さんだったのよ。

「エッ、そうだったんですか？　それじゃ、君塚さんが怪しいってことですか？　自分の土地の隣にテーマパークが建つのが嫌だから、人を雇って住民投票に持ち込んで勝とうとしている？」

そう言いながらも、頭の中では、何を馬鹿なこと考えているんだともう一人の自分が抗議していた。

なぜ君塚がそのような手のこんだことをするのだ？　君塚が開発用地のすぐ隣に住んでいるのなら騒音等の問題で反対するのはわかるが、そうではない。ならば隣の土地に何ができようと別にいいではないか。建設されるのが原発とか、ゴミ処理場とかだったら確かに嫌かもしれないが、たかが小さなテーマパークではないか。

それになによりも、住民投票に持ち込んだからといって勝てるというわけではない。

素子が松田にその考えを述べると、松田は、

——あなたの言う通りかもしれない。でも、それは私達みたいな土地を持っていない人間の考え方ってものかもしれないわよ。実際に大きな土地を持っている人間にとっては、私達には思いつかないような、何かもっと別の問題があるのかもしれない。どうして私が君塚さんにこんなにもこだわるのかっていうとね、彼が企画採択審議の時に見せた態度があまりにも異様で、ずっと気になっていたからなのよ。

松田が企画採択審議での君塚の様子を詳しく聞かせてくれた。

「へえ、そんなことがあったんですか。それはますます怪しいですよ。松田さん、さっき〝別の問題〟って言いましたよね、例えばどんな問題だと思います？」

松田は十秒ほど考え込んだ。素子も一緒に考えたが、すぐには思いつかなかった。

——例えば……例えば、君塚さんが開発用地の隣の土地を別荘地かなんかとして売り出すつもりだったとするわね。都会の人が避暑のためにやって来て、ひと夏を過ごすような、静かで、快適な別荘地よ。ところが隣の土地にテーマパークができることになっちゃったら、そんな騒がしい土地に別荘を買う人なんかいなくなる。ゆえに君塚さんは儲《もう》からない。

なるほど、と素子は思った。確かに土地の資産価値は、土地そのものの大きさだけでなく、周辺の環境によって大きく変わるのだろう。

「君塚さんて、そんなに悪いことしそうな人なんですか」

——はっきりいって、彼ならやりかねないわね。

素子にはそんな人間がどうして町会議員の座につけたのか理解できなかったが、世の中そういうものなんだろうという気もした。

——これまでわかった事実を彼に突きつけて、問いつめてやりたいところだけど、彼にしらばっくれられたらそれまでね。でも、この問題をこのまま放っておくわけにはいかないと思うの。

「私も同感です。でも、どうしたらいいんでしょう」

——私達二人だけでは埒《らち》があかないわね。誰か信用できる人に相談してみましょう。

「誰なんです？　信用できる人って」

——藤咲町長よ。

13

「千良木っていう女の職員に、松田という女の議員から電話がかかってきたんだよ。松田は議員の仕事をしていない時は、花屋をやっててさ、千良木がそこの常連客なのは知っていたんだよ。それでなんとなく、なんとなくだけど予感がしたんだよ。だってさ、請願が受理されて、すぐにあの女に電話してくるなんてちょっとタイミングが良すぎるよ。単なる勘なんだけど、二人が転入者達のことを怪しんでいるんじゃないかなって、そんな気がしたんだよ」

臼田清美との情事の最中に高坂が漏らしたというその言葉で、丸尾は行動を開始した。

高坂は昔、その千良木という女に好意を持っていて、住所も電話番号も知っていた。千良木の住んでいるアパートは八部屋あり、住人は、ほとんど独身の勤め人ばかりだということであった。

翌日、まだ夜が明け切らぬうちに、丸尾、磯崎、和島、それに土井という学院生が、ワゴンに乗り込み、千良木の住んでいるアパートへ向かった。アパートに面している道路に、窓にシールを貼《は》ったワゴンを駐《と》めた。そのアパートの大家が栗原という名前であることは表札を見れば一目瞭然《いちもくりょうぜん》だった。

千良木の部屋に侵入するには大家がネックとなりそうだった。

だが、その問題も程なく解決された。

七時十五分、栗原の部屋から、制服姿の少年が出てきた。あの制服は坂巻西中学校だと、磯崎が指摘した。坂巻町へ来たばかりの頃、丸尾と臼田が町で君塚に関する情報を集めている間、磯崎と和島にはとにかく町を歩いていろいろな物を観察しておけと命じておいた。そのことがここでちゃんと役に立ったわけである。

少年は自転車に乗って出かけた。

「磯崎、あの坊主《ぼうず》の名前を知りたい。歩いてその中学校へ行って、学校の授業が始まったら、自転車置場にこっそり入って、泥よけに貼ってある名札を見てこい。見たら電話しろ」

「でも、自転車といっても、たくさんありますし……」

磯崎は自信なげに言った。丸尾は助手席から後部席の磯崎を振り返って睨《にら》み、

「フレームは赤、テールランプの下半分が欠けていて、荷台に黒いゴム紐《ひも》が巻き付けてあり、最近付け替えたらしいアルミ製のワイドタイプの前籠《まえかご》、これだけ特徴があってもまだわからんか？」

「わかりました、行ってきます」磯崎は車から降りて歩き去った。

七時三十三分、千良木らしき女が二階の部屋から出てきた。高坂の述べた特徴と合致する。小柄で色白、豊かで潤いのある髪、胸が大きく、肉感的なボディーのなかなかいい女だった。アパートの裏にある駐車場へと消えた。

それから九時までの間にアパートの住民がぞくぞくと仕事や学校へと出かけていった。

九時四分、磯崎から電話があった。

――わかりました、栗原省吾です。

「戻ってこい」丸尾はそれだけ言って電話を切った。

午前十一時少し前に二階の大学生らしき男が出かけると、大家を残してアパートは空

になった。

丸尾は携帯電話で栗原の家に電話を掛けた。電話番号は電話帳で調べた。

坂巻西中学校の職員をかたり、息子の省吾君が体育の授業中に腕を骨折したので、至急坂巻総合病院へ来てくれと告げた。

四分後、カバのように重量感のある、省吾の母親らしい女があわてた様子で出かけていった。

「土井、やれるな?」

丸尾は戻ってきた磯崎の隣に座っている存在感の薄い小男を見て、言った。

土井は若い女の住居にピッキングで不法侵入して警察に捕まり、去年出所した男である。女の部屋に侵入する際、土井は独自の方法で合鍵《あいかぎ》を作った。

まず、土井が半年間かけて造り上げた、本人が芸術的作品とまで豪語する『ピン計《ばか》り』(土井の勝手な造語である)を目的の鍵穴に差し込む。

『ピン計り』は一見すると、出っ張りのない、まっ平らな鍵に見える。先端は楔形《くさびがた》をしている。

先端から4ミリの地点に、ごく微小なピンが垂直に埋め込まれている。このピンは、持ち手の中に組み込まれた、これまた微小なダイヤルを回すことによって上下させることができるのだ。

ダイヤルは正確に0・25ミリで1クリックするようになっており、クリックの数を数えることによってシリンダー内部に組み込まれている、シリンダーとその外筒をロックする役目を果たしているコッターピンの長さを計ることができるのだ。

指先に全神経を集中させ、ダイヤルを回し、徐々にピンを伸ばしていく。すると、コッターピンが〝ピン計りのピン〟によって持ち上げられる。

そしてシリンダーと外筒の切れ目に達すると、土井は指先に手応《てごた》えを感じる。本人の弁によると、自分にしかわからないような微《かす》かな手応えなのだそうだ。

大概のシリンダー錠には、このコッターピンと呼ばれるピンが五本内蔵されていて、それぞれの長さが異なる。

すべてのコッターピンの長さを計ると、それから合鍵作りに取りかかる。鍵は削り出したアルミ板から作る。ピン計りで何ミリ持ち上げた時、シリンダーと外筒が外れたかがわかれば、板に何ミリの深さの刻み目を彫ればよいのかがわかる。削っては鍵に差し込み、うまくいかなければまた少し削って、というふうに慎重に、鍵が開くまで試す。大概は三回目くらいで鍵が外れるのだそうだ。

合鍵が出来ると、土井の仕事はそこで終わりだ。後の危険な部分は和島がやる。和島が是非自分にやらせて欲しいと丸尾に申し出たのだ。

和島は合鍵を持って千良木の部屋へ侵入し、電話の内部と部屋の天井から下がっている電球の傘型ランプの裏に盗聴器を仕掛けた。

「聞こえますか？　大始祖様」和島が確認を求めた。

丸尾は和島の持っている携帯電話を呼び出し「よく聞こえる、戻ってこい」と指示した。

電話に仕掛けた盗聴器もチェックしたいところだが、電話を使えば通話記録に残ってしまうので、機械を信用するしかない。

それから後は千良木が戻ってくるまで待つしかなかった。

松田と千良木が学院生の大量転入について疑問を抱いている、という確かな根拠は何もない。何もないが、確かめる必要はある。

そして結果的には、危険を冒してまで盗聴器を仕掛けた苦労は報われたのである。

電話の盗聴から、松田と千良木が、請願に署名した人間と、先週大量に転入した人間たちとの関連、それと、それらの人間と君塚との間の関連を疑っていることがわかった。そして、そのことに関して町長の藤咲に相談するつもりであることも知ることができた。

相談した結果、連中がどんな行動に出るか知る必要がある。

連中が相談を交わす場所として一番有望なのは、やはり町長の家であろう。人気《ひとけ》のある場所で話し合うにはふさわしくない問題だからだ。

その翌日、高坂から藤咲町長の自宅の住所を聞き出し、千良木の時と同じように土井が鍵を開け、和島が盗聴器を電話とリビングと町長の寝室兼書斎に仕掛けた。和島が侵入者に対して怒ったペットの猫に、顔と手を引《ひ》っ掻《か》かれた以外はすべてうまくいった。

これで町長連中の動きはこちらに筒抜けだ。だが、相談したってどうせ連中に大したことはできないだろう、と丸尾は考えていた。住民投票の実施はもう決定したのだし、誰にも止めることはできないのだ。

III

III

1

八月だってのに、なんだか妙に重苦しい天気だ。

青柳敏郎はまだ完全に引かない顔の汗をしわくちゃのハンカチで拭《ぬぐ》いながら、思った。

「え～次の停車駅は坂巻、坂巻です。お出口は左側になります」

さあ、いよいよだ。

長野駅から長野線に乗って須坂まで行き、そこで河東線に乗り換え、やっと目的地に着いた。敏郎は緊張で胸が高鳴ると同時に、今、自分が車窓越しに見ている暗雲のような不安が胸の中で風船のように大きく膨らんでいくのを感じた。これはただの観光旅行とはわけが違うのだ。

敏郎は一大決心をしてここまでやってきた。東京での生活を捨てたのである。

ダークランドの企画が採用されて喜んだのも束《つか》の間《ま》、岩手の実家の母が、突然倒れた。癌《がん》が大腸に転移して再発したのである。父が言うには、今度こそ危ないかもしれないから帰って来いとのことだった。

敏郎がなけなしの金を持って実家へ帰ると、青森で働いている兄が既に来ていた。

母は集中治療室に入っていた。

ないだろう。

その姿を一目《ひとめ》見て、敏郎はいよいよ来るものがきたんだと実感した。二度目の生還は
実家に着いたその夜、父と兄に自分が会社を大分前に辞めていたことを打ち明けた。

父は呆《あき》れ、兄は苦笑いした。それだけだった。

敏郎の企画が坂巻町の町おこし企画に採用されたことを話すと、二人とも喜んでくれた。

母の容体は予断を許さないが、父にも兄にも仕事があった。敏郎には仕事がないが時間があった。だから、毎日病院へ見舞いに行き、時々目を醒《さ》ます母の話し相手になった。

会社を辞めたことを話すと、「まあ、いいじゃないの」と静かに言って笑った。ダークランドのことは、父や兄以上に喜んでくれた。そしてお前も坂巻へ行ったらどうなんだい、と提案した。

「案外、そこで彼女でも見つかるかもしれないよ。お前、今どうせ彼女いないんだろう？」

死が間近に迫っているというのに母は敏郎をからかった。

いよいよ駄目かと思うほど精気のない日もあれば、病人とは思えぬほど元気に喋《しゃべ》る日もあった。

そして日が経《た》つにつれ、面会時間の終わった病院を後にする度に今日が最後かもしれ

ないな、と思うようになった。

少しずつ、その時に対する覚悟ができていった。

不思議と穏やかな時間が流れ、敏郎が実家に来てから二十三日目の明け方、母は逝《い》った。

涙は出たが、ただ悲しいだけではなかった。

傍で最後まで誰よりも一緒にいてやれたという満足感と、不思議な暖かさで心が満たされた。

それからは目が回るような忙しい日々が続いた。

親類縁者への通知、通夜《つや》、葬式、香典返し、墓の手配。

あまりに忙しくてダークランドのことも忘れかけた。

すべてが一段落するといつの間にかもうすっかり夏になっていた。またぽっかりと時間の穴が生まれると、母のあの言葉が頭に蘇《よみがえ》った。

〝お前も坂巻へ行ったらどうなんだい〟

仕事のない東京へ戻っても大していいことなんかないだろう。

それならば自分という人間を選んでくれた坂巻町に行って『坂巻ダークランド』の開発スタッフとなり、第二の人生を始めるべきではないか。

敏郎は決めた。

父と兄も、そりゃいい、そうしろ、と賛成してくれた。

一旦《いったん》決心するといてもたってもいられなくなり、富士見台の部屋を引き払うために東京へ飛んで帰った。

着替えを何着かバッグに詰め、大きな家具以外は何もかも一緒くたにして（本当は分別しないといけないのだが）全部ダンボール箱にぽんぽんと放り込み、ごみ捨て場に捨てた。

一気に心も体もすうっと軽くなった。

この気持ちがずっと長続きすればいいと思いながら、坂巻へ旅立ったのだ。

敏郎の座っている西向きの車窓から坂巻の小さな商店街が見えた。はっきりいって小さい。敏郎が住んでいた富士見台の駅前といい勝負だ。まあ、こんなもんだろう、田舎町なんだから。敏郎はパンパンに膨らんだスポーツバッグを膝《ひざ》の上に乗せ、坂巻に着いてからの行動を頭の中で反芻《はんすう》した。

坂巻に着いたらとりあえずどんなに狭くても汚くてもいいから部屋を借り、それから藤咲町長に連絡を取って『坂巻ダークランド』の開発スタッフに加えてもらうよう頼む。考案者の敏郎がスタッフとして開発に携わることが拒否されるわけはないと、敏郎は考えていた。

「なるようになる」敏郎は自分の不安を抑えるべく、小さく呟《つぶや》いた。

軽い振動と共に電車は幅の狭い、雨に濡《ぬ》れたホームに停車した。数人の乗客と共に敏郎はホームに降り立った。霧雨が顔にねっとりとまとわりつく。駅を出たらまずビニール傘を買わなくては。肌色の地に、中央部分が赤く塗られた二両編成の電車が走り去り、ホームは静寂に包まれた。

目の前に、といっても実際にはかなり遠くなのだが、ずんぐりとした山の連なりが見える。天候のせいで黒く霞《かす》んで見えるその山々は、新参者の敏郎を威圧しているように思えた。

敏郎はバッグを左肩に担《かつ》ぎ直すと踵《きびす》を返し、ホームの中央にある改札口へと向かった。

改札はひとつしかなかった。反対側に住んでいる人には不便だなと思いながら改札を抜けると、高さ5メートル程の天井の高い駅舎の中である。天井に取り付けられた蛍光灯は、素っ気無い長方形の箱形をしたこの建物の内部に充分な光を与えていない。自分の手を見ると、蛍光灯のせいで病人のように不健康な色に見えた。

斜め前方に目をやると、駅舎の出口の上に、横向きの垂れ幕がかかっていた。一年以上は洗っていないと思われる汚れ切って黒ずんだ白布の垂れ幕には、

ようこそ坂巻へ　坂巻町商店街

と緑色の太字で書かれていた。はっきりいって、観光客に対する売りは何もない。

出口の右脇《みぎわき》に屋根の高さ2メートル半くらい、広さ八畳ほどの待合室があった。田舎

の駅らしい風景だと思った。壁にぐるりと取り付けられた椅子《いす》に、上り電車を待ってい
る制服姿の高校生の集団が座っていた。
東京の毒は、自然の奥深くにあるこの町にも流れてきて、若者達をしっかりと染め上
げていた。女は茶髪にピアス、ルーズソックス、日焼けサロンで焼いた肌。男も茶髪の
長髪、ピアス、顎髭《あごひげ》。しかし、やはり東京と流行のタイムラグを感じてしまう。それに
東京と比べると、垢《あか》抜けしていないのは隠しようもなく、そのことがかえって異様な迫
力を生んでいた。八人の内四人が煙草《たばこ》を吹かしていて待合室は白く霞んでいる。一緒に
中に居る三人の大人達は隅っこの方で小さく縮こまっている。
窓越しに一人の女の子と目が合った。敏郎はあわてて目をそらし、俯《うつむ》き加減に駅舎を
出た。
駅舎を出ると目の前にロータリーがあった。ロータリーの中央には大きな丸形の花壇
があり、黄色のひまわりが目に新鮮だった。花壇の中央から鉄の細い柱が上空に向かっ
て伸びていて、天辺《てっぺん》に丸い時計が取り付けられていた。時刻は四時五十分。
ロータリーの外周の歩道はレンガのような赤茶けたブロック敷きだった。ブロックの
隙間《すきま》のところどころから雑草が顔を覗《のぞ》かせているのが残念である。
何はともあれ、どこかで傘を買い、何かを空《す》きっ腹に入れ、それから不動産屋を見つ
けて部屋探しである。

ふいに右肩をぽんと叩《たた》かれ、敏郎は首をそちらに捻った。

赤いチェックの傘を差した、待合室にいた連中よりは大分可愛《かわい》い高校生らしき年の女の子が、敏郎をじっと見つめていた。ミニスカートの下から伸びている真っ白くて細い脚につい目がいく。

「あの、パジェロで五万の人ですか？」

女の子が言ったが、敏郎は何のことだか理解できなかった。

「あ、違った」

女の子は敏郎が口を開くよりも早く、人違いに気づいた。くるりと背を向け、小さなお尻《しり》を敏郎に見せながら、駅舎の左横に建っている饅頭屋《まんじゅうや》の閉じたシャッターの前まで歩き、そこに立ってロータリーを行き来する車をぼんやりと眺める。

おいおい、テレクラの待ち合わせかよ。

こんな小さな駅の前で堂々と待ち合わせする神経の図太さに驚き、呆れた。これが地方都市のたくましい下半身というやつか。〝恥〟も金には代えられないということか。

「おー、ミキじゃーん」顔の毛を剃ったシーズーみたいな顔の女の子がやって来た。

「おーっアッコ！」さっきの女の子が応える。

「テレクラ？」

「うん、そー。でも今日ちょっとマンコかゆくて……」

「えー、それヤバいんじゃん?」

「ヤベーかなあ」

その会話を聞いて敏郎はがっくりときた。さっさと立ち去ろう。

右か左か、大したことではないが迷った。そして右側に向かって歩き出した。

立ち食いそば、本屋、パン屋、と通り過ぎる。歩道の端には約15メートルおきに街灯が立っていて、街灯の下には傘形のスピーカーが取り付けられていた。今、そのスピーカーから演歌が流れていた。

♪よせばいいのに義理人情~
からみからめてしがらみづ~くし~
泣いて止めるお前の腕を~
振り払い~ああ~振り払い~いんいん

どこの馬の骨が歌っているのか知らないが、気が滅入る。

短い横断歩道を渡るとそこからが商店街だ。通りの両側を見ながら、軒先でビニール傘を売っている店か、不動産屋がないかと探して歩く。顔や服の表面がジットリと濡れて不快だ。

ようこそ

誰かを捕まえて訊《き》いた方が早いのだろうが、商店街を歩いている人の数は少なく、数歩で追いつける範囲には人がいなかった。ならばどこかの店に入って訊こうと思い、小さな家電屋に入った。

家電屋のおばさんは親切に不動産屋の場所を教えてくれた。ついでに傘を買いたいのでこの辺りに売っている店はないだろうかと訊くと、おばさんはちょっと待ってて、と言って店の奥に引っ込み、数秒後、これ要らないからあげるわと、ピンクのビニール傘を敏郎にくれた。

その親切がいたく心に滲《し》みた。礼を言って家電屋を後にし、50メートルほど先にある不動産屋へと向かう。

15メートル程前方に、歩道の両脇に傘をさして立っている二つの人影が見えた。道行く人々に何か紙を手渡している。

敏郎もその地点にさしかかった。ピンク色の紙切れを手渡しているのは若い二人の女性だった。二人とも化粧っけがなく、厚い眼鏡をかけ、なんとなく雰囲気が似ていた。紙切れはいらないのだが、強引に押しつけられ、仕方なく受け取った。

そしてそこに印刷された文字を見て、我が目を疑った。

住民無視のテーマパーク建設

絶対反対！
『坂巻ダークランド』は無意味な環境破壊をもたらし、青少年の健全な育成に有害です。
9月30日に実施される住民投票には是非参加して、住民無視の町おこしに
皆でストップをかけましょう！

敏郎の足が止まった。

「なんだよ、これ！」思わず声を上げ、振り返って二人の女を見た。二人は何か文句あるのかと言いたげに、敏郎を睨《にら》んだ。その迫力に気圧《けお》され、仕方なくまた歩き出した。

紙切れを持った手が小さく震える。

絶対反対、住民投票、いったいどういうことなんだ！　こんなの聞いてないぞ！　ひどいじゃないか。

怒りと動揺で目に涙が滲《にじ》んだ。

何もかも捨てて、『坂巻ダークランド』の完成にすべてを賭《か》けるために俺はこの町にやって来た。なのにいきなりこの仕打ちはひど過ぎる。

ドスン、と下半身がガードレールにぶつかった。動揺のあまり真《ま》っ直《す》ぐ歩くこともで

きなくなったのだ。

文章もショックだったが、それ以上に紙切れの余白にかかれているイラストが実に不愉快で、見ていて頭がクラクラしてきた。

写実的に描かれた赤ん坊の背後に、これまた写真をトレースしたのではないかと思えるほど写実的なドクロが佇《たたず》んでいる。ドクロには目玉があって、不気味に赤ん坊を見下ろしているのだ。

ひどすぎる！　あんまりだ。

俺の考えた『坂巻ダークランド』はそんなんじゃない、このイラストを描いた野郎はとんでもない悪意と偏見を持っている。

不動産屋を探すという予定は根底から覆《くつがえ》った。

何はさておき、まず役場に行き、藤咲町長に会うのだ。会って詳しい事情説明を聞かなくては気が狂いそうだ。

紙切れを乱暴に折り畳んでジーパンの前ポケットに突っ込むと、目に入ったクリーニング屋に駆け込み、町役場にはどう行けばいいのかと訊いた。奥でアイロンかけをしていた男が敏郎の血相に驚いた顔で、町役場への行き方を教えてくれた。どうも、と礼を言って店を飛びだし、小走りで役場へ向かう。

家電屋のおばさんが教えてくれた不動産屋の前を走って通りすぎ、さらに数メートル走ると四つ角に差しかかった。角を右に曲がった時、化物のようにでかい犬ともろに衝突し、敏郎は横ざまにすっ転んだ。咄嗟《とっさ》に突き出した左の掌《てのひら》の皮が擦りむけた。

全身が赤茶色の長い毛で覆《おお》われたその犬は汚いの一言《ひとこと》だった。その汚れかたといったら、まるで床掃除後のモップである。かつては立派な飼い犬だったのかもしれないが、どうみても野良犬《のらいぬ》だ。それも危険なほどでかい野良犬。

「バウッ」

野良犬が牙《きば》を剝《む》き出して敏郎に吠《ほ》えた。

生命の危険を覚えた敏郎は、半秒で立ち上がり、駆け出した。

「バウバウバウバウ」

当然のごとく犬は敏郎を追いかけてくる。

「わっ、わっ、わああ」

敏郎は恐怖に引《ひ》き攣《つ》った声を上げながら全速で走った。犬は楽々とついてくる。牙を剝き、ピンク色の長い舌をチロチロ出したり引っ込めたりしながら。なぜ、あんな危険な犬が野放しになっているのだ。

腹のでっぷりと突き出た中年の男がこちらに向かって歩いてくる。

「助けて、助けて」

敏郎は喉からヒイヒイ音を立てながら助けを求めた。

中年男は前方から突進してくる人間と、巨大な犬を見て、目を剝《む》いた。あわてて傘を放り出し、ガードレールを跨《また》ぐと、道路を横切って反対側の歩道へと駆け出した。

なるほど、俺もああすればいいんだな。

敏郎は肩からバッグを落とし、ガードレールの縁に左手を突き、地面を蹴《け》って飛んだ。道路に着地すると同時に足首にズシンと衝撃がきた。車はこない。

道路を垂直に横切る。

背後でチリン、という鈴の音が聞こえた。

背後を振り向くと、犬がガードレールをジャンプして飛び越え、丁度前足が着地する瞬間だった。

背中に鳥肌が立った。

「うわあああああ」敏郎は叫びながら反対側のガードレールを飛び越えた。真正面は『ゴールドフィンガー』という脱力ものの名前のパチンコ屋だった。何も考えずに自動ドアに向かって突進する。ガーッという音を立ててドアが開く。中に飛び込むと、外の通りよりもずっとたくさんの人がいた。そのことにこの町の貧相ぶりを一層感じた。店内をどんどん奥へ向かって走る、客が皆、敏郎を驚いた目で見上げる。

ガーッという自動ドア音がまた聞こえ、チリンチリンという鈴の音も聞こえた。

嘘《うそ》だろ、入って来やがった。

「バウバウ！　ウババババウバウ！」

　興奮した犬は目についた客に手当たり次第に飛びかかり、店内は大混乱に陥った。客達はパチンコ玉の入った皿を放り出して逃げ惑う。逃げる客が自動ドアに殺到したが、開くのが遅いドアのせいで数人がドアの分厚いガラスにぶち当たった。

　敏郎は一番奥の台にまで達すると、左へ曲がり、入ってきた時とは別の通路を、再び自動ドアに向かって突進した。野良犬は店の中央付近で吠え続けている。パチンコ台が通路の真ん中辺りで途切れ、正面入り口の半分ぐらいの大きさの別の自動ドアがあった。迷わずそちらから外に飛びだし、さっき落としたバッグを拾いに走って戻る。

　バッグはまだそこにあった。傘も傍に落ちていた。それらを拾い上げ、着いた早々ろくでもないことばかりだと思いながら役場目指して一気に突っ走った。

　驚いたことに町役場の敷地に入る門の前でも、ピンクの紙切れを持った二人組がいて、出入りする人々に建設反対を呼びかけていた。

　敏郎が門を通ろうとすると左右から紙切れを持った手がニュッと伸びてきた。敏郎はその手を肩で振り払うようにして敷地内に入り、正面入り口へと向かった。

　高さ2メートル半ほど、ガラス張りの両開きの自動ドアをくぐるとそこは吹き抜けのホールになっていた。左手に総合案内窓口のカウンターがあり、壁を背にして、顔を白く塗りすぎた若い女がちょこんと座っていた。

敏郎はそちらに向かって走った。カウンターの5メートル手前で彼女と目が合う。彼女がいらっしゃいませというふうに会釈《えしゃく》した。

敏郎も会釈を返し、彼女の目の前に立つと、右の掌で顔を拭《ぬぐ》ってから言った。

「すみません、あの、藤咲町長にお会いしたいのですが」

彼女が口を開くよりも早く、敏郎はつけ加えた。

「面会の予約はありません。青柳が来たと伝えてくれませんでしょうか」

2

会議が終わったら町長がお会いになるとのことです、と受付嬢に言われ、一気に緊張の糸がほぐれた。敏郎はガランとしたホールのソファに腰掛けて待つことにした。カップベンダーで温かい紅茶を買って飲むと、長旅と野良犬に追われた疲れが一挙に押し寄せ、忽《たちま》ち眠りに引き摺《ず》り込まれた。

「青柳さん」

肩を軽く揺すられ、敏郎は目玉に貼《は》りついた目蓋《まぶた》を苦労してこじ開けた。頭に鈍痛があった。眩《まぶ》しさにしきりと瞬《まばた》きをしながら顔を上げると、白髪の多い細面の男が敏郎の顔を見下ろしていた。男と視線が合った。

男がニコリと微笑《ほほえ》み、言った。

「すみませんでした、長い時間お待たせしてしまって」

敏郎のぼんやりした目と頭の焦点が次第に合ってきた。

「初めまして、町長の藤咲です。お目にかかれて光栄です」

町長はそう言うと、両手をズボンの縫目にぴたりと合わせ、上半身を折って深く頭《こうべ》を垂れた。

敏郎はあわててソファから立ち上がった。

藤咲町長は一六九センチの敏郎より、十センチほど背が高かった。

〝おお、かっこいいぞ！〟敏郎は心の中で驚嘆の声を上げた。

ビシッと真っ直《ます》ぐ伸びた背筋、肩幅は敏郎より広く、手足はすらりと長い。肥満とは無縁の体型をしている。顔は背丈の割に小さめで、尖《とが》り気味の顎《あご》と、細く高い鼻がアクセントになっている。髪は半分近くが白髪だが、量は敏郎と大差ない。

「ど、どうも……突然押しかけてしまって、申し訳ありませんでした。青柳です」

敏郎は大いに恐縮し、深くお辞儀した。

「いえ、とんでもない。遠くからよくおいでくださいました」

藤咲町長はホールに響きわたる声で言い、右手を敏郎の方へ差し出した。指はピアニストのように細く、長かった。

敏郎も汗で湿った右手を差し出し、二人はしっかりと握手した。

藤咲町長の目には、知性と意志の強さがみなぎっていた。田舎町の町長に納まっているには勿体《もったい》ない男だ、と敏郎は思った。

「ここではなんですから、応接室でお茶でも飲みながら話しましょう。構いませんか？」

「ええ、はい、ありがとうございます」願ってもないことだった。

それにしても、案内係に応接室まで案内させれば済むものをわざわざ自らホールまで迎えに出てきたことに、敏郎は胸を打たれた。

「それじゃ、小菅《こすげ》さん、ありがとう」

藤咲町長は後ろに立っていた受付嬢の方を振り返って言い、敏郎に向き直ると、

「では、青柳さん、こちらへどうぞ」と言って敏郎をエレベーターの方へと導いた。

緑茶を運んできてくれた女性職員が退室すると、敏郎は藤咲町長と、四脚の椅子《いす》とテーブルだけの質素な応接室で二人きりになった。

「まず、私の方から深くお詫《わ》びしなければなりません。住民投票のことです」

藤咲町長は苦しげな顔で言い、頭を下げた。

「投票の実施が決まってからすぐに青柳さんにお知らせしようとしたのですが、どうに

も連絡が取れなくて。どこかへおでかけになっていたのですか?」

そうか、と敏郎は思った。

母のことがあってしばらく実家にいたから、町長は敏郎と連絡がつかなかったのだ。

「すみませんでした。実はちょっと実家の方へ帰っていて……。そんなことが起きているなんてちっとも知りませんでした」

そういえば、富士見台のアパートを引き払う時に、留守中に届いた郵便物にもろくに目を通さずゴミとして捨ててしまった。あの中にきっと坂巻町からの連絡の葉書か封書が入っていたのだろう。急ぎすぎてヘマをした。

それから藤咲町長が、住民からの請願によって、『坂巻ダークランド』の建設の是非を問う住民投票が実施されることになったいきさつを話してくれた。

敏郎は背中を丸め、肩を落として、

「そうだったんですか。僕の企画はすべての人が喜ぶようなものじゃないから、反対する人が出るだろうとは思ってはいたんですけど、それにしてもこれはちょっとショックでした」

そう言うと、木のテーブルの上に広げたあのピンクの紙を目で示した。

「私も初めてそれを見た時は不愉快になりました」藤咲町長は言って、頷《うなず》いた。

「町長さん、実は」

藤咲町長が敏郎が喋《しゃべ》ろうとするのを手で制して言った。

「藤咲さんで構いませんよ、町長さんでは堅苦しいですから」

「あ、はい、すみません。それでですね、なぜ僕が突然この町にきたのかといいますと……」

敏郎は先月、郷里の母が死んだこと、『坂巻ダークランド』の開発スタッフとして働きたくなり、深く考えもせずに東京での生活を捨ててあわただしく坂巻にやって来たことなどを話すと、町長の顔が苦渋に歪《ゆが》んだ。

「そうでしたか……何もかも捨ててこの町へ来たあなたには大変申し訳ないことをしました。改めてお詫びします」

そう言って、また頭を下げた。

「いえ、そんな……後先のことを考えずに飛び出してきた僕がいけないんです」

「住民投票の結果、賛成多数で可決されれば、青柳さんには是非『坂巻ダークランド』の開発スタッフとして加わっていただきたい。私の方から是非お願いします」

そう言われて、やっと敏郎は救われた気分になった。住民投票で勝てばいいのだ。悪い方にばかり考えるのはよそうと思った。

それから藤咲町長はちょっと妙なことを言った。

「実は、青柳さんが今日という日にこの坂巻へいらっしゃったことは、私には単なる偶然とは思えないのです」

「はぁ、といいますと？」

藤咲町長はそれには答えずに、

「青柳さん、今日はこれから何か予定がおありですか？」

不動産屋で部屋を探そうと思っていた、と答えると、

「そうでしたか。では今夜の宿は決めていないのですね、よかったら私の家に泊まりませんか？」

突然の申し出に敏郎は驚いたが、同時に心動かされた。

「迷惑ではありませんか？　ご家族の方に」

「いや、全然、娘が一人いるだけですから。だから部屋は余っているんです。汚くて狭いですけれどもね。それにあなたに紹介したい人がいるんです」

もしかして、一人娘に自分を紹介するつもりだろうか、と敏郎は考え、どぎまぎした。以前電話で聞いた、あのヤケクソ気味な〝ただいま〟の声が、耳に蘇《よみがえ》った。

しかしそれは敏郎の見当違いであった。

「さっき私が、あなたが今日坂巻にいらっしゃったことが偶然と思えない、と言ったのはそのことなんです。実は今日、私の家である会合が行なわれることになっていまして」

「だったら、僕なんかがお邪魔しては、迷惑じゃありませんか」

「いやいや、そんなことはありません。あなたにも大いに関係ある会合です。これからの人生を賭《か》けてこの町へやって来たあなたに、今この町で起きている現実を知ってもらいたい。来てくれますね」

3

藤咲町長の車に乗せてもらい、町長の自宅へと向かった。

ドライブの途中、敏郎はなにげなく藤咲町長が町長の座に就く前はどんなことをしていたのか訊《き》いてみた。

藤咲町長は自慢するふうでもなく、かといって苦労を訴えるふうでもなく、淡々と話してくれた。

藤咲雄夫は富山県の出身で、地元の国立大学を出てからは、六つの仕事を転々としたという。住む場所も北は青森、南は高知まで四県にまたがり、落ち着きがなかった。

二十九歳の時に一念発起して友人と土建会社を設立する。会社は順調で、前途は明るいかに思われたが、三十二歳の誕生日の四日前に、会社への出勤途上で交通事故に遭う。交差点で左折した乗用車が、横断歩道を渡っていた彼を跳ね飛ばしたのだ。右大腿骨《みぎだいたいこつ》を骨折し、骨盤右側にひびが入った。おまけに背骨を死ぬほど強く打った。

「不思議なもので脚と腰はもう滅多に痛むことなどないのに、背中だけは、なぜか今でも三、四日に一日は痛むんです。痛む日は、はっきりいって憂鬱《ゆううつ》の一言《ひとこと》ですよ」

半年後にはようやく会社に復帰したものの、一度死にかけて自分の中で何かが変わってしまったことを感じた彼は、もう一度自分を見つめ直すために、長期休暇扱いにしようとする共同経営者の説得を振り切って会社を辞め、単身渡米した。なぜ米国なのかは本人にもよくわからなかった。

ニューヨークに四カ月、シカゴに三カ月、それから西海岸へ飛び、LAで八カ月を過ごした。その間の生活費は会社時代に貯《た》めた貯金と、非常勤の日本語学校の講師や、臨時の日本人向けツアーガイドなどの収入でなんとかなった。

「不法滞在だから、ばれたら即強制送還だけど、なぜか皆、そんなこと構わずに私を雇ってくれた」

自分の中にようやく日本へ帰ろうかなという気持ちが芽生えてきたので、LAで同棲《どうせい》していた日本人女性と別れ、発《た》った時と同様単身で帰国した。

帰国すると、勉強して不動産鑑定士の資格を取り、東京で働き出した。

三十四歳の時に、友人の紹介で長野県出身の有吉雅美と知り合い、十一カ月で結婚。その一年半後に雅美は妊娠する。

妻の雅美は、子供が生まれたら窮屈で殺伐とした都心よりも郊外でのびのびと育てたいと願っていた。そのことを彼に話すと、彼は郊外なんて言わずにいっそのこと君の田舎で暮らそうと言い出した。

「妻は、いつも私がその場での思いつきをさっさと行動に移してしまうので、ハラハラし通しだったようです」

そして妻の生家に近い長野県坂巻町に生後四カ月の娘あゆみをつれて越してくる。

「坂巻へやって来て、私自身もこれで少しは落ち着くかなと思っていたんですが……やっぱり駄目でしたね」

五年間、松本市内の大手予備校で英語の講師として働いた後で町会議員に立候補するが、散財したあげく惜しくも落選する。その後の生活は当然貧窮する。

娘のあゆみにだけは、貧しい思いをさせたくなくて夫婦は共働きとなる。

二度と町政には関わるまい、と思っていたのだが、あることをきっかけに再び町政への関心が彼の中で高まった。

「町が温泉作りに失敗した時、〝俺ならもっとうまくできたろうに〟だなんて何の根拠もなく思ったんですから、図々《ずうずう》しいもんですよ」

町長選に出てみようかと思うんだが、と彼が雅美に漏らした時、雅美は小さなため息をつき、あなたが一旦《いったん》決めてしまえば、誰にも止められないのはよくわかっていると、諦《あきら》め顔で言った。

「結局、妻の存命中には当選できませんでしたけれど、妻もめげずにもう一度やれと言ってくれたし、後援者の方々の応援もあって、二度目の挑戦でどうにか当選したというわけです」

敏郎は、自分なんかとは比較にならない波瀾万丈《はらんばんじよう》の人生を送ってきた藤咲町長が羨《うらや》ましかった。彼には自分が思い立ったときに即行動できる、天性の思い切りの良さとでもいうものが備わっているように思えた。そして周囲の人を引きつけて、何時《いつ》の間にか味方につけてしまう不思議な、磁場とでもいうようなものを持っている。

もう少し続きを聞きたかったが、その前に家に着いてしまった。

藤咲町長の家は広大な水田地帯を抜けた高台の上に建っていた。純和風の寄《よ》せ棟《むね》屋根だが、コンクリート吹きつけのオレンジに近い薄茶の外壁と、二階に張り出した大きなベランダが和洋折衷という印象を与えた。

「私のまずい料理じゃ可哀相《かわいそう》だから、何か出前を頼みましょう」

町長は言った。

家には誰もいなかった。と思ったら、猫が一匹いた。初対面だというのに房のような短い尾をしたその猫は、敏郎の脚に体を擦り付けてきた。

「この子がフリオですか？」

敏郎が言うと、町長は非常に驚いた顔をした。

「なぜ名前を？」

初めて町長から電話をもらった時、〝こらっ、フリオ！〟と叱《しか》る声が聞こえたと説明すると、町長は短く笑った。

そば屋にかつ丼《どん》を二つ注文し、出前が来るまで町長が淹れてくれた緑茶を飲んだ。

今度はもっぱら敏郎が話す番だった。話の中心はやはり、会社勤めを辞めた前後のことだ。

「あの会社はなんていうか、ほとんど宗教的とでも言っていいような、全員一丸の組織だったんです。自分を完全に忘れて会社と仕事にはまる人間と、はまれずに落ちこぼれていく人間の差が激しくて、その中間がいないんです……そんなわけで人の出入りも激しかったです」

「ふうん、お話を聞いた限りでは、私には会社にはまれなかった青柳さんの方が精神的にずっと健康な気がしますけどねぇ……ところで『坂巻ダークランド』のアイデアは、いつどんなふうに閃《ひらめ》いたんですか？」

「あの時のことは、何て言ってよいのか、とにかく……あんな経験は初めてでした」

敏郎は苦労して言葉を選び、あの時自分が感じた抑えがたい衝動と、精神の高揚を伝えようとしたが、半分も相手に伝わった気がしなかった。

「誰でも生きていると、そうした瞬間があるんですよ。私も経験があるので青柳さんの言いたいこと、わかります。その突き上げてくるものを抑えたりせずに、解放してやれば、後は自然と迷わずに生きていけるんですから、不思議なものですよね」

その時、外で二台の車のエンジン音が聞こえた。

「かつ丼より先に、客人の到着ですね」

敏郎は落ち着かなかった。この町に着いてからの目まぐるしい展開に、気持ちがついていけない。

町長は客人を出迎えに外へ出ていった。外から若くはないと思われる女性の声が聞こえた。

町長がさあさあどうぞ、と言って中へ導く。

リビングのドアが開いて、二人の女性が敏郎の目の前に現れた。

一人は大きな縁無し眼鏡をかけた、知的で洗練された感じの、中年と呼ぶのが少々躊躇《ため》われるような〝大人の女性〟だった。

そしてもう一人の方を見て、敏郎は、心臓が下に引っ張られるような、息苦しさに似た感覚を覚えた。

こんなに暖かい優しさの感じられる美人は初めてだった。もしも自分が罪人だったなら、思わず彼女の前にひざまずいて自分の過去の罪をすべて告白して、許しを乞《こ》いたくなっただろう。もっとも自分だって聖人ではないから、そうしてもいいのだが。つやつやとして透き通るように白い頰はふっくらと柔らかそうだ。高過ぎず低過ぎない丸みのある鼻、そして何よりも、やや大きめのクリッとした目が可愛《かわい》くて仕方ない。大きくウエーブのかかった長い髪はまるで羽根のようにふんわりと優しく肩にかかっている。水色の丸首シャツの上に羽織った白いサマーニットの下の胸の膨らみは、ボリュームがあるがとても上品な曲線を描いている。やや厚めの耳たぶには小さなピンクの石のピアスが留まっていた。

抱きしめたい、と敏郎は強く思った。男なら誰でもそう願わずにいられないような可愛らしさだ。

彼女と敏郎の視線が合った。

彼女も緊張しているらしく、ぎこちない笑顔で敏郎に会釈《えしやく》した。ぎこちなくても充分魅力的だった。

「青柳さん、紹介しましょう。こちらが、わが坂巻町唯一《ゆいいつ》にして最高の女性議員である松田君枝さんです。松田さん、こちらが『坂巻ダークランド』の考案者である青柳敏郎さんです」

「初めまして、お目にかかれて光栄です」

松田は知性を感じさせるシャープな声で挨拶《あいさつ》した。

「どうも、青柳です、初めまして」と敏郎は我ながら頼りなく聞こえる声で挨拶した。

「ええと、それからこちらが、坂巻町町民課、転入転出窓口担当の職員である千良木素子さんです」

「チラキさん、ですか？」

「はい、千の良い木と書いて千良木です。お目にかかれて光栄です」

千良木素子が敏郎に挨拶した。育ちの良さがうかがえる。

「あ、いえ、こちらこそ、本当に光栄です」

彼女の目の輝きに圧倒された。

転入の受付で彼女が応対に出てくれたら、誰だってこの町で幸先《さいさき》の良いスタートが切れそうだ。

「さて、お二人ともお食事は済ませて来たんでしたよね」

町長が言うと、松田議員が右手に持った紙袋を掲げ、

「ええ、デザートにケーキを買ってきたので皆さんでいただきませんか？」

「ありがたいですね、青柳さん、甘い物は？」

「好きです」

「だそうです。今コーヒーを淹《い》れますから、まあ座ってください」

二人の女性は敏郎の向かいのソファに並んで腰掛けた。敏郎の真ん前に千良木素子が

座ってくれたので敏郎は嬉《うれ》しくなった。

飛び入り参加の敏郎に対して、松田議員と千良木素子がこれまでの経過説明をすることからこの会合は始まった。

住民投票の請願に署名した人たちの住所に妙な片寄りがあること、そして六月に大量に転入してきた人たちの届け出た住所もまた同じ区域に集中していること、そしてそれらの人々が住民投票の直前に選挙権を得ること、などを説明されると、敏郎は体が薄ら寒くなるのを覚えた。

藤咲町長が後の説明を継いだ。

「松田さんと千良木さんから最初に相談を受けた時、どうすべきか随分悩みましたよ。実情を探りたいのはやまやまですが、プライバシーの侵害だなどと騒ぎ立てられるのは具合が悪い。三人で協議した結果、あんまり気は進まないのですが、興信所に調査を依頼したんです。ゴーストタウンの住民に関する極秘調査をね」

町長の顔が嫌なことを思い出したように渋くなった。

「興信所は勤続十七年という大ベテランの所員を派遣してくれましたよ。それで何かわかるかと思ったんですが……どうもおかしな具合になってしまいましてね」

ふと見ると、松田議員と千良木素子の顔も冴《さ》えない。

「遅くとも十日で最初の調査報告を持ってきてくれると、その男性調査員は約束してくれたんですよ。ところが、十日どころか、半月以上経《た》っても彼から何の音沙汰《おとさた》もない。私が痺《しび》れを切らして興信所に電話をかけて彼のことを訊いても、向こうでも彼の居場所がわからないというんですよ」

　そんな無責任なことってあるのだろうか。いかにも怪しげな個人経営の興信所ならともかく、業界大手の調査員が依頼を引き受けてそのままいなくなるなんて。

「まさか、調査の最中に何かトラブルに巻き込まれたとか」

「私たちもそう考えました。ところが、その四日後に、興信所から私に電話があり、彼が退職してしまったと聞かされました」

「仕事を途中でほっぽりだして、ですか？」

「ええ」

　なんだそりゃ、無責任にもほどがあるぞ。敏郎は呆《あき》れ、腹が立った。

「所長からそのことを聞かされた時、さすがに私も怒りましたよ。所長はくわしい事情を隠したがったんですが、契約不履行を理由にうんと高圧的な態度に出て、納得できる説明を聞かせろと迫りました。所長によると、なんでも彼から突然電話がかかってきたそうです。コレクトコールで」

「コレクトコール？」

　町長は頷いた。

「所長が言うには、まるで別人かと思うほど暗い声で〝もうやめるから今月分の給料と退職金をいますぐ銀行口座に振り込んでくれ〟といきなり言ったそうです。心配した所長が何を訊いても、まともな返事をせずに、ただ金を振り込めとしか言わない」

その場面が頭に浮かび、気味が悪くなった。一体彼に何が起きたのだろう。

「気になった所長が後で電話の発信元を調べたら、どこだったと思います？」

敏郎は顔を横に振った。

「佐賀県の田舎町の公衆電話からでした」

わけがわからなかった。長野県で調査を始めて、どうして佐賀県に行ってしまうんだ？

「調査員は東京出身で、親類縁者が佐賀にいるという事実もないそうです。私も混乱しましたよ。わけがわからない。最初興信所で彼を紹介された時、とても印象がよくて、彼なら任せられるだろうと安心していただけに……」

松田議員がその後を継いだ。

「そんなわけで、ゴーストタウンの住民に関する調査はスタートでいきなり躓《つまず》いて、そのままになっているのよ。興信所の方では新しい調査員を派遣すると言ってくれてるけど、頼むべきかどうか迷っているところなの」

話が一段落したところで、タイミングよくかつ丼が届けられたが、敏郎はまったく手をつけなかった。話の内容がショックだったのに加え、千良木素子の目の前でかつ丼を食うのに気がひけたからだ。

その横で藤咲町長は、テキパキとかつ丼を平らげた。座って物を食う時も、藤咲町長の背筋はピシッと伸びていた。

「いったい何者なんですか？　その人達は」

敏郎はここにいる誰もが思っている疑問を口にした。

束《つか》の間《ま》の沈黙。

「あの……」沈黙を破ったのは千良木素子であった。

敏郎は彼女の美しい顔と胸元を見つめながら、彼女の言葉を待った。あまりジッと凝視しては失礼だとは思いながらも、見ずにはいられないのだ。

それにしてもなんてキメの細かい……。

「私、転入の受付をしたから、その人たちを実際に見ているんです。皆、ごく普通の人のように見えました。年齢もバラバラで、坂巻へ来る前の住所も全国各地からです。そのように共通点のない人たちであるにも拘《かか》わらず、この町に来た途端、迅速に組織だった行動が取れる、ということが不思議です」

「その通り。実に不思議です」と町長が相槌《あいづち》を打った。

敏郎も、ああ耳に心地よい声だな、と思いながら大きく頷《うなず》いた。そして彼女の膝《ひざ》に置かれた両手を見る。右手の薬指に、小さなダイヤモンドの石が五つはまったシルヴァーの指輪が光っていた。

「青柳さん、これは私の勝手な推測で何の根拠もないのですけど」

と松田が前置きして、話し出した。

君塚という男の名前が松田議員の口から出た。

『坂巻ダークランド』が建設される予定である開発用地の隣が、その君塚という男の所有地だということだった。

松田議員は君塚という男と転入者達に繋《つな》がりがあると考えていた。

君塚の名前が出た途端、藤咲町長の顔に疑惑と嫌悪《けんお》が浮かんだのを敏郎は見逃さなかった。

「誰なんですか、その君塚さんて」

藤咲町長は敏郎の方を見て、

「これは失礼、彼については私から説明しましょう」

君塚は松田と同じく町会議員だった。藤咲町長は彼について偏見なく語ったが、その語る顔から、藤咲町長が君塚を嫌っていることがわかってしまった。

話を聞いて、敏郎も松田議員同様、怪しいと思った。

「松田さんの推測が正しかったとしたら、許し難い行為ですが、彼を問いつめたところでシラをきるだけでしょう」

藤咲町長は言った。そして、

「最善の策は」と全員を見渡して続けた。

「住民投票で勝つことです。怪しい連中が水面下で何をしようが、住民投票で賛成多数になれば、誰にも『坂巻ダークランド』建設を止められはしません」

「あの、勝てる見込みはどれぐらいあるんでしょうか」

敏郎は訊いた。今後の人生が懸かっているのだ。賛成派が勝ってくれなくては困る。

「見込み、ですか。先日、商店連合会の会長と話す機会があったのですが、商店街の人たちはおおむね『坂巻ダークランド』を支持してくれています。この町の有権者は約一万二〇〇〇人です。この内、商店主とその家族を合わせると全部で約一二〇〇ぐらいにはなるでしょう」

一万二〇〇〇人の内のたったの一二〇〇とは実に頼りないように思えた。敏郎の考えを読んだように藤咲町長は続けた。

「青柳さん、一二〇〇の基礎票を見込めるというのは、これはすごいことなんですよ」

そう言われてもあまりピンとこなかったが、藤咲町長がそう言うのならそうなのだろうと考えることにした。

「あとは町おこし推進事業部がいかにして残りの層を賛成側に取り込んでいくかが、鍵《かぎ》です。九月三十日の投票日まで、彼らは不眠不休で頑張るでしょう。広報力ではこっちの方が勝っているといえます。私もネットワークをフルに活用して町内会や、農家の方達を賛成側へ取り込んでいきます」

そう言う藤咲町長の顔からしたたかさが窺《うかが》えた。初めてみる政治家としての顔だった。

「では、君塚議員や、転入者の動きについてはやっぱり何も手を打たなくていいということですか？」

そう発言したのは千良木素子であった。声と表情に不満が感じられた。敏郎にはその不満な様子さえ、可愛く感じられた。一度彼女に叱られてみたい、とさえ思った。

藤咲町長は静かに顔を左右に振り、

「いいえ、勿論《もちろん》調査します。敵を知らなければ闘えませんからね」

藤咲町長が〝敵〟という言葉を使ったので、敏郎は一瞬ドキリとした。そうか、やっぱりこの人も政治家なんだな、と実感した。きれいごとばかりでは、ここまでこれなかったはずだ。ただのいい人に務まるような仕事ではないのだから。

玄関の方でカラン、とチャイムが鳴った。

「娘が帰ってきたようです」

藤咲町長の表情が劇的に変化した。好戦的な政治家の顔から、父親の顔へと。その変化の落差に戸惑った。千良木素子を見ると、彼女と目が合った。彼女は町長のその変化がおかしいのか、笑いをこらえていた。

藤咲町長の娘って、どんな子なんだろう?

敏郎は興味をそそられた。

台所をうろついていた猫のフリオが彼専用の出入り口をくぐって主人を迎えに出ていった。

ペタペタというスリッパの音が近づいてくる。

「ただいま」

声と同時にリビングのドアが開けられ、女の子が顔をひょっこりとのぞかせた。

敏郎は思わずのけぞりそうになった。

わっ、こっちも可愛い!

目の前の千良木素子とはまったく別なタイプの可愛さだ。

「松田さん、今晩は」

女の子は松田議員に挨拶した。

「今晩は、あゆみさん」

松田議員が挨拶を返した。まるで自分の娘を見るような優しい目をしていた。

あゆみと呼ばれた娘ははにかんで、会釈した。そのはにかんだ笑顔が最高に良い。

「青柳さん、紹介します。娘のあゆみです。あゆみ、こちらが青柳敏郎さんだ。『坂巻ダークランド』を考案した人だよ」

あゆみの顔がパッと輝いた。敏郎の方を向いて、

「エッ、そうなんですか。うわぁ、どんな人かと思ったらこんな人だったんですね」

こんな人ってどんな人なんだよ、と敏郎は思った。

「初めまして」あゆみがチョコンとお辞儀したので、敏郎もこちらこそどうも、と言ってお辞儀した。

千良木素子の可愛らしさがウォームだとすれば、藤咲あゆみの可愛らしさはクールである。ヤワな男には到底手に負えそうにない。彼女とつきあう男はさぞ苦労するだろうな、と思った。

あゆみの顔は父親にはあまり似ていない。わずかに顎《あご》の先あたりに面影が感じられるくらいだ。やや吊《つ》り上がり気味の目が少しきつい印象を与える。歯並びは完璧《かんぺき》な美しさだった。髪は胸の下ぐらいまでのストレートで薄茶色に染めてあった。そして、白の半《はん》袖《そで》のカットソーにデニムのミニスカートという元気一杯の飾らない格好だった。彼女の全身から放たれている健康的な色気に敏郎はむせかえりそうになった。

敏郎はまたしても彼女を抱きしめる場面を勝手に想像した。想像なら何人抱きしめようがいいのだ。

この町に来た早々、二人の美女に出会ったことで、敏郎は自分の人生が新たな方向へ

滑り出したことを実感した。それも良い方向へ。彼女達が幸運の女神になってくれそうな気がした。

視線を千良木素子に戻す。ああ、やっぱり可愛いと改めて思った。どちらも物凄《ものすご》く可愛い。

「お父さん、さっき駅前で凄いもの見たよ」

あゆみはリュックを左手に下げて台所の方へと歩きながら言った。敏郎の視線が、あゆみの引き締まった細い足首から、小さなヒップへのラインへ、つい吸い寄せられる。

「何だい、凄いものって」藤咲町長が訊《き》いた。

「駅前のロータリーで、テーマパーク建設反対の呼びかけやってたの」

その場にいた全員に動揺が走った。あゆみは冷蔵庫から取り出した牛乳パックの中身をコップに注ぎながら、

「凄いんだよ。五十人くらいの人が集まって、駅から出てくる人に反対のビラ配って、ハンドマイクでガァガァ喚《わめ》き立ててるの、〝住民無視のテーマパーク建設にストップをかけましょおおぉ〟っていう感じでね」

千良木素子がやや怯《おび》えた顔で、

「やっぱり、普通じゃありません。あまりにも統制が取れすぎていて恐いですよ」

敏郎は彼女の様子を見て、隣に座って肩に手を回し、抱き寄せたくなった。抱き寄せ

たら、きっとふんわりと甘くて優しい香りがするに違いない。

「ふうむ」藤咲町長はどことも言えない空間の一点を見つめた。

あゆみが右手にコップを持ってリビングに出てきた。いつのまにか戻ってきていたフリオも一緒だった。猫め、羨ましいぞ、と敏郎は思った。できれば俺も彼女の後にくっついて歩きたい。

「ねえ、お父さん、大丈夫なの？　まさか住民投票で負けたりなんかしないよね。そんなことになったら青柳さんがせっかく遠くから来たのが無駄になっちゃうよ」

彼女の言葉は嬉《うれ》しかった。

「機先を制されましたね」敏郎は誰にともなく言った。

「青柳さん、心配ですか？」藤咲町長が訊いた。

「ええ、正直いって、ちょっと不安です」敏郎は答えた。

「青柳さん、先に行動に出たから反対派が有利ということにはなりませんよ。〝先手必勝〟のセオリーは選挙や、住民投票には通用しません。むしろ〝先手必敗〟と考えるべきです」

その言葉は、とりあえず敏郎を安心させるための気休めには聞こえなかった。気休めなんかではなく、本当のことを言っているのだという信頼感が持てた。

「先に相手にダメージを与えれば勝てる、というものではないんです。限られた時間内での戦いに勝つには、下手に先に動いた方が潰《つぶ》れることが多いんです。先に動けば、相手にこちらの手の内をさらすことになり、相手はその動きに応じた有効な手を打ってきます。これは決して強がりなどで言っているのではありません。選挙で得た私の経験から言っているのです」

「青柳さん、私も藤咲さんの言う通りだと思います」

そう言ったのは松田議員だった。

「スポーツにたとえればわかりやすいと思います。私は学生時代にバスケットボールをやっていたのですけど、バスケットボールというのは、ただやみくもに突進して点を取れば勝てるというものではありません。まず第一に、相手のディフェンスのシステムを見極めることから始めるんです。こちらが攻める時には、初めの内はとにかくじれったいぐらいに慎重にボールを回すんです。あくまで相手の動きに応じて、合わせてということが大事なんです」

選挙戦を勝ち抜いた二人の強者《つわもの》の言葉には確かな説得力があった。敏郎の不安は徐々に鎮《しず》まっていった。

「あたしも座りたいな」あゆみが言った。実に可愛い言い方で、敏郎は町長を押し出してでもあゆみの席を作ってあげたくなった。

「父さんたちは今、大事な話をしているんだよ」

あゆみはちょっと傷ついた顔をした。

「わかりました、ごゆっくりどうぞ。おいで、フリオ」とあゆみはフリオを連れてコップを持ったままリビングを出て二階へと消えた。

「そうだ、あゆみ！」

藤咲町長がうっかりしていたという感じであゆみを呼び戻した。あゆみが、何？と顔を出すと、

「お客様が泊まるので、押入から蒲団《ふとん》を出しておいてもらえるかな」と敏郎を目で示して言った。

あゆみの顔に複雑な表情が浮かんだ。その顔を見て、敏郎はあわてて言った。

「藤咲さん、僕、やっぱりいいです。どこかホテルへ泊まりますよ」

「何を言っているんですか、雨も激しくなってきましたよ。お泊まりなさい。何も気にすることなんかありませんよ」

「でも……」

うろたえる敏郎を千良木素子がおかしげに見ながら、「青柳さん、良かったじゃないですか」とからかうように言った。

その後、話題は転入者達がまとまって住んでいるという絹田マンションの事に移った。

町の南東側に放棄された商店や住宅がそのまま残っているゴーストタウンがある、という話は敏郎にとってカルチャーショックだった。

絹田マンションがそのゴーストタウンにあると聞いて、ますます薄気味悪くなったが、同時に強い興味も覚えた。何かうさんくさいことが水面下で進行していることがわかっているのに、何もしないでいることは我慢できなかった。

自分にも何かできることがあるはずだ。

その何か、はすぐに思いついた。

「僕、マンションの偵察に行ってみようかと思うんですが」

全員の視線が敏郎に集まった。

ちょっと唐突過ぎる発言だったかな、と思ったが、もう引っ込みはつかない。

「行っても何もわからないかもしれないけど、もしかしたらということもあります。それに僕は今、無職の暇人ですから、何もせずに投票の日まで待つよりはずっといいです」

「でも、危険じゃありませんか？　それに、青柳さんは今日この町にいらしたばかりだし」松田議員が言った。

「私も行きます」

名乗りを上げたのは、なんと千良木素子であった。

敏郎はゴクリと唾《つば》を飲み込んだ。

松田議員がますます心配げな顔で、

「素子さん、あの近辺にはいろいろと物騒な噂《うわさ》があるのよ。ホームレスが住んでいるとか、野良犬《のらいぬ》もたくさんいるらしいし。私、心配だわ」

素子は平然とした顔で、

「平気ですよ。車の中から遠目でマンションをちょっと観察するだけなら危険はないと思います。それに二人なんですから」

〝二人〟という言葉が敏郎の胸を圧迫した。素子と二人……。俺はこんな深刻な状況で何を不純なことを考えているのだろう、と自責の念を覚えた。でも楽しい。

「確かに、千良木さんと、青柳さんは最適かもしれませんよ」

しばらく口をつぐんでいた藤咲町長がおもむろに切り出した。

「この会合で話したことは、今のところ私たち四人の間の秘密ということにしておいた方がいいでしょう。相手の正体がわからないうちに下手に騒ぎ立てるのは利口ではありませんからね。この四人の中で静かに動ける人となると、やはり必然的に千良木さんと青柳さんということになるんではないでしょうか。私や松田さんでは目立ち過ぎますからね」

「まあ、それはそうですけど」

松田議員は、一応認めるが、やはり心配という口ぶりだった。

「私と松田さんは、これから後援会や農協や青年団の方々にも根回しをして賛成投票のお願いをすることになりますので、投票日までかなり忙しくなります。私としてはお二人が引き受けてくれるというのなら、これほど頼もしいことはありません」

「やらせていただきます」

素子が言った。決意のみなぎった美しい横顔を見て、頼もしい、と敏郎は思った。俺よりずっとしっかりしているではないか。

「青柳さん、よろしいですか？」町長が念を押した。

「ええ、よろこんで」

素子と一緒でなかったら、こうまで威勢の良い返事はできなかっただろう。

4

明朝、素子が町長の家まで敏郎を迎えに来てくれることが決まった。

素子と松田議員が帰ってから、町長は、すっかり冷めてしまった敏郎のかつ丼《どん》をレンジで温め直し、緑茶も新たに淹《い》れてくれた。

「私はこれから何本か電話を掛けなくてはならないので、ちょっと失礼します。ゆっくりくつろいで下さい。もう少しで風呂《ふろ》も沸きますから」

町長は言い残して、隣の書斎へと引っ込んだ。

ネコのフリオがいつのまにか二階から戻ってきていて、テーブルの足下にスフィンクスのような格好で座った。

敏郎がかつ丼を一口食べる毎《ごと》にフリオの眼と顔が箸《はし》の動きを追う。

箸と口を動かしていても、素子のことばかり考えていた。明日は二人で色々なことを話して、彼女のことをもっと知りたいと願った。

それにしてもなんと妙な展開だろう。

この町に来るなり、夢と希望を打ちくだかれ、野良犬に襲われて遁走《とんそう》し、頼もしくも一癖ある町長に拾われたと思ったら、今度は雑誌のグラビアに出てもおかしくない美女と探偵もどきの任務。まるでテレビドラマみたいだ。

食べ終わって緑茶を飲んでいると、二階からパタパタというスリッパの音が降りてきた。もう一人の美女の登場である。また身が緊張で固くなる。

ドアが開き、あゆみが現れた。右手にオレンジ色のバスタオルを掛けていた。髪をヘアクリップで後ろに束ねているためか顔がさらにシャープに見える。

改めて、美人だ、と思った。だが、素子が持っている誰もが親しみを感じる美しさと違い、もてない男は早々とあきらめてしまうような、いわば高嶺《たかね》の花的美しさだ。

「父さんたら、お客さんを放っておいて失礼だよね」

あゆみは言って、敏郎に笑いかけた。

その笑顔を見て、敏郎は前言を撤回した。笑うとすごく親近感を覚える顔になった。

「いえ、お構いなく。猫君がいてくれますし。それより、突然おしかけて、おまけに泊まったりして、すみません」

「いいのいいの」あゆみは言うと、敏郎の向かいのソファ、さっき素子が座っていた席、に腰を下ろし、「あの人、変わってるでしょ？」と言った。

「かっこいいですよ。僕もあんな風に年を取れたらいいなって思いますよ」

「ところで、千良木さんってすごく可愛《かわい》い人だと思いません？」

「ええ、ああ、そうですね」

素子の顔が頭に浮かび、またドキドキしてきた。

「あたしには絶対出せない味だなあ」

味という単語で唐突にヤらしい想像が膨れ、敏郎はうろたえた。俺も相当欲求不満だ。

「なんか赤くなってません？　青柳さん」

「え、そうですか」指摘されてますます顔が熱くなった。

「東京には彼女とか、いないんですか？」

コロコロ話題を変えるなあ、と思いながら敏郎は、残念ながらいないと答えた。

「東京にいると、出会いが一杯あって楽しいでしょう」

自分に良い出会いがないのを嘆くような口ぶりであった。

「確かに、出会いは一杯あったかもしれないけど、僕にはそれを持続させるエネルギーがなかったんですよ。エネルギーは全部仕事に吸い取られちゃって……あゆみさんは付き合っている人、いるんですよね」

「ああ、ええ、まあ……」とあゆみは歯切れ悪く答えた。

彼氏と喧嘩《けんか》中か、行き詰まっているのかな、と敏郎は思った。それなら俺にもチャンスが、と思いかけてやめた。

町長の娘と付き合うのはやはり大変なのだろう。特に小さな田舎町では、噂は瞬《また》く間に広がるだろうから、軽率な真似《まね》をすれば、町長の評判まで落としかねない。

彼氏はどんな人なんですか、と訊《き》こうとした時、リビングのドアが開いて町長が入ってきた。

「あゆみ、青柳さんは疲れているんだから、引き留めないでお風呂に入らせてあげなさい」

「わかってるって」あゆみは、うるさいなぁとでも言いたげな顔をした。自分ともっと話がしたくてそんな顔をしたのだったら嬉しいことだ。だが、確かに町長の言う通り、神経は昂《たか》ぶっているが、体はボロボロに疲れていた。

「これ、どうぞ」あゆみがバスタオルを敏郎に差し出した。敏郎は礼を言って、両手でうやうやしくそれを受け取った。

湯を跳ね散らさないよう遠慮してシャワーを使った。町長親子、特にあゆみには、風呂の使い方の汚い奴《やつ》だと思われたくない。

さすが町長というべきか、パステルグリーンのタイル敷きの床に掘られたクリーム色の浴槽は、敏郎が脚を目一杯伸ばして入れるほど大きかった。この浴槽に後で全裸のあゆみが浸《つ》かるのだと考えると股間《こかん》の物が硬くなり始め、あわててその想像を振り払った。

ラベンダーの香りの入浴剤のおかげで大分緊張が和らいだ。

風呂から上がると、町長が二階の客室へと案内してくれた。部屋は六畳の和室で、あゆみの手によって蒲団が敷かれていた。

天井をぼんやりと眺めながら、素子の顔を思い浮かべた。明日、仕事というのか任務というのか、とにかくそれが終わったら、素子が町を案内してくれるなんていう展開になればいいなと期待した。

素子とあゆみの顔を交互に思い浮かべて何度も寝返りを打っているうちに敏郎は眠りに落ちた。

残念ながら夢に出てきたのは、素子でもあゆみでもなくあのバウ犬だった。

5

日課になっている練習という名目の情事を終えた後、濡《ぬ》れたタオルで丸尾の股間を拭《ふ》いている臼田清美に、丸尾は呼びかけた。

「臼田」

「はい」臼田は手を止め、丸尾の顔を見上げた。

「高坂はもう必要ない。接触を断て」

「もう、よろしいのですか」

「ああ、終わりだ」

臼田の顔に安堵《あんど》の表情が浮かんだ。

「うれしいか」

「ホッとした、という感じです」

「そうか？　お前も結構楽しんでいたんじゃないのか？」

何の気なしに皮肉を言ってみた。案の定、臼田は傷つき、悲しそうな顔をした。

丸尾は自分の思いのままに、相手を落ち込ませたり、喜ばせたりするのが好きだ。人間の心を操る快感はセックスと同じくらい気持ち良い。

「高坂を喜ばせている時、私の心と肉体は二つに裂けていました。肉体から離れた私の心は、いつも大始祖様の元にありました」

臼田は妙なことを言い出した。まだ先がありそうなので、物は試しと丸尾は沈黙で先を促した。そこから先は、臼田も言い出しにくいらしく、躊躇《ためら》った。

「こんなことを言うと、叱《しか》られそうですけれども……私、大始祖様の腕に抱かれているのだと思い込むことによって、あの忌《い》まわしい仕事を続けることができたのです。私のような、汚れ切ったつまらない人間に崇高な、素晴らしい世界を見せてくれた大始祖様の暖かい、ぬくもりを……」

ぬくもりという言葉に深い意味がある。臼田が何を言いたいのかもうわかってしまった。

「ぬくもりを思い出すと、つらいことにも耐えられるのです」

「つまり、お前は俺を一人の男として考えているということだな。人類を破滅から救う真道学院の大始祖ではなく、昔のお前がタダでやらせてやったちょっとばかりいい男達と同じというわけだ」

「違います、そうではありません」

臼田はすがるような目で訴えた。

「いくら精神鍛練を積んでも、所詮《しょせん》お前の本質は淫乱《いんらん》なのだ。肉体の快楽に精神を支配されてしまう低次元の人間だということだ」

臼田の両目に涙が滲《にじ》んだ。

「危険な考えだぞ」

臼田は丸尾の足下に平伏して言った。

「申し訳ございません。私が愚かでした。私の精神がゴイサムへと戻りかけてしまっていたのです。私、もう一度、一からやり直します」

「ああ、この事業が無事片づいたならな。だが、今はそんな暇はない。お前は俺の傍にいて俺の身の回りの世話に専念するのだ」

「では、こんな私を、まだ傍に置いておいていただけるのですね」

絶望の海底から希望の丘へと引き上げられたような目だった。

「ああ、そうだ。お前はまだここにいろ。だが、さっきのような馬鹿《ばか》げた考えはお前の心の奥にしまって、鍵《かぎ》を掛けておけ」

丸尾に対する女としての愛情を消さずに、秘めておけと言ったのにはわけがある。学院よりも自分に対して忠実な人間を何人か作っておけば今後の後継者争いに有利だと考えたからである。

だが、支配者と服従者という従来の関係に、男と女の愛情が芽生えてきたことに、丸尾は何ともいえない精神的な興奮を覚えた。その興奮はたちまち肉体に現れ、萎《しぼ》んだペニスが再び力を取り戻した。

「とりあえずお前の任務は一段落したが、次の任務もある。練習はこれからも続けるぞ」

臼田の顔に複雑な表情が浮かんだ。丸尾には臼田の考えていることが手に取るようにわかった。

こいつは俺に抱かれるのが嬉《うれ》しいが、それに喜びを覚える自分に罪悪感を覚えているのだ。そしてまたどこかの見知らぬ男に体を投げ出さなくてはならないことに対する嫌《けん》悪《お》も感じている。

「次の目標は、誰なのですか？」

「志村という、今度の住民投票で投票管理委員をやる男だ。高坂以上に気合いを入れてかかるんだぞ」

6

翌日は土曜日だった。

コケ〜ッ！　コココッケ〜！

狂ったような鶏の鳴き声で、敏郎は叩《たた》き起こされた。

「うるせえ」蒲団《ふとん》を頭から被《かぶ》るがあまり効果はない。

ココォォッケケ！　ケケケケ！

「ああ！　やかましい」敏郎は蒲団を撥《は》ね除《の》け、仕方なく起きることにした。部屋の窓《まど》際《ぎわ》に立って外を見る。鶏の鳴き声は隣の庭から聞こえてくるようだ。毎日こんなのを聞かされて、町長やあゆみはよく平気でいられるものだ。

昨夜の雨は上がったが、依然空は曇っていて、少し肌寒い。

着替えてから一階のリビングに行くと紺色のポロシャツにグレーのスウェットパンツ姿の町長が、朝食を作っていた。

「おはようございます。鶏に起こされましたか？」

あゆみは敏郎がまだ眠っている内に起きて仕事に出かけていたので、二人で朝食を食べた。

朝食が済むと、藤咲町長は、庭で日課にしているという薙刀《なぎなた》の素振りを始めた。薙刀が空気を切る、ヒュン、ヒュンという音を聞きながら、敏郎はリビングで千良木素子の到着を緊張しながら待った。

待っている間、猫のフリオと遊ぼうかと思ったが、どこかをさまよっているらしく、姿が見えなかった。

九時十分、水色のプリウスに乗った素子がやって来た。

敏郎は玄関に出て、素子を迎えた。

素子は白いカットソーに水色のサマーニット、下は紺色のソフトジーンズに白いナイキのスニーカーという格好だった。リラックスした雰囲気がいっそう親しみを感じさせた。

お互いに笑顔で挨拶《あいさつ》を交わした。いい感じだ。

薙刀を持った上下スウェット姿の町長も挨拶に現れた。

「お二人とも、くれぐれも無茶な真似《まね》はなさらないでください。あくまで充分な安全を確保できる状況で、わかる限りのことを調べていただければそれで結構なのですから」

藤咲町長はそう念を押した。

用意したバッグを抱えて、プリウスの助手席に乗り込み、いざ、出発である。

「随分大荷物ですね」

素子が敏郎の膝《ひざ》の上のボストンバッグを見て、言った。

「ええ、藤咲町長が貸してくれた探偵七つ道具みたいな物です。携帯電話が二機、バード・ウォッチングに使うつもりが飽きて箱入りになった双眼鏡、ズームレンズ付きの一眼レフカメラ、メモ帳、町の地図、懐中電灯。後は変装用のサングラスでもあれば完璧《かんぺき》ですね」

自然と冗談が口をついて出る。

車は水田地帯の真ん中を貫く細い道を走った。左右にひろがっている稲穂を見ていると、まるで自分が蚤《のみ》になって黄色いじゅうたんの中を這《は》っているような気がした。

「藤咲町長の娘のあゆみさん、可愛いでしょう」

ふいに素子が言った。

「ああ、ええ、そうですね」

そういえば昨夜、あゆみも同じようなことを言ったっけ。自分も同じように〝ああ、ええ、そうですね〟と返事した記憶がある。

「千良木さんが帰った後で、あゆみさんも同じことを言ってましたよ。千良木さんは、すごく可愛いって」

その言葉には敏郎自身の気持ちも入っていた。

「可愛いなんて言われたの、何年ぶりかなぁ」

素子は少し照れたように言った。その横顔は本当に可愛かった。

「あゆみさんがミス坂巻だったってこと、聞きました？」

「え、そうなんですか」

まあ、可愛いければ不思議はないな。

「千良木さんはミス坂巻じゃないんですか？」

素子は「ははっ！」と声を上げ、笑った。敏郎はちょっとびっくりした。

だがせっかくの良い気分も坂巻駅に着くまでだった。

駅前を通過した時、朝早いというのにもう『坂巻ダークランド』建設反対キャンペーンが盛大に行なわれていた。昨日の夕方、あゆみが五十人くらいと言ったが、今朝は少なくとも百人はいた。

どでかい横断幕まで張って、歩道の端にずらっと整列した連中はまるでマラソンの応援者のようにも見えた。まったく凄《すさ》まじいほどの団結力だ。

ハンドマイクを持った二十代の生真面目《きまじめ》そうな女が、がなり立てている。

「……私たちは、このような、町の活性化という名目で若者の健全な心に有害な影響を与える、ホラーテーマパークなどという、言語道断な開発事業に対して、断固たる決意でノーと言わなければなりません！　九月三十日の投票日には、是非皆さん参加し、何としてでも反対多数を勝ち取りましょう！」

駅前の商店で働いている人たちは、はっきりいって迷惑そうな顔をしている。あんなにうるさくされてはただでさえ少ない客がますます寄りつかなくなってしまうだろうから、迷惑に思うのは当然だろう。薬屋の主人らしい白衣を着た男が、ビラを渡している連中に何やら抗議して、ちょっとした小競《こぜ》り合いになっているのが遠目に見えた。

敏郎の気持ちはすっかり暗くなってしまった。その気持ちを察したのか、素子が言った。

「青柳さん、負けていられませんね」

「ええ」敏郎はそれしか言えなかった。

商店街の中程にあるパチンコ店の前を通過した時、敏郎は言った。

「あ、僕昨日、この辺で犬に追いかけられたんです」

唐突に言い出したので、素子は少し面食らった顔をした。

「犬ですか？」

「ええ、物凄《ものすご》くでかくて、毛の長い犬なんです。そいつが僕のことを追いかけてきたんです。僕は荷物を放り出して、あのパチンコ店に駆け込んだんですよ。そしたら犬の奴《やつ》も入ってきちゃって、大混乱になったんですよ」

素子がプッと小さく吹き出した。そしてコロコロと可愛い声で笑い出した。

その笑い声を聞いている内に、昨日はあんなに恐かった体験が、なんだかとても滑稽《こっけい》な出来事に思われてきて、敏郎も一緒になって笑ってしまった。

「笑い事じゃないんですよ、その時は本当に死ぬかと思ったんだから」

「ごめんなさい、笑っちゃいけないと思ったんだけど、想像するとやっぱりおかしくて。それってもしかして噂《うわさ》の猟犬なんじゃないかなあ」

「噂の猟犬？」

「うん、赤毛で、毛の長い犬でしょ？」

「ええ、知ってるんですか？」

「この町の人はほとんど皆知っていますよ、時々山から下りてきて、町に出没するんです。元は飼犬だったんですけど、捨てられて野生化しちゃったらしいんです」

「へえ、無責任な飼い主がいたもんですね」

敏郎は憮然《ぶぜん》として言った。

「その飼い主がね、噂によると、議員の君塚さんらしいんですよ」

「えっ？」

突然、疑惑の人物の名前が出てきたので驚いた。

「もっとも本人は、あんな犬は知らないってとぼけているらしいけど」

「その君塚って奴、とんでもない野郎ですね。絶対怪しいですよ」

まだ見たこともない金持ち議員に敏郎は怒りを感じた。

河東線の線路を越えると、周囲の景色は突如田舎らしくなった。左右は見渡す限りのリンゴ園、前方は昨日駅のプラットホームから見た名も知らぬ山の連なりだ。

右折して少し走ると、そこかしこに潰《つぶ》れたガソリンスタンドやパチンコ屋や民家が現れた。

「確かにゴーストタウンですねぇ」敏郎が感慨深げに言うと、

「この辺はまだ序の口、この先を見たら、きっとたまげますよ」

たまげるなんて古風な言葉をあえて使うところがまた可愛かった。

うっかりしていると見落としそうな旧坂巻駅を左折すると、旧商店街に入った。

素子の言った通り、敏郎はたまげた。

実際に目の当《ま》たりにしたゴーストタウンは驚異だった。まるで巨大な映画セットの中に入り込んだようだ。和風な風景なのに、なんとなくマカロニウエスタン映画の町並みを思い起こさせる。風に吹かれてタンブルウィードが転がり、店の陰から土埃《つちぼこり》にまみれた垢《あか》だらけのガンマンが出てくる場面が頭に浮かんでしまった。

「うわぁ、凄いや！」

敏郎は素《す》っ頓狂《とんきょう》な声を上げながら、前後左右をキョロキョロ眺め回した。

「気に入った？」敏郎の様子を見て、素子がいたずらっぽく言った。

「うん、タイムマシーンに乗って過去に来たみたいだ。この町並みはこのままずっと保存すべきですよ、昔懐《むかしなつ》かしい日本の風景としてね」

目の前を何匹もの野良猫が、車など眼中にないというふうにノロノロと横切っていく。道路脇《わき》に乗り棄《す》てられた車をよけながら、ゆっくりとしたスピードで商店街を奥の方へと進んだ。

「地図によると、この道をまっすぐ行くと、小さな橋があるんです。その傍が絹田マンションです」素子が言った。来る前にしっかりと下調べをしたらしい。

旧商店街を抜けて橋を渡る時、敏郎は左背後を振り返った。川縁《かわべり》に建っている暗い黄土色の四階建てマンションが見えた。

いくつかのベランダに衣類が干されていることから住人の存在が確認できたが、昔住んでいた住民が洗濯物をそのままにして忽然と消えてしまったように見えなくもなかった。

「見えた。あれですね」

「橋を渡ったら左折して、対岸から監視できる場所を探します」

素子が言った。

絹田マンションの対岸の川縁にも何軒か棄てられた民家が建っていた。それらの家の前の路地をゆっくりと走らせ、五軒目の家の前で素子は車を止めた。今にも柱がぽっきりと折れて一瞬で潰れそうな木造二階家だった。外壁の板が何枚も腐って剝《は》がれ落ちている。

「この家の中から、あのマンションを正面から見ることができると思います」

「じゃ、いざ不法侵入といきますか」敏郎ははりきって言った。

しかし、言うは易《やす》し、行なうは難しである。蹴《け》飛《と》ばせば開きそうなくらいに脆《もろ》く見えた玄関には鍵《かぎ》が掛かっていて、敏郎が蹴飛ばしても体当たりしてもびくともしなかった。七つ道具の中に斧《おの》も入れておくべきだったと後悔した。

仕方なく、家の左横に回り込み、窓を探した。申し訳程度の小さな庭があり、庭に面した縁側の窓を壊して家の中へ入れそうだった。庭には敏郎の膝よりも丈の高い雑草が生い茂っていて、地面が見えなかった。敏郎の立った位置からは絹田マンションのベランダの並びをほぼ正面から見ることができた。距離は約30メートルと非常に近い。

マンションから誰かが見てやしないかと心配になり、マンションの窓に目を凝らす。しかし、すべての窓にはカーテンが引かれていて、人の気配はしなかった。

目をマンションから廃屋に戻した時、ギョッとした。

敏郎の周囲の空間に何十匹もの蚊が飛び回っていたのだ。それらに気がついた途端、首筋と手の甲に痒《かゆ》みを覚えた。既に刺されていたのだ。

顔の前を数匹が掠《かす》めていく。敏郎は思わず首をすくめた。

こりゃ早くしないと体中蚊に食われるぞ。

「青柳さん、大丈夫？」

背後で素子の声がしたので、敏郎は振り向いた。素子が玄関を回って庭へ入ってこようとしていた。

「駄目！　まだ来ちゃ。物凄い数の蚊がいるんです。僕が戻ってくるまで車の中で待っていた方がいいですよ」

そう言っている間にも、左耳の後ろと額が猛烈に痒くなった。

こいつらよっぽど血に飢えてやがるな。

縁側に向き直って、歩き出す。一歩、二歩、三歩目で右足が何かに蹴躓《けつまず》き、前のめりになって倒れた。

足下に錆《さ》びて茶色くなった子供用の乗って漕《こ》ぐ四輪車が転がっていた。それを睨《にら》み、悪態をついて立ち上がる。掌《てのひら》の泥を払い、もう三歩歩いてようやく縁側に達した。その時には額にもう一カ所、それに両股《りょうもも》の外側と右脇腹も痒くなっていた。田舎の蚊は都会のヤワな蚊と違い、服の上からでも平気で針を突き刺す。

幸いにも、雨戸は両手で持ち上げると簡単に外れた。それを庭に投げ捨てる。雨戸の下から現れた窓は当然ながら施錠されていた。川に面した格子《こうし》付きの窓から光が入るので家の中は明るかった。そこは台所だった。

ジーンズの背中から懐中電灯を抜く。懐中電灯は単一電池四本を使う極太のマグライトなので棍棒《こんぼう》の代用品にもなる。

窓ガラスをぶち割るなんて生まれて初めての経験だった。

ズボンのポケットからハンカチを引き抜く。両手首も二カ所ずつ蚊に刺されていた。ハンカチを左手に持ち、錠のある位置に押し当てる。そして右手のマグライトの尻《しり》をハンカチめがけて思い切り叩き付けた。割れない。情けなくなった。

今や全身が痛痒く、気が狂いそうだった。

「野郎っ！」敏郎は怒りに任せ、もう一度トライした。ガキッという硬い音がして、マグライトがガラスを突き通り、穴があいた。

やった！　心の中で叫ぶ。

さらに穴の周囲のガラスを叩き落とし、穴が手首が通るほどの大きさにまで広がるとハンカチを仕舞い、手を切らないように注意しながら左手を差し入れて錠を外し、窓を開けた。

縁側から飛び降り、庭を走って素子の車まで戻った。助手席に乗り込むと、勢い込んで報告した。

「千良木さん、やったよ、開いたよ」

素子は敏郎の顔を一目《ひとめ》見て、目を丸くした。

「青柳さん、顔、ボコボコですよ！」

そう言われ、ルームミラーで自分の顔を見てぎょっとした。確かに顔中に赤い腫《は》れがボツボツと無数に浮き出ていた。あまりの凄まじさに思わず「ウゲエッ」と声を上げた。

「可哀相《かわいそう》、大丈夫ですか？　痒いでしょ」

素子が後ろの席に置いたハンドバッグを取り、中からウェットティッシュを取り出した。

「顔を拭《ふ》いてあげるからこっち向いてください。拭くだけでも少し痒みが取れますよ」

敏郎は素直に顔を素子に向けた。胸の鼓動が早くなる。

「ああ、こんなに食われちゃって」素子は言いながら、ウェットティッシュで敏郎の顔を額、鼻、頰、顎《あご》と順に優しく拭《ぬぐ》う。とても気持ち良く、幸せな気分だった。しかし死ぬほど痒かった。

「千良木さんは家に入るの、よした方がいいと思います。僕みたいになっちゃったら悲惨ですから」

「いいえ、入ります。鍵《かぎ》が掛かっていたのなら、家の中には多分蚊はいないでしょう。網戸を閉めておけば平気ですよ。もっとも網戸が破れていなければの話ですけど」

素子は譲らないという口調で、ウェットティッシュをドアサイドのゴミ袋にポンと放り込んだ。

「まあ、確かにそうだけど……でもあの庭は走って抜けないと蚊に刺されるよ」

「なら走ります。お留守番は嫌ですから」


庭を走り抜け、二人は家の中に土足で侵入した。まず網戸を閉め、台所を抜け、幅の狭い廊下を通り、玄関に達した。土間の先がすぐに階段になっていた。先導の敏郎が天井に張った蜘蛛《くも》の巣をマグライトで払いのけながら階段を二階へ上った。その後ろを素子がハンカチで口を押さえながらついてくる。

階段を上り切り、川に面している部屋のドアを開け、中へ入った。六畳の和室で家具は一つもなかった。

「少なくともここの家主は、出ていく時に後片づけをしていったみたいですね」

素子がホッとしたように言った。もっと凄《すさ》まじくゴミだらけの部屋を想像していたのだろう。

その部屋の、ドブ川に面している塗り壁に縦60センチ、横1メートルくらいの磨《すり》ガラスの窓があった。高さは敏郎の心臓のあたり、素子の首の辺りだ。

窓枠は茶色い木で、鍵はあの懐かしい金色のネジを回してはめ込む代物《しろもの》だった。窓枠には埃が厚く堆積《たいせき》している。

「雑巾《ぞうきん》を百枚くらい持ってくるべきでしたね」

素子は可愛《かわい》いしかめっ面《つら》で言うと、鍵のネジを回して解き、窓を右側に滑らせ、15センチほど開けた。隙間《すきま》からひんやりと湿った風が流れ込んできた。家の中の埃っぽい空気を大量に吸い込んだ二人にその風は心地良かった。

「ああ、いい空気。たとえ向かいがドブ川でも」

素子は言いながら、窓の外、正面に建っているマンションを見た。敏郎は、そうですねと、相槌《あいづち》を打ちながらその背後に立った。

素子の豊かに波打つ髪が敏郎の顔の前にあった。触ってみたい、いつか触れる時は来るのだろうか。

「ベランダに洗濯物は出ているけど、鉢植えを出している部屋が一つもない。人は住んでいるのに、生活感が全然ないと思いません？」

素子が振り向いて言った。敏郎の顔がすぐ傍にあったので驚いたらしく、ほんの少し身を引いた。しかし、怯えや嫌悪《けんお》の感情は顔にはなかった。恥じらいの表情だった。

敏郎の心臓がドクン、と大きく脈打った。

「そうですね、仰《おっしゃ》る通りです」妙にかしこまった口調になってしまった。

「ねえ、青柳さん、お互いに敬語使うのやめません？　疲れるから」

素子が笑顔で言った。

監視場所が確保できると、後は退屈な監視活動だった。見事に何の動きもない。それもその筈《はず》、考えてみれば、このマンションの住民は皆駅前へ反対運動をやりに出かけているのだ。

こんなことしても無駄ではないのかという思いが敏郎の中をよぎった。

「千良木さん」敏郎は双眼鏡を目から離し、隣に立っている素子に呼びかけた。素子が敏郎の方を向く。

「どうしてこんな仕事を引き受けたの。僕は自分の考えたテーマパークを潰そうとしてここそこ動いている連中が許せなくて、自分にも何かできないかって思ったからなんだけど、千良木さんは」

素子は少し困ったような顔をして、

「うぅん、そうだなぁ。説明しづらいけど、私ね、自分の暮らしている環境におかしな人間が割り込んでくる事に過剰なくらい拒否反応を示すの」

それから素子は、過去のことをぽつぽつと静かに語り出した。

素子が小学三年の頃、彼女が暮らしていたマンションに暴力団の組員が越してきた。そいつは他の住民への迷惑などお構いなしに部屋に女や他の組員を呼んでは連夜バカ騒ぎをしていた。住民が管理人に注意してもらうように頼んだのだが、管理人はそいつの報復が恐くて注意もできなかった。傍若無人な振舞いは日々エスカレートするばかりだった。幼い素子はある日、マンションの入り口でそのヤクザにからかい半分で声を掛けられ、死ぬほど恐い思いをした。素子は子供らしい純粋な正義感から、平和な日常に突如割り込んできて皆を恐がらせるその男を強く憎んだ。

小学六年の時、素子の家族は念願のマイホームを手に入れた。マンションを出て、ヤクザと離れられるのが嬉《うれ》しかった。

越した先で一年経《た》った頃、素子の家の三軒隣に、ある家族が越してきた。今度はこの家族の長男が問題になった。長男は暴走族で、毎晩家の前の路地で狂ったようにバイクを空吹かしした。しばらくすると暴走族仲間もその家に集まるようになり、深夜にカーステレオをフルボリュームで鳴らしたり、近所中をバイクでグルグル走り回ったりした。その男の母親というのがまた変な女で、たまりかねた近所の奥さん達が迷惑を訴えても、尊大な態度で煙草《たばこ》をふかしながら、はいはい、わかりましたよ、とうるさそうに聞き流すだけだった。噂ではどこかのスナックのママさんだそうだった。父親は滅多に現れず、年に数日も家に帰ってこないらしかった。

素子は連夜にわたる騒音のおかげですっかり神経が参ってしまい、生理が遅れてしまうほどだった。せっかくヤクザから離れられたと思ったら、今度は暴走族。自分はなんて運が悪いのだと嘆いた。

そんな不運が重なったためか、素子には自分の日常生活に害を及ぼしそうな人間に対する独特な嗅覚《きゅうかく》とでもいうものが身についたのだそうだ。

「あの人達がテーマパーク潰しに成功しても、それで終わりにはならないと思う。ますます勢いづいてこの町で好き放題やるつもりなんだと思う。下手すると自分達の仲間から町長を出そうなんて考えるかもね。これって考え過ぎ?」

敏郎にはなんとも言えなかった。

立ち姿勢での監視は疲労が早い。何の成果も見込めなさそうな状況がそれに輪をかけた。

「僕、あのマンションに入ってみようかな」

監視を始めてから一時間少し経った頃、敏郎は思い切って言ってみた。

「新聞の勧誘員を装ってさ、片っ端から部屋をノックするんだよ。誰か一人くらい残っている筈だよ。出てきたら強引に中へ割り込んで部屋の中の様子を見ちゃえばいい」

我ながら大胆な考えではあるが、このまま何の成果も得られないのは我慢がならないのだ。

素子は心配そうな顔で、

「やめた方がいいわよ。どんな人達かもわからないのに。もし暴力沙汰《ざた》にでもなったら……」

「じゃ、こうしよう。ケイタイを通話状態にしてトランシーバー代わりに持っていく。そうすれば千良木さんは僕に何か異変があればすぐにわかるでしょ？　もし、何かあったら、千良木さんが警察を呼んでくれればいい。どう？」

「どうって言われても……」

渋る素子を説き伏せて、敏郎は絹田マンションへと向かった。

7

「あいつが青柳って奴ですかね」

カーテンの隙間から磯崎が、橋を早足でこちらへと渡ってくる男をカメラのファインダー越しに見て言った。

300ミリ大口径レンズを装着した一眼レフが三脚に固定されている。

「そうだろう」丸尾は答えた。

昨夜、町長の自宅に仕掛けた盗聴器から、今日、青柳という男と千良木素子がこのマンションを監視しにやってくることはわかっていた。

「何しに来るんでしょう」磯崎が訊いた。

「偵察だろ」丸尾は素っ気無く答えた。

「どうします、捕まえて痛めつけてやりますか？」

「和島みたいなことを考えるな」丸尾はたしなめた。「写真を撮っておけ」

磯崎は言われた通りに数枚撮影した。

「後はどうしますか？」

「何もしない。誰もいなくて中に入れなきゃ諦《あきら》めて帰るだろう。他のアパートの連中にも電話して、絶対に応対に出るなと指示しておけ。フィルムはすぐに現像して、写真をメールで東京へ送るんだ」

8

橋を渡って対岸へ行き、最初の角を右折して四軒目の建物が絹田マンションである。

マンションに近づくにつれ、対岸からでは見えなかった異様な物が見え、敏郎は驚いた。

絹田マンションの四つの壁面の内、ドブ川に面している壁面は堤防の金網で守られていて、残りの三面は高さ2メートル程のコンクリートの塀に、逆コの字形に囲われている。異様なのは三面のコンクリート塀の上に四本もの有刺鉄線が張られているということだ。有刺鉄線を合わせると高さは3メートル近くになる。

携帯電話で対岸の素子へ見たままを伝える。

「異常だよ、こんなの。きっと連中がここへ越して来てから自分達でやったんだと思う」

マンションの入り口にたどり着き、塀とほぼ同じ高さの両開き門の前に立つと、驚きを通り越し、唖然《あぜん》とした。

「門に鎖が巻きつけられていて、おまけに大きな錠前が取り付けられている。クソッ！」

敏郎は素子に報告して、地団太を踏んだ。

「この警戒ぶりはどう考えても異常だよ！」

素子が電話の向こうで小さなため息をついた。

――それじゃあ、そっちはひとまずあきらめましょう。転入者達がかたまって住んでいるアパートが、他にもあと三軒ばかりあるから、そっちの方を当たってみましょう。私が車で拾いに行きますから、橋の所で待っていてください。


しかし、結果は同じだった。

絹田マンションと同様、三軒のアパートすべての塀に有刺鉄線、門には鎖と錠前が取り付けられていた。

梯子《はしご》を使えば有刺鉄線を乗り越えられないこともない。しかし、入る時は良くても出ることができない。門は鍵の持ち主にしか開けられないのだ。

仮に後のことを考えずに梯子を使って侵入したとしても、この警戒ぶりからしておそらく敷地内にもなんらかの侵入者対策が施されている筈である。それが何であるかわからないのに侵入するのは無謀というものだ。

二人が落胆してまた元の家の前まで戻ってきた時には、すでに午後二時を回っていた。

素子がふうっと、小さくため息をつき、言った。

「こうなると、駅前で反対運動をやっている人達が帰ってくるのを待つしかありませんね。それまで、どこかでお昼ご飯を食べて、それから駅前に行って、少しでも監視が楽になるように、いろいろな物を買い揃《そろ》えておきましょうよ。まず折り畳み椅子《いす》が二つに、大きな紙とテープ」

「紙とテープ？」

「ええ、この家の中で明かりを使っても向こう側から見えないように、例の窓に目張りをするんです」

「ああ、そうか」

「それから、食料と飲料水、雑巾てとこかしら」

「そうだね。ああ、それから蚊取り線香と虫刺されの薬もね」

完全に素子主導になっていたが、それでも一緒にいられるのだから、敏郎は大満足だった。

車に乗って駅前に戻ると、相変わらず反対運動が盛んだった。

歩道の端にワンボックスカーが止まっていて、その車の屋根に取り付けられた壇上で、テーマパーク絶対反対と書かれたたすきを掛け、同じく反対と書かれた鉢巻をした男が演説していた。

男の演説はリズミカルで、声の抑揚が効いていた。声も程よいテノールだ。うまい演説だ、と敏郎は思った。そのことがよけいに焦燥感を煽《あお》った。俺達はもしかしたら、連中に負けるのかも。ついそんな弱気の虫がつきそうになる。

その車の傍を通過した時、素子がアッという声を上げた。

「栗原さんだ！　どうして……」

「誰だって？」

「ほら、あの車の傍に立っている大きなおばさん。あの人、私のアパートの大家さんなの」

ひときわ重量感のある中年女性が、壇上で演説している男を見上げ、声援を送っていた。

素子の顔が悲しげに歪《ゆが》んだ。

「栗原さん、反対派の方についてしまったのね……」

敏郎は、自分の生み出したホラーテーマパークによって町の人々が二つに分裂しつつあることをひしひしと感じ、なんともやりきれない、重苦しい気持ちになった。

「転入者達は、うまく反対派を取り込んでいるみたいね。皆、連中にいいように利用されていることにも気づかずに」

「町おこしを巡って、それまで仲良くやっていた人達が仲違《なかたが》いするなんて、なんだか悲しいですね」

敏郎が暗い声で嘆くと、素子がちょっと怒った顔で敏郎を見て、言った。

「青柳さん、そんな弱気じゃ駄目よ。私、青柳さんの考えたテーマパーク、とっても楽しみにしているんですから。『坂巻ダークランド』ができれば、きっと大勢の人がこの町にやって来ると思うの。町が賑《にぎ》わえば、反対していた人達だって、きっと造って良かったなって思う筈《はず》よ、皆が造って良かったと思えるような楽しいテーマパークにすればいいじゃない」

勇気づけられる言葉だった。敏郎の胸にぐっと熱い塊が生まれた。

そうだ、俺はこれから、町の皆が、日本中の人々が無我夢中になって遊べる、最高に楽しいテーマパークを造ってやる、何がなんでもやり遂げるんだ！

「ありがとう、千良木さん」

敏郎の言葉に素子は照れ笑いを浮かべ、

「私、演説しちゃったね」

二人は商店街にあるうどん屋で簡単な昼食を取った。店内にいてもなお、壇上の男の演説がはっきりと聞こえた。食事の後、雑貨屋と文房具屋とスーパーに寄って買い物をして、再びゴーストタウンへと向かった。

監視家に着いたのは四時十分前だった。

二人で窓に目張りをしてから、畳を濡《ぬ》れた雑巾《ぞうきん》で拭《ふ》いた。水道は止まっているので、雑貨屋で買ったポリタンクの中に、ここに来る途中の農家の庭先にあった水道の蛇口から、水を汲《く》んでもってきたのだ。この水は監視の最中にトイレに行きたくなった時にも役立つ。

拭き掃除が終わると、蚊取り線香を焚《た》き、椅子に腰掛け、監視を再開した。

マンションの様子は何一つ変わっていなかった。

曇天のせいで辺りはこの時間で既に薄暗く、監視部屋は窓の傍の空間を除いてぼんやりとした闇《やみ》に沈みつつあった。

四時半を過ぎた頃、西の空から真っ黒い烏《からす》の大群が、けたたましく鳴きながら飛んできた。この辺りはいわば烏のベッドタウンと化していて、今の時間は烏の帰宅ラッシュらしい。

「なんか、妙だね、この状況」

敏郎は努めて明るく言った。何か話していないと、傍にいる素子の存在が痛いほど胸を圧迫して息苦しいのだ。

素子も自分と同じように感じているかに思えた。素子の視線はマンションのベランダを向いているが、意識がそこに集中できていないように見える。

気詰まりな雰囲気にならないよう、二人は映画や音楽の話題から始め、『坂巻ダークランド』にどんなアトラクションを造ったら楽しいだろうかということを話し合った。素子は敏郎のアイデアに大方賛成だったが『実録殺人鬼の館《やかた》』には各方面からクレームが出そうだと危惧《きぐ》していた。その代わりに、子供達が幽霊退治をするアトラクションを造ったらどうかと提案した。素子らしい可愛《かわい》いアイデアだと敏郎は思った。

二人ともすっかりリラックスできた。敏郎はこのままここで一晩中話してもいいとさえ思った。

しかし、五時半を過ぎると、睡魔が敏郎を襲った。隣家のあの鶏のせいで無理矢理早起きさせられたのがいけないのだ。

「私が見ているから、眠っていていいよ」素子が言ってくれた。

敏郎は大丈夫だよ、とは言ったものの目蓋《まぶた》が重く、垂れ下がってくる。

突然、素子が右手を伸ばし、敏郎の二の腕に触れた。

「明かりがついた！」

敏郎は目をパッチリと開き、椅子の背もたれに預けた上半身を起こした。

素子が双眼鏡を目に当て、食い入るようにマンションの窓を見つめている。敏郎も素子の顔に自分の顔を近づけて、彼女が見ているものを裸眼で追う。

一階の真ん中の部屋のカーテンの隙間《すきま》から、明かりが漏れていた。カーテンが厚いので中の様子を透かし見ることはできない。

それから二、三秒してから右隣の部屋にも明かりが灯《とも》った。次から次へと各部屋が明るくなり、四分後にはすべての部屋に明かりが灯った。

「一斉にご帰館だね。どこまでも統制が取れている」

敏郎は驚くと同時に感心してしまった。

「出てきたわ！　洗濯物を取り込んでいる」

目を凝らすと、二階の右端の部屋のベランダで女が物干しから洗濯物を取り外しているのが見えた。他にもいくつかの部屋の窓が開き、ベランダに人が出てきた。皆、慌《あわ》ただしく洗濯物を取り込み、さっさと引っ込んでしまう。

「部屋の中を覗《のぞ》けない？」

「待って、今やってるの」素子が双眼鏡を小さく動かす。そして悔しげに言った。「駄目、カーテンを引いたままだから見えない。まるで皆が、あたし達に監視されていることを知っているみたい」

敏郎は勢いよく椅子から立ち上がった。

「よしっ、もう一度マンションへ行ってみるよ。住人が帰ってきたから、もしかしたら門が開いているかもしれない。敷地内に入ることができたらベランダ側に回り込んでみるから、ここで見ていてよ」

「気をつけてね、ケイタイのスイッチは絶対切らないで」

敏郎は、うん、それじゃあ、と言って、ためらいがちに手を伸ばし、素子の右肩にそっと指先で触れた。柔らかく、温かい感触が伝わり、勇気づけられた。素子は真剣な顔でコクリと小さくうなずいた。


ひょっとしたら、と期待したのだが、行くだけ無駄だった。昼間見た時と同じように門は鎖と錠で厳重に閉ざされていた。

門の鉄格子《てつごうし》の隙間から、敷地内に駐車している数台の車が見えた。その中の一台は駅前で見た、演説台付きの白いワンボックスカーであった。

敏郎はとぼとぼと歩いて監視家に帰った。

「どうしようか」沈んだ声で素子に言った。

「軽い気持ちで偵察しようなんて言ったのがちょっと甘かったのかも」素子も落胆を隠せぬ口ぶりだった。

部屋はすっかり暗くなり、もうお互いの顔もよく見えないほどだった。

「これ以上ここで粘っても成果は期待できそうにないね。とりあえず、今日は駄目だったということで、藤咲町長の家へ報告と相談をしに行こうよ。いや、その前にどこかで夕飯を食べよう」

素子と二人で夕食。考えるだけで心が躍る。任務は果たせなかったが、素子と朝から晩まで一緒にいられるのだから実に良い一日ではないか。

素子も賛成した。

椅子はそのまま残し、一階へ降りようとした時、車のエンジン音が聞こえた。

「車だ。橋を渡ったみたい」

誰だろう。警戒心が頭をもたげる。

キッ、というブレーキの音。近い。

二人は息を飲み、暗闇の中でそのまま固まった。

車が再び走り出した。エンジン音が急速に近づいてくる。

素子が敏郎の二の腕をギュッと摑《つか》み、怯《おび》えた声で囁《ささや》いた。

「こっちへ来るよ！　外に止めてあるあたしの車を見られたわ」

キキッ、というブレーキ音が二人のほぼ真下で聞こえたので、敏郎の心臓が飛び上がった。

マンションの連中が自分達の監視に気づき、襲撃にやって来たのだ。そうに違いない。

恐怖のあまり体中からヘナヘナと力が抜けていく。

アイドリング音が数秒間続き、続いてドアの開閉音が聞こえた。

「来るわ！」

素子が一層強い力で敏郎の腕を握り、体を寄せてきた。ほんのりと甘い素子の香水の匂《にお》いが敏郎を優しく包む。嬉《うれ》しいことであったが、今の敏郎には喜んでいる余裕がなかった。

敏郎はパニックを起こしそうな頭を必死に回転させて考えたが真下の連中に気づかれずにここを脱出するのはどう考えても無理だ。となると自分一人で素子を守りながら戦うしかないのだろうか。

そんなの無理だ。自分はまともに喧嘩《けんか》したことすらないのだ。

「ここで待ち伏せするしかない。は、入ってきたら、このライトでぶん殴ってやる。僕が食い止めるから、千良木さんは逃げて、警察に電話してくれ」怯え切った声で素子の耳に囁いた。

ゴト、という靴底が木の床を踏む音が階下で響いた。

敏郎は全身を耳にして聞いた。

足音からするとどうやら相手は一人らしい。となると勝ち目があるかもしれない。

「千良木さん？」

二人は飛び上がって驚いた。

「千良木さん、上にいるの？」なおも声が言う。

信じられない。

あの声は藤咲あゆみではないか！

「あ、あゆみさんですか？」

敏郎は恐怖で掠《かす》れた喉《のど》を精一杯震わせ、階下に向かって呼びかけた。

「あれ、青柳さんもいるの？　何やっているのよ、こんな所で」

階段が軋《きし》み、足音がズンズン向かってくる。

敏郎はその音に向けてマグライトを点灯させた。

光の輪の中に目を細め、しかめ面《つら》したあゆみが立っていた。


「驚いたわよ。あんな所に車が止まっているから不思議に思ってよく見たら、昨日家に来た千良木さんの車でしょ、後ろのシートにピンガのぬいぐるみが置いてあったから覚えてたんだ。なんで千良木さんの車がこんな所にあるんだろうって思ったら心配になっちゃって、それで、恐る恐る家に入ってみたの。そしたら青柳さんまで……一体何をしてたの？」

あゆみは訳がわからないという顔で二人の顔を交互に見て一気に喋《しゃべ》った。

「恐かった……」素子は胸を押さえながら、折り畳み椅子に座って深呼吸を繰り返した。

「それより、どうしてあゆみさんは……こんな所に何の用があって来たんですか？」

敏郎の心臓の鼓動もまだ鎮まらない。

「ああ、あたし？　この先にある飲み屋さんへ行くところだったの」

「飲み屋なんてあるの？　こんな場所に」素子が、信じられないというふうに言った。

あゆみは得意げな顔で、

「それがあるんだな、ここから目と鼻の先に、すっごく渋い飲み屋があるんだ」

「一人で行くんですか？」

敏郎は、あゆみが飲み屋で一人静かに飲んでいる場面を想像して、らしくないと思った。

「うん、その店は一人で静かに考え事しながら飲むのにすごくいい店なの。最近、ちょくちょく行ってるんだ。ね、丁度いいわ。今から三人で行かない？　ちょっとした食事も出してくれるよ」

物置き小屋に毛が生えたような小さい平屋のドアの前に『蜘蛛《くも》の巣』と書かれたキャスター付きの看板が出ていたが、電気は点《つ》いていない。

「お休みじゃないんですか？　看板、消えてますよ」

店の前に車を止め、車から降りた素子があゆみに言った。

「看板が出ているってことは営業中ってこと。電気が消えているのは電球を取り替えていないからなの」

あゆみはそう言うと、いかにも慣れているふうに、茶色の塗装が剝《は》げてささくれだったドアを開け、中へ入っていった。

敏郎と素子は心配そうに顔を見合わせ、仕方なく後について店に入った。

店は外以上に暗かった。天井からぶら下がっているたったひとつの白熱灯の弱い光が、日曜大工で作ったような粗末なL字形のカウンターを幻のようにぼんやりと浮かび上がらせている。

そのカウンターの椅子に座っているあゆみもまた、敏郎には非現実的に見えた。

「おじさん、今日は友達連れてきたの」

あゆみがカウンターの奥の暗がりに向かって言った。

「へえ、珍しいね」

囁くような男の声が暗がりから聞こえた。白熱灯の光は男の輪郭をかろうじてぼんやりと見せるだけだ。

「ねえ、こっちおいでよ」あゆみが二人に手招きをする。

二人は緊張しながらあゆみの傍に行った。近づくにつれ、男の手とグレーのシャツの袖《そで》が見えた。

「お邪魔します」敏郎は申し訳なさそうに言った。

「ほお、こりゃまた可愛いお嬢さんですねえ。嬉しいや」

素子が小さな声で今晩は、と言って軽くお辞儀した。

敏郎は無視されたように感じ、ちょっと傷ついた。

右から敏郎、素子、あゆみの順にカウンターに座った。

あゆみは車で来たというのにウイスキーの水割りを注文した。ここに来たときは帰りはいつも飲酒運転していると平然とした顔で言った。

敏郎と素子は冷たいウーロン茶を注文した。ウーロン茶の入った細長く、底の厚いコップには、大きな角氷が二つ無造作に突っ込まれていた。

「すみません、お腹空《なかす》いたのでお握り作ってくれます？」

あゆみが男に言い、男がウー、という妙な声で返事をした。

あゆみは二人に向き直り、好奇心剝《む》き出しの目で、敏郎と素子があんな廃屋で何をしていたのか訊《き》いてきた。

敏郎はさりげなくマスターに目をやり、それからあゆみに、彼は大丈夫なのか、と目で訊いた。

「平気、口の固さはあたしが保証する」

どの程度信頼できる保証なのかわからないが、とりあえず信じることにした。

素子を見ると、まあ、大丈夫じゃないかしら、とこれも目で応《こた》えた。

敏郎は本当のことを言うしかなくなった。藤咲町長は四人だけの秘密にしておくべきだと言ったが、あゆみなら五人目に加えてもいいだろう。町長の娘なのだから秘密だって守れるはずだ。

素子が、松田議員と自分がおかしな転入者のことに気づいた所から話し始めた。

「はい、お握り」

ソフトボールの球みたいにでかい焼きお握りが三つ、丸皿に載せられてカウンターの上に置かれた。皿の端には黄色いたくあんが四切れ、焼きお握りにそっと寄り添っていた。仕事を済ませた男は、カウンターの奥の丸椅子に座り、存在を消した。

なるほど、一人で飲むには良い店だ、敏郎は思いながら、話している素子の横で焼きお握りを食べた。ただの焼きお握りではなく、中に鮭《さけ》のほぐしたのが入っていてなかなかうまかった。

話が絹田マンションのことになると、あゆみの顔に、単なる好奇心以上の強い関心が現れた。

素子と敏郎が二人でマンションの監視をしていたとわかると、やっとあゆみは納得したという顔になり、言った。

「そうかぁ、そういうことだったんだね。あたしてっきり、千良木さんと青柳さんが、あの家でこっそり会っているのかと思って、とんでもない邪魔しちゃったのかと……」

「違う違う違う」素子があわてて否定した。

三回も言わなくてもいいのに、と敏郎は少し残念に思った。

あゆみは笑いながら、「そうよね、いくらなんでも出会ったばっかりで早過ぎるし、仮にそうだとしてもわざわざあんなとこでしなくてもねえ」とドキリとするような事を言った。

それからあゆみは先日、飲んで家に帰る途中で目撃した、通りをぞろぞろと歩く異様な集団の話をした。

「アパートの住民達が絹田マンションに、集会か何かで集まるため向かっていたのかもね」

素子が敏郎を見て言った。

「ねえ、おじさんもあそこのマンションから変な音楽が流れてくるのを聞いたんだよね」あゆみはカウンターの奥で雑誌のクロスワードを睨《にら》んでいる男に声を掛けた。

「うん」男の返事は極めて素っ気無かった。

ますます訳の分からない連中だと敏郎は思った。

「連中がここまで徹底して閉鎖的だと、どこから正体を探っていっていいのかわからないよ」つい弱音が出てしまう。

「本当に何なんだろうね」あゆみは相槌《あいづち》を打ち、焼きお握りを両手で持って三角形の天辺にパクリと噛《かぶ》りついた。

素子は左手に持ったお握りを右手で小さく千切《ちぎ》って、少しずつ口に運ぶ。それぞれ魅力的で可愛い仕種《しぐさ》であった。

「ああ」素子が突然声を上げた。

「どうしたの」敏郎が訊く。

「ああ、あたし、馬鹿《ばか》だわ。なんでこんなこと……」

「ねえ、何がどうしたのよ」あゆみが急《せ》かす。

素子は両脇《りょうわき》の敏郎とあゆみの顔を交互に見てから、椅子《いす》をスッと後ろに引いた。それは敏郎とあゆみのどちらの方を見ながら話すべきなのか一瞬迷った末の行動に思えた。

「松田さんが話していた土地のことを思い出したの」

「土地って開発用地の事？」

敏郎が訊くと、素子は顔を横に振り、

「違うの、その隣の君塚さんの土地」

「あいつの土地が何か？」

「もう君塚さんの土地でなくなってたら？」

そう言われても、敏郎には素子が何を言いたいのかよくわからなかった。

「私と松田さんはね、君塚さんが自分の持っている土地の隣にテーマパークができるのが嫌だから、裏で手を回しているんじゃないかと勝手に考えていたの。でも、そう考えるのじゃなくて……例えば……ある人達が、あの土地を君塚さんから売ってもらったか、譲ってもらったかしたとする。その人達はその土地で何かをしようとしているんだけど、もうすぐ隣の開発用地にテーマパークができることを知る。その人達は、理由はわからないけど、隣にそんなものが建つのは困るわけ。で、どうするかというと、その土地の元所有者だった君塚さんに頼んで請願の紹介をしてもらった。そう考えてもいいと思わない？」

「まあ、いいかもね」

あゆみが相槌を打ったが、素子がどうしてそんなに興奮しているのかがわからないという顔だ。

「つまりね、私が考えたのは、登記所に行って、あの開発用地の隣の土地の所有者が誰なのか調べてみたらいいんじゃないかってことなの。もし土地の所有者が君塚さんじゃなくて、誰か他の人の名義に変わっていたとしたら、あのマンションに住んでいる人達とその持ち主に何か繋《つな》がりがある筈《はず》よ」

「頭いい！」あゆみが素直に感心して言った。

どん詰まりの状態から一気に道が開け、敏郎は興奮気味だった。

「そうだ、そうしよう。月曜日、千良木さんは仕事だから、僕が行って調べてくるよ」

「それより、何かわかったらすぐに電話して。裏にケイタイの番号も書いておくから」

「勿論《もちろん》。仕事が終わった後で、駅前に来てよ。そこで待っているから」

「お願いしていい？」


『蜘蛛の巣』を出たのは八時少し前だった。

「あゆみさん、本当に大丈夫？」素子が心配そうに訊いた。

「大丈夫、今日はたったの二杯しか飲んでいないんだから、素面《しらふ》と同じよ」

「駄目だよ、僕が運転するよ」敏郎があわてて言った。

敏郎とあゆみが、あゆみのフィガロに、素子は自分のプリウスに乗って出発した。素子の家の近くで二台の小型車は互いにクラクションを鳴らして別れた。

「ねえ、青柳さん」

あゆみの自宅に向かう途中で、助手席のあゆみが話しかけてきた。

「何？」

「あたし、邪魔だったでしょ。ご免ね。あたしが現れなければ、二人きりで夕食を楽しめたのにね」

「いや……そんな……」敏郎は歯切れ悪く答えた。

「千良木さんて、青柳さんのこと好きなんだと思うよ。見ててわかったもん」

「そうかなあ……」敏郎はわざとらしく首を傾《かし》げて言ったが、内心は空まで舞い上がっていた。しかもその空は色とりどりのサイケデリックだ。

あゆみが敏郎の腕を指先でつついた。

「とぼけちゃって。あ～あ、いいなあ」

「あゆみさんだって彼氏いるでしょう」

あゆみはホッとため息をついて黙ってしまった。

「なるほど、その通りですね。私もあの土地は依然として君塚氏の物だと思い込んでいた。いいところに気づいてくれました。ありがとう」

敏郎の報告を聞き終えると、町長は言った。

藤咲町長は今日一日休むことなくさまざまな人の元へ賛成投票のお願いに回っていた。住民投票には公職選挙法が適用されないためにこうした戸別訪問が可能なのだと説明してくれた。

「青年団の方達も概《おお》ね好意的です。地元の環境保護団体の方々とは自然保護の観点からじっくり話してきました。私は今日初めて知ったのですが、あそこの森はオオルリという夏鳥の繁殖地になっているそうなんです」

「反対されましたか？」

「最初はね。ですが、テーマパークの駐車場を二階建てにして、面積を大幅に縮小することを私の方から提案したら、向こうもやや態度を軟化させましたよ。粘り強い説得を続ければなんとかなると思います」

やるなあ、と敏郎は頼もしく思った。

「まずいのは青少年育成会です。見事に会長に嫌われてしまいましてね。最近とみに増加している少女達の売春について、町が罰則を含めた売買春禁止の条例作りを怠っているということで、テーマパークなんかよりも早く条例を作れと叱《しか》られてしまいました。小中学生の子供を持つ親御さんに大きな影響力を持つ人だけに、ちょっと痛いかもしれません。後日改めて説得に伺います。それから来週中には『質疑応答の会』を役場で開き、そこで町民から『坂巻ダークランド』に関する質問を受けつけるということもやるつもりです」

町長は町長で懸命に頑張っている、自分も頑張らなくてはと敏郎は気を引き締めた。

9

「素子、3番に電話。青柳さんて人から」

同僚の永野が素子に言った。

素子ははやる気持ちを抑え、自分のデスクの電話を取った。

「お電話替わりました、千良木です」ややかしこまって言う。

――千良木さん、わかったよ。

敏郎の声が耳に飛び込んできた。おといの夜別れてから一日半しか経《た》っていないというのに、妙に長い時間が経ったような気がした。

「どうでした？」傍らのメモ用紙を引き寄せて訊く。

――千良木さんの言った通り、名義が変わっていたよ。あの土地はもう君塚議員の土地ではなくなっているんだ。それもつい最近ね。新しい所有者は、東日本プランニング株式会社。

素子はその名前をメモに書き取った。

――僕はこれから、図書館で企業総覧を見たりしてこの会社のことをできるだけ調べてみるよ。

「ありがとう、お願いします」

――あの、それから。

「はい？」

――今日、一緒に夕ご飯食べない？

はにかんだ敏郎の顔が目に浮かんだ。そんな彼の顔を何度も見ているうちに、自分はいつのまにか好意を抱いていた。

「いいですよ」

――良かった、じゃあ、六時に駅前でいい？

「ええ、わかりました。また何かわかったら、その都度連絡してください」

――うん、それじゃあ。

受話器を置いた瞬間、向かいの永野と目が合った。

永野は声に出さず、口の動きだけで〝誰？〟と訊いた。その目はまん丸と大きく、恐いほど好奇心に溢《あふ》れていた。

「いいの」素子は囁《ささや》いて、追及をかわした。

ガタン、と背後で大きな音がしたので、素子はギクリとした。

後ろを振り返り、愕然《がくぜん》とした。

高坂課長がデスクに突っ伏していた。筆立てが床に落ちて転がった。湯飲みが倒れ、お茶がこぼれた。

高坂がグッ、とくぐもった声を上げた。嗚咽《おえつ》をこらえているようだった。

素子の背筋に寒気が走った。

職場の空気が凍りついた。全員が高坂に注目する。

「……課長？」永野が恐る恐る声をかけた。

高坂の突っ伏した肩が小刻みに震えていた。

高坂は今朝から様子がおかしかった。先週は上機嫌だったのに、まるで別人のように顔面を強《こわ》ばらせ、一言《ひとこと》も口をきかなかった。爆発しそうな感情を抑えているのがありありと見えた。そしてついに切れたのだ。

高坂はもう一度「おぐっ」、という妙な声を喉《のど》の奥から搾《しぼ》り出すと、顔を上げた。充血した目に涙が溜《た》まっていた。掌《てのひら》で顔を拭《ぬぐ》うと、ガバッと起き上がり、猛烈な勢いでドアを開け、部屋から出ていった。

男性職員が席を立って、ドアまで行き、廊下を覗《のぞ》いた。そして顔を部屋の中に向け、その場にいる全員の顔を見渡し、どうなっちまったんだ？　と言いたげな顔をした。

素子も席を立ち、床に落ちた数本のペンと筆立てを拾い上げ、お茶が水溜まりを作っている机の上の隅に置いた。

机の上に何かの書類が置かれていた。お茶が染《し》み込んで濡《ぬ》れたその書類の余白に、右斜め上がりに殴り書きされた文字が見えた。

清美　清美　清美　清美　清美
最後の清美という字は力を入れすぎたために紙が破れていた。

見てはいけないものを見てしまった気がして、素子は目を逸《そ》らせた。

10

敏郎は長野の市立図書館に入り、がらんとした閲覧室で昨年度版企業総覧や会社情報などの本数冊で、東日本プランニング株式会社という会社の名を索引から探していった。最初に手にとった企業総覧には載っていなかった。二冊目の会社便覧で見つけることができた。

東日本プランニング株式会社の本社は東京都新宿区大久保。創立は昭和六十二年。業務内容は土地の有効利用に関する相談及び開発援助となっている。資本金は六百万。社長は金谷頼子という女性だ。従業員は二十名。

これだけの情報では何も見えてこない。

ならば電話してみればいい。敏郎はそのページをコピーすると本を返し、閲覧室を出た。

一階の公衆電話を使って電話したが、十五回鳴らしても誰も出ない。留守録のメッセージも流れない。

いきなり手詰まりかよ。敏郎はがっくりとした。

いや待て、何か他にもできることがある筈《はず》だ。

考えていたら、ふと、以前勤めていた会社のことが頭に浮かんだ。

敏郎が勤めていた会社は都内全域でマイライン契約ローラー作戦を行っていたから、当然、東日本プランニングにも契約の案内をした筈である。もし契約のアポイントメントが成立したのなら、営業マンがその会社を訪問している筈だ。訪問して実際中に入った営業マンに訊《き》けば、何かわかるかもしれない。

そこまで考えて気が重くなった。あの嫌な嫌な会社の、かつて在籍した営業部に電話しなくてはならないのだ。特に上司の谷田を思い出すと、胃の辺りに不快感を覚えた。しかし、手がかりが摑《つか》めるかもしれないのに、それを怠けるわけにはいかない。町長が懸命にやっているのだ。自分も懸命にやらなくては。

緊張しながら、東京のライトアロー通信の営業部に電話をかけた。

――ありがとうございます、ライトアロー通信の営業部の福井です。

あっ、福井だ、と敏郎は驚いた。敏郎のかつての同僚だ。口臭い谷田が出なくて助かった。

敏郎が名乗ると、福井はおお、と大袈裟《おおげさ》な声を上げた。

――久しぶりじゃんか、どうしてる。

その声には、仕事に耐え切れずに辞めた敏郎に対する蔑《さげす》みの感情はなかった。気のいい福井だからこそと言える。

「まああってとこかな。ところで谷田さんは?」

——ああ、先週入院しちまったよ。胃潰瘍《いかいよう》と痔《じ》とポリープの手術をいっぺんに受けるそうだぜ。

ザマアミロ! と喉まで出かかった声を飲み込み、敏郎は続けた。

「今、当然忙しいよな」

——たった今、出先から戻ったところだ。営業の連中は皆出払っていて、俺以外にはアポインターだけだ。

「迷惑を承知でお願いしたいことがある。すぐに済むことなんだ」

——なんだよ、改まって。

「ある会社のデータを見たいんだ。その会社がウチ、じゃなくてライトアロー通信と契約をしているか知りたいんだ」

——……それは会社の内部情報を漏らすことになるぜ。

福井が声をひそめて言った。

「日本酒五本でどうだ? 長野県産の逸品だぞ」敏郎は食い下がった。酒好きの福井なら食指が動くはずだ。

——お前、長野にいるのか?

「ああ、そうだ。頼む、絶対に悪用したりしないし、死んでもお前の名前を出さない。

だから……な」

──まず二本送れ、着いたら考えてやる。

「そんな悠長《ゆうちょう》なことやってる場合じゃないんだ。ありとあらゆる特産品贈ってやるからやってくれよ」

──……わかった。その会社の名前は？

いかにも気乗りしないふうに福井が訊いた。

「東日本プランニング株式会社。大久保に本社がある」

──東日本……プランニング……とね。

カチャカチャというキーを叩《たた》く音がして、すこしの沈黙。

──あった。今年の一月にウチと契約している。

「契約を取り付けた社員は誰だい？」

契約年月日の横に契約を取り付けた社員の六桁《けた》の個人コードが入力されている筈である。

──709033。誰だろう。

「タイムカードを見りゃわかるだろう」敏郎はじれったくなった。

──よく知ってるじゃんか。

福井は言い、また少しの沈黙。

――美蒲さんだな。

敏郎は覚えていた。美蒲は営業部の先輩女性社員だ。美人とは言いがたいが、性格は悪くない。

何らかのおりに彼女から名刺をもらったことがあったのだが、東京を出る時に全部捨ててしまったので連絡は取れない。

「美蒲さん、今、外回りだろう？　携帯の番号教えてくれよ。彼女に訊きたいことがあるんだ」

――おい、データを見るだけって言っただろうが。

「お前から教えてもらったって言わないからさ。本当に、これが最後のお願いなんだ」

――お前、会社辞めてからずうずうしくなったな。いいよ、どうせ極秘ってわけじゃねえんだから。

福井が言う番号を書き取り、礼を言うとさっさと切ってしまった。即座に美蒲に電話する。

――おお、青柳君じゃん！　どうしたの？　今、何やってんのよお。

変わってないな、敏郎はしみじみとした気分になった。自分の生活が激変しているのに、皆は淡々と変わらぬ生活を繰り返している。

「ちょっと美蒲さんに訊きたいことがあるんです。今年の一月に、大久保にある東日本プランニングという会社に利用契約書を取りに行かれましたよね。その時のことを聞かせてもらえませんか」

美蒲は戸惑った声で、

――ええ？　いきなりそんなこと言われてもねえ、ちょっと待って……東日本プランニング……ああ、ああ、思い出した。行ったわよ、確かに。

「どんな会社でした？」

――いや、別に普通の会社だよ。

「何となく胡散《うさん》くさそうだとか、そういった印象はありませんでしたか」

会社回りをしている営業マンは半年もすると、社員がほとんど人間扱いされていない会社や人間関係が円満な会社、或《ある》いはヤクザが絡《から》んでいそうな会社、そういったいわば会社の〝匂《にお》い〟とでもいうものを自然と嗅《か》ぎ分けられるようになるものだ。

――いや、別に。あたしが行った時、社員は皆出払ってて、電話番の女の子が二人いるだけだったわよ。

美蒲はそれ以上のことは思い出せなかった。敏郎は自分のことは何ひとつ話さずに礼を言って電話を切った。

こりゃ自分で行ってみるしかないかな。敏郎は思った。

「明日、東京へ戻って、大久保にあるその会社まで行ってみようと思うんだ」

敏郎は素子に言った。今日の素子はグリーンの半袖《はんそで》ニットに白のスカートという格好だった。

長野市から戻った敏郎は、素子と待ち合わせして、素子が気に入っているという『トキ』という洋食屋で夕食を取った。松田議員とも入ったことがあるという。

「日帰りで？」と素子が訊く。

「うん、早く済めばね」できればその日の内に帰ってきて、また素子と会いたかった。東京にはもはや何の未練もなかった。

「じゃあ、今日は早く帰って寝ないとね」

素子が微笑《ほほえ》んでいった。

「そんなことないよ。新幹線の中で眠れるから」

「でも、寝坊したらまずいでしょ」

「それは絶対にない。町長の隣の家に凄《すご》い鶏がいて、夜が明ける前から死人でも目覚めるほど馬鹿《ばか》でかい声で鳴くんだ」

だからもう少し一緒にいよう、と心の中で言った。

「この町の人って夜はどんな所で遊ぶの？」

「遊ぶ所？　大してないわね。若い子達は改造車飛ばしたり、免許持ってない子は商店街にあるカラオケ屋とかゲームセンターへ行ったり、車があれば隣町のボウリング場まで行ったりとか。そんなものよ、田舎町だもん。どこか遊びに行きたいの？」

「いや、別にそういうわけじゃ……ただ、なんとなく散歩でもしてみようかな、と思って」

「ここから車で十分くらい行った所に、宝仙沼自然公園ていう公園があってね。沼の回りにお散歩コースがあるよ。皆、よくそこでジョギングとか、犬を連れて散歩とかしてる」

「ホウセン沼？」

「うん、宝に仙台の仙て書いて宝仙」

「へえ、綺麗《きれい》な名前だね、宝仙沼なんて……行ってみたいな」

「行ってみる？」

素子が敏郎の目を覗き込むようにして言った。

敏郎は素子の瞳《ひとみ》の中に決意を見た思いがして、嬉《うれ》しさを通り越してゾクゾクとした胸騒ぎを覚えた。

宝仙沼の散歩コースには夜でも結構人がいた。外灯の数も多くて想像していたよりも明るい。だからこそ素子は安心して敏郎を誘えたのかもしれなかった。

敏郎が右、素子が左で並んで歩いていると、犬を連れた人とたくさんすれ違った。大型犬が多いのはやはり飼うだけのスペースがあるということなのだろう。

沼を一周する頃にはどちらからともなく手を繋《つな》いでいた。

こんなふうにして好きな女の子と手を繋いで歩くなんて本当に久しぶりだった。いくつかある二人掛けベンチがすべてカップルに占領されていたのが少し残念であった。

いつになく近くにある彼女の横顔を何度もちらちらと見ながら、目に焼き付けた。後で鮮明に思い出せるように。

夢見心地で町長の家に帰ると、敏郎は今日調べたことを町長に報告し、明日東京へ行くつもりだと言った。

「そうですか。では私の方から調査費用ということで、いくらか出しましょう」

「転入してきた連中の正体がわかったら、どうするつもりなんですか」

「元からこの町にいる反対派住民に知らせます。転入者達がこれほど警戒しているのは、彼らが、正体がわかると町の誰もが反撥《はんぱつ》するような後ろ暗い集団だからです。そんな後ろ暗い連中の口車に乗せられているのだとわかったら、皆、翻《ひるがえ》って賛成派につくでしょう。あざといやり方かもしれませんが、勝つためです。ですから反対派住民を納得させるだけの確かな証拠が必要なのです。証拠なくして騒ぎ立てると単なる中傷になり、こちらのイメージを悪くするだけですからね」

「あまり自信はありませんが、とにかくやれるだけやってみます」

「お願いいたします」町長はかしこまって敏郎に頭を下げた。

11

一晩中素子のことばかり考えていた。真っ白な部屋の真っ白なベッドの上で素子と優しくも激しく愛し合う想像を始めてしまうと、頭がカッカとしてきて、まったく眠ることができなくなった。悶々《もんもん》としながら激しく寝返りを打っている内に心身ともに疲れ切り、明け方近くになってやっと眠ることができた。

夢うつつの中で、頬にひんやりと冷たくて湿ったものが押し当てられるのを感じた。それで目覚めた。

目を開けると毛むくじゃらのフリオの顔が視界いっぱいに広がっていた。敏郎がビクッと痙攣《けいれん》すると、フリオもギクリとして後ろに飛びのいた。

ゴゲエエエ！　ゴケゴケ〜〜〜〜！

また始まった。そのヤケクソ声は寝不足の頭にガンガン響いた。

今朝はあゆみが出勤のついでに坂巻駅まで敏郎を送ってくれた。

「あの鶏、凄《すご》い鳴き声でしょ、あたし、あいつにコケゾウって名前をつけたの」

あゆみは敏郎とは対照的にすっきりとした顔で、楽しそうに言った。

半分眠っている敏郎はあゆみが何を言っても、アア、とかウウとか生返事をするだけだった。

「もお、しっかりしてよ。夜中に素子さんとエッチする想像してたんじゃないの？」

その言葉で敏郎はやっと目を覚ました。

「してたでしょ」

あゆみは言って、笑った。


電車の中ではひたすら眠ったので、東京についた頃にはどうやらまともな体調に戻っていた。

三日間東京を留守にしただけなのに、敏郎にはもうなんだか街がよそよそしく感じられた。自分の心がもう東京にはないということなのだろうか。

住所を頼りに東日本プランニングを探し当てた。

灰色の五階建てビルの三階にその会社は入っていた。入り口脇《わき》の植え込みの傍に立ち、携帯電話で東日本プランニングに電話した。

やっぱり誰も出なかった。留守番電話のセットもされていない。

「そんな会社あるかよ」敏郎は呟《つぶや》き、ビルの中に入っていった。

エレベーターで三階まで上る。エレベーターホールに出ると、正面の壁に右向き矢印と東日本プランニングという会社名が書かれたプラスチックボードが張り付けてあった。このフロアーには東日本プランニングともう一社別の会社が入っていて、そちらは左側にある。そちらの方からは人の話し声や電話の音が聞こえるのだが、右側はまったくの静寂だった。

もぬけの殻か？

意を決して右側に向かって歩き始める。最初の角を右に曲がると、閉ざされたドアが現れた。ドアには金色に黒字で東日本プランニングと書かれたボードが張ってある。ノックしてみたが返事はないし、第一まったく人の気配が感じられない。

一旦《いったん》引き返して、エレベーターホールに戻る。しばらく待つと隣の会社から背広姿の中年男が二人出てきた。下向きのボタンを押してエレベーターの前に立つ。

「すみません」敏郎は二人の男の背に声をかけた。

男達は振り返った。

「お隣の東日本プランニングに用があって来たんですが、誰もいないんですよ。今日はお休みなんでしょうか」

背が高く、髭《ひげ》の濃い男が警戒したような目で、

「さあねえ、隣の会社のことまでは……でも年中休みみたいなもんだよ」

「年中休みですか？」

「だって俺、誰かが出入りするの見たことないもん」

隣の小柄な出っ歯男が続けた。

「俺は二回くらい見たことあるよ。書類持った女が入っていくところをね。あんた何の用で来たの？」

「あ、いや……注文された品物を届けに」

その時、エレベーターが到着し、二人の男はそれに乗って下へ降りていった。

どうやらここで待っても何も起こりそうにない。

ならば社長の家に行ってみるか。社長の金谷頼子の家は杉並区の高円寺にあるのでここからそう遠くない。

１０４に電話して、金谷頼子の家の住所を告げ、電話番号を教えてもらおうとしたが、登録されていないらしく、わからないと言われてしまった。

今度は坂巻町役場にいる素子に電話した。女の職員が出て、千良木は今、電話中ですと言われた。仕方ないので、素子の携帯電話に掛けて、これから金谷頼子の家に行くのでもしかすると坂巻に戻るのは大分遅くになるかもしれない、というメッセージを吹き込んだ。

金谷頼子の自宅は白いコンクリート吹きつけの、屋上つきの大きな二階家だった。周囲にはこぢんまりとしたアパートが多いので余計に目立った。

正面から見ると、家のすべての雨戸が閉ざされていた。

正面から見て右側、背の高いアーチを取り付けた両開きの門の隣に、車二台分の幅を持つ車庫がある。車庫は敷地の角になっていて、そこを左に曲がると、細い路地が住宅街の奥へと続いている。敏郎はとりあえず、家の横手をゆっくりと歩いた。塀は敏郎の顎《あご》の下くらいの高さで、塀の内側に植えられた高さ3メートルほどの木の列が視界を遮っている。約25メートル歩くと塀は途切れ、隣の家の塀になる。立ち止まり、踵《きびす》を返して戻る。

もう一度、正門を通って今度は家の左側を見る。

木と木の間からレンガ敷きのテラスを備えた広い庭が見えた。テラスからつながっている部屋の雨戸もやはり閉まっていた。

ここも留守か。敏郎はほっとため息をついた。また正門に戻る。

門の脇の郵便物投入口に目が吸い寄せられる。

覗《のぞ》いてみるか。途端に周囲が気になり、キョロキョロと見回すが、通りは静かで誰も歩いていない。

銀色の投入箱の蓋《ふた》を右手の指先で押し、すかさず顔を近づけ中を覗き込んだ。暗くてよく見えないが、ピザ屋の広告と、白と茶の封筒が一通ずつ入っていた。

こんなことして大丈夫かよ。目眩《めまい》が起きそうなほど心臓の鼓動が早くなる。

背後で車のエンジン音が聞こえたので、ぎくりとして後ろを振り返ると紺色のセダンがまさに急停車する瞬間だった。ドアが開き、二人の若い男が駆けてきた。

「何やってんだ、この野郎」

擦り切れたジーパンに黒の安っぽいブルゾンを着た男が、目を吊《つ》り上げ、顔を怒りで歪《ゆが》めて凄《すご》んだ。

薄茶色のチノパンに緑のポロシャツ姿のもう一人の男が、逃げ路を塞《ふさ》ぐべく、ブルゾンの男から2メートルほど離れた位置で止まった。目が冷たくサディスティックな光を放っていた。

敏郎の顔面から血の気がサーッと引いていく。二人の男が発散している凶暴な雰囲気は並みの恐ろしさではなかった。

「あ、あ」それしか声が出せなかった。

黒いブルゾンの男が右手に持った物を敏郎の顔に向けた。

シューッと勢いよく無色の気体が顔に吹きつけられ、目の中に白い霞《かすみ》がかかった。鼻の奥と眼球が焼けつくように痛くなり、涙がとめどなく溢《あふ》れた。燃えるような痛みは喉《のど》の奥まで伝わり、呼吸すらできなくなった。まっすぐ立っていることができず、前のめりになり、顔からもろに地面にぶっ倒れる。額の真ん中で凄《すさ》まじい爆発が起き、天地の区別もつかなくなった。身悶《みもだ》えしながらとめどなく咳《せき》こむ。

背後から右の肩を、腕が千切《ちぎ》れて吹き飛びそうな勢いで硬いブーツか何かの底で蹴飛《けと》ばされた。肉が潰《つぶ》れ、中で血管が破れた。次の瞬間には左のスネに何か金属の棒が振り下ろされた。体の全神経を破壊するほどの激痛で脳味噌《のうみそ》が膨張し、破裂しそうになった。視界が赤く染まり急速に狭まった。耳はキィーンという硬い金属音で満たされた。全身から冷や汗が噴き出し、あらゆる骨が軋《きし》み、筋肉の繊維一本一本が泣き叫ぶ。悲鳴を上げようと開いた口からは僅《わず》かな空気とよだれしか出なかった。

シャツの襟首を掴《つか》まれ、無理矢理引き摺《ず》られた。

殺される。

全身が溶岩のように熱く燃えても、心臓は氷よりも冷たく縮こまった。

「なんだ、てめえ！」

耳栓をして聞くように、あのブルゾン男の怒鳴り声がくぐもって聞こえた。襟首を掴んでいた手がパッと離れ、敏郎は左側頭部を地面に強く打ち付けた。ゴツッという音と共に意識が一瞬遠のく。

「うおぉ！」別の男の声も聞こえた。

倒れている自分の周囲で何かが目まぐるしく動いている気配を感じたが、それどころではなかった。

敏郎の脇腹に誰かの頭が勢いよくぶつかったので、吸い込みかけた空気がまた叩《たた》き出された。目が遠心分離機にかけられたように回る。視界の隅に金属の棒を振り上げている男の姿が映った。ブルゾンの男でもポロシャツの男でもなく、三人目の男だった。

数本の脚が敏郎の霞んだ目の前で入り乱れる。自分の流した鼻血でアスファルトの路面に血溜《ちだ》まりができていくのもぼんやりと見えた。

グシュッという水っぽい嫌な音がして、敏郎の頭に誰かの生暖かい反吐《へど》の飛沫《しぶき》がかかった。

二本の腕が両脇に差し込まれるのを感じた。体が一瞬軽くなる。

次の瞬間、誰かの腕が敏郎の両足首を持ち上げた。捩《ね》じ切られるような痛みに打たれた脚が絶叫する。

「そっとだ！　そっと」頭上で声がした。

耳を満たす甲高い金属音は吐き気を催させる低い振動に変わっていた。痛くて気が狂いそうなのに、悲鳴も、泣き声すら出てこなかった。息をする度に喉の中で何か大きな塊がつかえ、ひゅうひゅうという情けない音がした。

仰向けの姿勢で二人の人間に抱えられて運ばれた。鼻血が喉の奥から食道へとゆるやかに吸い込まれていく。

頭上に見える家々の屋根が、電線が、灰色の空が、流れていく。

右腕の付け根、左のスネ、左側頭部がそれぞれ独自に大きく脈打つ。特に脚は、まるで皮膚と筋肉を切り裂かれ、剝《む》き出しになった骨を万力で潰されているみたいだ。

痛み以外の感覚はすべて消え失《う》せたかに思えても、不思議なことに目尻《めじり》から溢れた涙が、こめかみから耳の脇へと伝わっていくのを感じることができた。

ひでえよう。敏郎は心の中で訴えた。

12

目を開けた時、白い壁の部屋の中にいた。

頭上の蛍光灯の光が目を射て、目蓋《まぶた》を閉じた。目蓋を閉じても赤い光を感じた。再びゆっくりと細く目を開ける。

何の感覚もなかった。

まるで自分の存在が二つの目玉だけになってしまったかのように、体の存在感がない。その目玉も空中に浮いているみたいな感じがする。

「先生」頭の後ろで声がした。

それから蝶番《ちょうつがい》がわずかに軋む音、ドアがそっと閉じられる音が続いた。

まん丸い大きな頭が目の前にぬっと現れた。縁なし眼鏡の奥から敏郎の目を覗き込む。

「どこか痛みますか？」

口の中がねっとりとしていて、重い。喋《しゃべ》れないので首を横に振ってみた。その動作で、どうやら自分の体はまだあるらしいとわかった。

「青柳敏郎さんですね。免許証を拝見させてもらいました。ここは病院です。私は院長の梅岡といいます。ところで私の声はちゃんと聞こえますか？」

敏郎は肯定のしるしに頷《うなず》いた。

「あなたは催涙ガスを吸わされた上にひどい暴行を受けました。左脚の腓骨《ひこつ》にひびが入り、右肩を脱臼《だっきゅう》しました。他にも打撲傷をいくつか負っています。後で聴覚検査も行ないます」

痛みがないのが不思議だった。よほど大量の麻酔を投与されたのであろう。頭もぼんやりしている。

キーンという金属音が小さく聞こえ出した。

医者が視界から消え、今度は左側からもう一つ、男の顔が現れた。四十代の後半くらい、目の下に弛《たる》みがあり、血色の悪い薄い唇の右下に米粒大のホクロ、浅黒い顔の下半分は硬そうな短い不精髭に覆《おお》われている。造形的には美男なのだが、その顔に浮かんださまざまな感情の混在が精神の危うさを物語っていた。

この男は苦悩している、と一目《ひとめ》でわかった。

「喋れるのなら、君が何者で、あそこで何をしていたか教えてくれるかな」

男が硬質な声で尋ねた。穏やかな口調だが、底に厳しさが潜んでいる。

「あなたは……誰」

わずかな息だけで搾《しぼ》り出したその声にはまるで力がこもっていなかった。

「君の答え次第で敵にも味方にもなりうる者だ。まず君から答えるべきだ。助けてやったんだからね」

「あなたが、助けて……」

「そうだ、君を助けるために下手すると自分が捕まりかねない危険を冒したんだ」

金谷頼子の身辺を探っていたら暴漢に襲われた。その暴漢から助けてくれたのなら自分にとって敵ではない筈《はず》だ。

「話すと長くなるんですが」

「構わん、どうせ君はしばらくこのベッドから起きられないんだし、私も暇だからね」

「その前に、電話を……」

男は素っ気無く言った。

「まず話してからだ」有無を言わさぬ口調だ。

「僕が、何者かと言われると……何と答えていいのか……ただの無職男ですよ」それしか答えようがなかった。

「金谷の家の前で何をしていたのだね」

金谷頼子と東日本プランニングについて調べていたと答えると、男は興味を示した。

襲われた瞬間から時間を遡《さかのぼ》って、事件のそもそもの始まりまで説明し終えた頃には敏郎はくたびれ切って、目が回っていた。

「君の話が嘘《うそ》でないか確かめる必要があるな」

男は言い、立って部屋を出ていった。

敏郎は目を閉じ静かに息をした。

どのぐらい時間が経《た》ったのかわからないが名前を呼ばれ、起こされた。

「疑って済まなかった。君の言ったことが本当だとわかったよ」

男の厳しさが幾分和らいでいた。

「君が敵でないとわかり、正直に話してくれたので、私も自分の正体を明かそう。私の名前は臼田正浩。元某新聞社の社会部の記者だったんだが、今は君と同じ無職男だ」

「はあ……」

「昔の記者仲間に頼んで、いくつかの地方紙を調べてもらい、君の名前が載っているのを確かめてもらった。まず結論から言おう、君が調べていた金谷頼子という女だが、奴《やつ》はカルトの教祖だ。別名は天海原満流《あまみはらみちる》」

敏郎の頭の中に晴れ間が一瞬覗いた。マンションの連中があそこまで統制の取れた行動ができるのは連中がカルト信者だったからなのか。

「真道学院という団体のことを知っているかね？」

敏郎は顔を横に振った。

「だろうな、比較的新しいカルトだからね。私も自分の娘が入会してしまうまで名前も知らなかったよ」

男の目が曇った。

「真道学院はカルトだが、いわゆる新興宗教ではない。あくまで科学的トレーニングによって脳を開発して高次元の存在へと生まれ変わり、ゆくゆくは世界中の人間を高次元存在へと引き上げて人類救済を図ろうとしている団体だ。もっとも、神がかったカリスマがいて、そいつが絶大な権力を振るっていることに関してはその他の新興宗教団体と何ら変わりないがね。学院生の正確な数はまだ摑めていないが、最低でも数千人から一万人以上と見ている」

「そんな連中がまだいるんですね」敏郎は暗い声で呟《つぶや》いた。

「いるさ。日本のカルトは以前より多様化し、巧妙に社会に潜り込むようになった。見通しが暗く、狂った事件が日常茶飯事になっている今の日本の社会は相変わらずカルトにとって格好の温床だよ。私も奴らのことは自分なりにいろいろと調べた。奴らが坂巻にネストと呼ばれる学舎兼宿舎を造ろうとしているのは、金谷、天海原の出生が坂巻だからだよ。だが、奴らがそんな思い切ったことをしているなんてまったく知らなかったよ。私達の注意は大久保の広報センターと八王子のネスト、天海原の自宅、その三カ所だけに向いていて、その動きを察知できなかった」

臼田は悔しげに言った。

「私達……」

「ああ、一人の力ではどうにもならないので、私と同じように家族や親しい人を真道学院に奪われた者たちで構成された脱会援助団体のメンバーと行動しているんだ。さっきの梅岡さんもそのメンバーだよ。メンバー全員で情報収集、脱会プランの計画や実行、脱会後の社会復帰のケアなどを行なっているんだ。今は三十人程で、徐々に増えている」

最初に臼田を見た時、この男が苦悩していると感じたのは、それが原因だったのだ。

「臼田さんも僕と同じようにあの家を調べていたんですか」

「調べていたというより、監視していたんだよ。仲間と二人であいつの家を見られるアパートの一室を借りてね、交替で二十四時間態勢の監視をしていた」

そうだったのかと、敏郎は納得した。それで臼田が抜群のタイミングで自分を助けに現れたことの説明がつく。

「危ない所を救っていただいて、ありがとうございました」

敏郎は心から感謝した。もし臼田の登場が遅くて連中の車で運ばれていたら、今頃生きていなかったかもしれないのだ。そう考えると背筋が寒くなった。

「君を襲った二人は馬鹿《ばか》だ。私も何度かこっそり調べたことがあるが、重要な郵便物などはあの家には届かない。襲撃がなかったら、君はいくつかのチラシやDMを手に入れただけですごすご帰らざるを得なくなっていたはずだ。それなのに、血気盛んな奴らは君に襲いかかり、わざわざ金谷に対する疑惑を決定づけ、結果的に君と私たちを引き合わせることまでした。本当に大馬鹿だよ」

そう言う臼田の顔に皮肉な笑いが浮かんだ。

「東日本プランニングは……」

「その会社は真道学院が、名前を出しては具合が悪いような時に使う仮面みたいな物だ。社長が天海原、会社の幹部は学院の幹部でもある。会社としての実質的な活動はない」

事態の深刻さに押し潰《つぶ》されそうになる。五百人かそこらの学院生が一万五千人強の町を動かそうとしているのだ。

「早く知らせないと。奴ら、どんどん反対派の住民を取り込んで数を増やしているんです」

「奴らはもう土地を手に入れたんだろう？」

「ええ、そうです」

「なら、たとえその住民投票で奴らが負けても、ネスト建設はやめないだろうな。君や町の人達には気の毒だが、テーマパークよりも先にネストが建つことになる。ただ奴らにすれば隣にテーマパークがあると、そこで学ぶ学院生達を現実から隔離することが難しくはなる。だから妨害するんだ」

「あんな連中に僕のテーマパークを潰されたくない。冗談じゃないですよ」

「君が町長と直接のパイプを持っているということは大いに役立つ。それだけ早く行動に出られるからね」

「でも、反対派の人達を納得させるには、転入者達が確かに真道学院の学院生であるという証拠がないと」

「証拠なら、あるよ。転入者達のリストと、私達の脱会援助団体が持っている学院生のリストを照らし合わせればいい。一致する名前がいくつもあるはずだよ。私達の代表が町長を介して反対派の有力者に会い、説得に当たってもいい」

「いい考えだと思いますけど、その、あなた方のリストの名前だけでは数が少ないんじゃないかと……」

「なぜだい」

「だってメンバーは三十人だとさっき……」

「それはあくまでメンバーの数だよ。私達の団体は、どのカルトかということに拘《かか》わらず総合的な相談を受け付けているカルト相談センターという民間団体と繋《つな》がりがあって、そこからも情報が入ってくる。カルト相談センターは相談を受け、それが真道学院絡《がら》みだとわかると私達に連絡をくれて、その人を紹介してくれるシステムになっているんだ。そうやって手に入れた学院生の名前も合わせると二百人近いリストになる」

暗い海の底に沈んだ希望が再び明るい海面へと浮上してきた。

「やりましょう。早ければ早いほどいい。電話を」

「待ちなさい。訊《き》きたいことがある」

その言い方は敏郎だけでなく、自分自身の焦《あせ》りをも抑えようとしているみたいだった。

「藤咲町長だったっけ、彼の家族構成は？」

唐突に聞かれ、敏郎は戸惑った。

「二人暮らしです、町長と娘さんが一人」

「それだけ？」

「ええ、それだけです」

「じゃあ、昼間は町長の家には誰もいないんだね」

「ええ、いるのはペットの猫だけです。それが何か？」

「連絡の取り方を考えないとまずい。多分、町長の家は盗聴されている」

「盗聴？」敏郎は目を丸くした。

「そうだ。盗聴は奴らの常套《じようとう》手段だ。連中は敵対しているか、しそうな人間の家の中と電話に盗聴器を仕掛けて、そういう人間の動きを事前に察知するんだ。私も家と電話に仕掛けられたよ。昼間、留守になるような家だと盗聴器を仕掛けるのは簡単だ。ほぼ間違いなく盗聴されていると考えた方がいい。それから、町民課の職員だが、彼女は家族と一緒か？」

「いえ、一人暮らしです」

「なら、彼女の家も盗聴されているな」

素子が盗聴されている。家に帰って一人きりになった彼女の一挙一動に、彼女の穏やかな寝息に、じっと耳を澄ませている。想像しただけで髪の毛が逆立つような怒りが込み上げてきた。

「松田という女性議員は？」

「あの人は旦那《だんな》さんが自宅で花屋をやっていて、一日中家にいます」

「それなら、まずその松田議員に連絡しよう。盗聴はクリーンだろうからな」

13

——青柳さん！　あなた一体どうしたの、連絡が跡絶えてしまって皆心配していたのよ。

事故でも起きたんじゃないのかって。

「事故は起きましたよ。それで今まで電話できなかったんです。心配かけてすみませんでした。今、坂巻に向かっています」

敏郎は自分の身に起きたことを話して聞かせてから、これから大至急、町長の家と素子の家へ直接出向き、二人を車で外へ連れ出して、自分が坂巻に戻るまでに事情を説明しておいてもらうよう頼んだ。請願を求めて署名した人間のリストも忘れずに持ってきて欲しいとつけ加えた。待ち合わせ場所をどこにしてよいのかわからなかったので相談すると、松田議員は、隣町の警察署のすぐ傍にあるファミリーレストランではどうかと提案した。敏郎は電話を耳から離し、臼田に同意を求めた。

「それはいい、最高だ」臼田は感心して言った。敏郎から携帯電話をひったくると、松田議員に丁重な物腰で名乗り、話し出した。

「松田さん、車は最低でも二台に分乗してください。一台に三人全員乗ると、危険ですから……四人？……ああ、そうですね、一緒に行動した方がいいでしょう……まあ、そのための用心です。あくまで万一の話です……連中がどの程度過激な行動に出るか現段階では予測できませんが、最大限の用心をしていただきたいのです。それから難しいことかもしれませんが、尾行している車がないかもチェックしてください……その時はまいてください……ケース・バイ・ケースですよ。尾行されているのがわかったらまた電話して下さい。私がその都度指示しますから。それでは、よろしくお願いします」

電話を切ると、それを敏郎に返して、言った。

「頼りになる議員さんだな」

敏郎と臼田と梅岡医師、それに幡野《はたの》という臼田の仲間の四人で、幡野の車であるワゴン車に乗り、一路坂巻へと急いでいた。

敏郎は足を後ろに向けた姿勢で荷物室に横たえられた。鬱血《うっけつ》を防ぐために左脚の下には折り畳んだ毛布を三枚重ねて敷いた。

医師の梅岡はあと二日は敏郎を安静にすべきだと主張したが敏郎はどうしても行かなければならなかった。梅岡はしまいには折れ、自分が同行して麻酔や薬の投与を行なうことを条件に坂巻行きを承諾した。

幡野という男は敏郎が学院生に襲われた時、臼田と一緒に戦ってくれた男だった。激痛にのたうち回っていた敏郎には幡野の顔にまったく見覚えがなかった。

「あの時はひびの入った君の脚をうっかり折ってしまうところだったよ。すまない」

幡野はそう言って詫《わ》びた。幡野は敏郎より二つ年上で、妹を真道学院から取り戻すために臼田と共に行動していた。

敏郎には長い長いドライブだった。車体から伝わってくる不快な振動に脂汗《あぶらあせ》を流しながら耐えていた。寝返りが打てないので背中がつらかった。ギプスをはめた脚、同様に厳重に固定された右肩、それに皮膚に擦過傷を受けた額がズキズキと鋭く体を苛《さいな》んだ。麻酔を打ってもらえば楽にはなるだろうが、素子達と合流した時に眠りこけていては急いだ意味がなくなる。苦痛を紛らわすために話がしたかった。

「探している人が坂巻で見つかったら、連れ戻すんですか」

敏郎は三人の誰にともなく訊いた。

答えたのは助手席の臼田だった。

「学院生が町に出て広報活動をしているのなら、八王子のネストから連れ出すよりは簡単だ。だが、何とも言えない。すべては向こうに着いてからだよ」

「脱会に成功した人は多いんですか」

「ごく僅《わず》かだ。全学院生の一パーセントにも満たないだろう」

その後は幡野が継いだ。

「真道学院には実によくできた学院生の脱走防止システムがあるんだ。学院生達は二十四時間、常にお互いを相互監視していて、決して一人きりになる時間を持てないんだ。そのことが脱会を困難にしている。おまけに密告が奨励されていて、脱会の気配を見せた人間には修復コースという洗脳プログラムを施して、学院への絶対的忠誠をより強化するんだ」

「恐ろしいですね」敏郎は後部ウインドウの外を規則正しく流れていくライトの列をぼ

んやりと眺めながら呟《つぶや》いた。

今度は梅岡医師が口を開いた。

「仮に隙《すき》をついて学院から家族や伴侶を連れ出せたとしても、本人が自分の意志でまた学院に戻ってしまうケースが多いんだ。脱会した後つきっきりで傍にいてケアしてあげられる人間がいないと、学院との精神的絆《きずな》を完全に断ち切るのは不可能なんだ。学院に入ってから時間が経てば経つほど脱会を成功させる可能性は減っていく。彼らが学院以外の世界で生きていくことができなくなるからだ」

そんな恐ろしい連中に素子が盗聴され、監視されている。不安で堪《たま》らなかった。一刻も早く素子の無事な姿を見ないことには安心できない。

「あとどのくらいで着きますか？」敏郎は運転席の幡野に訊いた。

「一時間半ぐらいですよ。精一杯飛ばしていますから、もう少し辛抱してください」幡野は答えた。

14

ワゴンの後部ドアが開けられた。

「青柳さん！」

「きゃあ、青柳さんっ」

敏郎の変わり果てた姿を一目《ひとめ》見るなり、素子とあゆみは口々に驚愕《きょうがく》の声を上げた。

「何てひどいことを……」松田議員は口に手を当てて声を震わせた。

「とんでもない目に会いましたね」藤咲町長が申し訳なさそうに言った。

「すみません、このザマです」敏郎は苦労して頭を起こし、再会の挨拶《あいさつ》をした。それから改めて素子に目をやる。敏郎を見つめる素子の顔は青白く、目が潤《うる》んでいた。

彼女が無事でよかった。やっと安心することができた。

「彼はこのまま動かせませんので、車内で相談しましょう」

臼田が提案した。

ここは警察署の傍にあるファミリーレストランの駐車場である。

臼田が運転席、藤咲町長が助手席、松田議員、あゆみ、素子の三人は後部席に並んで座り、車は満席になった。梅岡と幡野はワゴンから少し離れた場所に立ち、立ち話しているようなポーズで駐車場に出入りする車に目を光らせた。

まず臼田が自己紹介し、それから敏郎との出会いとその後の経過について話した。

臼田が話している間に、素子が体を捻《ひね》って荷物室の敏郎の方にやや身を乗り出した。

敏郎が力なく左手を上げると、素子は右手を伸ばし、敏郎の手をつかむとしっかりと指を組み合わせた。

素子は今にも泣き出しそうな顔をしていた。

敏郎は苦労して微笑《ほほえ》み、「大丈夫」と呟いた。

真ん中のシートに座ったあゆみが二人の様子に気づき、一瞬驚いた顔をしたが、すぐに何食わぬ顔で前方に顔を向けた。

そのちょっとした心づかいに敏郎は感謝した。

「転入者と署名者のリストは持っていますか？」臼田が訊いた。

「ええ、ここにあります」松田議員がファイルケースからリストを取り出し、臼田に渡そうとした。ところが町長が手を伸ばし、遮った。

「なんですか」臼田がいぶかしげに訊く。

「私はあなたが本当に私達の味方なのかどうか疑っています」

町長が静かに言った。

臼田はその言葉をひどい侮辱と感じたようだった。

「私が学院の手先だとでも？　そうだったらなぜ彼を助けたりしたんです」

「こうやって秘密に気づいた私達五人を集めて、連れ去るためですよ」

「その発言は私に喧嘩《けんか》を売っているに等しいな」臼田の声が険悪になった。

二人は一時《いっとき》睨《にら》み合った。先に折れたのは臼田だった。

「睨み合っても仕方ない。さっさと反対派の育成会の会長とやらに会いに行きましょう。

私が学院生だったら、何よりもそれを阻止する筈《はず》でしょうからね」

「ついて来るのはあなた一人です。私の車に私と二人、あなたは後ろの席に乗ってもらう。このワゴンは娘が運転する。松田さんは自分の車に乗る。三台態勢で行きます。いいですね？」

「あの二人はどうするんです」

臼田は外に立っている梅岡と幡野を目で示した。

「気の毒ですが、あなたが戻るまでレストランで待ってもらう。このレストランは二十四時間営業だからいくらでも待てる。それからあなたのリストを千良木さんに渡してください。千良木さん」

素子は呼ばれ、はい、と返事して、前を振り向いた。

「お手数ですが、育成会の鳴海さんの自宅へ向かう間、車内で二つのリストを照らし合わせてもらえますか？」

「わかりました」その声は静かで、落ち着いていた。

「梅岡さんがいないと、青柳君の面倒をみてあげられないじゃないですか」臼田が異を唱えた。

「後で私が病院に連れていきますよ」町長は言った。

臼田がハァ、と小さなため息を漏らした。

「あの二人に事情を話してきます」そう言うと、車から降りて梅岡と幡野の方へ歩き出した。

町長が体を後ろに捻り、皆に向かって言った。「鳴海さんの自宅にはいかない。鳴海さんを電話で呼び出し、役場の駐車場まで来てもらい、そこで落ち合う。臼田さんには内緒です」

ああ、そうか、と敏郎はぼんやりとした頭で町長の意図を理解した。もし臼田が学院生だったら、仲間を呼んで鳴海会長の自宅へ行く途中で待ち伏せして襲撃するかもしれない。だから臼田には会長の自宅へ行くと言っておいて、役場で待ち合わせするのだ。

実際に彼に助けてもらった敏郎には臼田を学院の手先だなどと疑うことは難しかった。しかし、町長が疑うのは無理のないことかもしれない。

「もしかしたら、鳴海さんの家にも盗聴器がしかけられているかもしれませんよ」松田議員が心配そうに言う。

「彼の携帯電話に掛けて、家の外かベランダにでも出てもらってからわけを話しますよ。今回のテーマパークでは残念ながら対立してしまったが、鳴海さんはわからず屋ではない。きちんと話せばこちらの言う通りに行動してくれるでしょう」

「父さん、臼田さんのこと全然信用してないのね」

あゆみは不満気だった。町長はあゆみの顔をやや厳しい目で見て言った。「私は皆の安全を考えているんだ」

15

「素子さん、どお？」

ワゴンを運転しながら、あゆみが後ろの素子に声をかけた。

素子は臼田から渡された学院生のリストを見て、それから転入者のリストからその名前を探し、見つかればその名前を赤のサインペンで丸く囲っていた。

「いっぱいいるわ。この分だと百人以上の名前が一致しそうよ」

素子はすっかり興奮した様子で答えた。

「素子さん」敏郎は初めて彼女を下の名で呼んだ。

だが、素子は別に驚くこともなく、ごく自然に反応した。敏郎の方を見て、心配そうに、「どうしたの、気分悪い？」

「悪いけど、仕方ないよ。それより、臼田、幡野、梅岡、この三人の名前を探してみて。三人共自分の家族が坂巻に来ているか知りたいだろうから」

「そうね」素子は答え、名前を探し始めた。しばらくして、

「臼田清美、幡野美香、梅岡直也。他に同姓の人はいないわ。やっぱり坂巻に来ていた

ようね」

「……そう。会えるといいな」敏郎は独り言のように呟いた。

「なるほど、こういうことでしたか。つくづく信用されていないんですね」

町長のローヴァーが役場の駐車場に滑り込むと、臼田は自嘲《じちょう》気味に言った。

「悪く思わないでくださいよ。私は臆病者《おくびょうもの》でしてね」

町長は悪びれるふうもなく言った。

「ああ、いたいた」

がらんとした駐車場に鳴海会長のヴォルヴォがぽつんと一台とまっていた。

「……信じられない。こんな、恐ろしいことが……」

青少年育成会の会長、六十三歳の鳴海研一郎は、二つのリストを見比べて絶句してしまった。

藤咲町長と鳴海会長は会長の車の中にいた。

「確かにいきなりこんなものを見せられて、信用しろと言われても難しいでしょうが、実際にこの町で起きているんです。反対派の住民は学院にうまい具合に利用されてしまっているんですよ。真道学院が本格的にこの町に進出してきたら、真っ先に標的にされるのは、十代、二十代の若者です」

その言葉は効いた。鳴海会長は決然とした声で、

「冗談じゃない。カルトなんかにこの町の若者を取り込まれてたまるか、けしからん！　化物テーマパークも感心できんが、カルトに比べれば可愛《かわい》いもんだ。で、藤咲君、君は私に何を期待しているんだね」

「鳴海さん、あなたは小中学生の子供を持った親御さんたちに顔が広い。連中に感づかれないようにこの危機をできるだけたくさんの人に知らせて欲しいのです。反対投票は奴《やつ》らを利することになると」

会長の顔がより険しくなった。

「藤咲君、君はずるいね。私をテーマパーク賛成派に鞍替《くらが》えさせて、カルトの進出阻止とテーマパーク建設を同時に実現させようと目論《もくろ》んでいるのだろう」

「テーマパークが白紙撤回されると、奴らに理想的な活動環境を与えることになるんですよ」

「テーマパークができたって、どうせ連中は隣の土地に施設を建てるのだろう？」

「連中にこの町を動かされてもいいんですか？　一度成功したら、連中は味をしめて次は何をしでかすか……考えてください」

鳴海会長は唸《うな》り声を上げ、腕組みをすると黙り込んでしまった。

町長は追い討ちをかけた。

「投票日までもう後一カ月もないんです。素早く行動しないと」

「テーマパークができたら、奴らが嫌がらせの行動にでるかもしれないぞ。騒音がひどいとか、日照権とか、なんだかんだ文句をつけて裁判沙汰《ざた》にするかもしれない」

「願ってもないことですよ。裁判を起こすには金がかかる。連中にどんどん金を吐き出させればいい。金に貧窮すればカルトは自然と衰退していくものです」

「君の理屈通りに物事が進むとは考えにくいがな」

「鳴海さんはカルトも嫌だが、テーマパークも気に食わない。そうですね」

「まあ、正直に言えばそういうことだ」

「約束します。鳴海さんが心配しておられるような、青少年の心に害を及ぼすようなテーマパークにはしません。鳴海さんにも開発スタッフとして参加してもらい、気にいらないことには遠慮なく文句をつけてくださって結構です。充分な話し合いをして、皆が納得できるテーマパークを造りましょう。あなたがスタッフの一員になるという条件がつけば、育成会の会員の方々にも賛成に鞍替えしても良いという人がたくさん出てくるでしょう」

町長は鳴海会長の影響力の大きさを認め、自尊心をくすぐってやった。

「ううう」鳴海会長は考え込む時の癖でまた唸った。

「鳴海さん」

「私を開発スタッフとして加えるという君の案、まさか口先だけの約束ではなかろうな。賛成多数で建設が決定した途端、私を締め出すなんてことはないだろうね」

「お疑いなら、私が今、この場で直筆で、誓約書を書いてもいいですよ」

「私は口うるさいおやじだぞ」

「それはよくわかっていますよ」町長は答えた。

「……そういうことなら、皆を説得できるかもしれない。なんだか、君にうまく丸め込まれたような気がしてならないが……」

素子は無言で敏郎の左手を両手で包み込み、温めていた。

「敏郎さん、背中痛くない？」素子が訊《き》いた。

「凄《すご》く痛い。上半身を起こしたいよ」

「じゃ、あたしが後ろに回って、起こしてあげる」

「本当？　頼むよ」

素子はドアを開けて車から降り、後ろに回り込んだ。

「あ、あたし、ちょっと松田さんの所へ行ってくるね」

あゆみはちょっとあわてたように言い、さっさと車から降りて、敏郎の視界から姿を消した。

荷物室の扉が持ち上げられ、素子が膝《ひざ》で這《は》いながら狭い荷物室に乗り込んできた。敏郎の左側に来ると、右腕を敏郎の肩に回し、

「いい？　持ち上げるよ」

「うん、せーのでね」

二人同時にせーの、とかけ声をかけ、素子は敏郎の背中を起こし、敏郎も自由な左手で上半身を支えた。

尻《しり》を引き摺《ず》って、どうにか背中を後部シートの背にもたれさせることができた。汗がどっと顔に噴き出す。

素子がすかさずギプスで固定された左脚の下の毛布を移動させる。

敏郎は大きく息を吐き出した。「はあぁ、つらい」

突然、素子が敏郎にしがみついてきた。

敏郎は強《こわ》ばった首を無理矢理ねじ曲げて、大きな絆創膏《ばんそうこう》を張り付けた自分の額を、素子の額に押し当てた。

次の瞬間、二人の唇はぴったりと重なっていた。敏郎は無我夢中で唯一《ゆいいつ》自由に動かせる左腕を素子の背中に回し、力一杯引き寄せ、より一層強く唇を吸った。素子もそれに応《こた》えた。

これまでの人生で味わったことのない激しく官能的なキスだった。

素子の長く、ややカールした睫毛《まつげ》が目の前2センチにあった。素子の丸くて膨らんだ鼻の頭が、敏郎の鼻の脇《わき》に触れた。きれいな小さい耳を覆《おお》っている産毛《うぶげ》すら外灯の光に浮かび上がって見えた。素子の体のあらゆる部分が美しかった。

IV

1

病院での生活を余儀なくされたが、敏郎は幸せだった。

素子がほとんど毎日お見舞いに来てくれた。町長やあゆみ、松田議員も何日かごとにやって来た。

臼田《うすだ》、梅岡、幡野《はたの》の三人も来た。かつて敏郎と素子が行なったマンション対岸からの監視活動は、今は彼ら三人を含む十二人の脱会援助団体のメンバーによって引き継がれていた。だが毎日監視していても三人はまだ自分の家族を見つけることができずにいた。

松田議員が花屋であることも手伝って、敏郎のベッドの頭にはこの病院に入院しているどの患者よりもたくさんの花が飾られていた。まるで花屋の軒先で寝ているような気分だった。

素子は仕事が終わると大抵どこかでお弁当を買って、病院の食事が出される時間に間に合うよう大急ぎで駆けつけた。そして二人で一緒に夕飯を食べた。それから後はお喋《しゃべ》りしたり、小さなテレビでニュースやドラマを見たりして過ごした。藤咲町長は今回の調査で敏郎が襲撃されたことに非常に重い責任を感じていて、治療と入院生活にかかる費用はすべて支払うと約束してくれた。

敏郎のベッドは八人の患者が収容されている集合部屋にあった。各ベッドの天井にはベッドをぐるりと囲むようにカーテンレールが取り付けられていてカーテンを引けばプライバシーが確保できた。

二回に一度は素子がこのカーテンを引き、二人は即席の個室の中で何度もキスをした。敏郎にとってそれはもう夢のような時間だった。

「いよいよ明日だね」

九月二十九日の土曜日の夕方。明日はいよいよ運命の住民投票の日である。

「うん、楽しみだな」敏郎は素子の右手を左手で包み、そっと撫《な》でながら応《こた》えた。負けるかもしれないという不安はもうなかった。

素子と初めてキスしたあの夜以来、町は変わった。

青少年育成会の会長・鳴海研一郎が町長のしたたかな説得によって『坂巻ダークランド』建設反対から一転して賛成派に鞍替《くらが》えしたことで、町は一気に賛成派優勢となった。

臼田が東京から盗聴器発見のプロを呼び寄せ、藤咲町長と素子の許可を得て、二人の家の捜索を行なった。臼田の言った通り、電話といくつかの部屋から盗聴器が発見された。しかし盗聴器を仕掛けたのが真道学院だと証明することは不可能だった。盗聴器はバッテリーを抜かれ、町長が家に保管することになった。

土地を東日本プランニングに売った君塚議員の道義的責任が議会で厳しく追及された

が、君塚は遊んでいる土地の有効利用を東日本プランニングの社員に勧められ、儲《もう》けになると思って売った、連中の背後にカルトがいたことは全然知らなかったとひたすら主張し続け、頑として学院との関連を認めなかった。

真道学院の連中は相変わらず反対キャンペーンを続けているが、ひと頃のような勢いはなくなっていた。連中の奇怪な生活ぶりはいつの間にか町の人々の知るところとなり、反社会的カルトの進出に対する警戒の声が広がっていった。

最初は連中はうまくやった。しかし結局は失敗したのだ。町の人々は今後連中の一挙一動を警戒し、連中が何か不穏な行動を取れば即座に非難の声が上がるだろう。議会では今後予想される公共の場所に於《お》ける学院の勧誘活動を、合法的に不可能にするなんらかの条例を設けることが検討されていた。

「退院したらまた宝仙沼の公園へ行きたいな」

「それより、退院したらまず部屋を見つけなきゃ。部屋を見つけて、それから役場の転入窓口へ来て、きちんと転入届けを出すこと。敏郎さん、根無し草なの忘れたの?」

「そうだった。俺、まだ部屋も借りていなかったんだよな」

「部屋探し、一緒にしよう。決まったらいろんな所へ連れていってあげる」

「俺が転入窓口へ行ったら、素子ちゃんが受け付けてくれるの?」

「勿論《もちろん》」素子は得意気に言った。

2

九月三十日、日曜日。朝から快晴だった。

君塚琢磨《たくま》は自宅のリビングでローカル局のニュース番組を見ていた。足下には忠実な家来であるゴンスケが寄り添っている。

テレビでは坂巻町の住民投票に関するニュースが流れていた。リポーターが投票所である坂巻西中学校の正門前から生中継している。

――朝七時の開門と同時に、ここ正門前の通りに反対派の住民達が陣取り、投票会場へ入る人たちに最後のお願いをしています。

カメラがパンして反対派、すなわち真道学院の連中を映し出した。

横断幕、プラカードを掲げ、正門に人が近づいてくる度に無言で横断幕を波打たせ、プラカードを槍《やり》のように掲げる。

「馬鹿《ばか》が、いまさらもう無駄なんだよ」君塚はテレビに向かって毒づいた。

土地所有権移転の手続きを済ませて以来、丸尾の奴《やつ》とは連絡が跡絶えているので、奴がどんなヘマをしでかしたのかはわからないが、町は明らかに賛成派優勢のムードだった。

学院は最後の望みを投票管理委員会の志村に託すしかなかった。

画面の端に見覚えのある顔が映った。

「あっ、剣持の馬鹿」

痩《や》せこけて、腰が曲がった剣持は老人のようだった。あいつがかつて自分を脅かしたなどとはとても思えなかった。

「いい気味だ」

カメラがリポーターに戻る。

――投票は今夜七時半に締め切られ、その後坂巻町役場で即日開票が行なわれます。町おこし企画『坂巻ダークランド』の建設の是非を問う住民投票の結果が注目されます。それではスタジオどうぞ。

君塚には投票結果の如何《いかん》などもはや関心なかった。

剣持から乱交ビデオを取り返すこともできたし、廃棄物不法投棄の証人となる剣持自身も学院に取り込まれて無害になった。危なかったが、議会の追及も何とか逃げきった。

今、やっとひと息つくことができた。

もう学院の連中とは何があっても関わりはもたないつもりだ。

ふいに、剣持の義理の娘である双子との乱交が映されたあのビデオが見たくなった。

あれを手に入れた時、さっそく再生して見た。確かにあのビデオだと確認するとすぐに書斎の机の引き出しに入れ、鍵《かぎ》を掛けた。

だが、心に若干の余裕が生まれた今、スケベ心からあのビデオをじっくり観《み》てみたいという欲求が湧《わ》き起こった。

俺も懲《こ》りない男だよな。君塚は自分の性に呆《あき》れたが、そんな自分の飽くことを知らぬスケベ魂が気に入っていた。男はこうでなきゃいけないのだ。

いろいろあって、土地もなくしたが、それでも自分の人生は続いている。金もある。これからも好きなだけ贅沢《ぜいたく》し、女のケツを追いかければいいのだ。ただし女に関しては少しばかり慎重になる必要がある。それさえわきまえればこれまで通り楽しい人生を送れるだろう。

何だ、何も心配することなんかないじゃないか！

「俺ってラッキーだぜ」

3

藤咲あゆみは動物園の無料休憩所で一人、弁当を食べていた。

箸《はし》と口はほとんど無意識に動いていて、食べていても味は脳に伝わってこない。胸がつかえ、三分の一も食べずに箸を置いた。

心にぽっかりと穴が開いていた。

昨夜ついに倉本澄夫に電話し、プロポーズを断った。自分の心はとうに決まっていたのにどうやって切り出せばいいのかウジウジと悩んで、返事を延ばしに延ばしていたのだ。

倉本のプロポーズをハッキリ断ろうとあゆみに決断させたのは、青柳敏郎《としろう》と千良木《ちらき》素子であった。奥手で慎重そうに見えたあの二人（特に敏郎）があんなにも急速にくっついてしまったのは驚きだった。出会ってからまだ一月《ひとつき》しか経《た》っていないというのに、今や傍で見ている方が照れるくらい仲睦《なかむつ》まじい。まさにラブラブという言葉がぴったりだ。自分の身近にいる人間が新しい恋を芽生えさせているというのに、自分はどうだろう。心の中でとっくにしぼんで枯れてしまった恋を断ち切れずにズルズル引き摺《ず》って毎日憂《ゆう》鬱《うつ》な気分に沈んでいる。

もうそんな状態の自分に耐えられなくなった。

そして決断した。今夜ケリをつけて、スッキリと軽くなるのだ。

しかし電話に出た倉本の声を聞くと、喉《のど》が硬直してしまった。

なんとか挨拶《あいさつ》をすると後はもう何も喋れなくなった。情けないことこの上なかった。

数秒間の沈黙が過ぎ去った。

――……やっぱり駄目か？

驚いたことに倉本はそう言った。諦《あきら》めきった寂しげな声だった。

倉本にはあゆみにその気がないことが既にわかっていたのだ。

「ご免なさい」と言おうとしたが、言ったらどっと涙が溢《あふ》れそうで恐くなった。しかし言わなければならなかった。

結局、ご免なさいと謝り、泣いてしまった。二人で行った場所、そこで見た風景、そういった物事が頭に目まぐるしく蘇《よみがえ》り、涙が止まらなくなった。

――そんなに泣くなよ。

倉本に優しい声をかけられると余計に悲しくなってしまった。

――いいんだよ。仕方ないもんな。

そういう倉本の声も微《かす》かに震えていて、倉本はそれを必死に抑えているのがわかった。

頭の中がグルグルと回り、意識がふぅっと抜けていくような気がした。

――うん。わかった。そういうことなら……。湿っぽくなるの嫌だから、これで切るぞ、じゃあな。

あゆみは受話器を握りしめたまま机の上に突っ伏して泣いた。今頃倉本も泣いているのだと思うとたまらなかった。

とにかく、終わったのだった。

ふと、これを機会に、何かこれまでと違う生き方をしてみたいという気持ちになった。父親がこれまで何度かしてきたように、それまでの自分の生活を全部捨て去り、不安定だが、自分の興味の赴くままに違う場所へ行って、新しい人達と出会い、新しい生活を送ってみようかという気になった。

東京へ行ってみようかな。

そんな思いが心の中に泡のように浮かんできた。

父親は若い頃突如思い立って米国へ旅立ったが、自分にはそこまで度胸はない。でも東京だったら。

一度考え始めると頭から離れなくなった。

新しい町、新しい仕事、新しい出会い。もっといろんな所へ行って、もっといろんな物を見てみたくなった。

もしかしたらこの気持ちは、倉本が自分にくれた最後のプレゼントなのではないかという気がしてきた。

行こう！　もはやその気持ちを冷静に抑えることはできなかった。

でも、この町を離れる前にどうしてもやるべきことが二つある。申し訳ないがフリオの今後の世話を父に頼むことと、今日の住民投票の結果を見届けることだ。

青柳敏郎は収入のあてもないまま、東京での生活をすべて捨て去り、ほとんど体ひとつでこの町へやって来た。そして大きな夢と新しい恋を手に入れた。それは一旦《いったん》すべてを捨て去ったからこそ手に入れることができたのだ。

そうだ。自分は敏郎と入れ違いに東京へ行くんだ。

なんだか、敏郎がこの町へ来たことが運命的な出来事に思えてきた。

4

現金一千万円と、とびきり上等な十九歳の女。

だが、ひどく安請け合いしてしまった気がする。

確かに一千万あれば、住宅ローンの残りを殆《ほとん》ど払ってしまえる。それにあのぴちぴちとした清美の極上の肢体と、驚異的なテクニックの濃厚なリップサービスをほぼ二週間ただで満喫できた。この半月は志村栄作にとって極楽だった。

それでも今、志村はひどく安い餌《えさ》で釣られてしまった事を後悔していた。

もしも不正行為が他の投票管理委員に見つかったら？　もしも反対派が負けたら？

一千万円と若い女一人では到底割に合わない恐ろしい結末が待っているのだ。それをわかっていながら目の前の餌に飛びついてしまった自分が情けない。

ああ、なんでこんなことに関わってしまったんだろう。

もしも住民投票で負けたら、学院の連中は自分に対してどんな恐ろしい報復を企てるだろうか。律子が、娘が危ない。中学生の娘にだけは手を出さないでくれなどと頼もうものなら、連中は真っ先に律子を連れ去り、連中と同じような虚《うつ》ろな目をしたロボットに変えてしまうだろう。

恐い。もはや自分にひと欠片《かけら》の愛情も持っていない妻はともかく、娘の律子だけは連中の手に渡してはならない。

今すぐこの投票所から抜け出し、家に飛んで帰り、律子を車に乗せてどこか遠く、安全な場所へ連れていきたい。

俺は今度こそは本当に恐ろしい間違いをしでかした。人生最悪の、取り返しのつかない過《あやま》ちを犯してしまった。すべて自分のいやらしい欲望がひき起こしたことだ。

目が回り、吐き気が込み上げてきた。

「志村さん、顔色が悪いですよ。大丈夫ですか？」

隣に座っている、投票管理委員長の大成真希子が彼を気遣って言った。

「ああ、いえ……」彼は上の空で返事した。

律子は今日、バレーボール部の試合で他所《よそ》の中学校へ行っている。律子の携帯電話に自分の携帯電話にかけるようメッセージを入れて、律子がかけてきたら、母さんと一緒にどこかへ逃げろと言おう。

妻は家にいるだろうか？　望み薄だ。あいつときたら携帯電話も持たずに女友達と平気で朝から晩までどこかをほっつき歩いているのだ。ならば律子だけでも逃がさなくては。でも律子に何と言って説明すればいいのだろう。反抗期真っ盛りの律子は最近自分とあまり口をきいてくれない。そんなあいつをどうやって部活から抜け出させて、逃がせばいいというのだろう。

本当のことを言わずになんとかして律子を安全な場所へ。

「すみません、ちょっとお手洗いに行ってもよろしいでしょうか」

志村は大成に囁《ささや》いた。

「ええ、どうぞどうぞ」大成は早くお行きなさいと急《せ》かすように言った。今の自分はよほど具合が悪く見えるのだろう。

志村は席を立ち、投票所である体育館を出ると建物の横へ回り、人目をはばかるように壁に背を押しつけ、携帯電話を抜き出すと、律子の携帯電話の番号を押した。

コールに耳を澄ませる。

「あああ、じれったい」泣き声混じりの悪態をつく。

その時、はっと気づいた。

俺は馬鹿か、律子は部活の最中だ。携帯電話は律子の鞄《かばん》の中。メッセージを入れたって、律子がそれを聞くのは部活が終わった後、早くても夕方の五時過ぎだ。それじゃ遅すぎる。

「くそくそくそ」

こうなったら学校へ電話して律子を呼び出してもらうしかない。

「志村さん」

名を呼ばれ、驚きのあまりワッと声を上げた。電話を落としそうになった。

体育館から校舎への渡り廊下の中ほどに、男が立って自分を見ていた。

心臓が冷たくなった。男は彼に餌をちらつかせ、陥《おとしい》れたあの丸尾だった。

丸尾はぞっとするような冷たい微笑を浮かべていた。ゆっくりとした足取りで志村の方へ歩いてくる。

「どうしました？　真っ青な顔してますよ」

志村の膝《ひざ》が笑うように震え出した。

「これから大事な仕事が控えているのだから、ここで倒れでもされたら困りますよ」

「大丈夫だ……やるべきことはやる」

「ええ、そうでしょう。あなたはやるべきことはやる」

言葉は穏やかでも脅迫以外の何物でもなかった。

「あまり長く席を立つと怪しまれますよ」

丸尾は志村のうろたえぶりを明らかに楽しんでいた。恐怖と屈辱で涙が滲《にじ》んできた。

もう駄目だ。律子と連絡を取ることはできない。

もうやるしかないのだ。俺がやるべきことをやれば連中は律子には手を出さないだろう。

丸尾が間を詰めて、志村に迫った。右手を伸ばし、志村の手からあっと言う間に携帯電話を奪い取った。

「仕事に専念してください」丸尾は死を宣告するように言った。

5

「体育館には二つ出入り口がある。裏の出口が見える場所に二人ばかり立たせておけ。仕事が終わるまでは絶対に家族に連絡を取らせるな」

丸尾は磯崎に指示した。

志村が明らかに怖《お》じ気《け》づいていた。良くない傾向だ。最後の頼みの綱である志村があのざまではこちらも心休まらない。

形勢は明らかに反対派が劣勢だ。

こうなってしまったのも、すべてはあの東京での出来事が原因だ。

東京の連中が悪いのだ。よりによって学院長の自宅の真ん前で青柳を襲うなど愚の骨頂だ。きっと襲った学院生は、学校やバイト先などでキレて落ちこぼれ、学院に流れ着いた無価値野郎だろう。また傍のアパートに脱会援助団体の監視部屋があることを突き止められなかったのもまずかった。周辺住民のリサーチを怠っていたのだ。監視部屋の存在が事前にわかってさえいれば、いくらあの辺が昼間人通りが少ないといっても青柳敏郎をあの場所で襲ったりはしなかったろうに。

あそこで青柳敏郎と脱会援助団体の人間とが出会ってしまったことがケチのつきはじめになった。

影響力を持つ反対派の有力者、鳴海研一郎が掌《てのひら》を返したように賛成派に寝返ったのは特に痛手である。

志村が票操作をしなければ、負けはほぼ確実だろう。

負けたら大始祖の地位が危うい。丸尾の関心は今や住民投票の結果よりも、自分の保身へと移っていた。

追い風が吹いていていて、何もかも順調でうまくいっていた時にはこう思っていた。自分は最高に頭の切れる統率力のある男なので、学院を飛び出したとしても一般社会で絶対に成功するだろうと。

しかし今、もうそんなふうには考えられなくなっていた。真道学院から一歩外に出たら、一体誰が自分の価値を認めてくれるというのだろう。この真道学院で学んだことなど一般社会では何の役にも立たないことばかりだ。

馬鹿野郎。丸尾は自分を罵《ののし》った。

弱気になってどうする。この世界は弱気になったら地獄が待っているだけだ。弱気になったら、誰かがそこにつけいり、そいつにいい思いをさせるだけなのだ。他ならぬ俺自身がそうやって他人の弱気と不安につけこんでここまで登ってきたのだから、それはよくわかっている筈《はず》ではないか。

6

病室のブラインドのわずかな隙間《すきま》から、夕暮れのオレンジ色が漏れていた。

「駄目、眠い」

素子は言うと読みかけの本を閉じ、敏郎のベッド脇《わき》にあるサイドテーブルの上に置いた。

「頭をベッドに乗せてもいい？」と敏郎に訊《き》いた。

「頭と言わず、俺の隣に寝ればいいよ」敏郎は言った。

「そうしたいけど、看護婦さんが来たら怒られるよ。ちょっと失礼」

素子は椅子《いす》をベッドにくっつけんばかりに引き寄せ、学生が授業中に居眠りするように敏郎の腰の位置あたりに両腕を組んで乗せ、その上に頭を乗せて目を閉じた。

敏郎は左手で彼女の髪をそっと撫《な》でた。

「いい気持ち」素子は目を閉じたまま微笑《ほほえ》み、呟《つぶや》いた。

「開票の結果が出るのは何時頃かなあ」敏郎は訊いた。

素子が目を開き、敏郎の顔を見ながら言う。

「投票の締め切りが七時半で、その後に開票だから、早くても十一時とか、それぐらいじゃないのかな」

結果が出たら、松田議員が素子の携帯電話にかけてくれることになっていた。

「ひとつ問題があるんだ」

「何?」

「この病室、面会時間が九時までなんだ」

素子はガバッと起き上がり、「そうだあ」と悔しげに言った。

「ひどい。結果がわかる時間に一緒にいられないじゃない」

「ううん」

「ええ、そんなのやだよ」素子は悲しそうな顔で言った。

「どうしたらいいかな。俺も結果がわかったらすぐに知りたいよ。十一時頃って言ったよね。なら九時を過ぎたら俺が病室を出る。ナースステーションの傍の自動販売機の横にベンチがあるからそこで一緒に待とうよ」

「本当？　つらくない？」

「大丈夫だよ。どうせ結果がわかるまで眠れやしないんだから」

「よかった」素子はそれで安心したのか再び目を閉じた。

その可愛《かわい》らしい寝顔を、自分の腕にしっかりと抱いてしみじみ見たいと敏郎は願った。

7

「おじさん、これ」

あゆみは包みをカウンターの上へ差し出した。

「どうしたの？」

おやじは包みとあゆみの顔を交互に見て訊いた。

「仕事やめたの。ついでにこの町も出ることにしたの。だからこれ、お別れの挨拶《あいさつ》」

あゆみはさっぱりとした顔で他人事《ひとごと》のように言った。

「そう」さすがにおやじ、顔色ひとつ変えなかった。包みを手に取って眺め、「アニマルクッキーセットね」と呟くと、あゆみに笑いかけ、ありがとう、と礼を言った。

「今日は飲まないの？」

「うん、これから父さんと話をしに役場へ行くから」

「そう。それじゃ、これは俺からの餞別《せんべつ》だ」

おやじはそう言って小さなグラスを一個あゆみに差し出した。

「二百五十円のフランス製デュラレックスのグラス。安いが頑丈で何を注いでもそれなりにサマになる」

「ありがと」

あゆみはグラスを両手で受け取り、礼を言った。

8

「やめた？」

倉本澄夫は耳を疑った。

「ええ、今日突然に……皆びっくりしているんですよ。サルの飼育係はもう一人いるから世話はなんとかなるものの、それにしてもあまりにも突然で……」

あゆみの同僚の飼育係も戸惑っていた。

信じられなかった。あゆみは自分の仕事を楽しんでいた筈ではないか。

昨夜は大の男が涙を堪《こら》え切れなくなり、あわてて電話を切った。悲しみのあまりに体中に針を刺されたような苦しい一夜をどうにか乗りきり、ようやくあゆみとの別れという現実を受け入れられるようになった今、平静な心で最後にもう一度だけ会いたいと思ってここまで来た。別に考え直してくれと未練たらしく迫るつもりも、恨み言を言うつもりもない。ただ顔を見てちゃんと別れを言いたかっただけだ。なのにあゆみはもういない。

「そうですか……すみませんでした」

倉本はぶつぶつと口ごもり、車に乗り込んで動物園を後にした。

町長の家へと車を飛ばした。

どうしてやめたりなんかしたんだ。

俺の求婚を断った翌日、仕事をやめたとなると、俺とのことがなんらかの関係があるのは間違いない。なんとしてでもあゆみに会って理由を訊かなくては。

三十分後に町長の家に着いたが、誰もいなかった。

携帯電話であゆみを呼んだが、通じない。

一体どこへ行ってしまったのだ。

あゆみが一人で立ち寄りそうな場所を考えてみた。直感的にあゆみは昔自分と二人で一緒に行った思い出の場所をうろついているような気がした。となると真っ先に行きそうなのは宝仙沼自然公園だ。何をかくそう自分自身が朝早く、あの沼を独りで何周もして、あゆみと過ごした日々の思い出を噛《か》み締めたのだ。あゆみが同じ感傷的な気分になっても不思議ではない。

再び車を駆って宝仙沼自然公園へと急いだ。三カ所ある公園入り口のすべての駐車場を、あゆみのフィガロを探して回った。しかし見つけられなかった。この公園でないとすると……。

考えられる場所はたくさんある。篠《しの》ノ井《い》、小布施《おぶせ》、長野、松本、木曾《きそ》福島、軽井沢。改めて二人でいろいろな所へ行ったものだという感慨が胸を掻《か》きむしった。

感傷を振り払い、とにかく近い場所から順に当たっていくことにした。

何が何でも彼女に追いついてやる。倉本は狂気じみた執念に取りつかれ、行動を起こした。

自分は本当はまだ現実を受け入れられていないのだと悟った。現実を受け入れられるのは、あゆみと会ってあいつの口から直《じか》に別れを告げられた時だけなのだ。

9

「東京へ行ってどうするんだよ」

藤咲は向かいのソファに座ったあゆみの顔をまじまじと見て、訊いた。

あゆみは怯《ひる》むことなく、視線を受けとめ、言った。

「昔のお父さんと同じだよ。あたしの中で何かが変わっちゃったの。もう今までの生活を続けられなくなったの」

「だからって父さんに一言《ひとこと》も相談しないで仕事をやめるのか」

「だってあたし、二十二だよ。来月二十三だよ。いちいち相談しなきゃならないの？」

藤咲は言葉に詰まった。

遂《つい》に来るべきものが来た。いつかは自分のもとを去っていくだろうとは思っていたが、よりによって今日という日にあゆみがそんなことを言い出すとは。

あまりにもタイミングが悪すぎる。

「何があったんだ？」

「別に……」まことに素っ気無く答えた。

「別にってことはないだろう」

かつて自分も同じように周囲の戸惑いをよそに仕事を捨て、米国へと旅立った。そんな自分が今、娘の決断を前にして滑稽《こっけい》なほどうろたえている。しかもここから新幹線でわずか二時間足らずの東京へ行くというだけで。結局、自分は世の寂しがり屋の父親となんら変わるところがないのだ。それは実に苦い認識であった。

「行き詰まりを感じたの。いっぺん何もかも捨ててみたいって思ったら、もう自分を抑えられなくなったの。お父さんだって経験あるんだから、わかってくれるでしょう？」

「……」

町長室に重苦しい沈黙がたち込めた。

ふてくされたように窓の外を眺めているあゆみの横顔を改めてよく見る。

本当に母親そっくりだった。だが、性格はどうやら自分に似てしまったらしい。

東京で揉《も》まれて、傷つくのも悪くないかもしれない。大きな都会で自分のちっぽけさを思い知らされるという経験は若い内にしておいた方がいい。

結局あゆみが心配なのではなく、自分が寂しいから引き止めようとしているだけではないか。

「父さん、一生再婚しないつもり？」

あゆみが目を外に向けたまま唐突に切り出した。

「今の話題と何の関係があるんだ」

つい語気が荒くなる。

あゆみも負けじと藤咲を睨《にら》んで言った。

「あたしの心配より、自分の心配して欲しいってこと。これまでずっと父娘《おやこ》でやってきたけど、そろそろ何かが変わってもいいと思わない？」

そう言われた瞬間、藤咲はもう既に二人の関係が変わってしまったことを感じた。あゆみが変われば必然的に父娘の関係も変わらざるを得ないのだ。

長い沈黙の後、ようやく切り出す決心がついた。

「……すぐ行くのか」その声には隠しようのない諦《あきら》めがこもっていた。

「ここへ来る前に郁子《いくこ》ちゃんに電話したの。これから東京へ行くつもりだって」

松田郁子は松田議員の一人娘で今は東京で働いている。自分の知る限り、あゆみにとって東京に住んでいる唯一《ゆいいつ》の知人だ。

「そしたら彼女がね、部屋が見つかるまで自分のアパートに泊まればって言ってくれたの。親切でしょ？　だからこの際好意に甘えることにしたの」

「何をそんなに急いでいるんだ？　父さんには、お前がこの町から逃げようとしているように見えるよ」

その言葉はまずかったようだ。あゆみの顔も声も一層きつくなった。

「ひどい、そんなの誤解よ。あたしは今すぐ行動したいの。誰も逃げたいなんて思っちゃいないわよ」

こちらの心の準備ができていないというのにあゆみは明日にでも荷物をまとめて行ってしまう。自分で認めるのは悔しいが結局は寂しいのである。

「こっちでやり残したことはないのか」

「あるよ。投票の結果を見届けること」

「投票はしたのか？」

「とっくに済ませてきたよ」

倉本との関係はどうしたのだ、訊きたくなったが、この分だととっくに清算済みだろうと思い、やめた。腕時計を見る。

「結果が出るのは三時間ほど後だろう」

「ここにいれば、一番早くわかるんでしょう？　あたしここにいるわ。いいでしょう？」

「ここは父さんの仕事場だぞ」

「父さんだって今は待つしかすることがないんでしょ？　かたいこと言わないでよ」

そう言うとあゆみは膨れ上がったリュックサックの中から、一冊のハードカバー本を取り出した。『ウォーターシップ・ダウンのうさぎたち』の上巻だった。藤咲も昔読んだ。数匹の若い兎達《うさぎ》が、高齢化が進んで行き詰まった村を捨て、新天地を求めて苦難の旅をする物語だ。

なんともいえない複雑な気持ちになった。

「本を読みながら待つわ。どうぞお構いなく。お茶も自分で淹《い》れますから」

そう言うと、今度はリュックの中から小さな肉厚のグラスを取り出した。

「あゆみ……あゆみ……どこにいるんだ」

倉本は我知らず口に出して呟いていた。

10

車は二人で初めて行った軽井沢のスキー場へと爆走していた。

あゆみが父親に嘘《うそ》をついてまで二人で行ったスキー旅行。忘れもしない、あゆみとの初めての夜。

考えれば考えるほどあゆみはそこにいるような気がしてきた。

人目を盗んで一瞬の口づけをかわした、宿屋街のあの小さな喫茶店。あそこに違いない。あゆみは絶対そこにいる。

11

看護婦達は、照明の落ちた廊下に置いてあるベンチでおとなしく何かを待っているような患者と、その恋人らしき女性を大目に見てくれた。

敏郎も素子も十時半を過ぎたころから、いやがうえにも緊張が高まり、十一時を過ぎると息苦しくなるほどの焦燥に苛《さいな》まれた。

素子は敏郎の左腕にしっかりと右腕を絡《から》め、左手に持った携帯電話を念力で鳴らそうとでもするかのように額に押し当てていた。電話は音が鳴らないようヴァイブレーションモードに設定してある。

「早く電話こい」苛立《いらだ》ちを隠さぬ声で素子が囁《ささや》いた。

素子の右膝《みぎひざ》の上に軽く置かれた敏郎の左手に徐々に力が入る。

「ちょっと、くすぐったいからやめて」

素子が右膝を跳ね上げた。

12

学院生達は朝一番に十一台の車で列を作って坂巻西中学校へ投票しに出かけていった。それは実に異様な眺めであった。

一時間後にその連中が戻ってくると、こんどはまた別の連中が乗り込んで投票へ向かう。連中はこれを三回繰り返した。

それが終わると連中は動かなくなった。

午後八時半に、投票所前で呼びかけを行なっていた者約三十名が、仕事を終えて戻ってきた。

午後九時五十分、絹田マンションからワゴン車が一台出てきた。

臼田と幡野がすかさず尾行を開始した。

そして着いたのは町役場だった。

ワゴンの連中は投票結果を確かめにきたのだ。

役場の駐車場に止まっているワゴン車から十メートルほど離れた車の脇《わき》に立ち、二人は何気なく観察した。決して凝視はせず、誰かを探しているかのようにきょろきょろと視線を動かす。

フロントガラス以外にはすべて遮光シートが貼《は》られていたので、今やっと正面から車内の人間を見ることができた。

臼田は一目《ひとめ》見て、内臓をえぐり取られるような苦しみに襲われた。

ワゴンの車内に清美がいたのだ。

「……清美だ」臼田は搾《しぼ》り出すような声で言い、大きく深呼吸した。「間違いない、清美だ」

これまで見てきた他の女の学院生と違い、髪は綺麗《きれい》にとかしてあり、化粧もしっかりしているのがとても不思議に感じられた。もっと変わり果てた姿を想像していたのだが、むしろ女らしくなっていた。

胸がキリキリと痛んだ。

今の清美は物理的には近くてもまったく違う世界の住人なのだ。

「本当ですか？」幡野が興奮して訊《き》いた。

「間違いない」

「やっと見つけましたね」幡野が臼田の背を掌《てのひら》で叩《たた》き、我がことのように喜んでくれた。

しかし臼田を襲った感情は喜びとは程遠いものだった。

清美が投票結果を報告するという重要な任務を帯びてこの役場まで来たということは、清美が学院の中でかなり高い地位にいると考えていい。ということはそれだけ学院に強力に取り込まれていることを意味するのだ。

幸運にも清美を見つけられたとはいうものの、これからどうすればいいのかわからなかった。

連中から清美を奪い取ってもすんなり脱出はできないだろう。それに脱出できたとしても清美が自分の言う通りについてきてくれる可能性は百に一つもないだろう。他の学院生と同じように心を閉ざし、隙《すき》をついて学院へ逃げ戻ろうとする筈《はず》だ。

大切なのは心で、心が無限の彼方《かなた》にある限り、力ずくで奪取しても本当の意味で清美が戻ってくることにはならない。しかし、清美とわずかでも対話し、清美が心の底に押し込めて鍵《かぎ》をかけてしまった、学院に身を投じる以前の記憶を呼び起こさせようと試みることはできる。今はそれにすべてを賭《か》けるしかないのだ。

13

午後九時四十四分。開票場にいる投票管理委員長の大成真希子から電話での報告があった。投票率は六十三パーセント、この町で行なわれたどの選挙よりも高い投票率であった。すでに全体の四十パーセントの開票が終わり、賛成が二一〇九票、反対が九九三票と、賛成が大きくリードしていた。それを聞いて町長は安心し、胸をなで下ろした。もうほぼ勝ったと考えてもいい。

それから十分ほどは穏やかな気分で待つことができたが、すぐに別の問題が気になりだした。真道学院の動静だ。

十時きっかりに真道学院の動きを監視している脱会援助団体のメンバーである梅岡という男（医師であり、青柳敏郎が襲撃された時に手当てしてくれた男である）から報告があり、学院生達は今のところ絹田マンションや、その他のアパートでおとなしく待機しているということであった。しかし十分ほど前にマンションからワゴンが一台出発し、臼田と幡野がそのワゴンを尾行したそうだ。

梅岡が電話を切ってから、五分後、今度は臼田から電話がかかってきた。尾行したワゴンは役場にやって来たのだった。何人かが結果を知るために役場へ来たというわけだ。

十一時十分。

藤咲町長はブラインドの隙間から役場正門を見下ろしていた。

投票結果をリアルタイムで知りたい住民達が大挙して役場に詰めかけていた。

町長の提案により、結果を待つ人達のために一階にある六百人が収容できる大公聴会室が開放されていた。それでも全員は収容できず、ホールにも入り切れない人々が正門前広場や、駐車場にたむろしながら、今か今かと結果発表を待ち構えている。

正確な数は知りようもないが、千人以上はいるとみた。

こんなに大勢の人間が役場に詰めかけたことは、町長の知る限り、一度もなかった。結果が出たら、町長は大公聴会室でそれを住民達の前で正式に発表し、その後大会議室で記者会見を開く予定になっていた。

正門前の道路には民放のテレビ中継車が四台、新聞社の車が五台、住民達と同様に結果を待っていた。それに加えて役場が要請し、警察署から派遣されたパトロールカーが四台、ルーフランプを点滅させながら待機している。

パトカー四台で大丈夫だろうかと町長は心配だった。警察はあきらかに労力を出し惜しみしていると言わざるをえない。

賛成多数になった場合、真道学院の連中が殺気だって役場へ押しかけ、それが集団的暴力を引き起こす可能性もあるのだ。そうなった時、たった四台のパトカーと十数人の警官で事態を収拾できるとはとても思えない。町長がいくら危険を力説しても、真道学院の実態をよく知らない警察署の警備課長は最後まで半信半疑だった。

なんとしてもパトカーの増援を頼む必要がある。

警察署へ電話をかけようとして、窓に背を向けた瞬間、執務机の上の電話が鳴った。内線電話だ。

藤咲は二回目が鳴り終わる前に、ひったくるように受話器を取り上げた。心拍が跳ね上がる。

あゆみも読みかけの本を閉じてソファに預けた背を起こした。

「藤咲です」

――町長、大成です。

投票管理委員長の大成真希子だった。

「どうなりましたか」

――申し訳ありません、大変なことが起きてしまいました。

断罪を待つような声であった。

賛成か、反対か、それを聞きたいのにいきなりそんなことを言われ、戸惑った。

「どうしたんです」

あゆみが机を回り込んで、父親のすぐ傍に立った。

——管理委員の一人が不正行為を行なって、途中で発覚したんです。

頭にガツンと衝撃がきた。

「誰なんだ！　そんなことをした奴は」

「何、どうしたの」あゆみが訊いたが、藤咲は取り合わない。

——志村さんです。彼がワイシャツの両袖《りょうそで》の中に小さな袋を仕込んでいて、片方の袋に本物の賛成票を隠し、もう一つの袋から偽物《にせもの》の反対票を出して混ぜていたのを他の委員に見つかったんです。

頭がくらくらしてきた。

真道学院だ。連中が役場内部にまで手を伸ばしていたのだ。

それにしてもあの見るからに小心者で生真面目《きまじめ》そうな志村が、そんな大それたことを行なうとは信じられない思いだった。しかも大それているくせに手段が安い。

一体どんな理由があって連中に加担したというのだろう。

——偽物の票は、本物の票の中に既に混じってしまい、もう見分けがつかなくなってしまいました。

「それで、志村さんはどうしました」

——すっかりおかしくなってしまったんです。警察を呼んで娘を保護しろと喚《わめ》き散らしているんです。

志村の奴《やつ》、学院に買収されたな。愚かな男だが、家族は保護してやらなくては。

「大成さん、ここは彼の要求通り、彼の家族を保護してあげなくてはなりません。彼の自宅に電話して家族の安全を確認してあげてください。私は駐在所の松浦さんに電話して彼の家に急行してもらうよう頼みます」

――町長、どういうことなんですか？

「理由は後で説明します。ところで、本物の票と偽物の票は本当に見分けがつかないんですか？」

――ええ、駄目です。

「では、無効ということですか」

あゆみが町長のスーツの袖《そで》を摑《つか》んで引っ張った。説明してよと言いたげな顔だった。

町長はもう少し待てと目で言った。

――申し訳ありません。

苦渋に満ちた声で大成は詫《わ》びた。

大公聴会室での発表、その後の記者会見。この町で働く公務員すべての信用がこの一件で地の底に落ちるのだ。

――結果発表では、私から住民の方々に説明させてください。不正行為を防げなかったのは私の責任ですから。

その声はこみあげてくる嗚咽《おえつ》を精一杯堪えようとして引き攣《つ》っていた。

「わかりました。私の部屋まで来てください。簡単な打ち合わせをしてから発表に臨みましょう」

受話器を置き、その場に立ち尽くした。

「父さん？」あゆみが恐る恐る声をかけた。

町長は強ばった顔であゆみを見て言った。

「あゆみ、結果を見届けるのはしばらく後のことになりそうだぞ」

14

午後十一時二十九分。

携帯電話が素子の手の中で震えた。

待ちくたびれ、へとへとになっていた二人は体を緊張させた。

「はい……松田さん、どうなりました？……ええ？」

青白い蛍光灯の光に照らされた素子の顔が歪《ゆが》んだ。

敏郎の胸が悪い予感ですくみ上がった。

「無効！　どうして無効なんですか！」

敏郎の張りつめた神経に亀裂《きれつ》が走り、ばらばらになりそうな感覚に襲われた。自分の夢が崩れ去る恐怖に声を上げることもできなかった。

15

午後十一時四十七分。

藤咲町長、根本議長、大成委員長の三人が強《こわ》ばった顔で、大公聴会室の壇上裏のドアから現れると、部屋に詰めかけた住民達の間に大きなどよめきが湧《わ》き起こった。ホールで待っていた人達も我先に入り口に殺到した。

「どうなった！　早く教えろ」

前列にいた男が興奮を抑え切れずに喚いた。

どうなった、どうなった、教えろ、教えろと水紋のように会場の内から外へと声が広がっていった。

あの時と同じだ、と藤咲は思った。温泉造りが失敗に終わったあの日と同じ。それどころかあの時よりも何倍もスケールがでかい。

町長は壇上のマイクのスイッチをオンにして言った。

「皆さん、お静かに願います」

しかしざわめきはいっこうにおさまらなかった。いよいよ発表だという知らせが部屋の外にいる人々にも口々に伝わり、ますます大勢の人間がどたどたと足を鳴らして建物の中に踏み込んできて、役場は恐ろしいほどの喧噪《けんそう》に包まれた。

一人一人が皆期待と不安に目をぎらつかせていた。

藤咲の隣に立った大成委員長の顔が恐怖で引き攣り、今にも卒倒しそうであった。彼女は自分の口から説明すると申し出たことを後悔しているかもしれない。こんなに大勢の興奮した人間を前にして、彼らが待ち望んでいた投票結果は、たった一人の不正行為によって無効になったと説明しなければいけないのだ。

町長は一旦《いったん》マイクのスイッチを切った。

そして会場の騒がしさに負けぬよう大成委員長の耳元で大声を張り上げた。

「大丈夫ですか？　私から説明しましょうか」

背の低い大成委員長は町長の顔を見上げ、負けじと声を張り上げた。

「いいえ、私がやります！　私の責任ですから」

彼女の目には涙が溢《あふ》れんばかりに溜《た》まっていた。

「早くしろおおお！」

会場の後方で一際《ひときわ》大きな野次がとび、節操のない人々がそれを真似《まね》する。

「早くしろおおお」

「早くおしえてよおおお」

「ずっと待ってたんだからねええ」

「何やってんのよおお、早くううう」

町長は聴衆に向き直り、再びマイクのスイッチをオンにした。

肺一杯に深く空気を吸い込む。部屋の空気は薄かった。

「静かにしてください！」

全身から声を搾《しぼ》り出して叫んだ。

スピーカーの傍にいた人々が思わず耳を塞《ふさ》いで身を引いた。

町長の凄《すさ》まじい気迫に圧倒された前方の人々が黙り込んだ。

今度は沈黙の水紋が広がっていった。

会場のざわめきのトーンが少しずつ低くなっていく。その様子もまた圧倒的な迫力があった。数十秒の後、会場内はわずかな囁《ささや》き声をのぞいて恐い程に静まり返った。

「投票管理委員長の大成真希子さんから、皆さんにお話があります」そう告げると、マイクの前から離れ、大成委員長に頷《うなず》いた。彼女は口を固く結び、目を吊《つ》り上げて、頷き返した。

それから議長の根本に近寄り、耳元で言った。

「もし身の危険を感じたら、遠慮せず逃げてください」

壇上の壁の裏にあるドアを目で示す。

根本は町長の目を見返し、小さく頷いた。

16

役場のホール内で人の波に流されているうちに丸尾達はバラバラになってしまった。

丸尾の隣には磯崎の汗臭い体がぴったりと押しつけられていた。

和島と清美の姿が見えない。

丸尾の立っている位置からは、大公聴会室の開け放したドアを通して会場内が見えた。

「私から、町の皆さんに深くお詫びをしなくてはなりません」

壇上に立った女が泣き声混じりに告げると、会場内にどよめきが起き、あっという間にホールにも伝わってきた。

どうした、何かあったのか？　皆が口々に不吉な思いを口にする。

「投票管理……委員の……ウ……ひ、一人の……ふふ、不正行為により」

丸尾は自分の耳を疑った。あの女、何を言ってやがるんだ。

「投票は無効となりました。申し訳ありません！」

わああ、と女は堰《せき》を切ったように泣き始めた。マイクを通して増幅された女の泣き声が会場に響き渡る。

「ふざけんなああ」

「何よそれえええええ」

「馬鹿《ばか》にしてんじゃねええ」

あちこちでほぼ同時に怒声が上がった。

周囲の人混みが会場入り口へと流れ始めた。抵抗しても無駄であった。

「志村の野郎、失敗しやがった」丸尾はぶつかってきた男を両手で突き飛ばして、吐き捨てるように言った。

「押すんじゃねえ」突き飛ばされた若い男が丸尾に歯を剝《む》いた。まるでヒステリックな日本ザルだった。

丸尾は右肘《みぎひじ》を男の鼻柱に力一杯叩《たた》きつけた。男は顔を押さえ、膝《ひざ》を折る。男の髪の毛を摑んで顎《あご》に膝蹴《ひざげ》りを放って骨を砕くと、床に倒し踏みつけた。周囲の人間は誰ひとり丸尾の行動に気づかなかった。

「どうします！」磯崎が怒鳴った。

「一旦《いったん》ここから出る」

そうは言ったもののここから抜け出すのは容易ではなさそうである。

「和島と臼田は！」

「手分けして探すんだ」

失敗した、失敗した、俺の地位が危ない。苦労して築き上げた俺の地位が！　頭の中でもう一人の自分が叫んでいた。

「これは陰謀だあぁ」

その時、会場の空気が電気で増幅された声にビリビリと震えた。

丸尾はその声を聞いて硬直した。

「あれは和島の声だ」

信じられなかった。

和島がマイクを通して喋《しゃべ》っているのだ。

17

「これは町長と投票管理委員が結託して、テーマパークを強引に造ろうとする許し難い陰謀だ！　皆騙されるな」

壇上の町長がマイクを手に持って怒鳴り返した。

「誰だ！　勝手にこちらの周波数を使っているのは。今すぐやめなさい！」

「町長は自分の野望を達成すべく、投票管理委員を買収し、反対票と賛成票とすり替えたのだ」

「和島の奴、電波ジャックしてますよ！」磯崎はすっかりうろたえていた。

「あの野郎、狂ったな」

「どうしてこんなことができるんですか！」

「奴は自衛隊時代に通信技師だったんだ。小型のマイクとトランスミッターがあればこれぐらい簡単にできる」

「でも、どこからそんなもの……いつのまに」

「盗聴器を流用したんだろ、なんでもかんでも俺に訊《き》くな！」

突然響いた謎《なぞ》の声に会場の人々が怯え始めた。

「誰だ！　誰が喋ってるんだ！」

「どこで喋ってやがるんだ」

「皆、騙されるな！　町長は自分の利益のために町の自然を破壊して、純粋な青少年達の心を蝕むことをなんとも思わない卑劣な男なのだ」

今度は町長が怒鳴る。

「でたらめな中傷はやめなさい」

「大始祖さま！　和島です。今こそ私が身をもって極悪非道な町開発を止めてみせます」

「あの気違いめ……」

丸尾は怒りで頭がくらくらしてきた。隼人《はやと》を殺し、さらに死体を冒瀆《ぼうとく》したことが和島を狂わせたのだ。奴の神経は俺が考えていたほど太くなかった。常に自分の監視下に置いて目を離すまいとここまで連れてきたのが裏目に出た。

「愚かな民衆たちよ！　我々はお前たちを破滅から救うためにやってきた救世主だ！　俗悪なリーダーを捨て、偉大なるフーラ・カミーシャ・天海原満流の前に跪くのだ！　さもなければお前らは自己破壊の道を進むぞ」

おびえた人間達が会場の出入り口を目指して殺到し始めた。

18

「皆さん！　落ち着いて行動してください。どうかパニックを起こさないで！」

町長が逃げ惑う人々に呼びかけるがまったく通じなかった。人が人を踏みつけて前へ進もうとする。怒声や悲鳴、泣き声が巨大な渦となって大公聴会室を呑《の》み込んだ。

「周波数はどうやって変えればいいんだ！」

町長は根本に向かってどなった。

「俺が音響室へ行く！」根本は言うが早いか、壇上裏のドアから飛び出していった。

その様子を見ていた数十人が壇上に駆け上がり、小さなドアに殺到した。

大成委員長が突き飛ばされ、尻餅《しりもち》をついて悲鳴を上げる。

町長は咄嗟《とっさ》に彼女の上に覆《おお》い被《かぶ》さった。その背中を何人もの靴が踏みつける。

「快楽ばかりを追求し、堕落していくお前達愚民を救ってやろうというのにお前らはまだ目を覚まさんつもりか。破滅がやって来た時、貴様らは互いに殺し合い、死体を食らって生きるのだ。そして文明社会が作り出した化学物質で汚染された肉塊を食らい自らもまた狂いのたうち回ってくたばるのだ！　真の地獄、エバーナ・ゴイサムだ！　貴様ら、そうなりたいのか！」

19

建物内で喚《わめ》き声が聞こえたと思ったら、続いて階下で物凄《ものすご》い地響きがした。

あゆみは町長室のブラインドを上げ、外を見た。途端に息を飲む。

何百人もの人が転がるように建物から外へ飛びだし、一目散に逃げていくのだ。

「何、何よ一体！」

本能的な恐怖が背中を走り抜けた。

20

——素子さん、とんでもないことになったわ！

電話の向こうで松田議員が怒鳴った。

「何があったんですか！」素子は寝ている患者が起きてしまいそうな声で叫んだ。

——学院の人間が会場内で電波ジャックをやって……怯《おび》えた人達が逃げ惑っているわ。

この先、騒ぎがどこまで大きくなるかわからないから、病院の外に出ちゃ駄目よ。

21

「和島はどうしようもない。放っておいて、俺達はマンションへ戻って学院長様に報告だ」建物の外へ走り出ると、丸尾は磯崎に言った。

「臼田は？」

「一人で帰ってくる。行くぞ」

車に乗り込み、エンジンをスタートさせる。

「どけっ！　屑《くず》ども」

急発進し、若い女の腰にバンパーをぶつけた。女は足をすくわれ、フロントガラスに頭を打ち付けた。それから転がって車の横に落ちる。丸尾は狂ったようにクラクションを鳴らして人間どもを追い立てた。

22

「貴様ら、逃げるな、俺の話を聞け！」

大公聴会室には依然、男の声が響いていた。根本は見たこともない放送機器の前で戸惑っているらしい。

壇上裏のドアには人がつっかえていて、呻《うめ》いていた。

「和島っ！」

別の声が会場の空気を震わせた。女の声だった。

驚いた町長が顔を上げると、なんと、壇上のマイクの前に美しい若い女が立っていた。

「やめなさい！　お前にそんなことをいう資格などないのよ！」

「臼田、貴様！」

謎の男の声に初めて動揺が現れた。

「自分の凶暴性を抑えられずに衝動で隼人を殺したお前なんかに人類の救済を説く資格なんかない、お前はただの人殺しだ！」

町長も大成委員長も呆然《ぼうぜん》として若い女を見た。

待てよ、臼田？

「臼田さんの娘じゃないか！」

23

「清美！」

臼田は壇上に現れた娘に向かって走ろうとしたが、通路の人の流れは逆だった。公聴席の背もたれの上で危なっかしくバランスを取りながら、前列の席めがけてジャンプを繰り返す。

視界の隅に、自分と同じように壇に向かって突進する男の姿が映った。

奴が和島だ！

臼田はベルトのホルダーに収めた、特殊警棒を抜き、力任せに振った。ジャキンという音を立てて警棒が伸びた。

24

刃物を振りかざして、男が壇上に駆け登ってきた。

男は女の顔めがけてナイフを斜めに振り下ろした。女がキャッと悲鳴を上げ、仰向けに倒れた。

藤咲は右肩から暴漢の左脇腹《ひだりわきばら》にタックルをかました。

暴漢と町長は一緒になって倒れた。男が振り向きざまにナイフを一閃《いっせん》させた。額がほぼ真一文字にパックリと切れ、血が溢《あふ》れる。

藤咲は反射的に長い足で暴漢の胸板の左側を靴底で力一杯蹴った。血が目に流れ込み、しみた。

「清美っ！」臼田が手に金属の警棒を持って壇上に飛び乗った。尻餅をついている暴漢の首の後ろめがけて警棒を振り下ろす。暴漢が反射的に首を反らしたので警棒は左肩に当たった。

うおおおお、と暴漢が吠《ほ》え、目にも止まらない素早さで体を反転させると、ナイフを握り締めた右手を臼田の腹めがけて突き出した。

臼田が体を左に捻《ひね》り、攻撃をかわした。

藤咲は目に流れ込んだ血を拭《ぬぐ》うと、壇上の隅に立ててある数本のマイクスタンドに飛びついた。一本を手に取り、脚の部分を先にして、両手で薙刀《なぎなた》と同じように構えた。

臼田と暴漢が壇上で1メートル半ほどの距離でにらみ合ったまま、対峙《たいじ》していた。どちらもつま先だって相手の出方を窺《うかが》っている。

藤咲が暴漢に向かってダッシュするのと、気配を感じた暴漢が振り向くのがほぼ同時だった。

藤咲は下段の構えから、マイクスタンドを暴漢の左すねを狙《ねら》って突き出した。当たるとすぐさま内側に差し入れ、力一杯外側へ払った。

見事なタイミングで技がかかり、暴漢は前のめりに倒れた。

倒れたところに臼田のつま先が暴漢の顎の先を捕え、首の骨が折れそうなほど強烈なアッパーが決まった。暴漢がぐったりとしたところをすかさずナイフを持った右手に警棒を二度叩きつけ、指が折れるとナイフを取り上げて公聴席の方へ放り投げた。

そこで力尽きた臼田は四つん這《ば》いになって、倒れている娘に犬のように飛びついた。

「清美っ！」

娘の顔は真っ赤な血で染まっていた。額の左側から右の頬へと斜めに切り裂かれた無《む》惨《ざん》な傷口から溢れた血が、眼の窪《くぼ》みと鼻の両脇に溜《た》まっていた。そこから流れ落ちた血は耳の中へ溜まり、さらに溢れて床へと流れ出していた。

臼田は娘をそっと抱きかかえて立ち上がったが、足が頼りなくふらついた。倒れそうになったところに藤咲が清美の脚を抱えて支えた。

「臼田さん、私の車で病院へ」

25

やっと役場から出られたと思ったら、正門前の道路には車が団子状態になっていてまったく進めなかった。

十数名の制服警官は騒ぎの大きさに喚きながら右往左往するだけで、事態の収拾に何の役にも立っていなかった。そもそも何が起きているのかもいまいち把握していない。

丸尾は制止しようとする二人の警官を追い散らし、二台のパトカーの間を強引にすり抜けようとした。

抜けられたと思った瞬間、前方からやってきた乗用車と接触する。

「ぶっ殺されたいか！　どけ」

丸尾はサイドウインドウから顔を突き出し、恐ろしい形相で叫んだ。しかしその形相は一瞬にして戸惑いに変わった。

「大始祖様！」

接触した乗用車に乗っていたのは若い学院生数人だった。

「何しに来た、勝手に行動するな！」

「テレビを見て駆けつけたのです！　私達も戦います」

見るとその車の後ろにも数台の乗用車が連なっていた。全部学院の車であった。

丸尾は頭を抱えたくなった。

「有志三十七名、駆けつけました！」

丸尾は車から降り、ボンネットを飛び越えると男に飛びつき、左手で胸倉を掴むと怒鳴った。

「誰が勝手に行動していいと言った！」

一発ぶん殴るために右の拳《こぶし》を後ろに引く。

「学院長様の御直令です！」

拳を握った力が緩む。

「なんだと？」

「一時間前、学院長様が絹田マンションへ御到着になりました。テレビの中継をご覧になり、僕ら若い者達で役場を占拠し、町長を捕まえ、無効を撤回させてテーマパーク反対を表明させろという御直令です！」

丸尾は狂牛病みたいに脳味噌《のうみそ》がスカスカになっていくような感覚に捕われた。

俺はこの町に来て、ひとつひとつ慎重に工作を重ねてきた。学院生を転入させ、住民投票にまで持ち込み、高坂を使って町民課の職員を監視させ、疑惑を持った町長達の動きを事前に察知した。そして青少年育成会の会長を反対側に取り込み、志村を買収して票操作をやらせた。

それらをぶち壊したのはどいつだ。

脱会援助団体の監視部屋に気がつかずに青柳を襲わせたのは学院長だ。おかげで転入者のリストと学院生のリストが出会うことになり、それが一致し、青少年育成会の鳴海が賛成側へ寝返った。志村が票操作に失敗したことだって、もとはといえば賛成と反対に差がありすぎて操作の回数を多くしなければならなくなったからだ。そうなってしまったのも元を辿《たど》れば学院長のヘマではないか。

挙げ句の果てには、役場を占拠して町長を拉致《らち》しろと言う。

学院長は少しでも俺が仕事しやすいようにサポートしてくれたか？とんでもない。のっけから隼人などというクソ馬鹿を俺に押しつけ、教育しろだなどといって足を引っ張ったではないか。

やめた。やめたやめたやめたやめたやめたやめた。

ふざけるな、つきあいきれるか。

「よし、わかった。行け！　行って死ぬまで戦え！」

丸尾は役場の建物を指さして絶叫した。

雄叫《おたけ》びを上げながら学院生は役場へと突進していった。

「磯崎！」丸尾は手招きした。

磯崎が心配そうな顔で傍にやってきた。

丸尾は磯崎の胃に全体重の乗ったパンチをめりこませた。磯崎の白目の部分が大きくなり、ゆっくりと膝を折って崩れた。

丸尾は学院生達が乗ってきたワゴンに乗り込み、出発した。

26

「いたぞ！　あいつが町長だ！」

大公聴会室の入り口に三十人程の男が詰めかけ、壇上を指さして口々に叫んだ。学院生に違いない。

大公聴会室はほぼ空っぽになっていて、男達は素早く通路を駆けおりてくる。

清美を抱えた臼田と町長は壇上裏のドアをくぐりぬけたところだった。

「早く早く！」結局何もできなくて戻ってきた根本が通路の奥から叫ぶ。大成委員長がドアを閉め、鍵《かぎ》を掛けた。

「職員専用の通用口を通って、駐車場へ出よう」根本が先導する。

ドアに達した学院生達が体当たりを食らわせて開けようとしている。

「猿か、あいつらは！」臼田が吐き捨てるように言う。

「いやあああああああああ」

突如、腕に抱えた清美が暴れ出したので、町長は抱えた清美の足を床に落としてしまった。

清美は喚《わめ》きながら父親の臼田の顔を爪《つめ》で目茶苦茶に引っ掻き、殴る。

ない。


「やめろ、清美！　俺だ、父さんだ」

「てめえええ、死ねえええええ」清美は女とは思えぬ罵《のの》り声を上げ父親を攻撃する。

「やめなさい！」藤咲が止めようとしたが、両腕を凄《すさ》まじい勢いで振り回し、寄せつけない。

「早くしないと、連中が回り込んでくるぞ！」根本は通路の奥と清美の様子をせわしなく交互に見て叫んだ。

小柄な若い女一人を大の中年男二人かかってもおさえつけられなかった。それほど清美の発狂ぶりは凄まじかった。

「殴って気絶させろよ！」根本がじれったそうに言った。

「簡単に言うな！」藤咲が怒鳴り返す。

通路を曲がった奥の方から大勢の足音が聞こえてきた。

「いわんこっちゃない、連中がこっちへ来るぞ！」

「はさみうちになる！」大成が恐怖に駆られて悲鳴に近い声を上げた。

「エレベーターで二階へ上がろう。私の部屋に籠城《ろうじょう》して、警察を呼ぶんだ」

27

「ちくしょおおおお、はなせえええええ」

廊下で女の絶叫が聞こえたので、あゆみはぎくりとして、町長室のドアを少しだけ開けて廊下を覗《のぞ》いた。

「あゆみ、ドアを開けろ！」肩から上が血塗《ちまみ》れの父親があゆみに向かって叫んだ。

父と臼田が顔中血塗れの女を二人で抱え、後から議長の根本と大成委員長がついてくる。

「父さん！　どうしたの！」

震えが全身を襲った。それでも言われたドアを大きく開け放った。

五人の男女が町長室になだれこんできた。父と根本が女をソファに押さえつける。

「根本さん！　鍵をかけて、なんでもいいからドアの前に積んでバリケードを作ってくれ！」父が怒鳴った。

「任せろ！」根本はもうひとつのソファをドアの方へと押し出し始めた。大成委員長も手伝う。

「父さん、すごい怪我《けが》！」あゆみは恐怖に立ち尽くした。

「あゆみ、窓を開けて正門にいる警官達に助けを求めろ。早く！」

おろおろしている場合ではなかった。あゆみは関節がぎくしゃくする体を無理矢理動かして、窓の所までいくと、窓を大きく開け放って、外に向かって両手を突き出して叫んだ。

「お巡りさあああん、助けてえええええ！」

28

「うおお、なんじゃこりゃ！」倉本はブレーキを踏み込んだ。

あゆみを探し求めて一日中県内を走り回り、くたびれ果てて坂巻へ帰ってくると、役場前の道路が大混乱に陥っていた。

道端には苦痛に顔を歪《ゆが》めた人々が座り込んでいた。

救急車とパトカーのサイレンが路上を赤く照らし出していた。

何かどえらいことが起きている。

乗り捨てられた数台の車のせいで道は完全に塞《ふさ》がってしまっていた。

倉本は車から降り、ボンネットの上に飛び乗って、塀の向こうの役場の様子を見ようとした。

人々が右往左往している広場から役場の二階へと視線を移した時、信じられないものが目に飛び込んだ。

部屋の窓からあゆみが両手を振っていたのだ。倉本に向かって。

「あゆみいいいいい!」

倉本は団子状態になった車のボンネットや屋根を踏んづけて、役場の敷地内にジャンプして着地すると、役場の建物めがけて突っ走った。

29

ドアの外にいる連中がしつこく体当たりや足蹴りを繰り返し、ドアを破ろうとしていた。

「開けろおおおお」

「ドアを開けろ、町長おおお」

町長室のドアが激しく揺れる、それに呼応するかのように清美が激しく手足をばたつかせる。

「あゆみ! 警官はまだ来ないのか」

「駄目! 全然こっちに気づいてくんない」

30

ぶつかってくる人間や邪魔な人間は片っ端から突き飛ばして倉本は役場の二階へと駆け上がった。二階に達すると、人の喚き声とドアを蹴っている音が聞こえた。

倉本の立っている位置はコの字形をした廊下の右上の角だ。騒ぎは廊下を左手に行き、右に曲がった奥から聞こえてくる。

20メートルほどの廊下を三秒そこそこで駆け抜け、曲がり角に達するとギョッとした。廊下の突き当たり右側にある町長室の前に三、四十人の男がひしめきあっていた。

なんだ、あいつらは。あんなにいたらかなわねえぞ！

倉本は廊下の真ん中まで取って返し、壁に格納された消火栓の蓋《ふた》を開けた。さすがに公共の施設だけあって充分な水圧がありそうな代物《しろもの》だ。仕事柄いかにも慣れた手つきで布の外張りが施されたホースをフックから外し、赤い鉄のハンドルを力一杯右へ回す。ホースを左の脇にしっかりとはさみ、再び曲がり角へ突進する。背後でホースが伸びるガラガラという音が響いた。

水が勢いよくホースに流れ込み、さっきまで煎餅《せんべい》のようにぺしゃんこだったホースがわずか数秒で大蛇のようにぶっとくなった。

「おい、てめえら！」

倉本はありったけの声を振り絞って叫んだ。

数人が倉本の方を振り返った。

倉本は右足をやや前に出し、腰を落とすと親指の付け根と踵《かかと》にグッと力を込めた。

「少し頭冷やしやがれ！」

右手でホース先端の放水弁を開放した。軽い反動と共に太さ12センチの水柱が男達めがけて一直線に突き進んだ。

31

――ひいいいいい、あああああああん
――琢磨さん、琢磨さん、あっ、ひっ、もっとお
――ほらほら、二人とももっと声出せ、声！
あああ、なんていやらしいんだ、まったく最高だこりゃ。
君塚はヘッドフォンを装着して剣持に隠し撮りされたビデオを改めて観賞していた。
いやはや特A級のよがり声だ。臨場感も抜群。立派な商品になるぞ、こりゃ。
ムーンとピンクの吸い付くような肌の感触が鮮明に蘇《よみがえ》った。君塚は傍らに置いたティ

ッシュボックスからティッシュを五枚抜き取り、もう一方の手でズボンのジッパーをおろし、硬くなったペニスを引っ張り出すと、ビデオのフィニッシュに合うように調整しながらしごき始めた。

突然書斎のドアが乱暴に開けられ、男が踏み込んできた。丸尾だった。

君塚は仰天してソファから腰を浮かせた。

丸尾がソファの前に置かれたテーブルに飛び乗り、君塚の胸板を蹴《け》り上げた。肋骨《ろっこつ》が折れ、肺から空気が叩《たた》き出された。

丸尾は君塚の頭からヘッドフォンをむしり取り、髪の毛をわし摑みにすると自分の顔の方へと引き寄せ、言った。

「貸して欲しい物が二つある。貸さなきゃこの場で殺す」

32

倉本は少しでも近づこうとする奴には容赦なく顔面に水を叩きつけ、息ができなくしてやった。

水圧が下がり、水柱が細くなってしまった。もう連中を押し止める力はなくなった。

ずぶ濡《ぬ》れの男達が口々に喚きながら倉本の方へと向かってくる。

倉本はホースを足もとに投げ、逃げることにした。こいつらが自分を追いかければその隙《すき》にあゆみが脱出できるかもしれない。

廊下を駆け抜け、階段を降りようとしたところで数人の警官と鉢合わせした。

倉本の形相を見て、警官達は暴漢の一味と思ったようだった。

「こら、なにしとる！」

二人が倉本に摑《つか》みかかった。

「ちがう！　俺は違う」倉本はその手を振り払おうとした。

「抵抗するかっ！」

柔道の足払いを掛けられ、すっ転んだ時、暴漢達が押し寄せてきて階段は暴漢と警官達の乱闘の場と化した。巻き込まれた倉本の体を何人もの靴が踏みつけ、蹴飛ばした。

33

丸尾が407号室のドアを開けた途端、斜め上方から湯飲み茶碗《ぢゃわん》が顔に向かって飛んできた。咄嗟《とっさ》にそれを避ける。茶碗は顔の左横を掠《かす》め、ドアに当たって砕けた。飛び散った玉露が丸尾のクリーム色のレインコートの背中に染《し》みを作った。

「糞馬鹿者《くそばかもの》め！」

学院長が部屋の真ん中に据えられた高さ1・5メートルの赤い布で覆《おお》われた木製の座壇の上から罵声《ばせい》を浴びせた。

ただでさえ天井の低い部屋に無理矢理作らせた座壇のせいで学院長の頭は蛍光灯の傘に触れんばかりだった。

座壇の下には二人の侍女が背筋をまっすぐに伸ばして正座していた。

「申し訳ございません」

丸尾は噴き出しそうな怒りと屈辱をぐっと堪《こら》えて、深く頭《こうべ》を垂れた。

「こっちへ来い！」学院長は命令した。

丸尾は後ろ手にそっとドアをロックすると土間に靴を脱ぎ、座壇の真ん前に立つと、蛍光灯の逆光で暗い学院長の顔を見上げた。

学院長が右手に持った木の杖《つえ》を丸尾の額に叩きつけた。

カツン、という甲高い音が響き、丸尾はよろめいた。

「逃げるな！　顔を差し出せ！」

丸尾は両方の拳《こぶし》をきつく握り締めた。

ふざけやがって、このくそババア。

「なんだその目は！」

学院長が再び杖を振り上げた。

杖が横殴りに襲ってくると、丸尾はそれを左手の甲で思い切り払いのけた。手に鋭い痛みが走り、痺《しび》れたが、なんだか自分の手ではないような気がした。

杖は学院長の骨としなびた皮だけの手から弾《はじ》き飛ばされ、畳の上に落ちた。

丸尾は両手を前方に突き出してジャンプし、学院長の真紅のペプロスの襞《ひだ》を摑むと、全体重をかけて下に引っ張った。

学院長は前のめりになって座壇から転がり落ちた。踵《かかと》が電球の傘にぶち当たり、部屋の明かりが激しく揺れた。丸尾が咄嗟に後ろに飛びのくと、その場所に学院長が背中から着地した。部屋がズシンと震える。

「学院長様！」二人の侍女が学院長の体の上に覆《おお》い被《かぶ》さり、庇《かば》った。

「どけ、クソが！」

丸尾は侍女二人の背中を踏みつけ、脇腹《わきばら》を蹴り上げたが、二人は死んでも離さないとばかりに学院長の体を必死で抱え込み、アルマジロのように体を丸めた。

「どけって言ってんだよ！」

最後の手段とばかりに手前にいた侍女の後頭部を、踵をめりこませるほどの勢いで蹴りつけた。踵が延髄にめりこむ嫌な手応《てごた》えを感じた。続いてもう一人の侍女の脳天をサッカーボールのように二度蹴ってやったら二人とも鼻血を垂らしてぐったりとなった。

二人の足首を持って後ろに引き摺《ず》ると、その下から仰向けになった学院長が現れた。

背中を強く打ったらしく、起き上がることもできなかった。畳に激突して顔をぶつけたのか口の中は血だらけだった。

「貴様……よくも……」

学院長は丸尾のズボンの裾《すそ》を摑んで、色眼鏡の奥から丸尾を睨《にら》みつけた。この世に存在するどんな醜悪な生き物よりも醜い形相だった。

丸尾は学院長の心臓の真上を左足で踏みつけ、しっかりと押さえつけると一語一語ゆっくりと話し出した。

「あんたにはガッカリしたよ。役場を占拠して町長を拉致《らち》しろだと？　それを聞いたとき、もうあんたとは一緒にやれないと思った。あんたは本物の気違いになっちまったんだ」

「逃げるつもりか……学院から逃げられはせんぞ」

学院長はしゃがれ声で、呪《のろ》いをかけるように言った。

丸尾は悲しげに顔を横に振った。

「こんな状況だってのに脅迫するつもりか？　俺は今この場でてめえをぶち殺すこともできるんだ」

「わしが死を恐れるとでも思っているのか、この出来損ないが。殺したければ殺すがいい。一万三千の学院生がお前を追いつめるぞ。世界の果てまで逃げても追っていくぞ。

学院生は決してあきらめん。何年かかろうともいつか必ずお前を見つけだして捕え、八つ裂きにする。そして貴様は、最後はわしと同じ墓に入るのだ。そうさ、お前はわしから逃げられない」

「寝惚《ねぼ》けたこと言うな、てめえがくたばれば学院なんてバラバラに空中分解だ。てめえ一人で権力を一手に握っていたんだからな。てめえの命と同時に学院も消えるんだよ」

学院長はぞっとする気持ちの悪い笑いを浮かべた。唇の両端から血がだらりと滴《したた》る。

「そうか……なら殺せ。そうすればどっちの言っていることが正しいかわかるぞ。わしは日頃から学院生に死を恐れるなと言い聞かせてきた。学院のために進んで命を投げ出せともな。そういう連中にお前はたった一人で立ち向かうのだ……楽しみだよ。たとえわしが死んでも、わしは一万三千の学院生の心の中で生き続ける。生き続けて脳に命令を下す。仲間を増やせとな。そして学院生は命がけで命令を遂行するのだ。二万が五万になり、十万になり、十万が……わしは伝説となり、神となる。そうとも、死によって不滅の名を未来永劫《えいごう》に残すのだ」

学院長は静かに笑い出した。

丸尾は静かにレインコートのボタンを上から一つずつ外していった。脱ぎ捨てると、その下から現れたのは湯気を立てるほど汗ばんだ肉体と、Tシャツの左脇の下にぶら下げられた散弾銃だった。その銃——ベレッタS687上下二連——はグリップ後ろの木製ストックをそっくり切り落としてあった。

君塚からレインコートをいただき、ガンロッカーを開けさせてこの銃を奪い取った。頼むから馬鹿な真似《まね》はやめろと泣き声混じりに哀願する君塚の両方のスネを、銃のストックでぶっ叩いて動けなくしてやった。ペットの短足犬が丸尾のふくらはぎに飛びついてきたが同じように背骨にストックを叩きつけて潰《つぶ》した。泣き叫ぶ君塚に鋸《のこぎり》はあるかと訊《き》くと、君塚はしゃくりあげながらガレージの工具箱の中に小さな枝切り用の片刃鋸があると答えた。丸尾は銃を持って一階に降りた。家政婦がナメクジのように床を這《は》っていたので、もう一度軽く頭を蹴って気絶させた。それからガレージに入って工具箱を探し、一秒たりとも休むことなく鋸を動かし続け、わずか七分で切り落とし作業を完了した。グリップには同じ工具箱の中から見つけた釘《くぎ》と金鎚《かなづち》で、抜き取ったレインコートのベルトを打ちつけて即席のストラップにした。

銃を肩から外す丸尾を学院長が蔑《さげす》みの目で見た。

「はっ、そんな大仰なもん使わずに、自分の両手で、わしの首を絞めればよかろうが！己の手を使うのが恐いからそんなもんに頼るのだ。所詮《しょせん》貴様は玉の小さい男よ」

死を覚悟したのか、学院長の口ぶりは堂々としていた。

丸尾はくだらぬ挑発など聞き流した。

「ああ、てめえの言う通りだよ。俺は貴様が黄色い目ん玉ひんむいて、生ゴミみてえに臭《くさ》い舌を突き出した顔なんぞ気持ち悪くて見る気になれない。だからこいつで片をつける」

丸尾は言い放ち、座壇を覆っていた真紅の布を左手で剝《は》ぎ取ると、それを学院長の顔の上に広げた。シルクの布はふわりと羽のように学院長の上に舞い降り、正視に耐えぬ醜い姿を覆い隠した。

「貴様は生きてこのマンションから出られん！」

学院長は布の下で喚《わめ》いた。

丸尾は学院長の胸から足を離すと、学院長の顔の真ん中に銃口を押しつけ、顔をそむけて目を固く閉じ、引き金を引いた。

鼓膜を突き破るような銃声が部屋を揺さぶり、赤い布が舞い上がった。次の瞬間、金属のように冷たく硬い静寂が訪れた。

赤い布は再び静かに、音もなく舞い降りた。

死んだかどうか確認する必要などなかったし、どんな有り様になったのかを見る気もしなかった。即座に踵《きびす》を返し、靴を突っかけると、部屋を飛び出した。

邪魔する奴は片っ端から婆《ばば》あと同じように肉塊に変えてやるつもりだった。

人生もう一度やり直しだ。

なに、俺ほどのカリスマならもう一度新しい世界で名を挙げてみせる。

34

倉本は暴漢ではないことを証明するために、あゆみを呼んできてくれと警官に頼んだ。

あゆみが警官に付き添われて町長室から出てきた。

「澄夫君！」

二人の制服警官に両腕を摑まれた倉本を見て、あゆみは大声を上げた。警官があゆみと倉本を交互に見較《みくら》べた。やっと思い違いに気がついたらしい。

「だから違うって言っただろうが」

倉本は腕を振りほどき、水浸しになった廊下をゆっくりとあゆみの方に向かって歩いた。

あゆみに付き添っていた警官は面白くなさそうな顔で町長室に引っ込んだ。

あゆみも緊張した顔でこちらへやってくる。二人は廊下の中程で立ち止まった。

「無事だったか」倉本は疲れた笑いを浮かべて言った。

「澄夫君が助けてくれたの？」

「ああ、あゆみちゃんが窓から手を振っているのが見えてさ。ちょっと派手にやり過ぎたかな、はは」

洪水後のような廊下を見渡して、軽く笑った。

暴漢達はすでに警官に連行され、町長室から小さく話し声が聞こえる以外はフロアーは静まり返っていた。

「……ありがとう」

あゆみの顔はどんな顔をしていいのかわからないとでもいうように強《こわ》ばっていた。

倉本は自分の馬鹿さ加減を笑いたくなった。あゆみが感傷に浸るために思い出の場所をうろついているなどと考えてしまった自分は、なんという間抜けな勘違い男なのだろう。

結局、俺は今日一日、自分一人しかいない追いかけっこでガソリンを無駄にしただけだったのだ。

虚《むな》しさに胸が冷えた。

「夜、一人でいたらどうしてもあゆみちゃんに一目《ひとめ》会いたくなってさ。ここに来れば会えるかなって思ったんだ」

嘘《うそ》をついた。

「……勘がいいんだね。おかげで助かった。本当にありがとう」

「いいさ……顔を見たらやっと諦《あきら》めがついたよ」

あゆみの顔が泣き出しそうに歪《ゆが》んだ。目に溜《た》まった涙を人差し指の先で拭《ぬぐ》う。それから倉本の顔を見て、言った。

「ちょっと話したいことがあるの」

あゆみと倉本は喧噪《けんそう》を避け、人気《ひとけ》のない中二階の喫煙コーナーに置かれた黒いソファに並んで腰掛けた。

上は警官達や関係者が入り乱れてまだ騒々しいが、ここならとりあえず話はできる。

東京で暮らすつもりなのだ、とあゆみが倉本に告げると、倉本は、俺とのことが原因で町にいづらくなったからなのか、と訊いてきた。

あゆみはそれも少しあるけど、と正直に答え、それから坂巻での暮らしを捨てて東京へ行こうと思うに至った心の経過を、言葉に迷い、言葉を慎重に選びながら、懸命に倉本に伝えようとした。

倉本は一切口を挟まず、あゆみの言葉を一字一句も聞き漏らすまいという真剣な顔で耳を傾けてくれた。

その誠実な態度に心を打たれ、つらくなった。

話し終わった時、自分の話したことが半分も伝わったかどうか自信がなかった。

「そうか……」

倉本はそれだけぽつりと呟《つぶや》くと、靴の先辺りを見つめてそれきり黙ってしまった。

あゆみはただ、倉本の言葉をじっと静かに待った。こうして会いに来てくれた倉本に言いたいことはたくさんあるはずだ。自分もそれを聞きたい。

「何か、見つかるといいな」

倉本は何かふっきれたような穏やかな声で、言った。

「余計なことを考えずに、本気で、無我夢中になれるような何かを、あゆみちゃんが東京で見つけられるといい」

顔を上げ、あゆみの顔をまっすぐに見つめる。

「それが俺の願いだよ」

その優しい声と表情に涙が出そうになり、あゆみは下唇をギュッと噛《か》み締めた。

「夢中になれる何かを見つけてくれれば……俺はいつかもう少し時間が経《た》ってから、やっぱりこういう結末で良かったんだと思えるだろうし、それに……あゆみちゃんに振られたことを格好悪いなんて思わなくて済むもんな、ははは」

あゆみは両手で顔を覆い、肩を小さく震わせた。

倉本がごつい手でそっと、優しく、あゆみの肩を撫《な》でた。

35

長野新聞十月一日朝刊。

住民投票　未明の大暴動
投票管理委員の不正発覚
　背後に新興カルトの影

「それならもう読みましたよ」

臼田は町長が差し出した新聞を受け取らなかった。町長の頭に巻かれた包帯を見て訊いた。

「どうですか、傷は」

町長はにやっと笑った。

「おかげさまでハクがつきましたよ。これであと二十年は町長の座に居座ることができるかもしれない。それより、娘さんの具合はどうですか？」

そう言いながら臼田の隣に腰掛けた。

ここは坂巻総合病院。臼田清美の病室がある三階の待合室だった。二人の周囲には談笑する患者と家族の姿が何組か見られた。

臼田はほぼ一日半、一睡もしていないそうで、充血した目と不精髭《ぶしょうひげ》が異様な迫力を醸《かも》し出していた。

「麻酔のおかげでぐっすり眠っています」

「顔の傷はどうですか」

臼田は悲しげな笑みを浮かべて顔を横に振った。

「一生残るでしょう」

「しかし娘さんはあなたの手に戻った」

町長にそう言われても、臼田はちっとも嬉《うれ》しくなさそうだった。

「物理的にはね。あの子が目覚めたらその時から本当の闘いが始まるんです。清美の心をこちらの世界へと引き戻す闘いがね」

町長には、それが並大抵のことではないであろうと容易に想像できた。

「幸い、あなたには脱会援助団体の味方がいる。大勢の専門家も協力してくれるでしょう。どうか希望を持ってください」

「ありがとう」礼を言ったものの、どことなく人を寄せつけない響きがあった。

「ところでその後の学院の動きはどうなんですか」

「監視している仲間から妙なことがあったと報告がきましたよ」

「どんな？」

「夜中の一時ぐらいですが、マンションの四階の部屋から突然爆発音が聞こえたそうです。あるいは銃声だったかもしれません。閃光《せんこう》も見えたということです。それから一分もしないうちに乗用車が一台、猛スピードで飛び出していったそうです。仲間の一人が追尾しようとしたんですが、あまりにも飛ばしていて、追いつけなかった」

「……」

「で、どうしようかと迷った挙げ句、仲間達は警察に通報することにした。十分ほどしてパトカーが二台やってきて警官がマンションに入ろうとしたが、連中はそう簡単には警察を入れない。奴《やつ》らは独自の警察応対マニュアルで勉強していて、普段から警察の家宅捜査などに足止めを食わせる術《すべ》にも長《た》けているんですよ。でもしまいには警官は中に入ってマンションの四階のすべての部屋を調べた。フロアーの端にある407号室を開けたら、部屋の中央にでかい血だまりを拭《ふ》き取ったような痕跡《こんせき》が見つかったそうです。血溜まりはまだ新しいらしく、鮮明な匂《にお》いがした。応対した学院生はこの部屋で料理をしていた女性が誤って手を包丁で切ってしまい、今、別の部屋で手当てを受けていると答えたそうです。銃声のような音が聞こえたことに関してはまったく知らないととぼけましたよ」

「誰かが殺されたんですか」

「警官の一人が急遽《きゅうきょ》応援を呼んで、マンションのすべての部屋と敷地内が隈無《くまな》く調べられたんですが死体はなかった」

「その、手を切った女性というのは本当にいたんですか？」

臼田は露骨な嫌悪《けんお》を浮かべて頷いた。

「いました。怪我《けが》したのは私です、とわざわざ名乗りでたそうですよ。本当に右腕の血管が切れているらしく、喋《しゃべ》っている間にも包帯から滲《にじ》んだ血が滴っていたそうです。その女はすぐに病院へ運ばれました」

殺人を隠蔽《いんぺい》するために自分の体を切りつけたのだろうか？　連中ならそのくらい平気でやりかねない。そう考えると町長は背筋が寒くなった。

「……納得できませんね。誰かが殺されたんですよ。投票が無効になったことで内紛が起きて……」

「私もそう思います。学院ではリンチが日常茶飯事ですから。しかも絶対と言っていいぐらい表沙汰《おもてざた》になることがない」

「でもマンションは隈無く調べられた。ということは最初に飛び出していった車に死体が乗っていたのかも」

臼田はそれは違うな、と言いたげに顔を横に振った。

「あのマンションの407号室から一分以内に死体を運び出して車を発進させるのはど

う考えても無理ですよ。飛び出していった奴はおそらく一人で、それも全速力で走り出たんだ。それなら不可能ではない。殺しをやったのは飛び出していった奴かもしれないが、運び出したのは別の人間でしょう」

「では死体は?」

「私が思うに、多分、裏の川から運び出されたんじゃないかと」

「川ですか?」

「ええ、マンションの後ろ側はドブ川に面しているんです。車一台通れるくらいの幅なんですが、今は殆《ほとん》ど干上がっているんです。表で警官達が足止めを食っている間に何人かで死体を川に下ろして安全な所へ捨てに行く。それなら可能です。監視している仲間も警官達の動きに完全に気を取られていて川の方などまったく見ていなかった。迂闊《うかつ》ですよ」

「でも、いずれ警察も気がついて川を捜索するでしょう」

「それはそうでしょうが、その時は死体は遥《はる》か遠くへ運ばれていますよ」

「しかし、死体を持った連中がそう遠くへ行けるとは思いませんが」

「多分、川岸のどこかに車を用意しておいたんですよ。何かあった時のために重要人物を安全にマンションから連れ出すルートが最初から決まっていて、それを利用したんですよ。私がかつて聞いた元学院生の話でも、八王子ネストの内部にも学院長や幹部クラスの人間達のための秘密の脱出用地下道が存在するという噂《うわさ》があったそうです」

「用意周到な連中ですね……殺されたのは誰なのかな」

「ヘマをしでかした奴、となると今回のネストプランの責任者かもしれないな」

「そんな恐ろしい連中がまだこの町に居座っているとは……最悪だな」

「東京の方でも動きが活発化しているそうですよ。ついさっき、八王子ネストの監視所の仲間から連絡があって、ネストに大阪ナンバーの車がやってきたそうです。これは滅多にないことです」

「人事入れ替えですかね」

「おそらくね。今回のネストプランの責任者の後釜《あとがま》を新たに関西から呼び寄せたということなのかもしれない」

奴らはあっという間に態勢を立て直した。そしてまた攻めてくる。

町長の胸は重くなった。

「奴らは諦めませんよ」臼田は静かに言った。それから気を取り直そうとするように
「それより、住民投票はやり直しするのでしょう？」と訊いた。

町長は大きく頷《うなず》いた。

「勿論《もちろん》です。これから議会と日程を相談します」

「すぐにやるべきです。奴らが態勢を立て直す前にね」

「勿論そのつもりです」

今回の暴動騒ぎで町の住民は真道学院の危険性をはっきりと認識した。次回の投票では圧倒的多数で賛成派が勝つだろうと町長は確信していた。だが連中は今度はもっと巧妙かつ目立たないやり方で妨害工作を仕掛けてくるかもしれないのだ。

長い闘いになりそうだ。

「こういう言い方は失礼なんでしょうが、今度の騒ぎはテーマパークにとってはまたとない宣伝になったんじゃありませんか？」

臼田は凄味《すごみ》のある笑いを浮かべて言った。

「ええ、まったくその通りです」

二人は顔を見合わせ、小さく笑った。

36

十月一日。

朝の太陽の光はもうすっかり柔らかく、包み込むような穏やかさに変わっていた。季節が変わりつつあるのがはっきりと肌で感じ取れた。

青柳敏郎と千良木素子は東京へと旅立つ藤咲あゆみを見送りに坂巻駅へとやってきた。

藤咲町長は来なかった。あゆみによると町長は昨夜あゆみに、新幹線でたった二時間あまりの所へ行くのにわざわざ見送りに行く気になどなれないと言ったそうだ。

それが痩《や》せ我慢であろうことは、敏郎には容易に想像できた。

「落ち着いたら、手紙なり電話なりするからね」

あゆみが素子に言った。素子は松葉杖《まつばづえ》をついた敏郎の腕を取って支えていた。

素子は、うん、と頷いた。

「向こうは刺激が多いから、遊び過ぎに気をつけなよ」

敏郎は冗談混じりに言った。

あゆみは敏郎に笑いかけ、

「こっちは刺激がないから、きっと敏郎さんは退屈するわね」

「もうしてる。来週東京へ行くから泊めてよ」

「なにい！」素子は敏郎の腕に爪《つめ》を立てた。

「いてで、すいません」

あゆみがその様子を見て笑った。

「敏郎さん、尻《しり》に敷かれてるなあ。ま、素子さんのお尻なら本望だろうけどね」

電車が緩やかなカーブを曲がり、のんびりとやって来た。

「元気でね」素子が言った。

「うん」それからあゆみは敏郎に向かって「今度の投票は絶対勝ってよ」と握り拳《こぶし》を作って見せた。

「任せろ」敏郎は自信満々に答えた。「必ず世界最強のテーマパークを造ってみせる」

「期待してるよ。じゃ、二人とも仲良く、お幸せにね」

あゆみはボストンバッグを担《かつ》ぎ直し、薄暗い駅舎から光射《さ》すまぶしいプラットホームへと踏み出した。


電車がゆっくりと動き出した。

あゆみは窓の外の見慣れた景色に心の中でそっと別れを告げた。

明日は何が起きるだろう。これから新しい町で、自分は誰と出会い、どんな生き方を見つけ、そして自分はどう変わっていくのだろう。

わからないけれど、わからないから胸が躍る。

そういえばあの写真家志望の渡瀬はどうしているだろう。今、東京に居るだろうか。東京に着いて、落ち着いたら連絡を取ってみようか。

「あれ？」

窓の外を見ると、毛並みの汚れ切った大きな犬が線路脇《わき》を電車と一緒になって走っていた。

例のお騒がせ犬であった。

電車を見上げながら走っている姿はまるで自分を見送ってくれているように見えた。

「バイ」あゆみは微笑《ほほえ》み、小さく手を振った。

溺《おぼ》れる楽園

堤　幸彦

「監督、ちょっと面白い原作があるんだけど、読んでみてくれない？」

「……いいですよ」

戸梶圭太氏の作品との出会いはこんなカンジだった。六本木の小さな映画制作会社のオフィス。「新生 トイレの花子さん」や「チャイニーズ・ディナー」という映画をプロデュースしてくれた、その制作会社社長のIプロデューサーからだった。I氏は独立系のプロデューサーで（まさに百戦錬磨の一匹狼《おおかみ》ってカンジだ）、私のようなフリーな監督を好んで使う『理解ある人』である。

その時、私たちは新作の映画を作ろうと原作や企画を探していた。映画作りには二種類ある。小説やテレビドラマなどの「確立された原作」を映画化するもの、そしてまったく新たに書き下ろした「オリジナルな企画」である。

私はテレビドラマの映画化が何本か続いたので、オリジナル映画（いくつかの『ネタ』はいつも持っている。「チャイニーズ・ディナー」なんかはそうだ）を作りたかった。そのやり方は、「知名度」がないから映画をヒットさせるという意味ではリスクは大きいが、映画作家の〝はしくれ〟としては、やはり「自分のオリジナルで勝負したい」といつも思っている。

だから分厚い戸梶氏の「溺れる魚」を手にした時は正直、「……うーーん」だった。そのとき読まなければならない書籍がたまっていたし、別に構築したい企画もあったし、とにかく気分がノラず、しばらく表紙をめくれなかった。

何日かして「読みましたか？」とI氏の電話。やばっ。

「あーー、もう少しです！」私の返事。

二週間もほっといた、読まねばっ！

そこではじめて読み始めた。

「……なんじゃこりゃ！」

正直驚いた。これは小説か？　小説のかたちを借りた「悪意」か？　一気に読んでしまった。そして間髪入れずI氏に電話した。

「やりましょう！　映画にしましょう！」

その二言だった。理由はいくつもある。「むしゃくしゃしてた」ってのはウソだが、その型破りな「疾走感」に大好きな『ブルース・ブラザーズ』を投影させ、私流にいろいろアイデアを詰め込んで、「映画的に、現在的に」アレンジできそうだったからだ。

その日から、このストーリーをどうフィルムに定着させるかを毎日考えた。

仕上げるべきいくつかの企画は隅に置かれた。

そして、何回か改訂された脚本が出来上がり、それは原作がある映画とか、オリジナル映画とかの「枠」を越えたものになっていった。


小説「溺れる魚」が映画「溺れる魚」になって、何がどう変化したのか？　それは改めて両者を見比べながら、楽しんでいただきたい。私の唯一《ゆいいつ》の不安は、あまりにも改ざんしたので戸梶氏が怒ってないか？　であったが、どうやらセーフのようだ。もちろん、映画がクランクインするまで毎日、あれも欲しい、これもやりたいと、わがままな少年のように言いたい放題の私をうまくコントロールし、その結果「改ざん」されるストーリーを原作者サイドに飲み込ませるIプロデューサーの「手腕」が、トラブルを呼ばなかったのだが……感謝である。

かくして映画「溺れる魚」は、戸梶氏の世の中への暴力的なまでの「変種の愛」をコンセプトとしていただき、完成した。実に楽しい仕事であった。私も「笑い」でディフューズされてはいるが、何よりも「社会のシステム」に根底的な違和感を持っていて、ちっとも「まともな大人」になれないから楽しめたのだろうか？

そこが戸梶氏と共通するポイントか？　と思っていたら、今度は「闇の楽園」という本を勧められた。どうやらデビュー作のようだ。あまりにもすげえ「タイトル」にも興味がでて、今度は躊躇《ちゅうちょ》せず読み始めることに。

なるほど「溺れる魚」の原点ともいえる系譜の作品だ。ちいさな発火がいくつも絡《から》み合って、一つの街がカタストロフィーを迎える。

ここで何が面白いかを語るのは無粋だが、私のミラーニューロンが振動したポイントは、実は「単語」である。現実単語が次から次に飛び出してくる。ローヴァー200SLi、オメガ、ロレックス、タグ・ホイヤー、ゆうばり国際冒険・ファンタスティック映画祭、梅宮アンナ、筑紫哲也、京王堀之内、すしあざらし、アデランス、フィガロ、ジャック・ウルフスキン、ミニストップ、公募ガイド、リーガルのローファー、大井競馬場……。

何度もリアルな単語が登場する。極めてよく知られた「実存する言葉」たち――。その単語たちが「創作されたストーリー」に、ぐいぐいと私を引き摺《ず》りいれる。「現実」と「戸梶世界」を結びつける無数な『穴』なのだ。

私も作品を作るときに、そんな単語を多用する。映画やテレビは虚構である。虚構であればあるほど、現実とを結びつけるワームホールが必要なのだ。「再放送する時に古くなるからやめたほうが……」という声も多いが、そんなもん知るか。常に「今の気分」こそが、疾走感の重要なファクターだ。「松屋」「TSUTAYA」「ドン・キホーテ」「ジーンズメイト」「なか卯《う》」……最近の私のドラマで多用する『実体を持つ言葉たち』。戸梶氏の疾走感の中にも、瞬間的にこれらのリアルが満ち溢《あふ》れ、消えていく。そこに共感できるのだ。

さて「闇の楽園」だが、極めて映画化しやすそうな作品だ。ほとんど「脚本化可能」といってもいいかもしれない。新興宗教、山間《やまあい》の小都市、町内政治、産業廃棄物……いい感じの小ささである。日本映画的だ。そしてはっきりと立ち位置の決まった登場人物たち。やりやすそうだ。ちょっと映画『闇の楽園』をシミュレートしてみようか……。

坂巻町はどこにするか？　ゴーストタウンを抱えている街なんてそうはない。設定を、長野から東北か日本海側に替えるべきか？　いずれにしろ俯瞰《ふかん》できるポイントを持つ地形の中にいたい。

町長はどうするか？　信念と無頼と良識がうまくミックスされているいい男、少しロン毛か？　うん？　どっかの総理大臣を連想する……うーーん、やっぱり渡辺Kさんがいいな、その娘あゆみは誰だ？　動物園勤務だし、加藤Aちゃんか？　『真道学院』学院長は……この手の存在感といえば、わたくし的には野際Yさん以外ないだろう、「『溺れる』繋《つな》がり」ってか？　そしてその軍曹、丸尾。やな奴《やつ》だねえ、でも「人間そのもの」だ、竹中N氏か、泉谷Sさんもいいなあ、清美は罪深い少女だなあ、オーディションか？「体当たりで!!」、ダメ男、君塚は佐々木K之介がいいな、独特の弱さがある。うん。おっと敏郎は？頼りなさと「いい男」と、何かやり始めたら「芯《しん》の強さ」も必要だ。井ノ原Y君なんかよさそうだ。おおっ？ちょっと「本気」になりたいラインナップだ。

Iプロデューサーに電話してみるか？

「それは『溺れる楽園』だなあ……」と言われそうである。

P.S.戸梶氏へ

その「言葉」で現代社会に「戸梶海溝」を作ってください。一度、沈んだら出られなくなる、とんでもない水圧……

期待してます。

私も気長にがんばります。

次の『溺れる魚』を見つけるために……

山梨県のロケ地のホテルにて

（二〇〇一年十二月、映画監督・演出家）

この作品は一九九九年一月に新潮社より刊行された。
文庫化にあたり、加筆・再編集し、写真カットと絵地図を入れた。
写真カットと絵地図は著者の製作による。

戸梶圭太著　溺れる魚

二人の不良刑事が別の公安刑事の内偵を進めるうち、企業脅迫事件に巻き込まれる。痛快無比のミステリー。2月より東映系で公開！

筒井康隆著　ロートレック荘事件

郊外の瀟洒な洋館で次々に美女が殺される！史上初のトリックで読者を迷宮へ誘う。二度読んで納得、前人未到のメタ・ミステリー。

筒井康隆著　朝のガスパール
日本SF大賞受賞

重役達はゲームに夢中、妻達は、夜毎パーティで大騒ぎ。虚構の壁を突破して無限の物語空間を達成し得たメタ・フィクションの傑作。

筒井康隆著　最後の伝令

肝硬変末期の男の体内で情報細胞の最後の旅が始まった。急げ、延髄末端十二番街まで！破壊という名の創造力が炸裂する傑作14編。

筒井康隆著　家族場面

気がつけば、おれは石川五右衛門だった……。読者を物語のねじれた迷宮に誘う表題作など、卓抜な発想とユーモアに満ちた傑作七編収録。

筒井康隆著　邪眼鳥

美貌の後妻、三人兄妹弟、隠し子……。富豪の遺族たちが踏み込んだ恐るべき時空の迷宮。本格ミステリーを凌駕する超因果ロマン。

安部公房著

水中都市・デンドロカカリヤ

突然現れた父親と名のる男が奇怪な魚に生れ変り、何の変哲もなかった街が水中の世界に変ってゆく……。「水中都市」など初期作品集。

安部公房著

人間そっくり

《こんにちは火星人》というラジオ番組の脚本家のところへあらわれた自称・火星人――彼はいったい何者か？　異色のＳＦ長編小説。

安部公房著

箱男

ダンボール箱を頭からかぶり都市をさ迷うことで、自ら存在証明を放棄する箱男は、何を夢見るのか。謎とスリルにみちた長編。

安部公房著

笑う月

思考の飛躍は、夢の周辺で行われる。快くも恐怖に満ちた夢を生け捕りにし、安部文学成立の秘密を垣間見せる夢のスナップ17編。

安部公房著

友達・棒になった男

平凡な男の部屋に闖入した奇妙な9人家族。どす黒い笑いの中から〝他者〟との関係を暴き出す「友達」など、代表的戯曲3編を収める。

安部公房著

カンガルー・ノート

突然〈かいわれ大根〉が脛に生えてきた男を載せて、自走ベッドが辿り着く先はいかなる場所か――。現代文学の巨星、最後の長編。

清水義範著

秘湯中の秘湯

絶対に行けない前人未踏の秘湯ガイドや、無知な女子大生、うんざりするほど長い手紙など身近な言葉を題材にした傑作爆笑小説11編。

清水義範著

名前がいっぱい

子供の命名でパニック。戒名を自分で考えて四苦八苦——本名、あだ名、ペンネーム、匿名などなど名前にまつわるすったもんだ10篇。

清水義範著

ターゲット

キング、クーンツらのホラー小説を大胆不敵にパロディ化し、奇想天外の結末に読者を連れ出す、めくるめく清水流ホラーワールド。

鈴木光司著

楽園

日本ファンタジーノベル大賞優秀賞受賞

いつかきっとめぐり逢える——一万年の時と空間を超え、愛を探し求めるふたり。人類と宇宙の不思議を描く壮大な冒険ファンタジー。

篠田節子著

アクアリウム

ダイビング中に遭難した友人の遺体を探すため、地底湖に潜った男が暗い水底で見た驚くべき光景は？　サスペンス・ファンタジー。

篠田節子著

斎藤家の核弾頭

「日本に宣戦布告する！」二〇七五年、超管理国家となった日本を相手に闘いを挑む斎藤家とご近所の人々。彼らの武器は何と——！

花村萬月著　守宮薄緑

沖縄の宵闇、さまよい、身体を重ねた女たち。新宿の寒空、風転と街娼の恋の行方。パワフルに細密に描きこまれた、性の傑作小説集。

東野圭吾著　鳥人計画

ジャンプ界のホープが殺された。ほどなく犯人は逮捕、一件落着かに思えたが、その事件の背後には驚くべき計画が隠されていた……。

山之口洋著　オルガニスト

神様、ぼくは最上の音楽を奏でるために、あなたに叛きます……音楽に魅入られた者の悦びと悲しみを奏でるサイバー・バロック小説。

永井するみ著　樹縛

秋田杉の樹海で発見された男女の白骨死体。心中と思われた二人の背景には、杉建材をめぐる恐るべき企みが隠されていた……。

桐野夏生著　ジオラマ

あたりまえのように思えた日常は、一瞬で、あっけなく崩壊する。あなたの心も、変わってゆく。ゆれ動く世界に捧げられた短編集。

阿刀田 高ほか著　七つの怖い扉

足を踏み入れたら、もう戻れない。開けるも地獄、開けぬもまた地獄――。当代きっての語り部が、腕によりをかけて紡いだ恐怖七景。

新潮文庫最新刊

小野不由美著
屍鬼（一・二）
「村は死によって包囲されている」。一人、また一人、相次ぐ葬送。殺人か、疫病か、それとも……。超弩級の恐怖が音もなく忍び寄る。

大沢在昌著
らんぼう
検挙率トップも被疑者受傷率120％。こんな刑事にはゼッタイ捕まりたくない！　キレやすく凶暴な史上最悪コンビが暴走する10篇。

戸梶圭太著
闇の楽園
新潮ミステリー倶楽部賞受賞
過疎の町のテーマパーク構想とカルト教団の道場建設が真っ向から衝突。破天荒な犯罪をポップに描き続ける著者の衝撃デビュー作！

有栖川有栖ほか著
大密室
緻密な論理で構築された密室という名の魔空間にミステリ界をリードする八人の若手作家と一人の評論家が挑む。驚愕のアンソロジー。

北村薫著
謎のギャラリー
―名作博本館―
小説を題材にした空想の美術館、〈謎のギャラリー〉へようこそ。当代随一の目利き北村薫選りすぐりの名品たち。最高の鑑賞の手引き。

北村薫編
謎のギャラリー
―謎の部屋―
ミステリアスな異世界へ誘う名品から、編者これぞという「本格推理物」まで、人生の〈謎〉を堪能しつくす名品19を収録。

新潮文庫最新刊

椎名誠著
本の雑誌血風録
頭を下げない、威張らないをモットーに、出版社を立ち上げた怖いもの知らずの若者たち。好きな道を邁進する者に不可能はないのだ！

平野啓一郎著
日蝕
芥川賞受賞
異端信仰の嵐が吹き荒れるルネッサンス前夜の南仏で、若き学僧が体験した光の秘蹟。時代に聖性を呼び戻す衝撃の芥川賞デビュー作。

鷺沢萠著
過ぐる川、烟る橋
かつて青春を分け合った男ふたり、女ひとり。時を経て、夜の博多で再会した三人は何を得、失ったのか？　切なく真摯なラブストーリー。

遠藤周作著
満潮の時刻
人はなぜ理不尽に傷つけられ苦しみを負わされるのか——。自身の悲痛な病床体験をもとに、『沈黙』と並行して執筆された感動の長編。

福田和也著
オバはん編集長でもわかる世界のオキテ
難しい言葉は使わんといてや——この一冊で、暗いニュースも大笑い。世界のホントの姿が見えてくる「新潮45」人気企画、緊急文庫化！

フリーマントル
戸田裕之訳
待たれていた男（上・下）
異常気象で溶けた凍土から発見された、大戦当時のものと見られる三名の銃殺体は何を物語る？　チャーリー・マフィン、炎の復活！

闇《やみ》の楽《らく》園《えん》

新潮文庫　と-14-2

平成十四年二月一日発行

著者　戸《と》梶《かじ》圭《けい》太《た》

発行者　佐藤隆信

発行所　株式会社 新潮社

郵便番号　一六二—八七一一
東京都新宿区矢来町七一
電話　編集部(〇三)三二六六—五四四〇
読者係(〇三)三二六六—五一一一

価格はカバーに表示してあります。

乱丁・落丁本は、ご面倒ですが小社読者係宛ご送付ください。送料小社負担にてお取替えいたします。

印刷・株式会社光邦　製本・株式会社植木製本所

ISBN4-10-124832-X C0193